本书系国家社会科学基金项目(批准文号:18BZW061)

八旗词史

张佳生 著

上海古籍出版社

图书在版编目(CIP)数据

八旗词史/张佳生著.--上海:上海古籍出版社,2024.4
ISBN 978-7-5732-1067-8

Ⅰ.①八… Ⅱ.①张… Ⅲ.①词(文学)-诗词研究-中国-清代 Ⅳ.①I207.23

中国国家版本馆 CIP 数据核字(2024)第 070129 号

八旗词史

张佳生 著

上海古籍出版社　出版发行

(上海市闵行区号景路 159 弄 1-5 号 A 座 5F　邮政编码 201101)
(1) 网址: www.guji.com.cn
(2) E-mail: guji1@guji.com.cn
(3) 易文网网址: www.ewen.co
上海中华印刷有限公司印刷
开本 890×1240　1/32　印张 20.375　插页 5　字数 492,000
2024 年 4 月第 1 版　2024 年 4 月第 1 次印刷
印数:1—1,100
ISBN 978-7-5732-1067-8
Ⅰ·3810　定价: 108.00 元
如有质量问题,请与承印公司联系

目 录

凡 例 ··· 1

绪 论 ··· 1
 第一节 八旗词坛形成发展的背景 ················ 3
 第二节 八旗词坛之崛起 ···························· 10
 第三节 八旗词坛之发展 ···························· 12
 第四节 八旗词坛之概貌 ···························· 16
 第五节 八旗词坛的旗人特点 ······················· 21
 第六节 结语 ··· 34

第一编 清初八旗词坛

第一章 清初八旗汉军佟氏家族词人 ··············· 39
 第一节 佟氏家族的旗人身份 ······················· 39
 第二节 汉军佟氏家族词人 ························· 41

一、词意悲怆的佟卜年 ……………………………… 41
　　　二、雄壮豪迈的佟国鼐 ……………………………… 43
　　　三、曲情达意的佟国玙 ……………………………… 44
　　　四、情怀高洁的佟国器 ……………………………… 47
　第三节　缠绵婉约的佟世南 …………………………… 51
　　　一、绵邈缠绵之中短调 ……………………………… 52
　　　二、纯雅婉曲之长调 ………………………………… 54
　第四节　通于性灵的佟世思 …………………………… 62
　　　一、位卑才高，词尤俊迈 …………………………… 62
　　　二、情深意蕴，极善言愁 …………………………… 65
　　　三、病瘴中的哀唱 …………………………………… 69
　第五节　结语 …………………………………………… 71

第二章　清初汉军词人群 ……………………………… 72
　第一节　词雄旨洽的吴兴祚 …………………………… 72
　第二节　清逸疏隽的施世纶 …………………………… 78
　第三节　清初汉军三词人 ……………………………… 82
　　　一、性情贞厚的范承谟 ……………………………… 82
　　　二、敦厚疏朗的靳治荆 ……………………………… 85
　　　三、委婉沉著的刘嵩龄 ……………………………… 86
　第四节　闺阁词人高景芳与蔡琬 ……………………… 87
　　　一、卓然自立的高景芳 ……………………………… 87
　　　二、婉约香清的蔡琬 ………………………………… 91
　第五节　结语 …………………………………………… 94

第三章　清初八旗满洲词人 …………………………… 95
　第一节　康熙帝与清初词坛 …………………………… 95

  一、康熙帝对词坛发展的推动 ………………………… 95
  二、康熙帝的词作及词风 ……………………………… 101
 第二节 清初八旗满洲词坛先导 …………………………… 104
  一、八旗满洲首位词人鄂貌图 ………………………… 105
  二、辅国将军博尔都与《也红词》 …………………… 108
  三、贝子岳端与《桃坞诗余》 ………………………… 112
 第三节 掌院学士揆叙 ……………………………………… 116
  一、重在取神的咏物词 ………………………………… 116
  二、气格清健的抒怀词 ………………………………… 119
 第四节 清初其他八旗满洲词人 …………………………… 121
  一、庐州知府张纯修 …………………………………… 121
  二、督陶词人唐英 ……………………………………… 125
  三、协办大学士阿克敦 ………………………………… 129
  四、笔帖式伊麟 ………………………………………… 132
 第五节 结语 ………………………………………………… 136

第四章 词坛巨擘纳兰性德 …………………………………… 137
 第一节 意境疏宕的边塞词 ………………………………… 138
 第二节 性情真浓的抒怀词 ………………………………… 140
 第三节 醇厚蕴藉的赠友词 ………………………………… 143
 第四节 血泪交融的悼亡词 ………………………………… 151
 第五节 结语 ………………………………………………… 158

第五章 纳兰词的特点与影响 ………………………………… 160
 第一节 纳兰词的特点 ……………………………………… 160
  一、哀感顽艳 …………………………………………… 161
  二、绵妙凄婉 …………………………………………… 162

三、真为词骨 …………………………………………… 163
　　　四、意境独深 …………………………………………… 164
　第二节　纳兰词的影响 ………………………………………… 165
　第三节　结语 …………………………………………………… 169

第六章　词坛"绣虎"曹寅 ………………………………………… 171
　第一节　八旗之彦 ……………………………………………… 172
　　　一、"绣虎"之誉 ………………………………………… 172
　　　二、逸情高格之词体 …………………………………… 175
　第二节　雅丽俊爽之中短调 …………………………………… 177
　第三节　独标健逸之长调 ……………………………………… 180
　第四节　"倚声之宗匠" ………………………………………… 187
　第五节　结语 …………………………………………………… 192

第七章　妙潜于独诣的常安 ……………………………………… 193
　第一节　心绪徘徊的抒怀词 …………………………………… 194
　第二节　寄情写怀的闺情词 …………………………………… 200
　第三节　疏放俊爽的景物词 …………………………………… 203
　第四节　深于寄托的咏物词 …………………………………… 206
　第五节　结语 …………………………………………………… 209

第二编　清代中期的八旗词坛

第八章　清代中期的宗室词人 …………………………………… 213
　第一节　怡亲王弘晓 …………………………………………… 214
　　　一、近浙西词风的中短调 ……………………………… 214
　　　二、丽而不艳的长调 …………………………………… 216

三、旗人之间的对话 ……………………………… 217
　第二节　礼亲王永恩 ………………………………… 220
　　一、清新流丽的闲适词 …………………………… 220
　　二、情韵缠绵的咏物词 …………………………… 222
　　三、师友黄坰对其词的评批 ……………………… 223
　第三节　宗室词人永忠与永璥 ……………………… 225
　　一、辅国将军永忠 ………………………………… 225
　　二、宗室永璥 ……………………………………… 229
　第四节　结语 ………………………………………… 230

第九章　清代中期八旗词坛三家 ……………………… 231
　第一节　稳健清疏的福增格 ………………………… 231
　　一、清雅疏放的抒怀词 …………………………… 232
　　二、情深意厚的怀友词 …………………………… 235
　　三、襟怀旷达的怀古词 …………………………… 236
　第二节　以词纪实的铁保 …………………………… 238
　　一、慨然自悲的感怀词 …………………………… 239
　　二、别有寄托的闺情词与咏物词 ………………… 243
　第三节　寄慨遥深的那彦成 ………………………… 245
　　一、辞情俱到的咏物词 …………………………… 246
　　二、胸有襟抱的抒怀词 …………………………… 247
　第四节　结语 ………………………………………… 249

第十章　珠联璧合的奕绘与顾太清 ………………… 251
　第一节　寓意深远的奕绘 …………………………… 251
　　一、《写春精舍词》 ……………………………… 251
　　二、《南谷樵唱》 ………………………………… 255

第二节　独标格调的顾太清 ·················· 259
　　一、太清词的影响 ······················ 259
　　二、追慕宋词 ························ 260
　　三、佳处在气格 ······················ 262
第三节　奕绘、顾太清的唱和词 ················ 267
第四节　结语 ·························· 272

第十一章　清代中期的八旗词人群 ·············· 273
第一节　不主一格的高鹗 ···················· 273
　　一、颇具乐府遗意的怀人词 ················ 274
　　二、惨淡悲凉的叙事词 ·················· 278
　　三、绵婉秀隽的闲情词 ·················· 280
　　四、温丽融贯的咏物词 ·················· 282
第二节　斌良、法良兄弟词人 ·················· 283
　　一、宗法雅词的斌良 ···················· 283
　　二、疏朗冷艳的法良 ···················· 288
第三节　明义、焕明与兴廉 ··················· 289
　　一、气慨当世的明义 ···················· 289
　　二、东北词人焕明 ······················ 293
　　三、沉郁清凄的兴廉 ···················· 296
第四节　清代中期其他八旗词人 ················ 298
　　一、澹远取神的岳礼 ···················· 298
　　二、深沉流美的全德 ···················· 299
　　三、清丽惬意的于宗瑛 ·················· 302
　　四、婉约敦厚的继昌 ···················· 304
　　五、恒仁、庆兰及其他八旗词人 ············· 306
第五节　结语 ·························· 313

第三编 晚清八旗词坛

第十二章 晚清词坛名家承龄 ………………………… 318
第一节 承龄在词坛上的影响 ………………………… 318
第二节 情雅旨微之中短调 …………………………… 321
第三节 神韵天然之长调 ……………………………… 322
一、委婉雅正的抒怀词 ……………………………… 323
二、贵得其真的怀友词 ……………………………… 325
三、肖物能工的咏物词 ……………………………… 326
第四节 结语 …………………………………………… 330

第十三章 晚清八旗词坛四妙 ………………………… 332
第一节 孤冷隽洁的斌桐附斌敏 ……………………… 332
一、沉微悱恻的词风 ………………………………… 333
二、效阮公之哭的怀旧词 …………………………… 334
三、骚情赋骨的抒怀词 ……………………………… 336
四、脱化无迹的咏物词 ……………………………… 340
五、斌敏与《翠鲸词》 ……………………………… 311
第二节 涵浑深婉的陈良玉 …………………………… 343
一、坎坷境遇与忠贞之心 …………………………… 344
二、典雅清空的咏物词 ……………………………… 346
三、情胜丁辞的赠友词 ……………………………… 348
四、沉郁忠厚的忧时词 ……………………………… 350
第三节 清空疏隽的麒庆 ……………………………… 352
一、辞婉意深的抒怀词 ……………………………… 353
二、借物寓意的咏物词 ……………………………… 355
三、天旷云低的边塞词 ……………………………… 358

第四节　笔意健朗的恩锡 ······ 359
　一、婉约清隽的柳体词 ······ 360
　二、意雄辞雅的稼轩体 ······ 361
　三、别有意会之作 ······ 363
第五节　结语 ······ 365

第十四章　晚清其他八旗词人 ······ 366
第一节　继振与如山 ······ 366
　一、情意缠绵的继振 ······ 366
　二、以禅喻词的如山 ······ 368
第二节　宗室奕誌、奕詢与载铨 ······ 371
　一、瑞郡王奕誌 ······ 371
　二、镇国公奕詢 ······ 373
　三、定郡王载铨 ······ 374
第三节　恭钊、庆康及其他八旗词人 ······ 376
第四节　结语 ······ 385

第十五章　清末宗山、锡缜与盛昱 ······ 386
第一节　词旨遥深的宗山 ······ 386
　一、雍穆沉郁之本色 ······ 388
　二、以咏物隐然抒怀 ······ 391
第二节　浑厚沉著的锡缜 ······ 394
　一、凌空一顾的长调 ······ 395
　二、清疏畅达的短调 ······ 397
第三节　大雅不群的盛昱 ······ 398
　一、潜逸悱恻之短调 ······ 399
　二、慷慨沉厚之长调 ······ 401

第四节　结语 ……………………………………… 407

第十六章　致力于词的英瑞与继昌 ……………………… 408
　　第一节　秋水词人英瑞 ……………………………… 408
　　　　一、《疏帘淡月屋词草》 ……………………… 409
　　　　二、尊苏辛词风的长调 ………………………… 410
　　　　三、多奇健之声的短调 ………………………… 417
　　第二节　精意内蕴的继昌 …………………………… 419
　　　　一、《左庵诗余》 ……………………………… 420
　　　　二、神余言外，寄情遥深 ……………………… 422
　　　　三、步苏辛词风的慷慨悲歌 …………………… 426
　　　　四、继昌的词学观 ……………………………… 431
　　第三节　结语 ………………………………………… 434

第十七章　探骊吟社中的八旗词人 ……………………… 435
　　第一节　吟社主将宝廷与宗韶 ……………………… 436
　　　　一、情余于辞的宝廷 …………………………… 436
　　　　二、因情生文的宗韶 …………………………… 441
　　第二节　重要成员戩穀、德淮与宝昌 ……………… 446
　　　　一、清正隽永的戩穀 …………………………… 447
　　　　二、幽哀意深的德淮 …………………………… 449
　　　　三、温润清凄的宝昌 …………………………… 451
　　第三节　探骊吟社中的其他八旗词人 ……………… 452
　　第四节　结语 ………………………………………… 459

第十八章　清末其他八旗词人 …………………………… 461
　　第一节　他塔剌氏昆弟四词人 ……………………… 461

一、寄意深厚的志润 ……………………………… 462
　　二、穷塞微吟的志锐 ……………………………… 471
　　三、志颢与志钧 …………………………………… 474
第二节　续廉与端方 …………………………………… 477
　　一、辞瀹情真的续廉 ……………………………… 477
　　二、清疏沉稳的端方 ……………………………… 482
第三节　致泽、瑞璸及其他八旗词人 ………………… 483
第四节　结语 …………………………………………… 487

第四编　清末民初的八旗词坛

第十九章　倚声大家郑文焯 ……………………………… 494
第一节　经历与词坛影响 ……………………………… 495
第二节　托微言以喻其志 ……………………………… 499
第三节　幽郁痛彻之长歌当哭 ………………………… 504
第四节　结语 …………………………………………… 511

第二十章　哀感深切的奭良与李孺 ……………………… 513
第一节　悲慨哀怨的奭良 ……………………………… 514
　　一、激慨沉郁之声 ………………………………… 514
　　二、凄苦诉悲之情 ………………………………… 517
　　三、奭良的词学立场 ……………………………… 521
第二节　感慨深浓的李孺 ……………………………… 523
　　一、凄怆的忧时之情 ……………………………… 524
　　二、悲凉的身世哀叹 ……………………………… 526
第三节　结语 …………………………………………… 528

第二十一章　震钧、杨锺羲及其他八旗词人 ……… 530
第一节　八旗文坛双名士 ……… 530
一、沉郁顿挫的震钧 ……… 530
二、哀婉凄清的杨锺羲 ……… 534
第二节　清末民初其他的八旗词人 ……… 538
一、八旗满洲词人 ……… 538
二、八旗蒙古词人 ……… 547
三、八旗汉军词人 ……… 549
第三节　结语 ……… 550

第五编　八旗词论与词选

第二十二章　八旗词论 ……… 555
第一节　纳兰性德词论 ……… 555
一、词源远过诗律近 ……… 556
二、诗词原理相通 ……… 559
三、词须贵重而适用 ……… 561
四、辞为情用 ……… 567
第一节　郑文焯词论 ……… 570
一、清空与骨气 ……… 571
二、寄闲情于微瑕，托袭芳于骚佩 ……… 574
三、高健在骨，空灵在神 ……… 575
四、述造渊微，洞明音吕 ……… 577
五、批校序跋中的词学观点 ……… 581
第三节　继昌词论 ……… 584
一、《左庵词话》与《词源》 ……… 584
二、论词之声律音韵 ……… 590

· 11 ·

  三、论词的写作 ·· 593
  四、论历代词人词作 ·· 595
 第四节 其他八旗词论 ·· 602
  一、康熙帝词论 ·· 602
  二、张纯修词论 ·· 604
  三、麟庆词论 ·· 605
  四、斌良词论 ·· 606
  五、如山词论 ·· 607
  六、杨锺羲《还初堂词钞跋》 ··································· 609
 第五节 八旗词论的词学价值 ···································· 611
 第六节 结语 ·· 613

第二十三章 八旗词选 ·· 614
 第一节 纳兰性德与《今词初集》 ······························ 614
 第二节 佟世南与《东白堂词选初集》 ························ 619
 第三节 杨锺羲与《白山词介》 ································· 623
 第四节 八旗词选的词学价值 ···································· 627
 第五节 结语 ·· 628

总结语 ·· 630

后 记 ·· 635

凡 例

一、《八旗词史》以清代八旗词坛的发展时序为线索，以八旗词人词作为研究对象，凡八旗满洲、八旗蒙古、八旗汉军词人，及内务府旗人，均在论述之列。

二、本书词人旗籍之划分，以实际所隶旗籍为准，隶于满洲旗者归入满洲，隶于汉军、蒙古旗者，归入汉军、蒙古。此外，八旗尚有内务府三旗，即镶黄旗满洲、正黄旗满洲、正白旗满洲三旗包衣之佐领、旗鼓和管领，主要由满洲、汉人、蒙古人组成，依《八旗满洲氏族通谱》例，内务府旗人列入"满洲"。

三、八旗词坛在不同时期亦有不同之变化，形成了与时代相适应的特点，此亦是八旗词坛发展的特殊之处。本书取其发展大势，以不同时期八旗词坛的特点和流变为主脉，以微观与宏观结合的方法进行研究，并侧重于论述八旗词坛不同时期发展变化的特征与原因，以求能够切实描述出八旗词坛的概貌。

四、本书在注重评介八旗词坛词作词风艺术性的同时，亦注重对八旗词坛所表现的性格精神和思想意识进行论析，以求从更深的层次上揭示八旗词坛的群体性特征，以及与清代词坛的离合之势，并以此梳理出八旗词坛的发展轨迹。

五、作为分体断代文学史的研究，不宜于考证辨析。此书略有不同，因八旗制度设置缜密，旗人之思想、经历多与民人不同，这种不同对八旗词人的创作多有影响，从知人论世角度出发，故有必要适当考辨。

六、八旗词人除了纳兰性德、顾太清、承龄、郑文焯等享有词名之外，尚有一些词人于词用力甚深，颇有成就，然或因位卑言轻，或因生于末世，并未被词坛重视，对这样的词人择其要者而论之。

七、清代八旗词坛尚有一部分词人仅存词作一二首，然被清代多种词选录载，片楮零缣，弥足珍贵，本书亦以词存人。此外，有些八旗词人虽然词作较多，然少特色，仅选其一二首词论之，亦有以词存人之意。

八、八旗词人的词作并非首首皆佳，也有一些闲适无聊之作，不过这并非八旗词坛的主流，也并非是他们词风的特点所在，故未详论。

九、清代八旗词人有历仕两朝或三朝者，概以入仕时间为准。如常安康熙朝入仕，卒于乾隆朝初年，主要生活在康雍时期，故列入清初八旗词坛。

一〇、关于妇女词人，依照惯例应设"闺阁"一门，然八旗闺秀诗人较多，词人却为数寥寥，故不立专章介绍。

一一、清太祖之名的汉文书写方式，依《清实录》和清《玉牒》例，书为"弩尔哈齐"。

一二、"晚清"虽然包括清末，但这一时期历经道、咸、同、光、宣五朝。同治朝以来积贫积弱的国势更为严重，时局也发生了更大的变化，尤其是光绪一朝变法维新，政治局势与文学思潮与前代有所不同，这种不同对八旗词坛影响很大，出现了不同于以往的词作词风和词学观念，故于"晚清的八旗词坛"一编中，特设"清末"之章以论之。

一三、八旗词人亦有生活于清末民初者，此间政局巨变，八旗解体，对八旗词人产生了前所未有的冲击，此时的八旗词作词风变化更大。为了展示这个时期八旗词坛的变化及特点，单列"清末民初的八旗词坛"一编论之。

一四、词史一般不对词选、词话作专章介绍，然八旗词坛的形成发展与清代词坛的形成发展，虽然有所关联，但尚有不同。且八旗词人的《词论》《词选》与他们的创作观念和填词实践有密切关系，不仅成为八旗词坛的组成部分，也成为清代词坛的组成部分，故单列一编予以介绍，以见八旗词坛之总貌。

一五、对于八旗词坛的形成发展研究，今初次整理，覆盖面似应尽量宽广，方不至于有遗珠之憾。为使本书更为详尽，遍查诸籍，爬疏钩沉，颇费时力，一些词人虽不是名家，然于词颇有建树与心得，实在不忍随意弃之，故本书舍精炼而取繁富，实是不得已而为之。

一六、为使读者开卷了然，本书在述"史"之同时，适当增选了八旗词人与词作的数量，或可作"八旗词选"读。

绪　论

八旗制度是由女真（满洲）入关前建立的一种军事、政治、经济和社会管理制度，自1615年正式创建八旗开始，至辛亥1911年清帝逊位，八旗制度存在了近三百年之久，对在八旗制度管理下的"旗人"产生了多方面的深远影响。

八旗分为正黄旗、镶黄旗、正白旗、镶白旗、正红旗、镶红旗、正蓝旗、镶蓝旗八部，有八旗满洲、八旗蒙古、八旗汉军之分，实为二十四旗。每旗之下辖八旗满洲、八旗蒙古、八旗汉军各一旗，如正黄旗辖正黄旗满洲、正黄旗蒙古、正黄旗汉军各一旗[1]。又于皇帝所领之镶黄旗、正黄旗、正白旗设内务府三旗，称为内三旗，"内三旗佐领下，有满洲，有旗鼓，无蒙古、汉军。其满洲与八旗源派相同，旗鼓多系左近长白山辽金旧部。有汉姓之人，盖久家朔方者也。"[2]内务府旗人归于满洲旗。

---

[1] 关于八旗具体之组成建制，可参见《八旗通志》中的"旗分志"。
[2] 福格：《听雨丛谈》卷一，第6页，中华书局，1986年。

"旗人"是在八旗制度约束下,组织严密、相对独立的社会群体,与民人之间存在着严格的"旗民之别"。正是在严密的八旗制度管理下,八旗满洲、八旗蒙古、八旗汉军形成了与民人相区别的共同政治利益、共同经济利益和共同的社会生活,并由此而产生了具有共性的"八旗精神"和"八旗意识"。

从文学角度来看,在八旗制度存在三百年的历史过程中,相对独立的社会结构、共同的社会生活以及共同的旗人意识,使八旗满洲、八旗蒙古、八旗汉军产生了具有共性的"八旗文学"。八旗文学与清代汉人文学相比,具有明显的内容、风格以及情感上的群体个性,在诗词文赋各种文体方面无不如此。

对八旗文学具有独立性的认识在清代已经出现,如由清代旗人编辑的八旗诗歌总集《熙朝雅颂集》,文章总集《梓里文存》《八旗文经》,八旗词集《白山词介》,均同时收录了八旗满洲、八旗汉军、八旗蒙古作家的文学作品,都以八旗作为整体对待,并未单录满洲。

此外,《八旗诗话》《八旗艺文编目》《八旗画录》等等,也都以专录八旗为特色,邓之诚的《清诗纪事初编》也是将"八旗"单列一门。由于以往的研究多限于"满族文学"范畴,而"满族文学"仅限于满族(满洲),八旗蒙古和八旗汉军文学则难包括在内,从而割裂了八旗文学的整体性,使得客观存在的"八旗文学"研究难以深入。与满族(满洲)文学相比,八旗文学的范畴更为广泛,也更符合文学史实和历史史实。

因此,八旗文学不仅是一种客观存在的文学现象,而且在清代文坛上具有相对的独立性,是清代文学研究中非常重要的研究内容和领域,也非常有必要对八旗词坛的发展轨迹和整体风貌进行系统的研究,以揭示八旗词坛独有的文学价值,并以此明确八旗词坛的特色与成就，以及其在清代词坛中的地位、影响，同时亦能明了八旗文学与同时代文学的相互关系。

第一节 八旗词坛形成发展的背景

八旗词坛的形成发展，与清代词坛的兴起繁荣有密切关系，更与八旗入关后政治、经济、文化环境的改变有直接的关系。八旗入关后，清廷多次强调"八旗乃国家根本"，八旗也就具有了很高的政治地位。"旗民之别"也使旗人的社会地位高于民人，旗人成为与民人相区别的特殊的社会集团。政治地位和社会地位的提高，为八旗发展教育和培养文化人才提供了有利条件。

清代八旗教育制度对八旗文人队伍的形成起到了重要作用。

《八旗通志》"学校志"中云："凡八旗子弟，身际隆平，彀弓鼓箧，敦品行，习礼仪，胥于学校是赖。于是自国学，盛京、奉天二府学，分派八旗监生外，又有八旗两翼咸安宫、景山诸官学，宗人府宗学、觉罗学，并盛京、黑龙江两翼义学，规模次第加详。其间世家胄子，暨闲散俊秀，涵濡教化，陶咏文章，彬彬乎贤才蔚起矣。"[①]八旗入关之前就已经开始了对八旗子弟的文化教育。入关之后，顺治朝设国子监、八旗官学、宗学。康熙年间各类八旗学校在不断完善中确立。康熙年间增设景山官学、八旗义学、盛京八旗官学、黑龙江两翼官学，逐渐形成了一整套严密的教育体系。进入雍正朝后，雍正帝对八旗子弟的教育更为重视，对八旗学校进行了大规模的调整，并新建立了一些八旗学校。例如除了在各旗中设立八

---

① 鄂尔泰等：《八旗通志》学校志，卷四六，第895页，李洵、赵德贵主点校，东北师范大学出版社，1986年。

旗官学之外，为觉罗子弟设立了觉罗学，为八旗子弟设立咸安宫官学、八旗校场官学、八旗蒙古官学等等。其中"八旗官学，每旗各设学一，择本旗满洲、蒙古、汉军之子弟补充。以十年为期，已满期未及中式者，即除其名，另为挑补。"①同时全国各地的驻防八旗也均设立了八旗官学和八旗义学。

至雍正朝，最终完善了八旗各类学校的设立和建设，确立了八旗教育的基本制度，而且入学的学生额数也比顺康两朝有所增加，八旗中各阶层人员的子弟有了更多的读书机会，也因此造就出了一大批不同层次的文化人才。

乾嘉时期，八旗教育体制和制度得到进一步完善，仍然坚持了在八旗中大规模地实行教育的措施，使八旗子弟的文化素质得到了普遍提高。这种从清初开始设立的八旗教育制度直至晚清都被遵循。在这个期间虽然也进行过部分调整，但八旗教育制度并没有根本性的变化。

关于教学课程，不同类型的学校也有不同，如国子监"满汉各监生于朔望日，随行释奠礼外，有讲书、复讲、上书、复背诸课程，每月三回，周而复始。两厢及六堂官讲四书、性理、通鉴，博士讲五经。"②"官学生内习满文者，教以书写本折字画；习文章者，讲论圣贤经传；习翻译者，熟翻《古文渊鉴》《大学衍义》等书。"③其他八旗学校除了学习汉书之外，同时教习满书满语及马步箭。这些不同类型的八旗学校，在清代近三百年中，不断培养出一大批高中低不同层次的文化人才，人数之多相当可观，八旗文人阶

---

① 昭梿：《啸亭杂录》卷九，第287页，中华书局，1980年。
② 鄂尔泰等：《八旗通志》卷四八，学校志一，第896页，李洵、赵德贵主点校，东北师范大学出版社，1986年。
③ 鄂尔泰等：《八旗通志》卷四八，学校志二，第916页，东北师范大学出版社，1986年。

层由此形成并逐渐稳定扩大，这些八旗文人成为了清代八旗文坛的主力军。

有清一代，八旗教育制度实行的另一种效果，就是热衷于文学的旗人不断出现。他们中的一些人在清初就已经开始了文学写作，并达到了比较高的水平。其中最先进行文学写作的是皇子、宗室子弟以及一些八旗大臣子弟。以皇子的教育而言，已极其严苛，每天五更时即要入学，"既入书房，作诗文，每日皆有程课，未刻毕，则又有满洲师傅教国书、习国语及骑射等事，薄暮始休。然则文学安得不深？武事安得不娴熟？宜乎皇子孙不惟诗文书画无不擅其妙，而上下千古成败理乱已了然于胸中。"[①]以此，宗室以及王公大臣之子弟，多有善文学者，在他们的带动下，八旗中出现了很多文学之士。这些八旗文人创作了大量诗词文赋的作品，其中一些人成为了文坛名家，在清代文坛上产生了重要影响。正是这些八旗作家的不断涌现，不仅推动八旗文学的发展，使八旗文学在文坛上形成了波澜，而且也为繁荣清代文学做出了贡献。

清代科举制度对八旗文学的形成发展起到了推动作用。

清代科举有试诗文的题目，这对八旗文人热衷于文学起到了相当大的影响。在清代，无论满汉皆以科甲出身为正途。所谓正途，即指经过科举考试中式的举人、进士。自清初开始，八旗子弟便参加了科举应试。当时是满汉分榜，试题科目内容并不相同。至康熙六年（1667），规定八旗与汉人一体应试，试题科目相同，均以四书五经为考试内容。此后，康熙"八年己酉科，定八旗乡会试额。顺天乡试，满洲、蒙古编满字号，共取十名；汉军编合字号，取中

---

① 赵翼：《檐曝杂记》卷一，第9页，中华书局，1982年。

十名。会试满字号中四名，合字号中三名。"①自此形成了八旗热衷于科举的风气，旗人的汉语汉文的水平不断提高，除了每科都有旗人中式之外，甚至出现了"同治四年乙丑科，以蒙古崇绮为状元，汉军杨霁为探花，为二百年所未有"②的情况。这就决定了旗人应试必须自幼熟读经史文艺，通晓汉文义，同时还要擅长诗文写作，如乾隆二十二年（1757）会试就增加了五言八韵律诗一项。

即便在考中进士入仕之后，也经常要考试诗文。如自康熙朝开始，翰林院庶吉士"凡散馆，清书试翻译，余试诗赋。"③同时，还不定期举行御试廷臣活动，并以试诗赋为主。还有一种随时随地的考试，考试内容也是诗文，如康熙六十一年（1722）七月，试热河随驾官三十三人，诗题'万家灯火随民便'，文题'上天之载无声无臭'，取一等五人，次等三人，皆旗人，此又专试旗员之随驾者④。值得注意的是，这次考试是"专试旗员"，且这种考试均分等级，对仕途的发展有一定影响，这就不能不令旗人专注于诗文了。

乾隆年间仍然有考试廷臣的制度，"试题一赋、一诗，其一则策、论、疏无定。大率四五年间即一试，卷分一、二、三、四四等，有迁擢者，有降调、休致者"⑤，可见诗文之优劣，关系到了仕途的前程。有时还专考八旗文臣，如"纯皇帝时，恶八旗词林学问弇陋，特亲试之。"⑥结果是满洲铁保、玉保兄弟位列前茅。因此即便进入仕途之后，也经常要面临诗文考试，这就促使八旗士子和

---

① 福格：《听雨丛谈》卷七，第150页，中华书局，1984年。
② 吴振棫：《养吉斋丛录》卷九，第83页，北京古籍出版社，1983年。
③ 吴振棫：《养吉斋丛录》卷一〇，第105页，北京古籍出版社，1983年。
④ 萧奭：《永宪录》卷一，第37页，中华书局，2007年。
⑤ 吴振棫：《养吉斋丛录》卷一〇，第106页，北京古籍出版社，1983年。
⑥ 昭梿：《啸亭杂录》续录卷三，第443页，中华书局，1980年。

绪　论

文人必须擅长诗文写作。从八旗留下大量诗词文赋作品的情况看，由科举出身的旗人绝大多数均善诗文，他们是八旗文学崛起发展的主力军。因此可以说，八旗科举制度的实行也是八旗文人阶层形成的重要条件，并因此对八旗文学的发展起到了重要影响。

此外，康熙十八年（1679）举行的博学鸿儒科，对八旗词坛的兴起、发展也起到了影响。其时"内外荐剡百八十余人"[1]应试，这些人都是当时的名家硕儒，取中名儒五十人。这些人中的大部分留滞于京师，成为了八旗王公的座上客。乾隆元年（1736）举行了一次博学鸿词科，共荐举二百七十人[2]，其中亦有不少善词者。这些文人齐聚京师，京师也因此成为全国的文化和文学中心，对清代文学包括清词的发展起到了推动作用。八旗热衷于文学的风气逐渐形成。

文学的发展是以文化的发展为条件的，从宫廷的情况看，顺治年间即举行了经筵日讲，定春秋二季举行，此后历朝均定期举行经筵日讲，乾隆帝即亲御讲筵四十九次。经筵讲义是先四书，后经书，满汉直讲官进讲后，由皇帝宣御论。帝王的参与使得经筵有了广泛的影响力。至于读书，宫廷也非常重视，康熙十六年（1677）设皇帝读书处"南书房"，命翰林院、詹事府每日轮四人入直南书房，"轮直南书房者，皆试以五七言诗，悉加品藻，并颁赉御书。"[3]康熙二十五年（1686）命汤斌、耿介等为皇太子讲官。后置尚书房，是为皇子皇孙读书处。皇家学习文化的举措，为天下读书人作出了榜样。此外，康熙朝编纂《古今图书集成》，乾隆朝编纂《四

---

[1] 王士禛：《池北偶谈》卷四，谈故四，第82页，中华书局，1984年。（各种史料记载被荐举者人数不同）
[2] 吴振棫：《养吉斋丛录》卷一〇，第102—103页，北京古籍出版社，1983年。
[3] 吴振棫：《养吉斋丛录》卷四，第47页，北京古籍出版社，1983年。

库全书》，皆规模宏大，影响深远。以文学而论，康熙帝于诗词文赋皆为擅长，乾隆帝更是各体皆备。以诗歌而言，"高宗御制诗共五集，合计得诗四万一千八百首，而潜邸所著《乐善堂全集》尚不在此数。"①帝王如此，文学也就自然会迅速发展繁荣。

从八旗的情况看，八旗的文学活动首先在宗室王公和八旗上层中形成了风气，他们或与名儒密切交往，或延请名师入府教授子弟经史文艺，其中以康熙朝安亲王岳乐王府最为有名。《啸亭杂录》云："安节郡王讳玛尔浑，安亲王岳乐子也。少封世子即好学，毛西河、尤西堂诸前辈皆游宴其邸中。著有《敦和堂集》，又尝选诸宗室王公诗，为《宸萼集》行世。"②其他如康熙帝之子允祉、允祺、允祐、允礼、允禧；雍正帝之子弘昼、弘瞻；乾隆帝之子永珹、永瑢、永瑆，以及康亲王崇安、睿亲王如松、怡亲王弘晓、庄亲王弘普、郑亲王济哈纳、睿亲王淳颖、平郡王福彭等等，皆与文坛名儒交往密切，并均善诗文。其他善诗文者如宗室博尔都、塞尔赫、文昭、恒仁以及旗人纳兰性德、曹寅等，也皆有与汉族名儒密切交往的经历，因此以诗文酬唱和抒发性情，一时成为风气。

清初，八旗科举屡开屡停，也有一些旗人子弟虽然无缘科举中式，但他们或入学于八旗学校，或延师于府邸中，于经史文艺未尝荒废，其中具有才华者，亦可为翰林。"国初八旗科目之制，或举或停，不甚专重。笔帖式、中书可转编修，部郎可升翰林学士。"③甚至有擢为翰林院掌院学士者，如满洲傅达礼非科举出身，而由郎中授内院读学，迁翰林院侍读学士，擢翰林院掌院学士。这种现象说明虽然由于八旗停止科举而无缘应试，但仍有很多饱读诗书之旗

---

① 吴振棫：《养吉斋丛录》余卷三，第301页，北京古籍出版社，1983年。
② 昭梿：《啸亭杂录》卷六，第180页，中华书局，1980年。
③ 福格：《听雨丛谈》卷一，第27页，中华书局，1984年。

绪　论

人具有很高的文化修养和文学水平。

乾嘉以来，热衷于科举的八旗家庭越来越多，"近日科目复盛，凡温饱之家，莫不延师接友，则文学固宜其骎骎然盛也。"①这使得八旗热衷于文学者日渐增多，文学在许多八旗家庭中也蔚然成风，出现了许多文学世家，且多是科甲出身的家族，这些家族皆以工诗文而显于世。如两江总督尹继善与其子庆霖、庆保、庆兰；左都御史德保与其子英和及英和妻萨克达氏、孙奎照、曾孙锡祉；吏部尚书铁保与妻莹川、弟玉保；官至河道总督的麟庆诗文俱佳，母恽珠，妻程孟梅，子崇实、崇厚，女妙莲保、佛芸保均是诗人。其他如鄂尔泰及其诸子，国梁、国柱兄弟，明瑞、奎林兄弟，萨哈岱、萨钦父子，嵩禄、敬训父子，国栋、文孚父子，敬文、成瑞兄弟，斌良、法良兄弟，那清安、全庆父子，廷桂、廷樾兄弟等等，亦均以诗文见长。诗词文赋成为他们最主要的写作文体。在这种情况下，词作为一种重要的文体也逐渐被八旗文人所重视，他们不仅热衷于填词，而且卓有成就，八旗词坛由此发展并形成了规模。

值得注意的是，清代帝王对文学的喜爱和倡导，对八旗文学的繁荣发展也起到了推动作用。自康熙朝开始，凡大宴群臣、宗室宴、千叟宴、重华宫茶宴等等，均有赋诗的项目，即使到了嘉庆年间也是如此。如嘉庆元年（1796）举行千叟宴，"与宴者三千五十六人，赋诗三千余首"②，这种文学氛围对八旗也产生了直接的影响，且自康熙帝直至光绪帝，历代帝王都有诗文作品，甚至康熙帝、乾隆帝还有词作存世。

正是这种文学背景使得八旗文人热衷于文学，很多旗人都有诗

---

① 昭梿：《啸亭杂录》卷二，第34页，中华书局，1980年。
② 吴振棫：《养吉斋丛录》卷一五，第165页，北京古籍出版社，1983年。

文集存世，清代的八旗作家人数已经超过千人①，从这种现象可见八旗文学之昌盛。

第二节　八旗词坛之崛起

八旗词人在顺治朝开始出现，在康熙朝八旗词坛崛起，经历了发展、繁荣，一直延续到清末民初的过程。这个过程在八旗入关后的近三百年中未曾中断，而且在上至王公，下至布衣的各个阶层中都出现了词人。

八旗入关后最早出现的词人，是顺治朝"从龙入关"的第一代旗人。康熙朝出现的词人，多是八旗入关后出生的新生代词人。

八旗词坛形成于入关之初，在顺治朝即出现了一批八旗词人，其中八旗满洲中有鄂貌图、佟国鼐，八旗汉军中有佟卜年、佟国器、佟国屿，他们都是"从龙入关"的旗人。进入康熙朝以来，在八旗的新生代中，不断出现热衷于填词的旗人。这个时期的八旗汉军词人以佟世南、佟世思最为著名，佟世南著有《东白堂词》，佟世思著有《与梅堂诗余》。八旗满洲则以纳兰性德和曹寅最有代表性，纳兰性德著有《饮水词》，曹寅著有《荔轩词》；宗室中博尔都著有《也红词》，岳端著有《桃坂诗余》。其中纳兰性德一生致力于填词，不仅是八旗词坛首屈一指的词人，而且在清代词坛上也享有极高的声誉，甚至被誉为"清初第一词人"②，纳兰性德及其他八旗词人的出现奠定了八旗词坛在清代词坛上的地位。

清初的八旗词人多有与汉文人密切交往的经历，这种经历对八

---

① 据《熙朝雅颂集》《八旗艺文编目》《八旗文经》《白山词介》《八旗通志》统计。
② 况周颐：《蕙风词话》卷五，第121页，人民文学出版社，1982年。

绪　论

旗词坛的形成、发展起到了至关重要的作用。清初有声名的八旗词人如纳兰性德、曹寅、佟世南、佟世思、岳端，都曾与词坛名家朱彝尊、陈维崧、顾贞观、严绳孙、蒋景祁、秦松龄等一大批著名词人密切交往，在相互酬唱、探讨词艺中逐渐成熟，开启了八旗词坛崛起发展的道路，从而使八旗词坛成为了清代词坛密不可分的组成部分。

从清词发展历程来看，清初词坛词派纷呈，其中不乏独立侧出者，或承续前朝，或另开新调，"昔陈大樽以温、李为宗，自吴梅村以逮王阮亭，翕然从之，当其时无人不晚唐。至朱竹垞以姜、史为的，自李武曾以逮厉樊榭，群然和之，当其时亦无人不南宋。"[①] 清初诸家虽然各有家数，但在极力追求词之精细的艺术性方面却甚相一致，都是意欲再度振兴词坛。这个时期词人还开始热衷于编著词选、词论，阐扬各自的词学主张，以求整顿词坛，清代词学也由此进入了宋词以后最为兴盛的时期。

在清词中兴之际，八旗词坛也在清词发展的大潮中崛起，除了前面提到的八旗词人创作了大量词作，并引起了词坛的重视之外，他们还在词论、词选方面有着出色的表现。

在词论方向八旗词人颇有建树，纳兰性德的《填词》《渌水亭杂识》，郑文焯的《大鹤山人词话》，继昌的《左庵词话》，均以见解独到而自成系统，也都在词坛上产生了影响。

在词选方面，以纳兰性德和佟世南、杨锺羲最受词坛瞩目。他们在操觚家闻风竞起，选者作者妍媸杂陈之际，并未随波逐流，而是独标自我。纳兰性德不仅词风独特，而且与顾贞观一起以自家标

---

① 谢章铤：《赌棋山庄词话》续编三，唐圭璋编《词话丛编》四，第3530页，中华书局，2005年。

· 11 ·

准选辑《今词初集》,颇有"欲尽招海内词人,毕出其奇"[1]的抱负,并因此产生了一定的影响。佟世南也是在清初词坛或尊晚唐、或尊南宋之际,不随人道黑白,不仅主张词写自我,而且选编了《东白堂词选初集》以宣示自家的词学立场。这两部旗人词选与清初文坛领军人物王士禛的《倚声初集》和朱彝尊的《词综》出现在同一时期,颇有与其争胜的味道,从中亦可见他们于填词一途颇为自信的心理。

晚清之际,杨锺羲更是对八旗词坛的发展进行了系统总结,编选出了八旗词作总集《白山词介》,彰显了八旗词坛的独特性与成就。

八旗词坛的这种强势崛起,表现了八旗词人欲在词坛上一争高下的信心,有清一代涌现出了大批八旗词人就是这种自信的表现。他们不仅留下了大量词作,而且表现出了鲜明的旗人意识与风格,形成了八旗词坛的群体性特色。其中不乏一生致力于填词的词人,这些词人的独特表现使他们成为了八旗词坛乃至清代词坛上的填词名家。

八旗词人从清初一直到清末绵绵不绝地出现,使得八旗词坛在崛起与发展中具有了未曾间断的连续性,并在取得了不同凡响成就的同时,具备了显著的个性化特点,并形成了一条清晰的发展轨迹。

第三节 八旗词坛之发展

入清以来,各体文学迅速繁荣,词亦乘势而上。而在此时,词

---

[1] 顾贞观:《答秋田求词序书》,见谢章铤:《赌棋山庄词话》续编三,唐圭璋编《词话丛编》四,第3530页,中华书局,2005年。

之善言性情的特质,尤为人们所深刻领悟,加之清定鼎未久,词体长于委曲言情,最适合清初文人激愤心境的婉曲表露,故清初热衷于词者趋之若鹜。词在当时的风行程度难以想象,上至达官,下至百姓,乃至闺秀,皆热衷于填词。清初李渔曾言:"乃今十年以来,因诗人太繁,不觉其贵,又不重诗而重诗之余矣。一唱百和,未几成风,无论一切诗人,皆变词客。即闺人稚子,估家村农,凡能读数卷书,识里巷歌谣之体者,尽解作长短句。"[1]这种风气和潮流对八旗文人产生了影响,词体所具有的独特艺术美感也逐渐为他们所锺爱。因此,从清初开始便有宗室王公和文人开始尝试填词,甚至帝王如康熙帝也有十二首词作,八旗词人队伍随之逐渐扩大,出现了一批有特色的词人,并在清初词坛上产生了影响。

清代中期八旗整体的文化素质已经有了很大的提高,在文坛上的地位与清初相比已经不可同日而语。与清初相比,清中期由于各种八旗官学制度的完善和八旗科举制度的常态化实施,以及八旗子弟入学人数的累积增加,不仅使八旗文人数量逐渐增多,而且由科举入仕者也大大增加。这些人通经史,善文学,有了更多进入文坛的欲望和渠道,从而为在八旗中产生词人创造了更为有利的条件。

此时的八旗词坛,皇家宗室除了乾隆帝有词作之外,善词者弘晓、永恩皆为亲王,贝勒奕绘出身于宗室贵胄。在八旗中也出现了一批词人,这些人多出身名门,数代为官,且以进士出身者为多,在文坛上具有很大影响。在别具风格的词人中,最有代表性的是铁保和那彦成,他们都是进士出身,曾多次任乡、会试主考官,在文坛上有很高的声望,词作也别有特色。他们的词或疏朗,或沉郁,直抒心中之情,很少流露儿女情态,绝无香软浓丽之作。这种词作

---

[1] 李渔:《笠翁一家言全集》,《笠翁诗集》卷八,光绪二十年刊本。

风格在清初旗人词作中很少出现，因此也是八旗词坛至清中期发展变化的一种表现。清代中期比较优秀的八旗闺阁词人是顾太清。太清词当时流传不广，其艺术价值在晚清时期才被发掘，况周颐给予了高度评价。

虽然这个时期八旗词坛的艺术成就在总体上逊色于清初，但词作风格较清初更为多样化，词作内容题材也较清初更为广泛深刻。如果说清初八旗词人多是描写眼前之景、心中之情的话，那么清代中期八旗词人的作品则更多地触及社会现实。如满洲铁保的《满江红·丙子冬夜》便诉说了对仕途艰难的感慨。贝勒奕绘的《台城路·过成哲亲王故园》，则借描写成亲王永瑆故园的荒芜凄凉，抒发了对皇家嫡派子孙颓废潦倒处境的担忧与悲哀。这种触及社会现实的词作，反映出了旗人当时的境遇和心理，应该说具有比较浓郁的现实主义色彩。此外，高鹗有四首词记述了民间一位年轻女子的悲惨经历。每首词前均有小序，介绍了所记事件的人物、起因、经过、结果，连缀而观则是一个完整的悲剧故事，更是对现实社会的具体反映。这种以词记叙事件的词作不仅在清中期以前难以见到，在整个清代词坛上也极为罕见，故而也就具有了独特的文学价值和社会价值。

晚清时期，虽然国家局势极为动荡，但词学却出现了再兴的局面，不仅词人和词作的数量明显增加，而且词风也多有变化，八旗词坛的情况也是如此。究其原因，是时至晚清，词体已经上升到与诗歌相等的地位，词也已经成为抒发心志不可或缺的文学载体。词已不再被认为是"壮夫不为"之"小技"了，填词也就成为了时代的风气。尤其是此时词体的主要功用已经不再是"宴嬉逸乐"，而是具有了与诗歌同等的讽喻教化、比兴寄托功用。更为重要的是，词人在内忧外患中有感于国势的衰落和自身境遇的坎坷，以词抒写家国情怀便成为晚清词坛一种重要的现象和趋势,词风也从重婉约而转换为婉约与豪宕并重,"清空"之论也更为词坛重视。这个时期的八旗词坛大略也是如此,他们也都能够以词抒写心志,不过有所不同的是他们在抒发家国情怀的同时,多了一份对八旗命运的关切,并注重词作需内涵"骨气",这种倾向常常是他们词作的主调。

晚清八旗词人队伍不仅逐渐扩大,出现了一些致力于词的词人,而且词作涉及的现实内容也更为广泛深厚。从晚清八旗词作的词意和风格看,国家局势颓落和八旗制度衰败的现实,给予八旗词人生活和心灵以巨大的冲击,以此出现了大量抒发家国情怀、悲慨自身境遇的作品,表现出了强烈的忧国忧时思想。在词风方面,他们在以宋词婉约词风为圭臬的同时,自觉与不自觉地追求苏辛慷慨词风,以此表达那种从八旗角度出发,只有旗人才具备的感慨深浓的愤懑与愁苦,这种内容与词风的词作也成为了晚清八旗词坛的显著特点。

此时八旗词人大量出现并产生了比较大的影响,不能不说是受到了当时词学理论和词学风气的影响。此时的八旗词人数量不仅超过了清前、中期的总和,且多有个人词集存世。晚清八旗词坛以承龄、斌桐、陈良玉、郑文焯最为有名,其他如斌良、锡缜、如山、宗山、英瑞、继昌等等也都致力于词,并在词学方面均有建树。

晚清时期,还出现了八旗文人结社联吟的现象,赋诗填词是他们主要的文学活动。由于晚清以来八旗社会的精神压力更为沉重,八旗生计问题也更为严重,八旗文人有感于世事艰难,以结社联吟方式相互倾诉心中郁忿,一时成为风气。其中以京师八旗文人组成的"探骊吟社"最有代表性,主要人物有志润、宝廷、宗韶、宝昌、戬毂等等,吟社"凡五十余人"[①],可见规模之大,这大约也

---

① 杨锺羲:《雪桥诗话》卷一二,第600页,北京古籍出版社,1989年。

是当时最大的文学社团了。他们除了赋诗之外，尤热衷于填词，在极力追求词艺特质的同时，以词抒志。探骊吟社的成员不仅创作了大量佳作，而且形成了明显的词风特色，由此而使八旗词坛在晚清之际声势未减，并因此在词坛上形成了另一种风景。

第四节　八旗词坛之概貌

清代八旗诗文家超过千位，而词人不足二百位。以词人旗籍而言，以八旗满洲词人为最多，八旗汉军次之，八旗蒙古词人则为数寥寥。尽管其中一些八旗词人的作品以诗文为主，有的仅存词十首以内，但也不乏佳作。不过，在八旗中还是出现了一批致力于填词的词人，其中不乏在清代词坛上产生了重要影响的词人，成为了清词史上不可或缺的人物。

八旗词坛自清初兴起，其发展一直到清末民初未曾间断，对这种文学现象清人即有所认识。如清代的多种词选如《今词初集》《东白堂词选初集》《瑶华集》《百名家词选》《云韶集》《词则》《清词综补》，以及今人叶恭绰的《全清词钞》等等，都选录了八旗词家，但是这些词选都不是八旗专集。尽管如此，仍然可以看出八旗词人在词坛上以其独特的面貌而产生了影响。

清代惟一一部八旗词作总集是《白山词介》，由旗人杨锺羲选辑。其中选录了从清初至清末五十五位词人的作品，大致梳理了八旗词坛发展流变的状况，如清初佟氏家族词人、宗室词人以及各时期的重要词人均予收录。此外，对各个时期有代表性的词人，如纳兰性德、曹寅、斌桐、承龄、陈良玉、盛昱等等，也都作为重要词人而收录了比较多的词作。这部词集在显示杨锺羲的词学立场与词学主张的同时，描绘了八旗词坛发展变化的基本轨迹与脉络。此书刊刻已经是宣统二年，也许是编辑时间紧迫，此书无序跋，对入选词人也未给予评价。尽管如此，《白山词介》的出现，仍然反映了八旗词坛客观存在的独立性，同时也是对八旗词坛整体状况的一次总结。

此外，清代大量的词话也都收录了众多的八旗词人，且评价都不低。如徐釚的《词苑丛谈》，李调元的《雨村词话》，田同之的《西圃词说》，陈廷焯的《白雨斋词话》《云韶集》，况周颐的《蕙风词话》，谢章铤的《赌棋山庄词话》、徐珂的《近词丛话》等等数十家词话，都对八旗词人的词作及特色给予了评价，可见八旗词人的影响并非在清代词坛上微乎其微，而是确实占有一席之地。

对清代八旗词坛的大致情况，郭则沄在《清词玉屑》中给予了集中评述，或可参考。《清词玉屑》在论宗室词人时云：

> 宗潢之彦，自红兰主人始桄导词学。红兰名蕴端，多罗安郡王岳乐子也，尝合刊郊岛诗为《寒瘦集》，身居朱邸而癖近枯槁，可谓奇情。世传其《蝶恋花·画杏》词后半阕云："春意方酣人意懒，解诂春愁，少个呢喃燕。是处玉骢归去晚，红楼早把珠帘卷。"置之南唐词中，当不多让。继起者若月仙恒仁、春园德崇、宜之戩毂、生庵德准，亦皆好为令慢。宜之赋《夕阳·虞美人》句云："小楼高处最分明。十二阑干相映，雨初晴。"生庵《留春令·本意》云："几番风雨催春返，又早是柳慵花懒。教人怊怅黯销魂，奈无计呼春转。红稀绿暗莺声软。东风里，落花千片。乱将榆荚赠东君，且买韶光暂缓。"皆清婉有致。若春园中允《宿慈救寺·鹧鸪天》后半阕云："灯似豆，夜如年。一帘香袭兽炉烟。兰心领取清凉味，不慕游仙不问禅。"虽贝萧楚，终觉索然意尽。此事尤推允素贝勒，

贝勒好近雅流。尝与闺人太清春并辔游山,于马上抱铁琵琶,宛然王嫱图画,作词亦多。余喜诵《过成哲亲王故园·台城路》云:"芜园何限伤心事,凄凉更逢斜照。狐窜阴房,鸦鸣古木,画栋曝书楼倒。青苔谁扫。但败柳残荷,寒林衰草。痛哭苍烟,一丸冷月夜深悄。　追思朱邸故事,陈王游宴处,花好春好。鱼网横矶,羊鞭挂树,此日那堪重到。暗伤怀抱。向流水声中,咽鸣长啸。梁燕无聊,今年归去早。"哲王在日,园居鄂杜,客有邹枚,拟河间之好文,亦广陵之秉政,丹鼎甫举,朱门已墟,追昔抚今,宜有深感。①

其中提到了宗室蕴端（岳端）、戬毂,恒仁、德崇、德准、奕绘、顾太清等等词人,对其词的评价都比较高。其中尤其欣赏奕绘的《过成哲亲王故园·台城路》,是以此词寄慨深,故而能够引起读者共鸣。

对其他八旗词人,郭则澐也给予了较为全面的评论,《清词玉屑》云:

世之论词者,于八旗中独推成容若。余谓容若酷似词人耳。其工词者,初不仅此,如佟汇白《石头城怀古·酷相思》后半阕云:"朱雀桥边芳草路。几遍风和雨。问佳丽、六朝遗恨处。莺语也、如相诉,燕语也、如相诉。"吴留村《画堂春·春日》云:"轻烟漠漠柳丝长,条风吹断斜阳。杏花十里玉楼香,画里红妆。　春梦才归巫岫,诗魂又入潇湘。纤纤玉笋理衣裳,独自思量。"二君敭历封圻,各有树绩。其词亦何

---

① 郭则澐:《清词玉屑》卷一,第1—2页,蛰园校刊本,1936年。

尝不工。又如阿文勤、那文毅，丰功伟烈，炳在国史，词亦安弦奏雅，绝无剑拔弩张之态。阿文勤《菩萨蛮》云："晚鸦如阵投林木，影摇新月生窗竹。转侧梦难成，风声杂雁声。　篆烟何寂寞，冷叶空庭落。回首忆芳踪，蓬山路几重。"那文毅《紫藤花下对月·瑶华》云："璎穿珞缋，高架暮霞，浸一壶寒碧。满身清影，玲珑甚、筛透衣香几叠。轻寒约住，才留得、而今春色。讶石家、步障张空，翻起流云疑活。　凄凉转忆前游，是那曲阑干，春最佳绝。十年花梦，应不识、禁得等闲蜂蝶。心清正苦，更何处、悠扬孤笛。怕者番吹彻阳关，惊舞翠虬香雪。"二作以文毅为工，绮情斐亹中，别见孤抱。容若不能胜也。盛时人才辈出，即声律余事，可见其凡。①

郭则澐认为，八旗词人除了纳兰性德之外，佟国器、吴兴祚、阿克敦、那彦成等等，皆填词高手，非泛泛之辈，其词均各有所长。郭则澐能够对八旗词人及词风给予比较全面中肯的评论，也说明了八旗词坛具有独立存在的影响和价值，并能够以其独特性和成就为文坛所重视。

顺治朝至康熙朝初年，八旗词坛兴起，《清词玉屑》中提到的岳端、纳兰性德、佟国器、吴兴祚，都是清初有影响的词人。奕绘、顾太清、阿克敦、那彦成，都是清中期词人。戬毂、德准则是晚清词人。在康熙朝中期至乾嘉时期，其成就与特色主要显示于八旗满洲词人之中。晚清以来，八旗词人数量大增，在八旗满洲与八旗汉军中都出现了重要词人，其中满洲中以承龄最为突出，被认为是继纳兰性德之后最有名的八旗词人。汉军中则以郑文焯最有影

---

① 郭则澐：《清词玉屑》卷一，第3页，蛰园校刊本，1936年。

响，名列晚清词坛"倚声大家"之中。纵观这个时期的八旗词风，基本以沉郁激慨为主，长歌当哭成为了他们抒发内心情感的主音调。晚清八旗词坛的这种词风在趋同性方面渐渐增强，究其原因，大约是在国难当头之际，八旗政治地位下降，生活窘迫，加之"排满"思潮高涨，迫使旗人在忧虑情绪加重的同时自我意识也开始增强，对自身境遇和国家局势的感慨渐趋一致所致。

此外，长期以来八旗内部思想意识、生活习俗的相互交融，以及旗人内部的普遍通婚，使得他们的血缘和情感更为接近，以至形成了"只分旗民，不分满汉"的共识，即八旗内部满蒙汉为一整体，"旗族"的观念应运而生，"旗人"成为他们区别于"民人"的共识与共称。在旗人处境更为困苦、旗人意识也更为浓重的同时，八旗内部的关系乃至心理也更为密切，使其词作的内涵和情感相近之处也就越来越多，并因此显示出了更为明显的群体性特征。

清末民初之际，在旗人中普遍存在的迷茫情绪与惶恐心理，使得众多旗人为了生计而易姓更名，极力隐藏旗人身份。但是其家族三百年的入旗历史与旗人特有的心理情怀，绝不可能从心头轻易抹去，以沉郁悲慨之情抒发旗人特有的情感，也就成为了清末民初八旗词人的一种共性，这也是晚清以来八旗词风特色形成的根本原因。从词史的发展角度看，也可以说八旗所处内外环境的改变，促成了晚清直至民初八旗词坛的这种变化。

总之，清初直至清末民初，八旗经过长期的文化积淀，善诗词者日渐增多，不仅创作出了极具特色的作品，而且在很大程度上反映和具备了时代的特征。并在抒发忧国忧时家国情怀的同时，提出了独有见地的词论主张，这些词论不仅各有建树，而且对当时词坛也产生了一定的影响。

第五节　八旗词坛的旗人特点

词作为中国文学的一种重要文学体裁，在清代以前，取得最高成就的都是汉族词人。八旗填词完全遵循了词这种文学体裁的种种规范和要求，因此八旗词作并没有在词体方面有所突破。不过词既然是抒发性情的一种文学形式，那么不同社会背景和不同经历的词人，也会存在民族、阅历、情感方面的差异，这必然会对其词风、词论和题材选择、抒情方式等等方面产生影响。因此生活在八旗制度中的八旗词人，虽然也运用了词这种传统文学形式进行创作，但是他们并没有与汉族词人完全合流。从旗人生活经历出发，抒发旗人情感仍然是他们填词的重要特点，从他们的词作中仍然能够感受到八旗文化和旗人精神的气息。他们虽然也有模仿唐宋的迹象，但由于八旗词人具有与生俱来的浓郁的八旗意识，以及受到八旗文化的影响，他们也就表现出了与同时代汉人词家的诸多不同，这种不同在整个清代八旗词坛的发展变化中都有表现，从而在总体上展现了八旗词坛特有的面目。从具体的情况看，八旗词坛与清代汉人词坛大致有以下几点不同。

一、对八旗入关的立场不同

汉族词人与八旗词人对八旗入关的立场不同，这种不同在清初之际表现得尤其明显。此时江山易主遭到了汉人的抵制和反抗，明遗民文人基本采取了两种方式对待，一种是入清不仕，一种是入清后徘徊观望而后入仕，不过他们的词作都表现出了强烈的抵抗情绪与家国沉沦之痛。《清词玉屑》云："顺康时去朱明未远，遗民佚老犹多故国之思。而金陵旧为陪都，复经福王建国，桃花燕子，触目沧桑，动关感喟。"①这便是清初词坛之基本大势。

明遗民词人中，陈子龙、夏完淳举兵抗清。入清不仕的著名文人中善词者有王夫之、冒襄、陈洪绶、归庄、张怡、陈子升、屈大均、毛先舒、蒋平阶、杨士聪、徐之瑞、陈于泰、陆士仪、吴骐、申涵光等等一大批词人，这些词人对山河易主充满了悲愤之情，其词也多从这种情感出发，表达了内心的愤慨与凄楚。

陈子龙，字卧子，崇祯十年（1637）进士，举兵抗清，被获，乘间投水死。他的《点绛唇·春日风雨有感》等多首词作，寄托了对国家覆亡的痛苦。

夏完淳，号存古，誓死抗清，后兵败，死难于南京，年仅十七。他的《满江红》《一剪梅·咏柳》等等，都是悲慨故国沦亡之作。

王夫之，字而农，号姜斋，衡阳人，明崇祯十五年（1642）举人，入清不仕，有《船山全集》《潇湘怨词》。其《绮罗香》痛彻异常，词前小序云："读邵康节遗事，属纩之际，闻户外人语，惊问所语云何？且曰：我道复了幽州，声息如丝，俄顷逝矣。有感而作。"②词中有"君知否、雁字云沉，难写伤心句"，是何等的沉痛！

徐之瑞，字兰生，仁和人，明崇祯九年（1636）举人，入清不仕，有《横秋词》。其《水龙吟·登瓜步江楼》中"河山如故，悲何限、吞声哭"③句，故国之思尤为浓厚。

陈于泰，字大来，一字谦茹，宜兴人，明崇祯四年（1631）进士，官翰林院修撰，入清不仕，出家为僧。其《念奴娇·五十自寿》有句云："暇则烂醉高歌，清风明月，倚户招为客。江左夷吾

---

① 郭则澐：《清词玉屑》卷一，第6页，蛰园校刊本，1936年。
② 叶恭绰：《全清词钞》卷一，王夫之，第18页，中华书局，1982年。
③ 蒋景祁：《瑶华集》中册，卷一三，徐之瑞，第825页，中华书局，1982年。

应好在,那用东山复出。"①表明了坚决不与清廷合作的立场。

此外,入清不仕的词人还有:归庄,一名祚明,字元恭,号恒轩,昆山人,明诸生。杨士聪,字朝彻,号凫岫,明崇祯四年(1631)进士。屈大均,字翁山,又字介子,明诸生,与陈恭尹、梁佩兰齐名,称"岭南三大家"。宫伟,字紫玄,明崇祯十六年(1643)进士。顾景星,字赤方,号黄公,蕲州人,明诸生,著作甚丰,康熙十八年(1679)举博学鸿儒,不就。以上这些入清不仕的词人皆能在明亡清兴之际,以词抒发故国之思和悲慨郁愤之情。

清初入仕的明遗民词人,有钱谦益、吴伟业、陈之遴、曹溶、王岱、高珩、李雯等等,虽然他们弹冠新朝,但其词作也多有与入清不仕词人同样的家国陆沉之痛。

钱谦益,字受之,号牧斋,又号蒙叟,常熟人,明万历三十八年(1610)进士,官至礼部尚书。入清授内秘书院学士,官至礼部右侍郎,不久归里,与吴伟业、龚鼎孳并称"江左三大家"。钱谦益有《永遇乐》三首,写中秋及十六日夜、十七日夜,其中《永遇乐·十七夜月》云:"白发盈头,清光照眼,老癫思裂",不但极度悲愤,而且"凭谁把青天洗净,长留皓月!"②大有复明之愿。

吴伟业,字骏公,号梅村,太仓人,明崇祯四年(1631)进士,官国子监司业、詹事府少詹事。入清官国子监祭酒,不久丁母忧归,常以仕清为恨。其《贺新郎·病中有感》③唱出了"沈吟不断,草间独活"的深深自责,和"脱屣妻孥非易事,竟一钱不值何须说"的痛苦与悔恨。

---

① 蒋景祁:《瑶华集》中册,卷一二,陈于泰,第706页,中华书局,1982年。
② 蒋景祁:《瑶华集》中册,卷一五,钱谦益,第893页,中华书局,1982年。
③ 蒋景祁:《瑶华集》下册,卷一八,吴伟业,第1087页,中华书局,1982年。

陈之遴，字彦升，号素庵，海宁人，明崇祯十年（1637）进士，官中允。入清授秘书院学士，累官至弘文院大学士，加少保，兼太子太保，后缘事流徙，著有《浮云集》《素庵诗余》。其《水龙吟·过旧村感赋》有句云："万种伤心，两行清泪，欲挥还住。想琼枝天际，瑶台云表，都付与，咸阳炬。"[①]透露出了内心复杂的悲愤情绪。

清初由科举入仕的汉族词人，同样也多怀有家国沦丧的悲慨情怀。

毛重倬，字卓人，号阆仙，武进人。顺治二年（1645）举人，官浙江石门县知县，有《卓人词》。其《解语花·乙巳中秋》下阕云："回首凤城箫鼓。记沉香亭畔，曾按新谱。纤歌妙舞。都何在、只有断垣荒础。凄凉今古。更历乱、武昌楼橹。嗟百年、强半蹉跎，此恨凭谁语。"[②]乙巳是康熙四年（1665），中秋是家国团圆的节日，然此词却悲凉无限。昔日天下太平之时，夕阳箫鼓、纤歌妙舞，而今是"凄凉今古。更历乱武昌楼橹"的景象，不由得词人"嗟百年、强半蹉跎，此恨凭谁语"。此外"箫鼓"为南北朝诗人鲍照所用，其《代出自蓟北门行》诗中有"箫鼓流汉思，旌甲被胡霜"句。毛重倬词中"武昌楼橹"句，则与宋葛长庚《酹江月·武昌怀古》中用"楼橹"征伐匈奴有关，因此毛重倬所用"箫鼓"和"楼橹"之典，也就具有了更深层次的含义。

宋琬，字玉叔，号荔裳，莱阳人，顺治四年（1647）进士，授户部主事，官至浙江按察使，诗与施闰章齐名，号"南施北宋"，有《雅堂集》《二香亭词》《广陵唱和词》。他的《满江红》《清平

[①] 叶恭绰：《全清词钞》卷一，第11页，陈之遴，中华书局，1982年。
[②] 叶恭绰：《全清词钞》卷一，第42页，毛重倬，中华书局，1982年。

乐》《贺新郎·赠友》诸词，唱出了"吾辈今衰矣"和"君不语，泪盈把"的苦楚。

这一类深怀家国之忧、身世之慨的汉族词人比比皆是，如入清官广东澄海县知县的王岱，入清官广东潮州府知府的宋徵璧，以及顺治年间进士魏裔介、梁清远、龚百药、王熙、宋徵舆、何彩等人，均有相同情感和词风的作品。

与汉族词人的词作相比较，清初八旗词人却抒发了完全不同的感情。八旗入关，挥师南下，不久便统一了全国，在这个过程中他们充满了胜利者的喜悦，因此以上汉族词人的种种悲愤情绪在八旗词人中并不存在。

满洲纳兰性德的几首《忆江南》就写得极为清新畅快，"江南好，怀古意谁传。燕子矶头红蓼月，乌衣巷口绿杨烟。风景忆当年。""江南好，铁瓮古南徐。立马江山千里目，射蛟风雨百灵趋。北顾更踌躇。"[1]他眼中的景色如此之好，立马射蛟，是何等的雄心勃发，与汉人的黯然心情形成鲜明的对照。

宗室岳端的《好事近·本意》《相见欢·本意》《鹊桥仙·本意》等，也有这种特点，皆轻松惬意。《相见欢·本意》云："花下别匆匆，九夏三秋隔绝。青鸟传来消息，道星桥叵越。　待他共叙一宵欢，细解愁肠。留此残红半焰，照下帏时节。"[2]消遣之词而已，别无深意。

内务府曹寅的《望江南》八首之二云："江十草，茸细绿难匀。红果黄花争结实，凉虫冷絮白纷纭。只此泣王孙。"另一首《减字木兰花》云："烟朝月夕，多病文园惟漱石。费尽游思。及至看山

---

[1] 纳兰性德：《通志堂集》卷六，第201页，上海古籍出版社，1979年。
[2] 岳端，《玉池生稿》，康熙二十五年及康熙二十九年刻本。

无一辞。　　人家暗数。红枣碧梨秋太露。漠漠帆开，明日西风卷雁来。"①词人的惬意心情如现眼前。

清初八旗词人也有写愁情的词作，但这种愁往往是偶有不得意而产生的，并不来自如汉人亡国的痛苦，当然也就不可与汉人的愁愤同日而语。

二、对关外景物的感情不同

在八旗词人笔下，山海关外即是故乡，一切景物都无不美好。汉族词人则视关外为蛮荒之地，不仅不具备这种感情，而且还充满了凄凉情绪。

清初来到关外的汉人，尤其是被流放的文人，在严酷生存环境中的凄惨的经历，使得他们悲慨异常，在他们眼中，关外是一片凄凉景色，思乡之痛油然而生，这种悲凉之感以吴兆骞的《秋笳词》最有代表性。

吴兆骞因顺治十四年（1657）的科场案，被流放于黑龙江宁古塔二十三年，其词作多写荒凉的景物和思乡的痛苦。他的《念奴娇·家信至有感》中云："牧羝沙碛，待风鬟、唤作雨工行雨。不是垂虹亭子上，休盼绿杨烟缕。白苇烧残，黄榆吹落，也算相思树。"②词人描写的景物与心情是何等的悲惨。

陈见钺，字在田，在盛京居住多年，有一首《水调歌头·寄吴汉槎》，上阕云："一夜萧关冷，襆被怯西风。无数笳悲笛怨，隐隐入帘栊。搅碎乡心千里，唤起离愁万种，都到月明中。多少凄清味，禁受有谁同！"③顾贞观也有一首《金缕曲·寄吴汉槎宁古塔，

---

① 聂先、曾王孙：《百名家词钞·荔轩词》第3页，《续修四库全书》集部词类，上海古籍出版社影印版，2002年。
② 叶恭绰：《全清词钞》卷二，第82页，吴兆骞，中华书局，1982年。
③ 叶恭绰：《全清词钞》卷四，第155页，陈见钺，中华书局，1982年。

以词代书》写出了同一种情调,这当然与他们的现实处境、思想感情和民族隔阂有着直接的关系。

八旗词人则不然,他们出关是回到了故乡,心情愉悦,在他们眼中,各种景物皆非常美好。因此这些词不但慷慨豪壮、清新畅快,而且能表现出浓郁的民族感情,这些词也就具有了鲜明的八旗特色。如佟国玛的《水龙吟》,纳兰性德的《长相思》《如梦令》,曹寅的《满江红·乌喇江看雨》等等,皆是如此。这类格调描绘关外景色和表现内心情感的词作,大约只能从旗人的作品中才可以见到。

三、怀古词中表现的家国情怀和身世之感不同

清初之际,汉族词人对家国局势和自身命运的感触与八旗词人多有不同,这种不同在怀古词中表现得最为明显,清初时期的情况尤其如此。怀古词的传统是以叹古今之变,咏节义,述忠孝,故最能够抒发对时局的感慨。从这一类词的数量上看,汉人的词作远远超过旗人,且多是深怀身世之感。他们常常借怀古形式感慨于悲怆的情怀和命运。而八旗此时正处于上升时期,缺少汉词人那种惨烈的痛苦。

明朝崇祯十六年(1643)进士史可程,有《观槿词》,其《念奴娇·怀古》云:"崩涛叠浪,映壁空如洗,一轮圆月。鹿走乌啼千古恨,想见英雄本色。市散蜃楼,桑生贝阙,鹤发愁难说。芒寒剑涩,谁怜田岛群客。　试问剩水残山,兵戈丛里,崛强心谁热。冷觑当场分得失,好谢广长翻舌。志遂飞虹,名成露绶,究使乾坤缺。不如休去,螺江垂钓烟阔。"①从结句"不如休去,螺江垂钓烟阔"中,即可深刻体会到词人悲慨难言的苦楚。

---

① 蒋景祁:《瑶华集》卷一,第714页,史可程,中华书局,1982年。

金坛周而衍的《满江红·夜泊采石矶怀古》，下阕云："千载遇，何时忘。归去也，添惆怅。孤忠消不得，扁舟长往。只有沧江残照里，唯留明月青天上。白茫茫、何处与招魂，空凝望。"①这种词也都是在借咏古悲慨自身的生不逢时，以及忠心难以展现的无奈。

莱阳宋琬的《满江红·燕台怀古》云："易水东流，与西去、荆卿长别。祖帐处、三千宾客，衣冠如雪。督亢图中雷电作，咸阳殿上襟裾绝。恨夫人、匕首竟何为，同顽铁。　　渐离筑，笙歌咽。博浪铁，车轮折。纵奇功未就，祖龙褫魄。一死翻令燕国蹙，九原悔与田光决。叹千年、寒水尚萧萧，虹霓灭。"②连用荆轲刺秦、张良锥、田光自决三个典故，追怀三位仁人志士为国献身之壮举，这在清初的背景下绝非泛泛无意之怀古。

此外，嘉善叟丹生的《金明池·秣陵怀古》，钱塘张纲孙的《喜迁莺·长安吊古》，无锡秦鸿的《桂枝香·胥江怀古》，安丘曹贞吉的《百字令·咏史》，莆田林麟焻的《水调歌头·钓龙台怀古》，武进唐元甲的《金缕曲·黄鹤楼怀古》，太仓王昊的《浪淘沙慢·金陵怀古》，华亭陈崿的《大酺·王府基怀古》，溧阳彭桂的《归朝欢·鄗南怀古》等等，都借怀古之思抒发了同样凄凉的家国之忧与身世之慨。

以上词作怀古用事，借以抒发了内心的种种悲苦之情。这些词作均寄托遥深，或沉郁慷慨，或感愤淋漓，可见词人心绪之所钟。

清初八旗词人因为处境与汉人并不相同，且多处于顺境之中，故无汉族词人那种深切的体会和痛苦，清初满洲纳兰性德、曹寅和

---

① 蒋景祁：《瑶华集》卷九，第556页，周而衍，中华书局，1982年。
② 蒋景祁：《瑶华集》卷九，第529页，宋琬，中华书局，1982年。

常安,以及清初汉军词人的怀古词,均没有上述汉人词中的那种愤懑之气,而是充满了轻松与惬意。

如满洲纳兰性德的《台城路·梳妆台怀古》云:"六宫佳丽谁曾见,层台尚临芳渚。露脚斜飞,虹腰欲断,荷叶未收残雨。添妆何处。试问取雕笼,雪衣分付。一镜空濛,鸳鸯拂破白蘋去。相传内家结束。有帕装孤稳,靴缝女古。冷艳全消,苍苔玉匣,翻出十眉遗谱。人间朝暮。看胭粉亭西,几堆尘土。只有花铃,绾风深夜语。"[1]此词咏辽后故事,无非是感叹前朝繁华已落,并无深意。

内务府曹寅的《满江红·登白塔小梵天楼怀古》下阕云:"尘网密,愁乡广。穷旧迹,延新赏。咥世间情种,而狂且放。热酒浇残莲匣剑,寒鸡叫彻芙蓉帐。笑英雄、千古不回头,沉黄壤。"[2]完全是一种胜利者的心态。

常安的《满江红·漳河怀古》是咏三国故事,亦无特别深意。这种词只可视为信手写来之作,并不是出于内心情感的强烈激发,故而旗人的这种咏古词与清初汉人的咏古词词风词意均不相同。

此外,汉军佟国器的《酷相思·石头城怀古》,汉军佟国鼐的《望江南·宿宣和古庙即事》笔调也没有汉族词人那么沉痛。清初八旗词人的怀古之作大致相近,并没有深刻的寄托和感慨,普遍缺乏浓重的家国兴亡之感和身世之感。可以看出八旗词人的这一类词作,与清初汉人的思想情感距离甚远,与汉人词作浑穆沉厚的词风相比,显得清隽而疏丽。

不过,晚清以来旗人与民人的怀古词与以上情况有所不同。面对外强频繁入侵,国势急剧衰落的局面,旗、民中的有识之士皆从

---

[1] 纳兰性德:《通志堂集》卷六,第214页,上海古籍出版社,1979年。
[2] 聂先、曾王孙:《百名家词钞》荔轩词,《续修四库全书》集部词类,上海古籍出版社影印版,2002年。

国家大势出发，显示了振兴图强之心。此时词坛上旗人与民人的怀古喻今之作不仅大量增加，而且都表现出了同样的家国情怀，都抒发了浓重的忧国忧时意识，旗、民词人在情感和词风方面呈现出了合流的趋势。这种局面的出现反映了经过长期的交往，旗、民词人在国家蒙难之际的相同情感。

从旗人情况看，满洲志润《满江红·易水怀古》借荆轲刺秦的壮举，抒发了渴望仁人志士挽救颓势的愿望，全词沉痛悲怆。词之上阕云："易水波寒，酿多少、萧条风色。销不尽、英姿飒爽，壮怀凄恻。骏骨黄金招国士，乌头马角悲羁客。叹空余、一剑雪深仇，伤心极。"[1]汉军继昌的怀古词抒发了同样的心境，《金缕曲·越王台吊古》即是一首"悲歌慷慨"之作，借越王勾践复国之事，抒发了振兴国势之情。其中云："我来吊古心犹壮。想当年、英风飒爽，越王台上。莽莽珠江东去急，淘尽鹅潭碧浪。"[2]此词并未写景，全是抒情，情感跌宕，痛苦愤激。他的另一首词作《桂枝香·易水怀古》，抒发了同样的情感。

同时晚清旗人还承受着另一种困扰，这就是经受着八旗即将解体的困顿局面。面对这种无力扭转的局势，八旗词人不由得感慨万端，家国之忧萦绕心头，更多了一层对八旗制度没落和旗人困顿处境的担忧。旗人这种独有的焦虑与无奈，与汉人词家还是多少有所不同，这种不同在斌桐、锡缜、盛昱、志润、郑文焯、继昌、奭良、李孺等人的词作中都有表现，也最具有代表性。

不过尽管如此，这种现象还是表明了旗、民经过了近三百年的相处，在民族认同基础上所产生的相同的国家意识在不断增强。在

---

[1] 志润：《暗香疏影斋词稿》，光绪三十年，上海新昌书局刻本。
[2] 继昌：《左庵诗余》菊宧词，光绪刻本。

旗、民词作中表现出的趋同性，正是这种发展趋势的真实反映。

四、自成格调的八旗词风

八旗词坛的旗人特点还表现在词风具有个性方面。从总体上看，八旗词坛于清初主要是尊南唐、北宋词风，以婉约为主；清中期南宋词风逐渐受到重视，并多了一份对社会现实的关切；晚清尤其是清末时期，国家衰落的局势及词人坎坷困顿的境遇，对词人产生了巨大影响，在这个时期虽然南宋词风仍然具有很大影响，但苏辛词风也逐渐成为了八旗词风的主调。不过这也是仅就其总体形势而言，八旗词坛在这一流变过程中，并没有斤斤于婉约与豪宕，而是从旗人之感遇出发自抒性情，因此而形成了自成格调的风格。

清初八旗词风以自然真切、清隽典雅为主要特色。

清初八旗正处于上升时期，社会地位稳固，这个时期的八旗词作大多文胜于质，纳兰性德是为代表，他所处的时期正值阳羡派和浙西派崛起，当时词坛不被牢笼者几希。纳兰性德初入词坛即与主盟阳羡派的陈维崧、主盟浙西派的朱彝尊过往甚密，时相唱和。尽管如此，纳兰性德却未入这两派之门墙，不仅写有《填词》一诗阐述不同于他人的填词主张，而且在填词的实践中另辟蹊径，自成风格。况周颐评为"其所为词，纯任性灵，纤尘不染，甘受和，白受采"[1]，指出了纳兰词独特的风格特点，究其本质是王国维所说的"初入中原，未染汉人习气，故能真切如此。"[2]这种评价清晰地提出了纳兰性德坚守旗人气质和精神的深层次原因，正是这种原因使得他没有被词坛上的各种流派所左右。曹寅词则"逸情高格，妥帖排奡"[3]，博尔都、岳端等人的词风大致也是以自然真切、清隽典

---

[1] 况周颐：《蕙风词话》卷五，第121页，人民文学出版社，1982年。
[2] 王国维：《人间词话》五十二，第217页，人民文学出版社，1960年。
[3] 王朝璘：《楝亭词钞序》，曹寅撰《楝亭集》，第500页，上海古籍出版社，1978年。

雅为特色。

清代中期的八旗词风以辞婉意深、雅正疏朗为主要特色。

清代中期，国力强盛，八旗制度也得到了进一步完善巩固，八旗的社会地位进一步增强。此时八旗词人既无家国之忧，也无对八旗制度衰落的担心，故此时的八旗词坛以抒发个人性情为主，词作大多文质适中。对于此时盛行的浙西派和常州派词风，并没有给予过多的关注，而对宋词词风却投入了更大的热情。不过也有一些词人有感于时代的变迁而关注现实，其中以铁保、那彦成、奕绘最有代表性。这个时期的八旗词人虽然都是抒发自家情感，坚守自家风格，但都以雅正疏朗为主要特色。

晚清的八旗词风以寄慨遥深、悲怆激愤为主要特色。

晚清国家局势渐渐危急，词人普遍存在家国忧患意识。而八旗制度的逐渐松弛弱化，对旗人更是产生了巨大的冲击，不仅使他们的生存陷入困顿，而且给他们带来了沉重的精神压力，此时的八旗词人无不处于这种境况之中。因此，这个时期的八旗词坛再也没有了以往雄阔激昂的豪情，悲慨家国局势及哀叹旗人之不幸成为他们抒发的主要情感，这也因此对八旗词风的变化产生了直接影响。

这个时期的八旗词作明显地表现出了注重比兴寄托的创作手法，寄慨遥深成为他们填词的显著特点。词风虽以寄慨遥深、悲怆激愤为特色，但内里仍然坚持雅正疏朗的气格，绝无香软绮靡和粗鄙怒骂之作。他们在靠近南宋姜夔、吴文英等人词风的同时，苏辛慷慨词风亦是他们的向往和追求，其时比较著名的陈良玉、锡缜、盛昱、英瑞、郑文焯、继昌、杨锺羲等词人都有这一类词风的作品。这些词人不仅词风相似，而且抒发的情感也非常接近，在忧国忧时的同时展示了旗人共同的悲怆心理，也因此形成了区别于当时词坛流派而具有八旗共性的词风。

以上所表现出的八旗词坛与清代词坛的离合之势，有着种种复杂的原因。其中一个重要原因是在清代词风流变过程中，八旗词风在受到清代词风流变影响的同时，并未随波逐流，而是与清代词坛既具有相通之处，又自有特点。这主要是清代旗民之间的社会地位和民族性格多有差别、经历遭遇也多不同的缘故。故而八旗词人与汉族词人除了词作内容、情感方面有所不同之外，在词作风格方面也自有面目。不过，八旗词风虽然在不同时期有不同的表现，但在内里上却都具有雅正疏朗之"骨气"。

总之，清初词家各自争胜，以阳羡派、浙西派影响最大，这一时期词风的主流特色是或沉雄凄慨，或渊雅深隐。清中期浙西、常州二派并行，或约旨闳思、微言婉约，或比兴寄慨、顿挫深隽。晚清以来，在外敌入侵，国家民族危急时刻，晚清词坛的词风渐趋一致，此为清代词坛发展之大势。此时常州派词风成为主流，倡导比兴寄托和重、拙、大，词风以沉著幽郁、慷慨磊落为主。不过，出于旗人特有的境遇与感触，相互间还是存在些许不同，他们仍以坚持宋词的词学主张为主，在强化比兴寄托的同时，抒发自家真实性情，表现出了旗人所具有的独自特点。

八旗词风之所以能够形成这种特点和流变，究其根本，大约主要出于以下几方面原因。

其一，有影响的八旗词人多由科举出身，一些词人如纳兰性德、常安、铁保、那彦成、盛昱、郑文焯等等，皆学问优长，颇为自信。其中一些人还身居高位，曾多次任乡会试主考官，多门生故吏，且诗词文赋均为擅长，在文坛上有很高的地位，他们填词虽然也受到了所处时代风气和各种词派消长的影响，但不屑于与人随踵而立，而是以抒发自家真性情为主。

其二，自清中期至清末，八旗词人队伍已经形成了规模，八旗词人内部的交游酬唱更为广泛和频繁，相互之间的影响力也在增加，最有代表性的是由五十余位旗人组成的探骊吟社的出现，他们并没有与当时京师文坛有过多的交集，因此也没有受到过多的影响。

其三，在八旗制度下，他们有共同的旗人意识和境遇遭际，这不能不使他们的种种感慨也都相近，以词抒情的方式与风格自然也会相近。

其四，对前代词学的理解自有立场和观点，与当时词坛的词论并不完全合流。如清初纳兰性德的词论以及晚清郑文焯和继昌的词论，均特立独行，最具有独创性，尤其能够反映出这种情势。

其五，旗人所特有的性格气质和思想精神对他们填词产生了影响，王国维指出的"未染汉人习气"，最能揭示其中深层次的原因。

以上种种情况必然会影响他们的创作理念和词学立场，并由此形成了不同于时人的词风。因此，八旗词风虽然随着时代的演进而有所变化，但是仍走出了一条自身发展的道路。

纵观八旗词风的特点和形成发展的轨迹，可以看出八旗词人既有与清代词坛密切相关的背景，也有他们不囿于词坛流派束缚的因素。不同时期八旗词风的变化，显示出了不同时期八旗词坛的特点，以及八旗词人的性格特征和审美追求。

从以上情况中可以知道，不仅八旗词风自具风貌，而且八旗词坛确实也是一种客观存在。

第六节　结　语

从八旗词坛的形成发展过程来看，在清代文坛发展繁荣的大背景下，八旗词坛乘势崛起，涌现出了一批卓有成就的词人，这些词人不仅能够以自家面目在清代词坛上独树一帜，而且成为了繁荣清词的一支生力军。八旗词人除了纳兰性德、顾太清、承龄等词人受到广泛重视之外，钱仲联的《近百年词坛点将录》也收录评价了八旗词人，其中有"天闲星入云龙公孙胜——郑文焯，天贵星小旋风柴进——盛昱"，"地奴星催命判官李立——杨锺羲"，"地劣星活闪婆王定六——耆龄"，可见八旗词人并没有被词坛所忽视，亦可跻身于词坛名家的队伍之中。此外，应该看到，八旗词人虽然与汉族词人有诸多的联系与交往，但多是在词艺方面相互切磋，抒发的情感却因旗民之别而有差异，这种差异在叙事和抒发情感方面表现得尤其突出。

总之，八旗词坛既是清代词坛的重要组成部分，又能够独具特点而自立于清代词坛之中。在词风和情感抒发方面既具有群体性特征，同时也具有明显的个性化表现。八旗词人不仅取得了可以称得上辉煌的成就，而且对清代词坛的繁荣做出了积极的努力，也可以说正是八旗词坛的存在，使得清代词坛具有了更为丰富的色彩。

第一编　清初八旗词坛

八旗词坛的兴起是从八旗入关时开始的，其中最先出现的是隶正蓝旗汉军的佟氏家族，其中比较著名的八旗词人有佟卜年、佟国鼐、佟国玙、佟国器，这几位词人在清初的顺治朝已经开始填词。康熙时期，佟氏家族还出现了两位有名的词人，一位是佟世南，一位是佟世思。佟氏家族在康熙朝中期以前均隶汉军旗，后仅佟国维一支于康熙年间抬旗入满洲旗，其他各支则仍隶汉军旗。

此外，顺康时期八旗汉军中比较重要的词人还有范承谟、吴兴祚、靳治荆、施世纶、刘嵩龄，闺秀词人有高景芳、蔡婉等人。他们皆热衷于填词，也多有词作存世。在清初词坛兴起之际，他们跻身于清初词坛，并在词坛上或多或少地产生了影响。

八旗满洲词坛第一位填词的人是顺治朝的内阁学士鄂貌图，他有两首小令作品，词作虽然少，但却是八旗满洲首位词作者。八旗满洲词坛自康熙朝开始崛起，宗室博尔都、岳端，满洲纳兰性德、曹寅、常安都是清初致力于词的八旗词人，其中尤其以纳兰性德最为突出。康熙帝不仅填词，而且御定刊行了多种图书，其中包括《御定历代诗余》《御定词谱》，可见对词的重视程度。正是这种宽松的文学环境，使得清初词坛迅速繁荣，名家竞起。在这种氛围之下，八旗文人积极投入到这种热潮中来，并很快在词坛上崭露头角。

在八旗词人的共同努力之下，清初八旗词坛逐渐形成规模，并对以后八旗词坛的发展壮大产生了深远影响。

第一章　清初八旗汉军佟氏家族词人

八旗词人最早出现在八旗佟氏家族中。在入关后不久的顺治朝，就已经出现了数位佟氏词人，他们成为八旗词坛的开先河者。

第一节　佟氏家族的旗人身份

佟氏家族的父、祖辈多有在明朝为官者。入清以来，在佟氏第一代词人中，也多有在明朝中举人、进士者。加入八旗之后，这些词人也多有官职，都是"从龙入关"的文人。

在清代，佟氏是政治地位很高的名门望族。关于佟氏家族的情况，《清实录》《清通志》《八旗通志》《八旗满洲氏族通谱》《满汉名臣传》《清史稿》等书均有记载，其中以佟养正、佟养性家族与皇室的关系最为密切。

史料记载，佟氏家族先世本满洲，其远祖佟万、佟寿为女真人，一世祖佟达礼，后居抚顺，至"养"字辈，始与后金有所交集。佟养正、佟养性为族中兄弟。《满汉名臣传·佟养正列传》记载了佟氏家族及入旗的情况①。《清史稿·佟养性传》载："辽东人，先世本满洲，居佟佳，以地为氏。有达尔哈齐者，入明边为商，自开原徙抚顺，遂家焉。"②

八旗汉军中的佟氏与佟养正、佟养性是同族。从《佟氏宗谱》中大致可以了解到佟氏家族的经历遭遇。佟氏第十代佟国器在康熙十二年（1673）的《佟氏宗谱序》中云："自一世祖讳达礼公，于明初建功晋爵，以迄累世相传，缵成十代，其先后次序，即明于划沙，而旧德贻谋，复燎于观火，祖宗庶无恫乎？然追维抚顺一案，先世被难，指不胜屈。如曾叔祖讳周、讳遵、讳遭、讳进，皆以年高而冤死囹圄。叔祖讳养义、养本，叔讳尧年、瑞年，或殉节而死忠，或激烈而死孝。先君观澜公，监军东齐，因族祖逸出之累，适逢党人构祸，惨毙狱中，含冤千古。先祖讳养直，字似斋公，叔祖讳瑞凤、伯讳永年，皆因惨难抑郁以殁。"③

明末时佟氏中佟养性输款后金，为明察觉，收置于狱。逃出后归附后金，清太祖弩尔哈齐赐宗女为婿，佟养正亦归附后金。明朝天启六年（1626），因输款后金，佟养正、佟养性之近族三百余人被押解进京，一路之上大多死于非命。佟国正曾叔祖佟周在押解途中溺死，祖父佟养义触阶而亡，父佟方年其时尚幼，依靠舅父范文程而幸免于难。

顺治帝孝康章皇后，是佟图赖（原名佟盛年，佟养正次子，九世）之女，生子玄烨。康熙帝孝懿仁皇后，是一等公内大臣佟国维（佟图赖次子，十世）之女；悫惠皇贵妃，也是佟国维之女，孝懿仁皇后之妹，由此可知佟氏家族与清皇室关系之密切，在八旗中地

---

① 吴忠匡总校订：《满汉名臣传》卷五，第130页，黑龙江人民出版社，1991年。
② 赵尔巽等：《清史稿》卷二三一，列传十八，第9323页，中华书局，1998年。
③ 刘庆华：《满族家谱序评注》佟氏宗谱，第193页，辽宁民族出版社，2010年。

位之高。

由于佟氏家族分支众多，康熙帝谕佟养正之孙，即佟图赖之子都统佟国纲本支准入满洲旗，其余仍隶汉军。"康熙十六年，圣祖仁皇帝以追尊孝康皇太后推恩所生，特赠佟图赖一等公爵，令其子佟国纲承袭，并命改隶满洲。"[1]故在康熙十六年（1677）前，佟氏均隶八旗汉军，此后的佟氏词人也仅有佟国鼐、佟国屿改隶为八旗满洲。

第二节 汉军佟氏家族词人

从佟氏家族的历史情况看，佟氏家族在后金天命年间加入八旗，其中多有在明朝由科举中举者，如佟国器与其兄佟国鼎均为明万历四十三年（1615）举人。虽然未见佟国鼎词作，但佟国器以词名世，因此佟氏家族的汉文化修养和水平，并非当时一般旗人可比。清初旗人词家在佟氏家族中首先出现，并且人数较多，绝非偶然。

佟世南在编选《东白堂词选初集》时，给予了佟氏特别的关注，其中就选录了佟卜年、佟国鼐、佟国玙、佟国器的词作，从而使这些人的词作得以保存。杨锺羲辑选《白山词介》，其中选录的佟氏词人词作，基本上是转录于《东白堂词选初集》，这也是《东白堂词选初集》的另一种价值。

一、词意悲怆的佟卜年

佟卜年，字八百，号观澜，明万历丙辰（1616）进士，在明仕山东监军道按察使佥事，坐抚顺族人佟养性与后金同谋罪，系狱三

---

[1] 李洵、赵德贵等主校点：《八旗通志》卷一三五，人物志十五，第2251页，吉林文史出版社，2002年。

年，死于狱。其子佟国器在前面提到的《佟氏宗谱》中记云："先君观澜公，监军东齐，因族祖逸出之累，适逢党人构祸，惨毙狱中，含冤千古。"①其族入旗后隶正蓝旗汉军。

《东白堂词选初集》选录了佟卜年的两首词，即《踏莎行·旅怀》和《小重山·槛车自述》，这也是佟卜年唯一被保留下来的两首词，在其他词选中也未见收录。

这两首词的词风凄紧，词意悲怆，真实地反映出了词人当时的遭遇和苦楚。《踏莎行·旅怀》云：

> 曲涧分流，危桥累石，松风到处添萧瑟。青山不改旧时容，羁人未老头先白。　短剑蒙尘，长歌当泣，飘零偏自伤畴昔。夕阳影里噪归鸦，乱烟荒草愁如织。②

《小重山·槛车自述》云：

> 易水萧萧扑面风，放闲应不许，怪征鸿。拟将忠节比龙逢，愁无限，谁与问苍穹。　凤阁暗云封。九重原咫尺，路难通。南冠空自泣途穷，频搔首，盼杀曙光红。③

前面提到，明朝天启六年（1626）时，佟氏家族三百余人被押解进京，《踏莎行·旅怀》一首应该是此事发生时所作，然此时佟氏家族已经处于危险境地，故有"短剑蒙尘，长歌当泣"之叹。而后一首《小重山》上下阕各四句，共五十八字，句句押平声韵。此词题

---

① 刘庆华：《满族家谱序评注》佟氏宗谱，第193页，辽宁民族出版社，2010年。
② 佟世南：《东白堂词选初集》卷六，第4页，康熙十七年刻本。
③ 佟世南：《东白堂词选初集》卷六，第13页，康熙十七年刻本。

为"槛车自述",应该是在被押解进京途中所作,"南冠空自泣途穷",用"南冠"之典,也言明此时成了阶下囚。尽管如此,"拟将忠节比龙逢"借夏朝之贤人关龙逢的典故,诉说自己的清白,并希望"盼杀曙光红",冤屈能够得到昭雪。

清太祖弩尔哈齐于1583年起兵,而后灭扈伦四部,攻占抚顺,明万历四十七年(1619)在萨尔浒大战中获胜,并于明天启六年(1626)攻陷沈阳。佟氏原居住于抚顺、沈阳一带,在这种局势下,输款后金应该确有其事。不过佟卜年时任明朝的山东监军道,并没有输款后金,而是受到了同族的牵连,因此他的这首《小重山·槛车自述》以"忠节比龙逢"进行表白。

以上两首词都是在极度危险情况下写作的,然而却能够守住词家正轨,在极情尽态中怨而不怒,无叫嚣淫冶之态,实在也是一般词人难以达到的境界。

二、雄壮豪迈的佟国鼐

佟国鼐,字怀东,康熙十六年(1677)由正蓝旗汉军改隶正蓝旗满洲,官至福建巡抚,著有《闽行小草》。

佟国鼐也是八旗中最早出现的词人之一,现仅存一首词,却被多种词选收录,其中就有《东白堂词选初集》和《瑶华集》,这两部词选在清初都有比较大的影响,此外《云韶集》《白山词介》也收录了这首词。这首词是《望江南·宿宣和古庙即事》,词云:

> 觅宿处,落日映山红。百尺松涛吹晚浪,几枝樟荫挂秋风。归梦绕关东。[1]

---

[1] 蒋景祁:《瑶华集》下,卷二二,第1336页,中华书局,1982年。

《望江南》有《谢秋娘》《忆江南》《江南好》《望蓬莱》等等多种曲牌名，又有单调、双调多种格体。这首小令为单调二十七字，词人在这短短五句中，做到了景色阔大，词意雄浑，诚非易事。对这首小令的艺术水准，陈廷焯《云韶集》评云："雄壮之气，虽一小令，亦不可遏。"①汉军词人就是以这种心胸气魄进入词坛的，陈廷焯特别注意到了这种特点。

三、曲情达意的佟国屿

佟国屿，字碧枚，隶正蓝旗汉军（后改隶正蓝旗满洲），江宁驻防，生平不详，未见词集传世。《东白堂词选初集》录词七首。

佟国屿是江宁驻防旗人。江南乃文人荟萃之地，佟国屿填词应该受到了当地风气的影响，故其词以婉约为宗，总体风格是婉曲幽隽，绝无豪壮之调。这种风格在他的小令、中调和长调中都能见到。

佟国屿的小令曲折含蓄，有言外不尽之致，其两首《浣溪沙》即具有这种风格。其一云：

> 午倦慵将绣帖移，却揎朱袖卷帘儿，枝头已有嫩莺啼。
> 薄幸客游芳草路，相思人在落花时，暮云楼外远山迷。②

此词初读不过是缠绵流丽而已，但陈廷焯的《云韶集》却揭示出了其精彩之处，给予了精当的评价。评云："结七字七层，绝妙图画"③，此评价虽然仅寥寥数字，然不可谓不高了。

佟国屿的中调以写闺情为主，借闺情抒发心底的情感，并非绮

---

① 陈廷焯：《云韶集》卷一四，佟国萧，抄本，中国国家图书馆藏。
② 佟世南：《东白堂词选初集》卷一，第4页，康熙十七年刻本。
③ 陈廷焯：《云韶集》卷一四，佟国屿，抄本，中国国家图书馆藏。

靡之作。闺情词，历代词人均有所作，即欧阳修、范仲淹一代名德也都有闺情词，高下之分在于是否清高，即所谓"乐而不淫"也，故闺情词不能一律认为是无价值的靡靡之音，佟国屿的闺情词也当如是观。《蝶恋花·初春》云：

羌笛数声残梦晓。落尽江梅，都道春来早。病里王孙归计杳，天涯客路多芳草。　倩语萧娘珍重好。几许韶华，镜里朱颜老。莫使惜花人懊恼，陌头惆怅东风暴。①

另一首《雨花风柳·春闺怨》云：

深院坐残闲昼，看尽雨花风柳。翠羽文禽，红襟小燕，两两思珍偶。春光几许，竟等闲辜负，况更有、恁多僝僽。枉了为伊消瘦，不肯说声生受。问山驿猿啼，江亭月落，可也曾回首？新欢恁好，把旧情遗漏，怎禁我、背人私咒。②

《蝶恋花·初春》中的"病里王孙归计杳。天涯客路多芳草"句，《雨花风柳·春闺怨》中的"新欢恁好，把旧情遗漏"句，均是"美人香草"笔法，都是微有寄托之句，也均有意绪可寻，因此不可仅于字面解读。这两首词缠绵反复，皆是情动于衷的作品，虽然可以归于闺情词，然词中皆是情语，无一绮语，疏朗雅正，情意纯雅。

佟国屿的长调多感怀之作，抒发了更为丰富的情感，词风以温

---

① 佟世南：《东白堂词选初集》卷七，第21页，康熙十七年刻本。
② 佟世南：《东白堂词选初集》卷九，第27页，康熙十七年刻本。

厚沉郁为主。《风流子·感遇》云：

> 寻芳多懊恼，情无限、空赋断肠吟。记写怨采笺，传来青鸟，封香罗帕，制出金针。巫山远、枕前蝴蝶梦，帘外凤凰琴。魏帝徒痴，雀台春锁，陈王已去，洛浦珠沉。　　经年无消息，怎生便忘了，柳下同心。料得他年重见，血泪难禁。恨明月有情，烟云长绕，好花无力，风雨偏侵。做就万般牵系，岂是而今。①

这首词是为知己者而作，自古以来文人墨客有知己难求之慨，此词即有感于此，情动于衷而发为言。词中连用青鸟、金针、巫山、铜雀台、洛浦珠、柳下数典，以寓深浓的思念之情，自然贴切，绝无斧凿之痕。尤其是结句"做就万般牵系，岂是而今"，说尽了内心的深情，可谓是深于用事、精于炼句之作。

词之言情，贵得其真，情真景真，所作必佳，《双双燕·旅感》就是这样的一首作品，词风沉郁情浓，与上一首相同。词云：

> 问多病客，怎怨叠长鬘，愁深微醉。芳洲草绿，惆怅王孙归未。离思乍来天际，想一似、吴江春水。东君憔悴无端，没个惜花奇计。　　寂寞，他乡滋味。奈频叹投梭，几辜遗珮。扬州刺史，迟了十年结子。一段柔肠欲寄，总分付、笔头纸尾。梦魂欲到乡关，单枕冰澌红泪。②

---

① 佟世南：《东白堂词选初集》卷一三，第30页，康熙十七年刻本。
② 佟世南：《东白堂词选初集》卷一一，第14页，康熙十七年刻本。

以上几首词虽然词题不同，然心中的愁情却极相近，词作缠绵悱恻，呜咽悠扬，情止乎义，深得温柔敦厚之旨。此外，他的长调《雪外天香·春夜》《水龙吟·春感》，也都别有风致。

从佟国峄以上词作中能够体会他是一位性情中人，触物伤情，融情入景，尤善于曲情达意，词虽婉约，却不流于柔曼，温厚婉曲是为其词风显著特点。

四、情怀高洁的佟国器

佟国器，字思远，号汇白，隶正蓝旗汉军，明监军道佟卜年子。顺治二年（1645）授浙江嘉湖兵备道，迁福建巡抚，调南赣巡抚、浙江巡抚。词集未见，《东白堂词选初集》《云韶集》《白山词介》均收录了他的词。

关于佟国器家族的经历，《佟氏宗谱》《佟氏世系图》有记载，以明初赠镇国将军达礼为一世，至佟国器为十世。从杨锺羲《雪桥诗话》记载中能够了解佟氏家族的基本情况，以及其家族投顺后金的原因。

杨锺羲的《雪桥诗话》记云："汇白与兄国鼎君持，皆前明乙卯举人。"[①]佟国器长期在江浙一带为官，善诗文，多言情怀友之作，亦不乏疏放慷慨之音。法式善记曰："其五律有长城之誉。则其体物抒怀，必不苟为炳炳琅琅者。"[②]宋荦等诗坛名家也多称许，其诗歌如此，词作亦佳，颇能见高洁情怀。

《东白堂词选初集》中录了他的两首咏梅词，即《梅仙·红梅》与《梅仙·白梅》，在《白山词介》中则为《一剪梅·红梅》《一剪梅·白梅》。此调还有《腊梅香》《玉簟秋》之名，俱为双调，上下

---

① 杨锺羲：《雪桥诗话续集》卷二，第91—92页，北京古籍出版社，1991年。
② 法式善：《八旗诗话》，《续修四库全书》集部词类，上海古籍出版社影印版，2002年。

阕各六句,共六十字,押平声韵。这两首词寄托了对梅花高洁品性的追慕,且肖物能工。《梅仙·红梅》云:

> 艳质依然耐雪霜,占尽春风,破腊飞香。红纱新换素罗裳,明月梢头,滟浸霞光。　　羞与天桃斗丽妆,一种孤芳,风外飘扬。胭脂点点落银塘,流去随波,怕误渔郎。①

此词中"红纱新换素罗裳"、"胭脂点点落银塘"句,神形兼备,而"羞与天桃斗丽妆,一种孤芳,风外飘扬"句,则是取神胜于取形。《梅仙·白梅》一首云:

> 满树寒梅吐玉葩,睡起凝眸,还似梨花。幽香清韵却输他,淡淡香魂,竹外横斜。　　浅雅梳妆对落霞,似此丰神,却胜铅华。罗浮曾否梦仙娃?素影参差,一片云遮。

此词刻画出了白梅之形态与精神。上阕皆是景语,"还似梨花"是写白梅之形,而"淡淡香魂"、"素影参差",则写白梅之情态;下阕则皆是情语,"浅雅梳妆对落霞,似此丰神,却胜铅华",是写其神;结句"素影参差,一片云遮",以景结情,颇为得法,可谓是以蕴藉称隽。两词除了能将红梅和白梅不同形态准确描摹之外,亦能将梅花之高洁品格描摹殆尽。不过以气格而论,《梅仙·白梅》更胜一筹。

佟国器抒怀的词也有疏放慷慨之作,《蝶恋花·赠佩刀》一首于沉郁中寓豪爽,颇具骨力气魄,是佟国器的一首代表作。词云:

---

① 佟世南:《东白堂词选初集》卷七,第12页,康熙十七年刻本。

蜀水初将孤锷淬。阅遍人间,惟汝知吾耳。匣底不教轻一试,霜纹点点神龙泪。　　醉后悲歌聊把视。惨淡英锋,已夺千人气。月落青天星斗坠,寒光一片横秋水。①

此词以"刀"寓情,句句饱含深情,特为悲壮,非浅斟低唱者可比。"霜纹点点神龙泪"、"惨淡英锋,已夺千人气",不仅写尽了刀的宝贵,而且写尽了宝刀的英武精神,实乃词人高洁心胸之写照。

他的另一首《木兰花慢·送友人之燕》,诉说真挚之友情,句句动情,词风则沉郁中含苍劲,更加重了情感色彩。词云:

问毛生何事,怀片刺,向长安。正岭雪如花,河冰似镜,匹马冲寒。应难,觅黄金馆,笑惟堪、易水吊燕丹。莫恃峨眉斗月,汉宫惯误朱颜。　　空怜,归路计三千。叹音信若为传。看落日荒郊,冷烟衰草,骏骨如山。年年,怪貂裘敝,料人生、遇合总由天。且逐幽燕年少,高秋射兔平原。②

"毛生"为何人,已不可考,或为词人交往深厚的一位友人,或是借用了"毛遂自荐"典故以喻友人。从这首词所表达的内容来看,似乎在"友人之燕"有所谋求之际,对友人诉说的一番肺腑之言。上阕"问毛生何事,怀片刺,向长安",友人的"毛遂自荐",可能会出现"应难,觅黄金馆"、"汉宫惯误朱颜"的失意结局,因此词人此次送行有一种"易水吊燕丹"的悲慨之情。下阕"归路计三

---

① 佟世南:《东白堂词选初集》卷七,第29页,康熙十七年刻本。
② 佟世南:《东白堂词选初集》卷二,第0页,康熙十七年刻本。

千。叹音信若为传",盼望友人回转之际,亦不妨"且逐幽燕年少,高秋射兔平原"。词意曲折婉转,层层递进,其情愈转愈深。此词寄托了作者的规劝与期待,结句一扫全词顿挫境界,转而高昂俊爽,纯以动荡见奇。不过其中所包含的复杂背景,大约只有词人与"友人"才能心领神会。

佟国器的怀古词意深而旨远,《酷相思·石头城怀古》一首云:

> 百尺高台临鹤渚。凭吊悲古今。看滚滚、长江无晓暮。前代也,东流去。后代也,东流去。　朱雀桥边芳草路。几遍风和雨。问佳丽、六朝遗恨处。莺语也,如相诉。燕语也,如相诉。①

此词在前面已经提到过,然未及深论。佟国器生活于清初,面对时代替换的兴衰局势,词人发出了深深的感慨,这种感慨与八旗满洲词人还不十分相同。作为八旗汉军人,祖上原本在明朝为官,又由科举出身,对于中原文化多有认知。八旗破"石头城"南京,呈现在词人眼中的是处处破败景象,词人不由得有感而发。全词上下两阕情感一致,集中抒发了"凭吊悲古今"之意。可以看出这首《酷相思·石头城怀古》寄托的兴亡之概,与汉人的感情比较接近,亦可见中原文化在汉军思想中所起的作用。

陈廷焯《云韶集》评此词:"淋漓悲壮,放开笔写。上半阕沉雄,下半阕凄咽。"②晚清旗人继昌《左庵词话》评此词云:"《酷相思》词,最争煞句。如佟国器《石城怀古》云:'前代也、东流去。

---

① 杨锺羲:《白山词介》卷一,佟国器,宣统二年刻本。
② 陈廷焯:《云韶集》卷一四,佟世南,抄本,中国国家图书馆藏。

后代也、东流去。莺语也、如相诉。燕语也、如相诉。'均见情致。"①对佟国器的这首词,两位词人都给予了很高的评价。

第三节 缠绵婉约的佟世南

佟世南是清初八旗中重要的汉军词人,他不仅致力于填词,而且关注清初词坛的形势与风气,并努力实践自己对词学的认识与主张,因此也是清初八旗汉军中最有成就的词人。

佟世南,字梅岑,隶正蓝旗汉军,江宁驻防八旗旗人,顺康时期人。词作有《东白堂词》,选辑了《东白堂词选初集》。

佟世南的《东白堂词》素为词坛所重视,他的词作被收录于《百名家词钞》《云韶集》《白山词介》等词集中。其中《百名家词钞》中的《东白堂词》录词四十二首,《白山词介》录词十三首,《全清词》顺康卷收录六十二首,《东白堂词选初集》中自选了四十七首。此外,他的词作在清代和近现代多种词选中都有选录。佟世南于填词颇为自负,能够在《东白堂词选初集》中收录大量自己的词作,即是这种自信的表现,且小令、中调、长调各体均有收录。佟世南致力于填词,于词多有与时人不同的感悟。

对佟世南的词,清人多有较高的评价。曹溶云:"东白新词,缠绵温丽,无美不臻,其声调在柳郎中、秦淮海之间。"②吴绮云:"盖其语气醇雅,不冗不复,徘徊宛转,自然成文,非学力与识见并到者不能也。又闻梅岑多闺房倡和之什,惜未见授梓,独使文

---

① 继昌:《左庵词话》卷上,唐圭璋编《词话丛编》四,第3133页,中华书局,2005年。
② 曹溶:《东白堂词跋》,聂先、曾王孙编《百名家词钞·东白堂词》,《续修四库全书》集部词类,上海古籍出版社影印本,2002年。

江、海昌专美于世,岂非阙事耶?"①聂先云:"梅岑之词,极尽南唐、北宋之妙。"②《词苑萃编》云:"佟东白词,缠绵婉约,当与柳屯田、秦淮海争长。"③不过,佟世南之作实不止于此,对南宋词风也多有涉猎。

一、绵邈缠绵之中短调

一般说来,词之中短调多以婉约见长,宜以委婉曲折的方式表达作者细密的情思,尤其要达到低回要眇的境界,这是词这种文学体裁的特质所在。佟世南填词深谙此法,故他的中短调大多绵邈缠绵,然亦有疏隽之调,在当时亦可称得起是上乘之作。

词之小令要求在很少的字句中做到曲折含蓄,又需要词意风神谐畅,有言外不尽之致,方可称为上品,佟世南的小令即意内言外,别有情韵,以下小令皆是如此。《山花子·无题》云:

芳信无由觅彩鸾,人间天上见应难。瑶瑟暗萦珠泪满,不堪弹。　　枕上彩云巫岫隔,楼头微雨杏花寒。谁在暮烟残照里,倚阑干。④

《采桑子·疏放》云:

---

① 吴绮:《东白堂词跋》,聂先、曾王孙编《百名家词钞·东白堂词》,《续修四库全书》集部词类,上海古籍出版社影印本,2002年。
② 聂先、曾王孙:《东白堂词跋》,《百名家词钞·东白堂词》,《续修四库全书》集部词类,上海古籍出版社影印本,2002年。
③ 冯金伯辑:《词苑萃编》卷八,品藻,唐圭璋编《词话丛编》二,第1936页,中华书局,2005年。
④ 佟世南词见《东白堂词选初集》与《百名家词钞·东白堂词》,《续修四库全书》集部词类,上海古籍出版社影印版,2002年。

> 少年到处成疏放，只为伤春。不为伤春，憔悴年年酒一樽。　　相逢偏是增离思，见也消魂。别也消魂。疏雨微风妒月痕。

以上小令于数语中曲折含蓄，皆清婉有致，神完气足，不过以精细清雅而论，《阮郎归·过十锦塘感旧》更佳。词云：

> 杏花疏雨洒香堤，高楼帘幕垂。远山映水夕阳低，春愁压翠眉。　　芳草句，碧云辞，低徊闲自思。流莺枝上不曾啼，知人断肠时。

对于这首《阮郎归·过十锦塘感旧》，陈廷焯认为此词绝佳。他在《云韶集》中评此词云："'映水夕阳低'五字精雅，有情人触处皆情。"[①]不知词者则难悟其妙处。佟世南的中调《河满子·怀金陵诸同人》温婉忠厚，词云：

> 记得临岐话别，江亭执手徘徊。折柳折花频记取，莫教春独归来。谁料而今淹滞，红榴照眼争开。　　料得文坛知己，也应费尽幽怀。江上黄鹂堪载酒，双柑谁共追陪。听著五更风雨，梦魂飞绕花台。

《河满子》有单调、双调之不同，均用平声韵，此为双调。此词怀念金陵诸同人，"料得文坛知己"、"梦魂飞绕花台"描述了当时以文会友的轻松惬意心情。

---

① 陈廷焯：《云韶集》卷二四，佟世南，抄本，中国国家图书馆藏。

不过他的中调词以《破阵子·客怀》一首别有特色。《破阵子》为武舞曲,双调,六十二字,平声韵,此调最适合抒发激慨情怀。词云:

> 南越烽烟黯黯,东吴驿路迢迢。马上十年来复去,露影霜花满宝刀,征途枫叶飘。　幸有金尊醉客,解鞍暂驻今宵。梦断关山秋雁度,酒醒江城夜月高,冷风吹敝貂。

这首词有稼轩词风,虽然不如稼轩词豪壮,然能以豪壮寓于沉雄之中。"马上十年来复去,露影霜花满宝刀"、"梦断关山秋雁度,酒醒江城夜月高。冷风吹敝貂"句,皆壮心满怀,颇能显示清初的八旗风神。佟世南的中短调有态有貌,风流蕴藉,颇具正统词家风范。

二、纯雅婉曲之长调

佟世南更擅长填写长调,吴绮《东白堂词跋》评云:"长调之妙,梅岑独为擅长。盖其语气纯雅,不冗不复,徘徊婉转,自然成文,非学力与见识并到者不能也"[1],也就是说佟世南的长调已经深得填词之精髓。

(一)婉转述志的抒怀词

佟世南词的风格主要以醇雅婉转见长,这种风格在长调中也有充分的表现,能够在醇雅婉转中抒发感慨,寄托真情,以下抒怀词即是如此。《画屏秋色·感旧》云:

> 独自倚阑角。叹病起、满眼秋光萧索。塞雁初来,天长地

---

[1] 吴绮:《东白堂词跋》,聂先、曾王孙编《百名家词钞》,《续修四库全书》集部词类,上海古籍出版社影印版,2002年。

远,锦书难托。此际总相逢,已误了、西楼旧约。那更腰肢如削。镇长日多愁,梧桐叶坠,渐渐西风做冷,越罗难著。
飘泊。非关情薄。被巫峡、雨云迷却。翡翠香销,胭脂红淡,相思都错。往事不堪提,正少年、输他行乐。日晚自开帘幕,江上望归舟,但见夕阳照处,滚滚寒潮初落。

《二郎神·感怀》云:

别来几日,早多少、病容愁态。谩忆著临岐,阳关唱罢,扶手相将同拜。回首征帆迢迢去,天尽处、水云一派。嗟耳畔离歌,眼前行色,恍然如在。　　无奈。西风别路,万千关塞。暗追悔当初,相思结就,到得几时能解。河水易清,斜阳可挽,唯有佳期难再。相忆处、验取丝添青鬓,玉消香带。

以上二首都是感怀之作,婉曲述情,笔意凄清。前一首"那更腰肢如削"、"但见夕阳照处,滚滚寒潮初落",后一首"相忆处、验取丝添青鬓,玉消香带",笔到之处尽是愁苦,然却能于凄凉中寓沉厚,感慨所寄,出自性情,故情真而意切,词风则浑厚和雅。

佟世南其他的抒怀词也多委婉之调,不过也都能够曲折达情。《双双燕·忆金陵》云:

又春到了,听三叠阳关,行人如醉。云山阻隔,杨柳故园青未?回首长江无际,又说甚、六桥流水。枕前迷却乡魂,花里频迟归计。　　不见,钟山风味。羡月下笙歌,云中环珮。羁栖结伴,只有双双燕子。音信天涯难寄,但认着、吴头楚尾。短咿可就长笺,窗外落红溅泪。

这首《双双燕·忆金陵》词中有"云山阻隔，杨柳故园青未"句，应该是词人追怀在金陵（南京）为官时的词作。上阕是对在金陵时的美好回忆，下阕诉情，"不见，钟山风味"，离开金陵之后，当时的快意已经不复存在，不由得"窗外落红溅泪"。此词缠绵悱恻，意在言外。

在词人的抒怀词中，《水调歌头·放歌》的词风与以上所列举的词有所不同，而是直抒胸臆，词风则能够于雄放中寓沉郁。词云：

> 东海蜃楼起，天半泄黄河。此事茫茫无据，造化究如何？欲待催烧笔砚，只怕万般愁恨，无处可消磨。且供狗屠饮，起舞影婆娑。　　君不见，春来去，落花多。少年易老，问谁有计驻羲和。叹我壮怀未遂，腰下宝刀难脱，惆怅已蹉跎。不惜唾壶缺，且自发悲歌！

这首词慷慨悲歌，气势极大，"东海蜃楼起，天半泄黄河"，眼界由东海而至黄河，"此事茫茫无据，造化究如何？"心中气概亦非常人能比。"叹我壮怀未遂，腰下宝刀难脱"，更是壮志难酬的激慨之声。其间用典虽多，却自然贴切，是佟世南此类词风作品的一首代表作。

（二）发自肺腑的赠友怀人词

佟世南长调中的赠友怀人词，诉说心声，徘徊婉转，情意绵绵。其中《贺新郎·湖上醉歌，赠沈通声》以"醉歌"形式放言，亦能够于激慨寓沉郁，别有格调。词云：

> 耳热还须酒。但持觞、仰天大笑，莫随人后。落落吾侪堪白眼，世事于君何有。任薄暮、浮云归岫。怅望孤山梅尽也，绕西湖、欲绾苏公柳。才对影，讶清瘦。　　临风自问频搔

首。慢回思、小青冢上，几添僝僽。梦里春来无计是，留得穷愁如旧。听杜宇、泪浇双袖。拟换扁舟寻宿约，问苍穹、可许疏狂否？杯再举，曲三奏。

沈遹声即钱塘沈丰垣，是清初著名诗文家，颇具词名，为清初词坛"前七家"之一。词中"落落吾侪堪白眼"，以耿介自诩；"怅望孤山梅尽也"、"听杜宇、泪浇双袖"、"问苍穹、可许疏狂否？"则是心心相通之语，词风沉浑，词意深浓。

《沁园春·赠梁冶湄》一首，清雅疏放，能够做到句有余味，篇有余意。此词句句都在夸赞梁冶湄的才华，用典使事亦颇为允当，从中可见两人友情之真挚。词云：

百里名区，制锦才优，自足徜徉。便流览湖光，何妨薄宦，沉酣书轴，时近芸香。宗伯诗华，司农雅奏，家学由来擅冀方。新诗好，早云飞郢里，锦濯川江。　　西泠不逊河阳，更栽得、名花万树芳。爱凤驾行春，香风拂袖，留宾醉月，深夜飞觞。忆我当年，曾陪宴赏，霄汉襟期末可忘。今重到、喜凫飞不远，还觐龙光。

梁冶湄工书善画，在文坛上有一定的名声，著名词人徐釚也有一首《貂裘换酒·寄梁冶湄，时擢延平守》的词作，可知梁冶湄也非等闲之辈。

佟世南的《宝鼎现·过云居山房，访叶林屋、岂僧昆仲》与上一首词风相近。词云：

长林雨过，山翠如沐，鸟啭相应。绕城堞、攀云独上，点

> 点嫩苔生小径。高岭外、听清风乍起，吹落半天钟磬。却最爱、名蓝幽寂，佛火岚光相映。　尽日门掩无人到，任闲庭、云卧花冷。回首望、湖光咫尺，一片澄波如拭镜。喜二妙、幽栖相并。占尽晨光暮景。叹今日、诗才画手，谁向艺林驰骋。　尔我相携，共游赏、岂辞新咏。更清泉莹玉，花椀香浮绿茗，促坐语笑浑忘永。归路寒烟暝。振衣袂、长啸高冈，却把千山唤醒。

词中"喜二妙幽栖相并。占尽晨光暮景"、"更清泉莹玉，花椀香浮绿茗，促坐语笑浑忘永"句，皆轻快疏放语，而"振衣袂、长啸高冈，却把千山唤醒"，则气格豪壮，是为一首深于友情之作。

以上数首赠友怀人词，皆能够将心中情谊娓娓道来，字字句句出自真情，结句尤见精神。《沁园春·赠梁冶湄》结句"今重到、喜凫飞不远，还觐龙光"，《贺新郎·湖上醉歌，赠沈遹声》结句"杯再举，曲三奏"，《宝鼎现·过云居山房，访叶林屋、岂僧昆仲》结句"振衣袂长、啸高冈，却把千山唤醒"，皆能放得开而又收得住，转换之间豪气满怀，透露出无限深情。

（三）取神胜于取形的咏物词

佟世南的咏物词皆能切题，轻写貌而重写神，深得咏物词取形不如取神，用事不如用意之法，故而其词别有境界。《念奴娇·落梅》以梅之已落比兴寄慨，诉说不平心境，意韵十足。词云：

> 薄劣东风，怪朝来吹堕，一林香雪。不照美人妆额上，暗度绿窗朱闼。蝶翅翩翻，鱼鳞飘荡，迷却罗浮月。酸心梅子枝头，一点偷结。　忆昔乍逗春情，淡妆初试，浅笑生银靥。终日倚栏凝望眼，素袖不胜寒怯。玉碎楼头，粉消镜里，肠断

君休说。笛声正在，斜阳影外呜咽。

上阕虽是写景，然句句皆是衬托落梅之形态。起句"薄劣东风，怪朝来吹堕，一林香雪"，悲梅之已"落"。下阕抒情，情景交融，景语与情语已难分辨，转换之间，了无痕迹。此词有以落梅自比之意，对"落梅"进行了人格化的描述，词心全在"肠断君休说"一句之中。而结句"笛声正在，斜阳影外呜咽"，一笔荡开，回味无穷。

《白苎·咏秋海棠》以"香草美人"比兴，抒发性情，颇怀寄托之意。在这首词中，词人以"秋海棠"自比，不即不离，诉说了"怨朝阳憔悴"、"恨多苦被抛弃"的愁闷心境。此词凄婉缠绵，情意浓浓。词云：

> 向闲阶斜傍，不假东君，偏饶丰致。微醉潮红，问消魂何事。风寒露冷，垂头忘睡，起揭帘栊香细细。芙蓉苑、相映一枝开，还堪对、薄情惆怅，空忆侬家姊妹。知甚时、萧郎代拭清宵泪。　　疑是佳人环珮。归也，促膝留欢，月华增媚。莫待秋深，怨朝阳憔悴。一霎摧残，芭蕉和雨碎。悔悔过东篱，难携手、无言恨多，苦被抛弃。搔首因思，解语当年，犹剩名字。岂道春来，看著夭桃似。

此词起句"向闲阶斜傍，不假东君，偏饶丰致"，便展示了所咏之意；过片"疑是佳人环珮"，尤为精致，承上启下，藕断丝连；结句"岂道春来，看著夭桃似"，情景交融，有余不尽之意，能够达到有神无迹，浑然一体的境界。

以上咏物词，皆能够如画家写意，得生动之趣，以神韵取胜。

虽无家国之忧，却也是情意绵绵，借物寓情，比兴蕴于其内，且能够以性灵语咏物，以沉着之笔表达出来。

佟世南还有一首《兰陵王·咏柳赠别，和周美成韵》，是和韵周邦彦《兰陵王·柳》之作。古人云步韵词难有佳作，然佟世南的这首步韵词却显示出了一定的功力。词云：

> 雨丝直，弱柳阴阴笼碧。长堤外、芳草夕阳，一派迷离暮烟色。春风到故国，惯送天涯行客。柔条短、不系玉骢，何似游丝袅千尺。　　追思旧踪迹，正翠拂珠楼，絮舞瑶席。秋千院落逢寒食。恨回首人远，梦来相觅，飞花撩乱满古驿，又争认南北。　　悲恻，恨凝积。问何处啼莺，深夜寥寂，春江渺渺情何极。奈曲里哀怨，又生羌笛。枝头清露，似伴我，泪珠滴。[①]

周邦彦是婉约词派的代表人物，精通音律，词誉极高。他的词开南宋姜夔、史达祖一派，影响深远。周邦彦的《兰陵王·柳》非常有名，后人多有步其韵者。佟世南的这首步韵词风格情境亦仿周词，全词章节层次明晰，情调缠绵反复，颇有比兴寄托之意，也算得上是一首不错的作品。不过在炼字和声韵方面不如周词细密。如周词结句云："沉思前事，似梦里，泪暗滴"，感情色彩浓重，读之亦响亮顺畅。而佟世南词的结句为"枝头清露，似伴我，泪珠滴"。"似伴我"不如"似梦里"词意深切浓郁，且"泪珠滴"之"珠"字为平声，音调平缓，读之味淡，亦少气势，声韵不如周词和协。

---

① 杨钟羲：《白山词介》卷一，佟世南，宣统二年刻本。

佟世南的《扬州慢·放鹤亭梅花》借咏物以抒怀,以梅花起兴,亦是以比兴之法寄托情思之作。词云:

> 老干浑苔,柔条未萼,几枝零落荒亭。望空山落日,正笛韵凄清。自双鹤、高飞去后,亭前三百,雾锁烟横。到而今、都随流水,暗逐浮萍。　　辽阳梦返,算逋仙、重到须惊。念疏影横斜,暗香浮动,难赋幽情。水畔红亭空尔,波荡漾、夜月无声。但坟前芳草,春风着处还生。①

宋姜夔有一首《扬州慢》作于宋淳熙三年(1176),词之小序云:"予过维扬,夜雪初霁,荠麦弥望。入其城则四顾萧条,寒水自碧。暮色渐起,戍角悲吟。予怀怆然,感慨今昔,因自度此曲。千岩老人以为有《黍离》之悲也。"②从此序中可知词意之大概。佟世南的这首词虽没有姜夔词的故国之思,但步韵了姜夔词的韵律与格调,其中一些句式也与姜夔词非常近似。如姜夔词下阕云:"杜郎俊赏,算而今、重到须惊。纵豆蔻词工,青楼梦好,难赋深情。二十四桥仍在,波心荡、冷月无声。念桥边红药,年年知为谁生",佟世南词与之比较,音韵句法基本一致,透露出了佟世南填词与姜夔词风的关系。

在清初八旗词坛上,佟世南不仅是一位勤奋的词人,而且于词自有观点,并选辑《东白堂词选初集》宣示主张,在清初词坛上产生了影响,其成就应该仅次于纳兰性德,然时人并未给予足够的重视。

---

① 《百名家词钞·东白堂词》,《续修四库全书》集部词类,上海古籍出版社,2002年。
② 夏承焘:《姜白石词编年笺校》卷一,第1页,上海古籍出版社,2019年。

第四节 通于性灵的佟世思

一、位卑才高，词尤俊迈

佟世思（1651—1692），字俨若，字葭沚、退庵，镶蓝旗汉军人，传世有《与梅堂遗集》，诗十卷，词一卷，杂文一卷，末附《耳书》一卷，《鲊话》一卷①。《与梅堂遗集·诗余》存词四十七调，六十首；《白山词介》收词十首，其中所录《沁园春·病障》二首《与梅堂遗集·诗余》未收。

佟世思是江西巡抚、兵部尚书佟国正（桢）子，前面提到的佟国器乃佟国正之兄，即佟世思的伯父。佟世思出身显贵之家，其父佟国正（桢）是顺治五年（1648）贡士，顺治七年（1650）授江南无为州知州，康熙三年（1664）任安徽按察使，康熙十三年（1674）任江西布政使；康熙十七年（1678）因平"三藩之乱"有功，加兵部尚书衔，授正一品阶，后缘事降二级调用，康熙四十七年（1708）卒②。

佟世思撰有《先高曾祖三世行略》，记载了其家族的经历遭遇，文中云："先高祖讳遇，字儒斋，世居抚顺。以抚顺边烽时警，望辽阳有白云冉冉于其上，随家焉。自北燕时，远祖讳万、讳寿者，俱以文字显。累传至明洪武间，始祖讳达礼，以边功加秩指挥同知，世其爵。五传而生季甫公，讳槟。季甫公生心一公，讳愁，是为儒斋公父。公生而颖异，读书明性理，家资巨万，谨恪自居，教子弟以正，事无巨细，必取法古人。公生曾祖讳养义，字直庵。念时势多艰，身家为重，教曾祖以恪谨居躬。曾祖心父之心，凛凛恐

---

① 王树楠等：《奉天通志》卷二一〇，人物三十九，文学，第 4594 页，辽沈书社，1982 年。
② 吴忠匡等校订：《满汉名臣传》卷三一，第 896 页，黑龙江人民出版社，1991 年。

坠，数十年如一日。已而家难起，以抚顺族人讳养性者，于明间获罪，罪应族。于是通族之人，潜者潜，逃者逃，易姓者易姓，更名者更名。先高祖耿介性成，语人曰：族中有此，皆我伯叔之咎，正宜延颈待诛，潜逃何为！易姓名何为！遂为有司所执。先曾祖相从于车尘马迹中，徒步奔走。械锁锒铛，春气苦寒，泪凝冰合。先高祖归命于法，始终无难色。先曾祖躃踊号泣，念先高祖以垂老之年罹奇祸，呼天抢地，以爪入肉，血出不知时。叔曾祖讳养岁，叔祖讳纯年，同以事去，茕茕异地，父子祖孙无完卵。……先大父讳方年，字长公，为范公讳楠婿。范公即本朝师相文肃公父也。"①

佟氏在范文程家族的庇护下入旗，佟氏家族遂得以逐渐复兴。杨锺羲出于对佟世思文才的钦佩，在所著《雪桥诗话》中记载佟世思的笔墨颇多，其中涉及到了佟氏家族与范文程家族的关系，"俨若祖方年，为文肃尊人范楠婿。其高祖偁，曾祖养义，相继死难，方年复战殁于滦州。父国正甫六龄，依外家赖以生全，文肃视之如子，抚育教诲。成戊子贡士，由无为州牧，历官江西巡抚，兵部尚书，以战功授正一品。"②

佟世思文才很高，交游甚广，在文坛上卓有声名，靳治荆《思旧录》中有"佟公子世思"一文，其中云："（佟世思）江右中丞讳国桢子也，英敏嗜学，善诗、古文辞，又雅好结纳，不顾有无，一时名流莫不推为佳公子。"③但他的仕途经历却多坎坷，一生不甚得志。他年轻时正值"三藩之乱"起，康熙十一年（1672）诏停八旗制科，故无缘科举，只荫得一小官，初官广西临贺县知县，后调广

---

① 佟世思：《与梅堂遗集》卷一二，第15页，康熙四十年刻本。
② 杨锺羲：《雪桥诗话》卷三，第118页，北京古籍出版社，1989年。
③ 靳治荆，《思旧录》，张潮等辑《昭代丛书》丙集，卷四三，道光吴江沈氏世楷堂刻本。

西思恩县知县,皆为边远之地,未五年而卒,年四十二。

其六弟佟世集在《与梅堂遗集序》中,记载了他的为官经历:"丁卯令临贺。庚午,以才能由临贺调思恩,约两任,才五年,而蛮烟瘴雨,姜家兄弟,遂成永诀焉。贺有地名龙门滩,思恩界有龙门山,其斯之谓龙门县尹欤?是岁兄年四十有二。"①

丁卯即康熙二十六年(1687),此年任临贺县知县,庚午即康熙二十九年(1690),任思恩县知县。临贺、思恩两县皆在广西蛮瘴之地,北方人极易患瘟病。其表叔范承烈在《与梅堂遗集序》中云:"谒选得西粤之临贺令,临贺当五岭之至穷,令不能饭,当事念其才,迁思恩令。地愈远,瘴疠愈炽,此唐宋投荒左迁之人指为非人所居,而俨若居之,且久居之。噫!诗虽欲不工,不可得矣。俨若未死前,先自为悼亡诗,辞别其父母兄弟,且属其妻孥戚友,言绝悲酸,传诸岭北,人以为怪。未几,竟如其自悼云。"②其弟佟世集言"庚午以才能由临贺调思恩","是岁兄年四十有二",应该卒于康熙三十一年(1692)。

《与梅堂遗集》是佟世集在佟世思自订稿的基础上搜集成书的,于康熙四十年(1701)辑成,作序者有范承勋、范承烈、王士正(禛)、韩菼等。范氏与佟氏为表亲,而王士正(禛)在当时文坛上具有盟主的地位;韩菼为康熙十二年(1673)状元,官至礼部尚书兼翰林院掌院学士,都是非同一般的文坛大儒。佟世思的遭遇经历,使他的诗词"虽欲不工不可得矣"。文坛对佟世思都有不低的评价,王士禛评其诗歌云:"其诗固足以宗雅颂,匹三唐。文亦浩气落落,有东、西两汉之遗意。"③诗词一理,其词亦能发自家之性情,不过是

---

① 佟世集:《与梅堂遗集序》,佟世思撰《与梅堂遗集》,康熙四十年刻本。
② 范承烈:《与梅堂遗集序》,佟世思撰《与梅堂遗集》,康熙四十年刻本。
③ 王士禛:《与梅堂遗集序》,佟世思撰《与梅堂遗集》,康熙四十年刻本。

婉曲达情罢了。丁绍仪《听秋声馆词话》评佟世思词云：

> 辽阳佟氏，为从龙望族，世多显宦，而文采无闻。独思恩令世思，以壬子得官，年已四十余，未几卒。所著《与梅堂诗文集》附词一卷，虽不克追踪《饮水》，亦颇有隽语。《眼儿媚》云："柳丝撩乱舞风柔，幽怨在高楼。最难忘是，灯前俏影，帘下歌喉。　春来底事恹恹病，长夜冷如秋。一腔心事，未抛旧恨，又惹新愁。"《燕归梁》云："槛外风来花气幽，闲倚楼头。一番离恨一番愁。春去也，又迎秋。　这般憔悴如何好，总不若，早归休。黄昏人静月如钩。刚忆着，去年游。"含凄欲绝，颇不类贵公子口吻。①

邓之诚《清诗纪事初编》评云"词尤俊迈"②，也对他的词给予了肯定。此外，八旗文坛对佟世思的文才评价也很高，在满洲铁保所辑一百三十四卷之巨的八旗诗歌总集《熙朝雅颂集》中，录佟世思诗分为二卷，凡一百二首。此集收录了近六百位八旗诗人，而收录诗作超过百首者不足十人，佟世思与焉③。此外，官修《钦定八旗通志·艺文志》④也收录了佟世思，可见他在八旗文坛上具有比较高的地位。

二、情深意蕴，极善言愁

佟世思有"佳公子"之称，性情纯真而多愁善感，其词的主要

---

① 丁绍仪：《听秋声馆词话》卷一，唐圭璋编《词话丛编》三，第2578页，中华书局，2005年。
② 邓之诚：《清诗纪事初编》卷六，第650页，上海古籍出版社，1984年。
③ 铁保辑：《熙朝雅颂集》卷一三，嘉庆九年，武英殿刻本。
④ 李洵、赵德贵等主校点《钦定八旗通志》卷一二〇，艺文志，第2068页，吉林文史出版社，2002年。

特点是能够通于性灵。所谓通于性灵，即情动于衷，自然真实，填词之际万感横集而流露于不自知。他的词作无论是小令还是中、长调，均情深意蕴，极善言愁，也都是内心真实情感的自然流露，尤能显示出这一类旗人的性情与品质。

佟世思的《转应曲》一首，即如丁绍仪所言"含凄欲绝"，读之令人心生凄怆之情。词云：

> 依旧，依旧，一树海棠清瘦。溶溶月上黄昏，此夜有人断魂。魂断，魂断，门掩春风庭院。①

《洞天春》亦心绪惨淡，凄凉有余。起二句写景，营造了冷澹的氛围，结句"夜夜相思，年年心病，瘦来多少"，直诉心怀。词云：

> 帘外明月初皎，春去落花未扫。小立苍苔寒影倒，听罗裙声悄。　芳阴移过阶草，却被乱云遮了。夜夜相思，年年心病，瘦来多少。

他的小令多是这种风格，也多是这种内容，身世之感隐然蕴于其内，自然流出，不事斧凿。

佟世思的长调也极善言愁，多以抒发感慨为主，似直而纡，似达而郁，极情景之真，非强说愁者所能为之，以下二首即是如此。《沁园春·南行作》云：

> 吾爱吾庐，白版双扉，设而不开。忽遍告亲知，云辞父

---

① 佟世思词见《与梅堂遗集·诗余》，康熙四十年刻本。

母，依人乞食，作客南来。撒手便行，掉头不顾，之子其何孟浪哉！算往还，只燕韩楚豫，齐鲁江淮。　书生多所不材，羡鼗鼓、斑衣梦老莱。却易水船头，听残芦管，军都山下，踏破芒鞋。七尺钓竿，一盂薄粥，念我王孙或见哀。西风里，且伛偻驴背，未免徘徊。

这首《沁园春·南行作》，应该作于初任临贺县知县之时。"忽遍告亲知，云辞父母，依人乞食，作客南来"，是为初次南行赴任时的情景。"西风里，且伛偻驴背，未免徘徊"，则是诉说了赴蛮瘴之地的艰辛，心情不免凄凉。此词与前面提到的范承烈在《与梅堂遗集序》中所说的"俨若未死前，先自为悼亡诗，辞别其父母兄弟，且属其妻孥戚友，言绝悲酸"的那首诗情调一致，也是一首自悲自叹之作。《沁园春·邯郸道上》云：

千山千水，一仆一驴，又到邯郸。忆别去十年，半逾甲子，颜苍鬓秃，意懒心寒。也享繁华，也经险阻，毕竟于中梦不酣。低徊处，但莞尔而笑，夫复何言。　艳人访道求仙，任唾骂、痴愚殊未然。得半顷秋田，数湾鱼荡，双亲方健，八口相安。黄叶家山，白云坟墓，梅雨松风老此间。趁心儿，是黄粱饭熟，努力加餐。

这首词在"颜苍鬓秃，意懒心寒"之后，大有归老田园之愿。以上二首词借旅途所感，抒发了对仕途乃至人生的感慨，皆发自词人的亲身经历和感受，情调笔法均悲哀有余。

《白山词介》收录佟世思的十首词中，有《柳梢青》《眼儿媚》《燕归梁》三首与《与梅堂遗集》中之同调名有不同。《白山词介》

中《柳梢青》云：

> 粉褪脂零。新来憔悴，总为多情。宿酒将醒，柔肠欲断，欢梦难成。　　东风催送行旌，斜阳外、车声马声。漠漠瑶山，茫茫去路，处处心惊。①

《与梅堂遗集》中同调《柳梢青》云：

> 门掩花残。新来憔悴，总为伊人。宿酒将醒，柔肠欲断，梦转三更。　　东风催客难停，夕阳外、车声马声。漠漠云山，这回去也，处处心惊。

《白山词介》中《眼儿媚》云：

> 柳丝撩乱舞风柔，幽怨在高楼。最难忘是，灯前俏影，帘下歌喉。　　春来底事恹恹病，长夜冷如秋。一腔心事，未抛旧恨，又惹新愁。

《与梅堂遗集》中同调《眼儿媚》云：

> 柳丝撩乱舞风柔，幽怨在高楼。相思只为，灯前俏影，帘下歌喉。　　病酒怕听花外鸟，长夜冷如秋。一腔心事，未抛旧恨，又惹新愁。

---

① 杨锺羲：《白山词介》卷一，佟世思，宣统二年刻本。

《白山词介》中《燕归梁》云：

> 槛外风来花气幽，闲倚楼头。一番离恨一番愁。春过也，又迎秋。　　这般憔悴如何好，总不若、早归休。黄昏人静月如钩，刚忆着，去年游。

《与梅堂遗集》中同调《燕归梁》题为"怀归"，词云：

> 槛外风来花气幽，人立阶头。一番烦恼一番忧。春过也，又愁秋。　　怎般憔悴如何好，总不若、早归休。黄昏钟急月当楼，思量着，去年游。

从以上词作的对比中，可以见其中存在差异，这对于了解填词时如何修改斟酌以达到最佳境地，颇有益处。《蕙风词话》云："改词之法，如一句中之有两字未协，试改两字，仍不惬意，便须换意，通改全句。"①《白山词介》的词应该是经修改过的作品，故较《与梅堂遗集》中之词更温柔敦厚，词境更幽，而且声韵更为和谐，选辞用句也更为允贴。从以上情况看，《白山词介》采录本显然与《与梅堂遗集》本不同。

三、病瘴中的哀唱

《白山词介》中收录的《沁园春·病瘴》二首，《与梅堂遗集》未收录。这二首词极尽感叹之能事，词调更为凄凉，应该是佟世思去世前不久的作品，是他非常重要的词作。这二首《沁园春·病瘴》，写出了为官烟瘴之地身患重病时的痛苦感受，凄怆而悲慨。

---

① 况周颐：《蕙风词话》卷一，第14页，人民文学出版社，1960年

这二首词也是词人通于性灵的代表作,以词言志,纯以情胜。《沁园春·病瘴》之一云:

> 病尔来乎,昔曾尔亲,近常尔疏。乃惠然而至,废然忘返,晨昏无间,日月居诸。榻上云生,耳根鹤唳。似欲招予上玉衢。吾当去,纵臣心似水,臣罪当诛。　　一官费尽支吾,只缚束、纠缠几句书。忆黄旄白钺,军中父子,刺榆酸枣,手底豺狐。肉海渐枯,天风欲下,兜地原来一事无。三更后,赖瓦瓶梅影,不大模糊。①

《沁园春·病瘴》之二云:

> 职掌猺獞,身经瘴乡,日南小臣。对寒坡东矗,千寻剑树,带溪西去,百沸汤铛。布裹青头,甲钉赤足,虚趁斜阳绝岭行。梅村道,叹非山非水,非鬼非人。　　天王惠养斯民,颁天语、煌煌抚字勤。愿卧碑灯火,士归孔庙,杏花风雨,农绕春城。父母九旬,尪羸一病,冰井官衙煮药清。支离想,殊负君负国,汗下如倾。

这两首词的格调极为沉重,词风悲切沉郁,说尽了他"身经瘴乡"而染重病的悲苦经历,句句发自内心极度的苦楚,将难以承受的痛苦描摹殆尽。即便如此,词人仍以忠君报国为念。为了造福一方,实行"士归孔庙","农绕春城"措施,积极鼓励读书和农耕,以此报答君恩。然此时身患重病,"似欲招予上玉衢","殊负君负国,

---

① 杨锺羲:《白山词介》卷一,佟世思,宣统二年刻本。

汗下如倾"，诚惶诚恐。这两首词将词人病中的全部感受都显现了出来，抒情达意真实而深刻，展现出了一位八旗小吏的真实经历和为国为民的胸怀。

这一类感慨自身痛苦而又忧国忠君的词作，逐渐成为八旗词人以词言志的一种倾向和风气，并且一直延续到清末民初，成为了八旗词坛的一种传统。

第五节　结　　语

汉军词人尤其是顺治朝和康熙初年出现的佟氏词人，原本就有深厚的文化底蕴。他们的家族多有在明朝为官的经历，一些人还由科举入仕。由于他们与汉文化渊源比较密切，诗词文赋原本就是他们熟悉的文学写作体裁，故而汉军佟氏家族能够在八旗中最早出现词人，也是情理之中的事情。

他们在这个时期填词注重艺术性，重视词的传统要求，虽然词风不尽相同，但雅正清空、温柔敦厚是其内质。在内容情感的表达方面，则显示出了抒发自家性情的特点。这种性情与同时代汉人词家对时局和个人遭际的感受有一定的不同。他们除了表现出忠君忧国的情怀之外，也表现出了对八旗的忠诚，从中也可看到八旗汉军对于自身处境地位的认识。清初佟氏汉军词人的出现，对八旗文人向词坛进军起到了引领作用。

第二章　清初汉军词人群

清初的八旗词坛除了佟氏词人之外，还出现了其他一些八旗汉军词人。这些汉军词人或身居高位，或出身于官宦之家，大都具有深厚的文化素养，也都工诗文，故其词作入手便显示出别一种风貌。其中以下几位汉军词人最有代表性，他们的词作能够表现出当时八旗词风的特色，以及旗人的内心境界和精神风采。

第一节　词雄旨洽的吴兴祚

吴兴祚（1623—1697），字留村，一字伯成，隶正红旗汉军。其父吴大圭为礼亲王府头等护卫。吴兴祚于顺治七年（1650）以贡生知江西萍乡。康熙二十一年（1682）官至两广总督，二十八年（1689）缘事降为副都统，三十六年（1697）复原官，是年病卒[①]。辑有《宋元诗律选》，可知他深谙诗词音律；词集有《留村词》。其

[①] 王锺翰点校：《清史列传》卷九，第591—594页，中华书局，1987年。

词《瑶华集》录二首,《百名家词钞》收《留村词》二十五首。

吴兴祚是清初八旗中的文学名士,诗歌颇有境界,非无原因,而是与其性情人品密切相关。他一生为官刚正清廉,颇多惠政,"吴督部兴祚仕宦四十余年,位一品,所得禄赐尽以养战士遗亲,故而居无一廛,囊无赢金。"①秦松龄撰《行状》云:"君好为诗,沉雄峭拔,如其为人。巡海时与杜公唱和,诗最工。书学颜尚书、杨少师。素嗜金石文字,游览所至,残碑断石,搜罗靡遗。"朱长孺《梁溪歌·赠吴伯成明府序》云:"治最既优,儒风斯振。笙簧艺府,鼓吹文园。寻胜迹于丹梯,集诸生于白社。凭林起栋,即沼疏泉。分鱼鸟作三行,列烟花为七覆。既援枹而横笔阵,亦磨垒而厉词锋。五部湖前,仙舟对櫂;九龙山外,落纸时飞。轶怀县之风流,追兰亭之胜事。"②此等人物,发之于诗,焉能不尽显清操峻节哉?其诗歌如此,其词亦颇多佳作。

吴兴祚于词颇有心得,他的《词律》一书强调格律和意境。其《词律序》云:"词为曲所滥觞,寄情歌咏,既取丰神之蕴藉,尤贵音调之协和"③。陈大成评其词云:"夫子词雄旨洽,综博渊深。昔龚合肥云:文人未见留村,犹之乎未睹沧海。见留村之词,犹见乎沧海之一波也。"④"龚合肥"即龚鼎孳,是清初享有盛名的文坛大家,也是词坛上的领袖人物,此等人物对吴兴祚有此等评价,可见吴兴祚的词作之佳。总体上看,吴兴祚词以雅正疏朗为主要特色。

余怀在《留村词跋》中对吴兴祚的词也给予了高度评价:

---

① 《清朝野史大观》三,卷五,第55页,上海书店,1981年。
② 秦松龄撰《行状》,杨锺羲辑《白山词介》卷一,吴兴祚,宣统二年刻本。
③ 吴兴祚:《词律序》,《八旗文经》卷一八,序文类,第151页,辽沈书社,1988年。
④ 陈大成:《留村词跋》,聂先、曾王孙编《百名家词钞·留村词》,《续修四库全书》集部词类,上海古籍出版社影印本,2002年。

> 词家盛推秦柳为擅场，然其人率轻佻浮华，无事功可记。若韩魏公、范文正、周平园诸钜公，皆以填词名，则词因人重，不必定以"杨柳外，晓风残月"，著声红牙白版间也。留村先生，雄才大略，上拟范韩，而彩笔纵横，目空一世。当其据梧而吟，登高而赋，倒倾三峡，响震千门，亦何减辛稼轩镇南徐，命侍儿歌"千古江山"时耶？①

聂先在《留村词跋》中也有相同的评价：

> 先生经济文章，首系天下苍生之望久矣。而尊前马上，间为词调，流传于骚人墨士之口，能令齿颊俱香，光腾二酉。若拟之前哲，当与韩范富欧，争光日月；质之艺林，当与梅村、棠村，共传不朽。他日功标铜柱，铭勒燕然，铙歌竞鸣，河山清晏，岂非词坛中千秋佳话也哉！②

余怀、聂先两人在《留村词跋》中都是将吴兴祚与宋代名臣"韩、范、富、欧"并列而论，且给予"质之艺林，当与梅村、棠村，共传不朽"的高度评价。梅村、棠村即清初吴伟业和梁清标，均是领袖一时的文坛大家，聂先评价能与其"共传不朽"，并非轻妄之语，惜后人未能领略其词之佳妙也。

被《瑶华集》《今词初集》《白山词介》同时收录的一首词，是《踏莎美人·送顾梁汾之江右》。词云：

---

① 余怀：《留村词跋》，聂先、曾王孙编《百名家词钞·留村词》，《续修四库全书》集部词类，上海古籍出版社影印本，2002年。
② 聂先：《留村词跋》，聂先、曾王孙编《百名家词钞·留村词》，《续修四库全书》集部词类，上海古籍出版社影印本，2002年。

月暗山城，香疏桂树，征帆遥指霞飞处。黄鸡白酒拟相招，试问君、能回首一停桡？　　蓼渚看花，芦洲听雨，高吟莫作悲秋语。西风落叶卷江潮，此后相思，俱在灞陵桥。①

顾梁汾即顾贞观，颇有词名，为清初词坛前七家之一，与旗人纳兰性德、曹寅等八旗词人交往密切。此词是送友人顾贞观远行的词，心怀难舍之情。"月暗山城，香疏桂树"，色调黯淡，以喻愁苦心境；"试问君、能回首一停桡？"情谊深厚而缠绵，是最能动人心弦之句。此词以比兴之笔写情已近极致，全赖一"真"字耳。

吴兴祚还有《念奴娇·送秦太史留仙之楚》和《念奴娇·送严荪友赴北》二首词，秦太史留仙即秦松龄，严荪友即严绳孙，均是当时词坛上著名的词人，可见吴兴祚与词坛名流多有交往。

吴兴祚的其他一些词，也都能够发自真情，清稳可读。《减字木兰花·雪夜泊虎丘》一首疏放俊爽，其中"雪压诗魂，高卧梅花不出门"句冲然而澹，温雅有味。词云：

寒塘如带，渔火参差烟柳外。山寺钟声，唤醒骚人半世名。　　暂停游屐，北海樽前留一席。雪压诗魂，高卧梅花不出门。②

《蝶恋花·寒食雨》则清丽委婉，具有北宋词风。这首词即营造出了一种清远蕴藉的画面，不失北宋风格。词"湿尽棠梨雨"，

---

① 蒋景祁：《瑶华集》卷六，第14页，中华书局，1982年。顾贞观、成德：《今词初集》卷下，康熙十六年刻本。
② 吴兴祚词见《留村词》，聂先、曾王孙编《百名家词钞》，《续修四库全书》集部词类，上海古籍出版社影印本，2002年。

造句自然而新奇，出人意表。词云：

> 堤上轻烟寒食路。烟际登楼，楼外垂杨缕。小艇画帘堤下驻，载他上冢庞公去。　卷幕初来江燕舞。衔得芹泥，湿尽棠梨雨。怕到晴来春已暮，东皇好把春光护。

吴兴祚的长调或疏朗清真，或雄浑沉郁，《念奴娇·题王右丞初冬欲雪图》被《瑶华集》收录，词云：

> 辋川余墨，洒轻绡、写作初冬欲雪。满纸烟云渲染处，万木参差如折。林鹊低飞，山鸡僵立，溪水冰初结。阿谁于此，诗魂驴背清绝。　展向茶幕松窗，萧萧如听，风撼芭蕉叶。竹里诗翁何处也，华子冈头无月。记载春醪，共寻僧舍，此景曾吟阅。笠湖东畔，小山梅放时节。

此词为题画词，上阕借图画中描绘的景物层层渲染，颇能借题发挥；下阕则回顾了与友人"记载春醪，共寻僧舍"的经历，以及"笠湖东畔，小山梅放时节"再叙友情的意愿，词意浓厚，词风疏朗。

吴兴祚的其他词作，或描景绘物，或咏物寓情，或怀人寄远，均能于浑脱自然中见情志。《惜余春慢·咏雨中杏花》一首即红情绿意，款款诉情，丽不染俗，巧不近纤，"屈指算，九十春光，二分流水，恰剩一分居后"，句意尤妙。词云：

> 融雪消冰，嫩寒春晓，正是落梅时候。才过上巳，又值清明，燕子重来依旧。封姨作意颠狂，红杏梢头，雨肥烟瘦。想断肠人在江南，收拾舞衫歌袖。　屈指算，九十春光，二分

流水，恰剩一分居后。柳未抽条，桃犹敛萼，只有妖红炫昼。谁家楼阁阴阴，蝶粉莺簧，总难消受。怪东皇不放春阳，长见一池吹皱。

词人还有《水调歌头·寿余澹心徵君六十，置酒听椿轩，同秦对岩、严绳荪、陈集生称觞》一首。词云：

> 栗里衔觞处，隆中抱膝时。天下文章在是，萧瑟鬓如丝。久矣骑龙弄凤，又自乘风驭气，造化任儿嬉。星则名为客，谪堕照茅茨。　凭玉案，拂锦席，举金卮。南山当户，一帘泉瀑溅花篱。君正年当耳顺，我自栽花百里，花里种仙芝。明日中元耳，魏野献新诗。

余澹心即余怀，在词坛上声名卓著，秦松龄、严绳荪、陈集生，亦皆是非同一般的一代名流。此词虽是为祝寿而作，但有多位词坛名家在座，故词意更为丰富。"天下文章在是"、"久矣骑龙弄凤"等句，既是夸赞余怀之文采，也是赞许在座的友人，而"花里种仙芝"则有自诩之意。词人有如此意气，故此词气韵雄慨。

以上吴兴祚的词作，深情婉至，均能达到寄劲于婉，寄深于浅的境界，且遣词造句颇为讲究。如"栗里衔觞处，隆中抱膝时"的对句运用不仅精当，而且使事用典亦颇为自然，颇有气势。此外，"凭玉案，拂锦席，举金卮"中动词的选用和玉案、锦席、金卮的连用，都在意象的美感中增强了感情色彩。同时，在这首词中也能够反映出吴兴祚与当时词坛名家有着密切的联系，也能显示出他的词风特点。

在吴兴祚的长调中，《念奴娇·春申涧怀古》一首别具风貌，

极尽雄慨沉厚之能事,与其他词作的词风有所不同。词云:

> 郊原一望,尽凋零、又早秋深时节。霜气填空云惨淡,一雁惊寒声怯。云起楼前,天均堂外,兴废谁堪别。春申古涧,云烟樵客能说。　　试问昔日英名,而今安在?空对苍凉月。老树扶疏盘涧底,落叶千层万叠。徙倚斜阳,因风怀古,莫使雄心折。还应叹惜,乾坤尽是华发。

春申涧怀古是词人咏古常选用的题材,吴兴祚的这首长调境界阔大,以"莫使雄心折"为词心,整首词曲折跌宕,以沉厚之笔,婉转表达慷慨之情,从中可见当时旗人豪壮之心境。

吴兴祚词整体上沉稳浑厚,颇具北宋词风,特能显现此时八旗的精神风貌,亦能显现这个时期他对词体的理解与运用能力。

第二节　清逸疏隽的施世纶

施世纶(1659—1722),字文贤,镶黄旗汉军人,靖海侯施琅仲子。康熙二十四年(1685)以荫生授江南泰州知府,康熙三十二年(1693)调江宁知府,康熙三十五年(1696),丁父忧,授江南徐淮道,康熙四十年(1701)任湖南布政使,康熙四十三年(1704),调安徽布政使,康熙四十九年(1710)任仓场总督,康熙五十四年(1715)任漕运总督,康熙六十一年(1722)卒[①]。康熙帝对他的评价是"清慎自持,勤劳素著"[②]。著有《南堂诗钞》附

[①] 吴忠匡总校订《满汉名臣传》卷三〇,第868页,黑龙江人民出版社,1991年。
[②] 李洵、赵德贵等主校点《钦定八旗通志》卷一九二,人物志七十二,第3393页,吉林文史出版社,2002年。

《倚红词》，有词四十五首，清初诸词选及《白山词介》均未录其词。

施世纶是清初名臣，为官清廉刚正，其诗清韵和厚，文坛对其诗评价颇高。"黄虞稷《序》云：渊然穆然，冲融大雅。有比兴之遗，得温柔之旨。孙在丰《序》云：泓然以清，蔚然以秀。"①《晚晴簃诗汇》记云："诗雅健苍秀，邓孝威为作序，谓其质处皆华，淡处皆古，高处皆秀，剀切而深中人之心。"②这些评价不可谓不高。专录八旗诗人诗作的《熙朝雅颂集》选录其诗共七十八首，选录诗的数量在数百位八旗诗人中居前十位，可见他在八旗诗坛上的地位。施世纶以诗歌名世，词为诗名所掩，故重其诗者多，而重其词者少。

不过这并不能因此轻视施世纶的词作，宗元鼎的《南堂词赋原序》云：

> 诗赋之余，著《倚红词》。读其词似海燕双归，画帘花影；又若绿水人家，天涯芳草，真所谓挥毫万字，无一语人间烟火。③

由于施世纶所处的时代正处于社会渐渐稳定的时期，其词作之风情神韵，正自悠长，追求的是澹而疏、近而远的意境，故以清逸疏隽为特色，仍然显示出了北宋词风对他的影响，这种风格在他的小令中表现得尤其明显。

以下两首意境深远，有景、有物、有人，色彩纷纭，且静中有

---

① 铁保辑：《熙朝雅颂集》卷二七，施世纶，嘉庆九年武英殿刻本。
② 徐世昌：《晚晴簃诗汇》卷六九，第13页，退耕堂刻本，1929年。
③ 宗元鼎：《南堂词赋原序》，施世纶撰《南堂诗钞》，雍正四年刻本。

动，意境清空，特能表现词人悠远而淡定的心境。《太平时》云：

> 绿暗红愁画掩扉，惜春稀。空从曲径觅芳菲，草芽肥。风过小窗天欲雨，换春衣。垂杨影里燕交飞，定巢归。①

《临江仙·真州》也表现了同样情调。词云：

> 几树斜阳堤上柳，柳阴下泊孤舟。江云带雨过沙洲。暮山点里，不是六朝秋。　五马渡边风又急，殢人犹在真州。花枝烂漫酒家楼。疏帘倚遍，听彻采菱讴。

真州即今江苏省仪征市，此词应该是施世纶任官江南时的作品。词中"暮山点里，不是六朝秋"句，是说"三藩之乱"平定不久，天下太平。此时词人尚在壮年，在仕途中踌躇满志，故此词风清隽，别有情致。

施世纶的长调多有感而发，非闲情无意之作，词雅语正，颇能显示词人深知以沉郁中寓情蕴作为正轨法则的填词之法。以下二首词即以此见长，并能够显示出旗人的心理与精神。《百字令·京口道中》云：

> 襟怀浩荡，叹江山万古，青青无绝。潮去潮来多是恨，遥想前人遗烈。魏室龙争，孙吴虎踞，不尽旌旗结。而今往事，蓬窗空望天阙。　正是旧恨新添，风光不改，似去年时节。燕去鸿来天水阔，淡淡芦花如雪。对此江峰，烟开日霁，千里

---

① 施世纶词见《南堂诗钞》，雍正四年刻本。

秋容洁。羡他渔艇，一竿钓尽风月。

《百字令·舟过锡山》云：

> 虎符南下，望秋光如泄，天青云绝。忆昔霓旌开海岱，何似伏波勋烈。报国身轻，酬恩义重，不许妖氛结。今朝入觐，归来还思丹阙。　　何幸随侍南征，九龙峰翠，正看清秋节。试取玉泉温细火，滚滚龙涎如雪。香茗新添，溪风乍至，有兴同高洁。待吾归棹，一杯对啜山月。

"今朝入觐，归来还思丹阙"是词人朝见康熙帝后"虎符南下"，赴江南为官的情况和感受。"忆昔霓旌开海岱，何似伏波勋烈"，是言其父施琅平定收复台湾事。施琅因收复台湾而被封为靖海侯，并且世袭罔替。施世纶初以荫生授江南泰州知州，后官至漕运总督，父子两代俱受君恩，故而有"报国身轻，酬恩义重"之念。作为旗人的这种忠君情感，在施世纶的这首词中表现得非常清晰。正因为词人内心饱含了这种感情，所以这一类词作所表现的情感充沛而浓烈。

不过从词艺角度看，精加玩味，似以《兰陵王·金陵怀古》为更佳。此词反复缠绵，一唱三叹，匪独体格之高，亦可见性情之厚。词云：

> 石城路，白水苍山起雾。群峰历历向南来，万顷滔滔指东注。繁华留不住，只得寒烟晚树。六朝地、无限凄凉满目。阵阵归鸦度。　　乌衣是何处。问王谢门前，芳草栖露。景阳钟动秋风暮，咽不尽兴废，古今人恨。　　回顾，夕阳渡。正一

幅帆飞，千里魂驻。王郎却为多情误。叹桃叶歌残，风流谁付。玉笛数声，如欲诉，月又素。

此词也应该作于平定"三藩之乱"后不久。其时吴三桂反，靖南王耿精忠亦反，闽浙一带陷于兵火，金陵"六朝地，无限凄凉满目"，词人不由得感慨万端。施世纶一生为官清正，为百姓所拥戴，《施公案》就是根据他的事迹创作的小说。此词在以婉曲之笔表达对以往历史认识的同时，也透露了为官江南的种种忧虑。

《南堂词赋题辞》中有多人的题辞，对施世纶的词作评价很高。其中徐倬的题辞云："响传天外，有白石之孤标；情在个中，得清真之深致。花间兰畹，久推独步。"[1]徐倬是康熙十二年（1673）进士，官至礼部侍郎，诗词文赋俱佳，为清初文坛名士。此外，其他题词者如蔡方炳，也是文坛名士，曾于康熙十八年（1679）应博学鸿儒科，程邃、俞灏等人也都是当时的文坛名流，可见施世纶致力于诗词文赋，与结交著名文人有密切关系。

第三节　清初汉军三词人

一、性情贞厚的范承谟

范承谟（1624—1676），字觐公，号螺山、蒙谷，隶镶黄旗汉军，太傅大学士范文程次子。顺治九年（1652）进士，授弘文院编修；康熙七年（1668），任浙江巡抚；十一年（1672）擢福建总督；康熙十二年（1673）耿精忠叛，执范承谟；康熙十五年（1676）被

---

[1] 徐倬：《南堂词赋题辞》，施世纶撰《南堂诗钞》，雍正四年刻本。

缢死，赠兵部尚书、太子少保，谥忠贞①。著有《吾庐稿》《百苦吟》《画壁集》《浙闽奏议》，集成《范忠贞公全集》。

范承谟殉国后，康熙帝有《画壁集序》予以褒扬，云："福建总督范承谟，名臣之子，授节闽海，方值逆竖盗兵，偏隅煽焰，筹略未展，横罹幽执，阅三暑寒，贞操弥坚。故其翯然不滓之志，萦纡郁屈，无所摅露，乃以墙壁为书笺，以桴薪为笔墨，题分甲乙，字辨衡从，日月既深，篇章渐积，名曰'画壁'，记实也。卒能终始不挠，归于正命。若承谟者，可谓冒白刃而不疑，守丹心而自信者矣。夫以茹荼含蘗之余，每念不忘君父，故诗文不必尽合于古之作者，而浩然之气流行充溢。当其胸填声咽，发植风生，土块灰丸，同于利剑，秃毫断梗，等比霜矛，写忠孝之性灵，夺奸凶之残魄，是又岂刻雕藻绘、涂饰虚浮者之所能及乎？"②

彭鹏《忠贞范先生传》："公先抚浙，将莅闽，过西湖，于孤山七贤祠题一绝云：偶对群贤意转迷，风流事业岂湖堤。欲招处士孤山鹤，跨向辽东华表栖。寓意远矣。"③此外，《清史列传》《满汉名臣传》《清史稿》均有传，亦收入《钦定八旗通志·艺文志》中④。丁绍仪的《听秋声馆词话》载有"范承谟词"一节，对其性情深厚的人品与词作也给予了中肯的评介⑤。

范承谟的《望江南》八首写得比较出色，被多种词选收录。这八首词以"人寂寞"入题，以"人去已难留"、"非醉也非狂"深

---

① 赵尔巽等：《清史稿》卷二五二，列传，第9724页，中华书局，1998年。
② 王锺翰点校：《清史列传》卷六，第383页，中华书局，1987年。
③ 彭鹏：《忠贞范先生传》，杨锺羲辑《白山词介》卷一，范承谟，宣统二年刻本。
④ 李洵、赵德贵等主校点：《钦定八旗通志》卷一二〇，艺文志，第2066页，吉林文史出版社，2002年。
⑤ 丁绍仪：《听秋声馆词话》卷四，唐圭璋编《词话丛编》三，第2620页，中华书局，2005年。

入，首首都浸透了凄苦之情。虽然心境沉重，但词风婉曲沉郁，气格磊落，亦极具寄托之意，言浅而意深，更增加了感情的容量。《望江南》（八首），前四首云：

  人寂寞，人去已难留。十里荷花初出水，意中仿佛只如秋。蝉咽更无休。
  人寂寞，非醉也非狂。肠断新声今日听，年年此际恨茫茫。欲说与谁行。
  人寂寞，无语耐清宵。歌韵才随愁里歇，钟声又向枕边高。惊梦怨风骄。
  人寂寞，无梦倚疏棂。树叶背翻新月白，烟光横散一天青。双鹤倚空庭。①

《蝶恋花·西园霁月》与《踏莎行·垛庄和壁间韵》二词也颇佳。《蝶恋花·西园霁月》可视为闲适之作，然闲适之作亦需要出于雅正，即虽闲适亦应为《骚》《雅》之赋，弃卑俗而自成雅调。此首即为陶冶性情，情为性用之作，词云：

  雨过云斜晴欲溜。点点淙淙，滴滴西窗右。何事关情难立久，无情风坠新黄柳。 月色穿帘连湿透。凉晕初圆，不觉中秋后。素影年年同浸酒，相看只觉人非旧。

《踏莎行·垛庄和壁间韵》一首则意气风发，其意正大，词意

---

① 范承谟词见《范忠贞集》，康熙四十一年刻本；杨锺羲辑《白山词介》，宣统二年刻本。

全在"及时功就赋归来"。词云：

> 雨霁云收，乱流争渡。匆匆暂歇花间铺。微风带出布帘斜，短墙半压桃花树。　　浊酒三杯，整鞭速去。踏春骄马嘶香路。及时功就赋归来，休休莫把韶光误。

以上两首词写景描物而境中有我，贵有性情襟抱。前一首词中"何事关情难立久"句，后一首词中"及时功就赋归来"句，以词言志，将词人一心为国事奔忙的心理表露无遗，皆是心怀寄托之作。

范承谟的词向来为后人称道，非以笔胜，是能够显示性情之厚也。其词实在是能以情真触动人心，如无此种情怀，实难达到这种境界，这也是范承谟词作的特色所在。

二、敦厚疏朗的靳治荆

靳治荆，字熊封，号书樵，镶黄旗汉军人，曾官浙江宁波府知府、江西吉安府知府，修《歙县志》，著有《思旧录》《金陵览古诗》《香海词》。靳治荆在南方为官，多结交汉族文人，他的《思旧录》中记知交故友共二十人，都是学问渊博的文学之士。除了佟世思一人为汉军外，其余皆为汉人，其中就有文坛名家黄宗羲，并为黄宗羲刊刻了《南雷文定》，可见其性情之厚，交友之真。

清初八旗处于逐渐稳定的时期，词家多遵北宋词风。北宋词人多以才华胜，尤以柳永、晏几道、秦观、周邦彦对清初八旗词坛影响最大。八旗词人包括靳治荆亦遵北宋词风，追求的是曲处能直，密处能疏，状难状之景，达难达之情而出于自然，同时具有浑沦之气，实在是一般词人难以达到的境界。靳治荆填词在这方面作了努力。其《扫花游》一首即清隽婉逸，意惬韵谐，是为遵循北宋正宗的倚声之作。词云：

> 轩皇去后，剩六六芙蓉，兀岿云表。骚人临眺。尽诗满碧城，赋空圆峤。谁拍红牙，写出烟岚飘渺。留题好。有珠玉家风，小山词稿。　　曾记春晚到。看天马神猿，飞下孤峭。游怀草草。怕荒芜满纸，山灵贻笑。争似东阿，一缕冰丝清裒。雪窗晓，盟薇花、讽吟多少。①

这首词构思严谨，用辞精妙。"小山词稿"中的"小山"即北宋晏几道，字叔原，号小山，词与其父晏殊齐名，著有《小山词》，以工于言情为词坛称道。靳治荆此词颇有步晏几道词风的特色，秀气胜韵，得之天然，婉转流丽而归于雅正，词意词境亦能以情胜也。

三、委婉沉著的刘嵩龄

刘嵩龄，字三祝，号洵南，隶镶白旗汉军，生卒年不详，嘉庆年间仍在世。康熙五十二年（1713）进士，由翰林院编修官四川永宁道，降浙江州府知府。刘嵩龄善诗词，然专收八旗诗文的《八旗艺文编目》《八旗文经》《白山词介》俱未载，仅《八旗通志初集》艺文志录其诗一首。

刘嵩龄的词自有特点，以委婉含蓄见长。其《惜余春慢》可称为代表作。此词借词牌本意抒写性情，自家人诉自家心事，情也真，语也真，然不离"敦厚"二字。词云：

> 邓尉山腰，吴王宫脚，草碧常闻啼鸠。廉纤谷雨，淡沲花风，良夜更宜新月。游舫中流放时，春涨平桥，一篙清绝。记

---

① 靳治荆：《香海词》，清刻本，无刊刻年代。

朱楼深处,银筝轻拨,隔墙听彻。 嗟十载,驱马长安,湔裙挑菜,往事不堪重说。韶华过半,柳陌凝寒,怯把柔条攀折。才喜荒城卜居,青蹈南原,闲随蜂蝶。怕残英笑我,寻芳迟也,满林飞雪。①

词人入仕之后并不十分得志,不久由翰林院编修放外任,续而又左迁,升迁的希望愈加渺茫,不免心生哀感,这首词表露的正是这种情绪。此词以常用的填词之法落笔,上阕描景,下阕抒情。然景中有情,"银筝轻拨,隔墙听彻"是也;情中有景,"柳陌凝寒,怯把柔条攀折"是也。结句"怕残英笑我,寻芳迟也,满林飞雪",使用了倒装句法,产生了似尽而又不尽的效果,颇能够将失落的心境委婉道出,不仅深得迷离称隽之法,并增加了词作意境的深度。

第四节　闺阁词人高景芳与蔡琬

一、卓然自立的高景芳

高景芳(1681—?),字远芬,正红旗汉军浙闽总督高琦女,康熙年间人,世袭一等侯张宗仁妻。张宗仁是一等侯张勇之孙,此时并未入旗。至乾隆五十九年(1794)时,张宗仁之孙一等侯张承勋,特恩入正黄旗汉军②。高景芳著有《红雪轩诗文集》六卷,卷一为文赋,卷二至卷五为诗歌,卷六为词,有康熙五十八年(1719)精刊本。前有其夫张宗仁序,弟高钦序,高景芳自序,弟高钦评

---

① 丁绍仪:《清词综补》卷八,第135页,刘嵩龄,中华书局,1986年。
② 李洵、赵德贵等主校点:《钦定八旗通志·封爵表》卷二七四,第5198页,吉林文史出版社,2002年。

辑,弟高钰、高镕校阅①。《钦定八旗通志》艺文志记有词一百七十五首②,《红雪轩诗文集》实际录词一百七十二首。

《熙朝雅颂集》选录高景芳诗四十二首,是八旗闺秀诗人中选入作品最多的女诗人。法式善评其诗词文云:"以小赋为第一,诗余次之。诗则五古、七古,属辞比事,得风人之旨。"③认为她的赋、词、诗都很不错,且自具风格。也许是不收闺阁词人的原因,《白山词介》未录其词。

高景芳出身显贵,又嫁入一等侯之家,生活环境都非常优裕,这种社会地位和生活环境,也就决定了其词以写闲情为主。如《忆仙姿·飞蛾》《连理枝·荷花》《江城子·红叶》《浣溪沙·浮萍》《玉蝴蝶·采花》《醉公子·鼻烟壶》《苏幕遮·春睡》《小重山·春闲》《定风波·春晚》《中兴乐·理琴》《满庭芳·扑蝶》等等,词之意境皆似一湾秋水,澹泊隽永。其中《祝英台近·莫愁湖》云:

> 柳条长,春水阔,中有断肠路。曲曲平堤,村径夕阳暮。旧时艇子曾来,金樽兰桨,竞寻访、莫愁何处。　昔年事,湖上水鸟双双,只许鸳鸯住。寂历江干,谁是燕莺主。可怜花谢花开,帆来帆去,总付与、石城烟树。④

《垂杨·本意》沉而不浮,郁而不薄,词云:

---

① 胡文楷:《历代妇女著作考》,清代七,第499页,上海古籍出版社,1985年。
② 李洵、赵德贵等主校点:《钦定八旗通志·艺文志》卷一二〇,第2083页,吉林文史出版社,2002年。
③ 法式善:《梧门诗话·八旗诗话》,《续修四库全书》集部诗文评类,上海古籍出版社影印版,2002年。
④ 高景芳词见《红雪轩诗文集》卷六,康熙五十八年精刊本。

隋堤古道。见万条翠带,倚风缭绕。叶细枝青,一眠初起眉痕小。千丝低把游人罩。最堪惜、雨拖烟袅。奈征帆、过却河桥,望绿云飘渺。　　遮却离亭不少。被新莺旧燕,往来相扰。影浸溪流,钓丝牵入浮萍杳。微波有恨春将老。又阵阵、飞绵难扫。无人更折,鸦啼残月晓。

《小重山·春情》气格清雅,声调卓越,词云:

云过前轩雨乍收。百花犹带泪,尽垂头。绿杨枝上晓莺愁。东风急、吹入最高楼。　　帘控紫金钩。凭栏聊远望、漫凝眸。天涯何处尚淹留。王孙草、依旧满芳洲。

以上词作以闺秀特有的细腻观察力,描绘出了一幅江南风景图。词风婉转绵丽,如挟春月烟花,令人色飞,抒发了一种春将去,人将老的淡淡愁情。这些词作的词风均雅正清空,能够以孤技自拔于流俗,可谓是绮婉而不戾乎情,镂琢而不伤乎气之作。

高景芳也有一些词意沉厚的作品,如《曲游春·清凉山》的风格即与以上词作不同,虽然也是写景之作,但感时伤怀的情绪更浓一些。词人借景言情,抒发古今变化之感慨,意深情浓,词风沉郁,涵义比以上词作更为深厚。词云:

虎踞关前路,近土冈西去,青山相接。古寺残碑,纪当年曾是,六朝宫阙。旧事浑难觅,剩一片、夕阳黄叶。更几堆、破瓦颓垣,不见望仙踪迹。　　况对禅扉枯寂。听粥鼓斋鱼,销尽烦热。尘世荣华,似浮云变幻,不多时节。此意谁能识,透一点、清凉消息。便觉雪洒风吹,顿超净域。

《曲游春》并不是词人常填的曲牌,《花间集》《饮水词》等词集中均无此调,可知高景芳于填词一途,多有涉猎。此词虽是描写"古寺残碑"、"更几堆、破瓦颓垣"的颓废荒凉景象,但却落笔扩大。"虎踞关前路",起句即具雄慨之气。上阕写景而景中寓情;下阕抒情却情中寓景。"此意谁能识,透一点、清凉消息。便觉雪洒风吹,顿超净域",词意转为超脱,意境更进一层,表达出了词人对荣华变幻的感慨。这首词无纤细秾艳之态,沉郁中寓疏放,反映出了清初八旗闺阁词人的性情特点与品格追求。《摸鱼儿·燕子楼》的词意境界也是如此。词云:

> 问南徐、旧楼圮毁,当年燕子何处?尚书古墓无从觅,尽白杨枯树。真酸楚。记翠袖霓裳,昔日曾歌舞。芳心恋主。任叠在空箱,尘封廿载,颜色似灰土。　霜毫涴,生怪题诗白傅。柔肠甘受饥苦。香魂一缕应犹在,衰柳夕阳天暮。休怀古。料花落花开,久已春归去。伤心不语。向绿草郊原,青苔瓦砾,遍访旧基址。

《金浮图·长干塔》一首则于沉郁中寓慷慨,气格高迈。词云:

> 烟霄里,辉煌五色。千尺孤标,九层高揭。耸云端、一片琉璃碧。八面门开,下视鸟飞奇绝。远望练江澄澈。横拦一线,从此分南北。　凭栏立,连绵雉堞。不尽夕阳,暮山明灭。回头有见如弓月。参拜金仙,顿觉尘劳歇。更把心香手爇,慈悲大旨,对景皆明彻。

词之上阕描绘"千尺孤标,九层高揭"的长干塔,句句势大声宏,丽而不俗。词之下阕则对长干塔"慈悲大旨"的佛家本性予以阐扬，同时表达了"参拜金仙，顿觉尘劳歇"的感触。此词纯以神气为主，风情神韵，正自悠长。

高景芳是最早出现的八旗闺阁词人，其词作沉郁与婉曲并存，且具有情感的深度，并无一般闺阁词人的那种香软绮靡之态，最能反映出清初八旗闺阁词人清高自信的精神气质。故而高景芳不仅是八旗闺阁词人中的佼佼者，在清代闺阁词坛上也应具有一定的地位。

二、婉约香清的蔡琬

蔡琬（1695—1755），字季玉，正白旗汉军人，生于康熙三十四年（1695）。祖漕运总督蔡士英，父云贵总督、兵部尚书蔡毓荣。蔡琬善诗词，著有《蕴真轩诗草》二卷，《蕴真轩诗余》一卷。

蔡琬出身豪门，心胸气度自不一般，不过其家庭遭遇却多有变故。其父蔡毓荣曾任四川总督、湖广总督、云贵总督，加兵部尚书衔，康熙二十二年（1683）缘事下部议，削五级调用。康熙二十五年（1686）四月任仓场侍郎，改兵部侍郎，十二月被追罪，拟斩立决，发遣黑龙江。后被赦还，康熙三十八年（1699）卒。尽管家庭有此变故，但并没有完全没落，蔡毓荣弟蔡毓茂官京口副都统，蔡琬堂弟蔡良官至福州将军，家族势力仍在。

蔡琬为高其倬继室。高其倬，字章之，号芙沼，镶黄旗汉军人。康熙三十三年（1694）进士，官至两江总督、工部和户部尚书，乾隆二年（1738）卒，谥文良，著有《味和堂集》，颇具诗名，在八旗诗坛上声名卓著。蔡琬嫁入这样的家庭，仍然过着富贵清闲的生活。

蔡琬卓有文才，《名媛诗话》《清代闺阁诗人徵略》《国朝闺秀正始集》《清史稿》等对她均有记载。《清诗别裁集》选诗四首，《熙朝雅颂集》选诗二十二首，仅次于高景芳。沈德潜云："夫人无书不读，谙于政治，文良奏疏、移檄等项，每与商酌定稿，闺中良友也。"①法式善云："夫人才识过人，好读书抚琴，尤工诗律。"②在这种家庭环境中，蔡琬喜爱写作诗词也是一种必然的结果。

蔡琬诗笔颇具雄健之风，如《关锁岭》有"叱驭升平犹觉险，挥戈谁忆旧将军"句，充满豪壮之气，应该与蔡琬出身八旗有关。不过她的词作风格与诗歌不同，基本上是以委婉香清、清幽淡雅为主，以澹远取神。

她的《长相思·闲坐》虽为小令，仅寥寥数语，然却能展示悠远心怀，诚属不易。词云：

诗一章，琴一床，消得春光白昼长。身世两相忘。　坐亦良，睡亦良，任取傍人笑我狂。心在水云乡。③

此词虽然以"闲坐"命题，然身闲心未闲，"身世两相忘"、"心在水云乡"，有感慨，有寄托，可见词人具有非同一般的高远心怀。此词秀隽入微，耐人寻味。另一首《南乡子·秋夜小酌》具有同样的意境和风格。词云：

风软逗轻寒，白露嫦娥静碧天。人比秋光清倍彻，悠然。曲转高歌并月圆。　少长集群贤，胜事行云聚亦难。薄酒一尊须尽醉，流连。花影玲珑满画阑。

这首《南乡子》抒写"秋夜小酌"的情景，"白露嫦娥静碧天，人

---

① 沈德潜：《清诗别裁集》卷三一，第575页，中华书局，1981年。
② 法式善：《梧门诗话·八旗诗话》，《续修四库全书》集部诗文评类，上海古籍出版社影印版，2002年。
③ 蔡琬词见《蕴真轩诗余》，乾隆四十四年校刻本。

比秋光清倍彻"两句尤佳,一写景,一写情,情景交融,词境清幽悠远,同样展示了词人高洁的情怀。

蔡琬还有为八旗亲眷所写的《意难忘·寄嫂氏李孺人》《卖花声·挽廿四婶刘恭人》等词作,都能将旗人之间的亲情刻画入微,这种内容的作品在顾太清的词作中也有多首。蔡琬的《意难忘·寄嫂氏李孺人》云:

> 残月昏黄。看花摇幽砌,风递微凉。无言当薄暮,小立怯空廊。情滴滴,泪双双。缩地竟何方。望眼穿、山遥水杳,人远天长。　　推心知好难偿。记临歧数语,回首神伤。新愁偏叠叠,旧事梦茫茫。魂已断、意难忘。辘轳百回肠。谅此恨、人间谁解,稽首慈航。

这首词选择了《意难忘》词牌,与词人所表达之意甚相贴合。词人通过凄凄切切的词句,将思念之情极其深刻地表达了出来。此词上下阕并不如一般惯例分写景与情,而是通篇写情。即便是"残月昏黄。看花摇幽砌,风递微凉"这样的景语,亦是词人从情中化出的心中之景,即所谓景语即是情语。词中"情滴滴,泪双双。缩地竟何方"、"魂已断,意难忘。辘轳百回肠"句,均是发自内心深处之语,凄凉而痛彻。

《卖花声·挽廿四婶刘恭人》是一首挽词。吊唁尤其是吊唁长辈的诗词,讲究辞与意要庄重,不可随意为之,此词便是如此。词云:

> 西阁旧帷空,惆怅音容。拈花看竹与谁同。记得鸾钗斜插鬓,翠袖香浓。　　短梦更朦胧,肠断东风。清明寒食过匆匆。一缕香魂招不得,满砌残红。

这首挽长辈"廿四婶刘恭人"的词,上阕回忆了"记得鸾钗斜插鬓,翠袖香浓"的温馨情景,下阕诉说了"短梦更朦胧,肠断东风"沉痛的思念,结句"一缕香魂招不得,满砌残红",表达了深深的怀念之情。上下两阕心境一脉贯通,将词人难以淡化的思念之情真实而生动地表达了出来,情思浓郁而又极合倚声之法。以上二首词深刻而具体地反映出了旗人内部的关系以及闺阁词人所具有的细腻情感。

第五节 结 语

从以上八旗汉军词人的经历中能够发现,他们多出身八旗上层,家族中多有由科举入仕的经历,且多与汉族词人交往。这些八旗词人家庭多喜好文学,赋诗填词的风气极浓,这种环境使他们成为八旗中第一批出现的词人。同时,虽然他们身为旗人,但文化素养与汉文化仍然密切相关,这使他们在接触到中原文学之后,便积极主动参与进来,成为了八旗词坛崛起的动力。

不过八旗汉军的身份毕竟不同于汉人,其地位和处境也与汉人有别,"旗民之别"在现实中是一种客观存在。而八旗汉军与八旗满洲却有着共同的政治目标和共同的经济利益。尤其是入关前入旗的汉军旗人,原本世代居住在辽东,把东北视为故乡,对中原文化已不如汉人亲切,而对满洲的生活方式却很熟悉,这种因素又有使他们靠近满洲的一面。因此可以说汉军旗人在一定程度上受到满汉文化的双重影响。从汉军旗人的词作中也可以看出,他们填词并不囿于清初词坛各种词派之影响,而是以表达自家真实性情为主,由此具有了与当时词坛不完全相同的旗人词风特色。

八旗汉军词人崛起之后,八旗满洲词人随之出现,不久便成为了八旗词坛上的主力军,并在清代词坛上占据了一定的地位。

第三章　清初八旗满洲词人

清初八旗满洲词人除了鄂貌图是八旗入关后的第一代旗人,作有两首词作之外,其他八旗满洲词人均为八旗入关后出生的词人,如康熙帝、纳兰性德、岳端、曹寅、揆叙、阿克敦等等,皆是八旗入关后出生的旗人,而且这些满洲词人一般都有着显赫的出身和官场地位,并且也都有与汉族硕学宿儒密切交往的经历。此间康熙帝对清初词坛予以了特别的关注,他的参与或多或少对清初词坛尤其是八旗词坛的形成发展产生了影响。

第一节　康熙帝与清初词坛

由明入清,词之发展发生了很大变化,尤其是在康熙帝亲政后不久,随着政局的稳定和文化政策的推行,以及康熙帝对文学的特别关注,促使清初文坛包括词坛之发展逐渐形成了繁荣的局面。清初这种形势的出现与康熙帝热心文学有一定的关系。

一、康熙帝对词坛发展的推动

康熙帝(玄烨)(1654—1722),八岁即位,十四岁亲政,是八旗入关后出生的第一代旗人。未成年之前即学习满汉文化，于经史子集无所不览，对诗词文赋亦多留意，且开科取士，大批文坛名士入朝为官，对清初文坛的崛起产生了重要作用。其中由明入清而有文名者，有"江左三大家"、"虞山派"的开山人物钱谦益，"梅村体"的创始者吴伟业，诗坛领袖龚鼎孳等，这些人都是清初文坛具有盟主地位的人物。清初由科举入仕之著名文人也大有人在，如宋琬、施闰章、宋徵舆、宋荦、王士禛、叶方蔼、毛际可、邹祗谟、丁澎、曹尔堪等，皆为著名诗词家。

在文坛上，宋琬、施闰章称"南施北宋"，王士禛与朱彝尊称"南朱北王"，以上四人与查慎行、赵执信被誉为"国朝六家"。此外，曹尔堪与宋琬、施闰章、王士禛、王士禄、任琬、程可则、沈荃，称为"海内八大家"。吴绮以诗称为"三风太守"。王士禄与弟王士祐、王士禛世称"三王"。邹祗谟与陈维崧、董以宁、黄永齐名，称"毗陵四子"，并与董以宁合称"邹董"。毛际可、毛先舒与毛奇龄齐名，时称"浙中三毛"，以上诸人皆为文坛宿儒，这些人的入仕对清初文学的发展起到了推动作用。

康熙十七年（1678）正月，诏开博学鸿儒特科。康熙十八年（1679），试于体仁阁，取中一等二十名，二等三十名，俱任职于翰林院。其中以诗文名世者不乏其人，如彭孙遹、陈维崧、朱彝尊、潘耒、李因笃、乔莱、秦松龄、潘未、尤侗、毛奇龄、严绳孙、汪楫等，皆为饮誉文坛的大儒。

以词而论，朱彝尊与陈维崧在清初词坛中为"一时两雄"。朱彝尊主盟"浙西派"，而陈维崧主盟"阳羡派"，都是对清代词坛产生了重要影响的人物。其他如施闰章、黄与坚、王项龄、钱金甫、倪灿、徐釚、周清原、汤斌、陆棻、王霨、徐嘉炎等等，亦皆以词名世。朱彝尊《曝书亭词》，陈维崧的《湖海楼词》，秦松龄的《微云词》,尤侗的《百末词》,毛奇龄的《桂枝词》,彭孙遹的《延露词》,徐釚的《菊庄词》,陆葇的《雅坪词谱》,徐嘉炎的《华隐词》等等,皆影响广泛。博学鸿儒科的举办,将一些鸿儒硕学纳入朝中,这种文化策略推进了清初文坛的兴盛。

清初文坛的繁荣带动了词的发展,自宋以来善诗者亦多善词,上面所举之诗坛大家亦皆善词,后人总结清初词坛时云:

> 明崇祯之季,诗余盛行,人沿竟陵一派。入国朝,合肥龚鼎孳、真定梁清标,皆负盛名。而太仓吴伟业尤为之冠,其词学屯田、淮海,高者直逼东坡。王士禛以为明黄门陈子龙之劲敌。自余若钱塘吴农祥、嘉兴王翃、周筼,亦有名于时。其后继起者有前七家、后七家,前十家、后十家之目。①

顾贞观在《答秋田求词序书》中亦言及清初之词坛盛况:"国初辇毂诸公,尊前酒边,借长短句以吐其胸中。始而微有寄托,久则务为谐畅。香岭倦圃,领袖一时。唯时戴笠故交、担簦才子,并与宴游之席,各传酬和之篇。而吴越操觚家闻风竞起,选者作者,妍媸杂陈。"②

此外,在这个时期,康熙帝还从规范和总结的角度,御定了很多诗词义赋方面的图书。康熙二十四年(1685)命徐乾学等编成《御定古文渊鉴》六十四卷;康熙四十二年(1703),命彭定求等编成《御定全唐诗》九百卷;四十三年(1704),命张廷玉等编《御定佩义韵府》四百十二卷;四十五年(1706),命张玉书等编成

---

① 徐珂:《近词丛话》,唐圭璋编《词话丛编》五,第4222页,中华书局,2005年。
② 谢章铤:《赌棋山庄词话》续编三,唐圭璋编《词话丛编》四,第3530页,中华书局,2005年。

《佩文斋咏物诗选》四百八十六卷；同年，命陈元龙等编成《御定历代赋汇》一百四十卷，外集二十卷、逸句二卷，补遗二十二卷；四十六年（1707），命陈邦彦等编成《御定历代题画诗》一百二十卷；同年，命沈晨恒等编成《御定历代诗余》一百二十卷；四十八年（1709），命张豫章等编成《御定四朝诗》三百二十卷；五十年（1711），奉敕重刻《全金诗》七十四卷；五十二年（1713），刊行《御选唐诗》三十二卷；五十四年（1715），刊行《御定词谱》四十卷，敕撰《曲谱》十四卷。并命李光地等编成《钦定音韵阐微》十八卷，《韵谱》一卷。同时还集中了众多饱学之士，编纂规模宏大的《古今图书集成》。

这些御定图书既是对前代文学的全面总结，也是对清代文学发展的一种推动与规范。康熙帝则著有《御制清圣祖文集》初集四十卷、二集五十卷、三集五十卷、四集三十六卷，《避暑山庄诗》二卷，其作品除诗文之外，有词十二首。

在全面重视文学发展的同时，康熙帝对清初词坛给予了特别的关注，在编制《御定历代诗余》《钦定词谱》的同时，也提出了词体创作的主张与原则。

《御定历代诗余》收罗宏富，收由唐至明的词共一千五百四十调，词九千多首，分为一百卷，又词人姓氏十卷，词论十卷。《四库全书总目》云：

> （词）自宋初以逮明季，沿波迭起，撰述弥增。然求其括历代之精华，为诸家之总汇者，则多窥半豹，未睹全牛，罕能博且精也。我圣祖仁皇帝游心艺苑，于文章之体，一一究其正变，核其源流，兼括洪纤，不遗一技。乃命侍读学士沈辰垣等，搜罗旧集，定著斯编。凡柳周婉丽之音，苏辛奇恣之格，

兼收两派，不主一隅。旁及元人小令，渐变繁声；明代新腔，不因旧谱者，苟一长可取，亦众美胥收。至于考求爵里，可以为论世之资。辨证妍媸，可以为倚声之律者。网罗宏富，尤极精详。自有词选以来，可云集其大成矣。①

此书规模之大，可谓空前绝后。《御定历代诗余》编成之后，康熙帝尤嫌不足，在以往所编词谱"见闻未博，考证未精"的情况下，为使填词有规矩准则可循，命儒臣编成《钦定词谱》四十卷，收八百二十六调，二千三十六体。"凡唐至元之遗篇，靡弗采录。元人小令，其言近雅者，亦间附之。唐宋大曲，则汇为一卷，缀于末。每调各注其源流，每字各图其平仄，每句各注其韵叶，分划节度，穷极窈眇，倚声家可永守法程。"②这部《词谱》因是康熙帝"钦定"，故不仅体现了此书作为填词"法程"的地位，也是古今收词调和变体最详备的一部词谱。自此以后填词者便有了共同遵循的标准，清词也由此进入了有序化发展的时代，这也是康熙帝推进清词繁荣的一种重要举措。

康熙帝的《御定历代诗余序》③，重点阐述了词与诗有同等"扬历功德，铺陈政事"的功用。康熙帝认为"唐虞时即有诗，而诗必谐于声，是近代倚声之词"，自唐以来，"新声迭出，时皆被诸管弦，是诗之流为词"，认为词是诗的一种变化。而诗兼乎六义，有极强的政教功用，词亦应该如此，即"思无邪"，发乎情，止乎礼义，好色而不淫，怨悱而不乱。只不过词与诗不同之处在于，词"一唱三叹，谱入丝竹，清浊高下，无相夺伦，殆宇宙之元音具

---

① 永瑢等：《四库全书总目》卷一九九，集部词曲类二，第1825页，中华书局，1983年。
② 永瑢等：《四库全书总目》卷一九九，集部词曲类二，第1827页，中华书局，1983年。
③ 康熙帝：《御定历代诗余序》，《御定历代诗余》卷首，吉林出版集团，2005年。

是",词之音律更为华美而严整,雕章缛采,味腴睪方,乃为词家本色。因此,他认为词虽"风华典丽",然亦可"归于正",与诗有同样的社会政教作用。康熙帝的这篇《御定历代诗余序》,从帝王兼文人的角度强调词的社会政教作用观点,对提高和肯定词体的地位起到了重要作用。

《钦定词谱》则对填词应该遵循的准则和艺术标准,进行了认真的整理总结。康熙帝的《钦定词谱序》云:

> 既命儒臣先辑《历代诗余》,亲加裁定,复命校勘《词谱》一编,详次调体,剖析异同,中分句读,旁列平仄,一字一韵,务正传讹,按谱填词,泂泂乎可赴节族而谐筦弦矣。……是编之集,不独俾承学之士,摅情缀采,有所据依,从此讨论宫商,审定调曲,庶几古昔乐章之遗响,亦可窥见于万一云。①

这两部重要词学典籍的编纂和康熙帝的词论主张,对清代词坛产生了影响。以故自清初始,清代词家竞起,流派纷呈,以词抒情达意,成为风尚。清代词话、词选也不断出现,词人和词作数量都远远超过了以往任何朝代,清词也因此出现了繁荣的局面。

以康熙帝在位期间而论,词坛之盛,已成波澜。词坛上影响一代的名家,除龚鼎孳、梁清标、吴伟业等人之外,词坛上尚有公认的"前十家",即华亭宋徵舆,钱芳标,无锡顾贞观,新城王士禛,钱塘沈丰垣,海盐彭孙遹,满洲性德,华亭李雯,钱塘沈谦,宜兴陈维崧②。其实在此时期著名词人尚不止如此,其他铮铮有声者

---

① 康熙帝:《钦定词谱序》,《钦定词谱》,康熙五十四年殿刻本。
② 徐珂:《近词丛话》,唐圭璋编《词话丛编》五,第4222页,中华书局,2005年。

亦不乏其人，而阳羡词派与浙西词派已渐渐形成波澜，以词相酬唱也成为了这个时期词人之间交往的一种时尚，清词由此而迅速兴盛。

二、康熙帝的词作及词风

康熙帝对诗词文赋非常重视，并创作了大量作品，且自有心得。亦尝试填词，内容风格多样。在填词方面，康熙帝不仅对文人词臣因势利导，而且自己也填词。在他的诗文著作中，存词十二首，这除了证明他并不鄙视填词之外，亦可视为为朝野文人作了表率。

康熙帝的第一首词大约写于康熙三十九年（1700），题为《柳梢青·咏岭外金莲盛放可爱》，词云：

> 万顷金莲，平临难尽，高眺千般。珠罷移花，翠翻带月，无暑神仙。　俗人莫道轻寒，悠雅处，余香满山。岭外磊落，远方隐者，谁似清闲。

此词写于出巡塞外之时。词之上阕以轻灵散澹之笔描绘了岭外盛放金莲的可爱。下阕转而抒情，刻画了词人身居岭外"悠雅处"的"清闲"心境。这首词写得看似平淡，实际却有深厚的背景。康熙三十六年（1697），康熙帝亲征噶尔丹，四月平定。三十七年东巡，出关谒祖陵；三十八年，第三次南巡，巡视苏杭等地，此时政局稳定，心境自然平和。三十九年巡视塞外，塞外乃蒙古之地，与噶尔丹战事平息后，蒙古亦呈现祥和气氛，面对这种局面，词人行至塞外，见金莲盛放，不由得触景生情，故此词并非无根由闲适之作，实际不离"赋比兴"之意。此外，关于"金莲"，康熙帝还有诗歌《金莲盛放》《绿金莲花》《金莲映日》《金莲花》《咏金莲花》五首，在他的咏花草诗词中，咏金莲花之作可谓最多。

金莲花一分布于五台山，一分布于塞外，其《金莲映日》诗中即言："正色山川秀，金莲出五台"，《热河志》云："金莲花本出五台，移植山庄，体物肖形，载赓天藻，曼陀优钵，无以逾兹。"由于金莲花出自佛教圣地五台山，且记载中多与佛教有关，故非一般花木。《清凉山志》即云："山有旱金莲，如真金挺生绿地，相传是文殊胜迹。"因是文殊胜迹，所以才能受到康熙帝的重视。康熙帝《金莲盛放》诗中即云："曾观贝叶志金莲，再见清凉遍地鲜。"即说明了金莲花与佛经和佛教的密切关系。他在《驻跸兴安八首》之二中也提到了金莲花，其句云："丽草金莲涌，浓荫碧树高"。句下自注云："塞上多金莲花，较清凉山尤胜。"于此可知，金莲花在作者心目中非常花可比。从以上这种情况可以看出，在康熙帝心目中金莲花的意象极为圣洁，处于金莲花世界，便有进入了佛界的感觉，这首《柳梢青》词的深层含义正在于此。

康熙帝的词虽然不多，然内容风格多有不同，似可分为帝王之词、诗人之词、词人之词。

帝王之词，乃康熙帝身为帝王，故其情思难以摆脱帝王之心胸。《太平时·立春》即有帝王之气。词云：

淑景维新爆竹声，手调羹。词臣载笔赋琼英，学《西京》。凤阁龙楼昼渐长，物资生。劝官勉力尽升平，竹马迎。

此词写出了在立春之际身在宫廷中的帝王的心境。词中"学西京"句，乃用汉张衡《西京赋》之典。《后汉书·张衡传》载，时天下承平日久，自王侯以下，莫不逾侈，张衡乃作二京赋，因以讽谏。康熙帝借此典谕诫群臣清廉自守，以民生为重，以使国泰民安。"劝官勉力尽升平"一句，非帝王不能道出。这不仅从一个角度反映了词人治理国家的思路，而且渗透出了他一贯的"勤民"思想。

康熙帝的另一首《风入松·腊日》词，虽帝王之气不尽外露，然亦非一般词人可以作出。词云：

> 冲寒待腊雪花飘，词意并琴挑。嘉平岁暮春光近，朔风冽，裘暖狐貂。须晓民间衣薄，那知宫里宽饶。　隆冬气惨绛香烧，披览共仙韶。毡帘软幕凉还透，微云一抹散琼瑶。听得梅将开也，先看绿萼清标。

这首词较上一首更具词的意味，然于腊月寒冬宫里宽饶之时，尤念"民间衣薄"，是以帝王之心关心民寒，这也符合康熙帝执政的"勤民"思想。下阕则写既然严冬已至，那么春天也就不远了，词人心里充满了希望，似乎听到了梅之将开的气息。春天到来之后，"民间衣薄"的担忧也就会随之化解，从中仍可以体会到康熙帝以民生为重的思想。此外，词中"微云一抹"句，从宋词人秦观《满庭芳》词中"山抹微云"一句化出，可知康熙帝于宋词并不陌生。

从诗人之词角度看，《鹧鸪天·擎盖荷珠》一首最为典型。词云：

> 数亩芳塘花未开，荷珠清露落莓苔。雨凉翡翠摇歌扇，风弄蜻蜓逐水隈。　乳燕舞，晓莺来，炎天还似春未回。葛衣日暮丝丝冷，丹槛泉声处处催。

《鹧鸪天》多为七字句，与律绝之体相近，善诗者填此调更为应手。此词造句用意多与诗合，如"数亩芳塘花未开"，即由"半亩方塘一鉴开"诗句化出，而"蜻蜓"句也会使人联想到"小荷才露尖尖角，早有蜻蜓立上头"之诗句。且词之三、四两句及结尾两句，均采用了律诗对仗句式,填词思路与写诗暗合。

除此之外,康熙帝也能写出词人之词,他的这类词如放入其他词人之集中,亦难辨别出来,《点绛唇·樯灯》即属此类。词云:

夜静更深,船窗临淀见波影。出看何景,灯映牙樯炯。
自笑无文,难得佳词整。挥毛颖,水平天永,淡露春风冷。

这首词以散澹宁静之笔,描绘出了一幅樯灯下的夜景。这种景色空灵而深邃,虽造句平易,然语意精新,看似不经意处,实则用心良苦,可谓辞情俱到。而"水平天永,淡露春风冷"之句,非有大胸怀者难以道出,词之情境可谓高超,是为典型词人之词也。

康熙帝于中年以后方才填词,究其原因,并非于词有偏见,而是其中年以前政事繁重,其时以漕运、治河及三藩为三大事,日理万机,于词无暇顾及。直至中年以后,统一局面逐渐稳定,国势亦日渐强盛,又六次南巡,三次出关,多次巡视塞外及京畿,眼界渐开,经历亦广,于时又诏开博学鸿儒科,设置南书房,与词臣探研学问诗文,文学写作的欲望自然愈加强烈。

纵观康熙一朝,文学之诗词文赋无不开始进入繁荣阶段,除了其他种种原因之外,应该说与清初的政治文化环境以及康熙帝的倡导有一定的关系。

第二节 清初八旗满洲词坛先导

清初八旗满洲中最先出现的词人是鄂貌图,他是入关前崇德六年(1641)的举人,虽然仅有二首词作,但却是八旗满洲最先尝试填词的文人,因之成为八旗满洲词的开先河者,也昭示了八旗满洲自此步入了清代词坛。

一、八旗满洲首位词人鄂貌图

鄂貌图（1614—1661），字麟阁，号遇羲，章佳氏，隶正黄旗满洲，生于明万历四十二年（1614）十二月初九日，卒于清顺治十八年（1661）十月初二日。先世居长白山鄂莫和索洛地方。曾祖瓜喇，迁辉发。祖岱布禄（代萨布禄、代荫布禄），再迁叶赫南张尼和乐地方，入正黄旗满洲。清崇德三年（1638）考中秀才，任一等笔帖式，崇德六年（1641）举乡试第一，中举人，任职内秘书院。顺治元年（1644）入关，官内秘书院侍读。顺治十年（1653），官内秘书院学士。顺治十五年（1658）官中和殿学士兼礼部左侍郎。顺治十八年（1661）复任内秘书院学士，加一级。入关之后，随军攻陕洛，江南，平两浙，收川湖，征喀尔喀蒙古，讨闽海，定云贵，于军旅间十余年，有文武才。著有诗集《北海集》《北海集续集》各一卷，是开满洲文学之先河的代表人物，在八旗文学史上占有重要地位。最先肯定鄂貌图文学地位的，是清初文坛名家王士禛。《居易录》云：

> （庚午）二月二十日，立敬殿演礼，监察御史赛图求其父故内阁学士、礼部侍郎鄂貌图公墓铭。公字麟阁，太宗时满洲科目解元。幼而贫，尝蓺马通读书，尤好为诗。满洲文学之开，实自公始。①

鄂貌图以满洲文学第一人的身份受到了文坛的瞩目，专录八旗诗人的《熙朝雅颂集》即首录鄂貌图。近人邓之诚作《清诗纪事初编》，

---

① 王士禛：《居易录》卷二，第10页，清刻本。

列"八旗"一门,亦首冠鄂貌图。

鄂貌图的诗集《北海集》有一时名流洪承畴、张玉书、曹禾、陈廷敬、施闰章、李天馥之序,及徐元文《特授光禄大夫内秘书院学士兼礼部左侍郎加一级鄂公传》。关于鄂貌图的身世经历,以高珩《栖云阁文集》中的《内翰林秘书院学士鄂公墓志铭》、张玉书《张文贞文集》中的《诰授光禄大夫内秘书院学士张佳公墓志》,以及徐元文所作《鄂公传》最为详细。其他如《梧门诗话》《雪桥诗话》《八旗艺文编目》《奉天通志》《清诗纪事初编》《诗人征略》等书的记载,多未超出此范围。徐元文的《鄂公传》中云:"公讳鄂貌图,字麟阁,号遇羲,张佳氏。其始祖讳穆笃巴颜,世居长白山鄂莫和索洛之地。递传至曾祖,讳瓜喇,迁居辉发。祖讳代荫布禄,又内迁于叶赫之南,地名张尼和,乐居焉。父讳吴巴泰,母觉罗氏,世有隐德。岁甲寅,生公。……太宗文皇帝御极,兴教厉俗,崇奖儒风,引用经术之士。崇德戊寅,乃拔公一等秀才,赐绸布,每召进译讲经史。辛巳,公应制举,登乡荐第一人,赐顶带,选入内院翻译《会典》。越三年,世祖皇帝入关定都,念公有扈从勋,授内秘书院侍读,奉命纂修太祖高皇帝、太宗文皇帝《实录》,及翻译《诗》《礼》二经、《通鉴》诸书,考校精核,书成,辄荷奖命,赐白金、文绮。"[①]

鄂貌图所处时期,正是八旗开始重视文化的时代。天聪八年(1634)已首次在八旗中举行科举,而清崇德三年(1638)又一次举行科举。至崇德六年(1641),再一次举行科举时,鄂貌图中式举人。《钦定八旗通志·选举志》载崇德"六年七月,赐新中式举

---

① 徐元文:《特授光禄大夫内秘书院学士兼礼部左侍郎加一级鄂公传》,见富察恩丰辑,周斌点校《八旗丛书》中《北海集》,第1190页,西南师范大学出版社,2012年。

人满洲鄂貌图、赫德，蒙古杜当，汉人崔光前、卞三元、章于天、卞为凤，各朝衣一袭。"①《奉天通志·人物》转录《诗人征略》云："崇德六年乡试第一，官至秘书院学士。"②鄂貌图以第一名中举人。

鄂貌图是八旗满洲中早期精通满汉文义的文人。由于他兼通满、汉文义，学问优长，参加了通鉴、会典、诗经、礼记等重要汉文典籍的翻译，和纂修清太祖《实录》、清太宗《实录》的工作。在文学方面，他对诗歌情有独钟。

鄂貌图的词存于《北海集续集》中，其子赛图的《北海集续集跋》云："先大夫历官侍从，入承顾问，出参帷幄者三十余年，劳绩载在《国史》，赛图不敢赘。至于生平著述，与夫羽檄飞章，因数在行间，散失者多，所存《北海诗集》梓行于世。后检笥中，复得遗稿一册，不敢湮弃，因编为《续集》。萧晨静夜，开函庄诵，声容如在。世之览者，庶儿鉴先大夫之怀才未竟，而益悯予小子明发之悲也夫。"③

《北海集续集》中存词二首，鄂貌图虽然仅有两首词，但却是八旗满洲中最早出现的词作家，故其词不能不录。《如梦令》云：

> 银烛凄凄人恼，玉露暗伤芳草。旧路隔天台，凉夜佳期应少。请道，请道，问尔何时重到。④

另一首《忆秦娥》云：

---

① 《钦定八旗通志》卷一〇二，选举志一，第1614页，吉林文史出版社，2002年。
② 《奉天通志》卷二一一，人物，第4592页，沈阳古旧书店，1983年。
③ 赛图：《北海集续集跋》，富察恩丰辑，周斌点校《八旗丛书》下册，第1256页，西南师范大学出版社，2012年。
④ 鄂貌图：《北海集续集》，富察恩丰辑，周斌点校《八旗丛书》下册，第1255页，西南师范大学出版社，2012年。

　　　　残月皎，梦回孤枕情何悄。情何悄，芦笳断续，壮心催老。　　诗成尽是相思调，逢花偏惹人烦恼。人烦恼，应知闺里，望归秋早。

以上两首词的词风仍是以婉约为宗，北宋词风特色明显，从中可见八旗满洲词人初入词坛时的情况。鄂貌图的词作数量极少，表达的情感也不深厚。不过应该认识到词与诗尚有区别，故在清初的旗人中诗人多而词家少，作为满洲的鄂貌图能够尝试填词已属不易。从诗词写作的规律看，蒋兆兰《词说》中云："初学作词当从诗入手，盖未有五七言不能成句，而能作长短句者也。词中小令，收处贵含蓄，贵神远，与诗之七绝最近。慢词贵铺叙，贵敷衍，贵波澜动荡，贵曲折离合，尤与歌行为近。其他四五七言偶句，则近于律诗。是故能诗者，学词必事半功倍。"①故填词必先学做诗，从清代词人的情况看，大致不差，鄂貌图的情况也是如此。他的这两首小令所选用的词牌，即与四五七言偶句诗体相近。

　　尽管鄂貌图的词作不多，但已经开始了词的写作，他不仅是八旗满洲文学之开先河者，也是八旗满洲词坛之开先河者。在他登上清代文坛的时候，便揭开了八旗满洲文学发展的序幕，在满洲文学史和八旗文学史上的地位也由此而奠定。

　　二、辅国将军博尔都与《也红词》

　　在清代近三百年的历史中，出现了不少宗室词人，不过博尔都、岳端是宗室中最早出现的词人，可视为是宗室词坛的先导人物。

　　博尔都（1649—1708），字问亭，号东皋渔父。祖父是清太祖

---

① 蒋兆兰：《词说》，唐圭璋编《词话丛编》五，第4629页，中华书局，2005年。

第三章 清初八旗满洲词人

弩尔哈齐第六子辅国将军塔拜,父辅国公拔都海。博尔都袭爵三等辅国将军,著有《问亭诗钞》十二卷,有诗数百首,《也红词》一卷,录词二十六首。汪琬、姜宸英为《问亭诗钞》作序,汪序云:"近体清新,歌行雄放。"①虽仅评其诗歌而未及其词,然从中可知博尔都是一位热心于文学者。

《清史稿》文苑传记云:"博尔都,字问亭,号东皋渔父,恪僖公拔都海子,蕴端从弟,封辅国将军,有《问亭诗集》。"②此处言为蕴端(岳端)从弟,不确,应为其从兄。博尔都卒于康熙四十七年(1708),卒年六十,生年应为顺治六年(1649)。清代词坛多以岳端为宗室最早出现的词人,不过他生于康熙十年(1671),卒于康熙四十三年(1704)三月,年三十五,与之相比博尔都年长二十二岁,岳端为其从弟。故以岳端为宗室词人先导,而不论博尔都,似不确。

博尔都与当时很多文坛名家都有交往。《雪桥诗话》记云:"所居东皋,有枫庄、爽园,剖竹引泉,结亭种树,与大可、阮亭、钝庵、愚山、其年、梁汾、耦长,摊书绕座,具醴留诗"③,可见他与文坛名家毛奇龄、王士禛、宋琬、施润章、陈维崧、顾贞观、汪琬等文坛名家交往甚密。这些名家不仅工诗文,而且均善填词。这种交往一定会对博尔都产生影响,他热衷于文学与此应有密切关系。

博尔都生于盛世,出身显贵。他在自己的诗集《问亭诗集自序》中云:"御制昭示臣工,焕然如二曜列星,垂象无极,宇内翕然风化,故得优游盛世,宴息寒窗,偶有篇章,无非歌咏升平,陶

---

① 汪琬:《问亭诗集序》,博尔都撰《问亭诗集》,康熙三十五年刻本。
② 赵尔巽等:《清史稿》卷四八四,列传二七一,文苑一,第13362页,中华书局,1998年。
③ 杨锺羲:《雪桥诗话》卷三,第136页,北京古籍出版社,1989年。

写性情之作也。"①以此可知博尔都的词作也是为"歌咏升平,陶写性情"而作。

《也红词》均为小令。小令一般不过数句,一字一句闲不得,是为难作。然长调更难于小令,难在布置停匀,语气贯通,徘徊婉转,神韵天然,故初学填词者以小令之作居多。博尔都开篇有十首《忆江南》,词前题云:"人非草木,不能无情,登临啸咏,所以畅其情也。躬逢盛世,四海宁静,兀坐寒窗,不克远游,有客话江南之胜者,拈《忆江南》十阕,亦欲畅此情耳。"②也就是说,在"躬逢盛世,四海宁静"之际,不能不"畅此情",以"歌咏升平"。因此这些词首首绵丽闲雅。《忆江南》前五首云:

> 江南忆,最忆是余杭。湖水烟笼杨柳色,堤花风送绮罗香。何幸得徜徉。
> 江南忆,其次忆吴中。沽酒家家歌白苎,涉江处处采芙蓉。人坐百花丛。
> 江南忆,最忆是西湖。水接天光相荡漾,山连云影入虚无,一幅米家图。
> 江南忆,白下亦幽哉。微雨晴时看竹去,落红深处踏青来,无日不开怀。
> 江南忆,绣谷艳阳天。日映桃花山上火,风摇杨柳渡头烟,芳草趁鞦韆。③

博尔都还有一些"陶写性情之作",如两首《菩萨蛮》云:

---

① 博尔都:《问亭诗集自序》,《问亭诗集》,康熙三十五年刻本。
② 博尔都:《问亭诗集》,康熙三十五年刻本。
③ 博尔都词见《问亭诗集·也红词》,康熙三十五年刻本。

百年几到龙山路，寒霜又坠溪头树。兀坐对高秋，萦怀何限愁。　　黄花篱畔静，红叶埋山径。乘兴一登台，清风万里来。

刘郎久失天台路，红梅化作菩提树。拭泪步回廊，嗟君枉断肠。　　心情如病酒，寂寞难消受。云雨散巫山，今生再难见。

《南柯子》一首云：

卷幔摇新竹，横床傍古松。清幽真似水精宫。一缕炉烟，几阵藕花风。　　零露凉青簟，微云澹碧空。陶然轻醉对丝桐。恰喜冰轮，隐隐上楼东。

以上词调多五七言句，且对句比较多，与五七言律绝句式相近，这也许是博尔都原本工诗的一种选择。

博尔都的《也红词》收了三首北曲《一半儿》：

紫燕喃喃绕画楼，杨花飘荡惹闲愁。倚床无语泪交流。不抬头，一半儿伤春，一半儿酒。

杨柳风轻豆蔻香，莺啼燕语日初长。卷帘触目总堪伤。强登床，一半儿长吁，一半儿想。

愁多恨极梦难成，月影穿墙灯不明。欲起又眠近四更。没心情，一半儿昏沉，一半儿醒。

以上三首颇有古乐府遗意，情景刻画具体形象而生动，语句天然而涵意真切，表现了清初八旗文人率真自然的性格特点。

博尔都的词作虽然数量不多，但却是清宗室中最早填词的文人，从中可见清初宗室旗人初入词坛的情况，故亦当给予介绍。

三、贝子岳端与《桃坂诗余》

岳端（1671—1704），又作蕴端，字兼山，号玉池生，别号红兰室主人，称东风居士、长白十八郎。祖父是清太祖弩尔哈齐第七子饶余郡王阿巴泰，父安和亲王岳乐，兄安郡王玛尔浑。岳端初封勤郡王，康熙二十八年（1689）缘事降为贝子，康熙三十七年（1698）被夺爵。著有《玉池生稿》，附《桃坂诗余》十二首，《桃坂填词》曲十一首，并著有《扬州梦传奇》。

从岳端家族经历来看比较曲折，其祖、父两代军功卓著，然岳乐卒后遭弹劾，追降为郡王，其子岳端也被降爵为贝子，后被削去爵位，成为闲散宗室，直至去世，其中的原因主要是与皇族内部矛盾有关。岳乐妻是康熙初年四辅政大臣之一的索尼的女儿，妻兄是领侍卫大臣索额图，索额图依附皇太子允礽，跋扈贪黩，后被幽禁至死，其间凡党附索额图之人，皆被夺官。由于与索额图的这种关系，岳乐及其诸子皆难逃被降爵黜革的命运。岳端的这种经历不可能不对他的文学写作产生影响。然越是如此，越是不敢透露怨忿情绪，故其词以师北宋为宗，多借景言情之作，芳菲悱恻，温柔敦厚。

前面提到郭则沄的《清词玉屑》概括了清代八旗词坛的大致情况，涉及的八旗词人较为全面。其中论宗室词人则首论蕴端（岳端），云："宗潢之彦，自红兰主人始椑导词学。红兰名蕴端，多罗安郡王岳乐子也，尝合刊郊岛诗为《寒瘦集》。身居朱邸而癖近枯槁，可谓奇情。"[1]岳端自幼受到了良好的教育，尤致力于诗词写

---

[1] 郭则沄：《清词玉屑》卷一，第2页，蛰园校刊本，1936年。

作，他的《玉池生稿》颇具王公贵胄气度。昭梿的《啸亭杂录》曾记述了其家庭浓郁的文学气氛，其中云：

> 红兰主人讳岳端，安亲王子，安节王弟也。善诗词。崇德癸未时，饶余王曾率兵伐明，南略地至海州而返。其邸中多文学之士，盖即当时所延致者。安王因以命教其诸子弟，故康熙间宗室文风以安邸为最盛。①

这种家庭和文学环境，使岳端在文学方面展示了才华。为《玉池生稿》作序跋者有十八人之多，皆为当时文坛名家。其中有戴名世、陶煊、姜宸英、顾贞观、钱名世、蒋景祁、毛奇龄、柯煜等文坛名流，而顾贞观、蒋景祁、毛奇龄、柯煜皆擅长词。岳端的才华在这种文学环境中得到了充分的展示，在诗文、词曲、书画方面均有出色的表现。

岳端以诗名世。邓之诚《清诗纪事初编》"岳端"条云："其诗颇为王士禛所称，与问亭诗同刻入蒋景祁《辇下和鸣集》，瓣香温李，无题尤得义山神韵。结交东南名士殆遍，与博尔都同，与义昭异。是固一代宗潢之秀，后来无及之者，即较之江南耆宿，亦足自树一帜也。"②

从这种记述中可知岳端热衷于文学，且富有文才。岳端词作虽然数量不多，但具有一定的艺术水平，加之他是八旗满洲中早期少数几位词人之一，因此在八旗词史上也就据有了一定的地位。他的《桃坂诗余》收词十二首，《白山词介》却仅录一首《蝶恋花·画杏

---

① 昭梿：《啸亭杂录》卷六，第180页，中华书局，1980年。
② 邓之诚：《清诗纪事初编》卷八，第634页，上海古籍出版社，1984年。

花》，不过这首词并不在《桃坂诗余》十二首之内，由此可知岳端的词作应该不仅仅有词十三首。

岳端的词婉丽缠绵，一往情深，其中《蝶恋花·画杏花》是为其代表作。这首自题画杏花的词，描摹生动，思流绪畅，情感细腻，颇见北宋风格，从中可见岳端的词风特点。词云：

> 信步寻芳芳径软。记得花开，恰趁看花宴。花雨沾衣浑不辨，闲来写向鹅溪绢。　　春意方酣人意懒。解话春愁，少个呢喃燕。是处玉骢归去晚，红楼早把珠帘卷。①

这就是唯一被《白山词介》收录的词。词咏画杏花，题材虽小而情境颇大。不仅没有局限在对杏花的"画"上，更是将心绪荡开，刻画对杏花纷纷散落情景的感受，意境自是提高了很多。全词词调蕴藉，澹而弥永，"信步寻芳芳径软"句，一个"软"字写尽了在寻芳过程中，踏在厚厚的落花上的那种真切的感受。而"花雨沾衣浑不辨"，杏花纷落如雨，将复杂感受更推进了一层，并交代了"芳径软"的缘由。更为难得的是全词以描景为主，却句句是景中有我，即词家所追求的景语即是情语之境界。从这个角度读此词，可知《白山词介》收录这首词不是没有缘由的。

岳端的其他词作也都够达到自然真挚、婉曲情深的境地，意趣深妙，语软情真。《两同心·送春》云：

> 飞絮漫天，乱红堆径。春将去、共恨难留。酒频倾，交欢须罄。最可怜、莺啭枝头，舌尖初硬。　　亚字阑干闲凭。不

---

① 岳端词见《玉池生稿·桃坂诗余》，康熙三十九年刻本。

堪多听。向此时、离绪俄添,指明岁、会期遥订好。再邀酒圣花神,助人诗兴。

这首词以景抒怀,不仅切题,而且能够独抒性情。词人借春已去而"送春",寄托了自家内心的凄凉,这种凄凉是否与他的不顺达的经历有关,不得而知,不过如果他仍然位居王公的话,大约就不会在他的词作中频繁表现出这种情调了。

岳端的长调《凤凰台上忆吹箫·春雪》也是借景言情的作品,与上面词作有着相同的情感,不过思绪更为跌宕,词调更为蕴藉。词云:

> 五夜衾寒,孤灯光薄,愁魂不恋阳台。早起开帘处,春雪盈阶。急急登楼纵目,平野内、树树皆梅。平野外,西山缩地,意欲东来。　　悠哉。眼前景好,叹共赏无人,独立徘徊。且下楼闲步,谁惜青鞋。归就明窗静几,喜笔砚、顿绝尘埃。空吟咏、惭非小谢,作赋雄才。

这首词更是词中有我之作,联系岳端屡遭贬斥的经历,可知词中隐隐寄托了身世之感。词人愁魂满怀,夜不能寐,早起"登楼纵目",白雪皑皑,然"眼前景好,叹共赏无人,独立徘徊",不由得倍感孤独。结句:"空吟咏、惭非小谢,作赋雄才",反复缠绵,沉郁善感。

从词艺角度看,岳端词宗北宋,与顾贞观、蒋景祁相近,仍然是走了婉约的道路,抒情写意可称作手。以词而论,博尔都之作不如岳端词婉曲流畅、清丽和雅,故凡论清代宗室词人者,均首推岳端。

第三节　掌院学士揆叙

揆叙（1675—1715），字凯功，号惟实居士，正黄旗满洲人。大学士明珠子，纳兰性德弟。康熙三十五年（1696）授侍读学士，后官翰林院掌院学士、礼部侍郎兼翰林院掌院学士，转工部侍郎，累官督察院左都御史，谥文端[①]。雍正二年（1724），追结交允禩妄言太子废立罪，身蹈重愆，削除谥号。著有《益戒堂自订诗集》《后集》，有词二十一首。

揆叙生活于清初，仕途顺达，以诗名世，填词实为余事，多数属于闲适一类作品，不仅《白山词介》等一系列词选皆未收录其词，而且清代多种词话亦未提到其词，可见他在清代词坛上既无影响，也无地位。不过他的词作中规中矩，近两宋雅正清空、风流蕴藉之词风。总体上是轻而不浮，浅而不露，美而不艳，不足处是于清空中未能寓沉厚。从他的词中能够见到当时显贵旗人对填词的理解。

一、重在取神的咏物词

揆叙词作的题材主要集中在咏物与借景抒怀两个方面。其咏物对象多为眼前具体事物如花草、雁行一类。对于咏物之作，宋人认为只要肖物能工，不留滞于物者即是好词。张炎在《词源》中认为咏物之作应该"全章精粹，所咏了然在目，且不留滞于物"，并以南宋史达祖《东风第一枝·春雪》《绮罗香·春雨》《疏影·咏梅》《齐天乐·促织》，姜夔的《暗香》《疏影·咏梅》《齐天乐·促织》为上乘佳作，甚至认为刘过的《沁园春·指甲》《沁园春·小脚》两首亦不落下乘，

[①] 盛昱、杨锺羲：《八旗文经》卷五七，作者考甲，第456页，辽沈书社，1988年。

也是"亦自工丽"①之作。清初词人亦多有此类词作，朱彝尊即是如此，其所作《沁园春》十二首，分别咏美人额、鼻、耳、齿等，此类词虽极工致，然无关乎风雅比兴之旨。不过清初的咏物词也并非限此一路，多数还是借咏物寄寓性情，非沾沾咏一物也。

揆叙的父兄皆显贵，生前经历又很顺达，本无身世之感、家国之忧，其咏物词以追求工丽为主，多似史达祖《东风第一枝·春雪》《绮罗香·春雨》一类。为了达到词精粹工丽的要求，揆叙注重了字字刻画、脱化无迹的艺术要求，重形似而更重神似。在这方面他做出了很大努力，以下咏物词即是这一类作品。

揆叙的咏物词起句便不离题，过变亦紧合题意，结句悠远散澹，从中可见其追循宋词之路的痕迹，如《三姝媚·盆中兰花冬月犹放》《绮罗香·咏红叶》皆是如此，尤其能够挖掘出所咏之物的内在特点与精神，《壶中天·咏茉莉》中"涧草山花群逞艳，孰并孤芳高洁"，即显示出了这种特点。词云：

> 淡妆翠袖，自长辞岭表，几经寒热。门外纤尘飞不到，好片冰壶凉月。绿雾侵肌，粉痕扑面，风起回香雪。晚来庭户，钗头一任轻摘。　疑是紫塞秋岁，使炎氛犹住，霜华未歇。涧草山花群逞艳，孰并孤芳高洁。佳茗初烹，微醒欲醒，此味真清绝。簟纹如水，夜阑欹枕时。②

此外，揆叙的其他咏物词也多用这种笔法和情调，赋物言情，取神胜于取形，且自然工丽。《绮罗香·咏红叶》云：

---

① 张炎：《词源》，《词源注·乐府指迷笺释》，第20页，人民文学出版社，1963年。
② 揆叙词见《益戒堂自订诗集》，雍正元年刻本。

云暗黄沙,霜凝紫塞,凉意先摧林叶。万树朱殷,点缀荒山如活。耀晨旭、欲夺晴霞,寻艳蕊、误招残蝶。只少片、湛湛秋江,芦花深处舣舟楫。　　旅况宁禁萧屑。恐一夜吟蛩,助成悲咽。耐几回看,便是凋零时节。向空际、高下随风,渐枝亚、玲珑透月。须乘此、坐玩停车,金河未飞雪。

除了以上词作之外,揆叙有咏雁词二首。宋人咏雁词颇多佳作,尤其以张炎《解连环·孤雁》为有名。清初之际,朱彝尊的《长亭怨慢·雁》也颇怀比兴之慨。张、朱的咏雁词皆怀身世之感,词风委婉而意境深邃,故在词坛上评价甚高。因为有前人的咏雁之作可作比较,故揆叙的这两首咏雁词也尽力精心填写。《浪淘沙·雁字》一首,重在写雁阵之形,精到而新奇。词云:

朔管咽西风,榆塞归鸿。排成人字乱云中。裂帛苏卿虚系足,音问谁通。　　飞过荻花丛。目送难穷,稻粱谋急各匆匆。笑汝何曾亲笔砚,也解书空。

这首咏雁词写眼中之雁,算得上肖物能工,同时亦能用到苏武以雁寄书之典。结句落实到雁虽然不能"亲笔砚",却能"排成人字",也算得上是精妙之语。

《扫花游·闻雁》则重在"闻"字,不过较上一首多了一些寄托与感慨,词风也较沉厚。词云:

塞山征雁,被鹊角弓开,一时冲散。碧空数点,正霜凝木落,水平沙浅。阵阵哀鸣,催得流光似箭。莫呼伴。只隔片荒云,相觅难见。　玉关来渐远。甚久客天涯,又交秋半,雨昏烛暗。奈还家晓梦,忽然惊断。同此归程,赖是年年听惯。漫长叹,倩南飞,寄书未晚。

奔涉万里的征雁,辛苦备尝,却"被鹊角弓开,一时冲散",不由得"阵阵哀鸣",孤独而凄惨。更可悲的是"奈还家晓梦,忽然惊断",词境愈转愈深,多有比兴之意。不过结句本应警策高远,此词却未能做到。

揆叙也有一些借景咏怀的词作,如《齐天乐·秋雪》云:

寒垣秋半飞霙集,缤纷尽埋荒草。老树凝华,回溪拥絮,松漠俄惊春到。吹空未了。正红叶辞枝,枯萍黏沼。毳帐篝灯,夜阑寂寞甚怀抱。　推枕误疑天晓。又暗剿节序,归信仍杳。兽炭频添,狐裘欲换,领略新寒多少。痴云漫扫。看千里生辉,四区同缟。写入吴绫,一峰峰更好。

这首咏"秋雪"的词将秋色中的雪景描摹殆尽。上阕重在写景中之物,"缤纷尽埋荒草。老树凝华,回溪拥絮",视野广阔而真实。下阕注重诉情,然情景交融,遣笔用意与史达祖《东风第一枝·春雪》相同。揆叙的词与史达祖的词一样,虽少比兴寄托之意,但亦能不黏不脱,用意取神婉转自然,尚能够做到收纵联密,用事合题。

二、气格清健的抒怀词

揆叙还有一些以抒怀为主的词作,因无家国之忧和身世之感,故多是一时触景生情之作,不过亦能情景交融,气格清健,非拾人牙慧者可比。其中《桂枝香·塞外中秋夜雨》一首,词意深沉,草法、句法、字法颇为得体。词云：

> 冰轮正满。被几片浮云，匿影成魄。急雨催寒，洒遍万株黄叶。寻常客里光阴度，到今宵、却伤离别。暗莎蛩语，荒芜雁叫，一般凄切。　　记胜赏、南楼未缺。见柳岸笼烟，沙路堆雪。倦枕残灯，此景不堪重说。蟾高兔远何堪问，叹清游、渐成消歇。寄声屏翳，天衣漫卷，怕看明月。

长调《桂枝香》为双阕，一百零一字。上阕十句，四十九字，五仄韵；下阕十句，五十二字，五仄韵，多用入声。由于长调多不换韵，填写尤难，故特别要求注意章法布局。清人论词长调作法云："长调须前后贯串，神来气来，而中有山重水复、柳暗花明之致。"①

揆叙此词描写的地点是塞外，时间是中秋，景色是夜雨。围绕此情境款款布置全章，景与情渐入渐深。一般说来，词之双调是前段布景，形成气氛；后段述情，以抒心志，揆叙此词亦是如此。在章法上，上阕以中秋满月起笔，起笔入题，立意已成，对月下景物细细描绘，形象而又有深意。下阕以"记胜赏、南楼未缺"句转换，不离不黏，一气呵成。结句"天衣漫卷，怕看明月"，以淡语收浓词，含辞有余而意不尽之妙，别出心裁地表现出了多重而复杂的情境。而"荒芜雁叫"、"天衣漫卷"等句，皆是凝练之笔。

揆叙其他一些此类词作，也清健可读，如《满庭芳·七夕》《台城路·过白云山》等等都是不错的词作。其中《台城路·过白云山》描景绘物，境界阔大而用笔精致，且颇能蕴含自家性情，深

---

① 沈祥龙：《论词随笔》，唐圭璋编《词话丛编》五，第4050页，中华书局，2005年。

得北宋填词之法。词云：

> 晓风欲放金乌出，吹散湿云千缕。列岫浮青，层峦耸翠，都把晴绵留住。欲开还聚，渐低压疏林，远沉寒渚。隔断征鸿，几回空外觅俦侣。　　秋光堪敌画谱。离程频驻马，催就诗句。薄雾侵衣，荒烟扑帽，多是添人愁处。山灵乞与，待攫入书囊，携将归去。只恐濛濛，夜窗飞作雨。

揆叙虽然为纳兰性德之弟，但两人相差二十余岁，且揆叙十余岁时纳兰性德已经去世，因此并没有受到纳兰性德多少影响。不过揆叙填词也并非无师自通，他谨守"清空"之论，其词清空婉约，与北宋词风差近。虽然他的词作意境并不深厚，但还是达到了较高的艺术水平，从中亦可见当时八旗贵胄的精神和思想状态。

第四节　清初其他八旗满洲词人

一、庐州知府张纯修

张纯修，字子敏，号见阳、子安，内务府正白旗满洲包衣旗鼓人。山西巡抚张滋德子，康熙年间人，生卒年不详。由贡生累官安徽庐州府知府。有《语石轩词》一卷。

张纯修与文坛名儒多有交往，杨锺羲记载了他与朱彝尊交往的情况，《雪桥诗话》云："见阳名纯修，字子敏，溵阳人。工书画，尝为成容若刻《饮水诗词集》，由贡生累官庐州知府。竹垞壬申出都，有瓜步留赠张同知诗。甲申九月，竹垞自吴门抵白下，寓朝阳门内承恩寺九间房，两与见阳相值，赋五绝句，有：'君去我归京口闸,春鹍秋蟀十三年。'及'看君千骑庐江郡,日对东南孔雀飞'之句。其云:'潭柘山游旧侣稀,每逢邻笛一沾衣。'盖怀容若,距容若下世已廿年矣。见阳与容若,异姓兄弟也。"①此外,朱彝尊的《江湖载酒集》中,也有一首《祝英台近·送张见阳令江华》。

纳兰性德一生最为知己者有两人,一是顾贞观,一是张纯修。上海图书馆1961年影印了《词人纳兰容若手简》,其中有致张纯修二十九简,第二十三简中有句云:"一人知己,可以无恨。余与张子有同心矣。"②可见两人交谊之深厚。纳兰性德卒后,张纯修为刊刻《饮水诗词集》,撰《饮水诗词集序》,极言纳兰词之妙,并言与纳兰友情之深。

在纳兰性德与张纯修的词作中,有多首相互唱和的作品,从中可见两人关系之深,张纯修的《点绛唇·兰,和容若韵》云:

弱影疏香,乍开犹带湘江雨。随风拂处,似共骚人语。
九畹亲移,倩作琴书侣。清如许,纫来几缕,结佩相朝暮。③

此词既写出了纳兰性德具有的清高气质,也抒发了词人对纳兰高洁风骨的钦慕。"似共骚人语"句,即寄托了与纳兰性德建立在屈原精神基础上的友情。纳兰性德有《点绛唇·咏风兰》:"别样幽芬,更无浓艳催开处。凌波欲去。且为东风住。　忒煞萧疏,争奈愁如许。还留取。冷香半缕。第一湘江雨。"这两首词的基调相一致,不过纳兰词中"冷香半缕。第一湘江雨"之句,也有暗怀屈原之意,故两词意境均属高洁深远。

---

① 杨锺羲:《雪桥诗话》卷三,第113页,北京古籍出版社,1989年。
② 赵秀亭、冯统一:《纳兰词笺校》,第517页,中华书局,2005年。
③ 张纯修词见叶恭绰辑《全清词钞》卷四,张纯修,第193页,中华书局,1982年。

第三章 清初八旗满洲词人

纳兰性德还有《瑞鹤仙·丙辰生日自寿,起用弹指词句,并呈见阳》《菊花新·用韵送张见阳令江华》《菩萨蛮·过张见阳山居,赋赠》三首词。其中《瑞鹤仙》一首可视为对莫逆之交真实情感的倾述。此外,《菩萨蛮·过张见阳山居,赋赠》云:"车尘马迹纷如织。羡君筑处真幽僻。柿叶一林红,萧萧四面风。 功名应看镜,明月秋河影。安得此山间,与君高卧闲。"以清灵的笔调诉说了两人的真挚友情。

张纯修的《菩萨蛮·江华署中》一首,以瘦劲疏放见长。词云:

山深不为西风冷,云留雨过潇湘景。密竹下残阳,萧萧箨粉香。 湿痕阶藓厚,鹤影如人瘦。舞近石阑干,相依耐岁寒。

词题为"江华署中",整首词却并未诉说政事,句句都是写景,山深风冷、雨过潇湘、密竹残阳、鹤影人瘦等句皆是如此,皆暗含清冷之意。结句"相依耐岁寒",将"我"置于景中,可谓"词中有我",此即景为情用。这种心情大约与词人从京师出守江华有一定的关系,所以他才能在江华署中有如此这般的感触。

张纯修与旗人曹寅关系也很密切。曹寅既为张纯修五湖烟艇图写诗,也为其所画墨兰图写诗。这两首诗写出了张纯修、纳兰性德、曹寅三人的深厚友谊关系。曹寅《墨兰歌·为见阳太守赋》云:"折扇郭风花向左,鸾飘凤泊惊婀娜。巡枝数朵叹师承,颠倒离披无不可。潇湘第一岂凡情,别样萧疏墨有声。可怜侧帽楼中客,不在薰炉烟外听。盛年戚戚愁无谓,井华饮处人偏贵。饧桃敢信抵千羊,孤芳果亦空群卉。张公健笔妙一时,散卓屈写幽兰姿。入虚游刃不见纸,丐昌白殷纳兰词。岁寒何必求三友。只今摆脱松雪肥，奇雅更肖彝斋叟。"①既赞许了张纯修"张公健笔妙一时，散卓屈写幽兰姿"的高雅，也述说了张纯修与纳兰性德"交渝金石真能久"莫逆之交的可贵。而"可怜侧帽楼中客"，"万首自跋纳兰词"和"井华饮处人偏贵"，均为写实之笔。"侧帽"指《侧帽词》作者纳兰性德，"井华饮处"句是借用纳兰性德《金缕曲·赠梁汾》一词，达到了"井水吃处，无不争唱"的轰动效应；"万首自跋纳兰词"是言张纯修善画，画成必题纳兰词。曹寅能够以如此饱满的笔调写下这首诗歌，本身即是旗人之间友情的体现。

曹寅的《题楝亭夜话图》诗，作于康熙二十三年（1684）康熙帝第一次南巡时，此时纳兰性德扈从至江南，诗中详细记述了曹寅与张纯修、施世纶、纳兰性德四位旗人夜集曹寅楝亭的情况。诗云："紫雪冥濛楝花老，蛙鸣厅事多青草。庐江太守访故人，建康并驾能倾倒。两家门第皆列戟，中年领郡稍迟早。文采风流政有余，相逢甚欲抒怀抱。于时亦有不速客，合坐清严斗炎燠。岂无炙鲤与寒鹦，不乏蒸梨兼瀹枣。二篑用享古则然，宾酬主醉今诚少。忆昔宿卫明光宫，楞伽山人貌姣好。马曹狗监共嘲难，而今触痛伤枯槁。交情独剩张公子，晚识施君通纻缟。多闻直谅复奚疑，此乐不殊鱼在藻。始觉诗书是坦途，未妨车毂当行潦。家家争唱《饮水词》，纳兰小字几曾知。斑丝廓落谁同在，岑寂名场尔许时。"②

此诗中"庐江太守"即张纯修，时官庐江知府；"建康"为南京古称，"施君"即汉军施世纶，时在江南为官；"楞伽山人"为满洲纳兰性德之号。从此诗中可以看出，曹寅与张纯修等人一直有密切交往，与施世纶虽然交往较晚，但一见如故。"马曹狗监"是指

---

① 杨锺羲：《雪桥诗话》三集，卷四，第151页，北京古籍出版社，1991年。
② 曹寅：《楝亭集》卷二，楝亭诗钞，第103页，上海古籍出版社，1978年。

纳兰性德早年以侍卫任职于上驷院，曹寅任职于内务府养狗处，如今聚会在江南楝亭，大有不亦乐乎之感慨，亦可从中看出八旗文人以文会友风气之浓郁，以及他们能够以诗词相酬唱的原因所在。

二、督陶词人唐英

唐英（1682—1756），字俊公，又字叔子，号蜗寄居士，内务府正白旗满洲包衣旗鼓人，官内务府员外郎兼佐领。雍正六年（1728）督理景德镇陶务，乾隆二十一年（1756），晋衔奉宸院卿①。唐英督理陶务期间，仿古瓷及创新瓷达五十七种之多，世称"唐窑"。著有《古柏堂传奇》十七种，《古柏堂杂著》《问奇典注》，还有《陶人心语》六卷，续九卷，轶编一卷；前有高斌、李绂、顾栋高序。唐英词作收于《陶人心语》中，其中《诗余》存词十二首，续卷八中存词二首，轶编中存词一首，《古柏堂杂记》中存词五首，共二十首。

唐英颇具文才，善诗文戏曲，工书画篆刻，尤擅画山水人物、花鸟及龙。书法尤以隶楷为擅长。袁枚论唐英云："唐公号蜗寄老人，司九江关，悬笔墨纸砚于琵琶亭，过客有题诗者，命关吏开列姓名以进。公读其诗，分高下，以酬赠之。建白太傅祠，肖己像于旁。"②"白太傅"即白居易。由此可知唐英于文学之喜好程度。其书法为时人所重，他的《锡和珍将军署中小楼竣工，属余题额，率题"山海一楼中"五字》一诗，便记述了此事③。锡和珍即锡特库，正黄旗满洲人，乾隆十年至乾隆二十年（1745—1755）任广州将军。锡特库特邀唐英题额，亦可见唐英书法非同一般。《再续印人小传》《八旗画录》《历代画史汇传》等书，都对唐英工书、画、

---

① 盛昱、杨锺羲：《八旗文经》卷五八，作者考乙，第463页，辽沈书社，1988年。
② 袁枚：《随园诗话》卷三，第92页，人民文学出版社，1960年。
③ 唐英：《陶人心语》卷五，乾隆古柏堂刻本。

印有所记载。

唐英的词有《琵琶亭怀古》二首。琵琶亭在江西江州（九江），是他为官之地，故多感慨。这两首词皆从江州司马白居易《琵琶行》诗意引发，感叹白居易之遭遇。其中一首选用《青衫湿》词牌，凄哀之意已尽在词中。《青衫湿·琵琶亭怀古》云：

> 琵琶一曲成佳话，此地种闲愁。水剩浔流，山存庐阜，人忆江州。　当年司马，调高境冷，寄慨伤秋。新亭陈迹，星移物换，风雅长留。

另一首则选用了《满江红》词牌，此词牌有不同格体，适用于抒发慷慨悲切之情。《满江红·琵琶亭吊古》云：

> 一曲琵琶，挑拨动、今愁古慨。问游人、到此销魂也未？犹是浔阳江上月，谁来管领江山意。羡红亭、绿树俯清流，堪游戏。　青衫湿，凭谁寄。伤老大，悲身世。借檀槽凄怨，评量心事。不识当年风雅客，低徊风雅停船地。笑炎官、热路冷经营，同中异。①

"一曲琵琶，挑拨动、今愁古慨"，落笔即入题，借白居易《琵琶行》之意抒发感叹。这种感叹不仅涉及了自身，而且"笑炎官、热路冷经营，同中异"，触及到了官场情态，可谓愈转愈深。

他的另一首《满江红·虎丘闲眺》清健流畅，别出新意。词云：

---

① 唐英词见《陶人心语》，乾隆古柏堂刻本。

海涌峰头，凭阑处、廿年三度。忆当初、紫陌青春，翠华金辂。剩水残山愁客眼，东风花柳斜阳暮。问山灵、识得故人无，曾经住。　　生公石，阊闾墓。虎气消，鱼肠衬。笑今古繁华，两丸乌兔。极目云山天际远，新红嫩绿千村树。却不知、何处是家乡，来时路。

从词中"凭阑处、廿年三度"句看，这首词应该作于词人晚年，"却不知、何处是家乡，来时路"，抒发了深浓的思乡愁情。

他的两首咏物词，一为《满庭芳·春夜对署中海棠》咏海棠，一为《满江红·吊瓶梅》咏瓶中之梅，这两首词皆肖物能工，句句刻画，字字天然，而又能脱化无迹，且多有比兴寄托之意。《满庭芳·春夜对署中海棠》云：

燕子飞来，春光过半，海棠花发冰衙。嫣红姹绿，摇曳缀枝斜。日永翠亭朱阜，引孤客、重恨轻嗟。凭阑处，春思万里，今夜落谁家。　　娇疑沉醉后，春慵酒晕，红鞞窗纱。恰笑破东风，泄漏春华。漫道无香有色，怜尔我、相伴天涯。情痴也，翻嫌子美，吟赏不卿夸。

《满江红·吊瓶梅》云：

惜玉怜香，留不住、香消玉碎。计一月、香萦孤梦，玉颜相对。玉骨香肌归去也，坠楼金谷人同慨。嘱香魂、珍重玉娇姿，愁难耐。　　玉箫缘，春应再。苟令香，依稀退。痛残香剩玉，儿情女态。玉影香痕消歇尽，偎香倚玉魔生爱。悔香匀、玉订惹痴情，伤肝肺。

· 127 ·

海棠和梅都是高洁之物，在咏物词中咏海棠和咏梅是词人经常选用的题材，也有很多佳作。唐英的这两首词并非泛泛吟咏，而是有具体的对象。"春夜对署中海棠"一首，既然是咏官署中的海棠，自然也就与自己为官的经历和思绪有了密切关联。海棠之品虽然"无香有色"，但有"情痴"品质，亦属于有高洁情怀之物，故词人"怜尔我，相伴天涯"，引为知己，而"情痴也，翻嫌子美，吟赏不卿夸"，则将海棠拟人化，于性中求情，词意更进一层。咏"瓶梅"一首，重在"吊"字，叹瓶梅之无根，虽然美好，却"留不住、香消玉碎"，然梅的"玉骨香肌"，仍然令词人"偎香倚玉魔生爱"。这两首词展示了词人追求人生清介高贵的品质和勤谨为官的原则，也都是深有寄托之作。

唐英还有一首描写下层劳苦人民生活的《菩萨蛮·赠篙工》。这种内容的词作在当时词坛上非常少见，故列举如下。词云：

> 无可奈何齐著力，涨水逆风吹溜急。迢递五千程，蒲帆卸水城。　　客迎篱落菊，酒散篙工闲。同醉夕阳天，芦花月上船。

唐英的词风与他的品质性情有关。同为内务府旗人的高斌在《陶人心语序》中云："先生之心，吾深知之。其心忠厚恻怛之心也，故其诗与文则皆忠厚恻怛者，仁心也"[①]，这种评价特别肯定了唐英"忠厚恻怛"的人品。也正是因为唐英具有这种品质，因此能够在填词坦露忠厚恻怛之心的同时，形成了清远蕴藉、温柔敦厚的风格。

---

① 高斌：《陶人心语序》，唐英撰《陶人心语》首页，乾隆古柏堂刻本。

唐英长期在江南一带为官，与江南文人有广泛接触，而江南词风颇盛，故唐英虽然词作数量不多，然其词颇得填词之法。

三、协办大学士阿克敦

阿克敦（1685—1756），字冲和，一字立恒，号恒岩，章佳氏，正蓝旗满洲人。生于康熙二十四年（1685）四月。康熙四十八年（1709）进士，由内阁学士兼礼部侍郎。康熙六十一年（1722）奉使朝鲜，擢兵部右侍郎兼翰林院掌院学士。雍正初署两广总督兼广州将军，雍正九年（1731）出师讨准噶尔，阿克敦协办军务。乾隆三年（1738）命阿克敦出使准噶尔，宣谕噶尔丹策零议界，乾隆五年（1740）任吏部左侍郎，后任督察院左都御史、刑部尚书，以协办大学士充国使馆总裁，授镶蓝旗满洲都统，兼翰林院掌院学士，加太子太保。卒于乾隆二十一年（1756），谥文勤。子阿桂，以军功授武英殿大学士、一等诚谋英勇公[①]。

阿克敦"颇善书法，行草大小皆秀劲有法。"[②]著作有《德荫堂集》十六卷，嘉庆二十一年（1816）由曾孙那彦成校刻本。其中附词三首，一首《菩萨蛮》，两首《沁园春》。虽然仅有三首词作，但由于他为清代名臣，在八旗中填词较早，且这三首词皆非泛泛之作，故受到八旗文坛的重视。《白山词介》收录《菩萨蛮》一首。

阿克敦的这首《菩萨蛮》，《德荫堂集》与《白山词介》所载稍有不同。《德荫堂集》中的《菩萨蛮》云：

晚鸦如阵栖林木，影摇新月当窗竹。有恨句难成，句成心自惊。　　篆烟何寂寞，冷叶空庭落。回首忆芳踪，蓬山路

---

① 阿克敦：《德荫堂集》年谱，嘉庆二十一年刻本。
② 李放：《皇清书史》卷一三，第1503页，《订海丛书》本，订沈书社，1984年。

几重。①

《白山词介》中所录与上一首有所不同。词云：

> 晚鸦如阵投林木，影摇新月当窗竹。转侧梦难成，风声杂雁声。　篆烟何寂寞，冷叶空庭落。回首忆芳踪，蓬山路几重。②

《白山词介》中的词在炼字炼句方面精雕细琢，因此更为曲折含蓄，气韵格调也更高远。此词将"晚鸦如阵栖林木"中"栖"字易为"投"，更增加了动态感；将"有恨句难成，句成心自惊"，改易为"转侧梦难成，风声杂雁声"，则加强了词意的宽度和深度，也更能够婉曲达情，颇具温柔敦厚之旨，从而使得词的意境更为深邃。

阿克敦有两首《沁园春》，这两首《沁园春》都有具体的时代背景。他曾于雍正九年（1731）讨准噶尔时协办军务，乾隆三年（1738）出使准噶尔蒙古。厄鲁特蒙古准喀尔部自康熙朝开始多次东进侵扰，康熙帝曾三次亲征讨伐，未能彻底平息。至雍正、乾隆两朝，亦多次用兵，至乾隆二十二年（1757）方彻底平定。其间雍正十一年（1733）准噶尔部噶尔丹策凌请和，次年七月派阿克敦、傅鼐等前往协商，雍正十三年（1735）方回京。此后，乾隆三年（1738）再派阿克敦前往协议准噶尔与内地互市、进藏熬茶事。乾隆四年（1739）达成协议，阿克敦《德荫堂集》中有《初使准噶尔奏》和《再使准噶尔奏》，并有《准噶尔歌》《塔米尔军营》等诗记

---

① 阿克敦：《德荫堂集》诗余，嘉庆二十一年刻本。
② 杨锺羲：《白山词介》卷三，宣统二年刻本。

其事情，这两首《沁园春》即作于出使厄鲁特蒙古的背景下。当时为了抵御准噶尔部，沿途多处布置了军队，军旅营帐和荒原大漠景色，在他的词中都有所描绘，使他的这两首词沉雄慷慨，这也是阿克敦词能够被人重视的一种原因。

这两首《沁园春》以边塞为背景，唐宋边塞词多刻画穷愁悲凉心境，宋范仲淹的《渔家傲》《苏幕遮》写于抵抗西夏之时，苍浑悲壮，遂成千古绝唱。阿克敦出使西北，性质是向噶尔丹策凌宣谕清廷的决定，与范仲淹所处背景不同，故心怀壮烈，表现出八旗特有的民族精神和强烈的自信心。其中一首《沁园春》意气飞扬，词风雄健疏朗。词云：

> 节过中秋，早霜频降，笳动边城。赖庙算无遗，会通西域，金戈遥指，朗照长庚。鞬橐环身，旌旗布野，一任溪山满目清。不须叹、人歌塞曲，雁度归声。　　夕阳牧马长鸣。总忘却、当时也授经。忽纸上流云，天孙织锦，调中白雪，子晋吹笙。万里青霄，千峰空籁，水月相涵夜色明。休题起、我少年风味，何事关情。①

《沁园春》有不同诸格体，均押平声韵，此调多为四字句，句短语促，适于写豪壮之情，词人选取此调正适合这种感情的抒发。这首词写于"节过中秋"之际，却又不像一般词作那样抒写怀人与思乡之情，此时他正出使西北，以国事为重，故以吟咏"会通西域，金戈遥指"为主。

词的上片以实写为主，"鞬橐环身，旌旗布野"，画面之中旌旗

---

① 阿克敦《德荫堂集》诗余，嘉庆二十年刻本。

布野，人歌塞曲，阔大而雄健。下片则用笔荡开，"夕阳牧马长鸣"，"万里青霄，千峰空籁，水月相涵夜色明"，转入清幽境界。全词一层一转，别有意味。这首词无一软媚语，豪情充满全篇。

这首《沁园春》写的是"直捣伊犁，铭功泰岭"出征事，词风比上一首更为激昂雄健。词云：

> 冷雨才收，野风初劲，秋塞添凉。矢愿从军，刻期除寇，岂同逐鹿，不是亡羊。直捣伊犁，铭功泰岭，便作长驱试马场。君请看、今番兵事，荡涤边荒。　　男儿争恋家乡。即大漠穹庐，那有妨、况匣里光寒，能增壮志，林中翠老，可照征裳。绛阙名仙，皇州下客，此日欢呼共一方。只难和、阳春调古，却少愁肠。

此词牌最受词人喜爱，几乎所有词人都曾填写过此调。这是因为此调语句短促，音节跳跃性大，对于抒发慷慨雄健之情最为适宜。词人此时正出使西北，肩负宣谕厄鲁特蒙古的使命，词中不仅表现了对完成使命的信心，也充分显示了八旗将士必胜的意志。这二首词以大军出征为背景，本应该剑拔弩张，然而此词却并不张胆叫嚣，也不故作惊人语，亦无一妩媚软浓之语，豪迈之情充溢全篇，表现出了当时八旗昂扬的精神面貌。

从以上词作来看，全词一层一转，层层递进，别有意味。同时景象阔大，坦荡磊落，八旗的雄壮与军锋之凌厉尽显笔端，从中亦能显示出八旗的昂扬精神。此种词具有鲜明的时代特点，因此尽管阿克敦词的数量不多，但质量很高，故仍然应该为词坛所重视。

四、笔帖式伊麟

伊麟，字梦得，号书巢，辉发纳兰氏，隶镶红旗满洲，官笔帖式，康熙年间人。著有《种墨斋诗集》二卷，附词一卷，有词十七首。

伊麟生平未见记载，仅《熙朝雅颂集》《八旗艺文编目》中记有寥寥数语。其叔容斋在《种墨斋诗集序》中云："从子梦得，少余一岁，善为声韵之言，数奇，不得志于有司。从事河工，未及议叙而卒。所为诗不自收拾，多方购存，订为一集。"①伊麟官笔帖式，为卜层小史，又去世较早，诗集为身后所刊刻，故影响范围有限。而杨锺羲认为伊麟的词作水平很高，他在《八旗文经》"作者考"中说八旗词人"自留村、楝亭外，佟俨若昆弟、纳兰伊麟梦得、姚斌桐秋士、兴廉宜泉，及庄敏（麒庆），皆工词。世徒以《冰蚕》继《饮水》，非通论也。"②其中特别提到了"纳兰伊麟梦得"，将他与吴兴祚、曹寅、斌桐等八旗词人并列。不过不知什么原因，杨锺羲在《白山词介》中却并未收录其词。从伊麟现存的词作看，他的词作还是能够反映出他那个时代下层旗人小吏的境遇与情怀，从中能够了解八旗不同阶层旗人的另一种境遇与情怀。

伊麟词作为其身后搜集而得，仅存十七首，应该不是他词作的全部。伊麟的词作总体上是淡愁哀怨的情调，在他的十七首词中多半是这种风格的作品。如《南乡子·冬怨》《薄命女·冬夜》《霜天晓角·闺怨》《荷叶杯·春闺怨》《荷叶杯·夏闺怨》《荷叶杯·秋闺怨》《荷叶杯·冬闺怨》《浣溪沙·春情》《如梦令·仲夏十九日夜》等等，均是如此，其余数首也都婉约有余，是以宋之秦、周词风为宗，以情胜也。惟《水龙吟·冬夜月》一首与这些词的风格不尽相同，于委婉曲折中具浑沦之气。这种词风的形成原因之一，大

---

① 杨锺羲：《雪桥诗话》卷五，第206页，北京古籍出版社，1989年。
② 盛昱、杨锺羲：《八旗文经》作者考内，麒庆，第476页，辽沈书社，1988年。

约与他身为下层小吏的处境有关。

在词坛的传统中，闺情词往往并非如字面所言纯写闺阁之情，而是以比兴寄托的笔法抒情达意，多是"寄慨身世，闲雅有情思；酒边花下，一往而深，而怨悱不乱，悄乎得《小雅》之遗"[1]之作，从伊麟并不顺达的经历来看，这类词也应作如是观。《霜天晓角·闺怨》云：

> 西楼月缺，渗透寒窗隙。寂寞深闺愁，声与泪、自偷咽。情切羞自说，彩灯明又灭。怕听东邻横笛，梅花落、寸肠结。[2]

《浣溪沙·春情》云：

> 伤尽春心春不知，痴情万斛恨千丝。停针不语锁眉时。
> 妒杀花间双蛱蝶，偏偏作对绕疏篱。怜侬独宿不堪思。

《如梦令·仲夏十九日夜》云：

> 一觉黄粱初散，月上纱窗才半。斜透竹帘来，穿破清光千片。起玩，起玩，槛外花筛影乱。

在以上三首词中，能够深刻感受到词人内心的孤独与情有所钟的追求。词中"寂寞深闺愁，声与泪、自偷咽"，"伤尽春心春不知，痴

---

[1] 陈廷焯：《白雨斋词话》卷六，第148页，人民文学出版社，1959年。
[2] 伊麟词见《种墨斋诗集》，清抄本，中国国家图书馆藏。

情万斛恨千丝","一觉黄粱初散"等句,无不是在诉说这种心境,绝非是纯写闺襜之情态。其中的区别在于"纯写闺襜,不独词格之卑,抑亦靡薄无味,可厌之甚也。然其中却有毫厘之辨。作情语勿作绮语,绮语设为淫思,坏人心术;情语则热血所钟,缠绵恻悱,而即近知远,即微知著,其人一生大节,可于此得其端倪。"①伊麟的"怕听东邻横笛,梅花落、寸肠结"等句,纯是热血所钟之言,非纯写闺襜之词可比。

伊麟的长调《水龙吟·冬夜月》,反复缠绵,沉郁中含雄浑之气,颇见填词功力。词云:

> 碧空如洗层霜,月轮推上扶桑杪。银河半隔,稀星几点,小窗清皎。嘹呖鸿声,参差梅影,此时堪好。且高歌酌酒,愁酣舞剑,英雄气、存多少。　　听得谯楼鼓角。报更深、怪他偏早。关山皓魄,金闺魂断,梦应未了。夜色三分,二分澄澈,一分静悄。我兴狂、泼墨挥毫,细写出冰天晓。

此调也有不同诸格体,俱为双调。苏轼、陈亮、辛弃疾的同调《水龙吟》格体均不同,伊麟这首《水龙吟·冬夜月》,采用了苏轼《水龙吟·次韵章质夫杨花词》一体。词中"夜色三分,二分澄澈,一分静悄"句,即袭用了苏轼同调词中"春色三分,二分尘土,一分流水"句法。全词章法稳贴,词中对句"嘹呖鸿声,参差梅影","高歌酌酒,愁酣舞剑","关山皓魄,金闺魂断",对仗精致;结句"细写出冰天晓"亦为警策之语。可谓写景入神,抒情达意,能够

---

① 谢章铤:《赌棋山庄词话》卷四,唐圭璋编《词话丛编》四,第3366页,中华书局,2005年。

于沉郁中寓豪壮,神情兼备,可看作是词人的一首代表作。

第五节 结　　语

　　清初八旗满洲词人填词之初,多有结交汉族词人的经历,除了受到汉族词人词派的影响之外,更重要的是他们多从宋词中汲取营养,尤其以"词以婉约为宗"的影响最大。

　　这个时期的八旗满洲词人多出身上层家庭,但也有下层家庭出身之人进入词坛,词风由此而多样化。他们在填词的过程中,大多以忠厚醇雅为填词圭臬,同时致力于追求词艺之精髓,在章法、句法、字法上下功夫,对于章法结构、炼字炼句颇为讲究,故这个时期的八旗词人的词作虽然数量不多,但艺术质量却并不低。此时的八旗词坛总体词风如以婉约和豪放来划分的话,这个时期的八旗词坛是将婉约奉为正宗,但是并没有将《花间》的"温软香秾"作为"婉约词"的唯一标准,而是追随宋词词风,并因此形成了意婉词直、清隽疏朗的特色。

　　此外,还应该认识到,清初正是八旗处于上升时期,是激昂的八旗精神形成并走向鼎盛的时期,故而此时的八旗词坛不乏雄浑疏放之作,这也是清初八旗词风最为显著的特点。

第四章　词坛巨擘纳兰性德

纳兰性德（1655—1685），原名成德，字容若，号楞伽山人，隶正黄旗满洲，太傅明珠子，康熙十五年（1676）进士。中进士第后，初任三等侍卫，后官至一等侍卫，时时扈从帝之左右，以文进士而任职侍卫，在当时绝无仅有。著有《通志堂集》附词四卷，收词二百九十九首。词集有《侧帽词》《饮水词》。《饮水词》收词六十四首，词选《今词初集》自选十七首，《百名家词钞》收《饮水词》三十三调六十三首，《瑶华集》录词三十二首，《东白堂词选初集》录词五首。近年出版的《饮水词笺校》补《通志堂集》未收词四十八首。此外，还有道光汪元治铁网斋刻本、光绪许增榆园刻本等等。

纳兰性德自幼致力于学问，徐乾学为纳兰性德所作《墓志铭》云："益肆力于经济之学，熟读通鉴及古人文辞，三年而学大成。"[①] 此时纳兰性德在经史方面深入研习，作《通志堂经解总序》。同时深

---

① 徐乾学：《纳兰君墓志铭》，纳兰性德撰《通志堂集》卷一九，第774页，上海古籍出版社，1070年。

研唐诗宋词，屡有新见，这些心得在他的《渌水亭杂识》多能见到。

与此同时，他特别对词倾注了超乎常人的热情，他在《与梁药亭书》中就说："仆少知操觚，即爱《花间》致语"①，一生致力于词，在填词方面倾注了大量心血，词境之清雅，词艺之精湛，颇为词坛所称道。他还辑选了《全唐诗选》和《词韵正略》，以及词选《今词初集》，由此在文坛上产生了广泛影响。

第一节　意境疏宕的边塞词

纳兰性德的边塞词别出新意，深邃幽远，意境疏宕。王国维《人间词话》云："'明月照积雪'、'大江日夜流'、'中天悬明月'、'黄河落日圆'，此种境界，可谓千古壮观。求之于词，唯纳兰容若塞上之作，如《长相思》之'夜深千帐灯'，《如梦令》之'万帐穹庐人醉，星影摇摇欲坠'，差近之。"②这几首词均为小令，然能于数句之间，营造出别一番景象。以下小令写塞外之景，平远雍穆，意境阔大。《长相思》云：

山一程，水一程，身向榆关那畔行。夜深千帐灯。风一更，雪一更，聒碎乡心梦不成。故园无此声。③

《如梦令》云：

---

① 纳兰性德：《与梁药亭书》，纳兰性德撰《通志堂集》卷一三，第534页，上海古籍出版社，1979年。
② 王国维：《人间词话》第216页，人民文学出版社，1982年。
③ 纳兰性德以下词见《通志堂集》，上海古籍出版社，1979年；《百名家词钞·饮水词》，《续修四库全书》集部词类，上海古籍出版社影印本，2002年。

万帐穹庐人醉，星影摇摇欲坠。归梦隔狼河，又被河声搅碎。还睡，还睡，解道醒来无味。

类似此种风格的词作，还有《卜算子·塞梦》《忆秦娥·龙潭口》《浣溪沙·小兀喇》《蝶恋花·出塞》《南乡子·柳沟晓发》等等，皆以塞外之景抒情，均能于数语中曲折含蓄，有言外不尽之致。在这些词中《浣溪沙·小兀喇》描绘塞外景物最具民族特色。词云：

桦屋鱼衣柳作城，蛟龙鳞动浪花腥。飞扬应逐海东青。
犹记当年军垒迹，不知何处梵钟声。莫将兴废话分明。

词题"小兀喇"即吉林乌拉，今吉林市，原属于女真乌拉部，是满族的故乡，清代时为船厂。桦屋鱼衣，当地以木造屋，以桦树皮覆顶，以鱼皮制衣；海东青是一种名贵猎鹰，今已经成为满族的民族象征图案。纳兰性德扈从康熙帝东巡至此，由于是进入故乡之地，对身历目见之故乡的亲切感油然而生，故能够于写实中充溢着轻灵欢愉之笔。词中"犹记当年军垒迹"，分明是在追诉八旗当年的辉煌战绩，从而表现出了植于旗人内心所特有的自豪感情。

描绘东北满族故地的长调有《青玉案·宿乌龙江》《满庭芳·堠雪翻鸦》《南楼令·塞外重九》《沁园春·试望阴山》《月上海棠·中元塞外》等等。清代的边塞词，尤其是描写东北的边塞词数量并不很多，其中以旗人的词作最有特色。由于关外是八旗的故乡，因此八旗词人出关，别有一番感慨。这类词作大多词境疏放清绮，词意深厚悠远，特别能够显示八旗词风的特点。

第二节　性情真浓的抒怀词

纳兰性德的抒怀词，大多情到神到，性情真浓，《太常引·自题小照》即颇见其性情之真，亦颇见其填词之功力。词云：

> 西风乍起峭寒生，惊雁避移营。千里暮云平，休回首、长亭短亭。　　无穷山色，无边往事，一例冷清清。试倩玉箫声。唤千古、英雄梦醒。

此词题为"自题小照"，却不写容颜，而是用笔荡开，借景物衬托自家心胸，可谓另开境界。上阕写景，景色辽阔而澹远，"千里暮云平，休回首、长亭短亭"，正是词人此时心境的写照。下阕重在感慨，结尾二句，收得更远更深。全词上半写情已透，下半从闲冷处烘染，而情更深厚，结句"唤千古、英雄梦醒"，更有辞尽意不尽之妙，此词非吟花醉月之作可比。

《风流子·秋郊即事》是词人早期的一首代表作，可以看出词人于雄阔中寓沉厚的追求。词云：

> 平原草枯矣，重阳后、黄叶树骚骚。记玉勒青丝，落花时节，曾逢拾翠，忽忆吹箫。今来是、烧痕残碧尽，霜影乱红凋。秋水映空，寒烟如织，皂雕飞处，天惨云高。　　人生须行乐，君知否？容易两鬓萧萧。自与东君作别，划地无聊。算功名何许，此身博得，短衣射虎，沽酒西郊。便向夕阳影里，倚马挥毫。

"秋郊即事"，"即事"就是抒怀。这首词作于词人年少气盛之时，借眼前之景，抒心中之情，以与世事无所谓而实际充满追求的笔调，展现出了自家的气魄心胸，形象地刻画出了一位欲有所作为的贵公子形象。此词格调颇具风骨，其结句"便向夕阳影里，倚马挥毫"，意气风发，"卒章显其志"也。

《木兰花令·拟古决绝词》是一首直抒胸中郁积之气的词作，道光十二年（1832）汪元治铁网斋刻本有副题"柬友"二字，可知是一首与故友决绝的词。纳兰性德是"以朋友为肺腑"的多情公子，写这首词的初衷，应该是在对友人付出了真情之后遭到背叛的绝望，只不过是借女子之口指斥不义之人而已。此词极合词体婉转达意之规，痛苦异常而语气决绝，直造他人不到处，真可使人一唱而三叹。词云：

> 人生若只如初见，何事秋风悲画扇。等闲变却故人心，却道故心人易变。　骊山语罢清宵半，泪雨零铃终不怨。何如薄倖锦衣郎，比翼连枝当日愿。

此词起句突兀，却极沉痛，将词人遭到背叛后的悲慨心情一发无遗。"骊山语罢清宵半。泪雨零铃终不怨"，用了唐明皇与杨贵妃的典故，"比翼连枝当日愿"则出自白居易的《长恨歌》，此典化用自然，语到意到。而"人生若只如初见"一句，不求胜人，而已成绝响，后人亦难以学步。此词怨而不怨，颇具温柔敦厚之旨，从中尤能感觉到词人品格的高尚，是一首君子之作也。

纳兰性德的《临江仙·寒柳》《天仙子·渌水亭秋夜》《酒泉子·谢却荼蘼》三首，特别被词家陈廷焯称许。陈廷焯云："容若《饮水词》，在国初亦推作手，较《东白堂词》似更闲雅。然意境不深厚，措辞亦浅显。余所赏者，唯《临江仙·寒柳》第一阕，及《天仙子·渌水亭秋夜》《酒泉子·谢却荼䕷》。"①《东白堂词》即汉军佟世南的词集,两人均为八旗词人,故予以比较。又云:"余最爱其《临江仙·寒柳》,云:'疏疏一树五更寒。爱它明月好,憔悴也相关。'言中有物,几令人感激涕零。容若词亦以此篇为压卷"②,这几首词都有抒怀之意。《临江仙·寒柳》全词云:

  飞絮飞花何处是,层冰积雪摧残。疏疏一树五更寒。爱他明月好,憔悴也相关。　　最是繁丝摇落后,转教人忆春山。湔裙梦断续应难。西风多少恨,吹不散眉弯。

这首咏柳词是借咏物抒怀的词作,一"寒"字道出了词人之心情。沈祥龙《论词随笔》云:"咏物之作,在借物以寓性情。凡身世之感,君国之忧,隐然蕴于其内,斯寄托遥深,非沾沾焉咏一物矣。"③因此,陈廷焯之所以欣赏这首词,其原因是认为此词"言中有物",故能够"令人感激涕零"。所谓言中有物,即能蕴含真性情,意在笔先,神余言外,发他人所不能发者,诚所谓貌不深而意深,只有深谙词者方能领悟。能够使陈廷焯这样词坛名家"感激涕零"的词人,当然不是泛泛之辈。

  被陈廷焯赞许的《酒泉子·谢却荼䕷》,也是一首意境深厚、用辞精当之作。词云:

  谢却荼䕷,一片明月如水。篆香消,犹未睡,早鸦啼。

---

① 陈廷焯:《白雨斋词话》卷三,第62页,人民文学出版社,1983年。
② 陈廷焯:《白雨斋词话》卷六,第171页,人民文学出版社,1983年。
③ 沈祥龙:《论词随笔》,唐圭璋编《词话丛编》五,第4058页,中华书局,2005年。

嫩寒无赖罗衣薄，休傍阑干角。最愁人，灯欲落，雁还飞。

纳兰性德的长调抒怀之意更浓厚，这一类词极能感动人心。这些词的特点同样是情真意切，以抒发情意为重，绝不斤斤于声律，以辞害意，故为词家称道，显示了纳兰性德于填词的过人之处。

《瑞鹤仙》一首情动于衷，颇具情怀，词前小序云："丙辰生日自寿，起用《弹指词》句，并呈见阳"，丙辰是康熙十五年（1676），此年纳兰性德中二甲七名进士；《弹指词》是其挚友顾贞观的词集；见阳即前面提到的张纯修，内务府旗人，与纳兰性德感情最为深厚。词云：

马齿加长矣，枉碌碌乾坤，问汝何事。浮名总如水。拼尊前杯酒，一生长醉。残阳影里，问归鸿、归来也未。且随缘、去住无心，冷眼华亭鹤唳。　　无寐。宿醒犹在，小玉来言，日高花睡。明月阑杆，曾说与，应须记。是蛾眉便自，供人嫉妒，风雨飘残花蕊。叹光阴、老我无能，长歌而已。

这首词虽然是"并呈见阳"，但主要还是"生日自寿"，以抒怀为主，故抒写的均是内心底里的真情实感，也是词人心境最为真实的表露。此词既不委曲含蓄，也不豪放慷慨，而是渊雅醇厚，特别能反映出纳兰性德的人品与词风。

第三节　醇厚蕴藉的赠友词

清初词风大盛，名家迭出，其中著名词人朱彝尊、陈维崧、顾贞观、梁佩兰、姜宸英、严绳孙、秦松龄等人均活跃于词坛之上，这些人入京之后，更是推动了清词的繁荣。纳兰性德以满洲贵公子身份，对他们谦恭礼让，邀为座上宾，赋诗填词，词艺日进。纳兰性德曾邀请众词人会集于府邸之渌水亭，这些词人均有词作记其事。朱彝尊《曝书亭词集》中有《台城路·夏日同对岩、荪友、西溟、其年、舟次、见阳，饮容若渌水亭》一首，对岩即秦松龄，荪友即严绳孙，西溟即姜宸英，其年即陈维崧，舟次即汪楫，见阳即张纯修，这些人都是康熙十八年（1679）赴京应博学鸿儒科之名士，其中秦松龄、陈维崧、汪楫、朱彝尊均试列一等，严绳孙试列二等。姜宸英亦颇负盛名，被荐举应试博学鸿儒科，然及期未到京师，未能参加考选，后馆于纳兰性德府；旗人张纯修为纳兰性德挚友，不在应考之列。陈维崧的《湖海楼词集》中也有《齐天乐·渌水亭观荷，同对岩、荪友、竹垞、舟次、西溟，饮容若处》一首，《齐天乐》又名《台城路》，是同一词牌不同名称。此外，诸词人又有《浣溪沙·郊游联句》[①] 一首，是当时词坛名家陈维崧、秦松龄、严绳孙、姜宸英、朱彝尊、纳兰性德相聚时联句而成的词作，每人一句，而纳兰性德的结句为"人生别易会常难"，可谓情韵最浓，从中尤能感受到他对友情的珍视。朱彝尊曾云："容若好填小词，有作必先见寄，红笺小叠，正复不少"[②]，故而有《临江仙·和成容若见寄秋夜词》。陈维崧《湖海楼词集》中则有《贺新郎·赠成容若》《浪淘沙·和容若韵》等词，其中《贺新郎·赠成容若》有句云："昨夜知音才握手，笛里飘零曾诉。长太息、锺期难遇"，情意深切。此外，其他词人也都有与纳兰性德唱和之作，从中可见其交往词坛名流之广泛，友情之深笃。

---

① 朱彝尊：《曝书亭词》江湖载酒集下，钱仲联选编《清八大名家词集》第449页，岳麓书社，1992年。
② 《词人纳兰容若手简》朱彝尊跋，上海图书馆影印，1961年。

第四章　词坛巨擘纳兰性德

纳兰性德与这些著名的文人以诗词会友之处，除了府邸中的"渌水亭"之外，也常聚会于"通志堂"和"鸳鸯社"。《通志堂集》中有一篇《渌水亭燕集诗序》记述了他们以诗文酬唱的情况，从中可见他们文学活动的频繁，纳兰府邸也因此成了京师影响广泛的文学沙龙。

纳兰性德坚守真性情是他最为重要的品格和人生信念，文坛对他重情义和热衷于文学充满了崇敬之情。在《通志堂集》附录中，徐乾学、韩菼、张玉书、董讷、朱彝尊等文坛宿儒的碑文、哀辞、诔词、祭文中，均极力赞誉了纳兰性德以真情待友的品格，其中尤以严绳孙、秦松龄、顾贞观、姜宸英、梁佩兰的祭文最为沉重痛彻[1]。顾贞观《祭文》云："吾哥胸中浩浩落落，其于世味也甚澹，直视勋名如糟粕，势力如尘埃。其于道谊也甚真，特以风雅为性命，朋友为肺腑。"[2]他还在《饮水词序》中彰显了纳兰性德乃性情中人，故其词方能够既真且妙。"容若天资超逸，翛然尘外。所为乐府小令，婉丽凄清，使读者哀乐不知所主，如听中霄梵呗，先凄婉而后喜悦。"[3]梁佩兰《祭文》云："惟义是赴，见才必怜，见贤必慕；生平至性，结于君亲，举以待人，无事不真。"[4]重性情也就成为纳兰性德交友和填词最重要的原动力。

纳兰性德以词最为相知者为颇负词名的顾贞观，顾贞观亦是性情中人，以《弹指词》名世，性德与之相见恨晚。顾贞观曾言："君

---

[1] 纳兰性德：《通志堂集》卷一九，附录，上海古籍出版社，1979年。
[2] 顾贞观：《祭文》，纳兰性德撰《通志堂集》卷一九，附录，第834页，上海古籍出版社，1979年。
[3] 顾贞观：《饮水词序》，纳兰性德撰《饮水词》，汪元治结铁网斋道光十二年刻本。
[4] 梁佩兰：《祭文》，见《通志堂集》卷一九，附录，第838页，上海古籍出版社，1979年。

赏余《弹指》之词，我服君《饮水》之句，歌与哭总不能自言"[1]。谢章铤云："情致与《弹指》最近，故两人遂成莫逆。"[2]从纳兰性德与顾贞观唱和的词中，也可以看到两人友情的深厚。纳兰性德的《贺新郎·赠梁汾》，表现了纳兰性德对顾贞观真挚深厚的感情，渊雅醇厚，语重心长。此词"后身缘、恐结他生里。然诺重，君须记"之句，尤见纳兰超迈常人的性情人品。词云：

德也狂生耳。偶然间、缁尘京国，乌衣门第。有酒惟浇赵州土，谁会成生此意。不信道、遂成知己。青眼高歌俱未老，向尊前、拭尽英雄泪。君不见，月如水。　　共君此夜须沉醉。且由他、蛾眉谣诼，古今同忌。身世悠悠何足问，冷笑置之而已。寻思起、从头翻悔。一日心期千劫在，后身缘、恐结他生里。然诺重，君须记。

因为性情真挚，友情深厚，故此词情意表达得相当真切，可谓是情动于衷而形于言之作，足以激荡人心。这首词写成之后，坊间人人竞唱，纳兰性德也因此名传天下。顾贞观见此词后，和韵《金缕曲》一首，小序云："酬容若见赠，次原韵"[3]。词风词意相近，也同样是一首"嶔崎磊落"的作品。词坛名家徐釚的《词苑丛谈》云："（纳兰）词皆嶔崎磊落，不啻坡老、稼轩。都下竞相传写，于

---

[1] 顾贞观：《祭文》，见《通志堂集》卷一九，附录，第833页，上海古籍出版社，1979年。
[2] 谢章铤：《赌棋山庄词话》卷七，唐圭璋编《词话丛编》四，第3415页，中华书局，1986年。
[3] 顾贞观：《弹指词》卷下，第71页，朝华出版社影印版，2015年。

是教坊歌曲间，无不知有《侧帽词》者"①，纳兰性德佳公子之名，随之广为传播。

纳兰性德还有写给顾贞观的一首《金缕曲·简梁汾》，表露的感情不仅真切，而且相当深厚浓郁，字字有意，句句含情。这首词有着具体的写作背景，顺治十四年（1657），有"江左三凤凰"之誉的吴兆骞，因江南科场案被遣戍黑龙江宁古塔，顾贞观以二首《金缕曲》赠吴兆骞，极真挚感人。词前小序云："寄吴汉槎宁古塔，以词代书，丙辰冬，寓京师千佛寺，冰雪中作。"②词后注云："二词容若见之，为之泣下数行，曰：河梁生别之诗，山阳死友之传，得此而三。"③顾贞观的《金缕曲》其一云："季子平安否？便归来、平生万事，那堪回首。行路悠悠谁慰藉，母老家贫子幼。记不起、从前杯酒。魑魅择人应见惯，总输他、覆雨翻云手。冰与雪，周旋久。　　泪痕莫滴牛衣透。数天涯、依然骨肉。几家能彀，比似红颜多命薄，更不如今还有。只绝塞、苦寒难受，廿载包胥承一诺，盼乌头马角终相救。置此札，君怀袖。"其二云："我亦飘零久，十年来、深恩负尽，死生师友。宿昔齐名非忝窃，只看杜陵穷瘦。曾不减、夜郎僝僽。薄命长辞知己别，问人生、到此凄凉否。万千恨，为兄剖。　　兄生辛未我丁丑。共些时、冰雪摧折。早衰蒲柳，词赋从今须少作，留取心魂相守。但愿得、河清人寿，归日急翻行戍稿。把空名、料理传身后。言不尽，观顿首。"顾贞观请纳兰性德解救吴兆骞于戍所，后吴兆骞被赦还，纳兰性德之力也。

---

① 徐釚：《词苑丛谈》卷五，品藻三，第92—93页，上海古籍出版社，1981年。
② 顾贞观：《弹指词》卷下，第71页，朝华出版社影印版，2015年。
③ 顾贞观：《弹指词》卷下，第73页，朝华出版社影印版，2015年。

《金缕曲·简梁汾》是纳兰性德读过顾贞观词之后的酬答之作，在同情与劝慰顾贞观的同时，承诺"绝塞生还吴季子，算眼前、此外皆闲事"。词云：

洒尽无端泪，莫因他、琼楼寂寞，误来人世。信道痴儿多厚福，谁遣偏生明慧。莫更著、浮名相累。仕宦何妨如断梗，只那将、声影供群吠。天欲问，且休矣。　　情深我自判憔悴。转丁宁、香怜易爇，玉怜轻碎。羡杀软红尘里客，一味醉生梦死。歌与哭、任猜何意。绝塞生还吴季子，算眼前、此外皆闲事。知我者，梁汾耳。

此词句句情深，词意畅达，却无一泄无余之病。上阕"洒尽无端泪"起句即言情，对"偏生明慧"顾贞观仕途如断梗的遭遇表示了深切的不平，同时劝慰他"莫更著、浮名相累"，"只那将、声影供群吠"。词之下阕以"情深我自判憔悴"自然转接，是出于对顾贞观境况的同情与担忧，以此叮咛友人"香怜易爇，玉怜轻碎"，"歌与哭、任猜何意"，不妨抛却烦恼，我行我素。"知我者，梁汾耳"，尤是知己之间的肺腑之言。

此外，《金缕曲·寄梁汾》也是一首充满真情的词作，句句均为毫无虚饰的肺腑之言。其中有句云："别来我亦多孤寄。更那堪、冰霜摧折，壮怀都废。天远难穷劳望眼，欲上高楼而已"。在人们感叹人生难得一知己的情况下，纳兰性德不仅庆幸自己遇到了知己，而且非常重视这种友情。这首词便是在这种感情基础上填写出来的，是真正情动于衷的作品。纳兰性德还有《木兰花慢·立秋夜雨，送梁汾南行》《好事近·忆梁汾》等词作，也都情韵悠长。

纳兰对其他好友也都以真情相待，他的赠友怀人词，均能够以情致取胜,其中写给姜宸英的词作也能感人至深。《金缕曲·西溟言别,赋此赠之》写在姜宸英欲离京返乡之际。姜宸英是被荐举应博学鸿儒科的清初老名士,入京后馆于纳兰府邸。然屡试不第,时又"丁内艰",故欲返乡,纳兰不舍,以词挽留。词云:

> 谁复留君住。叹人生、几番离合,便成迟暮。最忆西窗同翦烛,却话家山夜雨。不道只、暂时相聚。滚滚长江萧萧木,送遥天、白雁哀鸣去。黄叶下,秋如许。　　日归因甚添愁绪。料强如、冷烟寒月,栖迟梵宇。一事伤心君落魄,两鬓飘萧未遇。有解忆、长安儿女,裘敝入门空叹息。信古来、才命真相负。身世恨,共谁语![1]

此词句句发自肺腑,一句"一事伤心君落魄,两鬓飘萧未遇",生动地表达了对饱学之士姜宸英无缘中式的不平与惋惜。"身世恨,共谁语"更是诉说了心灵相通的深情,同时又抒发了对友人远离的不舍与痛苦。陈维崧随之填《贺新郎·送西溟南归,和容若韵》[2]一首,其中有句"三载徐园住"和"又作昭王台畔客,日日旗亭画句",是说姜宸英住纳兰府邸已有三年,并用燕昭王修黄金台招纳贤士故事,借喻姜宸英入京后寓居纳兰府邸日日唱和之事。通过这首词可以知道,纳兰性德所具有的真性情和重友情的品质在文坛上产生了广泛影响。

纳兰填写《金缕曲·西溟言别,赋此赠之》后,犹嫌不足,再

---

[1] 聂先、曾王孙:《百名家词钞·饮水词》,《续修四库全书》集部词类,上海古籍出版社影印版,2002年。
[2] 陈维崧:《湖海楼词集》卷一九,钱仲联选编《清八大名家词集》第364页,岳麓书社,1992年。

填《金缕曲·慰西溟》《潇湘雨·送西溟归慈溪》两词。其中《送西溟归慈溪》选择了《潇湘雨》词调，沉重心境不言而喻，也表达了同样难舍的心情。词云：

> 长安一夜雨，便添了、几分秋色。奈此际萧条，无端又听，渭城风笛。咫尺层城留不住，久相忘、到此偏相忆。依依白露丹枫，渐行渐远，天涯南北。　　凄寂。黔娄当日事，总名士、如何消得。只皂帽蹇驴，西风残照，倦游踪迹。廿载江南犹落拓，叹一人、知己终难觅。君须爱酒能诗，鉴湖无恙，一蓑一笠。

《潇湘雨》词调低沉，宜写悲凉之情。此词对姜宸英离京后"只皂帽蹇驴。西风残照，倦游踪迹"的处境非常担忧，字字句句皆怀关切真情，深刻地表达了与友人难以分舍的心情。这种从友人立场出发，设身处地替友人着想的情感，绝非人品情商低下者所能具有。如此深情令姜宸英为其所作《祭文》声泪俱下，又作《挽诗》四首，其中有句云："万事一朝尽，千秋遗恨多。平生知己意，惟有泪悬河"[1]。

　　此外，纳兰性德还有《浣溪沙·寄严荪友》《点绛唇·寄南海梁药亭》《菩萨蛮·为陈其年题照》等词。这些赠友怀人词抒发的均是真情实感，都是发自于内心深处的倾诉，是词人心境的真实表露，故能够挥洒自如，沉郁缠绵，特别能够反映出纳兰性德以真情交友的品格和真切入微的词风。同时，纳兰性德这种对汉族名士际

---

[1] 姜宸英：《挽诗》，见《通志堂集》卷二〇，附录，第858页，上海古籍出版社，1979年。

遇不佳现实的不满，真实地反映了这位八旗文人与汉族文人之间并无隔阂的友情关系，这也是当时满汉民族关系的一个缩影。

正是纳兰词中所蕴涵的这种深情厚意，不仅使他的赠友怀人词具有了感动人心的力量，也使清代词坛加深了对八旗词人的关注。

第四节　血泪交融的悼亡词

纳兰词能够产生深远的影响，与他的悼亡词也有密切的关系。他的悼亡词均是悼亡其妻卢氏的作品，这些悼亡词首首血泪交融，呜咽凄婉，足以感动人心。

《饮水词》中的悼亡词有六首标为"悼亡"，另一首标为"代悼亡"，《饮水词》中的悼亡之作不仅此区区数首，另有一些词虽无悼亡词题，但悼亡之情浓重，也可以视为悼亡一类。

纳兰性德的《青衫湿遍·悼亡》是他的第一首悼亡词，在他的悼亡词中最有代表性。词云：

> 青衫湿遍，凭伊慰我，忍便相忘。半月前头扶病，剪刀声、犹在银釭。忆生来、小胆怯空房。到而今、独伴梨花影，冷冥冥、尽意凄凉。愿指魂兮识路，教寻梦也回廊。　　咫尺玉钩斜路，一般消受，蔓草残阳。判把长眠滴醒，和清泪、搅入椒浆。怕幽泉、还为我神伤。道书生、薄命宜将息，再休耽、怨粉愁香。料得重圆密誓，难禁寸裂柔肠。

这首词以极其细腻的笔调倾述了卢氏病逝前后的场景，以及词人痛不欲生的感受。此词通过对"半月前头扶病，剪刀声、犹在银釭。忆生来、小胆怯空房，到而今、独伴梨花影"具体情景的追忆，和对"料得重圆密誓,难禁寸裂柔肠"深刻痛苦的表述,将思念卢氏的惨痛心情真切地表达了出来。全词悲凄沉痛,声如悲筇,哀苦异常。

《沁园春》的小序明确说明了是一首悼亡之作,其小序云:"丁巳重阳前三日,梦亡妇澹妆素服,执手哽咽,语多不能复记。但临别有云:'衔恨愿为天上月,年年犹得向郎圆。'妇素未工诗,不知何以得此也。觉后感赋。""丁巳"是康熙十六年,"重阳"乃九月初九,"前三日"即九月初六,"赢得更深哭一场","重寻碧落茫茫","天上人间,尘缘未断"等句,皆出自痛彻异常之肺腑,词中的思妻之情更为惨痛。这首《沁园春》云:

瞬息浮生,薄命如斯,低徊怎忘。记绣榻闲时,并吹红雨,雕栏曲处,同倚斜阳。梦好难留,诗残莫续,赢得更深哭一场。遗容在,只灵飙一转,未许端详。　　重寻碧落茫茫。料短发,朝来定有霜。便人间天上,尘缘未断,春花秋叶,触绪还伤。欲结绸缪,翻惊摇落,两处鸳鸯各自凉。真无奈,把声声檐雨,谱出回肠。

词中"碧落"、"人间天上"、"鸳鸯"、"遗容"、"命薄",都是悼亡常用之辞。此外,词前小序中提到的卢氏的"衔恨愿为天上月,年年犹得向郎圆"两句诗尤为重要。因为自此以后,纳兰性德的心目中,天上月就是卢氏,卢氏即是天上月。此后词人不仅在中秋咏"月",在清明、七夕、中秋、重阳都有咏月的作品,这些咏月的词作几乎都与怀念卢氏有关。而且除了写满月之外,更多的是写新月,因新月会逐渐变为满月,其中寄托了种种希望。如《减字木兰花·新月》一首云:

晚妆欲罢,更把纤眉临镜画。准待分明,和雨和烟两不胜。　　莫教星替,守取团圆终必遂。此夜红楼,天上人间一样愁。

这首词明里写新月,暗里抒发对卢氏的怀念,"天上人间一样愁",则明确表明这是一首悼亡词。词之上阕就是对新月拟人化的描写,也是词人心目中卢氏的形象,真可谓景语即是情语,情语亦是景语。下阕"守取团圆终必遂"句,既是写新月,终会成为团圆之满月,也是写词人希望他们夫妇终会团圆。"团圆终必遂"一句在词人心中别有意会。前举《青衫湿遍·悼亡》中,就有"料得重圆密誓"之句,这是卢氏去世前他们的约定盟誓,对纳兰性德来说有着特殊的含义。此外,《琵琶仙·中秋》一首也是借咏月悼亡之作。词云:

碧海年年,试问取、冰轮为谁圆缺?吹到一片秋香,清辉了如雪。愁中看、好天良夜。争知道、尽成悲咽。只影而今,那堪重对,旧时明月。　　花径里、戏捉迷藏,曾惹下、萧萧井梧叶。记否轻纨小扇,又几番凉热。只落得,填膺百感,总茫茫、不关离别。一任紫玉无情,夜寒吹裂。

此词"碧海年年"是言卢氏已去世数年,"冰轮为谁圆缺"是从前面所举《沁园春》中小序"年年犹得向郎圆"引出。中秋之夜乃是阖家团圆之期,词人睹月思妻,"尽成悲咽,只影而今",语声悲咽,凄凉之极,词境另是一番世界。确定这是一首悼亡词,当无问题。

与此词相关联的还有一首《采桑子》,词中描写的语境心境与

《琵琶仙·中秋》全然一致。这首《采桑子》云：

> 海天谁放冰轮满，惆怅离情。莫说离情，但值凉宵总泪零。　只应碧落重相见，那是今生。可奈今生，刚作愁时又忆卿。

词中有"碧落重相见"句，显然是悼亡，又有"冰轮满"的满月意象，辅之以"离情"、"泪零"、"重相见"诸语，可知此词也是悼念卢氏无疑。纳兰性德其他以"月"比兴的作品，基本上也可以确定为悼亡词。如《蝶恋花》云：

> 辛苦最怜天上月。一昔如环，昔昔都成玦。若似月轮终皎洁，不辞冰雪为卿热。　无那尘缘容易绝。燕子依然，软踏帘钩说。唱罢秋坟愁未歇，春丛认取双栖蝶。

这首词也是以"月"比卢氏，他认定满月之时是卢氏在向他致意，而"一昔如环，昔昔都成玦"，遗憾的是满月只是一晚，其余夜夜都是缺月，故悲慨良多。词中"尘缘"、"燕子"、"双栖蝶"均喻夫妻，"秋坟"句悼念卢氏当无疑问。全词句句情深意浓，无一字不发自肺腑，最后两句借梁山伯与祝英台故事，表达了思念亡妻生死不渝之情，尤痛彻入骨。

纳兰性德标为悼亡的悼亡词，还有《于中好·十月初四夜风雨，其明日是亡妇生辰》《青衫湿·悼亡》《金缕曲·亡妇忌日有感》《南乡子·为亡妇题照》数首。词人在卢氏生辰日悼亡，在忌日时悼亡，在日思夜想中悼亡，其中《金缕曲·亡妇忌日有感》一首，写于卢氏去世之忌日，诉说了心中无尽的思念与凄苦，"冷清清、一片埋愁地"、"清泪尽，纸灰起"，表达了难以言表的痛苦。词中有"三载悠悠魂梦杳"之句，应该是写于卢氏去世三年之时。词云：

> 此恨何时已。滴空阶、寒更雨歇，葬花天气。三载悠悠魂梦杳，是梦久应醒矣。料也觉、人间无味。不及夜台尘土隔，冷清清、一片埋愁地。钗钿约，竟抛弃。　　重泉若有双鱼寄。好知他、年来苦乐，与谁相倚。我自终宵成转侧，忍听湘弦重理。待结个、他生知己。还怕两人俱薄命，再缘悭、剩月零风里。清泪尽，纸灰起。

此外，纳兰性德还有一首《沁园春·代悼亡》，因为有"代"字，故一般认为不是悼亡卢氏的词作，而是代他人所作。不过这首词所抒发的感情与前几首悼亡词有很多相似之处，应该也是一首悼亡卢氏的作品。词云：

> 梦冷蘅芜，却望姗姗，是耶非耶？怅兰膏渍粉，尚留犀合，金泥蹙绣，空掩蝉纱。影弱难持，绿深暂隔，只当离愁滞海涯。归来也，趁星前月底，魂在梨花。　　鸾胶纵续琵琶。问可及、当年萼绿华。但无端摧折，恶经风浪，不如零落，判委尘沙。最忆相看，娇訑道字，手剪银灯自泼茶。今已矣，便帐中重见，那似伊家。

这首词对情景刻画得极为细腻生动，情感浓重而不能自持。起句"梦冷蘅芜，却望姗姗，是耶非耶"，是深深的怀念使得词人达到了精神恍惚的程度。而结句"今已矣，便帐中重见，那似伊家"，也

· 155 ·

是对自家人所说的话。至于"最忆相看，娇讹道字，手翦银灯自泼茶"句，更是描绘出了与亡妻生前恩爱的场景，悼亡之意异常真切浓烈，是词人思妇之苦已到极致之作。

此词中的情景描述均为实指，如"鸾胶纵续琵琶"和"娇讹道字，手翦银灯自泼茶"三句，都是曾经发生过的真实事件。"鸾胶"之典来自汉东方朔《十洲记》"凤麟洲"，其中云："洲上多凤麟，数万各为群。又有山川池泽，及神药百种，亦多仙家。煮凤喙麟角，合煎作膏，名之为续弦胶，或名连金泥。此胶能续弓弩已断之弦。"后以"续弦"喻妻亡再娶。"琵琶"从"琴瑟"引申而来，《诗经》"关雎"篇有"窈窕淑女，琴瑟友之"之句，故以琴瑟喻夫妻。"鸾胶纵续琵琶"是说纵然再娶新妻，也无法与原配相比。纳兰性德后取瓜尔佳官氏，约在卢氏去世三年之后，但其诗词无一语涉及官氏。"问可及、当年萼绿华"，"萼绿华"典出南朝梁陶弘景《真诰·运象篇》，"萼绿华"者，乃美貌之女仙，是以"萼绿华"喻卢氏也，其意为续妻无法与"萼绿华"般的卢氏相比。

词中"最忆相看，娇讹道字，手翦银灯自泼茶"之句，则描绘了词人夫妻之间发生过的趣事，已经属于相当细腻的刻画了。"赌书泼茶"典出李清照《金石录后序》："余性偶强记，每饭罢，坐归来堂烹茶。指堆积书史，言某事在某书、某卷第几叶、第几行，以中否角胜负，为饮茶先后。中，即举杯大笑，至茶倾覆怀中，反不得饮而起。"①"赌书泼茶"是李清照与赵明诚夫妇之间曾经发生过的事情，而纳兰性德与卢氏也有过这种欢愉的经历。对于这件事词人也"最忆"，因此他在一首《浣溪纱》中再次使用了"赌书泼茶"。词云：

---

① 赵明诚、李清照：《金石录》，乾隆雅雨斋丛书本。

> 谁念西风独自凉,萧萧黄叶闭疏窗。沉思往事立残阳。
> 被酒莫惊春睡重,赌书消得泼茶香。当时只道是寻常。

词中的"赌书消得泼茶香"句,同样是描述了他与卢氏之间"赌书泼茶"的乐趣,不过"当时只道是寻常",并没有特别的留意,而今在卢氏去世之后却成了词人"沉思往事立残阳",痛惜万般的记忆。

此外,《金缕曲》"生怕芳尊满"一首中也用到了"赌书泼茶"的典故,同样表达了词人无尽无休的痛苦。词云:

> 生怕芳尊满。到更深、迷离醉影,残灯相伴。依旧回廊新月在,不定竹声撩乱。问愁与、春宵长短。人比疏花还寂寞,任红蕤、落尽应难管。向梦里,低声唤。　　此情拟倩东风浣。奈吹来、余香病酒,旋添一半。惜别江郎浑易瘦,更着轻寒轻暖。忆絮语、纵横茗碗。滴滴西窗红烛泪,那时肠、早为而今断。任角枕、倚孤馆。

此词一般被认为意旨不明,其实"回廊新月"、"竹声撩乱"、"低声唤"、"惜别"、"西窗红烛泪"、"那时肠"诸句,皆切悼亡。尤其是"忆絮语,纵横茗碗"一句,仍是用了李清照、赵明诚"赌书泼茶"之典,可知此词也是悼亡之作。

同一事情在三首词中都被提到,绝不会是偶然,应该是纳兰性德怀念卢氏而刻骨铭心的典型场景,此事对纳兰性德的触动旁人难以体会。从这个角度看,这首《沁园春·代悼亡》的"代"字,绝非"代替"他人所作之"代",而是以此词代为悼亡卢氏,实际就是一首悼亡卢氏的词作。

纳兰性德还有一些悼亡词没有明确标注"悼亡",尽管如此,这些词所表达的凄怆之情和呈现的悲惋风格,以及对悼亡场景的设置与悼亡典故的运用,均能够将这些词确定为"悼亡"词,如《鹊桥仙·七夕》《南楼令·塞外重九》《眼儿媚·中元夜有感》等等,这类词至少在二十首以上。

"天上人间情一诺",纳兰性德的悼亡词是生者对逝者的承诺,既显示了与卢氏的深厚爱情,也展示了人性中最美好的品德。在清代的悼亡词中,纳兰性德的悼亡词是血与泪交融的哀歌,情浓意厚,心神融通,词风凄婉缠绵,是清代悼亡词中的上乘之作,也是八旗词人对清词的一种贡献。

第五节 结　　语

清初词坛,对词之特质与发展方向争论不休,词家各树门派,尤以浙西派与阳羡派影响最大,不被牢笼者几希,然纳兰性德没有与浙西派、阳羡派随踵而行。他于词坛之中,不为南宋、北宋,婉约、豪放所框定,对晚唐直至南宋之词广收博取,扬长弃短,以旗人性情为根柢,以独抒性情为正轨,坚持抒写真情,独以"真切"为特长,在长短调词作中都取得了令人瞩目的成就,实在也是与他的旗人性格和词论主张有密切的关系。他在《填词》一诗中阐明了与诸词派不同的词学观点与立场,并在填词过程中实践了自己的词学主张,因此他也就能够在清代词坛上别树一帜,在形成独特词风的同时产生了广泛影响,正如姜宸英所言:"拔帜南宫,掩芒北斗。"[①]

[①] 姜宸英:《祭文》,见《通志堂集》卷一九,附录,第828页,上海古籍出版社,1979年。

正是由于纳兰性德对于词体内质本源的坚守，使他的词独具特色，并在有清一代三百年间受到广泛的赞誉。也正是因为如此，纳兰词所具有的独特风格，和由此而产生的艺术价值和审美价值，在清代词坛上具有了不可取代性，纳兰性德在清代词史上的重要地位也因此得到了各方面的认同，故而其人其词在三百年后的今天，仍然风靡词坛。

第五章　纳兰词的特点与影响

纳兰性德为振兴词坛做出了种种努力,他的词作和词论不仅独具特色,而且能够团结词坛中各种词派的词人,以期共同努力,再振清词,并因此在清代词坛上形成了一股潮流。虽然他的早逝使他的愿望没有完全达到,但这种努力仍然对词坛的发展产生了深远影响。至清中期以来,直至晚清,乃至当今,反对模仿,追求真切,言之有物之词风一直被提倡,这种风气不能不说与纳兰性德的填词实践和词论主张相切合。

第一节　纳兰词的特点

清人论词,有才人之词、学人之词、词人之词之说,也有诗人之词、文人之词、词人之词的之说,词坛以词人之词为正途,纳兰性德则可归于词人之词之列。谭献《复堂词话》"词人之词三家"中论蒋春霖《水云楼词》时,特别提出纳兰性德与蒋春霖、项鸿祚三家为词人之词。谭献云:

> 文字无大小，必有正变，必有家数。《水云楼词》固清商变徵之声，而流别甚正，家数颇大，与成容若、项莲生二百年中，分鼎三足。咸丰兵事，天挺此才，为倚声家杜老。而晚唐两宋一唱三叹之意，则已微矣。或曰："何以与成、项并论。"应之曰："阮亭、葆酚一流，为才人之词；宛邻、止庵一派，为学人之词。唯三家是词人之词，与朱、厉同工异曲，其他则旁流羽翼而已。"①

"唯三家是词人之词"之论，指出了纳兰词的风格要点，可谓一语中的。在词艺方面，纳兰词寄情深婉，具有迷离杳渺、感慨淋漓之妙。具体而言，纳兰词风有四大特色：

一、哀感顽艳

在对纳兰词的种种评论中，阳羡派盟主陈维崧评为"哀感顽艳"②。这种同时代词人的评价最为精当可信。况周颐云："哀感顽艳，顽字云何？诠释曰：拙不可及，融重与大于拙之中，郁勃久之，有不得已者出乎其中而不知，乃不可解，其殆庶几乎？犹有一言蔽之，若赤子之笑啼然，看似至易，而实至难者也。"③清代词家能以此为风格者，可谓凤毛麟角，于此可见其词风不仅独特，而且率真，此种风格在有清一代尤其是清初时期，能够与之比肩者甚少。

清人论词，认为填词之要，重在情、韵。情欲其缠绵，而易失之靡；韵欲其飘逸，而易失之轻，不靡不轻，恰到好处，方为妙

---

① 谭献：《复堂词话》，唐圭璋编《词话丛编》四，第 4013 页，中华书局，2005 年。
② 冯金伯：《词苑萃编》卷八，品藻六，唐圭璋编《词话丛编》五，第 1937 页，中华书局，2005 年。
③ 况周颐：《蕙风词话》卷五，第 128 页，人民文学出版社，1982 年。

品。如能做到"烟水迷离",意不浅露,语不穷尽,句有余味,篇有余意,则为词家之上乘,纳兰性德之词即已达到了这种境界。

其词以小令可称作手,情真意切,绝无小慧侧艳之笔,既能缠绵凄婉,亦能疏朗雄浑,甚至能于沉郁中迸发雄放之气。如《菩萨蛮》:"春云吹散湘帘雨,絮粘蝴蝶飞还住。人在玉楼中,楼高四面风。　柳烟丝一把。暝色笼鸳瓦。休近小阑干。夕阳无限山",缠绵凄婉。另一首《菩萨蛮》:"朔风吹散三更雪。倩魂犹恋桃花月。梦好莫催醒。由他好处行。　无端听画角。枕畔红冰薄。塞马一声嘶,残星拂大旗",则疏朗雄浑。他的长调以抒情达意为主,能够于清丽中寓沉郁,疏放中寓雄健,且均是真性情之流露,皆能"融重与大于拙之中"、"若赤子之笑啼然",达到了人籁归于天籁的高度。

二、绵妙凄婉

乾嘉以来,清代词家更重视比兴寄托,故而对纳兰性德词风又有了更为深刻的认识,其中以陈廷焯之论最为全面允当。纳兰同时代词人如顾贞观的《饮水词序》,吴绮的《饮水词序》,张纯修的《饮水诗词集序》,严绳孙的《成容若遗稿序》等等,评语大多仅为"婉丽凄清"、"超逸隽惋"、"飘忽要渺"之类,并未给予系统深入的评介。陈廷焯则探究到了纳兰词的精髓,他在《云韶集》中对纳兰词的总评是"含情绵妙,言有尽而意无穷。"评《浣溪沙》云:"一片凄感,笔笔凄艳,是容若本色。"评《秋千索》云:"悲惋曰'似去年',已不胜物是人非之感,再加以'帘纤雨',有心人何以为情也。"①《白雨斋词话》中评纳兰词云:"合者得五代人凄惋之意。余最爱其《临江仙·寒柳》云:'疏疏一树五更寒。爱它明月

---

① 陈廷焯:《云韶集》卷一五,纳兰性德,抄本,中国国家图书馆藏。

好，憔悴也相关。'言中有物，几令人感激涕零"①，挖掘出了纳兰词的核心艺术特点，较清初词坛对纳兰词的评价更为深刻准确。

三、真为词骨

纳兰词以"真"为词骨，以"情"为血肉。在诸多的评论中，前面提到的王国维评纳兰词为"未染汉人习气，故能真切如此"最为允当。况周颐云："真是词骨，情真、景真，所作必佳，且易脱稿。"②可见词出自真情，方能成佳作。

纳兰性德在《渌水亭宴集诗序》中云："不论长篇短制，无取铺张，学海所期，抒写性情云尔"③，抒写性情即抒写内心之真情也。严绳孙《成容若遗稿序》云："今成子之作，非无长才，而蕴藉流逸，根乎性情。所谓人所应有，己不必有；人所应无，己不必无。"④其中所言"根乎性情"即出自真情也，而"人所应有，己不必有"，则是不与人随踵而行，抒写自家性情，这也是对纳兰词"真为词骨"的一种解读。梁佩兰在《祭文》也说出了其"真"的品性根源，称纳兰性德"所为诗词，绪幽以远，落叶哀蝉，动人凄怨。"⑤其代表作《金缕曲·赠梁汾》，悼亡之作《青衫湿遍·悼亡》诸篇，皆情真意浓，其反复缠绵之笔，痛彻肺腑之情，令人不忍卒读。即便今人诵之，仍能感动不已。这类词作长久以来一直被人传颂，皆因以真情见长之故。

从词风角度看，纳兰词之所以受到词坛的重视，给予很高的评价，还有其词不为当时词坛流派所束缚的原因。其时在阳羡派、浙

---

① 陈廷焯：《白雨斋词话》卷六，第171页，人民文学出版社，1983年。
② 况周颐：《蕙风词话》卷一，第6页，人民文学出版社，1982年。
③ 纳兰性德：《通志堂集》卷一三，序，第512页，上海古籍出版社，1979年。
④ 纳兰性德：《通志堂集》卷首，严绳孙序，第7页，上海古籍出版社，1979年。
⑤ 纳兰性德：《通志堂集》卷一九，梁佩兰祭文，第838页，上海古籍出版社，1979年。

西派风靡天下之际，纳兰仍能真实地抒写内心积郁的情感。无论是抒发缠绵悱恻的愁绪、排遣悲愤忧伤的心境，还是对山川景物的留恋、对友人倾心交往的情谊，皆能发自于心底，进而归之于自然，故而能激荡人心。"真切"成为纳兰词最为鲜明的特色，这在清初词坛风气"始而微有寄托，久则务为谐畅"的转变中，独能另辟新径，足以惊艳词坛。

四、意境独深

入清以来词坛颇重词之意境，至陈廷焯直以"意境"作为评价词之优劣的重要标准，江顺诒、刘熙载则有"境界"之论，王国维对词的"境界"作了深入阐述，认为"词以境界为最上"[1]，"能写真景物、真感情者，谓之有境界。"[2]"意境"与"境界"虽然不尽相同，但两者相去不远。王国维认为词中具有千古壮观之大境界者，惟纳兰词可以当之，《人间词话》特别指出"惟纳兰容若塞上之作"[3]最有境界。樊志厚则从"意境"的角度对纳兰词给予了评论："纳兰侍卫以天赋之才，崛起于方兴之族。其所为词，悲凉顽艳，独得意境之深，可谓豪杰之士，奋乎百世之下者矣。同时朱、陈，既非劲敌，后世蒋、项，尤难鼎足。"[4]从民族、气质、性情、词风等多种角度，发掘了纳兰词"独得意境之深"的特点及形成原因。从这个角度阅读纳兰词，就会发现纳兰词在描景、明志、悼亡、赠友诸方面，无不"能写真景物、真感情"，不乏意境独深之作。其词不媚软，不酸腐，亦不粗豪与苦涩。或风流华美，浑然天成；或清空高洁，秀逸真切，可谓内足以摅己，外足以感人，以

---

[1] 王国维：《蕙风词话、人间词话》合辑，第191页，人民文学出版社，1982年。
[2] 王国维：《蕙风词话、人间词话》合辑，第193页，人民文学出版社，1982年。
[3] 王国维：《人间词话》第216页，人民文学出版社，1982年。
[4] 樊志厚：《人间词话叙》，《人间词话》附录，第256页，人民文学出版社，1982年。

"意境独深"评价纳兰词最为适当。

第二节 纳兰词的影响

清初诗文迅速繁荣，词之风行程度难以想象，上至达官，下至百姓，乃至闺阁，皆喜填词。词之善言性情的特质，尤为人们所领悟，故清初热衷填词者趋之若鹜，词之中兴局面由此而兴起。纳兰性德置身于此境之中，于府邸中建"花间"、"草堂"、"渌水亭"、"通志堂"之室，招徕词客，赋诗论词。其所作跌荡流连，情真意切，词场角胜，为词家所叹服。此种环境，此种背景，实为造就纳兰性德成名之不可缺少之因素。

从词坛发展形势看，自清初开始，词坛即出现了追求词艺精细的倾向，清初诸家以及浙西派、阳羡派，乃至王士禛、彭孙遹、梁清标、顾贞观等人无不如此，意欲在明末词坛凋敝之时，再度振兴词学，然事事并非皆能如人所愿。陈廷焯评王士禛词"不能沈厚"，评彭孙遹词"力量未足"，评顾贞观词"不悟沈郁之妙"，评朱彝尊词"微少沈厚"，评陈维崧词"一发无余"[1]。以上被评论的诸位词家虽为词坛名家，然亦被指为有弱点。至乾嘉以还，词风日渐衰靡，常州词派出，词体方赖以再兴。

清初词坛，以朱彝尊为首的浙西派和陈维崧主盟的阳羡派影响最为广泛。浙西派推尊南宋姜夔、史达祖，阳羡派宗奉苏轼、辛弃疾，两词派宗趣不同，各有所长，不过他们在开创词派的同时，也就束缚了自身的创作自由。纳兰性德则不然，他转益多师，扬长避短，吸取晚唐直至南宋诸名家之长。同时，对于其时创立新派之举

---

[1] 陈廷焯：《白雨斋词话》，第69—81页，人民文学出版社，1983年。

也有着清醒的认识,因此未被当时词派所牢笼。

清人对纳兰词的评价一直很高,认为纳兰词为清初第一,如况周颐《蕙风词话》云:"纳兰容若为国初第一词手"①,王国维《人间词话》则评他为"北宋以来,一人而已。"②前面提到谭献在《复堂词话》中认为纳兰性德与蒋春霖、项鸿祚"二百年中,分鼎三足。"③胡薇元又认为纳兰性德与朱彝尊、陈维崧鼎足而立,可见词坛对纳兰评价之高。胡薇元的《岁寒居词话》云:

> 倚声之学,国朝为盛,竹垞、其年、容若鼎足词坛。陈天才艳发,辞锋横溢;朱严密精审,超诣高秀;容若《饮水》一卷,《侧帽》数章,为词家正声,散璧零玑,字字可宝。杨蓉裳称其骚情古调,侠肠俊骨,隐隐弈弈,流露于毫楮间。④

此外,丁澎对纳兰词特别是在音律方面,给予了很高的评价,认为在宋之柳永、苏轼这样的词坛名家亦不免"有昧于音节"的情况下,纳兰词则能够做到"工于律吕"。丁澎《饮水词跋》云:

> 容若填词,有《饮水》《侧帽》二本,大约于樽前马上得之。读之如名葩美锦,郁然而新。又如太液波澄,明星皎洁。宋初周待制,领大晟乐府,比切声调十二律,柳屯田增至二百余阕,然亦有昧于音节,如苏长公犹不免铁板之讥。今《饮水》以侍卫能文,少年科第,间为诗余,其工于律吕如此,惜

---

① 况周颐:《蕙风词话》,唐圭璋编《词话丛编》五,第4520页,中华书局,2005年。
② 王国维:《人间词话》第217页,人民文学出版社,1982年。
③ 谭献:《复堂词话》,唐圭璋编《词话丛编》四,第4013页,中华书局,2005年。
④ 胡薇元:《岁寒居词话》,唐圭璋编《词话丛编》五,第4038页,中华书局,2005年。

第五章 纳兰词的特点与影响

乎不能永年,悲夫!①

陈廷焯也给予了纳兰性德很高的评价,认为《饮水词》并未随波逐流,而是能够自树一帜,故而"杰出"。《词坛丛话》云:

> 国初诸老之词,论不胜论。而最著者,除吴、王、朱、陈之外,莫如棠邨。秋岳、南溪、珂雪、藕香、华峰、饮水、羡门、秋水、符曾、分虎、晋贤、覃九、蘅圃、松坪、西堂、莘野、紫纶、奕山诸家,分道扬镳,各树一帜,而饮水、羡门、符曾、分虎,尤为杰出。②

况周颐在《蕙风词话》中提出纳兰词之不同寻常处在于"纯任性灵,纤尘不染",肯定了纳兰词的独特词学价值。《蕙风词话》云:

> 适承元明词敝,甚欲推尊斯道,一洗雕虫篆刻之讥。独惜享年不永,力量未充,未能胜起衰之任。其所为词,纯任性灵,纤尘不染,甘受和,白受采,进于沈著浑至何难矣。慨自容若而后,数十年间,词格愈趋愈下。东南操觚之士往往高语清空,而所得者薄。力求新艳,而其病也尖,微特距两宋若霄壤,甚且为元明之罪人。筝琶竞其繁响,兰荃为之不芳,岂容若所及料者哉?③

还有一些评价也都很高,如杨芳灿的《饮水词序》,李慈铭的

---

① 丁澎:《饮水词跋》,见聂先、曾王孙编《百名家词钞·饮水词》,《续修四库全书》集部词类,上海古籍出版社影印版,2002年。
② 陈廷焯:《词坛丛话》,唐圭璋编《词话丛编》四,第3732页,中华书局,2005年。
③ 况周颐:《蕙风词话》卷五,第121页,人民文学出版社,1982年。

《读书记》均认为陈、朱、纳兰在清初是鼎足而立的三大家。朱词之博奥澹雅，陈词之气魄骨力，纳兰词之真切要眇，各得一体。

清代词坛之所以对纳兰性德有比较一致的评价，是因为清代词家的主要弱点在于缺少“情真意切”，而于词坛诸公之中，纳兰性德独以此为特长，故词坛对纳兰性德情有独锺。

纳兰性德在清初词家竞起、争立门派之时，不囿于门户之见，独辟蹊径，极能展显词这种文体的抒情达意方式，与他的满洲气质及他对汉文化的向往有极密切的关系。在清初词坛讲求北宋、南宋及豪放、婉约之际，他能够“纯任性灵”，以独抒性情为原则。以哀感顽艳之笔，抒写自家的真情实感，故能感人至深，这也是能够形成纳兰词风的根本原因。正是因为如此，纳兰词也就具有了独具面目的艺术价值和审美价值，也因此在清代词坛上具有了不可取代的地位。

纳兰词从康熙年间就不断被整理刊刻，除了纳兰词的专集以外，许多清人辑录的词选也都选录了纳兰词，如颇有影响的《东白堂词选初集》《清平初选后集》《古今词汇》《瑶华集》《百名家词钞》《草堂嗣响》《古今词选》《昭代词选》《精选国朝诗余》《云韶词》《词则》《国朝词综》《国朝词雅》《箧中词》等均收录了纳兰词，且收词数量都很多。如谭献的《箧中词》即收纳兰性德词二十五首，蒋春霖词二十三首，项鸿祚词二十一首，分列前三位，朱彝尊、厉鹗均为十八首，庄棫十二首，其余如陈维崧、王士禛等名家均在十首以下①。

此外，清代很多重要的词话也均收录评价了纳兰词。如徐釚的《词苑丛谈》，陈聂恒的《栩园词弁》，陈廷焯的《白雨斋词话》，张

---

① 谭献：《箧中词》，光绪八年，半厂丛书本。

德瀛的《词徵》，江顺诒的《词学集成》，郭麟的《灵芬馆词话》，徐珂的《近词丛话》，况周颐的《蕙风词话》，谢章铤的《赌棋山庄词话》，王国维的《人间词话》等等，均涉及评价了纳兰词。至于一些笔记诗话之属，更是不胜枚举。

总之，有清一代众多的诗话词话之作，对纳兰词探究之论颇多。自《饮水词》行世以来，举凡论词者，皆对其有很高的评价。现代以来，举凡种种文学史及词学研究论著，亦无不详论纳兰性德，并且均给予了高度的评价，可见纳兰词特色之鲜明，影响之深远。

第三节 结 语

对纳兰词作的评价自康熙朝至今，皆交口称许，这种现象的存在有其必然的原因。清人论词，主张天资、才气与学力。况周颐言："填词要天资，要学力"[1]。孙麟趾云："识见低，则出句不超。超者，出乎寻常意计之外。"[2]"识见"即为才气、学力。纳兰性德天资聪慧，素为人所称道，其深厚的学力亦为人所赞许，这也是他的词作能够形成自家风格的一种重要原因。严绳孙、秦松龄之《祭文》曰："兄之力学，强诵博闻。网罗故实，穿穴典坟，巾箱细字，玉轴高文，随身砚匣，到处香芬。"[3]观纳兰性德之学识与文学经历，可当此语。

古来诗教认为"诗乃心声，性情中事也"，"性情"乃诗人之根

---

[1] 况周颐：《蕙风词话》卷一，第4页，人民文学出版社，1982年。
[2] 孙麟趾：《词径》，唐圭璋编《词话丛编》三，第2551页，中华书局，2005年。
[3] 严绳孙、秦松龄：《纳兰君祭文》，纳兰性德撰《通志堂集》附录，第809页，上海古籍出版社，1979年。

本，为千古不易之论。词亦是如此，也是性情中事，有真性情方能有上佳的作品。不过后世词人为填词而填词者颇多，不知性情为何物者亦不少，而纳兰性德为性情中人，他之所以能够超越时人者，在于他能够以温柔敦厚为根柢，以芬芳悱恻抒其怀，将性情与词体的特质完美结合，故其词不仅能够以真情沁人心脾，而且具有足以令人惊艳的艺术美感。此外，他还能够在词之格体上有所突破，"容若颇多自度曲，玉连环影、落花时、添字采桑子、秋水、青衫湿遍、湘灵鼓瑟是也。"[①]这也是他倡导和推尊词体的一种尝试，可见他于词用力甚深。纳兰词三百年来不衰，自有种种他人所不及之处。

纳兰性德意欲积极入世，故热衷于科举之途。然中式之后侍卫一职实非所愿，不过他并没有放弃对独立人格的追求，即便是诗词创作，也不限于当时流派之束缚，既能谦恭于文坛宿儒，又能开辟自家之路径，实乃八旗中之杰出人物。正因为纳兰性德勤于学而重于行，天资聪慧而学问淹通，并以振兴词坛为己任，终使他成为词坛上的一代大家。

---

① 谢章铤：《赌棋山庄词话》卷七，纳兰词，唐圭璋编《词话丛编》四，第3418页，中华书局，2005年。

第六章　词坛"绣虎"曹寅

曹寅（1658—1712），字子清，号荔轩，又号楝亭，内务府正白旗满洲包衣佐领人，隶属于八旗满洲，是"八旗满洲旗分内汉姓人"。生于顺治十五年（1658），其母孙氏为康熙帝之保姆，其父曹玺任江宁织造。曹寅随父居于江南。十八岁时入京归旗，任职于内务府养狗处，后任銮仪卫。此间与赴京应博学鸿儒科之陈维崧、朱彝尊、严绳孙、毛奇龄、姜宸英等交往。三十三岁以广储司郎中任苏州织造，后改任江宁织造，授通政使通政衔，为康熙帝眷顾之臣。曹寅于文学涉猎甚广，工诗词文曲，善书法绘画，与文坛名士交往广泛，成为当时江南文坛上颇有影响力的人物。他除了主持刊刻《全唐诗》《佩文韵府》等书外，著有《续琵琶记》《楝亭集》等。词集刊刻有《荔轩词》《西农词》《楝亭词钞》《楝亭词钞别集》。此外，还有多种词选收录其词，其中有《楝亭词钞》所未收录者。《钦定八旗通志》艺文志载其著作①，《清史稿》艺文

---

① 李洵、赵德贵等主校点《钦定八旗通志》卷一二〇，艺文志，第2068页，吉林文史出版社，2002年。

志有传①，由此可知曹寅在文坛之上并非泛泛之辈。

曹寅的词《楝亭词钞》和《楝亭词钞别集》共存词五十七首，《百名家词初集》收《荔轩词》三十三首。此外，《瑶华集》录九首，《白山词介》录七首。曹寅在青年时即享有盛名，不仅以诗名世，词名也很大，当时的诗文名家都给予了很高的评价。

第一节 八 旗 之 彦

一、"绣虎"之誉

曹寅自幼苦读经史文艺，学与识俱佳，结交江南文坛宿老殆遍。在文学方面，诗文词曲无所不能，方值弱冠即刊刻了《野鹤堂草》《荔轩草》，至而立之年刊刻了《荔轩词》《西农词》《舟中吟》等诗词集，后有《楝亭集》，另刻有《楝亭十二种》。

曹寅自幼生活在江南佳丽地的江宁织造署，尽管保持了旗人的骑射之风，但是江南的文化还是对他产生了重要影响。他在研习学问的基础上，致力于文学写作，在文坛上有"神童"之誉。顾景星对他的儒文化修养程度给予了全面评价：

> 今始弱冠，而诗清深老成，锋颖芒角，篇必有发，语必有源，虽颠白齿摇，拈须苦吟，不能逮其一二，可不谓奇哉！不佞征车来长安，晤子清，如临风玉树，谈若粲花。甫曼倩待诏之年，腹娜嬛二酉之秘，贝多金碧，象数艺术，无所不窥。弧骑剑槊，弹棋擘阮，悉造精诣。与之交，温润优爽，道气迎

---

① 赵尔巽等：《清史稿》艺文志，卷四八五，文苑二，第13379页，中华书局，1998年。

人，予益叹其才之绝出也。①

曹寅在文坛上素有"绣虎"之誉，顾贞观为其作《满江红》一首。词云："绣虎才华，曾不减、司空清誉。还记得、当年绕膝，雁行冰署。依约阶前双玉笋，分明海上三株树。忆一枝、新荫小书窗，亲栽处。　柯叶改，霜和露。云舍杳，空追慕。拟乘轺即日，泊游重赋。暂却缁尘求独赏，层修碧槛须加护。蚤催教、结实引鹓雏，相朝暮。"②"绣虎"乃文坛对曹植的赞誉，此处即以曹寅比曹植，称其为"绣虎"。此外，曹寅曾作《楝亭图》，遍征文坛宿儒题咏，得到了广泛响应，为此图题咏者达四十五人，皆为文坛上有声名者，其中将曹寅誉为"绣虎"的题诗，比比皆是，由此可知曹寅在文坛上的影响。

此外，其《楝亭集》多有文坛名家为之序，如有顾景星、朱彝尊、毛际可、姜宸英等人所作序。其中姜宸英《楝亭集序》云："楝亭诸咏，五言今古体，出于开宝之间，尤以少陵为滥觞，故密咏恬吟，旨趣愈出。七言两体，胚胎诸家，而时阑入于宋调，取其雄快，芟其繁芜，境界截然，不失我法。"③晚清杨锺羲在《雪桥诗话》中对其词也给予了中肯的评价："子清官侍从时，与辇下诸公为长短句，兴会飚举，如飞仙之俯尘世，亻以循声琢句为工，所刻《楝亭词钞》仅存百一"④，从这种评价中可知曹寅于诗词均有建树。

曹寅对诗词曲的喜爱不仅超过了一般的文人，而且创作了大量的作品，取得了令人瞩目的成就，并由此受到了文坛的重视，这从

---

① 顾景星：《楝亭集序》，曹寅撰《楝亭集》，第3页，上海古籍出版社，1978年。
② 顾贞观：《弹指词》补遗，万有文库本，民国二十六年，商务印书馆。
③ 姜宸英：《楝亭集序》，曹寅撰《楝亭集》，第13页，上海古籍出版社，1978年。
④ 杨锺羲：《雪桥诗话》三集，卷四，第152页，北京古籍出版社，1991年。

他的交友中也可略见一斑。与文人硕儒交往是曹寅政事之外的主要活动，与曹寅私交甚笃者有三类人，其一是著名的明朝遗民文人，其二是清初文学大家和江南文人，其三是喜爱吟诗填词的八旗文人。这三种人有一个共同特点，即都活跃于文坛，且都以诗词名世。

在明遗民文人中，曹寅与周亮工、陈维崧、朱彝尊、顾景星、施闰章、尤侗、杜岕、杜濬、姚潜、余怀等交往甚多。这些人学问优长，亦皆善诗词文赋，都是当时著名的文学家。

在清初诗文家中，与之交好者有王士禛、高士奇、宋荦、阎若璩、赵执信、洪昇等，他们也都是在文坛上铮铮有声者，其中不乏文坛上的领袖人物。

曹寅交往的八旗文人主要有以下数人：

纳兰性德，字容若，号楞伽山人，隶正黄旗满洲，任侍卫。施世纶，字文贤，号浔江，隶镶黄旗汉军，于康熙三十二年（1693）至康熙四十年（1701）期间，曾任江宁知府、苏州知府、江南淮扬道、漕运总督。张纯修，字子敏，号见阳，隶正白旗满洲包衣旗鼓佐领，后官庐州知府，与纳兰性德交厚，工诗善画，亦广交江南文人。刘廷玑，字玉衡，号在园，隶镶红旗汉军，曾官江南淮徐道，与曹寅都在江南做官，故常往来，多有交往。郎廷极，字紫衡，号北轩，隶镶黄旗汉军，曾官江宁府同知，也与曹寅一起在江南为官，后官两江总督、漕运总督。

曹寅尤其与纳兰、张、施三人友情深厚，他的《题楝亭夜话图》的长诗，记述了与这三位八旗朋友的友谊。纳兰性德亦为其作《满江红·为曹子清题其先人所构楝亭，亭在金陵署中》，词云："籍甚平阳，羡奕叶、流传芳誉。君不见、山龙补衮，昔时兰署。饮罢石头城下水，移来燕子矶边树。倩一茎、黄楝作三槐，趋庭处。　延夕月,承晨露。看手泽,深余慕。更凤毛才思,登高能赋。入梦凭将图绘写,留题合遣纱笼护。在绿阴、青子盼乌衣,来非暮。"①

曹寅对诗词曲不仅仅是出于喜爱,而且对诸文体写作之法都进行了深入研究,洞彻其源流正变,其中尤精于诗、词、曲之别,故其词作上不入于诗,下不入于曲,要在诗曲之间,自成一境,由此受到了词坛的重视,清初的《百名家词钞》就收录了他的《荔轩词》。

曹寅以诗词曲名世而获文坛"绣虎"的声誉,这基本能反映曹寅的文学才能和作品水平,亦能说明曹寅在文坛上的影响力。

二、逸情高格之词体

曹寅精于诗、词、曲文体之规范,又精于音律声韵,以诗、词、曲称胜。其作非如一般文人之率意而为,他自评为"吾曲第一,词次之,诗又次之"。他长期在江南为官,结交文坛名家甚多,入京归旗后,又深入交往应博学鸿儒科之文坛名士,故于文学多有领悟。尤其是他耳濡目染江南之语调声韵,精于南曲音韵声律,尤其重视南曲各种曲调中阴阳、上去、四声之运用,深谙南曲写作之法。同时,又与江南南曲作家有所交往,受到了影响而热衷于传奇的创作,其所作杂剧《续琵琶》《太平乐事》,传奇《北红拂记》《虎口余生》,皆随曲调之变化婉转和谐。对创作的这些杂剧、传奇他颇为自信,故称"吾曲第一"。不过虽然他自称曲第一,然其词作亦不逊色,也都是精于音韵声律、格调高雅之作。

关于曹寅词作的特点,王朝璖的《楝亭词钞序》给予了"逸情高格"的评价,最为允当。《序》云:

---

① 纳兰性德:《饮水词集》,张纯修辑,康熙三十年刻本。

> 公之词以姜、史之雅丽，兼辛、苏之俊爽，逸情高格，妥帖排奡。其视迦陵、竹垞，殆犹白石之于清真也。公又游戏涉笔，为焰段歌曲，皆工妙天成，夺金元之胜。公尝自言："吾曲第一，词次之，诗又次之。"此谦语，实不尽然。①

这种评语特别指出曹寅的词"以姜、史之雅丽，兼辛、苏之俊爽"，能够坚守词家之正轨，婉约与豪放并存，且词体具有"逸情高格"之风骨。

聂先评曹寅《荔轩词》之跋，则提出了其词"选声辨韵，自有新裁；嚼字调音，自多妙咏"的特点，律韵四声之运用不逊于词坛宿儒。其《荔轩词跋》云：

> 《荔轩词》选声辨韵，自有新裁；嚼字调音，自多妙咏。髯公所谓"井花汲处，都吟柳永之章；执帕贻来，半织元稹之曲"，请以移赠荔轩。②

此论特别提出了曹寅的词在音韵声律方面的特点，即"选声辨韵，自有新裁；嚼字调音，自多妙咏"。正是由于曹寅认识到了词体的这种本质和特征，所以严格按词牌之音律填词，以此体现词的特殊美感。此外，在他填词之际注重选声辨韵的同时，又能以词之意境为上，意具清新之态，境有曲折之妙。正因为曹寅对填词之法颇为自负，因此也就能够形成格高情逸之词风。

---

① 王朝璩：《楝亭词钞序》，曹寅《楝亭集》下，第591页，上海古籍出版社，1978年。
② 聂先：《荔轩词跋》，《百名家词钞·荔轩词》，《续修四库全书》集部词类，上海古籍出版社影印版，2002年。

第六章　词坛"绣虎"曹寅

第二节　雅丽俊爽之中短调

　　清初陈维崧、朱彝尊在词坛上各领风骚，曹寅与陈、朱二人皆有交往。王朝璥《楝亭词钞序》云："顾每下直，辄招两太史，倚声按谱，拈韵分题，含毫邈然，作此冷淡生活。每成一阕，必令人惊心动魄，两太史动以陈思天人目之。"①陈维崧以沉雄俊爽见长，朱彝尊以婉丽缠绵取胜。从整体上看，曹寅的词作风格以俊爽疏朗为主调，这大约是由于曹寅初入词坛时与陈维崧交往较多的缘故，受到了阳羡派词风影响的结果。陈维崧去世之后，与朱彝尊交往渐多，词风渐渐偏向浙西派。

　　曹寅中年以前与阳羡派宗主陈维崧关系密切，词风与阳羡派接近。陈维崧，字其年，号迦陵，有《湖海楼词集》，存词一千六百三十一首②，是阳羡词派开山者，为清代词坛大宗。在曹寅的《荔轩词》《楝亭词钞》中，首先辑录的是《蝶恋花·纳凉西轩追和迦陵》六首，又有步韵陈维崧词多首，另有《哭陈其年检讨》诗，诗云："百年重五恨，一夕上元游。岂合人间住，多应天上留。玉箫寒倚月，杨柳暮侵楼。得似辽东鹤，重来吊故丘。"③在这些诗词中透露出了与陈维崧的密切关系，以及对阳羡派词风的追随。

　　从曹寅现存的词作看，其词风格以清健疏朗者为主。由于曹寅填词多在中青年之际，其时与陈维崧交往较多，故其词风格近于阳羡派。如曹寅的小令《好事近》即是如此，词风疏朗俊健。词前小序云："自京口归，小憩李氏梅亭"，京口在扬州附近，孙权曾在此

---

① 王朝璥：《楝亭词钞序》，曹寅撰《楝亭集》，第589页，上海古籍出版社，1978年。
② 另说为一千六百二十九首。
③ 曹寅：《楝亭集》别集，卷二，第476页，上海古籍出版社，1978年。

设治。李氏即李煦,是曹寅之内兄,时督理苏州织造。词云:

> 何许问孙刘,烟水归来无迹。还把西窗推起,看平畴秋色。　　好风是处曲肱眠,倦眼连天碧。笑指冰花几树,编坡陀四十。①

全词布局极为精致。首句起得突兀。"何许问孙刘",如解为"孙权、刘备",似乎牵强。晋时有文人之冠孙绰、刘惔,此二人出身世家,皆有文采,以清高自许,世称"孙刘",此处曹寅似乎也有将自己及李煦暗比"孙刘"之意。他督理江宁织造并兼管盐课、铜斤事后,一直受到康熙帝的信任,此时他还处于仕途得意的时期,这次由京口回江宁,正是处于这种心情之中。上阕第三、四句描写的景色闲澹悠远,心境自然平和。下阕四句的刻画与上片景象和意境极为调和。"倦眼"、"笑指"句透露出了他的这种心境。

《好事近》为仄韵小令,句中平仄互用而句脚多用仄声字,这样就会产生一种蕴藉中含激越的情调。此词在章法布局上尤其精细,能够将闲散中蕴有惬意的心境恰当地表现出来,刻画出了词人此时悠然自得的心态。正是出于抒发这种心情原因的需要,曹寅填这首词时选择了仄声韵中的入声韵,填词的规矩要求是上去同协,入声独用。此词中"迹"、"色"、"碧"、"十"均为入声字。以入声入韵,音节较去声更为短促,更具有惬意的气氛,应该说曹寅选择入声韵更适合他当时的心情。

此外,仄韵小令的句式多为平仄相间,句式音节更富于变化。曹寅的这首小令作品基本遵循了这一规律和要求。曹寅选用这种调

---

① 曹寅:《楝亭词钞》,《楝亭集》下,第623页,上海古籍出版社,1978年。

牌，与他此时的心绪有密切关系。曹寅时督理江宁织造，自京口归，路过苏州织造李煦处小憩，眼前是平静淡远的"平畴秋色"，"好风是处曲肱眠"，也是他悠然自得心态的流露与描画。

在曹寅的中调词中，有《蝶恋花·纳凉西轩追和迦陵》六首，第六首云：

> 六月西轩无暑气。石上松栽，几尺撩人意。一叶一针含韵细，蜿蜒竟有浮天势。　三十六峰来不易。老傍雕檐，耸作模糊翠。一段清光吾与尔，月凉共影须眉戏。①

陈维崧有戏字韵《蝶恋化·六月词》八首，曹寅的这八首词是"追和迦陵"所作，也采用了戏字韵，其词风与陈维崧的词甚相一致，是追随陈维崧词风的明显表现。

陈维崧于康熙二十一年（1682）去世，此后曹寅与浙西派盟主朱彝尊交往渐多。朱彝尊曾于康熙十八年（1679）入京，试列博学鸿儒科一等十七名，后在京任职。此时曹寅已经入京归旗，在内务府任职。两人都在京师。从他为朱彝尊刊刻《曝书亭集》②的情况看，可知他与朱彝尊关系也相当密切。在这个时期，曹寅的词作更加成熟，也更加注重词体对音韵声律的要求。此时他的词风略有变化，在中短调词中便多了一些婉丽之作。《眉峰碧·本意》云：

> 感得郎先爱，谁假些儿黛。凭你秋来那样山，不敢向，奁前赛。　扫尽从前派，秀色真难改。喜浅愁深便得知，天教

---

① 曹寅：《楝亭集》下，《楝亭词钞》，第599页，上海古籍出版社，1978年。
② 杨锺羲：《雪桥诗话》三集，卷四，第152页，北京古籍出版社，1991年。

压在秋波外。①

这首词与陈维崧小令的"波澜壮阔,气象万千"气概有很大的差别。而与浙西派的"渊雅深隐,妥帖流丽"差近。整首词婉丽中见疏朗,尤其是结句"天教压在秋波外",一语荡开,以迷离称隽。不过曹寅的词风并没有完全转向浙西派,阳羡词风仍然是他词风的主调,其长调词尤其如此。

第三节　独标健逸之长调

曹寅的长调与陈维崧词风非常相近,这一类词一洗华靡,独标健逸,最具功力。如《貂裘换酒·壬戌元夕与其年先生赋》云:

野客真如鹜。九逵中,烟花刺麂,嬉游谁阻。鸡壁球场天下少,罗帕钿车无数。齐踏着、软红春土。背侧冠儿捱不转,闹蛾儿、耍到街斜处。挝遍了,梁州鼓。　一丸才向城头吐。白琉璃、秋毫无缺,打头三五。市色灯光争映发,平地鱼龙飞舞。早放尽、千门万户。蜡泪衣香消未得,倩玉梅、手捻从头诉。细画出,胭脂谱。②

"其年先生"即陈维崧。这首词描绘的是壬戌元夕康熙二十一年(1682)正月十五的热闹场景,此词将北京城元宵节的景象作了全景式的描绘,词意疏朗而热烈,词之布局经过了精心安排,放得开

---

① 曹寅:《楝亭集》下,《楝亭词钞别集》,第634页,上海古籍出版社,1978年。
② 曹寅:《楝亭词钞别集》,《楝亭集》下,第633页,上海古籍出版社,1978年。

又收得住。《貂裘换酒》又名《贺新郎》《金缕曲》《风敲竹》《乳燕飞》。此词调在陈维崧的《湖海楼词集》中超过了一百首。这首"与其年先生赋"表明了与陈维崧的词学关系。

此外,《贺新郎·七夕和悔庵韵,寄迦陵》是一首写给陈维崧的词作,词风劲健中寓沉郁,也能反映与陈维崧阳羡词派的词学关系。词云:

> 拚尽三更矣。望明河、白云无数,摇摇秋水。料必鹊桥应已折,细算今年愁几。想天女、也还流涕。况是流光争一瞬,却颠颠、倒倒常如此。一夜泪,化为雨。　谓君我亦愁人耳。最关心、金台南望,白云千里。曾寄当归酬远志,空负绕朝鞭子。思昔日、王郎情死。我欲乘槎寻卜者,断肠人、同在长安里。君不见,秋风起。①

词中"谓君我亦愁人耳。最关心、金台南望,白云千里"、"我欲乘槎寻卜者,断肠人、同在长安里"句,均表达了与陈维崧心与情两两相通之意,非内心倾慕,不能道出。

《贺新郎·读迦陵词,用刘后村韵》一首,情感浓重,词风健逸,更能清晰地表现出与陈维崧的词学关系。词云:

> 火忽青荧吐。揽纱帷、泣珠四散,凄然无暑。闻说神仙能解脱,应是握蛇骑虎。早阻住、人间津渡。何物灵均招便去,向词坛、直夺将军鼓。无复见,婆娑舞。　余波绮丽仍如

---

① 曹寅:《荔轩词》,聂先、曾王孙编《百名家词钞》,《续修四库全书》集部词类,上海古籍出版社,2002年。

许。向灯前、低头再拜,敬陈椒醑。从此年年重五后,谁复簪符射黍。更一语、髯公休怒。天上玉箫休再弄,怕重新、谪向人间苦。嗟此日,成千古。

以上两首词收于《百名家词钞·荔轩词》中。此词是"读迦陵词"有感而作,写于陈维崧去世之后,曹寅再读其词不由得感慨万端。整首词情深意厚,充满了对陈维崧的崇敬之情。"何物灵均招便去,向词坛、直夺将军鼓","向灯前、低头再拜,敬陈椒醑","更一语、髯公休怒。天上玉箫休再弄,怕重新、谪向人间苦。嗟此日,成千古"等句,不仅字字出自肺腑,句句发自心底,而且气格高迈,追念之深情充溢全篇。语意沉郁,词风沉雄,颇具阳羡词派风格。

长调《满江红·登白塔小梵天楼怀古》,是其疏放词风的代表作。此词前景后情,景象气度阔大,一转一深,颇得融贯变化之法。词云:

雨洗长空,看山色、模糊一状。泠然处、飞楼缥缈,湖光簸荡。转眼金风吹月下,倒涵人影青天上。听寥寥、万籁总无根,因秋响。　尘网密,愁乡广。穷旧迹,延新赏。惟世间情种,而狂且放。热酒浇残莲匣剑,寒鸡叫彻芙蓉帐。笑英雄、千古不回头,沉黄壤。①

这首词的风格同样与阳羡派接近,尤能够显示出疏朗雄霸的气度。

---

① 以下四首词见曹寅《荔轩词》,聂先、曾王孙编《百名家词钞·荔轩词》,《续修四库全书》集部词类,上海古籍出版社,2002年。

第六章 词坛"绣虎"曹寅

在他的长调词中,描绘东北景物的词作亦不乏佳作,如《疏影·柳条边望月》,从题材选择到描绘手法都很新奇,词风也以俊逸疏放见长。词云:

中天岑寂。直塞门西下,万里春色。羌笛休吹,马上儿郎,划地又分南北。长条竟挽冰轮驻,三十万、一时沾臆。闻玉关更远,陌头人老,刀头还缺。　杳杳中华梦断,野山浮一线,海光萧瑟。漫说人间,事业凭谁,觅得雁奴消息。戈铤卷起燕支雪,是姮娥、也应愁绝。待何时、跃马归来,重绾柔丝千尺。

清代从山海关起至牡丹江插柳为边,称为柳条边,边内为皇家禁地,也是八旗故土的一种象征。曹寅极称赞宣扬之能事,结尾句更是豪情迸发,意气满怀。这首词描写的景物纵横博大、千变万化,笔势沉雄俊爽,思绪灵动。结尾句陡然一转,别开生面,有辞尽而意不尽之效果,显示出曹寅填词的才华。

曹寅还有一首《曲游春·耶赫河边梨花》,耶赫河即叶赫河,在今吉林省四平市,是满洲叶赫部所居故地。词云:

楚楚饶丰致。讶洗妆时候,人隔千里。客里光阴,算韶华总好,不如春意。一饷丝丝雨,魂结就、粉云堆起。想环碎马嵬,时值鞍拂燕支际。　早避。冷香冲袂。趁塞天浓绿,好排新思。百折春河,绕一双燕子,断肠之地。又且经过矣。念别后、重池衣被。料他猛雨寒灯,门如何闭?

《满江红·乌喇江看雨》也是描绘东北景色的词作,词风同样疏放俊朗。词云：

> 鹳中盘空，遮不住、断崖千尺。偏惹得、北风动地，呼号喷吸。大野作声牛马走，荒江倒立鱼龙泣。看层层、春树女墙边，藏旗帜。　　蕨粉溢，鳇糟滴。蛮翠破，猩红湿。好一场莽雨，洗开沙碛。七百黄龙云角矗，一千鸭绿潮头直。怕凝眸、山错剑芒新，斜阳赤。

乌喇即今吉林市，是满洲乌喇部故地，乌喇江即流经吉林市之松花江，清时于此设有水师营。曹寅随康熙帝东巡回到八旗故地，面对山川大河的雄奇景象，曹寅的心情自然豁然开朗，难以遏制的豪情油然而生，词人的兴奋与自信尽显此词之中。此词情境阔大，格调雄浑，气概最为豪壮，亦将一位踌躇满志、意气飞扬的八旗子弟形象生动地刻画了出来。

此外，《荔轩词》《瑶华集》收录的《天香·龙涎香》《浣溪沙·西城忆旧》二首词，《楝亭词钞》未收。《小诺皋·长干塔》也仅见于《瑶华集》，而《荔轩词》《楝亭词钞》也均未收。其中《小诺皋·长干塔》尤以浑厚俊逸见长，不可不读，从中可领略曹寅填词之才华。词云：

> 马度金川，沉铁锁，旧事伽蓝谁记。问忉怛、相轮风转，寒铃译语。九级支撑佛骨，一段摩娑鲐背。想登临、昔日吴山破碎。便是铜仙，也流铅水。况浪荡、长干故里。生小识他名字。琉璃塔，古无比。　　驯象驮来，降龙飞去，究竟何劳弹指。白毫光、观空不厌，玲珑如是。排遍犬牙雁齿，幻作惊天拔地。漫怒号、七十二门雷雨。且受旃檀，勤施果米。放腊八

红灯万蕊,任蠢动、倾城罗绮。齐膜拜,碧烟底。①

此词牌为双调,一百四十六字,句式复杂,有三字句、四字句、六字句、七字句和九字句,对词人的填词能力要求很高,能够做到章法铺排巧妙,句法自然流畅,绝非易事。而且这首词在声韵方面以仄声韵脚填写,需要考虑仄韵中有上、去、入声韵之变化,故而为使全词的音调产生抑扬顿挫、朗朗上口的效果,需要进行精心的考虑,曹寅在这些方面给予了认真的安排,亦产生了良好的效果。

此外,此词在风格意境方面亦自有特点,并非前景后情,亦非前情后景,而是景情齐到,相间相融,以此便自超出常境。起句"马度金川,沉铁锁,旧事伽蓝谁记",结句"放腊八红灯万蕊。任蠢动倾城罗绮。齐膜拜,碧烟底",气势雄浑,胸怀阔大,可谓词风沉雄疏放,意境阔大深远。

曹寅处于清初国家局势逐渐稳定的时期,又深受康熙帝信任,官场际遇尚属顺达,寄情于诗文词曲成了他生活的常态,故在文学写作之时,非常注重真切性情的表达和艺术性的完美。随着年龄的增长和阅历的丰富,其词风在疏放的基调上融入了敦厚醇雅之气,其中后期也有与浙西派词风渐近之词作,如《玲珑四犯·雨夜听琵琶》,缠绵曲折,温文尔雅。词云:

做意廉纤,能添得长安,秋色多少。残醉教扶,小阁篝灯重到。凉烟四缬闲窗,又几度、昏昏晓晓。听间关,娇鸟啼花,旷野悲风着草。　　半天忽击渔阳鼓。四条弦、各诉伊怀抱。独怜一曲郁轮袍,千古沉寒照。我寄愁心重烦,叠指破恨

---

① 蒋景祁:《瑶华集》下册,卷22,第1425页,中华书局,1982年。

成调笑。却玲珑红豆，入骨相思，教他知道。①

词人在雨夜中的凄凉感触，更是被呜咽的琵琶声激发了起来。这种情绪在词中表现得极为细腻深刻，声色并俱且不乏词人内心的感动，可谓别有意境。对于这种情感，词中"独怜一曲郁轮袍，千古沉寒照"，"我寄愁心，重烦叠指，破恨成调笑"句，可谓是形神具备之笔。整首词句句天成，结句"却玲珑红豆，入骨相思，教他知道"，用辞尤妙，语淡情浓，意味悠长。

曹寅还注重词要自有性情，意境高远。《换巢鸾凤·西堂早秋》一首最能表现他在这个方面的特点。词云：

秋入无边，看锦丝飐水，卵色浮天。嫩凉轻引燕，斜日不闻蝉。瓦花簇簇一林烟。商量茶事，徙倚风前。频舒目，看绿比黛痕稍浅。　　山晚，云尽卷。局促路尘，地僻心能远。解我吟鞍，扶君醉帽，此外有何堪恋。歌哭由来太多情，不如丘壑随天便。流光速也，井梧渐又阴转。②

曹寅在这首词中提出了一种重要的词学观点，即"歌哭由来太多情，不如丘壑随天便"，追求真实自然是他的创作立场。喜怒哀乐要随真性情而发，不可无悲而诉愁，亦不可无喜而放歌，追求性情的真实和音律的和谐，是曹寅填词的基本原则。

总之，曹寅的词作或疏放畅达，或豪荡沉雄，或旖旎清丽，语随意设，辞随境迁，别有一番风致。

———————————

① 叶恭绰：《全清词钞》卷五，曹寅，第247页，中华书局，1982年。
② 曹寅：《楝亭集》，《楝亭词钞》，第601页，上海古籍出版社，1978年。

第四节 "倚声之宗匠"

词与诗、曲的不同不仅在于句式的不同，更在于对音律声韵的要求不同，词对音律声韵的要求更为缜密。词所特有的长短句结构，使词的语句声韵节奏更富于变化，也因此具有了更和谐的韵律美，故填词有"倚声填词"之说。而在清初词人蜂起的年代，词坛上出现了或小慧侧艳，立意浅近；或涩晦生硬，如诗如文；或仅声韵圆转，不见逸怀浩气；或徒修字句，难见章法的种种现象，其中还有很多并非深谙音韵声律而一味填词之人。在这种情况下，曹寅在重视词之立意的同时，特别深究了词之音韵声律的运用和四声五音的斟酌，以求能够达到词这种体裁所要求的完美境界。

曾王孙在《百名家词钞》的"荔轩词跋"中，特别提出曹寅是词坛上的"词学之良士，倚声之宗匠"。《荔轩词跋》云：

> 先生之词，聪明运学力，声调吐襟怀。香艳中有雄浑，苍凉处有高华，不肯落古人窠臼，而古人实不能囿。诚词学之良士，倚声之宗匠也。[1]

词是可以吟咏的一种文学体裁，一字不协，则吟咏不畅，因此对声律音韵的要求非常高。一词既成，词人反复吟诵，往往数易其稿，以求达到半从音律和四声五音的和谐。为了达到这种效果，"词成录出，粘于壁，隔一二日读之，不妥处自见，改去，仍录出，

---

[1] 曾王孙：《荔轩词跋》，《百名家词钞·荔轩词》，《续修四库全书》集部词类，上海古籍出版社，2002年。

粘于壁。隔一二日再读之,不妥处又见,又改之。如是数次,浅者深之,直者曲之,松者炼之,实者空之。"①具体而言,即是填词要求韵位疏密适度和谐与声韵转换恰当。田同之言:"词乃有四声、五音、均拍、重轻、清浊之别。若言顺律舛,律协言谬,俱非本色。"②戈载亦言:"填词之大要有二,一曰律,二曰韵。律不协则声音之道乖,韵不审则宫调之理失,二者并行不悖。"③可谓戛戛乎其难哉!不如此则难以使词具有更深远的意境和韵律的美感,这也正是词与诗歌的不同之处,词家皆以此为填词之根本。曹寅于此别有意会,在词意的表达和音韵声律运用上颇为精到,故被称为"倚声之宗匠"。试举其小令、中调、长调各一首论之。

《女冠子·感旧》是词人一首追忆少年时期春风得意的词,在他欲表达自己振奋而得意心情时,明智地选择了这种以平韵收尾的词调。《女冠子》词牌,全词四十一字,上片五句两仄韵、两平韵,下片四句为两平韵。词云:

> 凤子凤子,似我翩翩三五,少年时。满巷人抛果,羊车欲去迟。 晴香融粉絮,秋色老金泥。妒西风内,好花枝。④

曹寅少年时容貌姣好,惹人喜爱。这首词即写曹寅"三五"即十五岁的"少年时"被人喜爱的情形和他沾沾自喜的心境。此词平声韵适合得意欢快情调自不必说,其句式中选择的仄声字为"上声"韵,而非去、入仄声字,这使两者声调反差不大,所以句中虽有仄

---

① 孙麟趾:《词径》,唐圭璋编《词话丛编》三,第2557页,中华书局,2005年。
② 田同之:《西圃词说》,唐圭璋编《词话丛编》二,第1469页,中华书局,2005年。
③ 戈载:《词林正韵》发凡,第35页,上海古籍出版社,1981年。
④ 曹寅:《楝亭词钞别集》,《楝亭集》下,第632页,上海古籍出版社,1978年。

第六章 词坛"绣虎"曹寅

声字,但与平声韵非常和谐,这也是曹寅在细微处也注重声律允贴的具体表现。

曹寅的《唐多令·登边楼作》是一首中调词,《唐多令》一名《南楼令》,双调,六十字,收平声韵。词云:

> 无处觅封侯,西南战马收。抚危楼、万里边愁。碧草黄花春一片,望不到、海东头。　　天尽水还流,安期今在否?叹浮生、负却扁舟。莲匣无光衣有垢,千古下、我来游。①

这首词是曹寅青年时代的作品,其时他刚"归旗"回京不久②。"西南战马收",正值"三藩之乱"已经平息,因此"无处觅封侯",词人处于踌躇满志不知如何施展之际。"叹浮生负却扁舟",心意似乎消沉,然"千古下,我来游",转而豪壮。此词表现了词人"为赋新词强说愁"的情态。从此词中也可以看到他是如何运用和处理声调音韵的。前面说过,收仄韵尤其是入声韵的词,最易表达深远的意境,而收平声韵的词,音调平缓而舒畅,表达得意雄壮的心情最为适合。曹寅这首词在选辞用句上极为精确,使词人雍容悦豫的情态得到了更为充分的表现。

这首词上片的第二句一、三字可平可仄,曹寅则将第三字用为仄声之"战"字,"战马收"言"三藩之乱"已经平定,不仅意象完整,而且音调铿锵。第三句之第二字和第四句之第一字,以及第五句第一字、第六句第一、二字均为可平可仄,但曹寅均选择了仄声中之去声字,而未用仄声中的上、入声字,这样既使音节富于变

---

① 曹寅:《楝亭集》下,《楝亭词钞别集》,第 629 页,上海古籍出版社,1978 年。
② 清代规定在京师之外的旗员子弟,十八岁回京归旗,量才而用。曹寅回京归旗后,初任职于内务府养狗处。

· 189 ·

化，又将情绪控制到最佳状态。词的下片，词人则基本遵照了本调的一般规律，没有更多地选择仄声字，上下片声调和情绪也由此达到了和谐状态。

曹寅的长调最具情怀，也最能表现他的词风和词作水平。其中《满江红》《贺新郎》《离亭燕》《明月逐人来》《满庭芳》《八声甘州》《水调歌头》《西平乐》等诸调，不仅立意高远，或疏放，或雄浑，而且韵律声调运用也都非常精到。此处仅举《兰陵王》以见曹寅词韵律声调运用之精当。

这首《兰陵王·九日诸君子登高索和》不仅韵律合拍，而且立意宏远，词风亦具有豪健激越之美，颇具阳羡派词风。词云：

> 缟衣鹤，重赴千年旧约。台城路、烟草换人，此日江山泪双落。秋心无处着。陡起，孤云一角。西风里，潮去浪来，多少征帆度寥廓。　　谁妨客行乐。禁一阵郎当，天半铃铎。金轮倒射浮屠脚。怕平楚寒澹，酒人无赖，又悔题糕字屡错。黄花笑难索。　　漂泊，怎忘却。算乌绕江门，柳围京洛。红尘绿水三生各。是少年蹭蹬，风流担阁。头颅尚在，且掉臂，共横槊。①

此词牌有不同诸格体。曹寅此词用周邦彦《兰陵王·柳》体，三阕，一百三十字。由于句式复杂，段落亦多，故而章法布局非常重要。长调之章法难于小令，难在语气贯通，不冗不复，徘徊婉转，自然成文，诚属不易。曹寅此词的结构章法安排细密，三阕之中，层层转换，渐次深入，细密而准确地表达了词人的情感。

---

① 曹寅：《楝亭集》下，《楝亭词钞》，第603页，上海古籍出版社，1978年。

此外，从《兰陵王》词牌的句式来看，以奇字句为多，且长短不一，五字以下短句比较多。这种短促多变的句式加大了音节声调的跳跃性，也使得韵律的安排更为棘手，四声五音的变化运用也更为复杂。如第三阕中"漂泊。怎忘却。算乌绕江门，柳围京洛。红尘绿水三生各"，就有二字句、三字句、四字句、五字句和七字句。不过正是这种句式的复杂性，使词人有了更多抒发情感和增进艺术性的空间。此词立意之高远，场景设置之周密和辞语运用之精到，以及声韵安排之稳贴，使得曹寅的填词能力在这首词中表现得淋漓尽致。这首词过多的奇字句式所产生的反复不断的跳跃效果，对词人表达复杂的内心情感起到了重要作用。

《兰陵王》词牌押仄声韵。将此词对照词之调谱，也可以知道这是一首经过精心雕琢的词作。曹寅用韵与《词林正韵》第十六部的入声韵相合，如韵脚鹤、约、落、着、角、廓、乐、铎、却、脚、错、索、槊等等，均在该部。这首词没有采用仄声上、去韵，是因为入声更适合此词的格调。曹寅采用入声字入韵的另一种原因，是因为上、去声字的声调特点是由低逐渐转高，最适合缓声低唱。而入声短而急促，更能抒发激荡的内心情感。

不过为了使得全词音调富于变化，而又不破坏整首词格调的和谐，除了韵脚采用了入声字之外，对相应词句的句头可平可仄处，则采用了去声字。如词之第一阕中"缟"、"重"、"陡"，均为仄韵中的去声字，"此日"句中的"日"字也为仄韵中的去声字。而"日"字前则用了上声字"此"，从而使"此日"一词的音节不至于生硬呆板。"潮去"句"去"亦为去声字，前一字可平可仄，于是用了平声字"潮"，也是为了使词中的每一句音调都富于变化。其第二阕、第三阕在声调的运用方面也作了如此精心的安排，使得全词呈现出了与曹寅心绪更为接近的意境。

可见曹寅在注重结构层次布局的同时，特别注重了音韵和四声对词风特色的作用，以使词作能够达到高妙的境界。曹寅词作的这种特点，使他的词具有了不同于他人的自家面目。

第五节　结　　语

在清初八旗崇尚"国语骑射"之际，曹寅走上了文学的道路，他的词作在整体上形成了以稳健疏放为主调的词风，长调之作尤见气魄功力。这些词作大多音节合拍，意境高远，清健疏朗，能够于清疏中寄雄浑，于苍茫处见高华。

曹寅词作不仅反映出了清初八旗词人的心理和情感状态，而且具有了相当强的艺术表现力，他也因此在清初词坛上崭露头角，受到了清初词坛的重视。其所作《荔轩词》，与纳兰性德的《饮水词》、佟世南的《东白词》、吴兴祚的《留村词》一起被收入《百名家词钞》中。这四位八旗词人可称为"清初八旗四名家"。

曹寅与纳兰性德为同时代人，都善填词，是清初八旗满洲中最有代表性的两位词人。纳兰词重情，曹寅词重意；纳兰性德词"歌哭多情"，曹寅词"丘壑随天"，各有成就，也各有特色。虽然曹寅的影响不及纳兰性德，但也不同凡响，同样是一位清初八旗词坛上的重要词人，也是八旗词史上值得书写的人物。

第七章　妙瀹于独诣的常安

常安（？—1747），字履坦，叶赫纳兰氏，隶镶红旗满洲。历仕康雍乾三朝，康熙三十二年（1693）举人，官山西通判。雍正间官广西按察使、云南按察使、云南布政使、贵州布政使、江西巡抚。乾隆元年（1736）缘事贬官。乾隆四年（1739）授盛京兵部侍郎、漕运总督，六年（1741），任浙江巡抚，有惠政。乾隆十二年（1747），缘事下刑部论罪，死于狱中。论者认为他被下狱的主要原因是"时论疑其中蜚语以死，非其罪也。"[1]常安仕封疆大吏多年，颇有政绩，上疏言政，多中时弊，故遭同官弹劾，以小罪系于狱。

常安受业于诗文家、尚书韩菼。韩菼是状元出身，与纳兰性德为同年，工文辞。常安诗词文赋皆有佳作，著作甚丰，有《受宜堂集》三十八卷，其中有诗余三卷，收录词作二百五十首。此外，还著有《二十二史文钞》《古文披金》《明史评》《箕踞冷语》《受宜堂集官游笔记》《受宜堂集驻淮集》等等。常安《受宜堂集》中的

---

[1] 赵尔巽等：《清史稿》卷三三八，列传一二五，第11064页，中华书局，1998年。

"自序"写于雍正十三年（1735）九月，为"本堂藏版"的自刻本。不过集中有"纳兰常安履坦著，男琇、珉、琦仝校"的字样，应该是在常安写过"自序"之后由其子整理后刊刻的，无刊刻年代，刊刻时间应该不晚于乾隆中期。由于常安于康熙三十年（1691）入仕，且其《受宜堂集》于雍正十三年即已经成书，故纳入清初八旗词坛论述。

常安于诗文创作主张抒发真情，深怀忠贞之心，《受宜堂集自序》云：

> 情必有所嗜，道必有与立，人心之动，因言以宣。陆敬舆奏疏，政在其中矣；杜少陵呕吟，忠在其中矣。安虽不敢自附两公，而事从其朔，水趋老洫，叶积古根，乃惓惓于受宜之初志云尔。①

"受宜堂"三字，乃雍正帝于藩邸时所赐。常安的文学创作，以"情必有所嗜，道必有与立"为原则，并非与人角一章之胜，竞一韵之奇，仿"杜少陵呕吟"之心，忧时忧民，其诗文作品多有此意。常安的志向在诗文作品中表现得比较鲜明，而囿于词这种文体的规范，其词作亦以婉曲为正宗。不过，仍以疏朗及沉郁表现风骨，并无香软秾纤之态。

第一节 心绪徘徊的抒怀词

常安直接抒发心志的词作很多，言情抒志，以凄紧清真为主调，其中尤以感慨仕途坎坷为主要内容。常安词之所以如此，是因

---

① 常安：《受宜堂集》自序，雍正十三年自刻本。

第七章　妙瀹于独诣的常安

为他在仕途上颇多困扰，其《居官说序》颇能表现这种情绪，《序》云："余忝宦途三十余年，披李翱《复性》之文，颇觉峥嵘之岁月，宛如朝日揽安仁《闲居》之赋；又觉半生之轨躅，用拙为多，乃向来上交下接之人，不独与予筮仕者，屈指寥寥，即近十年以来者，什不及一。稍一回首，儆惕实深。是以居心行事之间，时复内省，而知其所以致此者。"①可见常安在复杂的仕途中焦灼的心态，这种心态在其词中多有反映。

常安这种情感的词作在他的中短调和长调词中都有表现，《诉衷情·感怀》即是有感于身世经历之不顺的作品。此词虽然为小令，仅四十四字，然缠绵反复，愁情深至。词云：

　　不堪心绪万千重，魂梦逐西东。旧事都随流水，回首杳无踪。　　肠断处，一声蛩，一声鸿。慵磨铁砚，懒拈斑管，冷雨凄风。②

一般说来，对词体的要求是心中幽约怨悱，不能直言，必以低徊要渺出之，方为合体。词中"回首杳无踪"、"冷雨凄风"，以至于"不堪心绪万千重"等句，字字不离凄怨，"断肠"心境何等悲凉，绝非无病呻吟者所能道出。常安还有一些抒发相近情感的作品，同样感愤淋漓，然亦以低徊要渺之笔表现。如《入塞·旅舍夜坐》上阕云："坐更阑，夜迢迢、果是年。奈金风玉露，侵骨欲生寒。香又烬，烛又残。"情调亦极凄悲。

常安以下数首也都多婉曲之笔，极合诗尚讽喻、词贵含蓄的要

---

① 常安：《居官说序》，《受宜堂集》卷六，雍正十三年自刻本。
② 常安词见《受宜堂集·诗余》，雍正十三年自刻本。

求。这类词发身世之慨叹，借景抒情，情景契合，可知词人填词已到了情不能自禁之境，字字情深，写尽了自家苦愁，其中《浪淘沙·暮春感怀》颇具这种特点。词云：

> 小雨散回汀，日暖花馨，蜂狂蝶舞未曾停。忽地风来红落也，水碧天青。　　不置护金铃，任尔零星。沉吟欹枕夕阳亭。身世一如无定也，终日云萍。

暮春感怀，必定是情陷凄凉之境时的感受。面对"忽地风来红落也"的惨淡景色，联想到自己"身世一如无定也"的处境，自然会产生自悲自怜之情。

《小重山·秋日登高亭》抒发了同样的凄凉心境。词云：

> 玉露凋残江上枫，阶前芳草歇、夕阳中。寒烟不散翠濛濛，秋尽矣、雨过又还风。　　望里思无穷，奈何乡信杳、怨归鸿。几回独立小亭东，徘徊久、叶落万山空。

秋日登高亭，本身就是一种愁情难禁的举动。在秋风阵阵之际，落叶纷纷而下。此时登高望远，眼中所见不外是一片萧瑟景象。词中正是通过极力描绘这种"秋尽矣、雨过又还风"的景色，比兴自家心绪，情景交融，恰到好处。尤其是结句，颇见功力，"徘徊久，叶落万山空"，心事重重，难以言说，摆脱开来描景，更显得流动迷离，有言尽意不尽之妙。正合沈谦所云："填词结句，或以动荡见奇，或以迷离称隽，着一实语，败矣"[①]之意。

[①] 沈谦：《填词杂说》，唐圭璋编《词话丛编》一，第633页，中华书局，2005年。

第七章　妙瀹于独诣的常安

《小桃红·闻笛》也同样是一首表达悲凉心绪的词作，词风委婉而含蓄，词格高秀。词云：

> 何处又吹笛，偏在黄昏夕。侧耳频听，引商刻羽，悠扬三弄。把人间天上，许多愁、都向枕边集。　望断关山隔，满地梅花白。月过南楼，斗移西柄，声犹未息。似浔阳江上，弄琵琶、司马青衫湿。

《小桃红》又名《连理枝》《红娘子》。词中"似浔阳江上，弄琵琶、司马青衫湿"句，显然出自白居易《琵琶行》"江州司马青衫湿"之句。词人借此典感叹身世之意甚明。

《小重山·城楼远眺》一首登高望远，性情真切，亦不乏对身世心境困苦的感叹。词云：

> 独倚城楼放远眸，夕阳西下处、远山浮。滔滔汾水绕城流，长堤畔、杨柳弄春柔。　名利几时休，忘机波浪里、愧沙鸥。霜华容易鬓边秋，开怀抱、天地一扁舟。

词之上阕写景，清淡悠远，意气闲雅，然却是"夕阳西下处"之景色，隐隐衬托出词人心情，故不能仅以景语观之。词之下阕直言心绪，在面对"名利几时休"的官场险恶时，采取的是"开怀抱，天地一扁舟"的规避之法，明确表示了自己的处世立场。这种结句之法，与上一首词异曲而同功。此外，这首词与杜甫的《旅夜书怀》"天地一沙鸥"诗意相近，词人在官场数十年，历康、雍、乾三朝，为官场老吏，久经世态炎凉之变，感触之深，尽显词中。

常安的长调词作也有此类情感的作品，《满庭芳·闻虿》即借

景言情。词云:

> 雁叫西风,砧敲落日,一齐都作秋声。小蛩何物,亦自伴悲鸣。不管天涯旅客,近床下、絮语凄清。分明是,愁城未破,谁遣酒为兵。　　静听窗外雨,相和相应,断续深更。转展难成寐,梦断心惊。竟夜挑灯欹枕,思往事、直到天明。应须待,风酸霜咽,从此免关情。

闻蛩,蟋蟀入秋始鸣,也只能是秋天景象。此词重在"闻"字,以小蛩自伴悲鸣自况。在秋雨连绵的深夜,万籁俱寂,唯有蟋蟀"悲鸣"之声相伴,此情此景,词人回首往事,更激起了内心"愁城未破"的思绪,以至于"转展难成寐,梦断心惊",此种凄凉情绪不断涌上心头,却无法排解,也就只能够"应须待、风酸霜咽,从此免关情"了。此词以肃杀的秋天为背景,从听觉的角度抒情,深刻地刻画出了内心的悲伤情绪,是一首寄直于曲的词作。

《百字令·闻蝉》作于词人晚年,"亲友凋零,儿童长大,人事非前辙",回首往事感慨万端,而这种情境是以仕途坎坷为背景的,故多凄哀之语。词云:

> 知了何声,柳阴中、暮地遥闻凄切。万里滇黔南徼地,罕此小虫鸣咽。朝露残阳,荒城古堞,整日无休歇。俨如入耳,乡音偏觉亲热。　　堪恨旅店黄昏,枝头叶底,噪断朦胧月。学弄秋声千万种,况是新离初别。亲友凋零,儿童长大,人事非前辙。镜中鬓改,旧游空向谁说。

常安的《满庭芳·草庙小憩》中有"行年七十"句,是词人晚年的

第七章　妙濬于独诣的常安

作品。此时词人已经在尽力抛却以往悲凄焦灼的心态。尽管如此，"心清才顷刻，扬鞭策马，又踏尘泥"，仍然难以摆脱官场"尘泥"般的环境和内心的困惑与焦虑，这种心境正是这位满洲老吏晚年心境的真实写照。词云：

> 无山无水，无村无舍，荒凉古道招提。炎风溽暑，倦鸟不闻啼。驻马松阴小坐，逢僧话、青菜黄虀。漫端倪，行年七十，犹是未扶藜。　心清才顷刻，扬鞭策马，又踏尘泥。奈长途望极，红日沉西。野色随人领略，最关情、芳草萋萋。空回首，故园何处，烟景梦中迷。

词人在"红日沉西"的暮年，不由得"空回首、故园何处，烟景梦中迷"，说尽了无限心事，将世事人情，自家心事，婉转道来，寓意深远，极合词体以婉约为宗的要求。

《满庭芳·重阳》也是一首愁情满怀的词作，此词融情入景，辞直而意曲，寄托了"此恨何时销也"的沉痛感慨。词云：

> 丹叶凝烟，黄花点径，无端又是重阳。登高眺远，何处举清觞。多少年来旧事，浑不见、满目凄惶。频回首，蓝桥路隔，烟雾两茫茫。　任双眸望断，衡阳雁杳，鱼没湘江。空余襟袖上，红泪行行。此恨何时销也，好风月、屡费思量。从今后，枕函敲破，无梦到高唐。

词中虽然用了"蓝桥"、"衡阳"、"高唐"、"湘江"之典，但并非是一首闺情词，不过借此以抒怀而已。"多少年来旧事，浑不见、满目凄惶"，"任双眸望断，衡阳雁杳，鱼没湘江"，皆是直接抒情，

· 199 ·

不借曲笔。"空余襟袖上，红泪行行"，更是将悲凄心情倾泻而出。此词婉转缠绵，情浓意切，刻画出了词人无法抛却的凄切情感。如果仔细品味，从"蓝桥路隔，烟雾两茫茫"、"枕函敲破，无梦到高唐"句中，似乎暗含了仕途遭妒，不受朝廷信任的凄苦之情，这就使此词具有了更为深厚的内涵。

第二节　寄情写怀的闺情词

闺情词往往是借闺情寄托情怀，非可作小女子诉怨来读。朱彝尊在《红盐词序》有"假闺房儿女子之言，通之于《离骚》变雅之义，此尤不得志于时者，所宜寄情焉"①之说；袁枚亦云："写怀，假托闺情最蕴藉。"②故闺情词不能仅仅以字面语理解。常安的闺情词即为"寄情"和"写怀"之作，皆为凄清蕴藉之作。

常安的《字字双·闺怨》有句云："雁来雁去秋复秋。冷雨凄风愁复愁。年华如水流复流。妾貌如花休复休。"此四句如阵阵寒风，不免令人心生凄苦。常安的此类闺情词还有许多，如《忆王孙·春闺》《一叶落·秋闺》《转应曲·春闺怨》《长相思·闺怨》《一七令·闺怨》等等，皆以凄悲情调为主。在他的词作中，这些题为"闺怨"的词不少于二十首，多数是借"香草美人、凤蜡红巾"笔法抒写自家困苦性情，其中《苏幕遮·闺怨》可说是语至情至，颇具寄托之意。词云：

雁孤鸣，蝉暮咽。碧落银河，高处西风冽。长笛声声空倚

---

① 朱彝尊：《红盐词序》，《曝书亭集》卷四〇，《四部丛刊初编》本。
② 袁枚：《随园诗话》卷一四，第474页，人民文学出版社，1960年。

月。璧彩金波,照我长离别。　对神清,怜影洁。万缕幽情,拟向何人说。诉与嫦娥肠断绝。玉宇琼楼,也自成孤子。①

整首词句句悲凉,展现出了一幅凄清孤寂的画面,尤其是"诉与嫦娥肠断绝。玉宇琼楼,也自成孤子"句,可谓惨痛至极。"玉宇琼楼",朝廷也;"孤子",蛾眉遭妒也,这也正是词人心境和遭遇的形象写照。

常安的《花心动·闺怨》也使用了"孤子"一词。此词情意缠绵,凄清蕴藉,也是愁情满怀之作,不过此词措辞幽隽,绮而不靡,亦词家之妙境。词云:

开遍黄花近重阳,关心黛蛾双结。落日照窗,征雁穿云,惹起离愁千叠。漫褰罗帐无人共,金炉冷、银釭明灭。梦回处、烟迷高柳,一痕斜月。　愁与阿谁漫说。回首向、梁间归燕调舌。紫塞草衰,绣阁香残,觑尽人间离别。会拈红线系双足,恐明岁、依然孤子。情思乱,沉吟把裙带折。

《莺啼序·闺怨》是常安的一首重要作品,这首词极尽描绘之能事,呜咽婉转,反复缠绵,转换递进,刻画出了凄苦而又复杂的内心世界,达到了抒芳菲悱恻之怀、极哀艳骚屑之致的境地。词云:

通宵乍眠乍起,为情牵思绕。五更后、敧枕朦胧,许多魂梦颠倒。正难遣、钟声隐隐,檐前乱噪双栖鸟。见熹微,光透交疏,一窗春晓。　试卷湘帘,瀼瀼露冷,挂松梢月小。画

---

① 常安词见《受宜堂集·诗余》,雍正十三年"本堂藏版"自刻本。

栏畔、红紫芳菲，夜来飘落多少。倚薰笼、罗衣懒曳，对鸾镜、蛾眉慵扫。又何心、鸦髻盘龙，向人矜巧。　　偷垂别泪，暗炷心香，望姮娥拜祷。自远去、楚塞秦陇，锦字空织，雁断鱼沉，山长水杳。瑶琴不理，琼钗敲折，惟拈刀尺闲裁剪，忆征人、蓦地添烦恼。韶光易过，须知似水东流，忍将乐事抛了。　　临行密约，驷马旋归，在春前岁杪。那更识、残寒轻暖，又复清明，遍处苍苔，满阶青草。盟言犹在，虚无凭准，天涯踪迹如飞絮，可曾怜、香阁忧心悄。归时先教郎看，瘦损容颜，比春更老。

《莺啼序》调见宋吴文英《梦窗词》，此调有不同诸格体，以吴文英的《莺啼序》为正体。此调俱为四阕，四阕均押仄声韵，是所有词牌中字数最多的长调，对章法、句法、字法的要求很高，极难铺排。常安的《莺啼序》即采用了吴文英《莺啼序·春晚感怀》体。词题为"闺怨"，仍然是言情之作，通过对愁苦情景的反复堆砌，深刻地表现了词人无以排遣的苦闷心情。

常安也有几首悼亡词，这些词情深意切，真实感人，《踏莎行·秋夜忆亡室》云："镜槛尘封，纱窗月满。锦衾重叠无人暖。颦眉强展数行书，灰心不理三弦阮。　　情逐春空，魂随梦远。谁知铁马仍惊转。朦胧错认韵丁冬，依稀窗下闻裁剪。"《长相思·忆内》一首将思念亡妻的深情，摹写殆尽。词云：

风凄凄，雨凄凄，料峭春寒不解衣。听残五月鸡。　　思依依，恨依依，左女稚男一处栖。时闻觅母啼。

这首小令无一句闲笔，字字关情，句句寓意。特别是结句"时闻觅母啼",如啼声在耳,尤能动人心魄,词人将内心深处思念亡妻的痛彻极为形象地刻画了出来,实在是一首沉痛异常的悼亡词。

第三节 疏放俊爽的景物词

在常安的词中,有大量描写景物的作品,这些词作与前面列举的词作风格并不相同,这类词作尤其是他的长调,均词境阔大,气势融贯,以疏放俊爽为特色。能够于疏放中蕴沉郁,慷慨中见俊逸,学宋词而不囿于宋词,自有另一种风情。

《满江红·江霞》从多个角度进行刻画,组成了丰富的画面,描绘出了江霞特有的阔大而多彩景色。词云:

江雾江烟,都酿做、满天霞绮。城阙畔、欲红还碧,才黄又紫。自与宾鸿相伴后,即随孤鹜齐飞起。任风吹、忽断忽相连,长空里。 映湘岸,薰兰芷。照杜曲,蒸桃李。更就中幻出,千丝万缕。浓淡却从峦际辨,浅深更向波间指。彩光摇、片片漾琉璃,无渣滓。①

《十二时·夜雨》描绘了夜间的一场大雨,也是极尽描绘之能事,"暮云浓、万重千叠"的场景,也使得这首词具有了凄凉之意,并寄托了浓重的愁情。词云:

暮云浓、万重千叠,遮了西山屏翠。雨未到、风吹衣袂。倏尔长空滂沛。乱飐池莲,斜飘砌竹,却似琼瑰碎。孤馆客、

---

① 常安词见《受宜堂集·诗余》,雍正十三年自刻本。

>一盏昏灯，数卷蠹书，便是通宵滋味。　那更堪，炉烟渐烬，只有空瓶相对。顾影魂销，伤情梦断，几度成憔悴。欲卧时，辗转披衣，欹枕无寐。　侧耳听、荒鸡忘晓，寂寞更长如岁。阁阁蛙声，沉沉漏鼓，问有谁相慰。底事天也恨，淋淋许多情泪。

此词牌共三阕，层层递进方可深入。此词上阕以写景为主，起句即黯淡，"暮云浓、万重千叠"，接下来"倏尔长空滂沛"，大雨滂沱，进入沉痛之境。中阕写"辗转披衣，欹枕无寐"的憔悴状态。下阕进一步深入，"底事天也恨，淋淋许多情泪"，诉说了悲凉难以排遣的内心世界，总体布局细密，渐入渐深，语到情到。

《多丽·春雪》与上一首词的意境不同，能够于疏放中寓流丽。此词对春日而不是严冬中的大雪给予了全景式的描绘，营造出了别一种境界。词云：

>敛春容，一天冷雾溟濛。布彤云、将浓乍淡，范宽粉笔图中。骤霏霏、梨花带雨，旋密密、柳絮随风。汀鹤增鲜，沙鸥迷影，霎时江上失青峰。果然见、人迷面市。盐撒满长空。应随识、灞桥诗好，秦岭途穷。　羡东坡、汝阴聚饮，曾传白战词工。说风流、烹茶陶穀，夸高韵、披氅王恭。梅蕊开残，杏花未放，故教碾玉助玲珑。更堪玩、琼楼璇室，如在广寒宫。邀佳客、速来欢赏，莫待销镕。

词的上阕描写大雪，"骤霏霏、梨花带雨，旋密密、柳絮随风"、"盐撒满长空"，都是对纷纷扬扬大雪的直接描绘，而"汀鹤增鲜，沙鸥迷影，霎时江上失青峰"，则是对雪中万物景象的描绘。下阕写在这场大雪中的感受,词中有我。词人"邀佳客、速来欢赏,莫待销镕",意气风发。这种情调与"梅蕊开残,杏花未放"时的"春雪"景象相呼应,突出了"春"的含义,也是此时词人惬意心境的一种写照。

《满江红·赴粤舟中作》是写在长江上行船的亲身经历和感受,描绘的景象形象而灵动。词云:

> 巨浪喧豗,无昼夜、梦魂惊碎。又述是、阑风伏雨,客中滋味。月照千山黄苇雪,霜酣两岸青枫醉。问何来、羌笛数声幽,人无寐。　伴不了,沙鸥睡。听不尽,云鸿唳。看渔船交错,往来烟际。故里八千途渐远,长江十二风频避。问舟人、南越到何时,犹云未。

常安的写景之作,以《满江红·渡黄河》最具雄健气势。词云:

> 浩浩荡荡,无晨夕、奔流如箭。连沙卷、浊泾清渭,淆然不辨。青障干霄横翠黛,白波夺目翻银练。看长风、蹙浪接天流,云中屯。　穿山过,三门断。通海去,九州贯。负舟航如叶,荡摇波面。汹涌千寻浮日月,混茫一色无浓淡。吼涛声、震耳响如雷,心寒颤。

此词通过反复描绘黄河的波澜壮阔,将黄河的气势充分表现了出来。"浩浩荡荡"、"蹙浪接天流"、"通海去,九州贯",都是极尽刻画之能事,而"吼涛声、震耳响如雷,心寒颤",则是对黄河产生的敬畏之心。这首词用笔雄阔豪壮,词意一气贯通,将奔腾不息的黄河形象地刻画了出来。这种词只能使用豪壮之笔，而不能也无法采用婉约的笔法。

此外，《满江红·漳河怀古》虽然不属于景物词，但也是触景生情之作，笔健意深，故附此一论。上阕云："魏武雄奸，千古后、秽名如昨。漳河畔、三台遗址，（原注：曹操作铜雀台，又作金虎台、冰井台，所谓邺中三台，今漳河遗址犹存）土沙崖崿。风雨销魂荒草蔓，荆榛匝地残阳落。笑当年、事业逐东流，随飘泊。"此词落笔即雄健，"魏武雄奸"已将曹操定性，下阕"窃国欺君人切齿"更是落实了曹操的罪行。古时忠君亲上为人伦之首，此词借抨击曹操，表达了忠君思想和维护皇权正统的立场。常安在仕途中虽屡遭攻讦，然仍然坚持忠君亲上，反映出了清代旗人普遍存在的思想和精神状态。从这个角度读此词，也许会对作为旗人的常安有更深入准确的理解。

第四节　深于寄托的咏物词

常安的咏物词感伤时事，词风沉郁，大多含有凄怨情调，必定是为感慨仕途坎坷而作。咏物词深于寄托的观念入清以来被大力提倡，清沈祥龙即云："咏物之作，在借物以寓性情。凡身世之感，君国之忧，隐然蕴于其内，斯寄托遥深，非沾沾焉咏一物矣。"[1]故词中咏物之作多"寄托遥深"。常安的这类词作叙事达情，章法极严密，深得宋人笔意。从词风来看，以真切为基点，具有"忠厚缠绵"的格调。

在词人的咏物词中，借描绘景物抒发情感，惆怅自怜多有表

---

[1] 沈祥龙：《论词随笔》，唐圭璋编《词话丛编》五，第4058页，中华书局，2005年。

现，与其他题材的词作相比，别具面目。《透碧霄·竹》云：

> 碧森森，勾栏曲槛欲成林。初看解箨，逾时妆粉，倏带浓阴。似垂仙帚，如携稚子，一望云深。月来时、弄影筛金。每当此闲昼，凤吟鸾啸，几派清音。　虽名传箖箊，誉高箛箹，虚白自存心。松作邻、梅为伴，甘受霜雪相侵。溪前六逸，林中七子，一样胸襟。叹吾生、与世浮沉。问湘江渭水，何日追寻。①

此词借咏竹抒发了无尽的人生慨叹。"松作邻、梅为伴，甘受霜雪相侵"，词人从咏竹出发，通过对"岁寒三友"松竹梅高洁品质的赞颂，表达了与"溪前六逸，林中七子，一样胸襟"的人生追求。"溪前六逸"出于《新唐书·文艺传·李白》，李白与孔巢父、韩准、裴政、张叔明、陶沔居徂徕山，号"竹溪六逸"；"林中七子"则是魏晋阮籍、山涛等"竹林七贤"，这些人物都是品性高洁之人。"问湘江渭水，何日追寻"句也别有深意，"湘江"寄意屈原，"渭水"寄意"太公望吕尚"也，他们也都是为国为民之人，故以"何日追寻"表达胸怀。然"叹吾生、与世浮沉"，这种追求在现实中却难以实现，于是发出了无奈的哀叹。这种情怀使得此词的内涵非常丰富，格调极为高旷，意蕴也更为深远。此外，从此词中亦可见到八旗词人已经将中华传统的优秀文化精神作为了处世的准则和人生信条。

《满江红·秋月》咏的是"萧瑟苍凉"的"天边冷月"，也是一片冷淡肃杀的气氛。整首词以描景为主，然景中寓情。词人抒发的

---

① 常安词见《受宜堂集·诗余》，雍正十三年自刻本。

词意全在结句,"但蟾宫、虽是好黄昏,怜孤子。"明里是说月宫寂寞,实则自诉心中之孤寂惨淡,颇具意内言外之旨。词云:

> 萧瑟苍凉,都酿作、天边冷月。西风疾、力扫重阴,雨收云灭。清影遥分花木细,晴辉遍照山川洁。透重林、复转向楼台,堆堆雪。　梧叶上,圆还缺。溪流底,钩成玦。奈逼人侵袂,不寒犹怯。飞上纸窗浑似洗,拘来盈手何曾泄。但蟾宫、虽是好黄昏,怜孤子。

词中"孤子"一词在常安的多首词中使用过,如前面所举之《苏幕遮·闺怨》中有句云:"也自成孤子",《花心动·闺怨》中有句云:"依然孤子",可知词人内心的孤独凄凉之感是何等沉重。还应该注意的是这首词中"梧叶上,圆还缺"句,似乎与苏轼的《水调歌头》"月有阴晴圆缺"和《卜算子》"缺月挂疏桐"句相关。而"但蟾宫、虽是好黄昏,怜孤子"句,也与苏词"高处不胜寒"之意差近,可知常安这首词也是深怀寄托之意的。

两宋时期词人的咏物词重在形似,更重神似,亦不乏寄托之情,尤其以史达祖的《绮罗香·春雪》《双双燕·咏燕》,姜夔的《暗香》《疏影》为咏物词中的佳作,这些词咏物形神具备。常安的《双双燕·咏燕》沿袭了这种词风,极力在形神兼备方面细细刻画,亦有寄托之意。其《双双燕·咏燕》云:

> 将过社了,看蓦地飞来,去年双燕。天空海阔,回首故巢依恋。前约芳时早践。侧翅入,层楼深院。翩翩快舞花梢,一对轻衔红片。　池畔,波光影乱。更冒雨冲寒,穿帘寻伴。栖梁饶舌,万语千言无倦。晓梦几番惊散,遂惹起、闲愁如

线。离人何日归期，轮尔年年一遍。

《双双燕》词牌为史达祖所创，他的《双双燕·咏燕》双调九十八字，上阕九句五仄韵，下阕十句七仄韵，是为正体。吴文英有《双双燕·小桃谢后》也是九十八字，是为变体。常安采用的是史达祖一体。自史达祖这首咏燕词写成之后，词坛多有应和之作。常安的这首词从燕子归来写起，描摹了燕子特有的种种形态，尤其是"侧翅入，层楼深院"和"更冒雨冲寒"、"栖梁饶舌"等句，将燕子的特点给予了生动的描摹。而"晓梦几番惊散，遂惹起、闲愁如线"，则寄托了内心的感慨，也算得上是咏物词中一首不错的作品。

从常安的二百五十首词作来看，其题材情感颇具旗人特点，其中不少词作透露了一位八旗老吏的仕途际遇与心理状态，从一个侧面反映出了旗人当时的精神和经历情况。常安填词主要是以宋词为圭臬，尤重南宋词风，于婉约达情的同时，亦时有雄健之作。其词于直处能曲，于密处能疏，能够达难达之情，措辞寓意，令人感叹。

从常安的创作特色和成就看，他是一位在八旗词坛上承先启后的重要词人。自他开始，南宋忧己伤时、凄婉沉著的词风为八旗词人所感受，并在八旗词坛上逐渐形成为一种潮流，故而常安在八旗词史上并非是可有可无的人物。

第五节 结　　语

常安是八旗中颇具才干的官吏，他任浙江巡抚时很有政绩，上疏言政也多切中时弊，也因此遭到同僚弹劾，不过他一生仍然以气节自负，以功业自许。常安学问优长，留心于经史诗文，是一位名产的作家，不仅创作了大量文学作品，而且各种文体皆备。《受宜堂集》中即有论、序、记、说、议、言、书、史评、传、考、辨、檄、文、颂、铭、赞、连珠等各种文体的作品，另有赋二十五篇，诗八卷，诗余三卷，是八旗中的一位重要作家，《清史稿·本传》《八旗通志·艺文志》《八旗文经》中亦给予了记载。

从常安词作的情况看，其特点是能够抒发真实情感。虽然他在仕途上多有坎坷，然其词却能够做到温厚和雅，并具有鲜明的旗人特点和时代特征。常安的词作不仅词牌的采用和词作数量众多，而且绝少香软嬉宴之作，以迷离杳渺之笔抒发真性情，是其词的突出特点。通观其词，几乎未见与人酬答唱和之作，与当时盛行之浙西派、阳羡派词风也似无瓜葛，在常安词中多见南宋词风格调，亦时见稼轩词风。

常安是八旗词史上的一位重要词人，但文坛对他的词作评价甚少，且评价不高，清代多种《词选》都绝少收录他的词作，专录八旗词人的《白山词介》，也仅收录了他的四首词，并且皆为小令，然其长调不仅数量多，而且多有佳作，却未录一首，这种现象与他的词学成就很不相称。

此外，《受宜堂集》结集是在雍正十三年（1735），此时常安尚未遭贬，不过似乎已经失势，因为他在随后的乾隆元年（1736）即被贬官。因此，当时文坛名家没有一人为《受宜堂集》作序。仅有的两篇序文，一为雁门冯光裕所作，一为贵池吴世尚所作，虽然他们也多有文学造诣，但却都不是当时的文坛宿儒，亦非朝廷重臣，这种尴尬局面大约与他在官场上的失意和在文坛上的处境有关。不过也正是这种境况使得他的诗词形成了自家风格，也因此具有了独特的文学价值。

第二编 清代中期的八旗词坛

乾嘉两朝处于清代盛世，历时共八十五年，至道光初年则百年左右，这一时期也还算是清代相对稳定的时期，这种社会环境对清代词坛的发展产生了影响。从词坛流派的消长趋势看，云间派仅存余响，阳羡派逐渐式微，浙西派虽有余势，但常州派已经崛起，并开始产生了影响。

在这个时期，八旗社会和旗人家庭处于平稳的状态，不过此时八旗入关已经接近二百年的时间，内部关系趋于复杂，社会矛盾也开始增加。在这种局势之下，八旗词坛虽然主要走了婉约一路，如弘晓、永恩等有亲王爵位的旗人即是如此，不过还有一些八旗词人更注重了比兴寄托，并且能透过社会的表象反映现实。如宗室奕绘的《台城路·过成哲亲王故园》，铁保的《满江红·题走马灯》等等，都是这一类词的代表作。

总之，这个时期的八旗词坛在词艺和风格追求上，仍然以两宋周邦彦、姜夔词风为宗，然亦多受浙西词派影响，不过与清初相比，更多的词人尤其是中下层词人开始兼顾苏、辛词风。在词作内容的表达方面，则出现了从个人经历出发抒发种种情怀的趋势，词风也由婉丽清正为主进而与沉郁慷慨并存。

第八章　清代中期的宗室词人

清代中期也出现了一些宗室词人，不过这些宗室大多以诗歌写作为主，以填词为余事。在宗室词人中以弘晓、永恩、永忠、永瑢比较有代表性。他们皆为皇族直系子孙，弘晓、永恩为亲王爵，具有很高的政治和经济地位，生活优裕，他们所处的清中期政局又相对稳定，故其词作大多是描景咏物的闲适之作，其间亦有交友怀人词。从词艺角度看，宋之姜、张及浙西派词风气息较浓，清丽闲雅的风格比较突出，反映出这个时期宗室词坛的基本状态，以及这个时期宗室词坛的主流词风。

在这个时期，甚至乾隆帝也有词作，《御制恭和避暑山庄图咏》就中有六首词，即《万斯年曲》二首，《柳梢青》二首，《太平时》二首。乾隆帝的六首词都是写避暑山庄内的景物。《万斯年曲》题为"天宇咸畅"，《柳梢青》二首题为"香远溢清"，《太平时》二首题为"云帆月舫"。这些词以描绘景色为主，唯《太平时》帝王之气明显。词云："镇倚朱栏看翠涛，压金鳌。层楼十二薄璇宵，好抽毫。　与物皆春民共乐，舞韶箫。宇宙太和一人德，地天交。"

词作水平虽然不高,但这种气势也是除了帝王之外一般词人不敢落笔之作。

第一节 怡亲王弘晓

弘晓(1722—1778),别字秀亭,号冰玉主人,怡贤亲王允祥第七子,袭怡亲王爵,乾隆四十三年(1778)卒,谥僖。著有《明善堂集》十二卷,《明善堂诗余》有词七十三首。"明善堂"者,为乾隆五年(1740)御赐的堂额,既额其居,又以名其集①。《钦定八旗通志》艺文志收录了弘晓,《熙朝雅颂集》录其诗歌四十首。

一、近浙西词风的中短调

弘晓身为亲王,政治地位很高,一生富贵,其词风格近浙西派,以婉丽疏朗为主。他有《小桃红·清明前三日,同易堂雨中赏西园桃花,用竹垞韵》一首,此词"用竹垞韵",可知他对朱彝尊词多有体会,从中亦可见其受到了浙西词派的影响。这首《小桃红》云:

> 细雨春阴积,宿雾浑如织。绛雪盈眸,繁英霑袂,武陵非隔。忆昔时人面、傍斜柯,只此情难息。　流水何须急。犹带胭脂湿。低亚银床,闲飘金井,韶华堪忆。倩写生纨扇、旧风流,恁丹青添色。②

《小桃红》有诸体不同之别,俱为双调。弘晓在词题中提到的竹垞

---

① 李洵、赵德贵等主校点《钦定八旗通志》卷一二〇,艺文志,第2061页,吉林文史出版社,2002年。
② 弘晓词见《明善堂集·诗余》,乾隆四十二年明善堂刻本。

即朱彝尊,为浙西派领袖。弘晓的这首《小桃红》就是步韵朱彝尊《红娘子·绯桃》①的词作。清人对朱彝尊词评价很高,尤其是认为他的艳词特点是"仙骨珊珊,无人间烟火气"。陈廷焯《白雨斋词话》即云:"吾于竹垞,独取其艳体。"②弘晓的这首《小桃红》虽是步朱彝尊《红娘子·绯桃》韵,内容也是写桃,但却能在效仿中别出新意,尤其是"武陵非隔"、"恁丹青添色"句,别有寓意。此外,从这首步韵词中,也能够看出弘晓对浙西派词风情有独钟。

弘晓的闲适词作大多具有这种清新雅致的风格,然却能够做到情与辞常常出人意料,如小令《长相思·西轩春晚》云:

春宵良,春昼长,无限韶光映画廊。遥天归雁忙。　花满枝,酒满卮,媚引寻香蜂蝶痴。闲情若个知。

此词初看也只是平常,然读过全词,却不能不令人惊叹结句"闲情若个知"之妙,景中有情,情中有我,可以说是一首独饶仙艳之作。

弘晓以下二首小令也都具有这种风格和情调,并且非常注重起句与结句的安排。如《好事近·秋日西轩偶兴》云:

雨霁净秋容,开阁俨如村陌。蟋蟀墙阴闲絮,见黄花漠漠。　盈畦瓜豆结疏篱,蝴蝶飞远却。孤鹜落霞如画,忆江枫冷落。

---

① 朱彝尊:《曝书亭词》《茶烟阁体物集》下,钱仲联选编《清八大名家词集》,第488页,岳麓书院,1992年。
② 陈廷焯:《白雨斋词话》卷三,第70页,人民文学出版社,1983年。

《更漏子·灯下偶成》云:

> 惜残春,晴昼永。偏染芳菲美景。风雨妒,万花愁,落红随水流。 灯花灿,人意懒。吟发长虞夜短。漏点点,柝声声,怕的到天明。

以上小令情意缠绵而词境悠远,造句自然,极少用典,句句写景而句句言情,情景浑融。起句不离题,结句以景结情,语尽意不尽,可见弘晓于词已经达到了一定的境界。

弘晓还有一首直抒心怀的《西江月·排闷》,从中可见这位贵胄旗人的品性和气质。词云:

> 自叹吾生性拙,从来只爱人才。不贪名利等浮埃,一任无拘无碍。 任尔翻云覆雨,百年谁保形骸。是非过去又还来,意气还输我辈。

这首词并不计较词艺的种种要求,意显辞直,将心中所想缓缓道出。"任尔翻云覆雨,百年谁保形骸"句,似有所指,非无端之言也。如果结合当时皇族之间的内部关系和他的王爷身份,也许能够对其中的含义有更深的体会。

二、丽而不艳的长调

弘晓的长调也极合婉约一派的词风,从词的艺术性角度看,流利婉转,声色俱美,浙西派的词风特点比较明显。《满江红·送春》云:

> 小院晴明,已过了、百花开候。又见那、画梁新燕,衔泥

清昼。九十韶华空若许，卅年景物都非旧。叹芳菲、蝶梦与蜂痴，人应瘦。　　踏芳径，红雨骤。春去也，眉峰皱。听枝头莺语，一声清溜。历落榆钱难买笑，颠狂柳絮空霑袖。细叮咛、何物饯东君，斟芳酎。①

《醉蓬莱·月下》云：

晚凉新浴罢，几点飞萤，平林云霁。皓月当天，涤烦襟暑气。沉李浮瓜，吹笙抚笛，消受闲中戏。河转松梢，星明屋角，此情谁寄？　　澄澈荷池，绿波荡漾，露满珠玑，香侵冰簟。一卷南华，不减羲皇意。重爇兰膏，朱扉启处，更夜阑光媚。羽扇轻摇，问他牛女，渡河犹未。

以上长调柔情曼声，前后贯串自然，能够于浓句中间以淡语，疏句中间以密语，不冗不碎，神韵天然，且能够发警策之语，是以尽长调之能事。如《醉蓬莱·月下》中的"河转松梢，星明屋角，此情谁寄"，即能于疏句中间以密语。"历落榆钱难买笑，颠狂柳絮空霑袖""露满珠玑，香侵冰簟。一卷南华，不减羲皇意"等语，则皆为警策之语，并非无深意之句。

三、旗人之间的对话

弘晓还有一些词作内容颇具旗人特色，如《浣溪沙·蒙母妃雨中赐兰应教》云：

甘雨如霖净砌尘，省晨情思意伸伸。幽含深谷欲书绅。

---

① 弘晓词见《明善堂集·诗余》，乾隆四十一年明善堂刻本。

> 植向坐间谁与伴,清凉乍转一时新。香凝书榻自娱神。

词题中"母妃"即其生母嫡福晋兆佳氏。弘晓在其母赐予兰花之后写下了这首词。词中不仅反映了他们母子情深,而且也反映了八旗上层对于兰花的特殊喜好,而这种喜好也来自对兰花高雅品质的追崇,从中亦可见当时旗人的社会风尚。

另一首《卖花声·夏日同韶九弟应母妃教》云:

> 今日喜同招。逸韵迢遥,窗纱幽远少烦嚣。夏昼沉沉天宇净,云罨岚峣。　膝下瑟琴调。炎暑频消,扁舟斜系小横桥。片刻成吟浑渐也,和乐朝朝。

这首词同样是写与其母相见时的情景,"膝下瑟琴调"、"和乐朝朝",一派母子相见其乐融融的情景。

弘晓还有和"韶九弟"的词作五首。"韶九"即那彦成,章佳氏,正白旗满洲人,是清代名臣大学士阿桂之孙,乾隆五十四年(1789)进士,官至礼部尚书、内务府大臣、直隶总督,工诗善书。其父阿必达,官至工部侍郎,一女嫁荣亲王永琪之子贝勒绵亿(后袭荣郡王爵)。《品令·和韶九弟》云:

> 户启晨曦早。宿氛敛,开帘好。千竿竹影,数声燕语,春光非少。遥睇晴峦,一抹黛痕如扫。　此生怀抱。尽虚愿,今将老。几回残梦,半腔心事,东风草草。忆昨追随,同听禁钟到晓。

《浪淘沙·再和韶九弟》云:

斗转共参横。莲漏无声,不堪回忆少年行。云敛碧空尘不染,蟾影清清。　小立倚前亭。索句难成,一宵残梦付流莺。秋月春风人老也,底事峥嵘。

《系裙腰·闺情,和韶九韵》云:

双鱼已去怨归迟,鸳帏冷、断肠时。临行密约莫愆期。慵对镜,弹粉泪,懒扶持。　檐前鹊噪信还疑。眉黛蹙、更为谁,秋来辗转倍相思。听不尽,风淅淅,雨凄凄。

以上词作可视作旗人之间的对话,《品令·和韶九弟》中"此生怀抱。尽虚愿,今将老"句,《浪淘沙·再和韶九弟》中"秋月春风人老也,底事峥嵘"句,《系裙腰·闺情,和韶九韵》中"听不尽,风淅淅,雨凄凄"句,其中深意虽然只有他们二人能够体会,但也多少透露出了个中消息。

作为亲王的弘晓有一首词坛上极为少见的词作,非旗人不能写出,最具旗人特点,这就是《如梦令·勉示仆从》。词云:

苦乐于兹莫痛,尽是前生作用。果报本非虚,瓜豆寸田堪种。仆从,仆从,修好自然出众。

清代皇帝所领之镶黄旗、正黄旗、正白旗称为上三旗,设包衣佐领,由内务府管理。各王府下亦有包衣佐领,这些人是王府的私属奴仆,他们毫无人身自由可言,生死存亡皆掌握在王公手中,这是清代八旗制度中一种非常残忍的制度。这首词前段"苦乐于兹莫痛,尽是前生作用",晓谕仆人要听天由命,结句"修好自然出众"，给予仆人以希望。词虽短短数句，但却深刻地反映出了八旗制度的严苛和八旗内部旗人之间的关系。

第二节 礼亲王永恩

永恩（1718—1797），字惠周，号漪园、兰亭主人。礼烈亲王代善五世孙，康修亲王崇安子。永恩于乾隆间袭爵康亲王，后复祖号礼亲王，嘉庆二年（1797）卒，谥恭。著《律吕元音》《金错脍鲜》《诚正堂稿》。《诚正堂稿》有诗八卷，《文稿》一卷，《时艺》一卷，《词稿》一卷，其中录词二十四首。《清词综补》《白山词介》《全清词钞》均未收其词。

永恩生有至性，以读书骑射为常事，为学日益精励，作诗、古文皆有法，喜好诗文书画，广泛结交文人，待人甚厚。《诚正堂稿》中的《蒙漪园怀旧集诗序》中就记述了他与七位蒙师的师友之谊。另外在他的《与刘海峰先生书》《与姚梦谷书》《与褚筠心书》中，也提到了与数位文坛宿儒的交往。

一、清新流丽的闲适词

永恩身为亲王，一生处于富贵之中，生活优裕而稳定，既无坎坷的经历，也无蛾眉遭妒的愁怨，故而其词风流蕴藉，具有《花间集》之风格。其词多闲情逸致，清新流丽，秾纤有致。虽然缺少对社会现实的感慨，但却能够反映出这个时期八旗贵胄的现实生活情况与精神状态。

永恩的身份地位决定了他的词作多为闲适之作。如《如梦令》《锦帐春》《望仙门》《珠帘卷·早起》《天春·夏日》《南柯子·苦热》《蝶恋花·留春》等等皆是闲适词。其中《瑶池燕·咏新雨》云：

春分将近甘霖润。阵阵,雨中微雪相衬。玉华如瑾,瑶光玉晕,阶前印。　对青编、歌成新韵。桃含孕。东风吹绉波文,禽声迅。窗间转瞬,枝头俊。

《望仙门》云:

红稀绿暗几年春,梦中寻。西风萧瑟雨声频,最愁人。
绿竹萧萧处,凝眸一片青云。华堂忽更绿萝新。绿萝新,惆怅望仙门。①

《上林春·闻莺》云:

烟锁长门柔条,一啭音、笙簧如注。衔花飞去飞来,两相呼、语言合度。　深闺谁诵闲情赋。奈满地、落红无数。声声响遏流云,忽惊看、边关去路。

闲适词以语气清灵、用笔自然为佳,这些词虽写闲情,却也真挚细腻。以上词作中"凝眸一片青云"、"声声响遏流云"句,皆能够于自然中见凝练,神致见于言外,具有比较丰富的艺术表现力。

永恩的景物词大多也是闲适之作,不过多具有美感。《天仙子·西山雨霁》是一首借景言情的词。言情词以雅正为宗,必借景色映托方能达到深沉流美的境界,此词即能够显示出这种特点。词云:

晓起卷帘朝日淡,目送峨峨飞素练。千层白玉堆青山,如

---

① 永恩词见《诚正堂稿·词稿》,嘉庆刻本。

·221·

积粉，如洒盐，敛衾喜对琉璃绚。　　望里峰峦成一片，玄冥有意垂恩眷。万顷银涛远近看，遍古寺，遍高山，燕台妙景今重见。

永恩的这首词景色阔大，立意高远。在描景绘物中采用了设色手法，使得此词能够神致悠远。如"素练"、"白玉堆青山"、"积粉"、"银涛"、"琉璃绚"等句，均是设色渲染，产生了景情交融、情随景现的效果。结句欲言而不尽言，正所谓深于言情者，正善于写景。

二、情韵缠绵的咏物词

永恩的咏物词多情韵缠绵之作。咏物词非常讲究炼句、用事，此为咏物词最重要事，如"说柳，不可直说破柳，须用章台、灞岸等字。又用事，如曰：银钩空满，便是书字了，不必更说书字。"[1]这是咏物词之成法，永恩的咏物词刻画精密，情韵缠绵，均能达到这种要求。《春光好·碧桃》云：

仙云起，半林霞。灿生华，腰袅含情无力，笼轻纱。
闻说武陵胜境，天台有路堪夸。梦想当年无限景，阿谁家。

《好事近·杏花》云：

春色几回新，恰值芳姿明媚。半里娇酣粉壁，柳眼含情翠。　　小楼栏畔醉红妆，多少驰金辔。正是清明节近，游赏东风瑞。

---

[1]　沈义父：《乐府指迷》第61页，人民文学出版社，1963年。

《春光好·碧桃》中"灿生华"、"武陵胜境"、"天台有路",不用"桃"字,然均是说桃。《好事近·杏花》中"芳姿明媚","娇酣粉壁",也没有用"杏花"二字,却也都是在说杏花。可见永恩填词遵循了这种要求。"梦想当年无限景"、"正是清明节近,游赏东风瑞",不留滞于物,词中有人,且情韵缠绵,故能切题。《柳梢青·咏燕》也具有这种风格,词云:

> 画栋高楼。呢喃对语,红掠芳洲。新雨初晴,风前轻翦,摇动帘钩。　差池下上声幽。花放处、清溪水流。秋千院落,乌衣何处,柳絮争揉。

此词咏燕,并不直接说燕,"画栋"、"呢喃"、"声幽"、"乌衣",皆为咏燕用词,所咏了然在目。"花放处"、"柳絮争揉"是以春天为背景,在"新雨初晴"之际,有"红掠芳洲"的色彩,有"清溪水流"、"呢喃对语"景与物的对比,以此产生了视觉与听觉的效果,故能营造出一种澹而艳的境界。然此词情韵缠绵有余,而寄托之意不足。

三、师友黄坧对其词的评批

永恩填词以黄坧为师友,其词集中多有黄坧的评语,皆称赞有加。

黄坧,字子厚,号澂庵,在永恩的礼亲王府任护卫之职,康熙二年(1663)举人,著有《夕霏亭诗集》《露华亭诗集》《白鹤峪诗集》,卓有诗名,亦擅填词,深得永恩器重,是永恩的启蒙之师。在永恩所刊的《菉漪园怀旧集》中就有黄坧。永恩于《菉漪园怀旧集诗序》中提到:"护卫黄子厚,谨身供职,曾为吾幼学之师"[1],可知永恩自幼师从黄坧学习经史诗文。黄坧虽为礼亲王府护卫,但

---

[1] 永恩:《菉漪园怀旧集诗序》,《诚正堂稿·文稿》,嘉庆刻本

两人关系并不一般。从黄钰评批永恩的词作情况中可以看出,黄钰对永恩的诗文多有指教,也受到了永恩的尊敬。

永恩的《如梦令》,黄钰评云:"乌云半拖香玉,大似《花间集》中语。"①词云:

> 黄鸟一声如促,惊起娇红嫩绿。一枕午风微,乌云半拖香玉。芳树,芳树。莫怪惊鸿飞度。

对《太平时·试马》一首,黄钰评云:"有林间侧帽意。"词云:

> 绿柳垂黄碧水流,试骅骝。珊瑚鞭映紫丝柔,漾轻裘。默默东风桃弄色,小红楼。不知何处响箜篌,几凝眸。

此词将愉快的心情通过婉转绵丽的笔调描绘了出来,景情结合极为贴切形象,极近宋代词风。对另一首《钗头凤》,黄钰评云:"'牡丹娇倚'数句,最是春色撩人。"词云:

> 春风起,花飞矣,海棠一树经新雨。纱窗影,良晨景。牡丹娇倚,闲愁又整。耿!耿!耿! 心如醉,人欲睡,猗猗绿竹声偏碎。云鬟娭,钗钏冷。青毡犹故,一时如梦。等!等!等!

这首描写春色景物的词,刻画得极为形象细腻,黄钰认为"牡丹娇倚"数句最为生动,即是指出此词能够含蓄地将牡丹人格化,景中

---

① 黄钰评语见《诚正堂稿·词稿》,嘉庆刻本。

有我。《钗头凤》素来以上、下阕结句三叠字最为不易,永恩此词三叠字的运用与词意贴切,尚属得当。

永恩的《诉衷情·夜雨》一首写得也有特色,黄坋评云:"'湿云犹在'后三句,尤为写照,直逼南唐。"词云:

> 凄凉夜雨最销魂,寂静掩重门。梦断拥衾闲听,蕉叶似啼痕。　灯烬暗,默无言,倚青轩。湿云犹在,半轮残月,欲吐还吞。

这首词写夜雨中的感受和心情,不即不离,词调蕴藉,别有情致,读之使人如历其境。清人倡导诗中有我,填词亦须词中有我。有我即是出于感物而发,必然情真意切;无我则无寄托,必轻薄浅近。黄坋对此词结句"湿云犹在"后三句尤为赞赏,正是因为此词"词中有我"。黄坋还对永恩的其他一些词作也给予了评价,评语大多也如此。

从黄坋的评语中也能够看出永恩填词并非率意为之,而是受到了《花间集》和南唐词风的影响,这种词风与永恩的富贵正相适合,故而永恩词风的形成自有其自身社会地位的原因。

第三节　宗室词人永忠与永瑆

一、辅国将军永忠

永忠(1735—1793),字良甫,号敬轩、臞仙、延芬居士,康熙帝第十四子允禵之孙,多罗贝勒弘明子,封辅国将军,任宗学总管[①]。词作存于所著《延芬室集》中。

---

① 赵尔巽等:《清史稿》艺文志,卷四八四,文苑一,第13363页,中华书局,1998年。

永忠以诗名世，精书法，工绘画，与当时皇族宗室文人允禧、弘旿、永㥣、书诚、永瑢、永璥、永福、永安、敦诚、敦敏、阿图敏等人相吟唱。这些文人都是宗室子弟，除允禧、弘旿、永瑢爵位很高外，多数人的爵位较低，有的人甚至没有爵位。礼亲王昭梿在《啸亭杂录》中记载了宗室永忠、永㥣、书诚等热衷于诗文的情况，尤其突出了他们性格的潇洒和气度的高贵。其中记云："臞仙将军永忠，为恂勤郡王嫡孙，诗体秀逸，书法遒劲，颇有晋人风味。常不衫不履，散步市衢，遇奇书异籍，必买之归，虽典衣绝食所不顾也。樗仙将军书诚，郑献王六世孙，性慷慨，不欲婴世俗情，年四十即托疾去官，自比钱若水之流。邸有余隙地，尽种蔬果，手执畚锸从事，以为习劳。晚年慕养生术，每日进食十数，稍茹甘味即哺出，人皆笑其迂，然亦可谅其品矣。先叔嵩山将军讳永㥣，诗宗盛唐，字摹荣禄。晚年独居一室，人迹罕至，诗篇不复检阅，故多遗佚。"①从知人论世的角度，可以更好地解读这些宗室文人的文学作品。

永忠诗作数量很多，《熙朝雅颂集》录诗五十首。他的诗或雄健沉著，或清丽疏放，或情深笔健，颇有气度。其诗《因墨香得观〈红楼梦〉小说吊曹雪芹》，成为研究《红楼梦》的重要资料。

永忠填词只是偶尔为之，词风与诗歌也不同，走的是两宋婉约一路，特别能够表现词人内心深处的种种情思。如《醉花阴·步月词》云：

最是难消秋思乍，不寐愁生夜。散虑觅诗吟，乱蛩幽咽，与清商相答。　寥天风月真无价，一碧吴绫砑。重露点生

---

① 昭梿：《啸亭杂录》卷二，宗室诗人，第34页，中华书局，1980年。

衣，却忘闲身，梦立花阴下。①

以填词的要求审视，此词艺术手法高超，如"重露点生衣"中"点"字的运用，"梦立花阴下"中"梦立"的运用，都极精到。这首词以月夜中的景色为衬托，借景抒情，确实达到了景为情用，情由景生的境界。从"梦立花阴下"一句看，应是一首微有寄托之作。

词人还有一首《意难忘·嵩山席上醉咏歌者》。词云：

潇洒神清，正土润溽暑，大雨时行。新荷香净远，嫩竹影纵横。德星聚，酒尊盈。密树啭娇莺。感主人、殷勤雅致，北海同情。　何来春燕身轻。是沈郎同姓，杨氏嫌名。鲜花元解语，弱柳尚垂青。七年别、已长成。乍见意犹生。醉归去、一宵无寐，难解愁醒。

嵩山即永忠宗兄，名永奎，康修亲王崇安子，授镇国将军，书斋名"神清室"，《熙朝雅颂集》录诗二十八首，也是一位工诗善词的宗室诗人，与永忠唱和最多。永忠此词名义上是咏歌者，实乃言外有意，是借此对永奎诉说和表达内心的情绪。因同为志在有为的宗室，两人境遇情怀相似，思想感情相通，都有怀才不遇之感，故关系甚笃，词风格调也相近。

永奎有与永忠唱和的《意难忘》，词云："竹榭风清，叹年华如梦，水逝云行。萍踪忽聚散，柳黛尚低横。人世上，有亏盈。春深未老莺。恰一种、销魂无那，初谙风情。　千金买笑还轻。想背

---

① 永忠词见《延芬室集》，上海古籍出版社，1000年。

灯斜立，万种难名。疏星惊目艳，澹月印眉青。有幽人、拈是韵成，一调写平生。待他时、重斟玉斝，醒此余醒。"①也是诉说了同样的情怀。

永忠于乾隆四十四年（1779）所作的《天香·咏水仙花》，清新疏朗，颇能见其高洁情怀。词云：

玉骨冰肌，天风环佩，绰约一枝疏影。姑射为神，蕊珠作魂，气味差堪厮并。幽梦初回，兰与麝、径须蠲省。人闲几净，墨池边、妙香心领。　翠袂姗姗不整。怕酒杯、薰他酩酊。谅芳情未定，伴余清醒。彩笔已过年少日，又岂能、想入空灵境。细吮霜毫，只描花梗。

《天香》词调有多种格体，俱为双调。永忠的这首《天香》与词牌诸体均有不同，如贺铸的《天香》上阕十句，五十一字，下阕八句，四十五字，共九十六字，朱彝尊的《天香·龙涎香》与贺铸的《天香》一样，上下阕也是九十六字，而永忠此词上阕五十字，下阕四十五字，共九十五字。此调是一般词人不常用的词牌。

这首咏物词境界极佳，刻画水仙，可谓形神兼备。"玉骨冰肌"述其形，"姑射为神，蕊珠作魂"刻画内在精神，"兰与麝、径须蠲省"赞其味，认为兰香与麝香均不可与之比拟。词人在"妙香心领"之余，不由得"想入空灵境"，以此将天香水仙花的高雅描摹殆尽。词中有情有景有我，上、下阕层层递进，愈进愈深，情怀高雅，深得咏物词之法。

永忠还有一首《多丽·幻翁宅作》，作于乾隆三十五年（1770），

---

① 见永忠《延芬室集》辛卯稿，第845页，上海古籍出版社，1990年。

这首词颇能够反映当时八旗上层家庭的生活情况。词云：

> 月娟娟，一杯春露留仙。最堪怜，人见娇小，才过二六华年。倚参差、斜吹玉笛，映联翩、缓拨冰弦。飞絮成团，落花堆雪，柔丝一缕与情连。展歌喉、雏莺声巧，玉润更珠圆。银烛下，眼波抹媚，眉黛横鲜。　　莫相忆、故乡风景，此中仅可盘桓。得贤主、惜花同命，是知音、爱尔如莲。绣幕围红，琐窗叠翠，真成金屋贮婵娟。谢老人、多情风雅，暂许到身边。谁想到，天台误入，有此奇缘。

幻翁生平不详，也是一位宗室文人。此词有"金屋贮婵娟"句，初读似乎是为幻翁纳妾而作，然细细读来却并非如此。从"人见娇小，才过二六华年"、"斜吹玉笛，映联翩、缓拨冰弦"、"雏莺声巧"之句看，这位"婵娟"应该是幻翁蓄养的一位年幼的女伶人。以当时社会状况，八旗富贵之家养伶人、戏班是平常之事，此词正反映了存在于八旗社会中的这一现象。虽然如此，"得贤主、惜花同命，是知音、爱尔如莲"，却也刻画出了幻翁"多情风雅"的本性。

二、宗室永瑢

永瑢（1745—1768），雍正帝第五子和硕和亲王永昼第八子，早亡，未封爵。永瑢工诗善词，其词尤以令词为佳，句法精炼，章法新隽，而意境深远。其生平事迹与文学，《八旗艺文编目》《白山词介》《八旗文经》《八旗诗话》《钦定八旗通志》皆缺录。《全清词钞》录词一首，兹论之。

《相见欢·秋望》是一首借景抒怀之作。词云：

> 白云空际悠悠，素盈眸。万里长空凝碧，映高楼。　　倚

雕槛，神游衍，兴偏幽。指点花丛深处，小萤流。①

此词仅为三十六字的小令，词小而意境不小。词人上阕粗笔写景，下阕细笔抒情，从阔大处著笔，于细微处见精神。阔大者有白云、长空、高楼，细微者见花丛、流萤，远近之景尽入词中，数句之中跌宕变化，开阖有度。尽管上、下阕描写的景物之跳跃性很大，但情与景的结合却极和谐。此种小令，在宗室词人中难得一见。

第四节　结　　语

　　清中期的宗室词人主要出现在皇室直系子弟中，家庭出身一般都非常显贵，弘晓、永恩身为亲王，永忠、永瑢、永增出身宗室，也是衣食无忧。而且这一时期国家局势比较平稳，因此他们的词作并没有深厚的内容，更无对局势的忧患意识。不过，这个时期的宗室词人对文学表现出了浓厚的兴趣，不仅有诗集刊行，而且致力于词的写作，并且着力于词体艺术性的追求，词风则遵循婉约一路，以婉丽清雅为主。在具体的咏物抒情词作中，能够出自真情，淡远取神，偶有比兴寄托之作。

　　同时，在他们的词作中，也能领略到这个时期皇族宗室的生活和情感状态，以及他们对词学的理解和填词过程中的艺术追求。正是他们在词坛上的这种表现，不仅使他们成为了这个时期宗室词人的代表，也为这个时期的八旗词坛另添了一种笔墨。

---

① 见叶恭绰：《全清词钞》卷九，第433页，中华书局，1982年。

第九章 清代中期八旗词坛三家

清中期八旗词坛虽然缺少名家，但是也出现了一些具有特点的词人，他们填词大多没有明确的师承关系，基本以宋词婉约派"意趣高远"、"清空雅正"为宗旨，没有拘于某一流派之说，大多是自抒性情，以词写真，"不蹈前人语意"，故而这个时期的八旗词坛，别具一格者渐多，其中以福增格、铁保、那彦成最具有代表性。

第一节 稳健清疏的福增格

福增格（1709—1780），字赞侯，又字松岩，号益庵、老益，伊尔根觉罗氏，隶正黄旗满洲，生于康熙四十八年（1709），卒于乾隆四十五年（1780）。山西总督伊都立子，大学士伊桑阿孙。福增格初官散秩大臣、山西总兵官；乾隆二十四年（1759），由右翼总尉授盛京兵部侍郎、广州将军；乾隆二十七年（1762）调任福州将军；乾隆四十四年（1779），再任广东将军，次年卒[①]。著有

[①] 长善等，《驻粤八旗志》卷一四，人物志，第435页，辽宁大学出版社，1990年。

《酌雅斋诗集》，附词十九首。另著有《酌雅斋诗余》，收词三十九首。《白山词介》《赌棋山庄词话》《全清词钞》均收录了同一首《蝶恋花·西园送春》。

　　福增格诗词颇受好评，以诗而论，顾国泰在《酌雅斋诗集序》中评价其诗歌云："光明磊落，雅健沉雄，读之令人一唱三叹，不忍释手。洵足以鼓吹修明，驰骋千古，于以信今而传后，又何疑焉。"①以词而论，法式善的《八旗诗话》云："生平屡典戎行，而吟诵不辍，填词尤工，诗多天趣。"②特别指出其"填词尤工"，可知当时对他的诗词评价较高。福增格被收入《钦定八旗通志·艺文志》③中，也证明他的诗词受到了重视。他的词整体上含蓄委婉，稳健清疏，真情贯注其间，别有一番气象。

　　一、清雅疏放的抒怀词

　　福增格生活于局势平稳的乾隆时期，又身居高位，因此他的抒怀词多为描景绘物的闲情，不过从词艺角度看，亦能清丽稳贴。《蝶恋花·西园送春》通过惜春的描述，表现了一种淡淡的愁情。词云：

　　　　絮乱西园春欲暮。燕子呢喃，愁绝雕梁诉。醉眼劝春春不住，朱门空掩青苔路。　　留春不见春何处。春煞无情，花也随春去。落尽胭脂莺不语，绿杨枝上黄昏雨。④

这首词描写的景色范围虽仅限于"西园"，含义虽不深广，但能够

---

① 顾国泰：《酌雅斋诗集序》，铁保辑《熙朝雅颂集》卷八六，第1407页，辽宁大学出版社，1992年。
② 法式善：《八旗诗话》福增格，《续修四库全书》集部词类，上海古籍出版社，2002年。
③ 《钦定八旗通志》卷一二〇，艺文志，第2081页，李洵、赵德贵等主点校，吉林文史出版社，2002年。
④ 福增格词见《酌雅斋诗集》《酌雅斋诗余》，乾隆二十七年精刊本。

借景抒情，恰到好处。"朱门空掩青苔路"，语外有意。结尾"绿杨枝上黄昏雨"，不粘不脱，更增加了情感的浓度。《白山词介》等词选均仅收了录此词，不是没有道理的。

福增格的其他一些抒怀词也反映出了清代中期八旗上层词人的精神状态，以及其词风特色。《贺新凉·九日，平阳登高》一首，立意浑厚，删削靡曼，可谓极尽长调之能事。词云：

> 平郡秋光晓。费登临、凭高纵目，任风吹帽。剑佩龙山夸胜集，赋就参军绝倒。望碧嶂、澄光窈窕。谁道粗官多雅兴，谩轻裘、缓带鞭骖裛。穿木末、入云杪。　雁行几点横苍昊。插茱萸、崇椒望断，乱枫残照。瞥眼年华催令节，寂寞天涯怀抱。讶绿鬓、星星太早。作吏并汾荣闻寄，奈慈帏、远隔乡关杳。千里外，寸心老。

这首词在福增格的词作之中别具特色，词意慷慨而词风沉雄。"凭高纵目，任风吹帽。剑佩龙山夸胜集，赋就参军绝倒"，皆为豪壮之语；"千里外，寸心老"，转而沉雄，颇具八旗封疆大吏的气度。

福增格的《清平调·九日，偕寮佐登高作》一首则深怀感触，从中能够感受到词人在"白发重阳"时对自己以往经历的深深感慨，语澹而情厚。词云：

> 猎猎西风，吹落辉山红叶。一片秋心无处说。更是登高时节。　诸君跃马传觞。放歌醉舞伊凉。回首五陵年少，将军白发重阳。

借景物以抒怀则以《青玉案·雨后闻莺》为佳。借景言情一向被认为难作，这一类词要"情为主，景是客，说景即是说情，非借物遣怀，即将人喻物。有全篇不露秋毫情意，而实句句是情，字字关情者。"①增格此词大致能够符合"说景即是说情"的要求。词云：

濛濛南野初过雨。闻绿树、深深处。恰恰娇莺如有诉。为愁花落，似怜春暮。独自星星语。　双柑斗酒花田路，不惜金梭乱风絮。宛转叮咛千万句。日曛兰阁，霞明朱浦，看汝迁乔去。

此词有意、有情、有声、有色，词境深静。虽难称上品，但尚属雅正敦厚。

《南乡子·雨后登楼》一首，则于平穆中见豪宕，"万里云霄雁影浮"句，可谓气势不凡。词云：

天外断虹收，骤雨初晴绮陌头。欲寄乡心何处好，登楼。万里云霄雁影浮。　绿暗与红稠，满目山川叫栗留。昨日三韩今百粤，退陬。七载真成汗漫游。

《谢池春》的格调与上一首相近，亦可于词中见其胸襟眼界。词云：

锦瑟吟成，非复旧时年少。记上林、观花春早。香梦初酣，怕朝鸡催晓。到如今、雪泥鸿爪。　天涯海角，不许朱颜不老。况帘前、落红如扫。万斛闲愁，问何时能了。算惟有、金樽频倒。

---

① 李渔：《窥词管见》，唐圭璋编《词话丛编》一，第554页，中华书局，2005年。

以上词作情怀高迈,造句自然,意旨隐约,温柔敦厚,均能于清丽圆转中,间以壮阔之句,格调澹远有神,蕴藉有致。

二、情深意厚的怀友词

福增格长时期在闽浙、广东为官,结交了不少南方文人,但多数是未见于史册的中下层文人。虽然如此,福增格对他们的情谊仍很真挚,从以下数首赠友怀人的词作中,便能够得到印证。《江神子·春日,忆方滋亭》云:

> 山围六聘碧龙炊,水溶溶,绕琳宫。杨柳阴浓、身在画图中。记得年年寒食节,亭子上,杏烟笼。　十年湖海遍游踪,怅归鸿,意何穷。粤峤辽天、霜鬓怯花红。望断故山天外杳,人万里,又春风。

《满庭芳·春日有寄丁秀野位斋》云:

> 梅峤花繁,珠江浪暖,海天目断行云。高楼风雨,湖海感离群。记得落灯时候,青龙桁、款我情殷。虹桥上,花茵酒楣,险韵斗芳春。　怀人。当此际、木棉烘日,杜宇啼魂。忆枣香庭馆,午睡书裙。剩有三生杜牧,话扬州、旧事难闻。凭阑久、愁生南浦,烟柳带斜曛。

以上寄怀的友人多数已经难以查询到其身世经历,说明这些人并不是达官显贵,应该是福增格的诗文唱和之友。如《江神子·春日忆方滋亭》中"望断故山天外杳,人万里,又春风",《满庭芳·春日有寄丁秀野位斋》中"虹桥上,花茵酒楣,险韵斗芳春",皆是回顾当时以文会友的情景,怀有浓郁的思友之情。这些词和婉中见忠厚，以其情胜也。

福增格还有一首情调特别的词，即《孤鸾·题友人挽逝集后》，这首词是对友人悼亡集的读后感慨，故需要贴近悼亡词风。此词缠绵悱恻，能够于浓句中间以淡语，疏句后接以密语，增加了感情色彩。词云：

> 寂寥庭馆。正寒食过了，雨香红软。可耐黄昏，怕是绣帘微卷。孤怀擘尽蛮笺，总不禁、愁萦恨绾。林外早莺啼处，倍助人凄惋。　　感一天、愁思传湘管。叹泪滴安仁，神伤奉倩。锦瑟年华，倏尔南园梦幻。碧落云軿何处，倚阑干、松围翠巘。欲鼓冰弦摧折，且付之吟卷。

词中运用了"湘管"、"奉倩"、"锦瑟"、"冰弦"、"碧落"等与悼亡相关的典故，虽是题他人的挽逝集，但"总不禁、愁萦恨绾"，凄切缠绵，语真而情深。

三、襟怀旷达的怀古词

怀古词一是要求情有所寄，二是要求用典融而不涩，措辞寓意妙在自然。如果无寄托，则词意不深；用典生涩，则难以圆转，故词家颇重怀古填词之法。福增格的怀古词使事用典尚属圆通，襟怀亦疏放旷达。《踏莎行·秋日，钟山怀古》云：

> 古堞栖鸦，斜阳倚树。六朝山色秋光暮。寻常巷陌话兴亡，乌衣也逐西风去。　　祠圮青溪，舟横桃渡。可怜总是销魂处。长江终古绕钟山，山前剩有台城路。①

---

① 福增格词见《酌雅斋诗集》《酌雅斋诗余》，乾隆二十七年精刊本。

《念奴娇·京江怀古》云：

> 峭帆风棹，过金焦、信是人间奇绝。烟渚菰蒲凝望处，旧说季奴官阙。北府兵精，南州酒美，慨想当时节。浩浩长江，流尽多少英杰。　　一麾使节南来，马蹄踏遍了，青徐吴越。珠围翠绕竟园亭，乔势东施眉睫。何如此地，江山壮丽，怎底轻为别。最难忘是，妙高台上皓月。

福增格生于盛世，身居高位，无家国之忧，他的怀古词多是为了怀古而怀古，没有南宋辛弃疾、张孝祥、陆游那样慷慨悲壮的情怀，也没有晚清八旗词人斌桐、锡缜、郑文焯、继昌怀古词中的惓惓忧国之思。不过，此词能够以刚健婀娜之笔，婉转抒发慷慨之情，用典流变而不滞，且具有书卷之气，表现出了这个时代八旗词人的意气与精神。

福增格与怡亲王弘晓交往深厚，弘晓有《木兰花慢·酌雅斋诗余题词》一词，是专为福增格词集所题的词。词云："羡清才倚马，拈玉管、谱珠喉。想潇潇当年，豪情顾曲，人伫兰舟。遨游。一麾江上，向长干、缓带趁风流。倏地云踪雨迹，软红尘土优游。休休。玄鬓添霜，思往事、报签邮。忆昔时历赏，佳辰胜池，越井冈头。闲讴。上羊城畔，树旌旄、僚佐燕清秋。绛蜡歌残金缕，使君暇日消忧。"[①] 词中"忆昔时历赏"句回顾了与福增格游赏填词的情况，提出福增格词的特色是"羡清才倚马，拈玉管、谱珠喉"。

从八旗词坛发展的情况看，清代中期有成就的八旗词人并不很多，福增格是这个时期较有影响的人物。他的词虽然走了婉约的道

---

① 弘晓：《明善堂集·诗余》，乾隆刻本。

路，却并不绮靡秾艳，而是坚持了雅正的格调，总体来看福增格的词风以稳健疏朗为主。

第二节　以词纪实的铁保

铁保（1752—1824），字冶亭，号梅庵，栋鄂氏，隶正黄旗满洲，父诚泰，任泰宁镇总兵。生于乾隆十七年（1752），卒于道光四年（1824）。乾隆三十七年（1772）进士，乾隆年间历任吏部主事、翰林院内阁学士、礼部侍郎。嘉庆四年（1799）任盛京兵部、刑部侍郎，兼奉天府尹，授漕运总督。嘉庆七年（1802）迁广东巡抚、山东巡抚；嘉庆十年（1805）擢升两江总督；嘉庆十四年（1809），缘事遣乌鲁木齐，充叶尔羌办事大臣，调喀什噶尔参赞大臣。后回京任礼部侍郎，擢礼部尚书，调吏部尚书。嘉庆十九年（1814）又因审狱失察，革职遣送吉林。嘉庆二十三年（1818）释回，授司经局洗马。道光四年（1824）卒。著有《惟清斋全集》，辑选《白山诗介》五十卷，《熙朝雅颂集》一百三十四卷。其词收录于《惟清斋全集》中，有词三十二首，《白山词介》仅录一首《沁园春·夜坐抒怀》，《清词综补》《全清词钞》等词选未录其词。

铁保是清中期的一位八旗名臣，不仅长期身居高位，而且多次任乡、会试主考官。他的诗文与书法皆享盛名，"优于文学，词翰并美"[①]，与汉军百龄、蒙古法式善并称"八旗三才子"。清中期书法有"成刘翁铁"之誉，即成亲王永瑆、刘墉、翁方纲、铁保，可见其书法影响之大。

铁保填词是在晚年被遣戍吉林之时，此时他已经进入老年，官

[①] 赵尔巽等：《清史稿》卷三五三，列传140，第11282页，中华书局，1998年。

场的经历给他带来了太多的感触。他在这个时期的词作抒发的主要是内心的不平与郁闷，采用的是"诗言志"的方法，亦是以词言志，词风沉郁深厚，与词坛各流派并没有关系，也因此形成了八旗词坛上的另一种格调。

一、慨然自悲的感怀词

铁保于嘉庆十九年（1814）被谴谪吉林，此时他已经六十二岁，饱尝了仕途的艰辛，对社会人生有了更深刻地认识，思想也更为成熟。这时期的作品无论是诗作还是词作，都具有深刻的内容和真实的感慨。其词以纪实为主，与他主张诗歌要"语语纪实"的诗论观点相一致。他的词虽少婉曲含蓄，但寄托之意甚浓，与描写私情艳情及流连光景之作不可同日而语，表现出了铁保在历尽坎坷之后的复杂心声。

铁保的词作《沁园春·夜坐抒怀》最能表现铁保晚年的心绪，也是他自家词风的代表作。词云：

> 凉月窥人，凄风射壁，医睡无方。念平生行役，东西南朔，车尘帆影，地远天长。宦海浮沉，名场荣落，甘苦于今我备尝。解组后，喜中流返棹，峻坂收缰。　几时归老家乡。拣数弓隙地草为堂。倩奚童扶曳，芒鞋布袜，科头跣足，摊饭绳床。白日如年，青山似我，一任先生自主张。神定后，破半天云雾，一枕黄粱。①

这首以记实为主的词作，写于谪戍吉林之时，"宦海浮沉，名场荣落，甘苦于今我备尝"，回顾仕途中的坎坷不免惊心动魄，不免产

---

① 杨锺羲：《白山词介》卷三，宣统二年刻本。

生了"几时归老家乡。拣数弓隙地草为堂"的退隐之念,然而"神定后,破半天云雾,一枕黄粱",可谓是感慨万端,句句凄凉而沉痛,描绘出了词人当时实际处境和真实的心理。

此外,《沁园春》《满庭芳·丙子岁除》《满江红·丙子冬夜》《水调歌头·初度日作》《满江红·冬日游北山作》《临江仙·初度日游北山作》等长调,都是遣谪吉林时的作品,都具有大致相同的感情和词风特点。

在这些词中《满江红·冬日游北山作》是一首于沉郁中寓豪壮的词作,从中可见铁保在官场坎坷的经历中仍然壮心难泯的复杂心情。词云:

> 苦雨凄风,吹不冷、壮游心热。况溪山如画,万峰攒雪。枯木林中飞鸟散,白云天外阴霾结。看层冰、万里卧长江,坚如铁。　　忆当日,驰旌节。度瀚海,超吴越。举名山大泽,供吾游涉。至竟奚囊无好句,白头怕对山灵说。说不如、归去读残书,休饶舌。①

"北山"即今吉林市之北山,此处多古迹,白山书院即建立于此,至今仍保留着铁保书写的"白山书院"匾额。此词借景言情,情真而意浓。词人从眼前之景出发,回忆当年的慷慨豪壮,以及今日的雄心难展,悲怆之情不禁油然而生,这也正是一位满洲老吏发自心底的真实呼声。

《临江仙·初度日游北山作》写于他六十六岁初度日,这首词与前词的意境不同,是词人在无奈中的自我安慰。词云:

---

① 铁保以下词见《惟清斋全集》诗余,石经堂藏版,道光二年刻本。

第九章 清代中期八旗词坛三家

六十六年初度日,这回花样新翻。溪山重结再生缘。烟霞供揽辔,猿鸟劝加餐。 为说人生行乐耳,不知今夕何年。村醪一酌解朱颜。忘机真寿考,无事小神仙。

他的另一首《水调歌头·初度日作》,也写于他六十六岁初度日,此词与前一首词心绪相同,不过透露出了百般的无奈,词意也更懒散率意。

词人也有几首纯为抒怀的词作,这些词大多沉郁悲切,是内心郁闷感情难以遏制的自然抒发。如写于被谪戍吉林时的《满江红·丙子冬夜》云:

剔尽残灯,听不彻、漏声千叠。况年华已晚,岁筹又掣。爆竹声中尘梦杳,椒盘座上乡音别。笑浮生、六十六春光,轻轻撇。 思往事,愁千结。吴江水,玉门雪。笑车尘帆影,飘零胡越。不问年华余几日,断肠仍对关山月。总闰年、闰月数归期,头颅白。

内子是嘉庆二十一年(1816),铁保于谪居时回首自身在官场上的曲折经历,不由得万般感慨。"剔尽残灯,听不彻、漏声千叠",细泣幽吟,伤心至极也;"总闰年、闰月数归期,头颅白",盼归心切也。"思往事,愁千结",此时此境凄凉之感也,这种悲慨之调在清代中期的八旗词坛上并不多见,铁保算是一个特例。

铁保还有一些抑郁之气极浓、慨然自悲之作,其中《蝶恋花·夜风不寐》云:

一夜狞飙轰列缺。布被生寒,一穗灯明灭。天外惊沙檐下铁，声声撼碎绳床月。　　投老黑甜滋味别。那更风声，又把惊魂挈。坐听寒鸡声断绝，此身俨化风中叶。

一般说来，欢愉之词难工，愁苦之言易巧。这首词抒发的即是愁苦之言，是不得其平而鸣的作品，全词格调沉重，于凄凉中平添愤懑，然并非是"易巧"的词作。"声声撼碎绳床月"、"此身俨化风中叶"，词人几乎到了绝望的程度，不禁黯然神伤。这种无奈与痛苦在这首词中真切地表达了出来。整首词情调凄黯，笔法凝重。刻画景物，诉说苦楚，真实而深刻。"又把惊魂挈"，可谓触目惊心之句，形象而生动地反映出作者此时此地内心深处的情绪。尤其是一些关键词如"狞飚"、"惊沙"、"撼碎"、"断绝"的选用，更加重了凄怆的感情色彩。词人在这风高月黑夜的环境中，不禁感到自己犹如一片不能自主、任风摆布的残叶，不由得黯然神伤。那种异常苦闷而又无可奈何的心情，可说是入木三分地表现了出来。

《凤凰台上忆吹箫·自题江天阁小照》词渐近平和，而雄心犹在。词云：

布袜青鞋，乱头粗服，阿谁貌此衰翁？似东海渔人，金门羽客。偶御云车游戏，西风紧、吹落鸿蒙。权作个，玉皇仙吏，小谪辽东。　　欣逢。嫩江如练，千万里阅尽，无限英雄。更奇峰如笏，环匝蛟宫。坐对名山大泽，开拓我、千古心胸。待归去，披图细认，此老畸踪。

这首词写于"小谪辽东"也就是谪戍吉林的后期，在经历了内心种种痛苦之后，词人转而平缓的心理渐渐产生，词中"坐对名山大泽"等句，显示出了随遇而安的心绪，这也是词人晚年在内心情感挣扎后无奈的选择。

以上数首词作,词风沉郁浑厚,以词言情言志,最能代表铁保的词作特色,他也因此成为清中期八旗词坛上最有个性的一位词人。

二、别有寄托的闺情词与咏物词

铁保也有写闺情的词作,不过都是"假闺房儿女子之言"别有寄托之作。这一类词的风格近北宋婉约词风,绵缠蕴藉,绮而不靡,赋情独深。《满庭芳·闺怨》云:

> 柳絮牵风,梅英绽雪,小院料峭春寒。君之出矣,又早艳阳天。一任香消粉退,空搔首、两地风烟。鸳枕上,几行珠泪,唯有梦能传。　堪怜。叹今日,蘼芜香冷,荳冠花残。纵盼到归鸿,未卜刀环。欲写离愁寄去,花笺上、幽恨难宣。关情处,晓风残月,知伴阿谁边。

这首词是借闺怨以自况,"几行珠泪,唯有梦能传","纵盼到归鸿,未卜刀环",皆是自况之语;而"关情处,晓风残月",则是借用了柳永《雨霖铃》中的"杨柳岸,晓风残月"句。

铁保还有一首《偷声木兰花·闺思》,情境与《满庭芳·闺怨》差近。词云:

> 梨花院落溶溶月,又见夭桃飞绛雪。不语低头,怕引春风似我愁。　几番花信催春老,风雨无情春去早。春有归期,生恐春归人不归。

"怕引春风似我愁"、"春有归期,生恐春归人不归",也是借闺怨以自况，故写得清凄婉转，落笔即关痛痒，情之真、意之切非一般闲情词作可比。

铁保还有少量的咏物词，其中以《满江红·题走马灯》最有代表性，这首咏物词是铁保的代表作。词人在尝尽了颠沛流离之苦后，以走马灯自喻，悲慨自家身世，是亲身经历后的情感表露。词云：

天马行空，任万里、追风嘶雪。看法轮高转，玉绳低掣。宝炬光中沙碛满，碧纱笼内烟尘绝。不终朝、旋转万千回，无休歇。　　叹此马，筋力竭。堪伏枥，成啮橛。甘捕风捉影，消磨岁月。待得夜阑抛蜡泪，无人更问千金骨。幸临崖、顾影早收缰，全驽劣。

这首词以“走马灯”比兴自喻，痛苦中寓愤懑，词风沉郁浑沦。上阕写骏马“天马行空”建功立业时的壮烈，可谓气概昂扬；下阕写骏马“无人更问千金骨”的结局，沉痛悲凉，以此暗喻自身之经历处境，是一首比兴寄托之意甚浓的词作。

从以上词作可以看出，词人注重于思想感情即内容的表现，具有“立言”的作用，而不是为了“娱宾遣兴”。铁保于文学写作提倡“语语纪实”，“以真意为宗”①。从铁保的词作看，他抒发感情之际时时不离“真意”二字，故其词作首首以真情入词，与闲情逸致者大有不同。

铁保词作整体风格以沉郁浑厚为主要特色，且题材之选择，词意之表达，都另具面目，这也正是铁保词能够异于同时代八旗词人

① 笪立枢：《玉门诗钞跋》，见铁保撰《惟清斋全集》十，石经堂藏版，道光二年刻本。

的独特之处。

第三节　寄慨遥深的那彦成

那彦成（1763—1833），字韶九，一字东甫，号绎堂，章佳氏，隶正白旗满洲，刑部尚书阿克敦曾孙，大学士一等诚谋英勇公阿桂孙，历仕乾嘉道三朝。乾隆五十四年（1789）进士，此科八旗满洲只有他一人中式，初官内阁学士。嘉庆间官工部尚书，兼都统、内务府大臣，又任军机大臣署陕甘总督，以平定张格尔功，加太子太保，绘像紫光阁；道光九年（1829），任直隶总督；道光十一年（1831）追论平匪不力和失察等缘由被褫职，道光十三年（1833）卒，追念其功，赐尚书衔，谥文毅。那彦成也有过贬官的经历，这种仕途上的曲折给他的诗词写作带来了一定的影响。著有《那文毅公遗编》，词集有《瑶华词》。

那彦成与铁保一样也是清代名臣，《清史稿·本传》云："遇事有为，工文翰，好士，虽屡起屡踬，中外想望风采。"[1]他是进士出身，故写诗填词文气浓重。他的词风以沉稳为主，多婉曲沉郁之调，这大约与他的经历起伏有关，也与当时词坛风气有关。

那彦成生活的时代正值由盛转衰的时期，此时的词坛风气低迷，而常州派渐渐兴起。虽然词坛仍然坚持词以低回要眇为正轨，然词应该比兴寄托，情真意切的观念和潮流已经开始形成。那彦成于填词一途坚守此规，其词也具备了这种特点，然以自家人说自家话为主，故而形成了寄慨遥深的风格，也因此表现出了这位旗人的个性。

---

[1]　赵尔巽等：《清史稿》卷三六七，列传一五四，第11462页，中华书局，1998年

一、辞情俱到的咏物词

那彦成的咏物词能够借物以寓性情，刻画天然，辞情俱到，词意在若远若近之间，《疏影·寒鸦》就是这样一首词作。不过此词暗含凄凉之情，大约作于被贬官之时。词云：

> 凤城启早，带疏星残梦，背冲烟晓。风冷池塘，落叶冰胶，斜影参差难照。画图几笔清寒意，点枯枝、雪残林杪。纵群飞不近昭阳，早是玉颜愁老。　　太息少游已往，孤村流水外，樽酒潦倒。寂寞隋宫，柳卧长堤，终古斜阳不了。衡门放眼青天阔，问带去、闲愁多少？怕夜寒、吹笛人来，惊起月高轮小。①

词中"凤城"即为京城。"昭阳"，汉武帝时宫殿名，此处一语双关。此词明写寒鸦，实则寓意深浓，上阕"纵群飞不近昭阳"，即是对不能获得君主信任的感叹。而下阕"衡门放眼青天阔，问带去、闲愁多少"，暗怀哀怨之情。整首词情调凄婉。词人因事屡被夺职，这首词与被贬后的心境极相贴合。古人填词咏物都是别有寄托，非沾沾焉咏一物，这首词以寒鸦"纵群飞不近昭阳，早是玉颜愁老"寓性情，多比兴寄托之意。

《霓裳中序第一·秦镜，为王述庵司寇作》是以咏秦镜述志的词作。词云：

> 菱花起寒色，认是嬴秦旧时物。曾伴玉箫声咽，任引凤春娇，舞鸾宵怯。翠眉红颊，尽销残儿女情劫。长相直，铜仙金

---

① 那彦成词见《白山词介》卷四，宣统二年刻本。

掌,铅泪共沾氾。　休说,兰池宫阙,尽付了樵斤牧笛。冷光犹湛盈尺,是水映揉蓝,粉平揩白。青娥应见泣,怕照胆依然如昔。湘奁畔,圆姿未减,绣岭对秋魄。

王述庵即王昶,乾隆十九年(1754)进士,官至刑部右侍郎,有诗名,时称通儒。此词所咏秦镜,乃秦时古物,难得一见,故值得吟咏。《西京杂记》对此镜有记载,言其能照见人之五腑六脏,并可知有无病症邪念。词中"怕照胆、依然如昔"句即是此意。此词借咏古镜以致友人,寄托了坚守清正廉洁品德之意。起句便擒题,过变不离题意,用笔沉着舒缓,极其工致。词风则温婉蕴藉。

二、胸有襟抱的抒怀词

那彦成的抒怀词以长调为多,抒怀情意深切,皆发自内心真实的感受,非无聊之闲吟。他的《瑶花·独坐紫藤花下,月色低迷,清光自来,赋此遣兴》情景交融,尤被词坛称道。词云:

璎穿珞缀,高架暮霞,浸一壶寒碧。满身清影,玲珑甚、筛透衣香几叠。轻寒约住,才留得、而今春色。讶石家、步障张空,翻起流云疑活。　凄凉转忆前游,是那曲阑干,春最佳绝。十年花梦,应不识、禁得等闲蜂蝶。心情正苦,更何处、悠扬孤笛。怕者番、吹彻阳关,惊舞翠虬香雪。

题中"独坐紫藤花下",心境孤独也;"月色低迷",凄凉无限也;词中"翻起流云疑活",心绪不畅也;至"心情正苦",则点明了主题。而"满身清影",表达了孤高自赏的品性。"十年花梦,应不识,禁得等闲蜂蝶",虽然词句委婉,但其中担心一片忠心会被谗言所告之意仍然十分明显。对于这首词,前面提到的郭则沄在《清词玉屑》中认为"绮情斐亹中别见孤抱,容若不能胜也"①。此词虽然胸有襟抱,然多雕琢之气,不若纳兰词自然真切矣。

另一首《疏影·题一生未醒梅花梦诗意图》,也是情景交融、深怀寄托之作。词云:

> 惺忪香国,忍伶俜抱影,冻禁孤碧。纸帐欹烟,老屋傀云,朦胧一片苍雪。分明蝴蝶花中活,翻不道、此身如叶。向小窗、写出横枝,试问几生修得。　谁似何郎疏俊,苍江一卧也,占断清绝。开向东风,洗近西窗,今夕人间有夕。团香泛玉笼春住,任弄彻、黄昏霜角。凭等闲、照取芳心,只有旧时月色。

这首词的词题为"题一生未醒梅花梦诗意图","一生未醒",而且是"梅花梦",只有品性胸襟高雅之人方可画出此种图画。此词妙在不黏不脱。结句"凭等闲、照取芳心,只有旧时月色",尤见词心所在,以此可以想见词人借此图抒情的心绪了。此词自然流畅,辞曲意直,因情生文之作也。

《疏影·赋竹屋》,"竹屋"乃屋在竹林中也,是咏屋在竹林中的情境,寄兴之意更浓。词云:

> 檀栾碎簇,向低檐冷压,飞荫柔绿。叶走闲阶,灯火昏黄,唱断潇湘哀曲。萧郎老去慵抬笔,写不出、渭川林麓。有个人、翠袖天寒,倚遍画阑干角。　闲步巡檐索笑,一枝乍见了,香破孤萼。怕度秋声,雨雨风风,且向而今听足。幽窗

---

① 郭则沄:《清词玉屑》卷一,蛰园校刊本,1936年刻本。

心事凭谁说,赖只有、此君如玉。恁等闲、过了斜阳,又被月痕低蘸。

自古以来竹与梅同样是君子的化身,屋在竹林中,犹似与君子为伍,"幽窗心事凭谁说,赖只有、此君如玉",便表达了此意。此词意境与上一首词一样,思深而意切,婉曲而不涩,心中所寄隐隐然流于言外,从中亦可见词人坚守高洁品格的君子风度。

总之,那彦成词并非是仅仅流连光景之作,而是具有自家感情的深度。以词而论,那彦成工于比兴寄托,别有襟抱,词风温婉而雅,在清中期八旗词坛上自然应该占有一席之地。

第四节　结　　语

这个时期八旗词坛的主力仍然以上层旗人为主,以上三位八旗词人都有比较高的社会地位,如福增格出身名门,身居高位,其词主要特色是能够于平稳中见疏放。铁保不仅是进士出身,而且诗文俱佳,在文坛上有很高的地位,故填词以抒发自家性情为主,与当时词坛流派多无师承关系,更重要的是这个时期的八旗词坛已经开始注重表现社会现实,其中铁保填词尤其不遵门派,以真意入词,特立独行,词风与他前后的八旗词人都不相同。那彦成也是名门之后,进士出身,词风与福增格、铁保不甚相同,其词在敦厚温润中别见孤抱,他们也因此成为清代中期八旗词坛上颇具特点的词人。

清代中期的八旗词坛虽然词人数量开始增加,但是艺术水平不如清初,没有出现如纳兰性德那样有影响的词人,在词论方面也没有突出的表现。不过这个时期的八旗词坛更重视抒写自家心绪及对世事的感悟,反映社会现实也更加具体深刻,因此也形成了这个时期的八旗词坛特色。此间常州派兴起,但对于原遵循浙西派,或遵循阳羡派的八旗词人来说,常州派的影响还不是很大,大多数词人仍遵循宋词婉约之轨,浙西派也仍然具有广泛的影响,词风婉丽有余而豪放不足,词人大多没有跳出这种藩篱。

  从以上三位八旗词人的词作来看,虽然词风不尽相同,但却都能够从自身的具体情境出发,在感慨世事人心的同时,展现真切忠厚的性情,对当时流行的观念进行了突破式的尝试,并因此形成了不同于他人的词风特色,从而成为了清代中期八旗词坛上的代表性人物。

第十章　珠联璧合的奕绘与顾太清

奕绘和顾太清（西林春）是清中期八旗夫妻词人中的佼佼者，他们致力于词，相互酬唱，不仅词作数量多，而且艺术水平颇高。其词除了抒发性情之外，多写王公家庭的日常生活。他们生活在嘉道之间，是八旗刚刚由盛转衰的阶段，社会现实的变化对他们产生了影响，故而其词作能够触及到社会现实，也能够反映当时八旗王公家庭的境况和他们的精神世界，以此为一般八旗词人所不及。

第一节　寓意深远的奕绘

奕绘（1799—1838），字子章，一字人素，号幻园，高宗第五子荣纯亲王永琪孙，荣郡王绵亿子，袭爵多罗贝勒，官都统、内大臣。著有《妙莲集》《明善堂文集》。词集《写春精舍词》存词九十三首；《南谷樵唱》存词二百五十八首，共有词三百五十一首。

一、《写春精舍词》

奕绘的《写春精舍词》是词人初期创作的作品，不过已经具有

了比较高的境界,且多比兴寄托。如《齐天乐·分兰》以兰喻人,暗含了对兰花所具有的君子之风的赞赏。词云:

> 芳心不解连环结,三芽五芽相绾。缭乱情根,缠绵别绪,犹怨红泥松软。秋云一剪。忆旧雨尘沙,同岑共藓。瘦叶离披,晚来亲自带香划。　　阿娇金屋乍贮。几丛幽露滴,苏小啼眼。花褪朱丝,魂销绿萼,汝盎宣盆栽满。来春天暖。向涂壁妆楼,画阑池馆。碧玉新抽,妙香闲冉冉。

奕绘的一些咏古、抒怀之作比兴之意更浓,如《剑气近·题古刀匣背,刀两锷俱刻龙纹》便慷慨豪壮,特别能够显示奕绘的心胸气度。词云:

> 血华染,懔出匣,荧荧光闪。太古一双龙贬,俱跃入莫邪剑。射牛斗、丰城交感。精英落人心胆。莫轻犯,谁敢。舞来风雨黯。豪挥醉引,算古来、多少人头砍。金刚慧刃透禅机,甚情根业根,一刀言下都斩。鬼愁神惨。三尺单锋,千载销磨锷减。锦囊护惜明珠嵌。①

《剑气近》这种词牌很少有人填写,这首咏古刀的词与此词牌含义一致,可知词人填写此词之意。此词字字咏刀,亦句句喻人,在刻画了"两锷俱刻龙纹"古刀的珍贵的同时,塑造了一位侠士形象。如果词人无此胸怀,断不能写得如此豪气逼人。

---

① 奕绘词见《写春精舍词》,金启孮编校《妙莲集·写春精舍词》,辽宁民族出版社,1989年。

第十章 珠联璧合的奕绘与顾太清

此外,《满江红·壬午八月登良乡塔作》是一首抒怀之作,抒发了慷慨磊落之情。词云:

> 砖老苔荒,高寒外、斜阳影卧。蹑危蹬、级寻鱼贯,梯旋蚁磨。山海万重秋万里,虚空如寄云如堕。瞰齐州、九点渺苍烟,如星大。　　金刚顶,莲花朵。转轮藏,须弥座。省禅机又且,胡卢提过。天会九年名姓在,老僧百岁袈裟破。唱新词、独立最高头,无人和。

词人登高望远,日极之处,沧海桑田尽收眼底,"山海万重秋万里",不由得词人胸胆开张,豪情满怀。此词视野阔大,由远及近,借景映托情怀,又不离"良乡塔"之本意,结句"唱新词、独立最高头,无人和",尤见词人立意高远。

奕绘最被称道的是《台城路·过成哲亲王故园》,这首词触及到了社会现实,是有感而发之作,全词悲怆凄婉,在奕绘的词作中词意词风最有代表性。词云:

> 芜园何限伤心事,凄凉更逢斜照。狐窜阴房,鹗鸣枯木,画栋曝书楼倒。青苔谁扫,但败柳残荷,寒鸦衰草。痛哭苍烟,一丸冷月夜深悄。　　追思成邸故事,陈王游宴处,花好春好。渔网横矶,羊鞭挂树,此日那堪重到。暗伤怀抱,向流水声中,咽鸣长啸。梁燕无聊,今年归去早。

成哲亲王即永瑆。永瑆袭成亲王爵,谥哲,故称成哲亲王。词之上阕落笔即描述了成王府"狐窜阴房,鹗鸣枯木,画栋曝书楼倒"的凄凉,写尽了成哲亲王故园凄凉颓废之景。词之下阕追怀了"陈

· 253 ·

游宴处,花好春好",往日钟鸣鼎食的盛况,通过对成哲亲王故园盛衰的强烈对比,揭示出了八旗王公贵族由盛转衰的惨象,不由得词人"暗伤怀抱,向流水声中,咽呜长啸"了。结句轻轻荡开,看似平淡,然凄悲与无奈之情却更难排遣。绘奕与永瑆同为皇族,是永瑆的侄孙辈,可以说是自家人诉说自家事,故能写出他人所不能道出的切肤之痛。

这首词心绪抑郁,色彩暗淡,近乎凄惨,也因此揭示了当时八旗没落的趋势,起到了以词证史的作用。此种词能够最早出现在八旗词人笔下,绝非偶然。这类词作的出现,不仅丰富了清中期八旗词作的题材,也开启了晚清旗人以词抒发悲慨心境的风气。

奕绘这类寄慨身世的词作与同时期其他词人的描景赋物作品有明显的不同。这种内容和情怀的词作,不仅与社会现实密切相关,而且只有在旗人的生活环境中方能够出现,也只有旗人才能够有切身的体会。而清代词人绝少有王公家族的经历,也就很难写出这种题材和词风的作品,这也可说是旗人词作的独特之处。

在此词集中,奕绘也有一些言景抒情之作,如《满江红·过卢沟桥》云:

> 滚滚黄流,是禹迹、神功初奠。极远目、乱峰西北,潮头一线。燕赵河山多感慨,金元事业空交战。想平沙、毡帐竖黄旗,标行殿。　七百载,风云变。古今事,波涛卷。剩长桥顽石,平拖如练。税局喧哗争过客,堤城嵲屼依村店。叹年时、骑马往来频,英雄倦。

这首词描述出了卢沟桥的种种景象,且能够借景抒怀,亦属难得。在《写春精舍词》中,更多的是《高阳台·赋花魂》《薄幸·秋海棠》《水调歌头·虞美人》《天香·桂》《鬓边花·晚香玉》《拜星月慢·题画蝶团扇》一类词作,这些词用笔自然,工于刻画,能够做到肖物能工。

二、《南谷樵唱》

《南谷樵唱》是奕绘中年以后的词作,词意词境渐入佳境,其中一些词能够展现旗人情怀,是为特别之处。《醉红妆·良乡》云

> 良乡塔上古砖红,祝私心、笑正隆。良乡坡下古营空,唐贞观、伐辽东。　良乡城外古行宫,劳将士、告成功。(原注:我高宗纯皇帝劳定西大将军于此)白头父老识高宗,四十载、旧雄风。

此词将"唐贞观、伐辽东",与乾隆时征伐噶尔丹"劳将士、告成功"联系在一起,心境可谓阔大。尤其是"白头父老识高宗"句,"高宗"即乾隆帝,追怀了往时国力的强盛。此类词作不可仅从词艺角度读之,更应该体验到八旗词人特有的情感和以真情入词的魄力。

《凄凉犯·促织》通过自己家族境况的颓落,描述了自身内心的悲凉。词云:

> 唐风蟋蟀,嬉游事、思量廿载如昨。溜穿枯树,苔崩坏砌,笼灯偷捉。草根篱落,惯怃地、搜寻蹑脚。更收来、宣盆赵罐,胜日行乐。　莫问如今事,百感中午,乱愁交错。月明雨暗,听哀音、并添萧索。刻鹄雕虫,剩乐府新词嘲谑。计秋来、宵长梦短,只独酌。[①]

[①] 此词见于《白山词介》卷二,奕绘,宣统二年刻本。

这首词写的是对自家由兴盛转衰落的沉重感怀，与《台城路·过成哲亲王故园》词意异曲同工，同样抒发了内心的痛苦与无奈。自古咏促织之作不绝于篇，然多辞不达意，屡受游词之诮。此词则不然，词人借咏促织比兴，抒发了自身对现实的深刻感触，并非是一首游戏之作。上阕写"嬉游事"儿时的无忧无虑，和"宣盆赵罐，胜日行乐"富贵生活。下阕"百感中年，乱愁交错"，转而倾诉中年以后百感交集的困惑与愁情。以上种种，皆与词人的经历和心情密切相关。结句"计秋来、宵长梦短，只独酌"，余味悠远，给人以想象的余地。

以上这些词都与八旗的现实状况和旗人思想有关。下面这首词似乎也与八旗上层的社会现象有关。《临江仙·书所见》即对社会现实中的奢华无度给予了批判。词云：

> 风流公子无拘束，游春十乘香车。车中颜色尽如花。连翩从骑，大马锦泥遮。　　传闻前任夔州府，子孙年少豪奢。生民膏血换吴娃。黄金易散，白日易西斜。[①]

此词题为"书所见"，即身历目见之实事，因此情景之描述具体而深刻。从清代的现实情况看，等级约束相当严格，而"风流公子无拘束，游春十乘香车"，敢于如此招摇过市者，一定不是民人、富贵人家，只有八旗王公之家才敢于如此嚣张。此词对风流公子"子孙年少豪奢"的荒淫无度，不仅给予了严厉的批判，而且提出了"黄金易散，白日易西斜"的警告。整首词充满了对社会上层贪腐

---

① 奕绘词见《南谷樵唱》，道光抄本及金启孮校笺《明善堂文集校笺》，天津古籍出版社，1995年。

第十章　珠联璧合的奕绘与顾太清

骄奢的痛恨，以及对世风日下的担忧，用意可谓深刻。词人振笔直言，实在也是忍无可忍的缘故。奕绘此类题材的词作，使八旗词人对当时的词坛风气有所突破。

奕绘还有很多词能够抒写真实感慨，其中《莺啼序·池上言志》最能见其心志本色。词云：

> 清池夜来雨过，长新萍无数。破凝碧、款款蜻蜓，飞来还又飞去。映画阁、光浮藻影，花梢冉冉斜阳暮。感人生、无异朝露。　　子夜登车，丁年佩印，受寒风暑雾。每自问、半世羸躯，殉人何事自苦。宦初成、仲翁病告，秩未熟、渊明词赋。古之人、思重其身，渺焉予慕。　　莎阶蚁战，蜜桶蜂酣，尚决然出处。君不见、云间野鹤，独远尘世，水里游鱼，不思林麓。任天者逸，知天者乐，狂吟大醉三千首，尽风流、文采惊人句。朝簪脱后，镜中未见霜毛，俯仰一笑千古。南山种豆，曲水流觞，引高情佳趣。却远胜、羔裘五𬘘。退食委蛇，虎钮三斤，铃书旁午。悠游万卷，商量千载，孟光喜逐梁鸿隐，更门生、儿子同欢聚。殷勤问字人来，载酒相看，定然不拒。

此词有不同诸格体，俱为四阕，以吴文英词为正体，这首词第一阕与吴文英体稍异。此词大约于道光十五年（1835）奕绘辞官时所作。通篇述说了词人不欲为官，欲退隐江湖的志向。奕绘"子夜登车，丁年佩印，受寒风暑雾"，是说嘉庆丁丑（1817）袭爵多罗贝勒，官内大臣，然非常劳累辛苦。词人欲过"云间野鹤，独远尘世，水里游鱼，不思林麓"的生活，于是"宦初成、仲翁病告，秩未熟、渊明词赋"，借用了《汉书·疏广传》和陶渊明诗《和郭主

· 257 ·

簿》的典故，仿效疏广以病告退、陶渊明隐居赋诗之典，表达了自己退隐的心情。"南山种豆，曲水流觞"，"孟光喜逐梁鸿隐，更门生、儿子同欢聚"，则进一步对退隐生活做了规划。不过虽然如此，"俯仰一笑千古"，还是能够感觉到词人心底壮志难消的情怀。这种情感在他的《写春精舍词》中《满江红·达摩渡江图》"无住亦非心境界，有情须作真豪杰"句中可以找到佐证。另外，此词虽多处用典，然均贴切自然，词风亦萧疏稳健。

当然，《南谷樵唱》中也有一些清疏工丽的词作，不过也都能够独抒心怀。《沁园春·武陵桃源》《沁园春·题盆中岁寒三友图》《满江红·浪花》《夜行船·渔家词》等等，均非是无意之作，其中《月上海棠·秋晴》一首比较有代表性。词云：

> 秋晴万物添精爽，红日上廊一丈。满园蜜蜂儿，快活午衙齐放。莲叶底，风定鱼吹细浪。　人生何用闲惆怅，任宇宙悠悠自来往。莫负好时光，一杯酒翛然情况。叹名利，误了人生世上。

词之上阕绘景清新工丽，下阕则陡然转折，"叹名利，误了人生世上"透露出了词人的处世态度和心底的情怀。奕绘中年以后，心中之情、眼中之景皆可入词，虽为世俗之物，亦不妨吟咏。如在他的词中即有咏"风筝"、"竹夫人"、"念珠"、"腌菜"等题材的作品，也有咏"傀儡"和"豆汁"的词作，皆能以比兴之法赋物。这在当时可谓是别出心裁，打破了词的戒律和神秘感，可谓是一种大胆的举动。这在当时的词坛上甚为罕见，这正是八旗词人的可贵之处。

总体上看，奕绘的词除了能够做到情感真实之外，对八旗词坛内容题材的开拓多有贡献。尤其是那些表现八旗社会与旗人情感的词作，为清中期词坛的别开生面注入了生机。

第二节 独标格调的顾太清

顾太清（1799—1877），又作西林春、顾春，字子春，号太清，西林觉罗氏，镶蓝旗满洲人。祖父鄂昌，官至甘肃巡抚，因胡中藻案被赐自尽，家道中落，后嫁与贝勒奕绘，嘉庆四年至光绪三年在世。著有《天游阁集》，词集有《东海渔歌》，有词三百一十四首[1]。癸丑（1913）西泠印社本《东海渔歌》收词六十五首。

一、太清词的影响

顾太清文才很高，是清代著名的闺阁诗人，《清代闺阁诗人徵略》转录《名媛诗话》云："太清才气横溢，援笔立就。待人诚信，无骄矜习气。唱和皆即席挥毫，不待铜钵声终，俱已脱稿。《天游阁集》中诸作，全以神行，绝不拘拘绳墨。"[2]顾太清以词名世，在晚清之际更受到词坛的重视，词坛名家对其词评价很高，其中以况周颐的评价最详最确。况周颐《东海渔歌序》云：

> 太清词得力于周清真，旁参白石之清隽，深稳沉着，不琢不率，极合倚声消息。求其诣此之由，大概明以后词未尝寓目，纯乎宋人法乳，故能不烦洗伐，绝无一毫纤艳涉其笔端。曩阅某词话，谓铁岭词人，顾太清与纳兰容若齐名，窃疑称美之或过。今以两家词互校，欲求妍秀韶令，自是容若擅长；若以格调论，似乎容若不逮太清。太清词，其佳处在气格，不在

---

[1] 据金启琮编校《天游阁集》统计，辽宁民族出版社，2001年。
[2] 施淑仪：《清代闺阁诗人徵略》卷八，第494页，上海书店，1987年。

字句，当于全体大段求之，不能以一二阕为论定，一声一字为工拙。此等词，无人能知，无人能爱。夫以绝代佳人，而能填无人能爱之词，是亦奇矣。①

况周颐是清末词坛"倚声大家"，于词深有体会和研究。上述评论是他在仔细研读了《东海渔歌》之后得出的结论，最为中肯。言"太清词得力于周清真，旁参白石之清隽"，提出了太清词的渊源与风格，大致不差。其他如吴昌绶《天游阁词序》、王佳《东海渔歌序》等等，皆泛泛而谈，未得要领。

二、追慕宋词

顾太清以宋代婉约派为圭臬，这种倾向在《东海渔歌》中有突出的表现。她的词集中有超过二十首词是步韵与唱和宋人的词作，其中有《霜叶飞·和周邦彦片玉词》《醉蓬莱·和黄山谷》《念奴娇·和姜白石》《洞仙歌·和刘一止苕溪词》《雨霖铃·和柳永乐章集》《壶中天慢·和李清照漱玉词》《凄凉犯·咏残荷，用姜白石韵》《惜红衣·雨中池上，用白石韵》《木兰花慢·和张孝祥于湖词》《惜琼花·雨中补种白莲，用张子野韵》《莺啼序·雨中送春，用吴梦窗韵》等等。可知她对宋词的词作风格非常熟悉，尤其追尚婉约风格。她也有步韵苏轼的词作。如《水调歌头·中秋独酌，用东坡韵》，不过仅此一首而已，且其词并不豪放如苏轼词风，至于稼轩词风作品更是未得一见。因此其词风确如况周颐所言以典雅清隽为主，"深稳沉著，不琢不率"，这也与她的身份经历及人格气质有密切关系。

顾太清有《霜叶飞·和周邦彦片玉词》。周邦彦精通音律，著

---

① 况周颐：《东海渔歌序》，西泠印社活字本，1914年。

第十章　珠联璧合的奕绘与顾太清

有《片玉集》，是北宋末年的大词家。"美成思力，独绝千古"[1]，开南宋姜夔、史达祖词派，为后世词家推重。周邦彦的《霜叶飞》后人多有和韵词，顾太清此词也是如此。词云：

> 萋萋芳草疏林外，月华初上林表。断桥流水暮烟昏，正夜凉人悄。有沙际、寒蛩自绕。星星三五流萤小。见白露横空，那更对、孤灯如豆，清影相照。　　昨夜梦里分明，远随征雁，迢递千里难到。西风吹过几重山，怅故人怀抱。想篱落、黄花开了。尊前谁唱凄凉调。应念我凝情处，听雨听风，恨添多少。[2]

此词婉转流丽，结句"应念我凝情处，听雨听风，恨添多少"，尤见精神，颇具周邦彦词风。

词坛对于姜夔词历来评价很高，顾太清次韵姜夔的词作最多。"姜夔尧章崛起南宋，最为高洁，所谓'如野云孤飞，去留无迹'者。"[3]姜夔的《暗香》被认为是姜派词的代表作，影响极大，后世次韵者颇多。顾太清的《暗香·谢云姜妹画梅团扇，次姜白石韵》云：

> 风枝霁色，胜临流万点，吹开羌笛。日暮何人，翠袖凌霜一枝摘。写出疏香冷韵，谁得似、琅嬛仙笔。感昨日、团扇题诗，寄我伴吟席。　　南国，夜月寂。记庾岭五湖，千树堆

---

[1] 周济：《介存斋论词杂著》，唐圭璋编《词话丛编》二，第1632页，中华书局，2005年。
[2] 顾太清词见况周颐刊《东海渔歌》，西泠印社活字本及竹西馆铅印本，1914年。
[3] 田同之：《西圃词说》，唐圭璋编《词话丛编》一，第1453页，中华书局，2005年。

· 261 ·

积。昔游最忆，卅载相思梦魂隔。爱此冰纨小影，竹叶撼、一窗晴碧。剩点检红箫谱，旧词证得。

姜夔《暗香》原词云："旧时月色，算几番照我，梅边吹笛。唤起玉人，不管清寒与攀摘。何逊而今渐老，都忘却、春风词笔。但怪得、竹外疏花，香冷入瑶席。　　江国，正寂寂。叹寄语路遥，夜雪初积。翠尊易泣，红萼无言耿相忆。长记曾携手处，千树压、西湖寒碧。又片片吹尽也，几时见得。"姜夔《暗香》原题曰"石湖咏梅"。张惠言云："首章言己尝有用世之志，今老无能，但望之石湖也"①。郑文焯在校《白石道人歌曲》中，也认为此词是伤宋徽、钦二帝蒙尘之作。可知姜夔的这首咏梅词对南宋的危难局势颇多担忧，是一首别有深意之作。与姜夔词相比，顾太清的《暗香》虽然没有更深的涵义，然却也能够体现出姜夔词精深华妙、词格高秀之特点，亦是不求工而自工之作。

三、佳处在气格

况周颐已将太清词的特色说尽，并特别指出其词特点是"佳处在气格"。前人评价姜夔即认为姜词以气格胜，顾太清填词也是重在气格，从中可见姜夔对她的影响之大。兹举以下数首以见其词之这种特色，小令《早春怨·春夜》云：

> 杨柳风斜。黄昏人静，睡稳栖鸦。短烛烧残，长更坐尽，小篆添些。　　红楼不闻窗纱。被一缕、春痕暗遮。澹澹轻烟，溶溶院落，月在梨花。

---

① 张惠言：《张惠言论词》，唐圭璋编《词话丛编》二，第1615页，中华书局，2005年。

第十章　珠联璧合的奕绘与顾太清

长调《珍珠帘·本意》云：

> 濛濛未许斜阳透。荡参差、一片纹縠微绉。闲煞小银钩，度困人长昼。落花飞尽絮，任几处、莺声轻溜。依旧，此好景良辰，也能消瘦。　　多少苦雨酸风，障游蜂不入，晴丝难逗。云暗曲房深，听辘轳银瓮，隔住红灯花外影，清露下、香浓金兽。偏又到，月照流黄，夜凉时候。

以上二首词颇具清远气格，与奕绘不同的是太清词大多以写景绘物为主，不过亦有对人生的感触和对社会的关注。太清的抒怀之作以《金缕曲·自题听雪小照》为佳，尤能见其独有的气格。词云：

> 兀对残灯读。听窗前、萧萧一片，寒声敲竹。坐到夜深风更紧，壁暗灯花如菽。觉翠袖、衣单生粟。自起钩帘看夜色，压梅梢、万点临流玉。飞霞急，响高屋。　　乱云堆絮迷空谷。入茫茫、冰花冷蕊，不分林麓。多少诗情频到耳，花气薰人芬馥。特写入、生绡横幅。岂为平生偏爱雪，为人间、留取真眉目。阑干曲，立幽独。

此词借雪夜抒情，上下阕浑然一体，总此一意，气格贯通。上阕写眼前之景，下阕写远山之景，然"多少诗情频到耳，花气薰人芬馥"则又进一层，愈转愈深，愈翻愈妙。结尾数句，另开境界。"岂为平生偏爱雪，为人间、留取真眉目"句，自曝胸怀，心境颇高，清新雅正，自然天成，是太清高雅品格的一种表露。"压梅梢、万点临流玉"、"入茫茫、冰花冷蕊，不分林麓"，皆入神之笔，这正是太清词之妙处所在。整首词词意清空而词境浑茫，别开一番境

· 263 ·

界,是一首感慨人生之作。顾太清另一首写雪的词是《雪狮儿·雪窗漫成》,词意亦沉郁深稳,不过意境似不敌这一首。

此外,能够表现顾太清高洁品格的词还有一首《意难忘·自题梅竹双清图》。太清善绘事,在奕绘和太清诗词中有多首题画的作品。这一首词特能够表现出顾太清的清高品性,词风亦委婉情深。词云:

> 一径幽香,傍猗猗修竹,疏影扶将。横斜深院宇,冷艳小池塘。才雪后,乍芬芳。尽无语持觞。向夜阑、巡檐索句,特费思量。　　相思难话衷肠。想佳人空谷,一样情伤。帘栊灯黯淡,篱落月昏黄。多少事,意难忘。似不自禁当。更怕他、新愁旧梦,虚度年光。

这首词不仅情感表达特为细腻,而且遣词用句贴切精当。梅与竹乃君子之象征物,"幽香"言梅香也,"猗猗"言修竹之美盛也,"横斜"言梅之情态也,而"佳人空谷"一语双关,以空谷幽兰自喻也。此词景物与情感浑然一体,实在是一首绝妙之作。

顾太清也有疏朗俊健之作,时见警策之语,《雪夜渔舟·题励宗万雪渡图》云:

> 北风紧。狂雪压群山,六花成阵。水面凝烟,芦梢敲玉,败叶乱随风陨。溪山弹粉,掩映出、短篱疏隐。树鸦惊起,渺漫村舍,板桥难认。　　冻云飞不尽。望长空一色,水天勾引。唤渡纷纷,披蓑戴笠,银海冷光生晕。去程远近,好趁取、晚来风顺。轻桡快桨,船头船尾,大家安稳。

《江城子·题日酣川静野云高石画》云:

第十章 珠联璧合的奕绘与顾太清

> 日酣川静野云高，远山遥，碧迢迢。千里孤帆，一叶任风飘。莫话滩头波浪险，波平处，自逍遥。　昏昏天地太无聊，系长条，钓鲸鳌，且对江光山色酌香醪。其奈眼看人尽醉，悲浊世，续离骚。

以上《雪夜渔舟·题励宗万雪渡图》中的"北风紧。狂雪压群山，六花成阵"，俊健之笔也；"轻桡快桨，船头船尾，大家安稳"，警策之语也。《江城子·题日酣川静野云高石画》中的"千里孤帆，一叶任风飘"，气势俊健；"其奈眼看人尽醉，悲浊世，续离骚"，警策之语也。此外，《醉太平·闻雁》整首清远蕴藉，气格充盈。词云：

> 长鸣短鸣，何来雁声？翱翔律吕和平，发炎方北征。
> 人情物情，千年不更。云中谁计邮亭，趁东风去程。

顾太清虽然没有词论一类的著作，但有一首《金缕曲·题行有恒堂词集》，从中尚能够看到她对词的认知和理解。词云：

> 镂月裁云手。好文章，天衣无缝，神针刺绣。写景言情尤不切，一串骊珠穿就。应不数、豪苏腻柳。脱尽人间烟火气，问前身、金粟如来否。餐妙句，淳如酒。　神龙变化云出岫。笔生花、篇篇珠玉，锦心绣口。文采风流谁得似？明月梅花为偶。比修竹、孤高清瘦。岂止新词惊人眼，行有恒、事事存心厚。三复读，味长久。

定郡王载铨著有《行有恒堂集》，这首词是题《行有恒堂词集》的作品。载铨是定安亲王永璜曾孙，祖绵恩为定恭亲王，父奕绍袭定亲王爵。载铨嘉庆二十一年（1816）封辅国将军，道光十六年（1836）袭定郡王爵，授御前大臣、工部尚书、步军统领。咸丰间加亲王衔。奕绘与奕绍是堂兄弟，载铨是奕绘的侄辈，相互之间有交往。这首《金缕曲·题行有恒堂词集》为载铨而作并无问题。词中"神龙变化云出岫。笔生花、篇篇珠玉，锦心绣口"，通篇都是溢美之词，尤其是"行有恒、事事存心厚"句，提升了词之格调。"脱尽人间烟火气"、"孤高清瘦"，在称赞载铨词品人品的同时，也提出了自己的填词主张，尤能显示太清词佳处在气格的特点。

太清与载铨有关的词，还有《满庭芳·次韵筠邻主人咏牡丹原韵》《满庭芳·次韵筠邻主人咏絮原韵》《满庭芳·雨中过含芳园谒筠邻主人》等，其中《金缕曲·上定郡王筠邻主人》作于奕绘去世之后，此时顾太清被迫迁出王府，孤儿寡母生计窘迫，在痛苦绝望中得到了载铨的援助，为表谢意，以词奉答。词云：

> 人世诚难料。叹英雄、未完凤志，天何草草。母子孤孀无人问，谁许王孙哀告。空搔首、难抒怀抱。可也九泉能念我，掩啼痕、独向风前悼。写不尽，招魂稿。　　沉忧损性成颠倒。感清天、一声霹雳，阴霾都扫。拯救生民稍援手，泛出慈航仙棹。更无尽、神光普照。虽有覆盆终解释，此生恩、拟向来生报。聊献上，《陈情表》。

这首感恩定郡王载铨的词作，不仅诉说了内心无比的痛苦、委屈与无奈，也特别表达了对载铨深深的感激之情，字字句句皆由血泪合成。尤其是结句"此生恩、拟向来生报，聊献上，《陈情表》"，更是沉痛异常。《陈情表》为魏晋李密所写，其中有："门衰祚薄，晚有儿息。外无期功强近之亲，内无应门五尺之童。茕茕子立，形影相吊"句，与顾太清"母子孤孀无人问,谁许王孙哀告"的境况相似。顾太清"此生恩、拟向来生报"也与《陈情表》中"生当陨首,死当结草"之意相同。因此,此结句颇能展现顾太清的学力修养与真切的报恩心理,非亲身经历苦难,且性情真挚者不能道出,读过此词,令人心酸,亦令人感动。从词艺角度看,能够将内心复杂的情感表达得如此淋漓深切,非一般词家所能达到,是一首气格超迈的词作。

纵观太清词,基本上都具有"明月梅花为偶,比修竹孤高清瘦"的高洁风骨,以及"事事存心厚"的胸怀气度,是为难能可贵。

第三节 奕绘、顾太清的唱和词

奕绘、太清有一些唱和的词作,这些词作既表现了他们的家庭生活,也反映了他们共同的文学追求。因为是夫妻间的对话,因此更加真实而意浓,从中也可以见到八旗满洲贵胄家庭的生活情境。

奕绘有《江城子·题黄云谷道士画太清道装像》,从中能够看出他们相互倾慕的夫妻关系和乐观豁达的旗人性格。词云:

> 全真装束古衣冠,结双鬟,金耳环。耐可凌虚、归去洞中天。游遍洞天三十六,九万里,阆风寒。　荣华儿女眼前欢,暂相宽,无百年。不及芒鞋、踏遍万山巅。野鹤闲云无挂碍,生与死,不相干。

正是这种融洽的夫妻关系,使他们常常以词唱和。以下词作就是他们情感相近的唱和之作。奕绘的《高山流水·南谷清风阁落成》云:

> 山楼四面敞清风。俯深林、户牖玲珑。雨后一凭栏,直望

· 267 ·

尽海云东。栏杆外、影接垂虹。夕阴转,满壑松涛浩浩,花露朦朦。拥邺侯书架,老我此楼中。　　从容。启云窗高朗,微凉夜、秋纬横空。襟袖拂星河,鸡三唱晓日通红。同志者、二三良友,侍立青童。问茫茫宇宙,屈指几豪雄。①

顾太清的《高山流水·次夫子清风阁落成韵》云:

群山万壑引长风。透林皋、晓日玲珑。楼外绿阴深,凭栏指点偏东。浑河水、一线如虹。清凉极,满谷幽禽啼啸,冷雾溟濛。任海天辽阔,飞跃此生中。　　云容。看白衣苍狗,无心者、变化虚空。细草络危岩,岩花秀妩日承红。清风阁、高凌霄汉,列岫如童。待何年归去,谈笑各争雄。②

顾太清的这首词与西泠印社刊印的《东海渔歌》中同调词相比,语句上有多处不同,如西泠本上阕结句为"飞跃有无中",下阕结句为"泉石各疏慵"③,西泠本婉约有余而沉雄不足,气概不如这首词充沛。奕绘与顾太清的这两词皆能够于沉稳中寓豪壮,可以说难分伯仲。

两人次韵之作还有《沁园春·武陵桃源》,奕绘词云:

两岸桃花,十里清溪,不似人间。爱春雪霏霏,薄寒翦翦,洞天寂寂,琐骨珊珊。有限斜阳,无情芳草,玉树临风一味闲。迎客者,尽衣冠太古,鸡犬皆仙。　　相留几日盘桓。

---

① 奕绘词见《南谷樵唱》,道光抄本及金启孮校笺《明善堂文集校笺》,辽宁民族出版社,1995年。
② 见金启孮等编校《天游阁集》"东海渔歌",第273页,辽宁民族出版,2001年。
③ 见况周颐辑《东海渔歌》,西泠印社活字本及竹西馆铅印本,1914年。

听细数乾坤汉魏年。看日出林中,耕田凿井,月明林下,种玉生烟。归去来兮,岁云暮矣,名姓何须万世传。好事者,作桃花源记,老笔清妍。①

顾太清《沁园春·桃源次夫子韵》云:

> 一夜东风,吹醒桃花,春到人间。趁月朗风柔,扁舟一棹,绿波渺渺,化影珊珊。洞里有天,天涯有路,风月莺花终古闲。惜春去,怕桃花结子,冷落神仙。　此中大好盘桓。有人面依稀似旧年。怅前度刘郎,如今老去,玄都种树,树已含烟。日暮天寒,露滋风损,开化无心谁与传。认不出,似婷婷倩女,素魄娟妍。②

这两首词都是从陶潜《桃花源记》引发而作,奕绘词重在描绘桃花源之景物,荡开用笔,疏朗大方。太清词则以桃花为中心层层深入,并借用吟咏桃花的"人面依稀"、"前度刘郎"、"元都种树"多个典故娓娓道来,虽然各有所长,但顾太清笔法更合填词法则。

奕绘的《沁园春·武陵桃源》《鹧鸪天·荠菜》《风入松·春灯》等,顾太清也都有次韵之作。此外,奕绘也有次太清的词作,如《鹧鸪天·傀儡》。

除了次韵之作,两人还有一些词牌不同而内容相同的词作。奕绘有一首《江神子·听梨园太监陈进朝弹琴》,顾太清也有同题之《烛影摇红·听梨园太监陈进朝弹琴》,词牌虽然不同,但都是吟咏

---

① 奕绘:《南谷樵唱》,道光抄本及金启孮校笺《明善堂文集校笺》,辽宁民族出版社,1995年。
② 见况周颐辑《东海渔歌》,西泠印社活字本及竹西馆铅印本,1914年。

听梨园太监陈进朝弹琴事。奕绘词描写了历事乾、嘉、道三朝的梨园太监对朝廷状况的担忧。《江神子·听梨园太监陈进朝弹琴》云:

> 三朝阿监一张琴。觅知音,少知音。牢记乾隆嘉庆受恩深。一曲汉宫秋月晓,颜色惨,泪涔涔。　老奴空抱爱君心。借长吟,献规箴。弹遍《鹿鸣》《鱼丽》戒荒淫。玉轸金徽无用处,歌羽调,散烦襟。

这首词指出太监"献规箴"的目的是要"戒荒淫",然而这良苦用心却"无用处",不由得词人黯然神伤。此词笔调平直,寓意却极深厚。笔锋所指,一是朝廷,一是官吏,都是统治阶层,暴露和批评的是荒淫腐败,流露出深刻的家国之忧,而并非出自一己私情,故这类词具有了更为广泛深厚的社会现实意义,并且有诗一般的讽喻作用。

顾太清的《烛影摇红·听梨园太监陈进朝弹琴》,意境与奕绘词有所不同。词云:

> 雪意沉沉,北风冷触庭前竹。白头阿监抱琴来,未语眉先蹙。弹遍瑶池旧曲,韵冷冷、水流云瀑。人间天上,四十年来,伤心惨目。　尚记当初,梨园无数名花簇。笙歌缥缈碧云间,享尽神仙福。太息而今老仆,受君恩、沾些微禄。不堪回首,暮景萧条,穷途哀哭。

顾太清这首词的词意不及奕绘深厚,但以女性特有的细腻与善良,给予了"白头阿监""四十年来,伤心惨目"遭遇的深切理解与同情。"不堪回首,暮景萧条,穷途哀哭",更是表现出了对这位已经进入暮年的老太监毫无希望的晚年深深的担忧。从这个角度读此

第十章 珠联璧合的奕绘与顾太清

词,便可见词人内心深处人性的善与美。

奕绘、顾太清也都有吟咏颐和园昆明湖的词作,表现出了同样的感世伤时情感。奕绘有《念奴娇·过昆明湖》。词云:

> 游山归骑,过昆明、忽忆乾隆新凿。蓄水机关湖四面,启闭亲劳制作。耕织图边,绣绮桥下,玉水尤清澈。楼船飞渡,望蟾时御层阁。　水战鼍鼓鸣雷,霓旌蔽日,火炮如星落。十里荷化强半死,剩有芦花雪白。窗网蜘蛛,墙钻鼯穴,往事难重说。玉华宫闭,松风溪水呜咽。

顾太清的《浪淘沙·登香山望昆明湖》表现了同样的情感。词云:

> 碧瓦指离宫,楼阁玲珑。遥看草色有无中。最是一年春好处,烟柳空濛。　湖水自流东。桥影垂虹,三山秀气为谁钟。武帝旌旗都不见,盛世难逢。

昆明湖在京西颐和园,乾隆朝时建,夏练水师,冬作冰嬉。"水战鼍鼓鸣雷,霓旌蔽日,火炮如星落",可以想见乾隆朝当时的盛况。然至道光朝,第一次鸦片战争即将爆发,内忧外患加剧,国势渐衰。此时的颐和园虽然静谧,却失去了往日喧嚣热闹的气氛,已经出现了衰败迹象。词人登香山遥望颐和园,不由得凄哀之情油然而生。奕绘词云:"十里荷花强半死,剩有芦花雪白。窗网蜘蛛,墙钻鼯穴,往事难重说",言盛世已经衰落矣。太清词云:"武帝旌旗都不见,盛世难逢"。"武帝"即清太祖弩尔哈齐,庙号武皇帝。"武帝旌旗"言彼时八旗之雄壮,而今已经是"盛世难逢"。写出了国势的没落和八旗的衰败。

以上两首词，奕绘多悲慨之音，太清具凄壮之调。作为八旗词人，他们在八旗开始衰落之际，对现实有着更为直接深刻的感受，两人家国之忧的情感息息相通，忧愤之心隐然蕴于其内，非浅樽低唱者可比。这两首词可以说是八旗词人对家国局势以及八旗所处境况的具体反映。

第四节 结　　语

奕绘与顾太清是清代中期八旗词坛上卓有成就的夫妻词人，词坛之于奕绘、顾太清，更重视太清词，这是因为清代中期以来，词坛的流派和风气虽然已有变化，常州派渐兴，但姜夔、张炎仍然被词坛推重。清人江顺诒言："蔡小石_{宗茂}《拜石词序》云：词胜于宋，自姜、张以格胜，苏、辛以气胜，秦、柳以情胜，而其派乃分。然幽深窅渺，语巧则纤；跌宕纵横，语粗则浅。异曲同工，要在各造其极。"[1]况周颐也正是从"以格胜"的角度评价太清词的。

至于奕绘，追求清淡高雅的生活，其词亦多佳作，不仅有清新婉约的作品，亦不乏疏朗雅健之作，绝无绮靡之音。尤其是作为宗室贵胄词人，他能够将眼光笔触深入到现实深处，描绘出了当时国家局势和旗人社会的现实，实属难能可贵。清代词坛多从"婉丽为宗"的角度论词，因此未能对奕绘做出恰当的评价，亦是一件遗憾事。

作为著名的夫妻词人，奕绘与顾太清以诗词相契相赏，可谓是珠联璧合，这种现象在八旗词坛上尤其难得一见。

---

[1] 江顺诒：《词学集成》卷五，唐圭璋编《词话丛编》四，第3272页，中华书局，2005年。

第十一章　清代中期的八旗词人群

　　清代中期的八旗词坛涌现出了一批各具面貌的词人，由于他们的出身和经历不同，以及与当时词坛交往程度的不同，其词作在内容和风格方面出现了多样化的局面。不过也正是如此，方形成了清代中期八旗词坛的特色。

第一节　不主一格的高鹗

　　高鹗（1758—1815），字兰墅，一字兰史，号研香，又号梦觉主人，内务府镶黄旗包衣佐领人。乾隆六十年（1795）进士，官内阁侍读，历官江南道御史、刑科给事中[①]。著有《高兰墅集》《兰墅砚香词》，有词四十四首。

　　高鹗的词大致分为怀人词、叙事词、闲情词、咏物词，不仅词作内容多样化，而且词风也有变化，其中最有特色的是怀人词与叙

[①] 谭正璧：《中国文学家大辞典》第6334页，上海书店，1981年。

事词。

一、颇具乐府遗意的怀人词

在高鹗的词作中,有三首怀念畹君的词,情感极其深浓,非游戏之作。畹君为何人,不得而知。但从词中"风香带粉柔,女元龙"、"试翦银灯携素手,细认梅花妆面"、"忍见名花无主,钗头凤折,镜里鸾孤,谁画小奁眉妩"等词句来看,大约是女校书一类的人物。

这三首怀念畹君的词与清中期词坛流派多有不同,颇有古乐府遗风。在古乐府中,游子和思妇是两大主题,《古诗十九首》尤其如此。这三首词都以畹君为倾诉对象,诉说了思念之苦,从其叙事抒情的笔法中能够看到《乐府诗集》和《古诗十九首》的痕迹。《唐多令·题畹君画箑》云:

> 鸦背夕阳留,江天暮霭浮。玉阑干、百尺楼头。谁把千秋高卧处,安置在、百花洲。　　山远学眉修,风香带粉柔。女元龙、便请同舟。试问鸱夷归也未,好共我、睹风流。[①]

这首《唐多令·题畹君画箑》是写与畹君在一起的时光。上阕交待相处的时间、地点,"谁把千秋高卧处,安置在、百花洲",衬托出了当年的两情相悦的情景。下阕描绘畹君不仅有"风香带粉柔"的阴柔之美,而且是一位如三国陈登一般才华横溢的"女元龙"。"试问鸱夷"句,则有效仿范蠡,与畹君一起散发扁舟之意。面对如此之才女,词人情不自禁产生怜爱之情,也在情理之中。

第二首《金缕曲·不见畹君三年矣。戊申秋隽,把晤灯前,浑

[①] 高鹗词见《兰墅砚香词》,张宏生主编《全清词》雍乾卷,南京大学出版社,2012年。

疑梦幻。归来欲作数语,辄怔忡而止。十月旬日,灯下独酌,忍酸制此,不复计工拙也》,诉说了与畹君别离后的痛苦,刻画极为生动,尤具有古乐府遗意。词云:

> 春梦年来惯。问卿卿、今宵可是,故人亲见。试剪银灯携素手,细认梅花妆面。料此夕、罗浮非幻。一部相思难说起,尽低鬟、默坐空长叹。追往事,寸肠断。　　尊前强自柔情按。道从今、新欢有日,旧盟须践。欲笑欲歌还欲哭,刚喜翻悲又怨。把未死、蚕丝牵恋。那更眼波留得住,一双双、泪滴珍珠串。愁万斛,怎抛判。

这首词写于戊申,即乾隆五十三年(1788),此年高鹗三十岁。此词抒写了对畹君的深切思念,情感细腻而真切。对于诉情之作,词家认为填词"如说情,不可太露"[1],然此词却反其道而行之,直诉情怀,词心词意更为动人。词之上阕描写词人与畹君三年未见的痛苦感受,"一部相思难说起",道尽了心中苦楚。词之下阕"欲笑欲歌还欲哭,刚喜翻悲又怨",既是描绘畹君的心境和容颜,也是词人对自己的心情的描述。"把未死、蚕丝牵恋",借春蚕到死丝方尽之意暗喻两人对不离不弃的渴望。在词人心中,此时畹君一定是"一双双、泪滴珍珠串",可谓将两人之间的真情摹写殆尽。词人将难以遏制的思念倾泻而出,故"不复计工拙也"。虽然如此,但通过"追往事,寸肠断"细致的描绘,仍然将这种难以排遣的思念之情深刻地表达了出来。从这种叙事抒情笔法中可见与古乐府的渊源,尤其与《古诗十九首》中《明月何皎皎》《行行重行行》相近,

---

[1] 沈义父:《乐府指迷》,见唐圭璋编《词话丛编》一,第280页,中华书局,1986年。

是一首情动于衷的作品，不仅真实自然，而且情意深浓。

在《惜余春慢·畹君话旧，作此唁之》中，也能见到《古诗十九首》的影响。词云：

> 春色阑珊，东风飘泊，忍见名花无主。钗头凤拆，镜里鸾孤，谁画小奁眉妩。曾说前生后生，梵呗清禅，只依挥麈。恰盈盈刚有，半窗灯火，照人凄楚。　　那便向、粥鼓钟鱼，妙莲台畔，领取蒲团花雨。兰芽忒小，萱草都衰，担尽一声甘苦。漫恨天心不平，从古佳人，总归黄土。更饶伊、捶破虚空，也只问天无语。

题作"畹君话旧，作此唁之"，应该是听到畹君去世消息后，填词以对畹君沉痛悼念。如果说前面几首词表达了对畹君喜爱和思念，那么这一首更浸透了对畹君去世的无尽怀念。"畹君话旧"是回忆畹君生前曾经说过的话，"东风飘泊，忍见名花无主"，是说畹君孤立无依，令人痛惜。词人回想起畹君"曾说前生后生，梵呗清禅，只依挥麈"，"妙莲台畔，领取蒲团花雨"之言，其中所言都是佛家之境，畹君一心皈依佛门，独坐青灯古佛旁。然而不曾想"从古佳人，总归黄土"，不由得凄惨悲怆之情油然而生，因此"捶破虚空，也只问天无语"，真真是痛苦难当。

全词所表现的深情厚意难以附加，是惜是痛是悔？词人多重复杂的情感交织在一起，已经无法说清。《古诗十九首·孟冬寒气至》云："客从远方来，遗我一书札。上言长相思，下言久别离。置书怀袖中，三年字不灭。一心抱区区，惧君不识察。"[1]此诗是以书信

---

[1] 《昭明文选》卷二九，诗己，杂诗上，古诗十九首，第401页，国学整理社，1936年。

为依托叙事，高鹗词则以畹君的"旧话"为叙事中心，都是在亲身经历事件的基础上表达思念之苦。《孟冬寒气至》重点写书信的内容"长相思"，高鹗的词则重点写畹君"曾说前生后生"，其相类之处在于都是"身履其境而有其事"。由于是亲身经历之事，这几首词首首凄怆，心萦意扰，徘徊缠绵，叙事笔法、情感表达与古乐府相类。

应该看到，高鹗的这几首词之所以能够与古乐府有千丝万缕的联系，可知他深谙古乐府创作之法。文坛认为词出于古乐府，宋王炎云："今之长短句，盖乐府曲之苗裔也。"①明王世贞、徐师曾、吴讷，清朱彝尊等等皆有此论。不过，在词坛上多数词人注意的是词与乐府在形制方面的联系，并未特别重视词与乐府在叙事达情方面的内在联系。高鹗则能够承接古乐府的内在精髓，因此他的这几首词也就更能真切动人。

高鹗还有几首与以上内容和情感相近的词作，其中《荷叶杯》中有"盼断嫦娥佳信"、"小玉忽惊人"句，似乎也与畹君有关。词云：

> 盼断嫦娥佳信，更尽。小玉忽惊人。天外传来一纸新，真么真，真么真。

这也是一首思妇词，抒发的情感与以上词作相近，在《乐府诗集》中可见此种笔法。此词虽仅二十六字，然意新语新，而又字句皆新，没有丝毫道学气和书本气。尤其结句"真么真，真么真"，

---

① 王炎，《双溪诗余自叙》，《宋元三十一家词·双溪诗余》，第1页，四印斋版

语也真,情也真,可谓"一气如话"①。

《江城子》一首与《荷叶杯》笔法相近,辞婉而意直,然抒发的都是同样心情。词云:

> 秋光新洗玉阑干。叶声乾,漏声残。簌簌灯花,也自怯轻寒。却把闲愁都送与,风乍陡,月将阑。 窥窗鱼目枉鰥鰥,睡难安,梦无端。那得魂儿,来续旧时欢。嘱付明朝双鹊语,便虚喜,莫轻弹。

"那得魂儿,来续旧时欢",似乎也是在诉说与畹君的关系,语近自然而又字句精炼,情韵缠绵,温文尔雅。虽然是伤离念远,但其辞绝不涉于淫,不失国风好色不淫之意。词人这种真实情感的表达,细密而浓郁,不到情深处绝不可能有此等作品。

二、惨淡悲凉的叙事词

高鹗词中最有特点的是四首叙事词,这四首词记述了民间一位年轻女子的悲惨经历。每首词前均有小序,介绍了所记事件的人物、起因、经过、结果,连缀而观则是一个完整的悲剧故事,读之不由人不扼腕叹惜。

其一,《好女儿·本意四阕,为李氏女作。女十四,从兄入家塾,学执笔,而性极慧,善解人意》。词云:

> 斑管初拈,道字娇嫌。那惯人前频问对,看香湿桃鬟,晕生梨颊,羞涌蛾弯。 宛是前生杜丽,心儿小、性儿甜。问若个、先生消受得,只俊眼偷窥,柔情半露,密意微黏。

---

① 李渔:《窥词管见》,唐圭璋编《词话丛编》一,第554页,中华书局,2005年。

其二,《锦帐春·十九归鲁氏,婿故病消渴,家人不知也。女归始知之,然亦讳言之》。词云:

酒雾红酣,香云绿润。早怕是、那人亲近,背银灯,依绣枕。刚道羞红难问,守宫轻褪。　梅额消黄,黛痕添晕。更谈甚、画眉情分。假忪惺,真渰忍,好个怜娇惜嫩。教人心恨。

其三,《怨东风·及母知婿病,听人言,送女还家。居近百日,婿益病,后乃力疾迎女去,而病始渐瘥。总计琴瑟之好,止此月余耳。按:此调本名〈百末集〉作〈怨东风〉,今以俪事属辞,尤名为近,从之》。词云:

勾惹游丝恨,耽阁桃花信。一春强半睡瞢腾,闷,闷,闷。费尽长笺,题残短梦,良宵挨近。　衾暖韩香印,屏小巫云润。漫将滋味细推详,困,困,困。喜怕郎痴,软昵郎扶,娇嫌郎问。

其四,《酷相思·五月初,婿以误饮剂竟亡。女绝粒数日,不得死,继以翁姑家人泣劝,乃矢志终焉》。词云:

惭愧春风刚一度。怎犯天公怒。不道你、抛人真个去。郎去了、归何处。郎去了、来何路。　便是阎君不受赂,也许亲人诉。倘行到、阴山谁看顾。郎未到,须先住。郎若到,奴来晤。

在乐府和诗歌中叙事的作品很多,但以词叙事的作品却极少,

· 279 ·

这大约是词体受到以婉丽为宗的制约，宜于宴嬉逸乐以歌咏太平的缘故。这种以词记述社会事件，尤其是民间悲惨事件的作品，实属难得一见。古时三纲五常是社会思想行为的标准，是被提倡的一种美德，夫死妇随常常被视为"烈女"，然亦是极为惨烈之社会现象。高鹗以词的形式记述这一悲惨的事件，其本身即表明了词人关切民瘼的同情之心。

高鹗的这四首词，完整的记录了事件的起因、过程和结果，描述之细，用情之深，虽然在清代词坛上难说为仅见，却也是非常难得。这些词具有以词叙事，以词证史的作用，乃《三百篇》与乐府之余也。以此而论，其文学价值和艺术价值绝不可低估。

三、绵婉秀隽的闲情词

高鹗也有一些闲情词。这类词如果没有特别的寄托，则是词人在闲暇时的消遣之作。高鹗的闲情词大多也是如此。《花间集》即以闲情词和艳词为主，故后世词人均有这一类作品。不过即便是抒发闲情，亦须"发乎情"，词之言情，贵得其真，有情方有灵魂，得真方可感动人心，故而即便是闲情词也应该庄重典雅、清隽流美。

高鹗的闲情词大多能够出于"情真"，在闲适心境中编织出绵婉秀隽的境界，具有南唐词风。《如梦令·初秋》云：

> 几霎金风不大，千片晚霞吹破。倚枕北窗闲，暂学陶公高卧。一个，一个，数尽鸦儿飞过。

词中"暂学陶公高卧"，有陶渊明采菊东篱下之意，"一个，一个，数尽鸦儿飞过"，乍看似闲适无聊，然正是此句有言尽意不尽之妙。

以下二首词笔法与上一首不同，具有北宋词风。《苏幕遮·送春》云：

日烘晴，风弄晓。芍药荼蘼，是处撄怀抱。倦枕深杯消不了。人惜残春，我道春归好。　絮从抛，莺任老。拚作无情，不为多情恼。日影渐斜人悄悄。凭暖栏杆，目断游丝袅。

《清平乐·秋夕》云：

小栏曲架。潇洒闲无价。一卷相思无与借。怕到芭蕉亭下。　三杯且沃愁苗。赚他好梦迢迢。又被蛩声唤醒，一帘明月香消。

这二首词，一写残春，一写明月下的秋景，景物刻画细致而清凉，都抒发了伤感的情绪，与柳永、秦观徘徊婉转的词风相近。

这种词风的作品在长调中也有表现，《念奴娇》无市井气，颇具气格风度，用字运意，皆有法度。词云：

暮春亭馆，尽莺儿燕子，流连长昼。书卷酒杯浑漫与，消遣静中壶漏。忽地撩人，一枝花影，遥倚阑干右。斗然提起，那年灯节时候。　曾看鹦鹉传来，帘栊窥看，还认刘郎旧。前日尊前亲见了，一寸横波微溜。卿若无心，不应向我，眼角轻拖逗。几番佯笑，个中知否猜透。

此词以细腻的笔法描绘出了绵丽轻软的场面，以及词人惬意的心境，颇具有《花间集》词风。《渔家傲》一首抒写了同样的心境，词风亦相近。词云："乳燕轻呼娇梦醒，香云半堕蟠螭领。一线枕痕红玉瘿，心自警，软风微怯罗衫冷。　整罢搔头还复整，眼儿失睡浑忪惺。何事迟回行不定，厮偎傍，隔帘看杀双鸳影。"辞艳

281

而意澹,尤其是"隔帘看杀双鸳影"句,出人意表,令人回味。

四、温丽融贯的咏物词

高鹗的咏物词虽然没有特别的寄托,但大多能够情景交融,温丽融贯,具有北宋柳永、秦观风格。《江城子·柳》云:

> 水村山郭影迢遥。袖儿扬,带儿飘。的的盈盈,眉眼总如描。只为多情丝一把,清减了,小蛮腰。　永丰坊里雨潇潇。冷啼痕,热心苗。回首东风,赢得别魂消。老大慢添攀折恨,怎不解,系征桡。

上阕以拟人的笔法刻画柳轻柔多情的姿态。古人有折柳送别的习俗,下阕借此抒情,"老大慢添攀折恨"即有此意,然此词所表达的情感并不限于此,更多的是由此而引发的伤感。

此外,《减字木兰花·燕》以肖物能工见长,词云:

> 泥融芹软,银蒜低垂帘半卷。梨院归来,两两衔花雪满腮。　玉钩款弄,绣枕海棠惊午梦。飞上雕梁,私语喃喃话短长。

《点绛唇·雁》则能够寄情其中,词风亦温丽融贯。词云:

> 呼起芦洲,碧天如水星如豆。月凉霜骤,不顾征衫透。　客馆灯昏,唤得离魂瘦。飞去后,惹将蛩友,说尽残更漏。

这二首词既不留滞于物,亦不离于物,所咏皆在若即若离之间。前一首"两两衔花雪满腮",与后一首"碧天如水星如豆"句,颇为工丽温雅。

不过高鹗的咏物词以《玉蝴蝶·咏蝶》为最佳,此词柔情曼声,多性灵之语,字法、句法、章法颇为讲究,无拘而不畅、晦而不明之病。词云:

苦爱斜阳短草,双双舞袖,作弄翩翩。勾引罗浮旧侣,打簇成团。尽张狂、菜花曲径,添妩媚、杏子单衫。叹韩郎、芳魂碎也,零雨飘烟。　　无端。芙蓉亭畔,凤鞋轻蹴,纨扇偷拈。欲扑还休,有多少、旧恨重牵。小垂手、画栏凝睇,悄低头、绣带频捻。却怜人、偎香傍玉,飞上花钿。

清人咏物,要求以不黏不脱为妙,隐然咏怀,贵在其中有我。此词上阕写蝶之"双双舞袖,作弄翩翩"的风姿,下阕写人"凤鞋轻蹴,纨扇偷拈"的情态。整首词刻画精美,格调温婉。此词运用了填词之对句法,"凤鞋轻蹴,纨扇偷拈"为四字对,"尽张狂、菜花曲径,添妩媚、杏子单衫",及"小垂手、画栏凝睇,悄低头、绣带频捻"为七字对。

从以上词作中可以看出,高鹗乃为性情中人,他并非要在词坛上一争高下,而是以词自抒情怀。其词之题材、内容以及抒情方式,均从自我出发,将心灵深处的感受发之于词,故能情深意浓,在清中期的八旗词坛上别具面目,成为这一时期颇具特色的词人。

第二节　斌良、法良兄弟词人

一、宗法雅词的斌良

斌良(1704—1847),字备卿,又字笠耕,号梅舫,瓜尔佳氏,隶正红旗满洲，闽浙总督玉德子。嘉庆七年（1802），由荫生历官刑部侍郎，后官驻藏大臣①。斌良以诗知名，然亦善词。著有《抱冲斋全集》道光二十九年（1849）袁浦官署刻本和光绪五年（1879）重校本，其中有《眠琴仙馆词》一卷，录词五十五首。

斌良诗名很大，诗作亦多，一官一集，得三十六集，分七十一卷，前有名家阮元、潘世恩、陈廷桂等人序，重刻本有李元度、杨彝珍、陈廷桂序，刘崑、法良跋。杨锺羲《雪桥诗话》三集载："斌笠耕司寇与崧亭可庵，一门兄弟，并以才杰跻通显。"②斌良工诗词，善书画，《八旗画录》记云："工书，学华亭可乱真。亦能画山水花卉。"③《清史稿·文苑传》云："（斌良）善为诗，以一官为一集，得八千首。"④

斌良的边塞诗最为出色，如《北镇庙》有句云："山势东趋压广宁，芙蓉几朵列围屏。云迷雉堞千重晦，雪冷虬松万古青。"气势非凡，极描摹之能事。斌良诗文之所以有气魄，与其出身贵胄家庭和他的自身修养有密切关系。他所写的《小鸥波馆词钞序》云："尝见夫簪缨世胄，其智慧材力，耳闻目见，超逾恒常数倍。承藉进取，何修弗获。翩翩裘马，征逐游戏，尽拂其父兄所嗜好，正人端语，无一不得至于前，行习如是，学问可知，即福命亦可知矣。"⑤认为即使出身"簪缨世胄"，如果"翩翩裘马，征逐游戏"，也会不学无术。正是具有这种认知，才使得他的学问与诗文颇具

---

① 盛昱、杨锺羲：《八旗文经》卷五九，作者考丙，斌良，第473页，辽沈书社，1988年。
② 杨锺羲：《雪桥诗话》三集，卷一〇，第454页，北京古籍出版社，1991年。
③ 李放：《八旗画录》后编，卷中，第44页，民国刻本。
④ 赵尔巽等：《清史稿》卷四八六，列传二七三，文苑三，第13435页，中华书局，1998年。
⑤ 斌良：《小鸥波馆词钞序》，《八旗文经》卷一九，序文类（壬），第170页，辽沈书社，1988年。

第十一章 清代中期的八旗词人群

风度。

斌良的词作风格与诗不同，他的诗歌多慷慨激昂之作，而词则宗法雅词，以婉约为宗。《瑞龙谣·雪，用竹垞韵》一首即是步韵朱彝尊的词作，从此词中也能够见到浙西派词风的痕迹。词云：

乱讶堆绵，纷如擘絮，糁遍琼楼绣户。素衬雕栏，宛赤城霞吐。刚明到、虚白生时，渐湿透、软红飞处。纵溪头、访戴人来，也难辨，旧游路。　　遥天净，冻云凝，镇一色黯黩，难分朝暮。冷烟林杪，送寒鸦归去。点疏梅，薄晕搀花，洒密竹，轻音疑雨。认板桥，人迹依稀，酒沽来否？①

朱彝尊的《瑞龙谣·雪》上阕云："密比花繁，轻嫌絮重，一半斜侵帘户。淡抹墙腰，似月棱初吐。才飘坠、冻雀声中，又压倒、早梅开处。纵旗亭、腊酿堪沽，已迷却，板桥路。"两词比较，词意词风都非常接近。

不过斌良的其他词作还是能够独抒性情的，以下二首即是如此。《行香子·见道旁梅花》一首，刚健婀娜，意境清新，细细刻画出了梅花的形态与精神。词云：

一笑嫣然，缟袂蹁跹。孕香心，皴玉匀圆。空山写照，澹月分妍。爱悄掀蓬，亚低水，瘦搀烟。　　驿使香传，官阁情牵。透香魂，别绪经年。蜂须鹤膝，竹外桥边。趁冱寒时，残雪径，嫩晴天。

---

① 斌良词风《抱冲斋全集·眠琴仙馆词》，袁浦官署道光二十九午刻本。

《摸鱼儿·闺情》一首以闺情抒怀,然宗法雅词,厌弃浮艳,语意浑成,且能够于绵婉中着"金波羞怯衫痕涴"、"爱颊晕涡梨,眉舒烟叶"之类的精致语,增加了词的徘徊婉转之境。词云:

> 记灯宵、栏堂锦氎,画屏围住绡软。碧瓯谁倩纤捧,分付鹦哥频唤。歌舞倦,惹银凿金波、羞怯衫痕涴。偷睒俊眼。爱颊晕涡梨,眉舒烟叶,勾引芳魂颤。 璇闺怨,蓦忆嬉春游伴。凤箫台角吹转。几年重踏蓝桥路,依旧桃花映面。缘根浅,怎得倖、刘郎尚说蓬山远。昵情莺燕,认雪艳亭阴,月香帘隙,犹忆那回见。

以上词作极为婉丽华赡,语意中颇见性灵,最具缠绵婉约特色。

斌良的词作风格也并不都是如此,他还有一些具有沉郁词风的词作,《摸鱼儿·溧阳道中》《蝶恋花·过卢沟》二首尤其如此。《摸鱼儿·溧阳道中》云:

> 指平陵、接天短荠,晨霞赪尾初吐。鸥边晓梦低徊久,曳破一枝柔橹。窗暝度,刚渔浦、桥痕低碍云帆住。羁凄情绪。贯坐拥寒毡,风尖雪冱,隔岸动津鼓。 邮筒数,胥濑昔投金处。红旌霜外重渡。螺研石屋烟痕细,约略春人眉妩。归未赋,讶青鬓、年华酿得愁如许。年时记否,正暖炙鸾笙,斜拢凤拨,花氎锦灯舞。

《蝶恋花·过卢沟》云:

> 策马卢沟风色晚。白草黄沙,隐约新丰店。明日征袍须早

换，襟头尽被缁尘染。　　愁似河声流不断。怕似回波，流去还应转。正尔情怀无计遣，斜阳红透西山远。

以上二词遣词造句出人意料。如"鸥边晓梦低徊久，曳破一枝柔橹"与"愁似河声流不断"等语，均用辞奇妙，别有意境。从以上斌良的词中可以看出，他的词大多情深意浓，并能够于沉厚顿挫中显示出忠厚和平之心。

不过在他的所有词作中，以《满江红·悯忠寺怀古》最有特色。这首词虽然是怀古，但却是一首借怀古而咏今之作，情感最为激慨悲切，词风则沉郁浑厚。词云：

> 法界香台，认京观、唐时尘穴。叹貔貅、尽北旌旗，摧折野寺。烟寒埋战骨，幽燕草碧凝残血。论兴亡、老衲默无言，寻苔碣。　　龙虎斗，风云烈。猿鹤变，忠贞劫。剩青燐几点，夜深明灭。吊古凭谁哀国士，招魂从此归槃涅。慨山河百战付空王，昏钟咽。

悯忠寺始建于唐贞观十九年（645），是唐太宗为战死的将士所建，即现今的法源寺。这首《满江红·悯忠寺怀古》虽然没有明确的写作时间，但是词人选用了适于展示激愤情绪的《满江红》词牌，又以悯忠寺为背景，抒发了对战死者"烟寒埋战骨，幽燕草碧凝残血"的痛惜之心，和"吊古凭谁哀国士，招魂从此归槃涅"的悲愤心境。此词应该作于第一次鸦片战争之后。"慨山河百战付空王，昏钟咽"，在对抵御外强战斗中英勇牺牲将士怀念的同时，蕴含了对国家衰落局势的深切担忧。这首词以怀古寄托性情，沉郁中寓激切，是斌良词作中一首重要作品。

斌良诗词颇佳的原因，与他广泛交往著名学者文人有一定的关系。《晚晴簃诗汇》记载了他与文坛名士交游的情况："笠耕名家贵胄，少随父达斋尚书浙抚任。阮文达方视学，从其幕中诸名士游，即耽吟咏。后历官中外，数奉使西北边塞，山川行役，多见诗篇。集中与张船山、吴兰雪、姚伯昂诸人唱和最多，亦兰锜中风雅眉目也。"①其中阮文达即阮元，是乾嘉之际著名的经学家、训诂学家、金石学家，海内学者奉为山斗的人物；张船山即张问陶，有《船山诗草》，是乾嘉时期最著名的诗人；吴兰雪即吴嵩梁，以诗名世，有《香苏山馆全集》，亦工文词书画；姚伯昂即姚元之，嘉庆十年（1805）进士，一生追求学问，博览群书，善诗文，工书画，多次充任乡、会试主考官，在文坛上有广泛的影响。斌良热衷于与这等人物交往，相互激励，故其诗词皆为擅长。

二、疏朗冷艳的法良

法良，字可盦，别号沤罗侍史，瓜尔佳氏，隶正红旗满洲，官江南河库道，工诗文书画，斌良弟。《晚晴簃诗汇》云："诗之境，宜于嵯峨萧瑟，不涉凡近。可盦生长华胄，平近富贵，而清旷之气独得于诗，如是其性，殊为不可及。"②《清史稿》记载云其诗学东坡，得清旷之气③。《八旗画录》云："能画墨梅，尤工书，宗法鸥波亭、频罗庵两家，故号沤罗侍史。"④著有《沤罗盦诗稿》附《梦蝶词》一卷，有词二十一首，道光二十七年（1847）和咸丰九年（1859）刊本。

法良诗歌写得很好，清旷豁达是其特色，如《感秋》一首云：

---

① 徐世昌：《晚晴簃诗汇》卷一二二，第2页，退耕堂刻本，1929年。
② 徐世昌：《晚晴簃诗汇》卷一二二，第10页，退耕堂刻本，1929年。
③ 赵尔巽等：《清史稿》卷四八六，文苑三，第13435页，中华书局，1998年。
④ 李放：《八旗画录》后编，卷中，第45页，民国刻本。

"商飙吹我帱,皎皎丸月明。中夜不成寐,起坐挥鸣琴。三星入户低,北斗高未沉。白露下丛薄,栖禽巢远林。美人在云端,相隔若尺寻。一弹理七弦,但伤无知音。岂欲有知音,聊以协素心。"颇具兴慨寄托之情。其词大多具有疏朗冷艳的风骨,如《沁园春·梨花》云:

> 嫩白才开,香雪漫天,小园正春。看深深玉蝶,穿花有影,溶溶眉月,照地无痕。疏雨帘栊,落红庭院,一树繁英掩空门。折来处,插茜香髻子,点缀鲜新。　　无端枨触司勋。恰梦醒、迷离欲化云。遇柳风初起,浑疑作絮,粉墙斜露,色似堆银。白也诗中,黄荃画里,只恐描摹尚未真。难寻觅,在九仙殿外,冷艳娇人。①

自古咏梨花的诗词很多,然法良认为"白也诗中,黄荃画里,只恐描摹尚未真",皆未道出梨花内在的精神之美,故作此词揭示梨花"在九仙殿外,冷艳娇人"的本性。此词极尽描绘梨花高贵如仙之能事,而"无端枨触司勋。恰梦醒、迷离欲化云",则不乏比兴寄托之意。

第三节　明义、焕明与兴廉

一、气慨当世的明义

明义,字我斋,富察氏,隶镶黄旗满洲,生活于乾嘉年间,生卒年俟考。父傅清,乾隆朝官天津镇总兵,授都统衔,追赠一等

---

① 法良:《沤罗盦诗稿·梦蝶词》,道光二十七年都门刊,咸丰九年续刻本。

伯，是孝贤纯皇后及尚书、太子太保傅恒之弟。明义官参领、上驷院侍卫。著有《绿烟锁窗集诗选》，其中有《题红楼梦》诗二十首，诗集附词二十四首。

明义出身于八旗豪门，性豁达慷慨，《醉后漫成》云："肮脏男儿性自骄，空拳一喝便成枭。九州不足将刀划，五岳何须动笔摇。入座元龙夸义气，出门李白笑蓬蒿。少年未遂江湖愿，空想东吴访二乔。"以陈登、李白自比，气势横绝，颇能展现明义的豪壮性格。

他的这种思想感情在词中也屡有表露，沉雄慷慨，颇类苏辛词风。如《沁园春·送毛海客归幕》云：

> 二十年来，饮侣吟朋，云摇雨翻。叹黄金台下，不收骏骨，红尘市上，潦倒诗仙。麈尾挥残，貂裘着敝，迹比征鸿更屡迁。空教我，怅维驹有意，结社无缘。　　相看琴剑飘然。向赵北、燕南再着鞭。恨长杨猎罢，未曾戏赋，平原盟际，定望登坛。气慨当时，文章千古，拂袖东溟投钓竿。闲情处，把断肠词谱，为我重删。①

这首词为送友而作，毛海客是一位具有文才而又难以进入仕途之人，只能为高官之幕僚，"叹黄金台下，不收骏骨"，正是此意。全词在对毛海客怀才不遇甚感不平的同时，也将自己的豪壮之气表露无遗。"气慨当时，文章千古，拂袖东溟投钓竿"，既是对友人才华品格的赞许与理解，也有颇为自负之意。

这种风格的词还有《内家娇·题伊峻斋画碣石观海图》。此词亦能够于沉郁中寓雄阔，与稼轩词风相近。词云：

---

① 明义词见《绿烟琐窗集》，上海古籍出版社，1984年。

何处访瀛洲。凝望际、烟霭澹悠悠。使漫驾而来，应悲路尽道穷，至此定想槎浮。堪叹是贤兮因地困圣，也为时忧。争及仙家相邀。道侣狂乘鹏背，醉钓鳌头。　　阿瞒诗兴好，问雄才霸业，怎便都休。空余剩水残山，无复神游。论画里高名，尔将来米，并词中豪气，我比苏遒。共约他年，白首来逐群鸥。

伊峻斋即前面提到的满洲伊麟，著有《种墨斋诗集》，附词，善书画，工诗词。此词借伊麟所画的《碣石观海图》寄兴言情，上阕就观海图画面抒情，下阕暗转，词不断意，"阿瞒诗兴好"，用曹操东临碣石的典故，评点古今，别有意趣。而"论画里高名，尔将来米，并词中豪气，我比苏遒"，则称赞了伊麟的书画诗词之佳，前后贯穿，神来气来，词风亦入豪壮矫健一流。明义的词能够有此风格气度，与他出身满洲贵胄家族有直接关系。

明义"一见神醉"的词多数是写给优伶云篮的。云篮名陆笺，字云篮。明义在《附云郎来札》中云："云郎姓陆名笺，字云篮，又名官寿官。"[1]《庆郎诗引》中介绍说："云篮者，姑苏之伶官也。姿态绝伦，琴诗兼妙。庚寅春杪，与余邂逅于张家湾旅次，一见神醉。"[2]从以上记载中可以了解到云篮的身份。

明义关于云篮的诗有《忆云郎》十五首，《云郎诗和韵》五首，《寄云郎》一首。词作则有《望江南·云郎词》十五首，首首都是对云篮的想慕和思念，情感细密而深切。其中第八、九、十五首云：

---

[1] 明义：《绿烟琐窗集》第120页，上海古籍出版社，1984年。
[2] 明义：《绿烟琐窗集》第122页，上海古籍出版社，1984年。

> 银烛下，拈管细哦吟。写出一行珠错落，读来满纸碧阴森。片纸抵千金。
> 风尘际，青眼里谁怜。世上知音不易得，座中心事却难传。要我寄冰弦。
> 吟哦际，废尽一生才。几向梦中寻不得，难从纸上唤将来。天也奈何哉！

以上《望江南》对云篮的人品评价很高，想念之情亦切。"世上知音不易得"，以云篮为知己，思念之情极浓烈，情感亦极真挚，尤其是最后一首，字字句句发自肺腑，不由人不深深为之感动。

明义在《风流子·题歌者记扇》有"记词寄云郎"句，倾诉了"惟我最多情"之意，词风婉转，词意浓郁，即抒发了爱慕想念的真情实感，又极合云篮优伶身份。词云：

> 屈指论生平，花月事、惟我最多情。记词寄云郎，笔增花彩。诗题庆子，字带金声。曾几度、舞低杨柳月，歌断鼯姑风。锦市街边，偷寻艳冶，虎坊桥畔，细访娉婷。　繁华才数载，已珠销玉减，雨散云晴。今宵檀板牙箫，再听雏莺。爱嬝嬝亭亭，半身将近，盈盈脉脉，四目初成。留取桃花小扇，重与逢迎。

明义与云篮，一出身于八旗贵胄之家，一为市井艺人。民族相异，社会地位悬殊，而友情之深，非常人可比。这些词作除了表明明义为性情中人之外，亦可见当时之满汉关系之融洽，以及旗人心理的某种变化。

总之，明义词沉著疏朗，即不柔靡，也不粗俗，内心情感直现于笔端，亦可见其辞为情用的特点。

二、东北词人焕明

焕明（1771—1831），号瞻庵，爱新觉罗氏，清太祖之子褚英裔，隶镶红旗满洲。历任护军参领、辽阳、复州、兴京城守尉，一生没有离开东北。从舅父瑛宝学做诗文。嘉庆年间，宗室裕瑞缘事被谴谪盛京。裕瑞善诗文，焕明从其学诗，日渐精进。焕明诗词著作甚丰，著有《遂初堂诗集》十二卷及《遂初堂未定稿》。《遂初堂诗集》附诗余，集中收诗一千八百三十一首，《诗余》收词五十首，是一位致力于诗词写作的东北八旗诗人。

焕明一生致力于诗歌创作，填词乃其余事，《诗余》末白记云："予不喜词，惟丁亥有此数首耳，二年来不复为之矣。庚寅六月十五日题。"丁亥是道光七年（1827），庚寅是道光十年（1830），可知焕明的词主要作于晚年。虽然如此，由于清代东北地方词人尤其是八旗词人为数寥寥，而焕明的词又多涉及东北景物风情，故值得一论。

焕明的词作以词意真切为特色，他有多首咏怀词，如《念奴娇·咏怀》《醉蓬莱·遣怀》《鹧鸪天·有怀》《满江红·述怀》等等，还有一首《水龙吟·旅怀，用东坡韵》，这些咏怀词大多是词意真切之作。《水龙吟·旅怀，用东坡韵》云：

> 远巡寒塞三冬，候常雪花飘坠。平莎净尽，生刍掩没、黯黯愁思。人尚支持，马难秣牧，山川封闭。蹑幽踪直入，边屯暂驻，聊停息侵晨起。　　又见絮绵堆积，妆髭须、何来冰缀。铁骢衔勒，银峰遮日，踏琼瑶碎。再觅茅檐，夜寒拥火，重裘犹冰。且高歌一曲，将军白发，有征夫泪。

苏轼的同韵词为《水龙吟·次韵章质夫杨花词》。焕明的这首词以东北冬季景色风光为背景，诉说了他在"远巡寒塞三冬"中的感受。从"用东坡韵"来看,他对宋词尤其是苏轼词风颇为向往,故他的词作多清健之风,极少有婉约之作。

焕明一生都没有离开过东北,在辽东任城守尉多年,故描绘东北景色的词作为数不少,如《满江红·渡挂瓢子河》《满庭芳·暖汤》《沁园春·出凤凰边》《烛影摇红·孤山》《唐多令·永安监岭上观海》《倦寻芳·中江晚眺》《满江红·过牡丹顶》《念奴娇·望千山》等等,都是吟咏东北山河景物的词作,这类词作在清代词坛上难得一见。其中《烛影摇红·孤山》云:

> 名类西湖,小山翠壁环溪浅。洞门深闭几千秋,隔住仙源远。采药栽桃无伴。空冷落、沙堤柳岸。束薪刈草,牧豕呼牛,斜阳天晚。　谁慕幽清,应怜不遇名流见。倘教移置大都中,堪筑蓬莱苑。可是情因物换。便遣(来)、遨游兴懒。逢吾犹叹,来似春鸿,去如秋雁。①

孤山,即大孤山,在今辽宁省东港市西部。此词描绘了东北孤山特有的景物,表现了一种轻松散淡的心情。

东北冬季多大雪,焕明咏雪的词有《念奴娇·咏雪》《金菊对芙蓉·咏雪》《沁园春·雪阻》《水调歌头·雪住即行,四日未见土石》等等。其中《水调歌头》描绘了东北"一白向无涯"冰天雪地的景色,最为形象。词云:

> 蹊径绝尘土,四日踏琼沙。不知丛密林内,开放是何花。及至凝眸分别,积雪含枝胃叶,都上老松枒。冷澹水晶域,寂

---

① 焕明:《遂初堂诗集》第四册,诗余,1936年油印本,辽宁省图书馆藏。

第十一章 清代中期的八旗词人群

寞道人家。　　登峻岭，行幽壑，入烟霞。大千世界，恍然真被玉山遮。天省风云霜露，色敛红白青绿，一白向无涯。莫问前途去，将又日西斜。

这首词描绘的是大雪后的景色，词人在大雪之后四日看到的仍然是冰雪的世界，"红白青绿"的各种色彩，都被笼罩在一片白茫茫之中，成为了"冷澹水晶域"的世界。这种描写东北特有景色的词作，在清代词坛上极为少见。

焕明还有吟咏东北民俗的词作，如《水调歌头·祭灶》《水龙吟咏·法喇》《天仙子·薙发》《氐州第一·除夕》等等。这种题材的词作在清代词坛上也甚为少见，在八旗词坛上更是凤毛麟角，其中《天仙子·薙发》《水龙吟·咏法喇》最具民族色彩。《水龙吟·咏法喇》中的"法喇"是满语，"爬犁"之意，如车而无轮，冬季驾牛马行冰雪上极其便利，是东北冬季特有的一种运输工具。这些词作比较集中地描绘了旗人的这种风俗，是为其特别之处。《水龙吟·咏法喇》云：

涵冰铺雪山河，急行不用雕轮毂。川原镜照，波平舟稳，严寒时候。绝胜肩舆，漫夸步辇，得未曾有。算身行万里，乘鸾本是，神仙事、人知否？　　忆到山阴放棹，对苍松、认为花柳。当年清兴，月明风细，来寻故友。今日云烟，东山非海，不堪回首。任驱驰，何必柴车驾马，屡居人后。

焕明生活在东北，没有机会接触如京师文坛那样的文化环境，更没有接触到当时的词坛名家，对他影响最大的是被谴谪到盛京的宗室裕瑞。裕瑞工诗文而不善填词，因此焕明的词基本上是诗人之词。不过正是出于这种原因，焕明没有斤斤于词论家之说，词坛上的各种流派学说对他也没有产生直接影响，使他能够以真性情描写眼中之景和心中之情，形成了清健沉稳、词意真切的风格。更重要的是他的词作均以东北景物为题材，描绘了东北洪荒奇峻的景色，填补了清代词坛上缺少描绘东北题材的不足，这也正是作为旗人的焕明词作价值之所在。

三、沉郁清凄的兴廉

兴廉，原名兴义，字宜泉，镶黄旗汉军人，嘉庆二十四年（1819）举人，官至鹿港同知。著有《春柳堂诗稿》附词，《清词综补》《白山词介》各录词五首。兴廉多文才，"喜为词，精音律"①，工词曲。其词韵律合拍，是善于填词的行家。从兴廉"蹶而复起，升鹿港同知，卒于任"的经历来看，他的官场生涯并不如意。他的词中"人生难得休官早"等句，透露了词人仕途经历的坎坷和内心的困顿。由于词章发自于难以遏制的真实情感，故其词有沉郁之风，这也是此时八旗词风的一种表现。

兴廉的词以题画内容为最多，而且写得也很好，不过也并非仅仅为题画而作，多有比兴寄托之意。《祝英台近·自题待月图》云：

隙中驹，石中火，斜日又西堕。似水年华，生计不须左。算来媚佛求仙，都无凭准，且消受、片时清坐。　　早觑破，任他颠倒荣枯，休把两眉锁。大好园林，容得眼前我。莫嫌影只形孤，举头邀月，便凑上、影儿三个。②

此词借李白《月下独酌》诗之意抒发郁闷心情，但其凄凉心境比李白

---

① 丁绍仪：《听秋声馆词话》卷二，唐圭璋编《词话丛编》三，2592页，中华书局，2005年。
② 兴廉词见丁绍仪辑《清词综补》第560页，中华书局，1986年；另见《白山词介》卷3，宣统二年刻本。

似乎更深一层。"早觑破。任他颠倒荣枯,休把两眉锁",其痛苦与愤懑似乎主要来自经历的坎坷,结句透漏出了深感孤独的悲凉之情。

这种心境在其他一些词中也多有流露。《金缕曲·题陈少香鸥汀渔隐图》一首,借《鸥汀渔隐图》,唱出了心中清凄之声。词云:

> 烟水浮家好。棹扁舟、载将答箸,证盟沙鸟。半世名场酣战罢,赢得诗囊画稿。又携个、素心同调。海上更无苏叔党,只朝云、常伴东坡老。看问字,凤雏小。　　人生难得休官早。忆年华、吴山楚水,恣情游眺。懒去红尘寻旧梦,都为邯郸睡饱。且料理、笔床茶灶。莫向丛芦深处泊,怕花飞、沾鬓愁难扫。身外事,任颠倒。

"半世名场酣战罢,赢得诗囊画稿","常伴东坡老",词人致力于学问诗文,自视很高,然"人生难得休官早","身外事,任颠倒",人生并不如意,故有此叹。全词反复缠绵,情辞融贯。

兴廉的题画词还能够在清丽的情调中塑造出充满美感的画面,生成一种艺术感染力,反映出词人能够创造出另一番境界的能力。《蝶恋花·画蝶》云:

> 一抹平芜春几许。芳草芊绵,烟雨迷南浦。点地落花谁是主,多情凤子殷勤护。　　惆怅园林三月暮。绿瘦红稀,兀自翩跹舞。却怪留春春不住,随春飞向天涯去。

此词虽然是题画,但实际是在咏物。词中"绿瘦红稀"四句借"多情凤子"抒发对春去也的感叹,表现了心中的无奈,不由得于哀愁之中,产生了自爱自怜之情。全词比兴之意甚浓,且词中有我,可谓言之有味。兴廉词风格的主要特点是哀婉凄清，形成这种词风的原因，主要来自词人性情的清高和经历的不如意。

此外，兴廉有一首《风入松·春明舆梦图，送吴伯钧明府入都》情浓意切，婉转缠绵。词云：

> 软红尘外策征鞍，凉夜正漫漫。长堤月色平桥水，泼清光、一片澄鲜。浓绿万家拖柳，暗香十里吹莲。　春明景物想依然，空惹梦魂牵。扁舟也拟谋归棹，恐归时、不是从前。把笔几回惆怅，天涯漂泊年年。

此词借送友远行之机诉情，上阕通过对"凉夜正漫漫"之中种种黯淡景物的描绘，表达了对友人远离的不舍心情。下阕则诉说了"把笔几回惆怅，天涯漂泊年年"的凄愁心绪，从中可见兴廉词作的另一种情调。

第四节　清代中期其他八旗词人

一、澹远取神的岳礼

岳礼（1688—1771），字会嘉，号蕉园，那穆都鲁氏，正白旗满洲人，康熙五十年（1711）举人，累官陕西分巡汉兴兵备道，乾隆三十六年（1771）卒，年八十四，著有《兰雪堂诗文集》，附词。

岳礼的词大多能够以澹远取神。其抒怀词以《菩萨蛮·同人看早梅有怀》为佳。词云：

> 江头雪意微微作，早梅几树愁香薄。一片美人心，春风吹玉琴。　罗浮曾梦见，镜影婵娥面。千里白云低，车轮

与马蹄。①

此词借咏早梅以抒怀,颇能达到景中寓情的效果,是别有寄托之作。"愁香薄"、"美人心",皆用"美人香草"笔法暗喻高洁之心。结句"千里白云低,车轮与马蹄"是与前句离而合、合而离者也。不惮于往来奔波,一心忙于政务之心卓然可见,可谓情真而格高,辞婉而意直。

岳礼的咏物词亦能够以澹远之笔,达到神致自在言外的效果,其中以《水仙子·咏梅》为佳。词云:

> 秘阁香霏人住,欲遣春情愁未去。溪光如镜月如冰,谢氏风神,羊家心绪。　银船白堕桓笛曲,那里是、梦醒魂消处。

咏物词最忌说出题字,需字字刻画,句句天然,方为上乘之作。此词咏梅,"秘阁香霏人住",起句便入题,将梅与我融为一体,句句是梅,亦句句是我,意境高雅,用典自然而不留痕迹,实是以神韵取胜之作。

《水仙子》一调,元张可久的《小山乐府》中有不同格体,此为一体。清代词家绝少采用,即如词坛大家之纳兰性德、厉鹗、龚自珍、项鸿祚、文廷式等人的词集中均未见此调,可见他于词体多有涉猎,并非偶然为之。

二、深沉流美的全德

全德(1733—1802),字惕庄,戴佳氏,镶黄旗汉军人,生于

---

① 岳礼词见《兰雪堂诗文集》,乾隆五十九年刻本。

雍正十一年（1733），卒于嘉庆七年（1802）。乾隆四十八年（1783），官两淮盐政，后任热河总管、江西九江榷运使；嘉庆三年（1798），任苏州织造兼浒墅关监督。工词曲，著有《浔阳诗词稿》，有词十五首。

全德之词，深沉流美，情态动人，即所谓能达诗之所不能达之情。《浔阳词稿》中有《点绛唇·题浔阳爱山楼》一首。词云：

> 重莅浔阳，爱山楼外峰千朵。吟风相和，翠竹青松我。
> 春日融合，环珮楼头过。真堪贺，同心两个，好景平分可。①

《白山词介》《清词综补》《全清词钞》均收录了这首《点绛唇·题浔阳爱山楼》，不过与上面《浔阳诗词稿》中的词互有异文，《白山词介》等所录的《点绛唇·题浔阳爱山楼》云：

> 不厌频看，爱山楼外峰千朵。淡妆浓裹，好景平分可。
> 遥指楼前，多少云帆过。闲中课，吟风相和，翠竹青松我。

词贵意多，两相比较，两首词词意词境虽然甚相仿佛，不过选辞用句的修订，及两词上下阕结句的互换，使词意转进一层，还是以《白山词介》本为佳。《白山词介》将起句修改为"不厌频看"，是因为词题已经表明是"题浔阳爱山楼"，故不必再用"重莅浔阳"。而此词结句以前词上下阕结句互换，更潇洒自如，也更显境界。这种修改方法即如《蕙风词话》所云："改词须知挪移法。常有一两句语未协，或嫌浅率，试将上下互易，便有韵致。或两意缩成一

---

① 全德词见《浔阳诗词稿》，嘉庆三年精刻本。

意,再添一意,更显厚。"①此词之修改,正用了此法。

全德的词小令多为闲适词,缠绵清丽,情调疏朗。《双红豆》云:

> 红几窠,白几窠。占断人间锦绣窝,娉婷似翠娥。　蜂也过,蝶也过。佛见禅心将奈何,禅心破已多。

具有同样风格的词还有《长相思·爱山楼玩月》,词云:

> 山雨终,山翠浓。小小楼儿阵阵风,坐看双剑峰。　一更更,月明明。忽听鸣蝉三两声,人月喜双清。

这二首小令构思巧妙,融而不涩,尤其是结句颇具功力。如"禅心破已多"和"人月喜双清",辞浅而意深,非轻率之语可及。以上言情之词,皆能借景色映托,情景双绘,趣味浓郁。

长调《天香·戊午初夏,题硖石小憩山房》写山居的景色和感受极为细腻真实。词云:

> 市远人稀,林深鸟语,山连水乡幽寂。井里安闲,东作西成,全赖雨旸调适。樵歌牧唱,又见那、牛眠草碧。何处柴门犬吠,风来浪翻田麦。　我自姑塘于役。每往来、必经硖石。一路山清水秀,村虚径僻。扫尽眼前尘迹,喜中道、山房可暂息。渴则烹茶,饥来便食。

---

① 况周颐:《蕙风词话》卷一,第14页,人民文学出版社,1982年。

全德此词从词艺角度看并不出色,但对山村种种景色的描绘却也算是生动,从"林深鸟语"、"樵歌牧唱",到"牛眠草碧"、"柴门犬吠",以及词人"渴则烹茶,饥来便食"的自由自在,显现了一派祥和景象,这种太平盛世也正是词人的人生渴望。

另一首长调《早梅芳·戊午元夕,海天寺观灯戏作》,全景式地描绘了元夕灯会的热闹场面,有声有色,有动有静,也有各色人物。词云:

> 年景好,百姓欢。元夜开佳宴。大张灯市,曼衍鱼龙绕街串。将升平歌舞,妆成灯戏看。村童也高兴,把采茶人扮。
> 明月下,鼓乐喧,花爆响连天。海天寺外,文武官僚齐去观。黎民无老少,来往尽摩肩。真个是,乐与民同伴。

词人元夕观灯之际,描绘出了灯会中的种种景物和人物情态,是以词纪实之作。口语化的句式较多,虽语近俚俗,然刻画也真,称为"戏作",确也是如此。

三、清丽惬意的于宗瑛

于宗瑛(1722—1782),字英玉,号紫亭,镶红旗汉军人,乾隆十九年(1754)进士,官至江南道监察御史。祖父为康熙朝名臣河道总督于成龙。著有《来鹤堂全集》,附词二十四首。子鳌图亦工诗文,著有《习静轩诗文集》。

于宗瑛颇具文才,《雪桥诗话》云:"书学平原,兼通画理,山水仿云林,得其三昧,兼作写意人物,及虫鱼花卉。家风清素,简淡无营,性好吟咏。"[1]由于他生于盛世,又为名门之后,仕途尚属

---

[1] 杨锺羲:《雪桥诗话》卷七,第310页,北京古籍出版社,1989年。

顺达，故其词少慷慨之音，而多婉曲之调。《小重山·春游》《人月圆·马上看人家花树》《人月圆·春游》《风流子·春游》《买花声·看丁香》等等，皆清丽惬意。如《风流子·春游》云：

> 流水记春湾，径行地、依样水潺潺。忆锦杏墙东，一帘红雨，绿萝门外，无数青山。相逢处、洛川拾翠去，合浦弄珠还。玉减腰围，耻居沈后，墨浓题字，愧在崔前。　十亩太闲闲，盼青骢归去，愁鞚金坏。回首绿荫满陌，社鼓阑珊。想螺黛雍容，长居月里，凤笙消息，犹在人间。忍令门前花片，赚老朱颜。①

这首词虽名"春游"，但重点却不在春天景物，而在于抒写词人在春景中的种种感受，心绪平缓，词句雍容，表现出了盛世中八旗士大夫的典型心态。

于宗瑛还有一首集句词《沁园春·集〈兰亭序〉，游冯氏园》。集句词向不为词坛看好，认为"集之佳者，亦仅一斑斓衣也。"②然辛弃疾之词，集经史语却也妥帖自然，因此能够将集句词布置精密，蕴藉流畅，虽然不易，但亦能展示词人填词之才华。于宗瑛的这首集句词，集聚了《兰亭序》中的主要精神和情怀，且对句、结句之工巧，词意之贯通，尚属难得。词云：

> 和畅惠风，朗清天气，乙酉暮春。恰毕至群贤，才过修禊，咸集少长，会比山阴。峻岭遥横，崇山近叠，急湍清流映茂林。是日也，骋怀游目，觞咏皆新。　前游暂得堪忻，俯

---

① 于宗瑛词见《来鹤堂全集·诗余钞》，嘉庆二年刻本及同治十一年刻本。
② 沈雄：《古今词话》词品上卷，唐圭璋编《词话丛编》一，第 843 页，中华书局，2005 年。

仰之间迹已陈。便感慨系之，若合一契，兴怀一也，每览昔人。放浪形骸，取诸怀抱，今视昔犹后视今。此地有，后之览者，亦感斯文。

于宗瑛比较有特点的词是九首《鹧鸪天·九九竹枝词》，每首之前有诗一首，很有创意。如《鹧鸪天·九九竹枝词》"其一"诗云："初九阳生气象隆，轻吹暖律属黄钟。凤城雪霁青骢满，补褂貂裘齐拜冬。"词云：

补褂貂裘齐拜冬。金环玉辔压玲珑。西山爽气千年扑，北阙恩光万国同。　衣扬锦，气如虹。帽影鞭丝趁好风。共看玉烛调时节，一九阳生气象隆。

"其九"诗云："九九韶辉万象全，四民勤动及春前。民安物阜皇王泽，膏雨翔风年又年。"词云：

膏雨翔风年又年，乐时休后作时先。一犁耕破春前土，万宝足成秋后田。　书要读，酒休贪，日暖天长莫困眠。光阴分寸皆当惜，九九韶辉万象全。

《鹧鸪天》句式以七言为主，与七言律绝句法相近，是词而似诗，唯词更重音律节拍之运用，善诗者常填此调。

于宗瑛的词虽然在词意和词风方面没有显著特点，不过正是如此才反映出了乾隆时期中上层八旗词人安然自得的普遍心态。

四、婉约敦厚的继昌

继昌（？—1829），字述之、莲龛，拜都氏，隶正白旗满洲，嘉

第十一章 清代中期的八旗词人群

庆五年（1800）举人，由户部郎中授侍讲学士，累官江西布政使，著有《大丹问》《尘定轩谭萃》《尘定轩吟稿》附词八首，并辑校了《抱朴子》。晚清时有内务府正白旗满洲管领下人名继昌者，李佳氏，亦善填词。

继昌于词尊北宋，尤喜柳永词风，以婉约见长。他词集中的第一首词《雨霖铃》序云："仆最爱柳耆卿'今宵酒醒何处，杨柳岸，晓风残月'之句。比年舟行，仿佛似之。因写《今宵酒醒图》于扇头，即用柳公《雨霖铃》韵。"词云：

> 新词清切。但扁舟，镇日柳边歇。无端触起心绪，难倾吐处、缄书愁发。百缕千条，听暮雨、流水声咽。屈指算、西舫东舡，此际消磨壮怀阔。　　平生不解轻伤别。只黯然、岁岁孤佳节。花茵露冷人散，还照澈、一钩新月。梦早眠迟，莫使金尊，此昔还设。试画就、树树浓阴，细向长安说。①

《雨霖铃》有不同格体，继昌这首步韵柳永的词，二阕一百三字。继昌另一首《雨霖铃》也是次韵柳永同调词的作品。词云：

> 期君真切。是骅骝，未可伏辕歇。云程咫尺千里，天香拆处、心花先发。握手分襟，莫更试、歌管声咽。待稳步、刘井柯亭，玉蛛金鳌最高阔。　　同君只许三秋别。敞画筵、好醉登高节。蓬窗兀坐无绪，应梦趁、马头凉月。努力归装，细把宫花，来报安设。不负却、夜夜银灯，意蕊闺人说。

---

① 继昌：《尘定轩吟稿》稿本，中国国家图书馆藏。

"同君只许三秋别",可见这首词是送别友人的词。整首词句句不离"期君真切"的浓重情感,辞婉而情深。

词人的《迈陂塘·六月五日夜,风雨不寐,颇触秋思》是一首抒怀之作,此词触景生情,缘情布景,节节转换,凄冷周密,格调委婉,是一首精雕细琢之作。词云:

> 压蓬窗、晚云似墨,纱帷一雨初暝。诗牌酒盏都抛却,大似秋来情性。愁独醒,听四点更筹,却比三更永。青奴抱冷。只起照孤灯,残编作伴,仔细看花影。　　人声静,处处村鸡相应,暗蛩何事凄紧。徘徊兀自添情绪,苦雨凄风难听。尘心静,又草榻、蒲团慧业从头省。痴嗔是病。恁花月哀丝,关山暮角,付与晨钟警。

这首词以呈现神气为主,情由景生,景为情用,"徘徊兀自添情绪,苦雨凄风难听",写尽了内心的凄楚,然不离温柔敦厚之旨。继昌的咏物词如《贺新郎·咏盆中茉莉》《南乡子·盆中杜鹃》,皆有比兴之意,能够自抒情怀。

继昌的词作数量虽然不多,但是词作质量水平却并不低,首首都经过了认真斟酌,故而不能以其词作不多而轻视了这位词人。

五、恒仁、庆兰及其他八旗词人

以下所论词人,都是清代中期八旗文坛上的活跃人物。虽然他们留存的词作数量不多,但也各具面目。今广搜博采,吉光片羽,难以弃而不用,录之于此,以见八旗词坛之概貌。

恒仁(1713—1747),字育万,一字月山,宗室,乾隆年间人,西安将军普照子,初袭封辅国公,因不应封而失爵,遂专意诗歌写作,在清代中期颇有诗名,著有《月山诗集》,词集未见。《白山词介》录词一首,是为仅存之作。

沈廷芳《恒月山墓志》云:"生之诗,清微朴老,克具古人风格,其足传于后无疑也。"①恒仁的《菩萨蛮·寒夕》云:

> 宿檐归鸟飞庭竹,竹庭飞鸟归檐宿。凉月浩如霜,霜如浩月凉。　景幽贪夜永,永夜贪幽景。卮进辄成诗,诗成辄进卮。②

这是一首回文体词,回文体词并非容易填写,邹祗谟云:"词有隐括体,有回文休。回文之就句回者,自东坡、晦庵始也。其通体回者,自义仍始也。"③说明了回文词的出处和艺术价值。

恒仁生活于乾隆年间,其时国家承平,不过他的境况却不尽如人意,是被废除宗籍的英亲王阿济格之后,身为闲散宗室,在皇族中处于很尴尬的地位,尽管在乾隆朝阿济格后人恢复了宗籍,但是家境仍然难以恢复到以往的状态。恒仁以及其侄敦敏、敦诚的情况大致相仿,故其诗风格也就只能是"清微朴老"。而这首回文词并无深刻含义,类似于游戏之作,不过仍能体现恒仁填词的能力。

庆兰,字似村,章佳氏,隶镶黄旗满洲,乾隆十二年(1747)秀才,祖尹泰、父尹继善,均官至大学士。庆兰一生不曾入仕,以诗文自娱,与诗坛名家袁枚交往密切,工诗善画。著有《小有山房诗钞》《绚春园诗钞》,词集未见。《白山词介》录词一首,然亦仅存此一首,与恒仁同,亦论之。

庆兰的词以写景抒情为主,其词婉丽淡雅,清新自然。如《蝶

---

① 杨锺羲:《白山词介》卷三,恒仁,宣统二年刻本。
② 恒仁词见《白山词介》卷三,恒仁,宣统二年刻本。
③ 邹祗谟:《远志斋词衷》,唐圭璋编《词话丛编》一,第653页,中华书局,2005年

恋花》云：

> 十二曲栏花影绕。露展蕉心，月照梧桐悄。怪底书声听更好，相依一对云鬟小。　　香篆频频添瑞脑。试数莲筹，已近三更了。莫再裁诗重起稿，应怜翠袖新寒峭。①

这首词也被《清词综补》收录。此词前小序云："为竹岩（明新）公子题《双鬟伴读图》。碧梧翠竹，图中景也"，可知是一首题画词。词从画意出发进行解读，细细刻画，有情有景，亦将画者和词人纳入其中，非泛泛应酬之作。

庆兰和恒仁词作数量不详，不过尽管如此，《白山词介》却各收录了他们的一首词，有以词存人之意，可见他们还是受到了八旗词坛的重视。

博明（1726—1774），原名贵明，字希哲，一字晣斋，又号西斋，博尔济吉特氏，隶镶蓝旗满洲。乾隆十七年（1752）进士，由翰林院编修累官洗马，降兵部员外郎，祖两江总督邵穆布②。博明著有《祀典录要》《西斋诗草》《凤城琐记》《西斋偶得》《西斋诗辑遗》。

博明的文才颇受文坛瞩目，"其于经史诗文、书画艺术、马步射、翻译国书源流，以及蒙古、唐古忒诸文字，无不贯穿娴习。"③同时"以文学名世"，与纳兰性德、图敏、法式善等人同为八旗中"卓然有声"④者，杨锺羲的《雪桥诗话》和震钧的《天咫偶闻》等书对他都有记载。

---

① 庆兰词见杨锺羲辑选《白山词介》卷三，宣统二年刻本。
② 恩华：《八旗艺文编目》三，子类，祀典，1941 刻本。
③ 杨锺羲：《雪桥诗话》卷六，第 290 页，北京古籍出版社，1989 年。
④ 震钧：《天咫偶闻》卷四，第 90 页，北京古籍出版社，1982 年。

第十一章 清代中期的八旗词人群

博明学问优长,善诗词,然词作不传,甚为可惜。《词苑萃编》录其《浪淘沙》一首,特转录于此。词云:

> 罗幕篆灯红,玉颊春融。京华回首万山重。谁分酒旗歌扇底,掺袂相逢。　　苍雪照帘栊,远斗眉峰,使君见惯尚惺忪。撩起羁人无限意,梦里愁中。①

词前记云:"罗红本京雒歌伶,漂流大理,博晰斋观察以此赠之。"此词是博明为京雒歌伶名罗红者所作。罗红为汉人,博明为旗人,两人关系与前面提到的明义与云篮关系相仿。其时罗红流落至云南大理,博明作此词赠之。此词语句极秀丽清隽,追诉友情,缠绵反复,一往情深,不仅能够感觉到两人友情的真挚浓厚,而且能够感受到词人性情的纯雅。

德崇,字春园,宗室,和硕庄亲王裔孙,嘉庆十九年(1814)进士,官中允。《鹧鸪天·题宿慈救寺》云:

> 霞散高楼月在天,蛩声满院鸟初眠。石床曾为弹棋扫,蕉露还因点易研。　　灯似豆,夜如年,一帘香袅兽炉烟。闲心领取清凉味,不慕游仙不问禅。②

此词字字轻灵,句句淡雅,描绘了"霞散高楼月在天"的宁静夜色。上阕描写月光下的自然景物。下阕抒情,刻画自家平静的心绪,结句"闲心领取清凉味,不慕游仙不问禅",情景浑然交融,

---

① 博明词见冯金伯编《词苑萃编》卷一八,唐圭璋编《词话丛编》三,第2148页,中华书局,2005年。
② 德崇词见《白山词介》卷三,德崇,宣统二年刻本。

词风极其澄澹。

明训,字鼎云,隶正黄旗蒙古,嘉庆二十五年(1820)进士,官礼部侍郎。明训是清代为数不多的八旗蒙古词人,惜词集未得流传。他的《南浦·秦君补茵回自辽阳,枉顾失迎,留示新词,率尔题赠,用鲁逸仲体》别有意趣。词云:

> 微云句丽,信家传,彩笔最珑玲。况复襟怀澄澈,一片玉壶冰。铁板红牙兼擅,更新腔、细按不曾停。惜长年远道,寒宵孤馆,耐尽一灯青。　　难得欢逢旧雨,怅朝来、未获迓云轩。年时霜天策马,忆共听笳声。今日软尘重踏,甚萍踪、依旧感飘零。恐刁骚清籁,欧阳去后少人听。①

秦补茵应为汉人,生平不详。从明训这首赠友词中"襟怀澄澈,一片玉壶冰""铁板红牙兼擅,更新腔、细按不曾停"诸句看,秦补茵是一位性格清高,颇有词才的文人,故深得明训敬慕。词的上阕述友情,下阕诉思念,委婉情浓,不失为词之正体定格之作。

蕴璘,字玉仲,号小泉,王氏,汉军人,旗籍不详,官广东同知,著有《多古意斋诗稿》《采莪堂词》。金武祥序云:"诗风华典雅,多抑塞磊落之概。"②其词篇无累句,句无累字,能够于沉郁中寓凄婉。《唐多令·夜泛珠江》云:

> 一望碧迢迢,珠江泛画桡。倚篷窗、静听吹箫。曲罢潮平宵已半,才过了、漱珠桥。　　尘梦恨难消,新愁酒莫浇。向

---

① 明训词见《白山词介》卷三,明训,宣统二年刻本。
② 金武祥:《多古意斋诗稿序》,杨锺羲辑《白山词介》卷3,蕴璘,宣统二年刻本。

东风、诉尽无聊。惆怅白鹅潭畔月,依旧是、可怜宵。①

此词写夜景,已经是暗含愁意,"尘梦恨难消,新愁酒莫浇",明确了词之主旨,整体上词意澹远,婉约中涵沉郁。

徐同甫,字竹君,隶正黄旗汉军,广州驻防旗人,官通判,有《小南海词》。

《金缕曲·倪耘劬新筑野水闲鸥馆,赋此奉赠》云:

散诞今如此。溯遗芬、图书奇古,云林清閟。绿野平原非易得,一壑一丘足矣。更说甚、风标公子。人世鸡虫纷得失,见沙鸥、放旷心先喜。难得是,者池水。　年时浩荡经千里。趁斜阳、柳桥花坞,几番游戏。汤沐空明三两顷,乍试莼乡风味。爱倒影、峰峦苍翠。星斗高寒呼旧侣,话萍踪、历历烟波里。湖海气,屏除未。②

这是一首赠友词,倪耘劬生平不详,从抒发的情感看,应该也是词人的一位文友。此词抒情达意疏朗清逸,流转圆惬,结句"湖海气,屏除未",将清介情怀更推进一层。

徐同善,字公叴,隶正黄旗汉军,广州驻防旗人,户部笔帖式,著有《花影弹雀》词。其《祝英台近》云:

展愁眉,开笑口。春梦尚相扰。雨雨风风,催出路旁草。任伊绿遍天涯,王孙经惯,只休遣、玉人知道。　黯怀抱。应悔觅取封侯,青青误年少。短剑飘零,客鬓顿衰老。那禁冷

---

① 蕴璞词见《白山词介》卷三,蕴璞,宣统二年刻本。
② 徐同甫词见《白山词介》卷三,徐同甫,宣统二年刻本。

柝敲霜，哀笳吹月，更搀和、思归琴调。①

此词自诉愁情，反复缠绵，层层深入，将心中愁情刻画到了极致。"展愁眉，开笑口，春梦尚相扰"，三句描写了三种情境，先愁后笑，然梦中依然是愁，显示出词人愁情之深重。"雨雨风风，催出路旁草"等句，是用比兴的笔法写愁情，非纯粹在描景绘物。下阕"黯怀抱。应悔觅取封侯，青青误年少"，言曲意直。整首词婉而不迫，达而不放，颇有境界。

恽珠（1771—1833），字珍浦，号星联，晚号蓉湖道人，出身江南望族恽氏，嫁与镶黄旗满洲完颜氏廷鏴，廷鏴官知府；子麟庆，官至江南河道总督，是为"金源世系，珂里名门"之家。恽珠工画善诗，援笔立就，有孝贤之名，《名媛诗话》誉为"女中之儒"②。著有《红香馆诗词集》，撰《兰闺宝录》六卷，辑选《国朝闺秀正始集》二十卷，《国朝闺秀正始续集》十卷，其中收录了八旗闺阁诗人。

恽珠虽然出身汉人，然嫁入满洲旗人之家，一切习俗均遵照满洲，即以满洲自居，在《国朝闺秀正始集序》中，落款自书为"长白完颜恽珠书于大梁道署之补梅书屋"③，故于此纳入八旗词人之列。

《红香馆诗词集》有嘉庆十九年（1814）刊刻本和同治五年（1866）重刊本，附词六首。其诗集中有《戏和大观园菊社诗四首》和《分和大观园兰社诗四首》，可知对于《红楼梦》不仅仅是出于喜爱，而且多有体会，从中亦可见恽珠为人处世之心。恽珠的娘家

---

① 徐同善词见《白山词介》卷三，徐同善，宣统二年刻本。
② 施淑仪：《清代闺阁诗人徵略》卷七，第383页，上海书店影印版，1987年。
③ 恽珠：《国朝闺秀正始集》自序，道光十一年红香馆刊本。

与夫家均为名门望族，道德与才华均非一般人可比，故其诗文多雅正之音，其词也是如此。《渔歌子·舟中晚眺》云：

高柳阴浓罩绿溪，轻舟摇过小桥西。波潋潋，影迷离，斜阳几树晚鸦栖。①

《点绛唇·夏日偶成》云：

漫卷湘帘，正雨过凉生庭院。绿阴葱蒨，好鸟枝头啭。
午梦初回，懒去拈针线。诗情倦，茶经香传，且自闲消遣。

从以上词作中可以看出，由于家境富贵，世事无忧，因此恽珠的词作主要是抒写闲情，而且是贵妇人的闲适之情，因此无深刻的比兴寄托之意，故词风以清丽委婉为特色，这也正是反映出了富贵旗人的精神和生活状态。

第五节　结　语

时至清中期，词坛老一辈词人，尤其是由明入清的词人逐渐离世，词坛缺少了具有号召力的一代大家。在这种时势变化之际，常州派渐渐崛起，不过词坛仍然以追随南宋姜、张词风为主流，浙西派也仍然有一定影响。在这个时期，八旗词人与常州派词人交往不多，受到的影响也不大，八旗中上层出身的词人更是如此，故仍以婉约为宗。

---

① 恽珠词见《红香馆诗词集》，道光十　年红香馆刊本。

清朝中期一些八旗词人政治地位优裕，生活稳定，其词多抒发闲情逸致，如怡亲王弘晓、礼亲王永恩，以及明义、庆兰即是如此。不过由于出身和阅历的不同，八旗词人的词作词风也并非都是如此，而是具有多样化的表现，其中尤以奕绘、铁保、高鹗的词作最为独特，他们能够跳出藩篱，抒写自家性情，形成了自家特色。此外，还有一部分词人来自中下层，如徐同甫、徐同善等等，他们的词作虽然成就不高，但均能够从自身经历感受出发抒写真情，也就具有了各自的特点。

从整体上看，这个时期的八旗词坛在艺术成就方面虽不如清初词人，但是他们的词作能够与时代发展变化相适应，反映了社会现实和时代精神，词风也由清初重宋词的婉约而渐转为婉约与豪宕并重，对八旗词作风格有所拓展，也为八旗词坛增添了不同的色彩。

第三编　晚清八旗词坛

自道光朝第一次鸦片战争爆发后，发生了诸多与外强的战争，并签订了一系列不平等条约，清王朝逐渐衰败。咸丰、同治年间，随着外国帝国主义对中国更加频繁的侵略，国家局势更加衰落，社会也更加动荡，八旗也随之落入了困顿的境地。光绪、宣统二朝是清朝的最后阶段，时局比以往更为危急，日美俄英法等帝国主义列强加紧了对中国的侵略，国内变法维新呼声渐高，不少有识之士支持变法，其中就包括八旗词人，然变法维新仅维持了百日，局势随之更加动荡，八旗已经到了濒临解体的边缘。这种局势对八旗词人产生了重要影响，其词风也随之发生了重大变化，是为八旗词坛发展过程中的重要阶段。

　　自晚清开始，八旗惨痛的境况一直延续到清末。军事是八旗的主要职能之一，因此有清一代京师八旗和各地驻防八旗几乎参加了所有重大的战事。在晚清对外战争中，京师和各地驻防八旗都进行了英勇抵抗并作出了巨大的牺牲，其中惨烈的情况在《杭州八旗驻防营志》《京口八旗志》《驻粤八旗志》等驻防八旗志中都有记载。庚子事变时京师八旗的情况在《庚子京师褒恤录》中也有记载。此书记录了大量在八国联军侵入北京时的战殁者与尽节者。八旗的衰落使绝大多数旗人家庭陷入了极度贫困的境况之中，即如出身宗室的宝廷也是如此，他曾作有《避债》《贫居》《无食叹》《无衣叹》等诗记其生活的窘迫，其中《无衣叹》云："朝断炊，典寒衣，空空两袖寒侵肌。寒侵肌，不足叹，老父葛衣不掩骭。"[1]旗人社会的这种现实状况，使得八旗词人经历了痛苦的心路历程，这也是晚清

---

[1]　宝廷：《偶斋诗草》内集卷二，第20页，上海古籍出版社，2005年。

时期八旗词风转变的深层次原因。

在这种背景之下,晚清的八旗词人写下了许多忧国伤时的词作,表现出了对现实社会和国家命运的深切担忧。随着时势的急剧变化,越到晚期抒发对家国局势的忧虑以及对八旗前途迷茫的作品越多,凄怆悲愤的情感也越浓烈。此时的八旗词坛几乎人人都有悲慨凄凉、慨叹时艰的作品,表现出了比以往更加痛苦与激愤的情感,词风也更加沉郁高寒。如晚清词人锡缜的《满江红·庚申滦阳晚眺》,英瑞的《城头月·塞月》和《忆旧游·感兴》,志润的《双双燕·秋燕》,音德讷的《卜算子慢·落叶》,如格的《菩萨蛮》等等,都以沉郁悲壮之音抒发了家国沉沦之痛,也都具有以词证史的价值。这种内容和词风的作品,一时成为了晚清以来八旗词坛的主流。

从词学的角度看,随着国家局势的不断衰落,常州派主张比兴寄托,"变风之义,骚人之歌"①的词论,对晚清词坛包括八旗词坛产生了一定的影响,从这个时期八旗词风的变化中就能够明显感觉到这种影响的存在。

当然,此间也有不同于这种风格的作品,不过即便是以婉曲笔调抒情,也大都将国家时势与八旗命运联系在了一起。正是这种八旗词风和旗人情怀,形成了晚清八旗词坛的独特景观。

---

① 龙榆生:《近三百年名家词选》后记,第226页,上海古籍出版社,1979年。

第十二章　晚清词坛名家承龄

承龄是晚清八旗词坛上的一位重要词人，也是清代词坛上的一位重要词人。他的词作既能够遵循词家之正轨，谨守词体之特质，又能够与时代现实相适应，离别怀思，忧国忧时，表里相宣，斐然成章，且寄托之情隐然若无，实为词家之高手。

第一节　承龄在词坛上的影响

承龄（1814—1865），字子久，又字尊生，裕瑚鲁氏，镶黄旗满洲人。道光十六年（1836）进士，由礼部主事累官贵州按察使，同治四年（1865）卒，著有《大小雅堂诗集》《冰蚕词》，光绪十八年（1892）刻本。承龄诗集中合《南谯集》《燕市集》《礼部集》《黔南集》四种，有诗二百一十首。《冰蚕词》有词五十三首，其中小令十四首，中调五首，长调三十四首。

承龄入仕后不久即爆发了第一次鸦片战争，他经历了国家逐渐衰落的过程，这对他的文学创作产生了重大影响。这种影响在他的诗词作品中都有表现。徐郙《大小雅堂诗集》序云："艰难之余，慨然一发之于诗。故综全集观之，其意缠绵，其词芬芳，及忧生念乱，又不禁悯天人之穷，而深悉夫治乱兴衰之故。盖始乎风，卒乎雅，深寻乎汉魏乐府之意，而其品适在石田、青阳两集之间。"①指出了承龄诗歌不离"忧生念乱"和"悯天人之穷"的特点，而承龄的词作亦从这种思想精神出发，多有"始乎风，卒乎雅"之意。

承龄是一位致力于词的词人，潘曾玮《词辨序》云："友人承子久仪部好为词，尝与余上下其议论，自三唐两宋，迄于元之季世，条分缕晰，未尝不以余言为然。盖子久与余，皆取决于张氏。暇出所录介存周氏《词辨》二卷，属为审订。"②从以上记载可知，承龄亲笔存录《词辨》二卷，并助刊行，是因为"深恶夫猖狂雕琢之习而不反，而亟思有以厘定之"，以推行宋张炎的词学词风。同时还与潘曾玮讨论了"自二唐两宋，迄于元明之季世"之词，说明他对前代词坛，以及各种词论主张都进行过研究，并形成了自己的词学观点和词作风格。

承龄是颇具声名的词人，词坛认为其词颇佳，在八旗中可以上承纳兰性德，徐郙在其诗集序中评其词云：

> 尊生阁学，诗鸿丽博赡，而眷怀家国，有少陵忠厚之遗焉。词则上法南唐，而旨近宋之吴梦窗、王圣与。近时南皮张制军（之洞）为《书目问答》，举国朝词人仅六家，而君与焉。其名流推服如此。③

---

① ③ 徐郙：《大小雅堂诗集序》，承龄撰《大小雅堂诗集》，光绪十八年刻本。
② 潘曾玮：《词辨序》，周济撰《介存斋论词杂著》附录，唐圭璋编《词话丛编》二，第1638页，中华书局，2005年。

此外，《晚晴簃诗汇》也有同样记载①。张之洞乃晚清重臣，官至军机大臣、体仁阁大学士，且学问渊通，所作《书目问答》举凡书目二千余种。查张之洞《书目问答》，所列清代词人非为六家，乃为十二家，即曹贞吉《珂雪词》、朱彝尊《曝书亭词》、陈维崧《乌丝词》、顾贞观《弹指词》、纳兰性德《饮水词》《侧帽词》、厉鹗《樊榭山房词》、郭麐《蘅梦楼词》、张惠言《茗柯词》、姚燮《疏影楼词》、周之琦《金梁梦月词》、承龄《冰蚕词》、边浴礼《空青词》。张之洞选以上十二家后云："以上国朝词家集。今人之词，不能叶律，乃长短句，非曲也，故附集部诗后。词乃小道，略举最精者数家，以备文体之一。"②从中可知张之洞选清代词家，以能否叶律为首要标准，其余或可略之。不过《书目问答》是为后学所开列的读书书目，自然以最能贴合词之本质者举之，以便后学填词遵循正轨，并非是从词史的角度列举书目。因此，此书目仅可作为研究清代词史的参考，并不能以此论断清词。尽管如此，张之洞此论仍产生了相当广泛的影响。

此外，晚清词坛对承龄的评价也很高，文廷式《冰蚕词跋》认为承龄词有姜夔风格。跋云："金荃之吐纳华实，白石之振掉风骨，蔑以加焉。"③张德瀛《词徵》评承龄云："承子久龄词，如就驾銮仪，矜栗竦峙。"④指出了其词典雅庄重的特征。

不过晚清旗人继昌的评价却稍有微词，《左庵词话》云："子久方伯承龄著有《冰蚕词》，一时许为作家。然音调雅谐，犹嫌意少。"⑤

---

① 徐世昌：《晚晴簃诗汇》卷一三九，第14页，退耕堂刻本，1929年。
② 张之洞：《书目问答》，光绪刻本。
③ 文廷式：《大小雅堂诗集跋》，承龄撰《大小雅堂诗集》，光绪十八年刻本。
④ 张德瀛：《词徵》卷六，唐圭璋编《词话丛编》五，第4185页，中华书局，2005年。
⑤ 继昌：《左庵词话》卷上，唐圭璋编《词话丛编》四，第3114页，中华书局，2005年。

评承龄词"音调雅谐"是为长处,"犹嫌意少",是为不足。不过承龄追求的是"神余言外,意不浅露",其词风如此,不必过于苛求。龙榆生的《近三百年名家词选》选词人六十六家,承龄未在其中。

第二节　情雅旨微之中短调

承龄的《冰蚕词》有十九首是中、短调,这些词情雅旨微,从词艺的角度追求婉丽词风,多是声韵雅谐之作。小令《相见欢》云:

> 裁笺拟托飞鸿,去无踪。目断远山尽处、乱霞红。　云鬓袅,香兰笑,记初逢。又是窥人凉月、挂疏桐。①

这首小令致力于营造澹永之境,绮而不靡,典而不滞,且声调和协,颇有南宋姜、张词风。小令《南歌子·题旅舍壁》也具有同样风格,词云:

> 锦宇鸳鸯牒,香泥燕子家。客中清怨托琵琶,犹记回灯一笑鬓堆鸦。　画壁迷陈迹,衔杯感梦华。刘郎今日又天涯,无奈东风依旧换杨花。

小令《菩萨蛮》是抒写愁情的作品,以景寓情,神余言外,词云:

> 子规啼雨催人醉,白波倒卷离人泪。莫惜百分空,问君何

---

① 承龄词见《大小雅堂诗集·冰蚕词》,光绪十八年刻本。

日同？　　宿云低鸟翼，潮长春流急。帆影尽遥天，斜阳千万山。

起首二句"子规啼雨催人醉，白波倒卷离人泪"，皆是愁苦之语，立即进入了凄凉之境。而结句"帆影尽遥天，斜阳千万山"，则透露了无尽的惆怅。词风则是于凄凉中涵沉郁，从而使词境渐深。

中调《临江仙》虽然也在营造情境上下了功夫，但更加强了词的比兴寄托，因此这一类词抚时感事之情更浓，词云：

往事零星难记省，思量常是经年。酒浓香殢困人天。绿云斜压，一枕梦初圆。　　芳径画屏都未改，只应闲了秋千。微波重与致缠绵。蓦然惊断，归燕蹴筝弦。

此词景中有我，绵丽中寓萧索，衬托出词人难以排遣的郁闷心情。"蓦然惊断，归燕蹴筝弦"二句未经前人道过，颇为警策，其中动词"蹴"字的运用使词境更加灵动。

晚清人论词强调"以吾言写吾心"，即抒写真情，承龄的词作就有此特点。他的中、短调词很少有轻灵欢快的格调，大多婉转清凄，含哀怨之音。"白波倒卷离人泪"，"目断远山尽处"，"客中清怨托琵琶"等句，都含有深深的哀愁。承龄一生处于国难当头之际，深怀忧国情思，这种感情寄托在了上面几首词中，有语不穷尽，神余言外之妙，这也是承龄词的主要特点。

第三节　神韵天然之长调

承龄入仕后官礼部，后官贵州。在国难当头之际，虽怀有报国

第十二章　晚清词坛名家承龄

之心，然位卑言轻，又远离朝廷，故难以建言朝政，施展抱负。他的这种忧国情怀，在其诗集中表现得比较充分，抒写胸臆的作品较多。其诗多怀家国之忧，如诗歌"礼部集"中的《读屈原外传》《斋居述怀》《拟郭代公宝剑篇》，"黔南集"中的《独山书事》《于役贵定道中忧旱作》《咏史》等等，皆是自述胸怀之作，均以国事为重。

这种情怀在承龄词尤其是长调中表现得很充分。其词有长调三十四首，可见他重视长调的写作，其中一个重要原因是长调可以抒发更为丰富的内容和情感。他的长调具有一般词家难以具备的特点，这就是其词章法严谨，上下两阕情思连绵，浑然一体，遣词用句亦多能前后照应。清人论长调曰："长调之难于小调者，难于语气贯通，不冗不复，徘徊婉转，自然成文。"[1]承龄的长调既能够做到前后贯通，层次曲折，神韵天然，又能够别具忧国伤时情怀，故能在晚清词坛别成一格，引起词坛瞩目。

一、委婉雅正的抒怀词

承龄的咏怀词以长调为多，具有反复缠绵、委婉雅正的特点。以下三首长调婉转绵丽，都是上法南唐，旨近南宋的作品，其中隐含了对于时势的忧虑。从词艺角度看，这些词既注重章法布局的开阖有度和层次的曲折婉转，也注重文字声韵的轻重缓急，虽缠绵婉曲，但都清正温雅，无绮罗香泽之态。《迈陂塘》云：

怪懵腾、恼人春恨，秋来重又留住。绣帘寒暖都难定，天气一般无据。肠断处，浑未信，红墙遮断银河路。星期细数。只几度销磨，莺花鸿雪，潘鬓已如许。　　思量遍，镜里容华

---

[1]　徐釚：《词苑丛谈》卷四，品藻二，第76页，上海古籍出版社，1981年。

自误。年时飞燕曾妒。当垆莫更夸颜色，不是远山眉妩。歌且舞，正眼底、倡条冶叶娇风露。双鳞寄与。问碧海青天，鞭鸾笞凤，何日赋归去。

《洞仙歌》云：

冻云离合，带归鸦点点。送尽斜阳碧天远。又灯红、酒熟香擘吴橙，只不似，昨夜桂堂曾见。　宵长长几许，廿五更声，都为愁人续凄怨。巴蜀雪初消，流到天涯，谁量取、春痕深浅。尽翠袖、单寒倚西风，怕手把芙蓉，岁华空晚。

《百字令》云：

相思何处，悄隔栏唤醒、双双蝴蝶。翠幕金屏深几许，不问絮泥花雪。簇锦韶华，游仙好梦，顿觉心情别。笑春依旧，去年今日时节。　濛濛听雨楼台，碧云乍展，推上初三月。玉笛吹残银烛冷，蓦地窥人红怯。百合香浓，五更酒渴，赢得愁千结。海棠开了，那堪重与攀折。

这些词严格遵守了婉约为宗之法，都是如文廷式所言"金荃之吐纳华实，白石之振掉风骨"之作。从前一首"问碧海青天，鞭鸾笞凤，何日赋归去"，次一首"尽翠袖、单寒倚西风，怕手把芙蓉，岁华空晚"，后一首"赢得愁千结"中可以体会到，承龄的这三首词均是"别有怀抱"之作，这种怀抱自然与南宋姜夔微言寄慨相通，亦出自浓重的家国情怀。

他的《凄凉犯》一首的词意与词牌一致，抒发的是凄凉情绪。

第十二章　晚清词坛名家承龄

这首词前序云："断云衔月，凉露滴秋，远笛凄清，别有怀抱。砌下候虫和响，殆说西风消息也。徘徊不寐，爰谱此解。"这首《凄凉犯》云：

> 遥情暗接。高楼外、谁家玉笛凄咽。数声宛转，含思为甚，不教按彻，余音未歇。应是年年恨别。荡痴云千万叶，冷浸半庭月。　犹记清蹊路，一桁丁帘，夜深曾揿。绿杨十里，想而今、等闲吹折。多少吟怀，倩篱畔秋虫替说。怨凉飙、早遣愁人，感翠扇。①

小序说明了这首词的写作动机和意图，是一首忧生念乱的"别有怀抱"之作。"西风消息"是全词的背景，"玉笛凄咽"、"冷浸半庭月"是景语情用，亦是词人的心境，与当时国家局势密切相关。此词辞调蕴藉，词风婉切，是一首托微言以寄慨之作。

二、贵得其真的怀友词

承龄的怀友词，言辞切切，情深而意浓，贵得其真，亦皆与衰落的时势相关，非歌声梁上浮、春游方有乐的闲情之作，其中《满庭芳·过万柳堂，怀程彦华，时客淮浦》云：

> 风急天高，烟寒秋老，选胜更与凭栏。无多垂柳，春色已堪怜。那更疏鸦点点，轻换了、落叶哀蝉。荒芦白，犹疑絮影，晴雪舞尊前。　画图。工点染，何人省识，过眼云烟。甚斑骓赋别，冷落吟笺。一样茶囊酒盏，空望断、乌帽青衫。金城路，裁诗寄远，休说北征年。

---

① 承龄词见《大小雅堂诗集·冰蚕词》，光绪十八年刻本。

《满庭芳》又名《满庭花》《潇湘夜雨》《锁阳台》,有平仄两体,一般多用平韵,也有不同之变体,承龄的这首《满庭芳》为正体,平韵。此词营造了一种黯淡的词境,与词人思友情绪非常适应。词中"春色已堪怜"、"疏鸦点点"、"落叶哀蝉",均是凄清景象。"何人省识"、"空望断、乌帽青衫"等句,向友人表达了对时局势的忧虑和内心的凄苦;"休说北征年",一语双关,表明自己有杜甫一样的忧国之心。

《忆旧游·和彦华见怀》同样胸怀感慨,情感表达得更为深切。词云:

> 望南飞鹤影,出塞行云,曾共徘徊。锦字寄回文,怕鸳机织就,不是新裁。琵琶待谱春怨,人在白登台。只两地飘零,关前雪拥,陌上花开。　　重来。向燕市、便击筑悲歌,谁与衔杯。忽忽中年近,纵东山丝竹,难遣愁怀。一麾欲去江海,荒径问蒿莱。但落叶萧疏,高斋又听秋雁回。

《忆旧游》双调,有正体一,变体五,各体一百二字至一百五字不等。此为正体,一百二字,平韵。此词上下两阕词意连绵,在回顾与友人倾心交往的同时,慨叹相见之难期,思友之情真挚浓郁,内心的凄苦不言而喻。结句"但落叶萧疏,高斋又听秋雁回",以景语结,看似轻淡,然无尽愁情尽在不言中。而"向燕市、便击筑悲歌"句,暗含了心怀燕赵悲慨之志。此词虽是怀友,却仍然不忘展示忧时心志也。

三、肖物能工的咏物词

词家认为咏物之作,非斤斤咏一物,而是或肖物能工,或别有寄托。南宋张炎曰:"诗难于咏物,词为尤难。体认稍真,则拘而

第十二章　晚清词坛名家承龄

不畅，模写差远，则晦而不明。要须收纵联密，用事合题。一段意思，全在结句，斯为绝妙"①，此论对后世影响很大，承龄即沿袭了南宋咏物词用事合题、形神具备的传统。《双双燕·白燕》云：

> 玉钗股上，共幺凤轻摇，旧时曾见。铅华净洗，漫问汉家宫殿。催得柳明花暗，掠飞絮、风前零乱。留他月影雕梁，嘱付晶帘休卷。　芳院，梨云片片。正蝶粉初干，莫抛双翦。伤春人老，憔悴雪香烟暖。翻妒愁痕太浅，想一缕、红丝犹胃。楼中纵有春风，也恐鬓华早换。②

前面说过《双双燕》词牌以史达祖所创为正体，承龄此调即采用了史达祖体。史达祖的《双双燕·咏燕》被认为形神俱似，承龄的这首词也是极尽描写之能事。词中描摹白燕，既不离于燕，又不黏着于燕，即所谓不即不离。"幺凤"、"月影雕梁"、"莫抛双翦"都是在说燕；"玉钗"、"月影"、"晶帘"、"飞絮"、"梨云"都是在衬托"白"字，可谓摹写殆尽，肖物能工。

不过承龄的这首词也并非仅仅是为了描画"白燕"而作，而是有所寄托。以诗歌而论，"咏白燕"以明代袁凯的《白燕》诗最负盛名，袁凯诗的前两句是"故国飘零事已非，旧时王谢见应稀"，事关国事。承龄所处的时代也正值"故国飘零事已非"的时期，"伤春人老，憔悴雪香烟暖"与"楼中纵有春风，也恐鬓华早换"，分明就是"旧时王谢见应稀"之意的引申。而史达祖的《双双燕·咏燕》，也并非无心之语，其结句"愁损翠黛双蛾，日日画栏独

---

① 张炎：《词源》，第20页，人民文学出版社，1963年。
② 承龄词见《大小雅堂诗集·冰蚕词》，光绪十八年刻本。

凭",仍然透露了寄托之心。承龄的这首词虽然婉约,但以燕比兴而寄托之意甚为浓重。

《金缕曲·蜡泪》也可以属于咏物一类,也寄托了感情,词云:

> 莫剪灯花穗。灺啼痕、无情有恨,画堂秋思。待把碧纱深深护,又被斜风唤起。更不管、玉钗憔悴。斗转参横人将去,暗相和、银箭翻涛水。点点是,别时泪。　　华筵似梦从头记。记春江、徵歌说剑,六朝游戏。十万骊龙珠齐吐,分照花天酒地。剩狼藉、堆阶红腻。结客归来黄金尽,爇香心、伴我修眉史。谁忍赋,短檠弃。

咏"蜡泪"的题材自古以来就被不少词人选用,大多都寄托了自悲自怜的情怀。承龄的这首词落笔重在"泪"上,借"蜡"起兴,以"泪"寄托,"莫剪灯花穗"、"又被斜风唤起"、"分照花天酒地"、"华筵似梦"都是在说蜡,"灺啼痕"、"银箭翻涛水"、"堆阶红腻"都是在说泪。同时"华筵似梦从头记"、"爇香心、伴我修眉史",都是有"我"存在。而"结客归来黄金尽"则暗含"黄金散尽身无寄"之意,以此展示了"我"的悲凉心绪,可以说是深得填词之法。

承龄还有一首《疏影·残雪》咏残雪的词,借"雪"比兴,以"残"寄意,非徒描景物,词云:

> 天花碎缬,问剪水镂冰,谁解攀折。万点花魂,分付回风,也作乱红飘撒。拼教咏絮无消息,奈画角、一声吹彻。却怪他、催送春来,怎又暮寒骚屑。　　销得斜阳几度,灞桥更极目,烟树明灭。只有蛾眉,深浅窥人,让出远山层叠。香泥

不分随鸿爪,但梦忆、参差云叶。算几宵、月满琼楼,已是试灯时节。

咏物词如果停留在所咏之物上,不论如何曲尽其妙,总是境界不高。《疏影》以姜夔之作最负盛名,不仅贵得风人比兴之旨,而且深寓家国无穷之感,非区区赋物而已。承龄的这首词亦能够脱化无迹,在曲尽其妙的基础上融进"我"的情思,达到了神韵天然的境界,同时亦是一首托微言以寄慨之作。

承龄的《冰蚕词》虽然只收词五十三首,但是首首都经过了仔细推敲,从他的《水龙吟·水车,戊午冠山作,凡七易稿》咏水车一首中,叮以见到承龄填词精益求精的态度,词云:

几回听水听风,客游遮莫车轮转。关河冷落,数声鸦轧,人家近远。一道驱烟,乱流翻月,为谁催趱。问何如且住,抽刀断水,难祝取,回肠缓。 梦里轻雷乍辗,又树杪、晚云飞卷。梯田打叠,待伊甘雨,平分翠笕。休学劳薪,马蹄方后,去程才倦。只当日抱瓮,原非空独,立溪山晚。[①]

《水龙吟》又名《丰年瑞》《龙吟曲》,双调一百二字,仄韵,有不同诸格体。此词"凡七易稿",也就是说修改了七次。为何花费如此大的气力修改,且作了怎样的修改,词人并没有说明,不过从中能够看出词人对这首词的重视程度。但是修改词作,一般是注重词的立意和表达方式,且起句、结句、章法、句法、字法皆须斟酌,此外更重要的是韵律和四声五音的稳贴,以求达到完美境界。

---

① 承龄词见《冰蚕词》,《大小雅堂诗集》,光绪十八年刻本。

词不同于诗,除了要适合种种规范之外,还要求能够吟唱协律。《词源疏证》云:"必成词之后,先歌以审之,后管笛以参之,不合者改字以协之。"[①]也就是说,填词不仅要合乎音律宫商,因字有唇齿喉舌鼻五音,所以还有轻清重浊之分。因此,词中用字虽然协律,而五音不辨、清浊不分,仍然会吟唱不协,故需要反复斟酌,使之达到声韵和谐的境地。此外,章法、句法、字法,乃至词意词风亦需要反复斟酌。此词七易之前的词稿虽然已经不得见,但承龄此词必定是从这个方面进行了修改的。这首词修改凡七次之多,可见雕琢之细。

此外,承龄的《八声甘州》《江城子》《水调歌头·送马梅尉》《长亭怨慢·寄马仲眉》,也都情浓意浓,均是文廷式所言"质有其文,情载乎辞者"[②]。

第四节 结　　语

《冰蚕词》除了有光绪十八年刻本外,还有《粟香室丛书》本,其中收词二十二首。金武祥《冰蚕词叙》云:"国朝倚声之学,追踪两宋,名家殚指不胜屈,而籍隶八旗者,则《饮水词》后,惟于胡鲁观察子久《冰蚕词》为最著。"[③]正是由于承龄词其意缠绵而能有所寄托,且音调雅谐,在晚清词重音韵声律一派中表现突出,故而其词也才能够被张之洞列入清词名家之中。

从八旗词坛发展轨迹看,词至清代中期,八旗词坛加重了以词抒志的力度,面向现实、感慨时艰的词作开始增加。承龄填词也是

---

① 蔡桢:《词源疏证》卷下,音谱,第10页,中国书店,1985年。
② 文廷式:《大小雅堂诗集跋》,承龄撰《大小雅堂诗集》,光绪十八年刻本。
③ 金武祥:《冰蚕词叙》,承龄撰《冰蚕词》,光绪十七年粟香室丛书刻本。

如此，不过特别注重继承南宋姜夔、张炎以婉曲之笔抒发家国情怀的词风。他的词作神韵天然，慷慨激昂者少，情深意蕴者多，词风醇雅深隐，字句细密，立意则性情所寄，遵南宋之故步，可谓格韵独标。他同时重视音韵声律之和谐规范，使其词具有了"词人之词"的特点。以上种种使承龄成为了努力使词体回归本源的重要人物，是清词中晚期交替过程中的一位重要词人。他也因此成为八旗词坛上的一位重要作家，也是清代词坛上的一位重要作家。

第十三章　晚清八旗词坛四妙

晚清时期，在浙西派余波及常州派之推动下，清词出现了振兴的局面，八旗词坛的情况亦是如此。这一时期的词人和词作数量明显增多，词风也随时代的变化而变化。不过这个时期的八旗词人多出现在中下层文人中，由于国家局势动荡，自身经历坎坷，他们填词多抒发了君国之忧和对自身境遇的感慨，故词风以沉郁激慨为主，立意则更贴近社会现实，这也成为这个时期八旗词坛的基本特点和发展趋势。以下四位八旗词人，胸次洒然，慷慨任气，是这类词风的代表人物。

第一节　孤冷隽洁的斌桐附斌敏

斌桐，字秋士，汉姓姚氏，亦称姚斌桐，隶正白旗汉军。道光十六年（1836）进士，官兵部职方司主事，著有《还初堂词钞》。《白山词介》录词二十首，仅次于纳兰性德和承龄。

潘曾玮、张仲远和承龄在斌桐卒后，为其刊刻了《还初堂词钞》，此后杨锺羲于光绪二十四年（1898）重新校刊了《还初堂词钞》，并收于《留垞丛刻》中。杨锺羲的《雪桥诗话》详细记载了重新校刊事："秋士《还初堂词钞》一卷，为潘季玉所刻，秋士出潘文恭之门，无私谒，季玉固未之识也。张仲远亟称之于季玉，访之，已物化矣。觅其所为词，不可得。既访于承子久，子久访于家简侯方伯，为之参订，以付剞劂。序称其沉微悱恻，无世俗温蠖之态。"①可见八旗词坛对斌桐词作及人品的重视程度。

弟斌敏，号子廉居士，著有《翠鲸词》一卷。

一、沉微悱恻的词风

斌桐的《还初堂词钞》颇得文坛好评，潘曾玮的《还初堂词序》云：

> 其为词，沉微悱恻，无世俗温蠖之态。合肥徐懿甫谓秋士诗慷慨任气，多幽燕之声。②

旗人李佳氏继昌也极重视斌良，他的《左庵词话》特别指出了其词有"意多凄恻"的特点："姚秋士词有云：'鸳鸯最苦。怕凉到天心，欲栖无处。'又云：'欸乃惊回，听得是，六街车轴。吹破凉云，才认得横归圹路。'又云：'不出乡关，争认得驿亭车骑。'又云：'箐雨茆烟，也未似、雪餐风虐。'意多凄恻。"③

杨锺羲《还初堂词钞跋》云："雪窗岑寂，读秋士先生诗余，念其牢落不偶，生无补于时，死无述于后。少年绮语，无当高怀；

----

① 杨锺羲：《雪桥诗话》卷一一，第538页，北京古籍出版社，1989年。
② 潘曾玮：《还初堂词钞序》，斌桐撰《还初堂词钞》，光绪二十六年《留垞丛刻》本。
③ 继昌：《左庵词话》卷下，姚秋士词，唐圭璋编《词话丛编》四，第3149页，中华书局，2005年。

孤本留遗，将成星凤，为之重付手民，为他日丛刻之虑无焉。见者若以为吾八旗之读书识字者特工此等言，则亦未足与观其大也。"①以此可知杨锺羲不仅重斌良的词品和人品，而且将其视为八旗重要的词家，为了不使斌良词作泯没于世，故重刊其词。

斌桐性刚正，时逢国难频发，又怀才不遇，以至"未中寿卒"，经历的坎坷和内心的郁愤交织在一起，其诗多悲慨沉雄之声。杨锺羲《雪桥诗话》云："姚秋士为人孤冷隽洁，不以时俯仰，诗慷慨任气，多幽燕之声。"②其中《宝剑篇》最能代表他的性格和诗风，诗中有句云："拔剑入燕市，遇一侠少年。遗之青羔裘，醉君斗十千。雄谈生指顾，意气高云天。自谓获所求，心过金石坚。孰意一朝间，中情相弃捐。吁嗟呼！颓风阴雨古所耻，世事谁知尽如此！摩挲宝剑还归来，我今与尔同生死！"③其情可谓悲壮哉！如果深加研读斌桐的诗歌，对领悟词人的内心世界，从而加深对其词作词风的理解，将会起到更好的作用。

斌桐与晚清其他诗人一样，诗意铿锵，而词风婉转。其词情调多凄苦之音，虽与诗有同样的情感，但表达方式不同。谓其词的主要特点是"沉微悱恻"固然不错，然亦不乏"慷慨任气"的澜翻泉涌之作。

二、效阮公之哭的怀旧词

斌桐的《洞仙歌·怀旧词八首并序》为倾心之作，亦颇得词界重视，被《白山词介》悉数收录。词前小序阐明了词作之背景及深意。序云：

---

① 杨锺羲：《还初堂词钞跋》，斌桐撰《还初堂词钞》，光绪二十六年《留垞丛刻》本。
②③ 杨锺羲：《雪桥诗话》卷一一，第537页，北京古籍出版社，1989年。

> 当前景物，未必留连。境后寻思，皆堪惆怅。桑下三宿，出世者尚尔移情；柳大十围，感时者览之流涕。哀乐所极，愚知同怀。而况饱仙饵于天台，又归尘世；阻长风于弱水，更历崎岖者哉！桐派本皖城，支分燕市；悬弧越国，负笈楚黔。名胜之区，一身遍历，行李所逮，万里而遥。凡所经过，尽留梦寐。架珊瑚于孝穆，亦解吟诗；舞锦绶于丘迟，因而作赋。人非楚产，实同庄舄之吟；境等穷途，辄效阮公之哭。①

词人借"庄舄之吟"与"阮公之哭"两个典故以自比，诉说了"境等穷途"的困顿境况，现选前四首如下。《洞仙歌·西湖》云：

> 西湖六月，道风光难再。谁信秋容更堪爱。有桔奴粘雨，鸦舅迎霜，蜀国锦，张向清波门外。　无端抛撒去，十二年中，歌笑酸辛几回改。闻道总宜船，锦缆牙樯，和药榭花阑齐坏。问眼底、何人识游踪，只落拓青衫，酒痕犹在。②

《洞仙歌·湘江》云：

> 船头两桨，打秋江寒绿。来往潇湘路才熟。记暗风生浪，小雨催凉，系船处，岸上几丛丛竹。　鹧鸪啼不住，劝我南飞，京洛风尘那堪触。梦里待重游，欸乃惊回，听犹是六街车轴。剩笃管、斑斑泪痕深，好写作愁人，断肠新曲。

---

① 斌桐：《还初堂词钞》，光绪二十六年杨锺羲《留垞丛刻》本。
② 斌桐词见杨锺羲辑《白山词介》卷四，宣统二年刻本。

《洞仙歌·八测》云：

> 清流如带，有无多庐舍。终岁萧洒在图画。更场翻碌碡，船晒鸬鹚，垂阳外，一色豆棚瓜架。　团栾村社里，黄发垂髫，除却耕田尽闲暇。那识异乡人，压帽黄尘，鞚不了荒郊疲马。果何日、还侬绿蓑衣。须结个茆亭，此中消夏。

《洞仙歌·苏州》云：

> 端阳近也，买吴船六柱。教拔轻桡虎山去。看裙镶百蝶，鬓约双蝉，将进酒，先唱杜韦娘句。　纤纤花外月，移向前山，尚讶清辉隔烟雾。一派凤箫声，吹破凉云，才认得横塘归路。算几日、繁华梦中经，留药白绳床，伴人朝暮。

后四首分别是《洞仙歌·严州》《洞仙歌·金陵》《洞仙歌·铜仁》《洞仙歌·安庆》。词人特别提出，这些词都是在"境等穷途，辄效阮公之哭"状态下写作的，故首首沉痛异常。"只落拓青衫，酒痕犹在"，"斑斑泪痕深"，"才认得横塘归路"，"悔误我、驰驱逐浮名"等等词句，感慨时艰，无不是亲身经历后的惨痛回忆，真实地记录了一位八旗小吏的坎坷人生与心路历程。词风沉微悱恻，清戾凄怆，尤近南宋词风。

三、骚情赋骨的抒怀词

斌桐的抒怀词多是骚情赋骨之作，也同样具有"沉微悱恻"的风格。其中一些以婉约见长的小令，虽似闲情之作，然亦塑造出了一种感慨深浓的情境，颇有"沉微悱恻"的特点。如《河传》云：

望里，罗绮，车如流水，个人拘束绣帏中。匆匆，但教眉语通。　　垂杨几树临官道。霜华早，也共相思老。月满天，秋夜寒。灯前，可知侬未眠。

《清平乐》一首具有相同的风格，词云：

春愁无那，镇日恹恹坐。今日春光看又过，愁思更添些个。　　杜鹃叫遍归休，香泥满地谁收。只有两株杨柳，年年看到深秋。

这些小令看似闲适，其实并非如此，前一首"可知侬未眠"，后一首"年年看到深秋"，缠绵悱恻，用意内言外法诉说心志和排遣情愁，并非是在无病呻吟。

斌桐的中调《蝶恋花·秋夜闻笛》也是一首低沉悱恻之作，词云：

裂纸清寒回断梦。邻院何人，与我闲愁共？笛里心情风里送，声声听彻江南弄。　　点点轻尘吹欲动。一曲将阑，月弊凉云缝。徙倚空庭拼忍冻，悲秋更比伤春重。

"秋夜闻笛"必是哀愁之音，"裂纸清寒回断梦"，秋夜的笛声不由得引发出心中的凄苦。这种凄苦来自词人亲身的坎坷经历，非富贵闲愁可比，分明是沉痛异常，词人却以婉曲之语道出。结句"悲秋更比伤春重"更是充满了凄凉悱恻之情。此词特别注重了词之"炼字"要求，如"裂纸"、"听彻"、"吹欲动"、"拼忍冻"中动词的选用都极准确生动。

在斌桐的长调中,也有多首词具有同样风格的词作,《齐天乐》云:

> 销魂试向莲塘问,吟怀顿添凄楚。冷露犹凝,枯香欲断,禁得秋风如许。鸳鸯最苦。怕凉到天心,欲栖无处。比似春蚕,乱丝抽尽万千缕。　　当时翠盘醉舞。有划船越女,妆罢还妒。瘦怯罗衣,愁抛玉镜,一样销凝迟暮。空房细数。叹流水年华,半随伊去。甚得心情,夜窗留听雨。

此词上阕"销魂试向莲塘问,吟怀顿添凄楚",起句便入情,以"冷露犹凝,枯香欲断,禁得秋风如许"造势,以"乱丝抽尽万千缕"春蚕的惨况作比寄意。下阕则以美人香草笔法抒发"叹流水年华,半随伊去"的悲情,全词充满了悱恻悲哀的情调。

斌桐的《台城路·偕方齐生、伊漪君访万柳堂故址,今易为佛寺矣》也是一首悱恻悲哀之作。词云:

> 昔年觞咏流连地,豪情尚余词翰。骤雨翻荷,暗风织柳,已恨流年偷换。芳堤去缓。向坏碣颓垣,参差寻遍。一角残红,蹇驴遥趁西阳岸。　　山僧闲共煮茗。话年时旧事,无限凄惋。压径苍苔,临窗佛火,改尽舞裙歌扇。繁华梦短,只眼底韶光,莫教游倦。归路萧条,榆钱飘霰满。

前面说到过万柳堂是文人墨客会友吟唱之处,盛世时是"昔年觞咏流连地,豪情尚余词翰",一派繁荣的景象,而此词以盛衰境况的对比,描绘了如今万柳堂"坏碣颓垣"的荒凉景象,抒发了"话年时旧事,无限凄惋"的哀愤情绪,忧时之心特为浓重。

斌桐在悲苦至极时也有慷慨任气的词作,《琵琶仙·月下放歌》即是这种风格的作品。词云:

> 何事西风,早吹出、万里秋空一碧。蟾影低压帘栊,良宵总轻掷。唯爱把、深杯自酌,看泛入、金波同色。醉即高眠,醒还起舞,又过今夕。　　问何处、翠袖华灯,让北里朱楼夜吹笛。窗外绿阴如绣,伴高歌鲸吸。休更有、青衫泪染,算十年、狂兴消得。只恨枯叶寒螀,夜吟声涩。

全词意境清冷,词风沉郁激慨。词人"醉即高眠,醒还起舞",真是胸中块垒难得一吐为快。"青衫泪染"句借"江州司马青衫湿"之意,倾诉了"深杯自酌"的郁怼之情,此词形象地将他无法摆脱羁绊的痛苦展露无遗。

最能表现斌桐品性情怀的是《百字令·送张亨甫南归》,此词借赠友抒怀,词境浑厚,能够于悲慨中寓凄壮,是一首澜翻泉涌之作。词云:

> 伴狂阮籍,忆曾登广武,豪情千里。竖子英雄多少恨,一样残山剩垒。拜月灵狐,眠烟石马,阅尽兴亡事。无端凭吊,更教吾辈来此。　　我亦骫骳兴歌,凄凉怀古,湿透青衫泪。搜尽碧鸡金马迹,惜少画图能记。铩羽怜君,驱车归去,又过前游地。芜城新赋,故人还望重寄。[①]

[①] 此词见谢章铤:《赌棋山庄词话》续编四,唐圭璋编《词话丛编》四,第3543页,中华书局,2005年。

此赠友词不同于泛泛应酬之作。在"竖子英雄多少恨,一样残山剩垒"这样家国局势衰落的背景下,词人忧心重重,感慨良多,故而能够振笔直言,绝无扭捏之态,可谓是与友人肝胆相照之语。其中"佯狂阮籍,忆曾登广武,豪情千里"、"我亦骩骳兴歌,凄凉怀古",语意凄壮,颇具骚情赋骨。而"竖子英雄多少泪,恨一样残山剩垒。拜月灵狐,眠烟石马,阅尽兴亡事。无端凭吊,更教吾辈来此"句,则慷慨激荡,纯是对国家时局的悲叹,家国情怀跃然纸上。这首词与前一首《琵琶仙·月下放歌》词风稍异,而意境差近,也是斌桐抒怀词的一首代表作。

四、脱化无迹的咏物词

斌桐的咏物词,不即不离,脱化无迹,深得咏物体之神髓。他的一首《梦横塘·蛤蜊》为人称道,此外《江城子·新柳》一首清远疏澹,尤具风致。词云:

> 一湾流水蹙鱼鳞,正青春柳枝新。可惜鹅黄,一半未搓匀。行到销魂桥上望,先已有,别离人。 踏青时节向河津。郁金裙,惹轻尘。折得柔条,争学两眉颦。忽忆个侬憔悴损,还约略,小腰身。

咏物词也有不同作法,或赋物能工,用意胜于用事;或借物抒怀,寄慨遥深。朱彝尊《茶烟阁体物集》虽赋物极工致细密,然无关乎风雅,斌桐此词大约也是如此。写新柳初绽时的初春景色,描绘中有景有人,如画家写意,颇具生动之趣,虽少寄托,但以姿致胜也。

斌桐的《丁香结·白丁香花》与上一首不同,是一首寄慨遥深之作,情感最浓也最有深度,是他咏物词的代表作。词云:

细雪融枝，尖风裁叶，妒煞玉梨相并。把帘钩才挂，又筛破、一片玲珑蟾影。花光摇曳处，春心逗，画阁梦冷。芳唇初启似解，款语回阑人静。　　还省。向月地珠宫，插上钗梁更称。暖玉霏烟，柔香屑麝，旧欢难订。今日千朵万朵，腻粉还娇靓。芭蕉心不展，同是幽愁未醒。

咏物之作，颇多讲究，《金粟词话》云："咏物词极不易工，要须字字刻画，字字天然，方为上乘。"①丁香味苦，词人多以此喻身世困顿坎坷。此词咏白丁香花，力求字字天然，脱化无迹。整首词重在咏其"白"，以喻在逆境中仍能够坚守高洁的品格。词作中并不将"白丁香花"四字入词，却句句未离此花。"细雪融枝"、"玉梨相并"是言其白，"今日千朵万朵，腻粉还娇靓"，是刻画其形态。词人通过赞美白丁香花的高洁幽静的品德，暗喻了对高尚品格的坚守。此词既是咏物，也是自诉情怀，比兴寄托之意尽在其中。

五、斌敏与《翠鲸词》

斌敏（1812—?），号子廉居士，斌桐弟。同治四年（1865）进士，官福建绥安县知县，工诗善词，著有《子廉古今体诗合编》，附《翠鲸词》，有词三十四首。

清代八旗科举每科中式进士者，一般是三至五名，清末时期稍多，亦不过十名左右，兄弟同为进士者并不多见。斌敏文名不如乃兄，其诗慷慨激荡，词则仅属平常，不过还是能够表现出旗人的心绪与状态。

斌敏的小词也还饶有情趣，《渔歌子·由石码至漳州舟中吟》云：

---

① 彭孙遹：《金粟词话》咏物词不易工，唐圭璋编《词话丛编》一，第725页，中华书局，2005年。

> 稳坐乌篷江上行,斜风细雨晚潮生。帆影正,浪花轻,一抹青山白鹭横。①

这首小令虽然别无深意,但曼声柔情,温厚和平,不仅有色彩美,而且有动态美,尤其是句中动词的选用极为精到,而"一抹青山白鹭横"一句,更是增强了此词的情感和画面美感。在这首词中,词人内心的平静与景色的清丽达到了浑然一体的境界,可谓是一首写真景物真性情的词作。

斌敏的长调多是对进入仕途后烦恼和苦楚的倾诉,以下三首即描述了他人生经历中的感慨。《瑶花·三十初度》云:

> 头颅可想,扰扰空花,也凄凉能记。熊肥蚌瘦尽耐得,半世尘劳滋味。崔驷不乐,问岂是少年情事。看几番薤露兴歌,乐得今朝狂醉。　饶他一领青衫,便十载缁尘,休怨淹滞。妻孥蠢蠢,还笑我、我岂蓬蒿流辈。铜章墨绶,待五十、光阴须易。更莫愁颠倒任诞,不合上官之意。

《百字令·旅怀》云:

> 文章误我,又匆匆橐笔,来游边地。凋尽朱颜全不管,一味天涯浮寄。白玉投泥,干将镊履,位置随人意。富家厮役,赧然颜色如醉。　休笑首下尻高,逢迎手版,犹是朝廷吏。一领青衫三十载,旧恨新愁谁记。鹡鸰朝研,蟾蜍夜注,化作思乡泪。闷来呵壁,再生休识丁字。

---

① 斌敏:《子廉古今体诗合编》附《翠鲸词》,同治十二年刻本,光绪三年续刻本。

《水调歌头·寄京师故人》云：

> 乐事与君说，君听自开颜。我今年已耳顺，两鬓未全斑。岁岁中秋玩月，更复重阳载酒，好景任流连。老子兴不浅，一味恃痴顽。　秀才策，进士榜，孝廉船。科名累世继述，让弟后兄先（原注：家兄秋士，道光丙申进士，官兵部主政）。袖里新诗千首，问我钓竿拂处，何处最萧闲。三十六陂水，七十二峰山。

以上词作记述了他从中年到老年的经历和情绪变化，以及他在仕途中的种种不如意，可谓深刻而形象。在《瑶花·三十初度》中，"我岂蓬蒿流辈"，词人尚在壮年，正处于踌躇满志的时期，故而有"待五十、光阴须易"这样颇为自信的心态。而在《百字令·旅怀》中，"一领青衫三十载"、"旧恨新愁谁记"，词人历经坎坷，在官场上受尽了屈辱，而且还不得不"首下尻高，逢迎手版"逢迎长官，以往的豪情和自信已经被官场的腐败风气消磨殆尽，不由得发出了"再生休识丁字"的慨叹。《水调歌头·寄京师故人》是斌敏已入"耳顺"之年的作品，此时的雄心壮志已经消磨殆尽，不由得"岁岁中秋玩月，更复重阳载酒，好景任流连"，展示了斌敏脱离官场后精神得到解脱而产生的轻松心情，从中可以感受到这位八旗词人对自身经历的感悟与无奈。

从以上词作中，能够比较清晰地看到一位八旗官吏的仕途经历和心路历程，由此可以了解那个时期有着仕途经历的旗人境遇与心理状态。

第二节　涵浑深婉的陈良玉

陈良玉（1815—1881），字朗山，又字朝山，号铁禅，广州驻防旗人,隶镶白旗汉军,道光十七年(1837)举人,曾官教谕、知县,后为广州同文馆总教习,任《驻粤八旗志》总纂。陈良玉博览群书,是粤中名流,卒于光绪七年(1881),年六十七岁,著有《梅窝词钞》,有词四十七首。《全清词钞》所录《玲珑四犯·牡丹已落,怅然赋之》一首,《梅窝词钞》未收。

一、坎坷境遇与忠贞之心

陈良玉家贫,中举人后仍然长时间没有被朝廷任用,后仅得知县一职,功名未就,已逾中年,不免回首哀叹。又适逢国势衰落之际,不仅境遇坎坷,才华抱负也无由实现,故而感叹时不我遇之情充溢心中。其境遇情感及词风与斌良相近,其词亦多哀怨凄凉之音。

有关陈良玉生平事迹的史料不多,《驻粤八旗志》中有所记载:"少嗜学,工诗,善填词。弱冠,补博士弟子员。为诗即见赏于徐荣。道光丁酉举于乡,名益起。父殁后,家綦贫,乃课徒以养母。尝馆新宁令李延福署中,有因事嘱其居间者,许以千金,不应。署中人目为迂夫子。延福闻而益重之。道光甲辰,大挑二等。……同治元年,选授通州学正,抵任后,兼理海运,累保赏加同知衔,以知县升用,后尽先补用直隶州知州。"①

陈良玉多才多艺,"精楷法,银钩铁画,源出欧虞,诗画亦绝工。"②他一生坎坷,然颇具诗名。诗集名《梅窝诗钞》,陈璞序云:"以诗论,其博闻强识,导源风雅,时有感触,亦皆含浑深婉,无愤嫉怒张之气。即登之承明,著作大雅,宏达雍容,揄扬亦岂在玉堂群彦下。"③可知其诗具有宏达雍容的风格,读《梅窝诗钞》,其

---

① 长善等:《驻粤八旗志》卷二一,外任文职传,光绪十年续修本。
② 王树楠等:《奉天通志》卷二一四,人物四十二,艺术,第4633页,辽沈书社,1982年。
③ 陈璞:《梅窝诗钞序》,陈良玉撰《梅窝诗钞》,光绪刻本。

第十三章　晚清八旗词坛四妙

诗的确不在"玉堂群彦下"。

陈良玉有一首五言排律《观岳武穆书出师表真迹》，沉雄醇雅，充溢忠贞之气。诗前小序记述了此真迹的种种情况，弥足珍贵。序云："卷凡二，各长丈余，行书，字径二三寸，并识云：绍兴戊午秋八月，王前过南阳武侯祠遇雨，遂宿祠内。更深秉烛，细观昔贤所赞先生文词诗赋，及祠前石刻二表，不觉泪下如雨，是夜竟不能成眠，坐以待旦。道士献茶毕，出纸索字，挥涕和笔，不计工拙，稍舒胸中抑郁耳。卷首明高皇帝御书'纯正不曲，书如其人'八大字。末有黄子久、刘青田、方正学、夏原吉等跋，明内府物也。旧藏商丘宋氏，今在彭城杨氏家。"[1]如此珍贵之真迹，不知今在何处？在同样是外敌入侵的形势下，陈良玉与岳飞的精忠精神产生了共鸣，故而见此真迹后赋诗言志，可知陈良玉也是一位深怀忠良之心的八旗文人，通过这首诗便能够更好地体会其词作的内涵和情感。

陈良玉词具有沉郁醇雅的风格，《梅窝词钞》前有山阴汪瑔、番禺陈璞、南海谭宗浚序，后有顺德伍仲赞跋，其中陈璞《梅窝词钞序》最能说出陈良玉的词风特点，序云：

> 君生长海峤，遭时坎坷，困抑无憀。近十数年，又值戈甲抢攘，烽燧几遍天下。流离奔走，转徙兵间，是以酒酣耳热，抚时感事。诗人怀抱，间以词发之，泠泠焉如秋林晚风，淅淅焉如空阶夜雨，聆之者不觉感怆而不能自己。此与宋元名家相遇，以天不同貌合。至于国朝词推朱、厉两家，殆取其体制雅逸、风调稳藉耳，非其本也。[2]

---

[1] 陈良玉：《梅窝诗钞》卷一，光绪刻本。
[2] 陈璞．《梅窝词钞序》，陈良玉撰《梅窝词》，稿本。

· 345 ·

陈良玉常怀"抚时感事"之念,颇有忧国忧时之心,是晚清八旗词风形成过程中的一位重要人物。他的词作虽然哀愁怨愤、感慨身世,却并非斤斤于个人的荣辱,而是与时代现实密切相关,其词也就有了重要的社会认识价值。

陈良玉填词颇重词学规范,近浙西派朱彝尊与厉鹗词风,而感慨寄托之意更浓,陈璞所言"殆取其体制雅逸,风调稳藉耳,非其本也",即是此意。杨锺羲《雪桥诗话》论陈良玉云:"论国朝诗,心折竹垞,论词推竹垞及樊榭。系原铁岭,生长海峤,值戈甲抢攘,转徙兵间,感时抚事,间以词发之。"[①]也同样指出陈良玉在"心折竹垞"的同时,具有"感时抚事"的特点。他的词能够将难言的苦楚与强烈的忧时之心交织在一起,曲折婉转诉说了旗人的种种情感,词风总体以典雅沉厚为主,亦不乏清婉稳藉的词作。此外,在晚清词坛注重"清空"之际,陈良玉是八旗词人中最早实践"清空"者之一,他的词也形成了具有鲜明时代特征的词风。

二、典雅清空的咏物词

陈良玉的咏物词大多声韵辞句俱佳,典雅清婉,极合"清空"之旨,且能够于描景绘物中寄寓性情,《绿意·苔痕》一首即是如此。词云:

回廊静处,看藓痕欲活,幽意如许。似淡还浓,湿翠迷濛,养足连朝新雨。土花漠漠墙腰暗,晕碧唾、蜗涎刚吐。却泻来、满地凉云,几叶井桐初乳。　　长是空斋未到,便遥引草色,偷上阶砌。径滑泥黏,鞋印弓弓,曾忆个人微步。繁华梦歇青春换,怕绣遍、兽环朱户。抵冷烟、多少湘筠,一半泪斑凝聚。[②]

---

① 杨锺羲:《雪桥诗话》续集,卷八,第522页,北京古籍出版社,1991年。
② 陈良玉以下词见《梅窝词钞》,光绪元年羊城富文斋刻本。

以"苔痕"为题材的词作自宋以来多有词人填写，基本上都是以清凄的格调为主，陈良玉的这首词也是如此。这首《绿意·苔痕》用事合题，脱化无迹而刻画天然。全词景物均是词人眼中的形象，虽然字字描摹苔痕，却又句句景中有人，尤其将"一半泪斑凝聚"的个人之处境心绪，与"湿翠迷濛"的苔痕自然地融合在一起，于空灵中孕育深情，可谓是一首形神具备之作。

《水龙吟·墨兰》是一首题画词，咏所画之墨兰图，然非沾沾咏一物，而是抒写性情，自含深意，寄托了词人的身世之感。词风沉厚幽深，境界高雅。词云：

> 楚江赋罢招魂，晓丛汁洒金壶遍。松烟淡染，芳姿欲瞑，幽怀更远。洗砚池边，描眉镜外，数茎清擅。怎无人空谷，深林逸韵，缁尘又教吹满。　珍重灵均九畹，只愁伊、素心偷换。颠张醉草，濡头倒卧，国香零乱。依约湘娥，麝煤层晕，雾鬟浓绾。好冰绡十幅糜丸，扫出看谁深浅。

自古以来人们认为兰为香之祖，品性高洁，"无人空谷"，不以无人而不芳，是为君子之象征。"珍重灵均九畹"，自《离骚》出，诗词中凡咏兰者，皆有比兴君子之意，陈良玉此词亦是如此，通过对兰之君子形象的深层次的刻画，蕴涵了对高洁情操执着坚守的意志，可谓是词人内心与精神的自画像。

《玲珑四犯·牡丹已落，怅然赋之》一首虽然并非纯粹咏物，然借谢落的牡丹以抒发感慨，亦可归于此类。此词收纵联密，声韵俱佳，词风典雅。词云：

> 烘画轻阴，惹怅外红吞，摇荡深院。怕减霓裳，欲舞楚腰

仍懒。年少几许才华，早占尽、翠尊檀板。奈玉京、月下偷还，却剩彩霞千片。　　晚来怕展芳罗荐。对空枝、漫添葱蒨。丰台竞说余春好，也定慵抬眼。粉腻待把酥煎，更怕引、艳魂凄断。付恋丛双蝶，风雨过，齐吹散。①

这首词绵丽轻软，愁也淡淡，怨也淡淡，大有无可奈何之感慨，具有晚唐温、李之风。

三、情胜于辞的赠友词

陈良玉的赠友词具有沉郁醇雅的风格。这一类词由于是向友人倾吐郁积之气，故情深意浓。以下几首词均能够在倾诉友情的同时，抒发心中的愤懑，以寄托心志，颇能显示陈良玉的君子之风。《念奴娇·书吕拔湖同年沁园春词后》云：

人生能几，总未成欢会，苦教摧折。赢得销魂称绝代，那管泪痕成血。粉镜描蛾，黄金市骏，往事难重说。酒怀潮涌，冷肠一霎都热。　　我亦廿载名场，恒河偷照，鬓影惊秋雪。十丈珊瑚敲不碎，碎尽青春风月。莺燕迷离，琵琶怨恨，笑付金杯凸。晚天如梦，玉龙声又吹裂。②

此词全篇被悲凉气氛笼罩，几乎句句是发自心底的痛苦之声，读之令人悲切。"那管泪痕成血"，"十丈珊瑚敲不碎，碎尽青春风月"，"晚天吹梦，玉龙声又吹裂"，是何等悲愤之语，如不到绝望之时，绝难有此声调。

---

① 见叶恭绰：《全清词钞》卷二一，第1020页，中华书局，1982年。
② 陈良玉以下词见《梅窝词钞》，光绪元年羊城富文斋刻本。

《摸鱼儿·将之雷州，古樵赋此调送行，怅然和之》一首情也真真，意也切切，不仅颇见功力，而且颇能展示高迈的情怀。词云：

> 问天涯、月明多少？催人偏惯羁旅。商量不及秋来燕，未到社前先去。情最苦，是水驿山程、乱后余荒戍。归期漫数。早豆蔻花残，鹧鸪声急，底事再分付。　经年别，才共高阳伴侣，骊歌又怅重赋。只怜明日西江上，看遍晚峰眉妩。君记取，是短楫长檠，岁晏成凄楚。相思定否，但海雾昏天，瘴云压梦，知我断肠处。

此词非应酬之作，是此时词人内心的真实写照。词人因即将远行而不免心绪"怅然"，心境自然落入"凄楚"之境。友人赠词慰藉，陈良玉以此词答之，借以吐露内心的哀怨忧郁，故而皆为发自心底之声。词以"问天涯、月明多少"起笔，使得全词立刻进入了凄凉境地，过变"经年别，才共高阳伴侣"，承上接下，进一步抒发了与友人分别的苦痛。结句"瘴云压梦，知我断肠处"，苦楚中含沉郁，形神兼备之笔也。起句、过变、结句皆合体，总是不离离别之痛，可谓情深意蕴，笔到情到。

《高阳台·秋夜，怀应冕卿》也是一首怀友之作，抒发的情感和词作的风格，与上一首也有相似之处。词云：

> 排雁风高，偎蛩月暗，山斋掩卷凄然。节过重阳，黄花好为谁妍？故人散剩高阳侣，也迢迢、相隔经年。更经年，一字相思，不到吟边。　当时剪烛西窗惯，忽携家奔迸，烽火漫天。闻说萧条，只余旧物青毡。羊城多少伤心处，怕今番、重理归船。纵归船、相对愁肠，那似从前。

此词向友人诉说了相思之情和"相隔经年"过程中"忽携家奔进"的凄惨经历。上下两阕辞断意连,起伏跌宕。起句"排雁风高,偎蛮月暗",描述凄凉之境,非徒景色凄凉,心境亦凄凉也。面对"多少伤心处",词人以"纵归船、相对愁肠,那似从前"结句,惆怅之情无尽无休,从中能够深刻感受到词人怀友的真切和对自身苦楚经历的无奈与不满。

陈良玉其他的赠友怀人词,如《酹霜月·十五年前与居梅生聚于桂林,昨来东官,始复相见,慨叹之余,赋此以赠》《水龙吟·许仙屏太史请假归省》等等,情感也都真切浓郁,将悲己忧时之心婉转道来,用意深浓。

四、沉郁忠厚的忧时词

陈良玉生活在国家局势大动荡的年代,鸦片战争爆发以来,帝国主义列强的多次入侵,使得生灵涂炭,民不聊生,国势也迅速衰落。这种局势对词人的经历和思想产生了重大影响,词人既为国家的兴衰而担忧,也为民众包括旗人的困境而痛心,悲己忧时的愁苦一发于词。

这一类词在他的抒怀词中显得最为突出,其中《望海潮·荔湾消夏,同陈古樵作》一首,即抒发了对国家命运的深切担忧和词人内心无尽的凄苦,词之内涵极为深刻,词风也更沉雄悲壮。词云:

> 龙雨分凉,蝉风送暑,招酒伴泛兰船。闻说湾头,荔香不断,红云压倒当年。卷幔藕花天。更波明黛靓,绡腻脂妍。一霎双鬟,小桨划过了鸥前。　　惊心旧岁山川。正浪排巨舰,蛟舞馋涎。池馆重来,虫沙已化,兵烽都作苍烟。醉盏到谁边。听菱歌才歇,渔唱悠然。且斗吟身见在,听谱入冰弦。

第十三章　晚清八旗词坛四妙

此词酣畅淋漓，沉郁中融入激慨。词人将郁积于胸的愤懑倾泻而出，忧国忧时的情感在这首词中展示得相当浓重。面对外强入侵"正浪排巨舰，蛟舞馋涎"的局势，词人既悲愤万端，又无可奈何，愤慨之情只能以词一吐为快。过片"惊心旧岁山川"，为全词之中心，结句"且斗吟身见在，听谱入冰弦"句，看似散淡，实则为词人心境极为沉重之笔，亦是极为痛苦而又无以自拔之言，词中深意，由此句而得以进一步彰显。

陈良玉还有一首《永遇乐·题劳亦渔茂才〈绣铗词〉，即用集中和辛稼轩韵》非常重要。词人借题《绣铗词》展示忧患之心，同时流露出了对朝廷上"肉食者"的不满，词风则步辛弃疾之后尘。词云：

> 吹断银簧，梦排阊阖，叫云何处。早岁铜鍪，看花蹀躞，醉叱骄骢去。几年烽火，东南半壁，却被江山留住。是当日、貔貅十万，帐下阿谁龙虎。　　有人肉食，归来也好，绣铗未堪回顾。席帽黄尘，又上春明路。燕颔封侯，娥眉待嫁，总付邮亭津鼓。想渔蓑、旧家无恙，钓竿果否？

此词是"和辛稼轩韵"的词作。前面曾提到《永遇乐·京口北固亭怀古》是辛弃疾的重要作品，词中充满了能够激荡人心的爱国精神，一直都为后世赞颂。陈良玉这首词即步韵了辛弃疾的《永遇乐·京口北固亭怀古》，也抒发了与辛弃疾同样的忧国忧时情感。词中"几年烽火，东南半壁"，是写当时局势；"有人肉食"，是说朝中多庸才；"想渔蓑、旧家无恙，钓竿果否？"作为一介书生，词人空有报国之志，不由得痛苦异常，颇有辛弃疾词中"凭谁问，廉颇老矣，尚能饭否"之意。词中数处用典，词风沉著，字句密致，不仅颇具稼轩派词风气格,而且展示出了与辛弃疾同样的忧国情怀,同样可以看成是陈良玉抒怀词的代表作。

在陈良玉的抒怀词中,几乎首首都表现出了萦萦于心的家国情怀。《台城路·春晚登越王台》借古喻今,同样深含家国身世之悲慨。由于此词是登高望远,故心胸眼界自然开阔。词云:

> 年年拼却伤春眼,登临送春归去。近郭人家,倚山楼阁,一碧冥濛烟雨。闲愁几许?听彻晓啼鹃,怎留春住。软语东风,只今慵赋断肠句。　　江乡寒食过了。怅此度携筇,风景非故。人事无憀,酒徒依旧,浣尽生衣尘土。荒凉辇路,问满目山川,霸图何处?开遍红棉,日斜飞乱絮。

越王台是吴国灭越国之后,越王勾践为延四方贤士所筑之台,柳永《多丽·凤凰箫》中就有句云:"江南恨,越王台上,几度回潮"句。陈良玉此词即以越王勾践的复国之志为背景,在"闲愁几许"之时,仍然不忘"问满目山川,霸图何处",家国情怀一发于辞。结句"开遍红棉,日斜飞乱絮",以景语结束,正合长调意不穷尽之法。此词表现了在怅惘中对扭转局势的期盼,亦是有关国事之作。

总之,陈良玉的词风由于题材内容的不同而有变化,委婉绵丽和沉雄激慨的词作皆有,不过整体上是以沉郁醇雅为主音调。其佳处在于能够将自家心事与现实时势紧密结合,忠厚之气,随笔涌出,故能够在八旗词坛上受到重视。

第三节　清空疏隽的麒庆

麒庆(?—1869),字宝臣,号玉符,隶正白旗满洲。道光二十一年（1841）进士，官至热河都统，谥庄敏，著有《麒庄敏诗词集》，被杨锺羲评价为八旗善词者。① 其子续廉，光绪十九年（1893）举人，官内务府员外郎，著有《羞园诗录词草》。

一、辞婉意深的抒怀词

在晚清八旗词坛上麒庆有一定的声名，与这个时期的其他八旗词人一样，他的词风婉约与沉雄并存，在不同词风的作品中，大多都蕴含了忧时情怀。《减字木兰花·送春词，甲寅》虽然写得婉曲缠绵，若即若离，但却是一首深怀忧患国家局势的词作。词云：

> 翠零红乱。锦绣楼台无一半。怕说春归，争奈啼鹃抵死催。　　绿章上诉。青帝高高浑不悟。凭仗榆钱，买住青春又几天。②

甲寅是咸丰四年（1854），内忧外患使得国势危如累卵。此前爆发了鸦片战争，与英国签订了《南京条约》，随之与美、英、法分别签订了《五口通商章程》。此年与英、美、法签订了《海关征税规则》，国家主权进一步丧失，且太平军攻伐正急，这首小令正是作于这种背景之下。

此词题为"送春"，春去"翠零红乱"，盛世难以再现，可谓寓意深厚。"锦绣楼台无一半"，丧权辱国，国家遭外强凌辱也；"争奈啼鹃抵死催"用"啼鹃"之典喻国之将亡，痛苦无限也；"绿章上诉，青帝高高浑不悟"，朝廷不能纳谏强国，无力挽回局势也；"凭仗榆钱，买住青春又几天"，割地赔款亦难满足列强之野心也，

---

① 盛昱、杨锺羲：《八旗文经》卷五九，作者考丙，第475页，辽沈书社，1988年。
② 麒庆词见杨锺羲辑《白山词介》卷四，宣统二年刻本，及叶恭绰辑《全清词钞》卷二二，第1095页，中华书局，1982年。

可以说这首词是词人对朝廷既想维护,又很失望境况下唱出的哀歌,可谓是情动于衷、辞曲而意深之作。

《木兰花慢·雪后游万柳堂》一首,通过对万柳堂衰败景象的描绘,寄寓了忧患家国的无穷之感,也是一首涵意深厚之作,词风悲慨沉郁。词云:

> 渐彤云晓敛,朔风薄,午阴蒸。正小市喧晴,遥山积冷,野水消冰。携朋,负暄小步,望楼台霁色绀园澄。惆怅当年万柳,而今憔悴难胜。　　山僧。高卧懒晨兴,偃寒倚枯藤。解伴客敲棋,留人试茗,小阁同登。闲凭画栏望远,见城中、烟霭暮寒增。归去幽斋共话,裁诗又剪孤灯。

咏万柳堂的词作在八旗词人中并不少见,前面提到的斌桐就有一首《台城路·偕方齐生、伊漪君,访万柳堂故址,今易为佛寺矣》。麒庆的这首词抒发了与斌桐相同的感触。如今万柳堂已经是"惆怅当年万柳,而今憔悴难胜",一派衰落的景象,当年的盛况已经不复再现,只剩下了"山僧。高卧懒晨兴"的萧条,万柳堂的盛衰也暗喻了国势的盛衰。词人在"闲凭画栏望远,见城中、烟霭暮寒增",描绘了京城一片昏暗凄凉的景象,暗喻时局之艰难,词人沉重的心情也在词中刻画的这种意象中明确地表现了出来,其深层次内涵,仍旧是出于对国家局势的深深担忧。

《念奴娇·题承子久祠部太白楼晚眺图》与《国香慢·题赫耨香仪部课兰图》两首,也都暗含深意。《念奴娇·题承子久祠部太白楼晚眺图》云:

> 置身千仞,望平芜苍莽,暮烟如织。云是谪仙行乐处,杰

阁犹存故迹。彩笔题诗，锦袍醉月，豪气谁能识？楼空人去，倚阑江水凝碧。　　闻说公子当年，西堂文宴，名动梁园客。射策归来郎署老，十载红尘紫陌。牛渚秋烟，龙山冬雪，魂梦常相忆。何时重到，定知风景犹昔。

此词借咏承龄所画的太白楼晚眺图，抒发了当年"彩笔题诗，锦袍醉月，豪气谁能识"的豪壮之气，其中不乏对往日盛世的怀念。

《国香慢·题赫耦香仪部课兰图》一首，同样是借题发挥之作。词云：

九畹新滋，正光风泛处，清露泞时，迢迢故山千里，芳草谁贻。楚泽前因宛在，属平头鸦觜轻移。春来几番雨，剪叶分茎，好与扶持。　　试寻骚客意，记蓬山再上，空赋兰猗。含香宿省，澄澹才转中仪。莫恨阶庭玉晚，喜燕姞鸳梦先知。还邀素心侣，一室清言，如对琼芝。

此词虽为课兰图而作，但仍不离屈原《离骚》"余既滋兰之九畹兮"之意，追慕兰之高洁的情操。"还邀素心侣，一室清言，如对琼芝"，抒发了引君子为知己的愿望。

二、借物寓意的咏物词

晚清以来国难频发，朝廷挽救之法也多难实现，家国之忧成为有识之士难以排解的心绪，麟庆的内心底里也是如此。他的词多愁怨悲愤之情，不过从表现方法角度看，这一类词借物寓意，多具有清空冷隽之风格，这种词风的作品在他的咏物词中表现得尤其明显。

麟庆的咏物词尤其是长调不乏佳作，词家云："长调须前后贯串，神来气来，而中有山重水复、柳暗花明之致"①，麒庆长调咏物词多能如此。《一萼红·唐花》以比兴寄托之法，婉曲徘徊地抒发了郁忿之情。此词通过对唐花不染纤尘品质的赞赏，以及对"回首谢家庭院"的追溯，透露了词人内心的忧虑。"何似满城桃李，坐待春还"，则表明了词人面对国家大势的情感与立场。词云：

> 朔风寒。问芳菲何处，寂寞倚阑干。兽炭烘晴，马塍护冷，幻出红紫千般。拼镇日、重帘不卷，任暖香、留梦绕屏山。淡惹桃腮，浓禁棠睡，春色斓斑。　　回首谢家庭院，叹梅魂月冷，菊影霜残。巧夺天工，潜移地脉，繁华占尽人间。刚盼到、东皇有约，怅枝头、生意已阑珊。何似满城桃李，坐待春还。

麒庆其他的咏物词不仅肖物能工，不即不离，而且也都暗含了比兴寄托之意，抒发出了内心的真实情感，《瑶花·水仙花》即是一首借咏水仙而言情的词作。词云：

> 雕花剪叶，洛浦仙姿，是天然高洁。溪山佳处，禁受得、多少暮风朝雪。凌波小步，自合在、蕊珠宫阙。更那堪、携取灵根，付与宣瓷孤子。　　凄凉花户油窗，叹矾弟梅兄，长是离别。冰肌自冷，浑不禁、金屋水沉香爇。美人迟暮，银釭畔、素心同说。问几时、移上瑶台，独伴碧天明月。

词中"洛浦仙姿"、"凌波小步"、"蕊珠宫阙"、"宣瓷孤子"等，都

---

① 沈祥龙：《论词随笔》，唐圭璋编《词话丛编》五，第4050页，中华书局，2005年。

是咏水仙的特定用语,不必明言水仙。下阕言情,"冰肌自冷"、"美人迟暮"、"素心同说"都是自喻之句,言困顿愁苦,自守坚贞也。"问几时、移上瑶台"之"瑶台"朝廷也;"独伴碧天明月",意欲建言朝政而不得也。其中忧时之心隐而不发,颇具意内言外之旨,故此词比兴寄托之意明显,非无端哀苦之作。

《金缕曲·烛泪》是词人常常吟咏的题材,前面介绍的词人中也有同类咏烛泪的作品,大多也都是以婉曲笔法表达心志,此词也是以比兴笔法寄托了欲报效国家而又无缘参政的惨淡心情。词云:

> 街鼓初更打。掩琼扉、银釭半照,锦屏低射。兰焰一星红似豆,熏得蚖膏欲化。看点点、绛珠偷泻。玉箸阑干缘底事,热心肠、今夕凭挥洒。浓露滴,怨长夜。　　美人忆别妆台下。对孤檠含情不语,浥残罗帕。盼到玉郎消息近,耿耿幽花未谢。恨余烬、半明还灺。除是灰飞烟灭后,问啼香、泣粉何时罢。银漏促,月沉也。

这首《金缕曲·烛泪》颇有格调,整首词以"泪"为中心,"烛泪"即词人之泪也,寄托了内心无限的愁苦。上阕写烛,"兰焰一星红似豆"是烛灯,自喻乃小人物也,"绛珠偷泻"是烛泪,自述惨淡境遇也。下阕写自我之情,"美人忆别妆台下。对孤檠含情不语,浥残罗帕",以"美人"自比也;"盼到玉郎消息近",期盼朝廷征召也;"除是灰飞烟灭后,问啼香泣粉何时罢",烛将燃尽,期盼无望也,此情此景可谓惆怅万端。这首词情境交融,第写性情,无限伤心,溢于言表,亦是密切关乎时局之作。

《疏影·残雪》一首咏残雪,借景言情,款款道来,也是一首暗含深意之作。词云:

>　　疏枝缀玉，正冻云晓敛，晴上茆屋。一片瑶花，扫地无踪，游戏空烦滕六。薮姑不住人间世，早一枕、黄粱新熟。问有谁、爱惜余阴，只仗水边修竹。　　欲谱幽兰寄怨，奈郢中和寡，休唱佳曲。万里西山，远戍三秋，屈指归期难卜，东风吹到江南路。乍水脉全消巴蜀。便踏来、几尺春泥，梁上草根微绿。

前面介绍的承龄也有同调之《疏影·残雪》《金缕曲·烛泪》，两人抒发的情感甚相一致，都抒发了一种忧时悲己的惨淡心境。麒庆的这首词以残雪比兴，借咏残雪言情，咏雪而非咏大雪，咏的却是"残"雪，其悲怆之意已明。词人在"几尺春泥，梁上草根微绿"之际，还是期望春天早日到来，即盼望局势能够有所好转。"乍水脉全消巴蜀"，时词人在巴蜀为官，然却惦念远在万里之外的"西山"京都，隐约寄托了忧国的情怀。虽然词风清空冷隽，意蕴却悠远深长。

三、天旷云低的边塞词

麒庆于咸丰七年（1857）曾使科尔沁蒙古，咸丰十一年（1861）往鄂尔多斯蒙古之地，浑茫的大漠景色使词人触景生情。尽管这种景色并不适合以词表现，但麒庆的这一类词作却能够灵气勃发，将极具特色的大漠景色恰当地刻画了出来，描摹出了"天旷野云低"的蒙古大漠风光。《南乡子·自策都拉木赴和河齐尔作》云：

>　　天旷野云低。莽莽平沙四望迷。一路征鞍留不住，如飞。千里秋风入马蹄。　　客思转栖迟。指点邮亭日又西。枯坐轺车无一事，寻诗。除却思归没个题。

《减字木兰花·归次吉克素台》云：

> 水重山复。万顷平沙何处宿。乡梦初成，遮莫荒鸡报五更。　　二千归路，住了盼行行盼住。翘首京华，杨柳青青客到家。

吟咏蒙古、新疆、西藏等边疆地区风光景物的词作向来不多，这种题材的作品在清代以前尤其如此，既使在清代词坛上也极为少见。清混一天下，派往这些地区的封疆大吏多数由八旗满洲官员担任，故而描绘这些地区景物的词作多出于八旗满洲词人之手，这也是八旗词人对开拓清代词作题材的一种贡献。

第四节　笔意健朗的恩锡

恩锡（？—1878），字竹樵，苏完瓜尔佳氏，隶正黄旗满洲，进士出身，道光年间官至江苏布政使、漕运总督①。著有《南游草》《承恩堂诗集》和《蕴兰吟馆诗余》。《蕴兰吟馆诗余》共三卷，分别为《蕴兰吟馆诗余》一卷，《灵岩樵唱》一卷，《沧浪渔笛》一卷，三卷共有词近百首。

关于他填词的过程，自撰之《灵岩樵唱序》云："余于壬子冬，与辇下诸君子结会消寒，始惟倚声之作。"②壬子是咸丰二年（1852），自此年开始填词，至光绪元年（1875）有最后一部词集《沧浪渔笛》之作，合刊刻为《蕴兰吟馆诗余》。在恩锡的文友中，

---

① 杜文澜：《憩园词话》云：恩锡隶正黄旗满洲，《白山词介》云：隶正蓝旗满洲。杜文澜与恩锡长期交往，应以杜说为是。
② 恩锡：《灵岩樵唱序》，《蕴兰吟馆诗余》，光绪元年钱塘许氏刻本。

与杜文澜的交往最为密切。杜文澜亦善词,他评价恩锡时云:"公素工于诗,刻有《蕴兰吟馆集》,并附诗余。……常以一句一字,推敲数四始定。"①震钧亦云:"工倚声,刻有词草。"②从这种评述中能够知道,恩锡致力于词,对填词一途颇下了一番功力。

一、婉约清隽的柳体词

恩锡填词之初多得力于宋词,从他的《鹊桥仙·七夕,用柳耆卿体》,《抛球乐·忆京华公楼,用柳耆卿体》等词作中,可以看出他对柳永的婉约词风多有心得。柳永的雅词多被人称颂,其特点是层层铺叙,情景兼容,婉转清隽。恩锡"用柳耆卿体",用意与柳永相近,词风也是步柳词后尘。《鹊桥仙·七夕,用柳耆卿体》云:

> 倚雕栏,携纨扇相偎,淡淡花影。漏声迟,烟丝乱,凉云净。如眉新月初上,作远山窥镜。天似水,任碧落红墙,者般清冷。　　莫怨别长路迥。胜人间断蓬飘梗。虽缱绻片时,两情尤永。天钱纵未偿聘,把后期先订。几多痴泪,洒长波千顷。③

这首词描景状物细致入微,如图如画,既注重景物色彩之运用,也留意景物动静的结合,且人在景中,使其词更具神韵。另外,此词结句颇见功力,"几多痴泪,洒长波千顷",语淡而意浓,意境悠远,余味无穷。此词虽然是"用柳耆卿体",然仅形似而情不似也。此外,《抛球乐·忆京华公楼,用柳耆卿体》一首词风词意大略也是如此。

---

① 杜文澜:《憩园词话》卷二,唐圭璋编《词话丛编》三,第2892页,2005年。
② 震钧:《天咫偶闻》卷二,第37页,北京古籍出版社,1982年。
③ 恩锡词见《蕴兰吟馆诗余》,光绪元年钱塘许氏刻本,及光绪二十五年刻本。

以下两首词是以情韵制胜,也具有柳体词的风格。《浪淘沙·蠡口晚泊》云:

> 舟系绿烟围。岸草芳菲。平林一带隐残晖。水鸟未知天色暝。犹带波飞。鸡鹜那家归。　　萍叶初肥。篷窗遍倚晚风微。明月近人推不去,清清依依。

《忆秦娥》云:

> 妆楼晓。蛾眉易扫愁难扫。愁难扫,一回描画,一回烦恼。　　碧桃开落杨花老。纱窗昼静莺啼杳。莺啼杳,辽西有梦,者番应到。

以上二首词,虽然前一首以描绘景色为主,寄托之意少,后一首以抒发情感为主,微有寄托,但都婉转清疏,声调色彩俱佳,辅之以动态的描写,使词更具神韵。结句均以淡语收,既出人意表,又含意悠远,深得填词之法。

二、意雄辞雅的稼轩体

恩锡也有颇具稼轩词风的词作,《醉翁操·醉后放歌》即多慷慨之声,意雄辞雅,颇具辛词慷慨豪宕的风格。词云:

> 吾侪,秋怀,高斋。酒香皆如淮。攀杯大呼云为开。袒衣箕踞,哈哈真快哉!恍惚到蓬莱,弱水浮岛生古苔。　　众仙笑语肩拍。洪厓众仙奏乐,龙管鸾笙对排。金石坚而音偕,日月长而情谐。飞骖腾九垓。青蓬飘然来,向我话天台。笑歌声满瀛海涯。

此词名为"醉后放歌",有"擎杯大呼云为开。祖衣箕踞,哈哈真快哉"之豪气,也有"青蓬飘然来,向我话天台"的自信。这首词虽然在词艺方面难称佳作,但气格豪壮,有认识此时旗人豪壮性格和精神状态的价值。

《绮罗香·虎阜吉勇烈公祠落成》一首尤其展现了辛词风格,在恩锡的词作中属于上乘之作。词云:

> 翠柳堤荒,青萍水冷,只见溟濛烟雨。共倚篷窗,静听数声柔橹。石塔遥载酒谁来,山塘近担花人赴。荫当门、百尺苍松,枝枝寒瘦拂钗股。　　思公畴昔建节,偏值荆榛满地,纵横狐兔,誓扫欃枪,凄绝大星沉处。飨烝尝食报千秋,姓字香、不烦金铸。剩烧残、虎阜名山,是当时旧部。

吉勇烈公,名吉尔杭阿,字雨山,奇特拉氏,镶黄旗满洲人。由工部笔帖式晋工部郎中,咸丰三年(1853)补江苏常镇道,署江苏按察使。咸丰六年(1856)殁于阵,追赠总督,谥勇烈,建专祠[①]。此词赞赏旗人之勇烈,意雄而辞雅,以"百尺苍松,枝枝寒瘦拂钗股"喻八旗吉尔杭阿之精神,"凄绝大星沉处",痛悼其战殁;结句"剩烧残、虎阜名山,是当时旧部",语意未尽,尤痛彻慷慨。

词人还有一首《念奴娇·郑板桥有咏胭脂井念奴娇一阕,笔器苍凉,可称怀古杰作,雪窗无事,率倚原调和之》。这首词是唱和郑板桥《念奴娇·咏胭脂井》的词作。郑板桥的"胭脂井"是《念奴娇·金陵怀古十二首》之一。郑词云:"辘轳转转,把繁华旧梦,转归何许。只有青山围故国,黄叶西风菜圃。拾橡瑶阶,打鱼宫

---

① 赵尔巽等:《清史稿》列传一八二,卷395,第11777页,中华书局,1998年。

沼,薄暮人归去。铜瓶百丈,哀音历历如诉。　　过江咫尺迷楼,宇文化及,便是韩禽虎。井底胭脂联臂出,问尔萧娘何处。清夜游词,后庭花曲,唱彻江关女。词场本色,帝王家数然否。"①恩锡此词受到郑板桥的影响,也具有笔器苍劲的特点。词云:

  一条修缏,竟轻轻弃了,陈朝基业。千载胭脂留艳迹,剩有杜鹃啼血。玉树歌残,碧桃花谢,过此人凄绝。荆榛埋处,几经蟾兔圆缺。　　休道结绮临春,珠帘宝帐,呑梦迷蝴蝶。韩贺师来天险失,好似风催霜叶。甃石烟封,寒泉雨咽,四顾人踪灭。银瓶谁汲,但看山翠重叠。

此词从眼前落笔,曲折婉转,层层深入,能于婀娜疏朗中透露出苍劲雄健之情。两词相较,恩锡此词不输郑词。杜文澜评云:"此词笔意雄健。"②这种评价指出了恩锡这首词的特点,实在是准确精当。

三、别有意会之作

  恩锡的《忆帝京》是一首别有意会的抒怀词,此词所表现的思绪情感非旗人不能道出。这首词本可以写得慷慨淋漓,但是却情思反复缠绵,从中可深刻体会到这位八旗官吏"景物恋皇都,骨肉思亲党"的急切心情。词云:

  龙楼凤阁撑仙棠。镇日几番心住,景物恋皇都,骨肉思亲党。独自枕戈时,振珮成空想。　　最不耐、漏沉钟响。更莫

---

① 郑燮:《郑板桥全集》板桥词钞,第21页,中国书店,1985年。
② 杜文澜:《憩园词话》卷二,唐圭璋编《词话丛编》三,第2892页,中华书局,2005年。

管、旗飘旌荡。绿酒盈樽，红灯摇艩，旧事搜索余凄怆。有梦得归期，一样芳尘鞅。

此词是恩锡思念京师故居的词，也正是这个原因他选择了《忆帝京》这种词牌。词中"景物恋皇都"是全词意旨的核心。此时词人正在外地为官，故"景物恋皇都，骨肉思亲党"，然"独自枕戈时，振珮成空想"，这与八旗当时的实际情况相符合。

八旗入关后驻防京城，京城成为旗人的归属地，其祖茔亦多在京城。恩锡长期在外为官，常思念八旗的根本之地京师。此词切实反映了词人对八旗的依恋情怀。以京城为故乡的思想在八旗中普遍存在，这首词即表现了旗人对京师和八旗的归属感，唱出了旗人共有的心声，这也是此词的另一种价值所在。

《飞雪满群山》是一首咏火轮船的词，时代气息非常浓重，也是一首别有意会之作。词云：

帆挟云飞，轮旋潮涌，任他沧海游行。朝辞白帝，轻舟千里，漫夸已过江陵。向风无顺逆，绣艟稳、逍遥大瀛。异乡孤枕，天涯倦客，何虑阻邮程。　曾记向，江阴闲倚棹，望峭梯高矗，鱼贯猱升。爨烟初动，奔雷徐响，快哉转瞬南京。诘朝还北渡，早来到、瓜州暂停。捷如神助，银涛怒卷舟自平。

火轮船在当时是新兴事物，属于舶来品，如何吟咏刻画，颇属不易。而咏物的精髓在于"刻画精工"，恩锡的这首词除了将火轮船的外貌特点给予描述之外，从"快"与"稳"两个方面给予了刻画，"朝辞白帝，轻舟千里"，借用了李白诗句，言其速度快也。"向风无顺逆，绣艟稳逍遥"，是言行船稳也。虽然这类词作难有好的作品，但此词题材之选择具有时代性，反映出当时"洋务运动"的时代特征，亦属难得。

第五节 结　　语

　　道光朝以来，随着国家局势和八旗制度的逐渐衰落，八旗词人大多经历坎坷。这种不同于清中期以前的社会环境，使得他们在致力于填词的过程中，忧患意识在词作中具有了充分的表现，其中便以斌桐、陈玉良、麒庆、恩锡为代表。他们的词作在追求词的艺术性同时，具有了深厚的现实性和社会性，反映了刚刚进入晚清时期八旗词坛的状况。也正是从这些词人开始，八旗词坛的发展轨迹发生了与时代相适应的转变。国势强盛时的抒写闲情，婉转绵渺，已经不是这一时期八旗词坛的主调，悲慨身世和忧国忧时成为八旗词坛发展变化的主流趋势，及至后来渐渐形成了激愤沉郁的词风，八旗词坛也因此而发生了重大变化。

第十四章　晚清其他八旗词人

晚清的八旗词坛,从词的发展趋势看,开始进入了最后的阶段。这一时期不仅八旗词人的数量众多,而且有词集存世者也增多,词作涉及的内容和情感也更加丰富,词风主流在凄婉悲凉、缠绵沉痛的同时,增添了沉郁激愤之调,八旗词坛的这种演变趋势一直延续到清末民初。

第一节　继振与如山

一、情意缠绵的继振

继振,字又云,满洲人,乍浦驻防,生平、旗籍不详,官广东同知,有《五湖烟艇词》。

从继振的词作情况看,他填词宗北宋周邦彦。周词以字句精工,布局曲折为擅长,且多以闺情为题材,其特点是以和雅之音为主。继振的词作与之相近,闺情词也比较多,词风也是以和谐雅正为主,不过多了一种凄凉之意,这种情况的出现,与晚清旗人的境遇和心绪有关。如《相思令》云：

> 依旧凉天如水，无那是凄清。禁得横风阑雨，逼著暗愁生。　　梦里款语分明。梦醒时、枉自怔惺。早知欢梦无凭，当初不合多情。①

这首词借闺情抒发性情，整首词无一字不凄凉，无一句不悲慨，然词风雅正，兴寄所在不过是以"凤蜡红巾"情态表现罢了。

《鹧鸪天》也是一首以闺情形式抒发情感的词，词意同样缠绵沉痛，句句都是情语，"瘦损腰肢减带围，柳枝声苦枯枝悲"，"垂虹亭外风波恶"数句表达的情感已超出闺情的范畴。而"春已去，事全非"，更是明显地别有寄托。词云：

> 瘦损腰肢减带围，柳枝声苦枯枝悲。垂虹亭外风波恶，一挂风帆竟不归。　　春已去，事全非。无端绿暗又红稀。绝怜花底双飞蝶，迎著东风气力微。

另一首《鹧鸪天》具有同样的情调，词中"愁风愁雨几黄昏"、"安排肠断卿知否"句，也都是心境悲凉之语。

以下二首词情浓意切，也都具有缠绵凄凉的风格。《锯解令》云：

> 五湖船上五湖人，待载去，胭脂汇畔。轻帆底事故迟迟，挂不起，别愁一半。　　问谁柘弹，却把鸳鸯打散。相思两地料难禁，更远雁，一行横断。

---

① 继振词见杨锺羲辑《白山词介》卷四，宣统二年刻本。

《蝶恋花》的缠绵凄凉较上一首更进一层,词云:

> 一缕惊魂同絮弱。为底关心,数尽严城柝。莫怪双肩真似削,峭寒重压鸳衾薄。　枕上蛙声偏阁阁。恼乱情怀,又早啼乌鹊。归路一弯纤月落,要人此际知离索。

以上词中"挂不起,别愁一半"、"一缕惊魂同絮弱"句,皆事关时局,非闲愁之语。从词风角度来看,继振填词谨守诗庄词媚之规,媚中仍存庄意,且能够时出新意,均能将自家心境真切道出,故有自家之面目。

二、以禅喻词的如山

如山,字冠九,号廉使、古稀外史,赫舍里氏,隶镶蓝旗满洲,道光十八年(1838)进士,善诗文,其书法在晚清时期与八旗词人锡缜齐名①,累官直隶按察使(一说为四川按察使),著有《写秋轩诗存》。

如山于词有所主张,江顺诒、宗山编选的《词学集成》载:

> 如冠九山《都转心庵词序》云:'明月几时有?'词而仙者也。'吹皱一池春水',词而禅者也。仙不易学,而禅可学。学矣,而非栖神幽邃,涵趣寥旷,通拈花之妙悟,穷非树之奇想,则动而为沾滞之音矣。诒案:以禅喻词,又为词家辟一途。羚羊挂角,香象渡河,知不仅为诗喻矣。②

---

① 震钧:《天咫偶闻》卷三,第66页,北京古籍出版社,1982年。
② 江顺诒、宗山:《词学集成》卷七,唐圭璋编《词话丛编》四,第3294页,中华书局,2005年。

第十四章　晚清其他八旗词人

据此记载可知，如山于词有深入的研究，并自有新见，提出时人没有认识到的"仙"与"禅"的联系与区别。对于如山的这种领悟，江顺诒评为"以禅喻词，又为词家辟一途"，肯定了如山词学观点的价值所在。

《雪桥诗话续集》称如山的诗歌有比兴寄托之情，"情韵缠绵，得美人香草之意，非泛作香奁者可比"①。如山的诗歌如此，其词则沉郁中不乏清隽之气，神韵悠远，描景咏物、寄友怀人亦多为有"美人香草之意"的寄托之作。

《唐多令·题陈息九香草词》就是一首"美人香草之意"的词作。词云：

　　瑶草寄幽心，年来蕴更深。甚无端、悲感交侵。说与旁人浑不解，闲按拍、作秋吟。　风月且开襟，莺花付浅斟。问沧桑、几度湮沉。酒入愁肠都化泪，休提起，古兼今。②

友人的词集名为《香草词》显然有"美人香草"之心，如山也是从这个方面予以抒情。"瑶草寄幽心，年来蕴更深"，瑶草幽心即是美人香草，不仅肯定了陈息儿之人之词，而且表达了词人相同的怀抱。由于两人志趣相投，"酒入愁肠都化泪，休提起，古兼今"句，则必定是诉说对国家局势和自身境遇的愁苦心境。这种情调的词出自于两个情谊深厚的友人，故情真而意切。

如山同样情调的赠友怀人词，还有《扬州慢·次韵答俞芝田见怀》，词中所诉全是知己之言。词云：

---

① 杨锺羲：《雪桥诗话续集》卷七，第476页，北京古籍出版社，1991年。
② 见丁绍仪辑《清词综补》卷四〇，第762页，中华书局，1986年。

· 369 ·

花妒词妍，月怜诗瘦，遣风吹散鸥盟。只秋心一缕，尚许住愁城。是谁把、天涯热泪，叠笺缄赠，偏恁多情。向篷窗、低诵空江，潮也吞声。　　旅怀寥落，最难堪、雁语凄清。记绿酒飞觥，红阑拍曲，疏放曾经。旧日梦痕无著，凝眸处、但剩云停。算青山青外，相思应念长行。①

词中"只秋心一缕，尚许住愁城"、"天涯热泪"、"旧日梦痕无著"等句，皆是发自心底之声，诉说了"相思应念长行"的真情实感。

此外，另一首《洞仙歌》诉说友情，也是句句发自肺腑，情谊相当浓郁。此词前有小序，序云："钱小南符祚招同严问樵、彭小山、孙月坡及小荷、莲卿两校书寓斋小集。时予将客抚州，月坡赋词惜别，予亦继声。"钱符祚为宛平人，诸生；严问樵为丹徒人，官山东栖霞县知县；孙月坡为长洲人，诸生；彭小山生平不详。这些人都善诗词，尤以孙月坡（麟趾）为最优，他除了著有《零珠词》《碎玉词》外，尚有词韵、词话之作，并编词选多种。如山与这些词人交往密切，有助于词境日深。他的这首词以浓厚的友情为基础，故能情溢词外，感慨淋漓。《洞仙歌》云：

　　今番轻别，者销魂谁语。打叠相思付琴谱。为春蚕早死，死了还生，丝尽也，应化一星星雨。　　明知人易妒。不改初心，断送浓春是归路。我愿作连环，双绾双携，但去处、随伊同去。便海角天涯又何妨，算浪里流萍，有风吹聚。②

---

① 见杨锺羲辑《白山词介》卷四，宣统二年刻本。
② 见杜文澜：《憩园词话》卷五，唐圭璋编《词话丛编》三，第2949页，中华书局，2005年。

如山的这首赠友怀人之作，一反词欲迷离、意不浅露的要求，句句关情，情溢词外，不仅语皆有味，而且一往情深，绝非假托其情之作。如"为春蚕、早死，死了还生，丝尽也，应化一星星雨""但去处、随伊同去。便海角天涯又何妨"等句，皆以真字为词骨，从这些词句中能够深切地感受到他们之间友情的深厚。而结句"算浪里流萍，有风吹聚"，独不言情，尤能够以淡语收浓词，于情之表达则更进一层矣。

从以上词作中可以体会到旗民之间"人间重友情"的现实情况，而这种真情的基础，应该是来自友朋之间"不改初心"的义气相投，以及对时局和自身经历相同感受的认知。正是出于这种原因，才使得他们相互引为知己。

第二节　宗室奕誌、奕询与载铨

一、瑞郡王奕誌

奕誌（1827—1850），原名奕约，号西园主人，瑞怀亲王绵忻子，袭瑞郡王爵，道光三十年（1850）卒，谥愍，著有《乐循理斋诗稿》《凸欢堂文集》附《铁笛词》，有词十六首。

《铁笛词》刊于"戊申"，即道光二十八年（1848），奕誌经历了第一次鸦片战争，故而他的诗作中有《易州怀古》《宝剑篇》《题史忠正公像》等，慷慨激昂，忠愤满怀，抒发了对舍身报国志士的崇敬与向往，而他的词婉约为主，是受到了词以婉丽为宗的影响所致。

奕誌享年未及而立之岁，词作数量虽不多，但也别有风致。《铁笛词》中的小令能够于数语中曲折含蓄，言短意深，且遵词贵婉曲迷离之规，故韵味悠长。小令《长相思》情景温丽，柔情曼

声,极合倚声之法。词云:

> 霞满枝,雪满枝,斜倚阑干望眼迷。红楼卷幔迟。　花影移,日影移,三分春色十分思。杨花扑面低。①

《忆王孙·春望》一首虽仅数句,然一句一意,层层递进,结句"一片闲云万里心",出人意表,可谓于软媚中有雄放。词云:

> 小楼今日正春深,醉后狂歌醒后吟。串串莺簧隐树深。好登临,一片闲云万里心。

《铁笛词》中的长调贵乎有真性情,词风以清真雅正为主,自有格韵。《徵招·闻蝉》一首以婉转之笔,诉说了"听凄断、五更风里"的凄凉心境。词云:

> 池塘几树垂杨柳,微风小舟堪舣。乍听一声声,渐繁音盈耳。高枝深叶底,有何事、不平如此。蟋蟀篱根,诉愁亲切,可同风味。　嗤嗤引清商,斜阳外、年年苦吟难已。鬓影薄于云,认萧疏仙蜕,夜深凉露洗。听凄断、五更风里。最无赖、客思惊秋,把素弦重理。

《烛影摇红》一首因为是痛悼友人之作,故顿挫沉郁,厚重凝练,是其词作风格的代表作。词云:

---

① 奕誌词见《古欢堂诗集》附《铁笛词》,同治十一年刻本。

风雨敲窗，更阑滴入秋心碎。檐花落处酒同斟，犹忆年时事。细数天涯朋辈。定今宵、孤吟不寐。萧萧短榻，耿耿疏灯，自扶残醉。　　老去诗人，高吟掀笛苍龙背。魂归蜀道上青天，梦冷芳兰佩。便说浮休一例。总难忘、云埋玉笥。愁怀黯惨，墨洒如烟，都成幽翠。

这首词前有小序云："风雨凄凄，独坐遥夜，天涯旧友，梦绕屋梁，不禁索居之叹，倚声自遣，且哭笠耕。"笠耕即前面提到的八旗著名诗人斌良。斌良在道光二十六年（1846）曾为奕誌的诗集作序[①]，对奕誌热心于诗文颇为赞赏，两人友情深厚，心志相通，这首抒志且怀念斌良的词充分表达了这种情感。此词起句即入题，"风雨敲窗，更阑滴入秋心碎"，直诉悲情。"犹忆年时事"、"孤吟不寐"、"魂归蜀道上青天"、"愁怀黯惨"，内心之痛层层递进。词人虽然"自扶残醉"，心境凄凉，但内心却并不仅仅局限于悲戚，"老去诗人，高吟振笛苍龙背。魂归蜀道上青天"，于悲慨中寓豪情，在寄寓了对斌良去世惋惜之情的同时，追怀了斌良胸怀大志的形象。整首词不枝不蔓，一气呵成，凝练厚重，将自叹身世和失去友人的黯淡凄惨的心情深刻地表达了出来。

二、镇国公奕询

奕询（1849—1871），号惜阴主人，栖心主人，惠端亲王绵愉子，封镇国公，著有《徯月轩诗稿》附词八首。

《徯月轩诗稿》中有古近体诗近八百首，多抒发了忧国情怀，或慷慨，或激愤，或忧愁。词作则多以闲情方式表达心绪，虽然婉约有余，但与闲情之作不同，也多是别有怀抱之作。他的五首《浪

---

① 斌良：《乐循理斋诗稿序》，见奕誌撰《乐循理斋诗稿》，同治十一年刻本。

淘沙》即多哀叹之音，其中《浪淘沙·秋风》云：

> 爽籁起飕飕，声送枝头。满阶疏树影夷留。别具萧然真趣味，庭院深幽。　　吹到一天秋，云雾俱收。商音飒飒爽偏遒。忆彼江湖羁旅客，孤馆增愁。①

这首词写秋风中的景物，自然是一种悲凉境地。词中字字句句均充满了萧瑟之气，这也正衬托出了词人"孤馆增愁"的心境，这种心境当与当时的时代背景密切相关。《满庭芳·春夜》的意境则比上一首隐约深厚。词云：

> 阶草才萌，园花未绽，初春夜景凄清。上元已过，爆竹尚闻声。天际微云乍起，光暧曃、蟾魄羞明。斯时也，吟诗兀坐，斗室对寒檠。　　中庭。寒月上，不须秉烛，独步前楹。看星辉错落，斗柄斜横。渐听邻墙更柝，敲曲巷、音递丁丁。浑忘却，清寒澈骨，独立到深更。

这首词虽然是写"春夜"，但却没有万物甦生的景象，词人眼前心中之景仍然是"一片埋愁地"。词的第三句"初春夜景凄清"即进入了凄凉境地，结句"浑忘却，清寒澈骨，独立到深更"，意境更进一层。尽管词风婉约，但语境沉郁，从词人所处时代看，应该也与忧虑国家局势有关，也同样表达了与上一首词相同的思想情绪。

三、定郡王载铨

载铨（1794—1854），号筠邻主人，宗室，定安亲王永璜曾孙，

---

① 奕询词见《傒月轩诗稿》，同治十一年刻本。

祖绵恩为定恭亲王，父奕绍袭定亲王爵。载铨于嘉庆二十一年（1816）封辅国将军，道光十六年（1836）袭定郡王爵，授御前大臣、工部尚书、步军统领。咸丰三年（1853）加亲王衔（一说死后追封），咸丰四年（1854）卒，谥敏，著有《九秋新咏》《行有恒堂集》附词。

载铨既身为皇族，又身居高位，因地位显赫而慎于言行，故词作风格以委婉含蓄为主。前面提到的顾太清《金缕曲·题行有恒堂词集》，对载铨词给予了很高评价。

载铨虽身居高位，但同样难以摆脱颓落时局以及朝廷中矛盾的困扰，所以他的词作中仍有忧郁之作。这些词大多抑郁悲慨，真实地反映出作者的当时的情感。《霜叶飞·芦沟晓望》云：

> 夕阳西下，黄昏近，余霞红覆林表。古原衰草怕西风，正岸迷蒲蓼。驿柳叶、疏疏嫋嫋。桑干秋水波流渺。见一派狂澜，送旅客、行程万里，令人心悄。　村落远映青山，征鸿唤侣，转觉无限深窈。又闻鸦噪暮烟迷，野旷繁星小。月欲堕、如钩皎皎。人家灯火沿堤绕。画角声、频凄切，节序生凉，此情难了。①

这首《霜叶飞》题为"芦沟晓望"，然落笔却是"夕阳西下，黄昏近"的黯淡之景，随之"野旷繁星小。月欲堕、如钩皎皎"，夜幕降临，且"古原衰草怕西风"，"画角声、频凄切"，景象更加凄凉，这种景象衬托出了词人深深的忧郁情思。此词凄婉沉郁，极合哀怨

---

① 载铨词见《行有恒堂集》；叶恭绰辑《全清词钞》卷二一，第1017页，中华书局，1982年。

无穷都归忠厚的词论传统。正是如此,词中暗含的对国家局势和自身处境的忧虑更为深刻地表现了出来,可谓是贤人君子幽约怨悱不能自言之概。

载铨的小令也有精彩之作,善于用平易通俗的语言抒写悲慨深沉的情致,以其所处时代看,亦饱含盛衰之感,是为景中寓情之作。《画堂春·暮春》云:

> 嫩寒初过雨濛濛,乍晴藓径泥融。晓来无奈落花风,谁惜残红。 小阁开帘怅望,轻盈絮舞长空。乳莺啼倦绿杨丛,春老园中。

这首词的角度情境与上首词不同,但心境相同。通过细腻的刻画,跌宕的用笔,仍然达到了情景交融的境界。"雨濛濛","落花风","轻盈絮舞长空。乳莺啼倦绿杨丛",将种种景物置于动态的画面之中。此词似为闲适词,细细读来,应该也是一首有寄托之作。词中"小阁开帘怅望"句,人在景中,暗示了词人忧郁的情感,可谓情思凝重,非轻描淡写之笔。

第三节 恭钊、庆康及其他八旗词人

恭钊,字仲勉,号养泉,隶正黄旗满洲,博尔济吉特氏,生卒年不详。初任户部郎中,后官甘肃西宁道,历经道、咸、同、光四朝。祖成德,曾任西安将军、热河都统;父琦善,曾任陕甘总督、直隶总督、两广总督,文渊阁大学士。恭钊著有《酒五经吟馆诗词草》,收词四十七首。

恭钊是词人锡缜族叔,锡缜字厚安,两人均曾官户部,亦均善诗词，故交往密切，相互唱和之作颇多。锡缜有《南乡子·题恭养泉瘦鹤吟馆诗词》等，恭钊有《金缕曲·和厚安作》《采桑子·和厚安作》《百字令·和厚安作》等等。由于他未能以科举得官，而是以荫生入仕，故一生不甚得意。

恭钊填词吐属婉约，辞雅意浑，其小令尤见风采，现举二首，以观其貌。《醉花阴》云：

> 驿馆更筹催玉漏，凉意疏窗透。独坐对兰釭，夜雨廉纤，梅子黄时候。　　灯花小焰摇红豆，帘额银钩溜。衣怯水沉薰，重叠春愁，一领青衫瘦。①

《三字令》云：

> 花事尽，又秋风，太匆匆。芳草绿，夕阳红。雪泥痕，风絮影，是飞鸿。　　从别后，少相逢，酒樽空。烟树远，暮云重。听银筝，吹玉笛，总愁侬。

以上这些词从内涵上看，似乎没有深厚的寄托，抒写的是一种闲适之情。然从前一首"重叠春愁，一领青衫瘦"，后一首"吹玉笛，总愁侬"句中，遣词用事仍然透露出了内心的寄托之情。从词艺的角度看，遵循了婉丽为宗的词旨，然于委婉纤丽中增添了凄怆缠绵之声，从中能够看出恭钊小令的词风特点。

恭钊的长调词以《百字令·和童砚芸、锡厚安过六盘山原韵》

---

① 恭钊词见《酒五经吟馆诗词草》，光绪十九年刻本；叶恭绰辑《全清词钞》卷二五，第1274页。

最有特点。词云：

> 暮云稠叠，问乡关何处，苍茫燕蓟。生被青山成闲阻，三载边城羁滞。扑面风沙，染衣尘土，来路分明记。天涯回首，不禁游子垂涕。　　叹我潦倒中年，知交契阔，乍喜辀轩至。握手先谈题咏事，留句六盘山寺。鸟道环云，马蹄冲雪，谁会登临意。今宵邮馆，青灯他日相忆。

这首步韵词是酬答友人之作，词风并未斤斤于婉约、豪放，而是借六盘山险峻雄荒之景，吐露内心真情，因此能够在雄浑中寓凄峻，沉郁中寓豁达。

庆康（1834—?），字健侯，又作建侯，隶镶红旗满洲，咸丰二年（1852）举人，历官永平理事同知补承德朝阳县县令，累官热河道，著有《墨香花馆诗存》，附词九首。

庆康虽然已经入仕，但长期任职县令，对自己的境遇并不满意，颇有怀才不遇之感，他的《十六字令·自叹》云："怜！腹有经纶不值钱。无人问，搔首问青天"，颇有哀怨才华难以施展之意，《沉醉东风》也流露出了这种情绪。词云：

> 光皎皎、玉润珠圆。静沉沉、碧海青天。凭他空明一片心，照俺千古英雄胆。　　恰好似、知音睹面。总然是喜怒无形，也叫他、证出了苦辣心酸。[①]

庆康的词多这种慨叹之调，《满江红·望月感怀》云：

---

① 庆康：《墨香花馆诗存》附诗余，光绪二十一年刻本。

第十四章　晚清其他八旗词人

> 月白风清,画出一天秋色。叹吾生、良宵虚度,壮怀多缺。寄命干戈戎马际,长歌涕泗蟪蛄侧。向青天、搔首问荣枯,恨难歇。　　欃枪起,神鬼泣。忠义心,评谁说。对青燐白骨,徒悲明月。献馘差伸豪杰气,安民呕尽英雄血。竭才能、重整旧山河,职无阙。

《满江红》有多种格体,此为一体。这首词是一首纪实之作,写于同治三年(1864)。庆康任朝阳县令时,城被攻破,后来又被夺回,此词即记述了这段惨烈的史实。从这首词中的"安民呕尽英雄血。竭才能、重整旧山河,职无阙"句中,能够感觉到是受到了岳飞《满江红》精神的影响,词人以岳飞的精忠精神激励自己,故此词慷慨悲壮。

《油葫芦·试马》别有意趣,从中可见旗人擅长骑射的风姿。词云:

> 按辔康庄平不险,修尾受风偏慢。驰驱轻控,纵且盘旋。蹴踏拍寒沙,眼底红尘卷。　　奔走逐青烟。足下春云偃火星,溅四蹄,日影映长鞭。马儿紧不紧,恰如似、弩箭乍离弦。

庆康也有温婉敦厚的词作,如《粉蝶儿·步月有感》云:

> 斗转更阑倦,抛书诗怀慵懒。步闲阶、斜倚阑干。风儿清,云儿静,月儿明烂。叹年来,壮志摧残,五夜听荒鸡,豪情难按。

庆康富有文才，为他的《墨香花馆诗存》题词者有十余人之多。其中津门杨光仪的题词云："长白佳气摩苍穹，扶桑日出当天中。鸿基肇造垂无穷，瀛海惟闻雅颂声。"①庆康的词多作于中年以后，以词记事抒怀，词风凌健慷慨。

联璧，字玉农，号元甫，正蓝旗满洲人，是清代名臣鄂尔泰的四世孙，官至刑部郎中，道光、咸丰年间人。其著作、经历之资料难寻，官私史书亦多未记载，搜罗甚富的《八旗艺文编目》亦未见著录。联璧仅存的这一首词是《水调歌头·题潘四梅大令吟稿》。词云：

> 胸次净冰雪，笔底足波澜。兴酣摇动五岳，牛耳执骚坛。几许柔肠旖旎，几许壮心激烈，语笑杂悲欢。应悔种红豆，枉费写乌阑。　　三生恨，百年事，一身担。几曲潇湘风雨，孤调向谁弹。漫说烟云变幻，自有风云际会，枳棘暂栖鸾。君莫羡鸡口，谁解送猪肝。②

"潘四梅"为潘焕龙，号四梅，道光五年（1825）举人，后任河南商丘知县，山东邹县知县，性正直耿介，不屑于官场逢迎而辞官，同治五年（1866）卒，有诗名，著有《四梅书屋诗钞》，武英殿大学士潘祖荫和林则徐对其诗评价之高非同一般。对潘焕龙的经历，联璧颇为同情，引为同道中人。

这首《水调歌头》气格高放，直抒肺腑之言，非一般词作可比。联璧久困郎署，任职于下层，使得这位八旗词人难免郁愤满

---

① 杨光仪：《墨香花馆诗存》题词，见庆康撰《墨香花馆诗存》，光绪二十一年刻本。
② 丁绍仪：《清词综补》卷二七，第506页，中华书局，1986年。

怀,"三生恨,百年事,一身担",郁愤之气涌出,酣畅淋漓,词风颇具沉雄激慨的特点。

联璧虽然仅存此一首词,亦不可置之不顾。此词大约作于潘焕龙辞官之后,词句淋漓酣畅,激越悲慨,充满不平之气。虽数处用典,然皆贴切潘焕龙之经历人生,尤其是"几曲潇湘风雨,孤调向谁弹"句,说出了友人同时也是词人不被理解的忧国情怀,既是在慰藉友人,又是在抒发自己相同的感慨。全词气势雄浑,用笔矫健。此外,这首词也表现了八旗下层官吏的处境和情绪,反映出了满汉文人间基于君子风度而相互引为知己的友情。

廷奭(1844—?),字紫然,又字棠门,觉罗,正蓝旗满洲人。祖舒敏,著有《适斋居士集》;父崇恩,著有《香南居士集》。廷奭著有《未弱冠集》附《小香髓词》,清代及近现代所有词选均未收录其词。

廷奭早卒。自古以二十岁为弱冠,《未弱冠集》即二十岁之前的作品。由于词人此时尚年轻,缺少社会生活的阅历,因此他的词作基本上是抒写闲情,其中尤以闺情词为多。如《巫山一段云·闺情》云:

艳集秋千院,香流饼饵天。和风欹滞笑声甜,输唾郎肩。   郎惜腰肢瘦,侬怜翠黛尖。自怜原是为郎怜,无那被情牵。①

廷奭还有《一半儿》的作品,在八旗词坛上并不多见,仅见于前面提到的清初博尔都的《也红词》中。廷奭的《一半儿·新婚》云:

---

① 廷奭词见《未弱冠集·小香髓词》,咸丰刻本及同治二年懒云斋刻本。

> 粉红绫帐翠钩。枕腻衾香两意痴。笑拥轻偎。嫩玉肌，低问悄相催，一半儿妆憨，一半儿睡。　　春宵底事最销魂。漏滴铜龙灯影昏。香腻不胜春。问玉人，一半儿含羞，一半儿肯。

廷奭的词作基本都是这种内容和风格，走的仍然是婉约一路。前一首"和风软滞笑声甜，输唾郎肩"，后一首"一半儿含羞，一半儿肯"，描景叙事均极形象生动，只有入世不久的年轻人方能填写出如此"真切"的词句来。同时，从廷奭的词中能够反映出当时八旗文学青年的基本状态。

长秀，正红旗满洲人，瓜尔佳氏，咸同年间人，著有《可青轩诗集》，附词五首。长秀的词作情真景真，达而不放，婉而不迫，《浪淘沙·阙题》一首即是如此。词云：

> 雨扇破扉关。无限秋山。晚风吹过一声蝉。梦里寻诗多妙句，笔意天然。　　远处夕阳残。掩映孤帆。疏光几点透烟峦。有个客来桥上坐，手把渔竿。①

词中"有个客来桥上坐，手把渔竿"句，有袁枚论诗诗所云"口头语，说出便是天籁"之妙。长秀有两首怀念朋友的词作，皆情意切切，真率自然，尺素寸心，得见性情之厚。《浪淘沙·忆友》云：

> 无限离别情，柳折轻轻。风光镇日盼归程。羡煞飞鸿双翼便，直到宣城。　　远处钟声。坐到三更，小斋谁共语孤檠。

---

① 长秀词见《可青轩诗集·诗余》，咸丰十一年刻本。

恰是一窗明月好,依旧梅横。

这首词以诉友情为主,句句言情,字字关情,"风光镇日盼归程""坐到三更",均是写情,无关景物,似不合词"含蓄无穷,意不浅露"和"情景交融"的要求,然词人表达出了最为真切也最为宝贵的感情,使得此词具有了"境界",正如王国维所言:"能写真景物、真感情者,谓之有境界。"①此词正是如此。且最可称道处在于结句"依旧梅横","梅横"二字涵义深远,有以梅喻人之意,而"横"字的运用,使此词境界更为灵动。

《满江红·赠友》一首感情充沛而用意深沉,能够于缠绵中寓沉郁。词云:

> 一点风帆,直吹到、落霞深处。花朝日、与君分别,令人倾慕。怕看寒窗新月朗,懒听古寺疏钟助。坐苔阶、独自闷无聊,吟愁句。　　轻尘起,浮云布。秋光老,鸿南渡。当萧条景象,更添离绪。此际空看盆里菊,何时得展鱼中素。待他年、剪烛共西窗,离情诉!

这首《满江红·赠友》与上一首有异曲同工之妙,在表述思念之情的同时刻画出了"坐苔阶、独自闷无聊,吟愁句"具体而生动的形象,并恰当地用了"鱼中素"、"剪烛西窗"等典故,使事自然贴切,不见斧凿痕。这两首怀念朋友的词作,即使置于清代怀人赠友的词作中,亦不落下乘。

百保(?—1860),字友兰,萨克达氏。满洲瓜尔佳氏延祚室,

---

① 王国维:《人间词话》六,第193页,人民文学出版社,1982年。

生年不详，卒于咸丰十年（1860），她的创作盛期是在道光年间。百保在成婚后不久即成孀妇，守节长达四十年，在极其艰难的条件下将遗腹子麟趾抚养成人，麟趾后官至江苏布政使。咸丰年间太平军破杭州，百保投池自尽。著有《冷红轩诗集》，有咸丰五年（1855）精刊本，凡诗一卷，续集一卷，词一卷；前有自序及恭亲王、彭蕴章、陶樑序。

百保是一位性格坚强的八旗满洲妇女，她在生活艰难之际仍然寄情于诗词，是一位有代表性的满洲女诗人。她的诗歌多忧时之作，慷慨而豪荡，具有鲜明的旗人风格。如她的诗歌《文信国》二首，对文天祥忠于国家和民族的崇高精神，给予了歌颂和膜拜。诗云："丹诚耿耿挽金戈，宋祚虽亡志不磨。青史照人存古道，忠魂犹泣旧山河。""贯日忠诚可奈何，千秋遗恨涕滂沱。三年犴狴心如铁，留得乾坤正气歌。"一位满洲妇女能够写出如此气魄的诗作，可知百保的性格和行为是以文天祥为榜样的，在那个年代当然也是以忠君忠国思想为根基的。她的诗歌沉稳冷隽，充满忠愤之气，词则婉丽清幽，透露出了这位闺阁诗人思想和性格的另一面。《浣溪沙·春夜即事》云：

> 梨影溶溶小院幽，秋千闲挂绿杨稠，微风轻曳绣帘钩。月夜冷临金屈戌，花枝低拂玉搔头，紫箫闲按小扬州。[①]

这首词颇具闺阁词人的特点，幽深澹远的情境、细腻婉约的笔法、柔和宁静的心态，在字字句句间缓缓流出，给人以文学艺术之美的享受。尤其是"花枝低拂玉搔头"一句，刻画之生动准确，令人称奇。

---

① 百保：《冷红轩诗集》，咸丰刻本。

第四节 结　　语

　　以上八旗词人虽然出身经历不同，或出身显贵，或出自中下层，但都生活在八旗制度开始衰落的时期，故而有着旗人共同的感慨。他们的词作无论是咏物、遣兴还是抒怀、赠友，都是在委婉曲折中抒发愁苦凄凉的情感。其中如山的《唐多令·题陈息九香草词》"酒入愁肠都化泪，休提起，古兼今"句，最能代表这个时期旗人的遭遇和心境。袁枚云："读诗不读史，便不知作者事何所指。"[1]读八旗词人的词作也应该如此，方能够对其词有更深刻准确的理解。

　　此外，在晚清前期，随着八旗词坛忧国忧时和感慨自身词作数量的逐渐增加，使得今人能够在这种现象中体察到八旗词人困苦的现实处境和复杂的心路历程。从这个时期开始，八旗词风由清中期以来婉丽疏放、雄浑慷慨，逐渐转换为凄清悲婉、沉着郁忿。在这些词人之后，八旗词风又有了比较大的变化，在哀婉凄凉之中增添更多的激愤悲慨之情，下面介绍的宗山、锡缜与盛昱即是如此。

---

[1] 袁枚：《随园诗话》卷一二，第420页，人民文学出版社，1960年。

第十五章　清末宗山、锡缜与盛昱

同治朝以来，已经进入到了清朝的末期，国势的进一步衰落，使得变法图强成为有识之士的共同呼声，与前代相比，时局更为激荡复杂。此时八旗制度也已经到了无法维持的地步，八旗生计问题也更加严重，旗人的社会地位更是一落千丈，广大旗人如陷入泥潭之中，艰难困苦而又无力自拔。八旗词人也都处于同样的境地，八旗词风也因此发生了与以往不同的重大变化，故特设专章论述这一时期八旗词坛的基本情况。

国势与八旗没落的双重压力，使得八旗词风不由自主地走上了以激愤悲慨、哀婉凄凉为主调的道路。从清末的八旗词坛的情况看，几乎所有八旗词人都有此类词作，其中宗山、锡缜、盛昱三家不仅词调沉郁悲壮，而且有很高的艺术成就。

第一节　词旨遥深的宗山

宗山（？—1886），字小梧、啸梧，号歟梧，汉姓鲁氏，隶内务

第十五章　清末宗山、锡缜与盛昱

府镶黄旗满洲包衣佐领，官浙江候补同知，权乍浦理事同知，著有《蘖梧遗著》四种，其中有《窥生铁斋词》。《清词综补》录其词四首，《白山词介》录十三首，两书所选仅有二首相同。

宗山是一位致力于词的八旗文人，他与江顺诒合编了《词学集成》一书，此书由江顺诒搜集前人词论并作按语，经宗山整理而成。江顺诒，字秋珊，咸同年间人，同治元年（1862）前后仍在世。江顺诒颇具文才，尤工词，是晚清文坛具有影响的人物，著有《愿为明镜室词稿》。

《词学集成》书前有宗山序，《序》云："江先生秋珊，宏才绩学，尤工倚声。折肱于此，垂三十年，著有《明镜词》。山与先生有同好，倡和往还，多所指授。窃念词之为道，自李唐沿及两宋，滥觞厥制，渐至纷纭歧出，有江河日下之概。先生忧之，为之寻源竟委，审律考音，取诸说之异同得失，旁通曲证，折衷一是。所以存前人之正轨，示后进之准则。心苦矣，功亦伟矣。山校雠既竣，分列子目，成书八卷，名曰《词学集成》，亟其付梓，以公同志。"[①]

江顺诒在"凡例"中说明了《词学集成》是在宗山的整理下成书的，也"有功于词不小"。《凡例》云："此书积之数十年，有见必录，迄未成书，亦不过词话之流耳，未敢出以示人。铁岭宗小梧司马山，文字之交，莫逆最久。偶论作词，以是稿就正，遂蒙激赏，谓为卞和之璞，有功于词不小。即为之条分缕析，撮其纲，曰源、曰体、曰音、曰韵；衍其流，曰派、曰法、曰境、曰品，分为八卷，以各则丽之，易其名曰《词学集成》。黄桴土鼓，俨若金声而玉振矣，岂只参订云尔哉。"[②]江顺诒云宗山"岂只参订云尔"，

---

① 江顺诒辑、宗山参订《词学集成》序，唐圭璋编《词话丛编》第四册，第3207页，中华书局，2005年。
② 江顺诒辑、宗山参订《词学集成》序，唐圭璋编《词话丛编》第四册，第3209页，中华书局，2005年。

特别指出了宗山不仅对此书进行了参订,而且在体例方面进行了全面调整。此书经过宗山的条分缕析,分为八卷,前四卷为词之源,后四卷为词之流,能够将杂乱之章分辨明晰,非精于词史词论者绝难做到,以此方使得此书"俨若金声而玉振"。从宗山参与的程度看,江氏所言绝非虚语。此书之编订实非易事,不熟知词学流变者亦难为之,从中可见宗山词学之功力。

谭献《复堂词话》评宗山云:"诗篇秀逸,词旨遥深,杂著文外独绝,言之有味。且嗣宗至慎,颇有见道之语。"①杨锺羲《雪桥诗话》云:"歙梧司马宗山,姓鲁氏。博闻强识,与邓笏臣、俞小甫、边竺潭、吴晋壬合刻五人词为《侯鲭词》,诗曰《窥生铁斋》,失职不平,于世少可。"②可知宗山一生仕途坎坷,故诗词多哀婉愤懑之声,词风颇具姜夔及浙西派风格。

一、雍穆沉郁之本色

宗山的词不论是诉说凄凉悱恻的情感,还是抒发清远冲淡的意趣,都具有雍穆沉郁的格调,颇能显示出词家之本色,以下这些词都具有这种特点。

小令《柳梢青·斜阳》通过对斜阳中"几叠青山,半江红树"黯淡景色的描绘,将"伤心颜色"的心境衬托了出来。词云:

> 黯若离愁,黄昏容易,欲去难留。几叠青山,半江红树,一棹归舟。　　模糊花影墙头,问何处、珠帘上钩。流水光阴,伤心颜色,最怕登楼。③

---

① 谭献:《复堂词话》宗山词,唐圭璋编《词话丛编》四,第4005页,中华书局,2005年。
② 杨锺羲:《雪桥诗话》卷一二,第593页,北京古籍出版社,1989年。
③ 宗山词见《白山词介》卷五,宣统二年刻本;叶恭绰辑《全清词钞》卷二七,第1381页,中华书局,1982年;丁绍仪辑《清词综补续编》卷六,第1249页,中华书局,1986年。

第十五章 清末宗山、锡缜与盛昱

另一首小令《菩萨蛮·冬闺怨》也是写闺情，缠绵委婉，情深意蕴，且词中有我，极尽描摹之能事。

宗山的词以长调为多，这些长调作品感情色彩极其浓郁，词风也多有变化。如《送我入门来·商妇琵琶》，词调沉郁蕴藉，颇能展示自家情怀。词云：

> 酒阵香销，妆台梦冷，浮生记托孤舟。红烛琵琶，犹说锦缠头。阑干啼泪尊前湿，遍洒向、浔阳九派流。听弦弦、掩抑一声幺拍，肠断江州。　　十载漂零畸客，似比收场儿女，更抱闲愁。秋月春风，一度一勾留。蕈腾怕见枫林醉，对衰鬓、凋颜只暗羞。最难忘旧恨，劝公无渡，枉拨箜篌。

这首词借听商妇琵琶引出无限思绪，"最难忘旧恨，劝公无渡，枉拨箜篌"，诉说的是内心忧愤的真情实感，"一声幺拍，肠断江州"句，与白居易"江州司马青衫湿"之意异曲而同功。而一句"十载漂零畸客"，透露出了词人难以解脱的愁苦，是一首意直辞曲之作。

《齐天乐·山行阻雨》设置描绘的景物也很暗淡，同样表露了沉郁凄凉的心境。词云：

> 墙阴不断蜗涎篆，浓云四围如幂。瀑泻珠帘，苔斑石井，陡觉单衣寒恻。淹留楚客。问千里离魂，甚时归得？更有秋虫，篱根独自怨幽寂。　　恼煞黄昏容易。想灯前儿女，空卜消息。孤枕啼痕，空阶急点，隔著幽窗同滴。四弦漫拍。听黄叶声多，酒肠偏窄。篷底潇潇，曲终衫更湿。

词之上阕极力描写雨中惨淡的景物，"墙阴不断蜗涎篆"，"更有秋

· 389 ·

虫,篱根独自怨幽寂",语中含情;下阕刻画心境,"孤枕啼痕","曲终衫更湿",景中有人,亦有"江州司马青衫湿"之意,是一首典型的情深意蕴作品。此外,此词亦采用了对句的句式,如"瀑泻珠帘,苔斑石井"、"孤枕啼痕,空阶急点",这种句式的运用增强了情感表达的深度。《渡江云·绿阴》一首,也具有同样的内涵和风格。词云:

> 阴晴浑不定,子规声里,已过好韶华。落红深几许。庭院悄悄,窣地画帘遮。停琴欲暝,更芭蕉、凉浸窗纱。偏惹起、纷纷愁绪,无赖是杨花。　　休嗟。夕阳芳草,南浦烟波,记那回去也。空想象、药阑几折,萝径三叉。出门不惯青骢远,认前村、贳酒帘斜。重来约,为谁滞迹天涯。

这首词能够达到说景即是说情、借物遣怀的境界。"偏惹起、纷纷愁绪,无赖是杨花"即是景中含情之语,然却是情为主,景为客。虽句句描景,却句句关情,情景融洽,深刻地表露了"重来约,为谁滞迹天涯"的郁闷心境。

宗山的《迈陂塘·题汪碧巢先生遗照,集曝书亭词,用李武曾征君韵》,是为题友人遗照而作,词人选择了追忆与友人生前交往的情景来抒发感情。词前特别标明是"集曝书亭词",也就是选用了《曝书亭词集》中的词句作成此词。《曝书亭词集》是浙西派宗主朱彝尊的词集,不遍读这部词集也就无法集用成词,由此可见宗山心折于浙西派词风,他的词风也的确具有浙西派婉约中蕴沉郁的风格。词云:

> 最优闲、梧桐乡里,人间早释烦暑。红泥亭子方池外,赢

第十五章 清末宗山、锡缜与盛昱

得吴衫白苎。难寄语。对图画、沉吟尽是销魂处。翠眉几许。看蛱蝶翻飞,绛唇含笑,帘户剪灯语。　　那似我,只是北燕南楚。何尝情托毫楮。风流文采机云后,依旧攀嵇交吕。须记取。寻不到、断桥曲港龙山墅。高歌且住。惯着手摩挲,偷声比调,未改当年侣。

词中"沉吟尽是销魂处"、"偷声比调,未改当年侣"句,都是诉说当年以文会友的具体情景。这一类词可以写得悲切,也可以写得沉郁,因为毕竟是题"遗照",故此词格调以沉郁为主。

二、以咏物隐然抒怀

宗山的咏物词深于比兴,事浅而情深,颇能借物以寓性情,将幽怨之心婉转说出。清人刘熙载云:"昔人词咏古咏物,隐然只是咏怀,盖其中有我在也。"[1]宗山的咏物词便是如此,皆是隐然抒怀之作,也都"其中有我在也"。《一萼红·红叶》云:

映斜阳,认疏林几簌,一色好秋光。转绿回黄,微酣薄醉,临风顿换新妆。尚约略、重来门巷。似桃花、前度引刘郎。不是春深,是秋渐老,莫漫寻芳。　　此际停车却好,正钟声催晚,渔火微茫。轻拂生绡,浓皴画稿,燕支多买何妨。却笑我、青衫依旧,听琵琶、沦落感秋娘。不信良媒难托,犹傍宫墙。

《一萼红》词牌有不同诸格体,姜夔创平韵体,这首词也采用了平韵。这首咏红叶的词深怀寄托之意,红叶满树乃深秋之景,尽管词

---

[1] 刘熙载,《艺概》卷四,词曲概,第118页,上海古籍出版社,1978年

· 391 ·

的情调清疏,然"前度引刘郎"、"听琵琶、沦落感秋娘"等句,借用了刘郎今又来和《琵琶行》之典,自然是暗含了悲凉之情。尽管词人"青衫依旧",身处沦落之境,然"不信良媒难托,犹傍宫墙",仍怀忠国忠君之心,寄希望于受到朝廷重用,词人复杂矛盾的心境由此而显现。

宗山的咏物词以《解连环·孤雁,用玉田韵》感叹之意最浓。词云:

荻芦秋晚,怅鸥汀鹭溆,霎时分散。也只是、为稻粱谋,便羁影江湖,书空人远。振翮凌霄,认天际、残星几点。问随阳何日,来宾沙碛,频凝望眼。　　秋去秋来苒苒。看短堠长亭,都成别怨。正中宵、怕忆乡关,听飞过南楼,乡心唤转。有约归来,羡燕子、年年相见。更谁怜、霜露盈头,羽毛半卷。

玉田即宋张炎,他有《解连环·孤雁》词,其词云:"楚江空晚,怅离群万里,恍然惊散。自顾影、欲下寒塘,正沙净草枯,水平天远。写不成书,只寄得、相思一点。料因循误了,残毡拥雪,故人心眼。　　谁怜旅愁荏苒。谩长门夜悄,锦筝弹怨。想伴侣、犹宿芦花,也曾念春前,去程应转。暮雨相呼,怕蓦地、玉关重见。未羞他、双燕归来,书帘半卷。"此词因描绘孤雁形与态精确生动而备受推崇,且含有自比失群孤雁之意,张炎因此而被称为"张孤雁"。

宗山的这首词与张炎的词用韵相同,词之意境亦相同,都是倾诉哀怨,寄托之意浓厚。张炎词温柔敦厚,重在描摹孤雁的种种形态。宗山词同样具备了"我"的意象,"羁影江湖"、"频凝望眼"、"乡心唤转",都是拟人化的描述,是词人以孤雁徘徊犹豫、无人相

第十五章 清末宗山、锡缜与盛昱

怜的处境以自比。结句"羽毛半卷",是我非我,似乎比张炎的"画帘半卷"更为深刻形象,寓意也更深厚。这首词将宗山内心的怅惘与身世的狼狈状态摹写殆尽,刻画出了一位处于衰败局势中的落魄文人形象。从宗山的这首词中,也可以看到张炎词风对他的影响。

《沁园春·紫兰》借咏紫兰之高贵清洁品质,感叹君子处于浊世的无奈。词云:

> 冉冉衡臯,种就红心,灵犀暗通。记情天供养,绣幢香袅,深泥培护,瓷斗春浓。劝进霞觞,泥人扶醉,湘雨湘云黯两峰。关情处,问风声偷猎,可到花丛? 依稀旧梦惺忪。宛惜别、声声唱懊侬。想樱桃艳夺,曾迷仙蝶,珍珠价贱,只伴秋虫。玉渐成烟,根犹泣露,绛树歌传曲已终。休重问,怅美人迟暮,一样飘蓬。

自古以来,兰即君子,君子如兰。兰以素心为贵,此词咏"紫兰",可见别有深意。"种就红心",红心即忠心也,此句表明了词人咏兰的主旨,如此吟咏颇具意内言外之旨。兰虽然高洁,然在"樱桃艳夺"之际,只能"珍珠价贱,只伴秋虫",处境也只能是"根犹泣露",其内在的高洁本性已为世俗所不容。结句"怅美人迟暮,一样飘蓬",乃是"美人香草"笔法,以"美人"喻君子,也是词人的自我形象的刻画。

《南浦·新柳》一首是借咏新柳抒发心怀的词作。词云:

> 风流依旧,恰相逢、人在水之湄。底事青青如许,只解斗腰支。不为封侯夫婿,也登楼、蓦地起相思。记去年此际,有

人妆罢,携手问归期。　　一样江潭摇落,愿东风、缓缓送春归。莫羡黄金色嫩,容易少年时。寄语颠狂飞絮,舞长条、何似竟沾泥。算青萍有价,飘零未肯逐天涯。

此词牌有仄韵与平韵体,此词为平韵体。这首词以新柳为题,在描写新柳的形态中,透露出对于个人经历的思考,"寄语颠狂飞絮,舞长条、何似竟沾泥。算青萍有价,飘零未肯逐天涯",是在描写新柳,更是在自诉不肯随波逐流的心志,是为有寄托之语,柳与人可谓貌合神合。宗山其他的咏物词如《疏影·夹竹桃》《满庭芳·红豆》等,也都抒发了同样的情感,具有相似的风格。

宗山的词作,或直接抒情,或借景言情,或以咏物寓情,方式不同而感情相通,情感皆真切浓郁,同时反映出了在晚清八旗词人中普遍存在的凄凉哀怨情绪。

第二节　浑厚沉著的锡缜

锡缜(1823—1887),原名锡淳,字厚安,号禄厔,博尔济古特氏,世居兀鲁特地方,隶正蓝旗满洲。咸丰六年(1856)进士,官户部郎中,与尚书肃顺不和,遂不得用。同治十一年(1872)授江西督粮道,未行,同治十二年乞病罢。光绪元年(1875)诏修《穆宗实录》,光绪四年(1878)冬,拜驻藏大臣,以疾辞。著有《退复轩诗文集》,锡缜工书,善诗文,为晚清著名文人,入《清史稿·文苑传》[1]。弟锡伦亦能诗。

---

[1] 赵尔巽等:《清史稿》卷四八六,列传二七三,文苑三,第13435页,中华书局,1998年。

第十五章　清末宗山、锡缜与盛昱

锡缜为人刚正耿介，不趋炎附势。敢与权臣肃顺相抗，也因此十多年不得重用，拜驻藏大臣时已进垂老之年，壮志已经灰颓矣。他的一生多在愁愤之中度过，不过他在国势衰落之际仍怀有忠君报国之心。

一、凌空一顾的长调

锡缜诗歌有《写怨三首》，第一首云："臧否人伦鉴，文章空谷音。浪名如梦得，狂疾入愁深。王烈曾遗布，钟仪不鼓琴。西京重钓距，未必在儒林。"诗中所表现的极度怨怼在词中亦有发泄，是这一时期最具慷慨激愤词风的代表人物。

《满江红·庚申滦阳晚眺》，大声铿锵，慷慨激烈，可谓不同凡响。词云：

> 向晚登高，禁不住、天风吹荡。留一片、斜阳倒影，愁云来往。正是四方离乱后，平看万里乾坤莽。更何堪、北向雁嗷嗷，杂悲响。　　村落渺，孤烟上。关塞黑，疏星朗。把无穷怀抱，来供俯仰。身世尽多人饭信，功名绝少封侯广。古今来、吾辈几升沉，抗心想。①

庚申即咸丰十年（1860），此时正是作者仕途不顺、心绪压抑的阶段。在这一年中，英军侵占定海、金州，沙俄侵占海参崴，英法联军侵占烟台、金州，进犯北京，焚烧掠夺了圆明园。九月八里桥之战失败，咸丰帝出走热河。十一月沙俄掠夺了乌苏里江以东四十多万平方公里土地，且太平军攻伐正急。这首词正是写于这种背景之下。面对国难严峻的形势，词人急切报国的情绪难以遏制，词中流

---

① 锡缜词见杨锺羲辑《白山词介》卷五，宣统二年刻本。

露的正是这种痛苦的心情。

此词描景言情,忧国忧时之际饱含身世升沉之慨。"正是四方离乱后,平看万里乾坤莽",空阔而浑茫黯淡的景象,既是社会的真实现实,也是他心情的真实写照。同时"把无穷怀抱,来供俯仰"句,表达了萦萦于怀的忧患意识,唱出了郁积于胸的不平之声。"古今来、吾辈几升沉,抗心想",则是空怀报国之心的慨叹。词中显示的感情并非仅仅出于个人的不得志,"身世尽多人饭信,功名绝少封侯广",借此抒发胸臆,情真而景实,更多的是出于对国家危难的担忧。此词的特点是上阕直是写景,借景抒情;下阕用典,阐发悲慨之心。

锡缜的《金缕曲·六盘山僧舍》沉著浑厚,别具风韵。词云:

又出萧关去。马蹄痕、几番踏破,冻云凝处。省识六盘山上雪,少小寻诗旧路。偏对我、山容如故。二十五年经万里,漫相嘲、吾发今非素。思往事,更追步。　森严庙貌层峦护。镇盘旋、泾头陇尾,上方雄踞。回首高平城第一,当得凌空一顾。何处是、汉唐兵驻。建武大中遗迹渺,莽山川、几点穷荒戍。寒日下,岁云暮。

此词写于同治十一年(1872),这一年他被起用,报国之心陡然而增,这首词便集中表现了此时的这种情怀。词中"回首高平城第一,当得凌空一顾",用的是东汉光武帝统一天下,恢复大汉正统事。"何处是、汉唐兵驻,建武大中遗迹渺,莽山川、几点穷荒戍","建武"是东汉光武帝刘秀年号,光武帝征伐隗嚣、公孙述等势力,北击匈奴,一统天下,实现了"光武中兴",锡缜借此表达了希望如"建武"时期那样,重振国威,再现中兴之势。但是"建武大中遗迹渺"，国家朝政却是越来越颓败，"寒日下，岁云暮"，怀古思今，令词人不免陡然生出凄凉之感，这首词正表达了这种矛盾的心情。虽然整首词气氛沉郁，遣辞用句凝重，但不乏沉著浑厚之气，是一首意内言外的佳作。

另一首《金缕曲》也充满了家国情怀，词意真切，词风与上一首接近。词云：

> 征雁更番去。最关情、几行斜字，晚霞飞处。偏是瓦亭关里月，惯照吾家客路。凭月色、年年如故。陟岵心情偕夙夜，望龙沙、共此蟾圆素。思弱弟，阔前步。　　两番侍宦西都护。访穹碑、临边一笑，天山高蹈。正我陇头寻远梦，瘦影风前自顾。更回首、慈云东驻。梦又被风吹万里，转燕台、折到阳关戍。还立马，四山暮。

此词原注云："自道光丁酉，越乙酉，缜侍宦历秦陇者十有三年。咸丰甲寅，迄今辛酉，弟纶又侍宦两之西域。缜奉慈亲留京邸。乃者从使节憩于六盘山，计时家君正出阳关路也。"可知锡缜家庭父子两代皆有驻守秦陇之地的经历，回顾这种经历，词人当年报国的情怀和今日的无奈交织在一起，故词中有"正我陇头寻远梦，瘦影风前自顾"、"还立马，四山暮"句，展现了浓重的忧国忧时情怀。

二、清疏畅达的短调

锡缜也擅长短调，这一类词婉曲达情，疏放流丽，《南乡子·题恭养泉瘦鹤吟馆诗词》云：

> 绮语昔曾耽，笔底花香泥镜奁。别有痴情深似病，恹恹。愁比诗多总爱拈。　　别绪几年添，杯酒兰山好月衔。仙骨何

缘新觉瘦，珊珊。俏立边风影更尖。

词中提到的恭养泉即恭钊，论辈分恭钊是锡缜族叔。恭钊，字仲勉，号养泉，正黄旗满洲人，也是善诗词。这首词是为恭钊《瘦鹤吟馆诗词集》所作，以两人的叔侄关系，此词毫无虚饰之词，是向恭钊吐露心情也。

《丑奴儿令·题恭铁臣本事诗》是写给恭锴的词。恭锴，字铁臣，恭钊之弟。词云：

闲情何苦长相忆，追忆难忘，便不寻常。不独吟花句有香。　　知君不恨当时错，错也无妨，恨也情长。梦也于今尚断肠。

这首词同样情深意重，另一首《诉衷情·题恭铁臣本事诗》也是如此，这一类词作中所言之深意，恐怕只有八旗自家人才能领会。

锡缜的词，情也真真，意也切切；感怀之作多，而闲适之作少，以词言情抒志，不为消遣而作，其中多与社会现实和旗人之心绪经历相关，故有着除了文学之外的价值。

第三节　大雅不群的盛昱

盛昱（1850—1900），字伯熙，宗室，镶白旗满洲人，肃武亲王豪格七世孙，祖敬徵，官协办大学士，户部、工部尚书；父恒恩，官工部侍郎。盛昱为光绪三年（1877）进士，曾官右庶子、国子监祭酒，卓有文誉，著有《郁华阁遗集》，其中收《郁华阁词》十三首，多能抒发忧国情怀。

第十五章　清末宗山、锡缜与盛昱

盛昱为人刚正磊落，屡屡上疏言政，力主抗战。光绪十年（1884）中法战争起，盛昱主速战，力陈七利，声闻朝野。蒯光典《郁华阁遗集》序云："上轸皇舆，下恫世变，凄楚叩墀而争，阳城坏麻而谏，侃侃自将，悃悃不惧。乃灵修浩荡，众芳芜秽，事与愿迕，势与理贸。"①杨锺羲在《意园事略》中记盛昱云：

> 简贵清谧，崇尚风雅，所交皆一时魁杰，以文章道义相友善。文誉满海内，益自淬奋。于学无所不窥。读书日尽数十卷。博闻强识，其考订经史及中外地舆，皆精核过人。尤练习本朝故事，大至朝章国宪，小至一名一物之细，皆能详其沿袭改革之本，而因以推见前后治乱之迹。若撮其言，录为一书，三百年来宏博之君子未有能及者也。和而介，与人无町畦。喜奖成后进，一介不遗。天下魁垒之士至京师者，莫不以为归。②

盛昱就是这样一位在朝野和文坛上都颇有影响的八旗人物。

一、澹逸悱恻之短调

盛昱既是一位诗人，也是一位词人，其词尤被人称颂。《郁华阁词》中的小令缠绵悱恻，吐属婉约，不乏澹逸之气。《城头月·风笛》一首云：

> 谁家玉笛新声溜，一缕穿云透。柳梢月澹，花底风凉，刚是秋来候。　频年扻尽红丝手，触拨情怀又。碧苔院宇，红袖阑干，如我伤心否？③

---

① 蒯光典：《郁华阁遗集序》，盛昱撰《郁华阁遗集》，光绪三十四年武昌留垞写刻本。
② 杨锺羲：《意园文略·事略》，宣统二年刻本。
③ 盛昱词见《郁华阁诗集》，光绪三十四年武昌留垞写刻本。

《浪淘沙·甲申七月作》云：

> 丹鼎閟青霞，倏忽天涯。屏风六曲隔文纱。凭仗溶溶春院月，照暖梨花。　　多谢木兰槎。饱饭胡麻，杏梁新定燕几家。自折花枝循绀鬓，如此年华。

古人言词，贵寄托与沉郁，寄托即寓性情于词中，沉郁即意在笔先，神余言外，凡世事之感触，身世之惨淡，皆可于细微处发之，以上短调正合此意。

盛昱还有一些词《郁华阁词》没有收录，张云骧的《芙蓉碣传奇》及继昌的《左庵词话》就收录了他的一首短调《减兰·题芙蓉碣传奇》。词云：

> 风流子野，一曲阳春谁和者。艳绝才华，江上芙蓉笔上花。　　茫茫大地，千古难消儿女泪。绿酒银筝，我欲同寻石曼卿。①

《芙蓉碣传奇》是光绪元年（1875）拔贡、内阁中书张云骧所作的一部传奇，有光绪九年（1883）刻本，颇得文坛赞许，这首词即是盛昱为此书撰写的题辞。词中"石曼卿"即北宋石延年，进士出身，工诗文书法，性慷慨任气，于朝政与边事颇多建言，是一位有忧国忧时之心的一代名士，才华和性情与盛昱情况相类，故盛昱有"我欲同寻石曼卿"句。此词格高而气爽，辞隐而意深，被继昌评为："虽小令一曲，大雅不群之气，已自表表。"②

---

① 张云骧：《芙蓉碣传奇》，盛昱题词，光绪九年刻本。
② 继昌：《左庵词话》卷下，唐圭璋编《词话丛编》四，第3164页，中华书局，2005年。

二、慷慨沉厚之长调

盛昱的长调则是另一种风格。长调宜语气贯穿，或雄浑悲壮，慷慨淋漓，或疏朗劲健，沉郁顿挫，性情所寄，意深而词显，盛昱的长调即以雄浑悲壮、慷慨淋漓见长，最能够表现出这个时期八旗词风的特点。盛昱有三首《金缕曲》皆是为梁鼎芬而作，也是他这种词风的代表作品，现举二首如下。《金缕曲·送梁节庵罢官归里》云：

> 此汉铮铮铁。是当时、呼天无路，目眦皆裂。欲斩长鲸东海外，先恨上方剑缺。便一疏、轻投丹阙。东市朝衣皆意计，赖圣明、续尔头颅绝。尔不见，彼东澈。　　天心早许孤臣节。只徘徊、谪书一纸，已经年月。门籍不除身许便，如此重恩山岳。除感激、更当何说。悟主从知非婞直，恐浮名、尚罪湘累窃。洒何地，一腔血。

另一首《金缕曲》也是送梁节庵的词，情调依然沉厚悲慨。词云：

> 羡尔扁舟驾。乘长风、沧溟万里，先生门也。只我凄凉尊酒别，老泪龙钟盈把。遍尘海、交游多寡。碌碌衣冠徒一哄，问何人、涕泪能吾骂。只此意，最难舍。　　频年书疏论天下。笑区区、曾何献替，略如虾蚱。与尔本来同一罪，莫亦误恩轻赦。尔今日、遂初田舍。我任推排犹不去，虚向人、高论青山价。惭对尔，汗如泻。

梁鼎芬，字星海，号节庵，光绪六年（1880）进士，历任按察使、布政使。光绪八年（1882）法军侵占越南河内，日本进军朝鲜仁川，清廷皆出军抵抗。光绪十年（1884），李鸿章在中国战胜的情况下与法国签订了《法越简明条约》。于是梁鼎芬上疏弹劾李鸿章等，被交部严议，定为"妄劾"罪，降五级调用，后入张之洞幕府。此时盛昱亦弹劾李鸿章等主事大臣，因他是宗室，故未深究，而梁鼎芬则被贬出京师。因盛昱与之同样上疏弹劾李鸿章却未被处罚，故于同情之外多有愧对友人之感。在愤懑悲愁的心境中，连作词三首以慰梁鼎芬，表达了对朝纲不振的灰心和对友人遭贬的同情与慰藉，从中可见盛昱之性格人品。这种以词代书的词作，可与顾贞观的《贺新郎·寄吴汉槎宁古塔，以词代书》比肩。

以上二首词虽然是赠友之作，但都是以忧国忧时为念。愁闷中寄郁愤，沉痛中寓激慨，字字出于真情，句句发自肺腑。前一首"此汉铮铮铁。是当时，呼天无路，目眦皆裂"，肯定了梁鼎芬的刚正品格和正义之举。后一首在诉说对梁鼎芬离去难舍心情的同时，表达了"与尔本来同一罪，莫亦误恩轻赦"的歉意，以及"惭对尔，汗如泻"的愧疚心理。词人因友人被贬斥而痛苦，也为自己没有被贬斥而痛苦，不是大义凛然者难以有此情怀，此种词亦非君子不能写出。盛昱在当时之所以能够享有很高的声誉，是有充分理由和原因的。

《金缕曲·送曹芋僧州判之大梁幕》也是为同道中人所作的词，词风也与前词相同，表现了以忧国忧时为念的君子情怀。词云：

> 一第寻常耳。怎偏君、布帽京尘，依然如此。竟作诸侯宾客去，亦胜案萤枯死。莫更要、读书作字。风雪鄢陵争战处，便短衣、匹马相从事。箧中剑，须频试。　　年来我亦悲身世。且随人、猎地呼鹰，倡楼喝雉。莫说雕青年少恶，到底还多生气。原不必、大知吾意。残雪梅花燕市酒，到明朝、我醉

君行矣。莫便洒，穷途泪。

这也是一首以词代书的词作，对被贬出京的友人"竟作诸侯宾客去"的境遇深感痛惜，然仍不忘告诫其"风雪鄢陵争战处，便短衣、匹马相从事"，待有时机仍要为国效力，同样表达了浓重的报国情怀和对友人真切深厚的情感。

《八声甘州·送伯愚都护之任乌里雅苏台》同样是一首极具家国情怀的词作，此词以慷慨之情，抒发报国之志，展现了词人的忠厚之心。伯愚即志锐，是瑾妃、珍妃的胞兄，他极焦虑于外强入侵，是变法维新的支持者，因此为慈禧太后所不容，由礼部侍郎遣派为乌里雅苏台参赞大臣，使之远离朝政以减弱帝党势力，为此盛昱颇为忧愤，赋《八声甘州·送伯愚都护之任乌里雅苏台》以诉悲怆之情。词云：

蓦横吹意外玉龙哀，乌里雅苏台。看黄沙毳幕，纵横万里，揽辔初来。莫但访碑荒碛，尔是勒铭才。直到乌梁海，蕃落重开。　六载碧山丹阙，商量出处，拔我蒿莱。怆从今别后，万卷一身埋。约明春，自专一壑，我梦君、千骑雪皑皑。君梦我、一枝柳桥，扶上岩苔。

此词除了表现对志锐被遣戍的境遇惋惜之外，仍从忠于国事的心绪出发，唱出了"尔是勒铭才。直到乌梁海，蕃落重开"的激荡之音，不忘鼓励志锐在逆境中建功立业。当时支持改革维新的词人对志锐遭遣谪普遍不满，多有以词作吟咏此事者。如词坛上"晚清四家"之一的王鹏运有同调《八声甘州·送伯愚都护之任乌里雅苏台》，词云："是男儿、万里贯长征，临歧漫凄然。只榆关东去，沙虫猿鹤，莽莽烽烟。试问今谁健者，慷慨着先鞭？且袖平戎策，乘传行边。　　老去惊心鼙鼓，叹无多忧乐，换了华巅。尽雄虺琐琐，呵壁问苍天！任参差、神京乔木，愿锋车、归及中兴年。休回首、算中霄月，犹照居延。"①词坛名家文廷式也有同调《八声甘州·送伯愚都护之任乌里雅苏台》。这些词于同情之中深怀悲怆抑郁之情，都同样出自于对良臣的遭遇和对慈禧专权的不满。王鹏运、文廷式的词作沉痛悲愤，不过盛昱的词感慨更为浓郁。"我梦君"、"君梦我"二句是建立在私交深厚、政见相同基础上的肺腑之言，这与他们同为旗人有直接的关系，因此盛昱的这首词达到了其他词人难以达到的深度。况周颐在《蕙风词话》中评价这首词云："此等词，略同杜陵诗史，关系当时朝局，非寻常投赠之作可同日而语"②，指出了超乎词作本身的价值所在。

盛昱还有一些极具忧国忧时情怀的作品，《水调歌头·题观海图》就是一首心怀国事，磊落慷慨之作，颇有稼轩派的豪霸词风。词云：

傥竟此天坠，与子更如何？莫问今夕何夕，且自发悲歌。漫说此间尘土，便是风蓑雨笠，何处可烟波？只此著身好，便算御风过。　　驱鲲鳄，凌鸟隼，踏蛟鼍。不管红霞碧海，强半入包罗。安得乘风万里，踏碎万重烟岛，赤手挽天河。此愿庶几慰，吾亦老岩阿。

《水调歌头》词牌也有不同诸格体，这首《水调歌头》用的是叶梦

---

① 王鹏运：《半塘定稿》，光绪刻本。
② 况周颐：《蕙风词话续编》卷一，第149页，人民文学出版社，1982年。

第十五章　清末宗山、锡缜与盛昱

得体,是一首直抒心志的词作。国难当头,匹夫有责,词人胸怀报国之心,"踏碎万重烟岛,赤手挽天河","驱鲲鳄,凌鸟隼,踏蛟鼍",炽热的忧国情怀随笔涌出。这首词在写法上很有特色,上阕情调悲切,伤感至极。下阕笔锋一转,一扫凄怨之态,心怀壮烈,意气豪壮。整首词先抑后扬,先郁积而后勃发,一转一深,层层递进,将心中块垒,一吐为快,尤能显示出旗人的豪壮性格与精神,深刻地展示了一位忧国志士的胸怀与形象。

盛昱还有《梦横塘·送子勤表弟乞外》二首,诉说了他与杨锺羲共同编选《八旗文经》事。晚清之际,八旗世风颓落,盛昱、杨锺羲有感于八旗前辈的辉煌,痛心于当时八旗社会的没落,认为八旗社会的衰败原因之一,是由于八旗文教的荒疏,旗人不知诗书,以致自甘堕落,故辑选八旗名人文章为一集,编成《八旗文经》,以展示八旗前代人的业绩功劳,借此以振奋已经没落的八旗精神。

盛昱在《八旗文经叙》中特别说明了这种编选《八旗文经》的目的,并言"文经"二字取之于"文章经国之大业"[①],将"经国之大业"与八旗联系在一起,足可见盛昱对八旗现状关切之深。了解了盛昱编选此书的缘由与目的,对于读解他的词作会有帮助。《梦横塘·送子勤表弟乞外》其中一首云:

> 三百年来,吾乡文献,丛残谁与收拾。隐轸千门,气郁郁、图书熏习。不道而今,改柯易叶,都非畴昔。想虫沙蝝鹤,万劫苍茫,剩对尔,无声泣。　年年雪屐寻碑,更风裳阆肆,寸铢哀香。何幸得君,吾此愿、居然能毕。那比得、修书欧宋,双影松窗语凄咽。野史亭孤,中州集就,怛遗山胸臆。

[①] 盛昱:《八旗文经叙》,盛昱、杨锺羲辑《八旗文经》卷六〇,订沭书社,1988年

此词不仅表现了对八旗社会和八旗精神状态的担忧与关心，而且对以往八旗创造的辉煌业绩颇为自豪，也颇为自信，这也是《八旗文经》能够由盛昱、杨锺羲共同选辑刊行的重要原因。盛昱去世后，杨锺羲于光绪三十四年（1908）为其刊刻了《郁华阁遗集》，宣统二年（1910）选辑刊刻了八旗词总集《白山词介》，为后世保存了更多的八旗文献。这种以整理八旗"三百年来，吾乡文献"为己任的词作，充溢着非常浓重的旗人感情，是一首非旗人不能写出的作品。

盛昱的长调也有清丽疏朗的词作，也都情深意切，从这一类词作中可以领略到盛昱词作的另一种情调。不过虽然如此，这种词作仍然寄托了高洁的情怀。《烛影摇红·梅影》云：

> 一缕冰魂，和烟淡到无寻处。几番相约是黄昏，又怕余寒误。冷落江头千树。奈相逢、风斜日暮。春愁满地，浅梦如烟，都无凭据。　　晚笛吹残，玉龙似和湘波语。独扶残梦下瑶台，可是凌波步。解佩纵逢交甫，亦凄凉、几番烟雾。翠禽宿后，寒蝶来时，者番前度。

在传统观念中，梅兰竹菊为四君子，赋梅即是借此赞美君子。咏物之作贵不即不离，情有寄托。这首词不直接写梅而刻画梅之影，含义更深一层。"冰魂"、"黄昏"已经点明是梅；"和烟淡到无寻处"、"春愁满地，浅梦如烟"，则是刻画梅影；"独扶残梦下瑶台"、"亦凄凉、几番烟雾"，可谓情景交融，词中有我，透露出淡淡的哀怨，词人将这种哀怨刻画得极为细腻深透，可谓极合意内言外之旨的要求。

盛昱没有一首香软迷离之作，首首都如况周颐所说"略同杜陵诗史，关系当时朝局"，词人之忧国忧时之心豁然可见，具有了鲜明的旗人特点和时代烙印，他也因此成为了晚清八旗词坛的代表人物。

第四节 结　　语

以上三位旗人都是清末八旗词坛上的重要词人，他们的词作既有充沛的情感，也有很高的艺术性。自他们开始，闲适之作渐稀，忧国忧时，感慨时艰，忧虑八旗之困顿，哀叹人生之不遇的词作渐多，词风也由南宋的凄澹中增添了稼轩词的沉雄色彩，开启了晚清后期以激愤沉郁为特色的八旗主流词风，展示出了清末八旗词坛发展变化的主要趋势。

此外，在他们的词作中，不仅集中表现出了旗人的忧患意识和切身情感，也凸显了这一时期八旗词作的主要内涵和重要特色。在他们之后，八旗词人在这条道路上越走越远，其中最有特色者是郑文焯、志润以及英瑞、继昌、震钧、杨锺羲等人，这些八旗词人的出现拓宽了八旗词坛发展的道路。

第十六章　致力于词的英瑞与继昌

清末之际，八旗词人在表达情感的深度以及词风的转换上都有了更突出的表现。在这个方面，除了前面提到的三位词人之外，满洲英瑞与内务府继昌也做出了积极的努力。他们一生致力于词，于填词一途用力甚深，词作都在三百首以上，是清末词作最多的八旗词人。他们在词学词艺方面下了很大的功夫，颇多佳作，也都有词作专集存世，都是清末时期八旗词坛上的重要词人，集中代表了这一时期八旗词风的流向与特点。

第一节　秋水词人英瑞

英瑞（1844—?），字凤冈，兆佳氏，正白旗满洲人，举人出身，由刑部员外郎历官大理院正卿。生于道光二十四年（1844），卒年不详，光绪三十三年（1907）曾有"英瑞补授正白旗汉军副都统"[①]

[①] 《京报》，光绪三十三年六月初四。

的记载，不过刊刻于宣统二年（1910）的《白山词介》收录了英瑞，因此他应该卒于光绪三十四年（1908）至宣统元年之间。著有《未味斋诗集》附诗余，《疏帘淡月屋词草》（稿本），有词三百六十余首，《白山词介》仅录《明月棹归舟》一首。

一、《疏帘淡月屋词草》

英瑞有词集《疏帘淡月屋词草》，稿本，未刊行，为仅存之孤本，因此极为珍贵，现藏于辽宁省图书馆。

《疏帘淡月屋词草》，此词集名取之于《疏帘淡月》词牌，可知英瑞有一心致力于词之意。词集稿本分为三集，每集均有濮文暹评语和眉批，批写时间是光绪壬午至光绪癸未（1882—1883）。第三集有濮文暹的"自记"，此集评语写于癸未（1883）六月，因此《疏帘淡月屋词草》应该完成于此年之前。

《疏帘淡月屋词草》由濮义暹评点是有缘由的。濮文暹（1830—1909），字青士，江苏溧水人，同治四年（1865）进士，初任刑部郎中，后任南阳知府，工诗文，精音律，颇具文名，著有《见在龛集》。濮文暹长期任职刑部，英瑞初入仕时也在刑部，濮文暹年长英瑞十五岁左右，是英瑞的前辈，两人是任官刑部时的旧交，英瑞称濮文暹为"青师"[①]。

在清末八旗词坛上，英瑞有一定的影响，他的一首《浪淘沙·秋水》因多有佳句而被人赏识，他也因此被称为"秋水词人"。英瑞在《秋波媚》之序中记述了其中的缘由，云："余旧赋秋水《浪淘沙》，谬蒙知音许可，一时遂有秋水词人之目。"[②]这首《浪淘沙·秋水》云：

---

① 英瑞：《疏帘淡月屋词草》稿本，第二集，辽宁省图书馆藏。
② 英瑞：《疏帘淡月屋词草》稿本，第二集。

> 汉港混迷茫，匹练生光。碧芦花老白蘋香。一点渔灯摇籁籁，夜色初长。　清梦落鸥乡，两岸啼螿，吴尤风急打蓬窗。窗外潮声窗里客，若个凄凉。①

英瑞与濮文暹交往深厚，濮文暹善诗词，于词主张："词要句句脱而意则惯，笔笔勒而语则顿。"②以此为标准，对英瑞词多有激赏，词集中的批语多是褒奖之词。濮文暹对《疏帘淡月屋词草》三集的每一集都写了评语，对第一集的总评语为："尊作秀润所不待言，而细腻中更能警透，此专擅之技也。"③对第二集的总评语是："作者词必能成家数，后半册有数调已臻老到之境，久之久之，必归化境矣，读毕快然。"④对第三集总评语云："此册情味渊永而弄笔如丸，已到脱化境界。不为声调拘，而自然合拍，可以见火候矣。"⑤从中可以看出英瑞填词经历了一段由浅入深的过程，最后"已到脱化境界"。

二、尊苏辛词风的长调

英瑞填词以宋词为宗，尤尊苏轼、辛弃疾，长调更是如此，以写意为胜，这与他生活于清代晚期，慷慨激愤之情充满胸怀有直接关系，这也是清末八旗词人常见的一种词风。他在《解珮令》一词的小序中云：

> 朱竹垞先生自题词集云：不师秦七，不师黄九，倚新声玉田差近。余谓乐笑翁自是南宋高手，信可与白石老仙

---

① 英瑞词见《疏帘淡月屋词草》，辽宁省图书馆藏。
②③ 见英瑞：《疏帘淡月屋词草》稿本，第一集。
④ 英瑞：《疏帘淡月屋词草》稿本，第二集。
⑤ 英瑞：《疏帘淡月屋词草》稿本，第三集。

第十六章 致力于词的英瑞与继昌

鼓吹，然方之北宋，似尚隔一层。余于宋词，乃所愿则苏、辛也。①

"余于宋词，乃所愿则苏辛"，明确表达了对苏、辛词风的追求。他的长调近苏、辛风格，多激慨沉郁之声。不过，在苏、辛之间，英瑞更尊辛词，《六州歌头·酒后谈兵》沉雄豪壮，颇能显示出稼轩词之气概。词云：

> 神山远望，秋老阵云横。潢池弄，沧波动，几扬舲。念昆明，习战吾皇武，弯铁弩，挝金鼓，挥玉斧，标铜柱，四夷平。一自图开，王会骄阳下，鬼手都罄。又无端蛮触，房亦应妖星。珠泪销凝，蜒人惊。　　叹洲如月，沙如雪，殷炮血，惨筘鸣。垂橐至，投鞭起，竟寒盟，亚夫营。淅米悬崖岸，整鹅鹳，斩鲵鲸。飞头客，奇肱迹，遍东瀛。何日银河洗甲，依然是、琛赆来庭。甚延津宝剑，夜气斗枌青，此恨填膺。

《六州歌头》词调有不同诸格体，均押仄声韵，平仄的同部互协。多三字句，节奏急促，适合抒发慷慨情怀。此词以三字句为主，四、五字句兼用，大声鞳鞺，跌宕起伏，颇适合于展示沉雄英刚之气。词中上阕"潢池弄，沧波动"，"昆明习战"，借乾隆朝于昆明湖演练战阵之事，追忆了当时"标铜柱，四夷平"的盛况。下阕面对"殷炮血，惨筘鸣"，"竟寒盟"的现实，不由得"此恨填膺"，渴望"何日银河洗甲，依然是琛赆来庭"，再振国威，充满了感愤激荡之情，寄托了强烈的忧国之心。

---

① 英瑞词见《疏帘淡月屋词草》稿本。

在英瑞的其他长调中，大多也可见稼轩词的刚健风骨，这一类词以悲慨雄放之笔，抒发了复杂的内心情感。《摸鱼儿·秋树》一词即与辛弃疾《摸鱼儿·暮春》词风词意极为相近。辛词以春去也，"天涯芳草无归路"和"斜阳正在、烟柳断肠处"的慨叹，表达了对实现局势和朝廷的不满。英瑞此词亦反复留连，别有寄托。词云：

> 倚西风、万条苍翠，芳姿消瘦多半。龙鳞溜雨瘢瘢透，危立缭垣深院。浑不管，有虫语蝉声，上下传幽怨。登楼怯见。与夹径寒苔，平堤衰草，暝合野岚远。　追欢事，那日昼长人倦。绿阴歌席铺满。匆匆醒了槐安梦，梦醒又疏纨扇。腰带绾，只赢得、英雄陡触桓温叹。年华似箭，今夕明月中，银涛吼落，莫更理筝雁。

词以秋景表达了与辛弃疾同样的情绪。"只赢得、英雄陡触桓温叹"，与稼轩词之涵义正相仿佛。濮文暹评此词云："写情飘忽无踪，自然合拍"①。其实所谓"飘忽无踪"，并非是说此词含混模糊，而是称词人能够以飘忽要渺之笔，诉说出内心深处的情怀。词中"英雄陡触桓温叹"句，为点睛之笔，是借此典故表明词人仍怀抗击外敌之决心。

《忆旧游·感兴》也是一首抒怀之作，此词悲慨激愤之气更为浓郁。词云：

> 见山围大野，水绕荒村，残照吞城。驿柳寒飘籁，更饥鸦点点，并作边声。羁人只为升斗，岁晚此孤征。嗟官味空尝，

---

① 见英瑞：《疏帘淡月屋词草》稿本，第一集。

第十六章　致力于词的英瑞与继昌

> 壮怀将老，半世无成。　　纵横。古来事，便击筑高歌，难返荆卿。头脑冬烘甚，是功名误我，我误功名。绿梅香否差问，破屋一灯青。但怅望春风，中宵入梦吹酒醒。

此词以"壮怀将老，半世无成"感叹报国无门，蹉跎半生。"击筑高歌"、"难返荆卿"，以古时志士高渐离、荆轲典故诉说了灰颓的心境，词人志气消磨殆尽，也只能"怅望春风，中宵入梦吹酒醒"了。此词词调虽然黯淡，但是表现的仍然是一种壮志难酬的无奈心理，以及词人深切的忧国情怀。

以上两首词悲慨中贯以慷慨，且使事用典贴切，用笔老重，都是颇具辛词风骨之作。

英瑞的《丹凤吟·述怀》更具有稼轩词风格，被濮文暹极力称赞。词云：

> 覆雨翻人事，长铗空弹，先鞭空着。才过亭午，斜景已穿林角。知君煞有，老伧情兴，力是辕驹，身如笼鹤。一笑三生石上，往日淮阴，犹被衣食耽搁。　　可见塞翁得失，静中也只观大略。走遍邯郸跖，奈黄粱咥我，无梦堪托。分明魔道，辜负瓦盆桑落。试向西山，幽绝处、看天然红萼。自今不必，占画檐喜鹊。

这首词标为"述怀"，即是有感而发，寄托之意甚浓。起句"覆雨翻人事，长铗空弹"，即透露了无限心事。结句"自今不必，占画檐喜鹊"，诉说了百般的无奈。词中连用数个典故，借以表达内心深处的感情，个中心绪同官于刑部的濮文暹应该非常了解，故评语云："发人猛省。'力是辕驹，身如笼鹤'，八字曾练，沉痛而不露泪痕。从缠绵中得解脱法。如此一篇奇警文字，非从冷没中收不住也。"①评价非常之高。

濮文暹对英瑞的另一首《声声慢·秋声》评价更高。词云：

> 香沉檀炷，焰炧兰釭，做成满堂秋色。梦醒金飙，峭冷自投帘隙。半阴半晴天气，误几回、恨雨狼藉。山枕上，更谁堪、虫语又来唧唧。　　不怨亭皋落叶，怨旧日、梧桐不该培植。露饮东园，长记醉眠瑶席。相将沈腰瘦却，便伤春、也无从觅。真个是，着一点、热念不得。

濮文暹评云："此一阕，字字如天成，是词家老到境地。前半已警动，后半更是一气呵成，稿中不可多得之作，佩服，佩服。"

英瑞的《疏帘淡月屋词草》第三集多作于国势更加危急的时期，描景写物之作渐少，感慨寄托之作渐多，而且多为长调。《满江红·倚醉题壁》激愤之情就极其浓郁。《满江红》有不同诸格体，这一首与正格体稍异。词云：

> 倚槛沉吟，更谁道、唾壶声缺。叹元龙逸气，黯如刀铁。自古英雄常不遇，为君世事从何说。况年来、深悔是情丝，空痴切。　　功名想，飞鸿灭。儿女泪，啼鹃咽。到初三十五，几曾看月。骨肉有缘偏忍断，神仙虽好还防劫。便天公、怜取白头人，无多发。

词中句句都坦露了词人面对衰落局势的担忧与苦楚。词中"叹元龙

---

① 濮文暹评语，见英瑞《疏帘淡月屋词草》稿本，第二集。

第十六章　致力于词的英瑞与继昌

逸气，黯如刀铁"、"自古英雄常不遇"即含此意。"功名想，飞鸿灭"，词人最痛苦的是报效国家的愿望无法实现。读过此词，一位在大清末世深怀忧时情怀的志士形象凸显在眼前。

英瑞也有沉郁顿挫的词作，以下三首即是如此。这类长调词作具有代表性的是《夜半乐·冒雪发半壁店》。词云：

> 同云漠漠低洼，顽寒破睡，光照银煤曙。又打叠巾箱，征车当路。山屏匿影，冰壶湛彩。分明天为行人，荡开尘土，向粉墨图中赋归去。　鞭丝笑指远远，一带沙堤，几家村聚。茅屋侧、炊烟宛如粘住。柳花轻薄，芦花重赘。须知竞赏铅华，不关心素，雅宜是、宫梅香暗吐。　客旅应恨，梦蝶无凭，爪鸿难驻。待学作、尖叉好诗句。揽貂裘、何似复阁围炉处。开霁景、今夕邮亭酒熟，呼明月聊歌舞。

《夜半乐》也有不同诸格体，结构三阕，不易铺排，英瑞却能够布置得体，曲折深入，章节字句转换自然。濮文暹评此词曰："老重之笔，与此长调相称。奇健不可多得。此阕大似北宋风骨，三段皆有镇纸语。"①从这首词中尤可见英瑞对苏、辛词派的追随与崇尚。

《雨霖铃·雨夜失寐》一首凄凉黯淡，寄托之意非常浓重，抒发的情感与上一首词甚相仿佛，词风也在稼轩词风范畴之内。词云：

> 萧萧黄叶，向帷灯畔，抱影凄绝。重帘玉押寒莹，檐声滴处，风刀砭骨。小饮朦胧酒力，又翻被消歇。动几度、独自无聊，断柝疏砧总如咽。　平生噩梦何堪说。枉夜深、暗化栖

---

① 英瑞：《疏帘淡月屋词草》稿本，第三集，辽宁省图书馆藏。

香蝶。楼头忍泪倾听,人不似、好春时节。闷损愁心,知道烟鸿,作字工拙。莫一阵、窗外芭蕉,撼得诗龛折。

词中"平生噩梦何堪说"、"楼头忍泪倾听"等句,可谓振笔直言,沉痛异常。不到情深处,不能有此等词句。《尉迟杯·四十自寿》是词人回首人生的由衷之言,词调同样激慨悲切。词云:

延龄酒,便真个、四十无闻候。儿时蓬矢桑弧,博得狂名盈口。先生老矣,怎一刺、模糊总如旧。到而今指上星禽,有谁能辨箕斗。　　堪笑半世飘萍,把野服朝衫,二者俱负。北度居庸西易水,肠万转、车轮乱走。凌晨见、苍华鬖发,算惟汝还来贫士首。嘱琴蜩、约住清风,晚凉容我消受。①

此词句句都是由衷之言,词风沉著悱恻,深得填词妙谛。词人回首不如意的生平,不免颓丧之情涌上心头。"儿时蓬矢桑弧,博得狂名盈口",年少时意气风发,雄心勃勃,但是"半世飘萍","四十无闻候",建功立业的壮志却没有能够实现,以至于"把野服朝衫,二者俱负",不由得"肠万转、车轮乱走",痛苦异常,万念俱灰。

英瑞有一首《莺啼序·悲遣》,能够于沉郁中寓激慨,颇值得一读。词云:

张郎画眉艳笔,渺春风得意。雁来远,忽过楼西。最恼排写人字,篆烟袅、心香肯灭,屏山泫碧无多地。念三生残石,恹恹寸肠抽绮。　　落魄梁鸿,已分赁庑,矧长安不易。赖纤

---

① 英瑞:《疏帘淡月屋词草》稿本,第三集。

手、辛苦缝裳,一灯和我知味。溯徽容、梅妆淡雅,恰缣素、才华堪比。甚依前、蛇谶杯弓,斗然惊坠。　　娇云仍散,蚀月空圆,愁压鬓底。忍更想、花开解语,草配宜男,豆结相思,树栽连理。情长梦短,孽深缘浅,冰奁销薄都休恨,恨痴铜、铸就清铅泪。纹疏半角,当时惜影怜声,俯仰尽付流水。　　红笺叠损,浆楮年年,待返魂那里。怎奈向、魏城君去。永绝尘踪,楚些吟成,误招山鬼。凭栏怯听,如麻寒雨,孤鸾早惹双鸳笑。便星桥、稳驾浑儿戏。谁教飞絮沾泥,爨后琴焦,泛音又起。

此间英瑞的感怀之作还有不少,如《忆少年·闲愁》《忆少年·感旧》《浣溪沙·感兴》《斗百花·感事》《八六子·感事》《江月晃重山·晚坐》《生查子·秋思》《小栏杆·记恨》《下水船·感事》《侧犯·感事》《瑞龙吟·感事》《金缕曲·对月》等等,皆情真意切,寄慨遥深,也皆是发自心底之声。这些词作的词风均以尊苏、辛为主,不过更多了一份基于现实的凄楚之情,从中可以深切感受到清末旗人悲苦的境遇与心绪,以及他们偏爱苏、辛词风的原因。

三、多奇健之声的短调

英瑞的短调也不乏佳作,这类词作以抒情见长,或疏朗奇健,或孤瘦遒峭,虽与长调词的词风不尽相同,但并无香浓绮靡之作,总体上与北宋词风差近。

英瑞的短调于抒怀之际注重词的艺术表现力,其中多首被濮文暹赞赏,如《蝶恋花·白莲》《菩萨蛮·夏闺》《卜算子·纳凉》《酒泉子·感梦》《清平乐·漫拟》等等,濮文暹皆一一指出了其中的妙处。《酒泉子·感梦》一首即以疏朗奇健见长,词云:

>绿蕙红兰秋水岸，灯影自和帆影远。月明十里玉箫声，薄醉惜娉婷。　春波杨柳西湖雨，年少曾寻苏小处。而今都似镜中尘，头白俊游人。

濮文暹评此词云："逸句却是奇句。年少句十分沉痛，十分锤炼，而使人不觉，妙绝。"①不谙词学之人，难体会到此种妙处。

英瑞的短调也有孤瘦逋峭之作，这一类词首首风神谐畅。濮文暹对《醉花间·艳情》一首评价很高，对《清平乐》一首的评价也不低，谓词意"透得过几层"②。《清平乐》云：

>踏青时候，紧束弓弯叉。门外远山含雨秀，展镜两眉偏皱。　王孙草遍天涯，蝶魂飘荡谁家。自是春心易老，非关轻薄杨花。

濮文暹对下面这首《菩萨蛮》的评语是："上半写情已透，下半从闲冷处烘染，而情更深。"③《菩萨蛮》云：

>昼长聊坐消针绣，唾花绀碧宫罗绉。腰带五纹囊新，分与粉郎。　疏帘垂到地，秋在银钩底。半晌不闻声，隔窗窥绿鹦。

《浣溪沙·感兴》是一首抒怀词，然词人并非平铺直叙，而是以婉转缥缈之笔，刻画种种难言之情。"绿芜偷化美人魂。为谁风

---

① ②　濮文暹评语见英瑞：《疏帘淡月屋词草》稿本，第三集。
③　濮文暹评语见英瑞：《疏帘淡月屋词草》稿本，第二集。

雨又黄昏"句，寄托之意甚浓，可谓深得词家三昧。词云：

　　春梦轻于瑟瑟尘，百年一样赘疣身。画桥来往卓香轮。
　　青鸟浪传仙子信，绿芜偷化美人魂。为谁风雨又黄昏。

以上短调虽然不如其长调沉厚刚健，但清隽疏朗，亦颇能显示出英瑞词作中所具有的风骨。

英瑞是清末致力于词并坚守苏、辛词风的重要词人，也是八旗词风转换时期的一位代表人物。但是由于他生于清代末世，与晚清词坛上有影响的词坛名家如"晚清四家"来往不多，而且他的词集《疏帘淡月屋词草》也未刊行，甚至专录八旗词人的《白山词介》也没有提到这部词集，因此英瑞没有受到晚清词坛的重视。不过英瑞的词作无论是在情感表达方面，还是在词的艺术性和风格方面，都具有这一时期旗人的特色。仅从这一点看，英瑞和他的《疏帘淡月屋词草》就有了不可忽视的文学价值和历史认识价值。

第二节　精意内蕴的继昌

继昌（？—1908），字莲畦，号左庵，李佳氏，内务府正白旗满洲管领下人。光绪三年（1877）进士，官至江宁布政使，调补甘肃布政使，署理安徽巡抚，著有《左庵诗余》《左庵词话》《行素斋杂记》《忍斋丛说》等。

继昌的旗人意识相当浓厚，他在《左庵诗余》中自署"长白李佳继昌莲畦"，八旗满洲以长白山为民族发祥地，故其籍贯多自署"长白"，汉姓旗人则少有自署籍贯为"长白"者。不过继昌家族与八旗汉军不同，而是内务府正白旗满洲下之管领人，这部分人多系左近长白山之辽金旧部,属于八旗满洲范畴,且他的母系多为满洲,其母即为辉发纳兰氏,因此他思想中的旗人意识和满洲意识均非常浓重。

继昌与英瑞一样,也是清末致力于词的一位重要词人,他的《左庵诗余》收词超过四百首,大约是八旗词坛上词作最多的词人了。此外,他还著有词论著作《左庵词话》,于词学理论多有阐扬,不仅在八旗词坛上具有重要地位,在清代词坛上也是一位不应该被忽略的人物。

一、《左庵诗余》

继昌的《左庵诗余》共八卷,辑有《菊宦词》《燕月词》《怡水词》《秦徵词》《绚秋词》《豸绣词》《湘瑟词》《盼鹤词》各一卷,存词四百六十四首。最后结集的《盼鹤词》终于光绪二十八年(1902),可知《左庵诗余》大约刊刻于此年以后。

《菊宦词》写于光绪二十一年(1895)。附记云:"甲午,家居无事,夏秋为吴粤之游,岁杪归来。乙未,卧病经年,键户寡欢,间取宋人词藻之,漫学倚声,积成多阕。爰删其音调太不谐者,钞存五十九首,颜曰菊宦词,以识学词之始云。"[①]乙未,即光绪二十一年(1895)。

《燕月词》附记云:"此卷乃乙未、丙申年作,其钞存五十二阕,订为燕月词,盖皆春明所作也。"乙未、丙申,即光绪二十一年至二十二年(1895—1896)。

《怡水词》附记云:"自丁酉春,迄庚子夏(1897—1900),录存六十一首为怡水词。"丁酉至庚子,即光绪二十三年至二十六年(1897—1900)。

---

① 以下附记均见继昌《左庵诗余》,光绪刻本。

第十六章　致力于词的英瑞与继昌

《秦徵词》附记云:"右共五十五阕,录为秦徵词。间道西来,身如杜老,同直左笏青同年辈,时以唱答遣兴,丧乱初经,音多变徵,固非好作恨语也。"

《绚秋词》附记云:"录辛丑(1901)作六十六阕,署曰绚秋词。随扈长安,官味寥寂,初夏,奉外擢之命,不禁色喜。绚秋名集,所谓人间重晚晴也。"辛丑即光绪二十七年(1901)。

《豸绣词》附记云:"豸节初持,分巡湘水,自秦南迈,孤舫横江,闲倚篷窗,漫拈笛谱,因钞存六十六首,谓为豸绣词,纪君宠也。"

《湘瑟词》附记云:"湘瑟词五十二阕,乃宦湘辛丑(1901)夏至冬作,取湘灵鼓瑟意也。"

《盼鹤词》附记云:"盼鹤词计五十三首,辛丑腊迄壬寅冬作(1901—1902),以盼鹤名者,慨致儿化去,倘望重来,和靖多情,常惟稚羽,以检吟卷,聊用抒怀。"

从以上各集附记中可知,继昌开始填词是在中年,而后一直未曾停止写作。在这个过程中,他致力于词艺、流派和词史的研究,于词多有心得,并著《左庵词话》以阐述自家的词学观点,在词作和词学方面均有建树。

对继昌的词作,左绍佐在《左庵诗余跋》评价云:

> 曼朱词家,襄许成容若,嗣承子久《冰蚕词》,南皮制府诸巨公,多称并美纳兰。乃《饮水》淡远胜,《冰蚕》字句玉缀珠联,惜少精意内蕴。评之今近,君独清丽缠绵,一叶孤往。《饮水》《怡水》,昭代齐辉。奈寂寞自娱,韬墨箧笥,不屑向吟社夺席,固名之者罕尔。①

---

① 左绍佐:《左庵诗余跋》,继昌撰《左庵诗余》光绪刻本。

"曼朱词家"即满洲词家，《饮水词》乃纳兰性德词集，《冰蚕词》为承龄词集，《怡水词》为继昌词集，左绍佐评为"《饮水》《怡水》，昭代齐辉"，可谓不低。然继昌在晚清词坛上影响不大，其原因大概如左绍佐所言："寂寞自娱，韬墨箧笥，不屑向吟社夺席，固名之者罕尔"，并不是因为其词作水平不高，而是并没有与当时词坛名家交往，"不屑向吟社夺席"的缘故。

二、神余言外，寄情遥深

继昌虽然是中年方开始填词，但他精研南唐两宋乃至清代流派和词家之作，对词家之优劣，了然于胸。加之又精通音律，深研南唐两宋词之精华，颇得词体之精髓，其词风的一个重要特点是神余言外，寄情遥深。

《菊宧词》虽是初入词坛之作，但笔法老练，立意不凡，此后诸词集渐入佳境。集中虽短调、中调、长调各体兼备，然长调多而短调少，可见尤以长调擅长。继昌填词自言是"取宋人词藻之，漫学倚声"，也就是以宋词为圭臬，继承了宋词神余言外、寄情遥深的词风，故在他的词中不乏这种风格的作品。

继昌的一些词作以意内言外的笔法表达了家国情怀，细细诵读则能够从中体会到词人充满内心的忧国忧时情感。如《苏幕遮·春愁》云：

> 怎春来，愁便至？蓦地东风，吹到愁无数。故故教人浑没趣。旧恨新愁，一并都勾起。　　暮愁春，晓愁雨。还仗东风，快把愁吹去。化作轻烟痕一缕。但怕烟飞，飞被丝牵住。①

---

① 以下词见继昌《左庵诗余》秦徵词，光绪刻本。

第十六章　致力于词的英瑞与继昌

这首词句句言愁，春来也愁，雨来也愁，风来也愁，层层递进。结句"化作轻烟痕一缕。但怕烟飞，飞被丝牵住"，更是愁情难当之言，透露出了无穷的感慨，纯乎言微而意浓、寄情遥深之作，用笔之妙，用意之深，不由人不深深感叹。

此外，《百字令》抒发了对庚子事变时"翠辇西巡去"的痛苦感慨，春也伤心，情也凄凉。在国家蒙难的情况下，词人依然期盼"京华回望，凤城青遍云树"，国势能够再次强盛，情感之浓烈自不待言。虽然词人有如此浓烈感情，但词风却婉曲沉郁，寄情深远。这首《百字令》云：

春吾问汝，问归从天上，到皇州不？花柳凋零残劫后，焦煞软红尘土。春也伤心，人虽告诉，翠辇西巡去。东风送暖，二千余里奔赴。　　那识秦晋秋荒，帝王州古，一样凄凉语。好待春回苏菜色，三月莺花都丽。喜洽宸游，为乘阳气，雨洒迎銮路。京华回望，凤城青遍云树。

此词无副题，亦不需要副题。"翠辇西巡去"、"帝王州古，一样凄凉语"，言庚子事变也，已经表明了词作的具体情境，忧国忧时心绪暗含其中。

词人还有一些咏物词，大多波折婉转，不冗不复，也都是寄情遥深之作，非沾沾咏一物，从中能够体会到词人面对衰败局势的凄苦之心。其中两首咏雁词妙在若即若离之间，可谓是神余言外之作。《怡水词》中的《凄凉犯·闻雁》即能够达到这种境界。词云：

倚凉天半，西风起、秋空又见飞雁。一番北向，一番南去，别离偏惯。春生似线，可觅向、天涯不倦。问乡关、寻从

> 那处，片影落湘岸。　　嘹唳声初断，孰主谁宾，一般相唤。荻洲雪白，镇苍茫、野沙成片。叫月栖霜，总赢得、凄凉何限。有骚人、解到字字为写怨。①

此词营造了一片"凄凉何限"的肃杀情景，结句"有骚人、解到字字写怨"，字字句句皆寄情遥深，将自我融入其中，可称妙笔。

《怡水词》中的《台城路·赋雁》格调笔法与上一首一致，词云：

> 年年一夕西风起，却教吹起飞雁。字写如人，影寒似雪，试问去程谁限。南来北往，怎不错归期，数回相见。渺渺天涯，未容双羽独飞倦。　　累侬为尔堪，羡说归便返，底事羁恋。塞月余痕，江流绕梦，多少芦洲沙岸。一般住贯。但那处家乡，模糊寻遍。欲寄相思，长安时近远。

"但那处家乡，模糊寻遍"，沦落之感慨也；"欲寄相思，长安时近远"，忧时之心也。此词于比兴之际寄情深远，深得咏物词神余言外的寄托之法。继昌认为咏雁词以宋张炎、沈昆、周星誉词作最佳。《左庵词话》云："张炎词：'写不成书，只寄得相思一点。'沈昆词：'奈一绳雁影斜飞，点点又成心字。'周星誉词：'无赖是秋鸿，但写人人，不写人何处。'三词咏雁字，各具巧思，皆不落恒蹊。"②继昌词中"有骚人、解到字字写怨"和"字写如人，影寒似雪"句，即是与以上述三人之词媲美的笔法。继昌的咏雁词还有

---

① 以下词见继昌《左庵诗余》怡水词，光绪刻本。
② 继昌：《左庵词话》卷下，唐圭璋编《词话丛编》四，第3144页，中华书局，2005年。

第十六章　致力于词的英瑞与继昌

《豸绣词》中的《月下笛·秋雁》，《湘瑟集》中的《尉迟杯·孤雁》，两词皆以雁比兴，景情相映，紧紧围绕"雁"字作文章，也都寄托了悲慨情怀，自成一番境界。

不过咏物词非斤斤咏一物，而是最重寄托，有寄托方能够得见性情之厚，继昌深谙此道，曾云："咏物最争托意隶事处，以意贯串，浑化无痕。碧山集中，以此擅场，读之自见家国身世之感，每流露于言外。"①故而对继昌的咏物词都应该以其深怀"家国身世之感"视之。他的这一类词作皆以物喻己，言心路之困苦，仕途之艰辛，以及由此而产生的对国家衰落局势的忧虑，实在也都是深涵家国身世之感而流于言外之作。

继昌也有不少赠友怀人词，大都立意正大，寄情遥深。他有《玲珑四犯·寄郑叔问》一首，《左庵词话》中云："郑叔问孝廉，与予为中表谊。"②继昌以词寄郑文焯，亦有深意。词云：

> 容易秋风，问他瘦碧，诗心争似红瘦。苏台应访遍，弱柳曾依旧。朱楼又经摩笛。怎分完、绮情如斗。玉佩声摇，银筝谱就，几度醉梨酒。　　江南为求兰友。正花天倚杏，人妒消受。新欢相合较，胜似前欢否？春来好倩南归雁，且附寄、清词多首。应也有，相思信、怜侬僝僽。③

与郑文焯相比，两人虽然在伯仲之间，然其影响稍逊之。不过在晚清之际，继昌仍可以称得上是八旗词坛上的名家了。

此外，《绚秋词》中的《望湘人·有怀午樵》《摸鱼儿·送春农

---

① 继昌：《左庵词话》卷上，唐圭璋编《词话丛编》四，第3118页，中华书局，2005年。
② 继昌：《左庵词话》卷下，唐圭璋编《词话丛编》四，第3145页，中华书局，2005年。
③ 继昌：《左庵诗余》绚秋词，光绪刻本。

入都》《暗香·答左笏青见赠》；《豸绣词》中的《疏影·寄镜如五弟》《天香·怀濮紫泉同年》；《盼鹤词》中的《长亭怨·柬张小圃观察》《齐天乐·寄金粟香》《金缕曲·怀羞园平谷山中》《齐天乐·答沈伯华》；《湘瑟词》中的《凄凉犯·挽杜钝叟》等等，均能够辞达意浓，寄情遥深，多有心志托于微言之意。

三、步苏辛词风的慷慨悲歌

继昌同英瑞一样，对苏轼、辛弃疾评价非常高，这也与他们在晚清局势中的感受和情怀有直接关系。继昌在论苏轼《念奴娇·赤壁怀古》时云："淋漓悲壮，击碎唾壶，洵为千古绝唱。"论辛弃疾词时云："辛稼轩词，慷慨豪放，一时无两，为词家之别调。""用笔如龙跳虎卧，不可羁勒，才情横溢，海天鼓浪。"[1]以此，继昌忧时愤世的词作，多以淋漓悲壮、慷慨雄浑的气概寄托身世之感和君国之忧。

《菊宧词》中有《醉蓬莱·读苏辛词》一首，特别述说了对苏、辛词风的深刻认识。词云：

> 数宋冢南北，几辈词人，是谁抗手。同调苏辛，却空前超后。健笔如龙，凌霄似鹤，在云中飞走。拔剑低昂，悲歌慷慨，豪情能有。　　不比春风，旖旎多情，镂月裁花，姜秦周柳。一曲箫声，谱出红儿口。铁板铜琶，为谁高唱，下香醪三斗。若得同时，两公赓和，定多千首。[2]

这首词对苏、辛词风极力推尊，"同调苏、辛，却空前超后"，不由

---

[1] 继昌：《左庵词话》卷上、下，唐圭璋编《词话丛编》四，第3106、3107、3168页，中华书局，2005年。
[2] 继昌：《左庵诗余》菊宧词，光绪刻本。

第十六章　致力于词的英瑞与继昌

得"若得同时，两公赓和，定多千首"，继昌不仅钦慕苏、辛词风，而且填写了大量具有苏、辛词风的作品。

《绚秋词》中的《金缕曲·感怀》，抒发了在国势衰落背景下仕途中的凄苦心境，其思想底里仍是对局势的担忧，是一首"悲歌慷慨"之作，颇近苏、辛词风。词云：

> 回首金门路。旧巢痕、重来莺燕，稳栖何处。欲去徘徊心未忍，橐笔十年暗数。问同谱、晨星余几。时局如棋争黑白，更休论、鸾掖谁先翥。新旧感，长安雨。　而今我又应官去。说长沙、贾生痛哭，才犹能赋。一线蛇盘山路，细算是、经行最苦。却争道、官途无阻。片影商南茅店月，又模糊、梦入乡关树。闲自写，蓺灯语。①

这首词是词人"随扈长安"时所作，其时继昌获外任，将赴长沙，然心存"欲去徘徊心未忍"的忧君之心。同时仕途坎坷，"一线蛇盘山路"，"却争道、官途无阻"，前途不知是喜是忧。"而今我又应官去，说长沙、贾生痛哭，才犹能赋"，内心可谓五味杂陈。此词并未按照婉曲笔法抒写，而是直言心事，是时不同境亦不同也。

《菊宦词》中《金缕曲·越王台吊古》也是一首"悲歌慷慨"、"淋漓悲壮"之作。词云：

> 唤起蛮夷长。问白云、几番起灭，与山无恙。割取汉家瓯脱地，当代英雄手创。莫浪说、王廷争抗。陆贾书生书有用，压归装、千镒金曾贶。看翡翠，舞华帐。　我来吊古心犹

---

① 以下词见继昌《左庵诗余》绚秋词，光绪刻本。

> 壮。想当年、英风飒爽，越王台上。莽莽珠江东去急，淘尽鹅潭碧浪。又开得、红棉十丈。回忆停车燕赵土，过名王、故里徘徊望。浇浊酒，几跌宕。

此词并未写景，全是心中性情，意境悲凉，然格调慷慨。上阕写"割取汉家瓯脱地"的国家衰落局势，对那些主张对外敌妥协，签订丧权辱国条约的朝臣表达了强烈的不满。下阕抒发了"过名王、故里徘徊望"的悲情；同时追诉了对以往盛世的怀念。结句"浇浊酒，几跌宕"，可谓凄悲中寄激荡。词中的内容和情感非常复杂，集中表现了这个时期旗人普遍存在的悲切而复杂的心理。

在《菊宧词》中还有一些"健笔如龙，凌霄似鹤"的作品，如《八声甘州·申江感赋》《石州慢·彭城怀古》《桂枝香·易水怀古》等等，均以"悲歌慷慨"见长，以怀古之幽思，抒发了对于时局的感慨。此外，《绮罗香·金台怀古》一首亦颇近苏、辛词风。词云：

> 莽莽尘沙，萧萧风雨，遗迹犹传今古。霸业偏才，战国本无人物。纵抛尽、千镒黄金，怎当得、招贤门路。只台基、一片凄凉，燕山终剩这抔土。　　当年曾市骏骨，万里空群试问，骐骥谁顾？几辈英雄，都向长安登第。看冠裳、济济今朝，休比似、燕昭旌市。任行人、凭吊荒丘，夕阳飞柳絮。[1]

这首怀古词用燕昭王师事郭隗"重金买骏骨"之典，将前代招揽贤才与现今弃贤才而不用作了比较，可谓是借古喻今，别有深意，此

---

[1] 继昌：《左庵诗余》菊宧词，光绪刻本。

第十六章　致力于词的英瑞与继昌

词格调是于悲慨中寓慷慨,脱离了平庸之境。其他如《高阳春》《齐天乐·吴门旅次听雨》《念奴娇·冬夜不寐》,也都是愁绪满怀,倾荡磊落之作。

在继昌进入词坛后不久,爆发了中法战争、戊戌变法、义和团运动和庚子事变等重大事件。在这种动荡的社会现实中,身历其境的继昌受到了巨大的冲击和磨难。尤其是庚子事变,京师沦陷,对继昌的冲击最大,此时他填写了大量抚时感事的作品,这种词作在他的《秦徵词》表现得最为集中。

《秦徵词》主要作于庚子事变时,皇驾西狩,继昌随驾。《秦徵词》附记中云:"间道西来,身如杜老。同直左笏青同年辈,时以唱答遣兴。丧乱初经,音多变徵,固非好作恨语也。"[①]其中"恨语"的代表作有《台城路·秋日写感》。词云:

> 长安廿载缁尘客,称心果赢何事。事业虫肝,功名鸡肋,说与他人知未。茫茫大地,任白眼相逢,不堪深喟。只羡冥鸿,矫然高展入云羽。　　五陵年少几辈,一般裘马耀,金印珠琲。那解中年,已成春梦,销尽胸端豪气。淡中有味。似老树横秋,傲雪撑翠。看惯炎凉,小庭闲自倚。[②]

《摸鱼儿·感事》也是庚子事变背景下的词作,这首词更是唱出了激愤悲慨之声,也是一首"恨语"之作。词云:

> 莽乾坤,天惊石破,顿教一霎成恨。腰刀帕首终儿戏,笑

---

① 继昌:《左庵诗余》《秦徵词附记》,光绪刻本。
② 以下词见继昌《左庵诗余》秦徵词,光绪刻本。

煞书生磨盾。空义愤。把炮火横飞,那管瑶京震。王纲半紊。竟丹凤城南,铜驼陌上,付与劫灰烬。　　回天运,仗有西平俊彦。衰年犹抱忠荩。一番收拾何容易,安得金瓯无璺。功莫问。但蔽日浮云、消向晴空尽,六龙回辔。便再造唐家,重盟回纥,喜气日边近。

全词气势前后贯通,内容相当丰富,"莽乾坤、天惊石破",言八国联军侵入北京;"腰刀帕首终儿戏",言启用义和团;"笑煞书生磨盾",言清流党空谈误国。词之上阕"顿教一霎成恨",词人内心何等凄怆;下阕言"金瓯无璺"、"再造唐家,重盟回纥",期望再振国势。然而结句"喜气日边近",从词艺角度看则过于直白而少蕴藉,不过这也是继昌内心激切之情难以遏制的表现,故而不能因此而苛求于词人。

《壶中天慢·杜陵吊杜工部》一首,即是在"身如杜老"之际,借歌咏杜甫的忧国忧民情怀,抒发了与杜甫同样的感情,词意悲怆而词风凌健。词云:

鼓鼙动地,算翠华、西幸依稀天宝。间道从君行在达,却喜杜陵初到。鸟语悲春,花丛溅泪,不见吟诗老。心怀稷契,那禁多少倾倒。　　我亦工部分曹,金銮视草,梦向舰棱绕。入蜀羁秦孤客影,等是故乡云渺。莫恨无家,不忘每饭,白发看谁早。中兴还待,我公应有同抱。

《壶中天慢》又名《念奴娇》《百字令》《酹江月》。杜甫向以关心民瘼、每饭不忘君的情操受到后世的尊崇,此词"鸟语悲春,花丛溅泪",直接化用了杜甫《春望》的诗意,抒发了与杜甫相同的"国破山河在"的悲愤心境,以及杜甫的忠君忧民情怀,并对"中兴还待"寄托了深深的期望。

以上词作的词意大致相同,都是针对时局的现实,抒发了内心的郁闷与凄怆,沉雄悲慨的词风也均近苏、辛风格。

四、继昌的词学观

于词一道,继昌颇为自信,亦颇为自负,这从他的《左庵词话》论述内容和词学立场中即可明了。他对清词的宏观评价不多,多为对具体词人词作的微观评论,对阳羡派、浙西派和常州派的评价也是如此。

在评价词选方面,尤其对王昶的《国朝词综》评价不高。《国朝词综》选顺治初至嘉庆七年(1802)间的词人共二千六百一十五家,规模不可谓不大,然选词格调单一,谢章铤曾指出其不足之处。继昌亦指出其弱点是"大半研练典丽",可谓是有眼界,不过这种评价最主要的原因还是出自对浙西派的不满。《国朝词综》编选者王昶为浙西派词人,选词重在浙西派,如浙西派词人朱彝尊六十五首,厉鹗五十四首,赵文哲四十六首,王时翔四十五首,而纳兰性德仅三十一首,阳羡派宗主陈维崧亦仅三十首。纵观继昌词论,可知他对词派的门户之见并不认同。

在论清人词时,继昌亦未从词坛流派角度评述,而是主要从"词中绝妙语"角度,论及到了顾贞观、陈维崧、沈岸登、许田、黄宪清、赵庆熺、汪焜、赵我佩、周星誉、承龄、周星诒、潘飞声、严秋槎、钱瑗、张道、蒋春霖十六家,也不过是论这些词人一二首词中的佳句。除此之外,虽然也论及到了其他一些词人,但大多仅是寥寥数语。

继昌对常州词派多有认同,在其《秦徽词》《怡水词》中尤能够看到这种影响。不过在论开常州词派的张惠言时,虽然评价较高，但未对其开派词论予以综合评述，对于常州派词论的得失也未作评论。

对同时代有重要影响的词人如"晚清四家"的评论亦不系统。至于晚清其他著名词人，如周之琦、谢章铤、谭献、文廷式等等，也不置可否。究其原因，大约是继昌在京为官时间短，与京师词人交往不多。词坛"晚清四家"及文廷式等人的立场和思想，倾向于"帝党"。如朱孝臧的《鹧鸪天·九日，丰宜门外过裴村别业》即是悼"戊戌六君子"之作，郑文焯的《月下笛》也是悼"戊戌六君子"之作。他们的词作尤其是后期的词作多关切世事，忧国伤时，愁怀郁郁，感慨遥深。而继昌则游离于帝党、后党之外，词风与词论与这些词坛名家不尽相同，难以共通也在情理之中。

论及八旗词坛时，继昌的眼光也很挑剔，认为能够名家者仅限于纳兰性德，其他如承龄等虽然有一定影响，但认为其词作难以称为妙品。至于八旗词坛中吴兴祚的《留村词》，曹寅的《楝亭词钞》，佟世南的《东白堂词》，佟世思的《与梅堂词》，陈良玉的《虞苑东斋词钞》，顾太清的《东海渔歌》等等在词坛上都有一定影响，继昌却鲜有论述，大约是这些八旗词人并未入其法眼的缘故。

继昌对清代词坛的"清空"词人也不完全赞同，除了对郑文焯的"清空曲折"提出异议之外，在《燕月词》附记中对清词的一味"清空"不及其他也予以批评："诗余虽小道，然非解音律，不能协调。蒙于此事懵然，顾以长短句抑扬顿挫，用以写情，最为曲尽，爰漫然学之，匪特字句之间，疵病百出，且鄙意一以清空一气为主，绳诸词家，典丽奥涩，体尤未合，实不足以言词也。"[①] 他认为

---

① 继昌：《左庵诗余》《燕月词》附记，光绪刻本。

倡导"清空"之词家虽然主张"清空",然基本上却是"典丽奥涩,体尤未合",故"不足以言词"。他认为词在坚持"清空"的前提下,除了必须音律协调之外,还要以"意趣为主"、"取意内言外之旨",继昌在《左庵词话》中便是以这种标准评判历代词家的。

继昌生于晚清,与清代词派并无直接的师承关系,亦未入某词派之门墙。在将家国情怀融入词中之时,他以旗人特有的感触,将时势及性情以"恨语"入词,或步南宋姜、张凄婉词风言情,或借苏、辛磊落之气抒志,也就成为了他必然走上的一条道路,也因此形成了继昌词作的显著特点。

继昌深谙音律,在这方面亦颇为自负。《湘瑟词》中有自创的新调《芳皋·自度腔》一首,即是他实践按拍合律、倚声填词的一种尝试。此词虽难称上品,亦可见其填词之功力。对于自度曲,他在《左庵词话》中云:"古词人制腔造谱,各调多由自创,固非洞晓音律不能。今人倘自制一调,世罔不笑其妄者。虽解音理,亦不过依样画葫芦耳。故近日倚声一事,仅以陶瀹灵性,寄兴牢骚。风雅场中,尚遑云协于歌喉,播诸弦管,自度腔所由罕也。"①自度腔如此之难,继昌仍然坚持自创新调,可知他于词之音律颇为自信。

继昌填词取法宋人,在坚守宋词的词学传统的同时,特别提出了时人对"清空"理解的种种偏颇,并论述了自己的观点与主张。同时,他还非常注重词体对声韵音律的要求,按拍合律,倚声填词,是他尤其重视的原则,他的词作大多能够达到这种要求,这也是他评判其他词人词作的一条重要标准,并成为了他词学理论的重要的组成部分。

---

① 继昌:《左庵词话》卷下,唐圭璋编《词话丛编》四,第3171页,中华书局,2005年。

第三节　结　语

英瑞与继昌词风的形成,与他们生活在清末国家和社会局势最为动荡时期有密切的关系。作为旗人他们都有对大清和八旗更多的依恋之情,这对他们填词的目的和风格的形成产生了直接影响。

这两位词人都一生潜心于词,也都极力遵照词体的特质与规律填词。不过在词坛以婉约为宗之际,他们却都不由自主地突破了这种限制,特别钟情于苏、辛慷慨豪壮的词风,并且多了一些激愤之调。在他们的词作中,这种慷慨激愤之作颇多,尤能表现这个时期八旗社会的窘状和旗人内心的悲慨与迷茫。

晚清以来尤其是清末时期,浙西派渊雅深隐的词风已经不合时宜,虽然常州派仍然盛行,但此派在主张比兴寄托的同时,亦强调神余言外、微言婉寄,这对于遭遇国变、八旗正处于解体状态下的旗人来说,太多的原因与理由使他们难以遵循这种要求。而苏、辛词风尤其是稼轩词风能于龙吟虎啸之际寓深厚于缓和,亦能于豪迈中见精致,可谓是牢笼万态,因此这种词风对于身处窘境的八旗词人来说,有着强烈的吸引力,也最适合他们抒发内心的焦虑与愤慨。在英瑞与继昌并没有文字交往的情况下,不约而同地选择了苏、辛词风,其原因是这种词风最适合他们抒发家国无穷之感,这也是当时八旗词人的一种普遍选择,对这种词风的追求也成为了清末八旗词风流变的主要趋势。

第十七章　探骊吟社中的八旗词人

探骊吟社是在晚清国势衰落背景下，由京师八旗文人自发结成的文学社团，成员大约有五十余人，其中除了为数不多的汉人外，绝大多数是八旗中的志同道合者，吟诗填词、抒发家国情怀是他们主要的文学活动。

关于"探骊吟社"的情况，杨锺羲在《雪桥诗话》中记载云：

> 哲尔德子美兵部宗韶，尝与竹坡宗伯、伊尔根觉罗静轩侍郎宝昌、秋渔居士延秀、兰生户部锺祺、宗室宜之将军戬毂、生庵居士德准、博尔济吉特香雨观察桂霖、杏岑将军果勒敏、索佳镜寰上舍文海、瓜尔佳子乘工部文铬、杭阿檀金甫孝廉寿英、兆佳凤冈大理英瑞、他塔剌白石太守志润、秋宸太守志觐、纳剌矩庵户部如格，结社联吟，凡五十余人。有《日下联吟集》之刻，子美为之序。中有穷愁衰老湮没无闻者，未尝不借是集以传。[1]

---

[1] 杨锺羲：《雪桥诗话》卷一二，第600页，北京古籍出版社，1989年。

探骊吟社于同治二年（1863）开始结社，初期有二十余人，逐渐扩展到五十余人，他们一直活动到光绪朝后期。成员主要是八旗文人，尤以八旗满洲为多。其中主要有宝廷、宗韶、志润、宝昌、延秀、锺祺、戬縠、德准、桂霖、果勒敏、文海、文秀、志颧、如格等，是为晚清规模最大历时最久的八旗文人诗社。满洲宜垕于同治五年（1866）将他们的诗词作品辑为《日下联吟集》，四卷，后志润辑《日下联吟集》为八卷刊行。这些人的身世经历以及词作多有相近之处，作品也多能够反映旗人心理和社会现实。

第一节 吟社主将宝廷与宗韶

在探骊吟社中，宝廷、宗韶、志润是核心人物，正是由于他们的坚持，探骊吟社才得以长时间的存在，在这个期间他们以诗词相唱和，作品颇多。志润将在另节介绍。

一、情余于辞的宝廷

宝廷（1840—1890），原名宝贤，字少溪，号竹坡、难斋、偶斋，爱新觉罗氏，郑献亲王济尔哈朗八世孙，隶正蓝旗满洲，生于道光二十年，卒于光绪十六年。同治七年（1868）进士，官至内阁学士兼礼部右侍郎、正黄旗蒙古副都统，光绪八年（1882）缘事自劾罢官。宝廷以主战和抗争闻名朝野，并勤于文学写作，著有《偶斋诗草》，录诗二千三百七十六首，被誉为晚清八旗第一诗人，另著有《尚书持平》《偶斋词》。

宝廷虽然出身宗室，但到了他这一代家境已经没落，他在中式进士之前和罢官之后生活相当贫困，曾作《无钱叹》《无衾叹》以纪实，不过他忧患国家之心仍然非常浓重，有多首《拟杜》诗都显示了如杜甫般的忧国忧民情怀，其中一首《拟杜》云："兵车顷刻

第十七章　探骊吟社中的八旗词人

变衣裳,天下纷纭赖一匡。战已危机端已启,和原美事患难防。已无余地军仍退,剩有虚名国未亡。回首西京四千载,几回白雉贡炎方。"①《送人从军》则有句云:"努力报国建功烈"②。他还有《和杜子美百忧集行》《岳王庙题壁》《于少保庙题壁》《吊灵均》《收新疆》等诗歌,这些诗歌皆与国事和现实相关。在这种思想的基础上,他的家国情怀也就成为了其诗词具有强烈现实主义精神的主要原因与动力。

宝廷具有强烈的忧国思想,在其子寿富身上也能表现出来。寿富是光绪二十四年(1898)进士。庚子(1900)八国联军攻北京,"七月,间闻洋兵踪迹,遂与出继胞弟右翼宗学副管四品宗室寿蕃,及堂妹原任盛京刑部侍郎宝森之长女、次女,同时仰药,犹恐未及,复相率投缳自尽,其妹之婢隆儿亦同时殉主。伏以派属天潢,甘于死难,五人一心,忠孝节义萃于一门,尤足励人心而维风俗"③,从中可见宝廷之家风。寿富有文才,诗词皆有佳作,亦关心八旗之命运,曾作《劝八旗子弟书》。

从词的角度看,宝廷的词以温厚沉郁为主。初入词坛时其词婉曲,是出于对词"婉约为宗"的认识,后期则不溺于情欲,不荡于无法,表达出了内心深处的真情,尤其表现出了忧国忧时的忠厚之心,其词风的显著特点是情余于辞,《沁园春·废院》一首即是如此。词云:

> 半院斜阳,满庭芳草,春风自来。看柳眉含恨,空依绣阁,桃腮带笑,独倚妆台。土管无声,银筝罢响,只剩枝头鸟

---

① 宝廷:《偶斋诗草》内次集卷六,第282页,上海古籍出版社,2005年。
② 宝廷:《偶斋诗草》内集卷三,第50页,上海古籍出版社,2005年。
③ 王守恂:《庚子京师褒恤录》卷一,第40页,文海出版社。

语哀。伤情也，叹雕廊画壁，尽是莓苔。　　当年几费安排。点缀得、林园处处佳。把红楼翠馆，都藏越女，云窗雾阁，遍列吴娃。廿载繁华，一朝销歇，墙角犹存旧凤钗。空阶下，想有人于此，曾印弓鞋。①

这首词用极繁缛之笔追忆了废院以往的繁华，亦用极惨淡之语描述了现今的荒凉，且两种情景的交替描绘，更加深了此院由繁华转为荒废的凄哀之情。此院的由盛转衰，也正是当时国家衰落局势的具体映照，故此词虽曲折委婉，然寓意深厚，实在是能将难达之情自然表达出来的作品。

宝廷还有以"香草美人"笔法填词的作品，这种词借佳人以自喻，借哀情以抒志，非徒写闺阁之情，也是一首情余于辞之作。《江月晃重山·拟秋闺夜》云：

玉烛光摇屋角，金炉香袅床头。西风一阵响飕飗。花阴乱，吹碎半庭秋。　　怯醉常推酒病，贪欢怕说离愁。夜寒人倦下帘钩。联吟罢，诗草倩郎收。

这首词整个画面处于一种朦胧状态，暗淡的烛光，乱摇的花影，缭绕的香雾，组成了一幅令人捉摸不定的图画。这种情景正是词人此时此地哀苦心情的真实写照，真可谓愁肠难诉。

《念奴娇·忆昔》也具有同样黯淡的情调，以婉转之笔，倾诉了华年逝去而壮志难酬之苦，是一首哀乐根于其性、虑叹关乎其情

---

①　宝廷以下词见宜熏刊《日下联吟集》卷四，第6页，同治五年，借绿轩刻本；杨锺羲辑《白山词介》卷五，叶恭绰辑《全清词钞》卷二七。

第十七章 探骊吟社中的八旗词人

之作。词云：

> 新愁旧恨，怎两般牵挂，一般萦绕。忆昔扬州留幻梦，萍水姻缘剧好。情比春浓，人如秋瘦，风月知多少。相思初引，一痕红豆犹小。　　江城几日东风，莺花散尽，剩斜阳芳草。十样鸾笺依旧在，何处堪通青鸟。柳市烟迷，桃源水满，人去韶光老。瑶台回首，此生能否重到？

细读此词，其本意是出于隐然于胸的沉痛之情。"忆昔"乃回顾往事也，词人壮年贬官，是"身处江湖之远"，但仍满怀君国之忧。"十样鸾笺依旧在，何处堪通青鸟"，是在表达欲于朝政有所建言，却无由上达帝听。其结句"瑶台回首，此生能否重到"，"瑶台"乃指庙堂，以此表达期盼重新参与朝政之意。全词伤时感事之意颇浓，明确透露出是一首寄慨良深的词作。

其他一些相同情调的词作也都有此用意，缠绵悱恻，词风也大致相同。如《钗头凤·拟夏夜忆外》云：

> 槐阴碎，花香细，一轮珠月明天际。香鬓散，纤腰颤。曲廊闲步，怕教人见。慢，慢，慢。　　心头事，腮边泪，个中甘苦郎知未。萤光灿，蝉声乱。雕阑斜倚，泪痕满面。怨，怨，怨。

以上这些词没有一首是宴嬉逸乐的欢愉之作，首首以凄苦悲哀之情贯穿始终，温厚含蓄，哀而不怨。词风则于工丽中显雅正，婉曲中寓沉厚。

这种情感和词风的作品在与志润的联句词中也有表现，《满江红·登宝珠洞联句》云：

> 一夜秋霜，新翻出、满山秋色（宝廷）。乘斜阳、森林密树，丹黄如织（志润）。青女晚来妆太艳，脂浓不许岚光碧（宝廷）。叹当年、妙手属荆关，丹青笔（志润）。　舒醉眼，乾坤仄（宝廷）。寻旧梦、春秋易（志润）。等闲游风景，何分今昔（宝廷）。伐木谢公多放诞，穷途阮籍空垂泣（志润）。但及时、行乐共衔杯，愁何益（宝廷）。①

另一首《锁窗寒·灵光寺夜坐联句》云：

> 山外云沉，林间雾锁，早霜天气（志润）。衣沾湿翠，冷雨比丝还细。（宝廷）。向禅关、重寻旧游，模糊泉石难重记（志润）。笑峰移岭换，迷离如梦，与人无异（宝廷）。　身世浑如寄。叹苍狗白衣，等闲游戏（志润）。名场阅遍，恍似云收山霁（宝廷）。问明朝、红紫满林，可能与昔同韵致（志润）。定秋山、点得新妆，仿佛青山丽（宝廷）。

以上一首《满江红》中"舒醉眼，乾坤仄"、"寻旧梦、春秋易"句，均事关时局。《锁窗寒》中"冷雨比丝还细"、"身世浑如寄"则满怀忧患之心。在探骊吟社中，宝廷与志润、宗韶关系最为密切，多有诗词唱和，其中与志润有六首联句的词作，以上为其中二首。

词人的《喝火令》，以眼前之景和心中之情入词，气格悲凉，

---

① 志润：《暗香疏影斋词钞》，第44页，光绪三十年，上海新昌书局刻本。

第十七章　探骊吟社中的八旗词人

非有性情之人难以道出。词云：

> 衰草连荒垒，寒林绕故关。角声呜咽晚风酸，遥见征人无数，曝背古城边。　朔气浸金甲，严霜冷玉鞍。停鞭一望更凄然。几点旌旗，几点夕阳山。几点颓垣断壁，掩映暮云间。①

这首词描写的景色苍凉浑茫，"衰草连荒垒，寒林绕故关"，一片凋零颓败的景象。全词以景言情，"遥见征人无数，曝背古城边"，"停鞭一望更凄然"，景中有我，充满了对八旗武备的松弛和国家衰落局势的忧虑，可谓君国之忧隐然蕴于其内，在晚清词中可称得上是别有意会之作。

宝廷也有一些委婉清丽的词作，多为填词初期所作，如《减兰·美人影》云："天然韶秀，半窗花影如人瘦。鬓雾鬟云，一片迷离看不真。　轻盈欲绝，压破花间三尺月，别样娉婷，知是卿卿不是卿。"《喜迁莺·春晴》云："浓雾散，晓天空，旭日上曈昽。雨声敲破满林红，花影避东风。　鸠频唤，莺频哢，杨柳青青如线。韶光绮丽画难工，春在嫩晴中。"这一类词清真秀丽多，然性情襟抱少。

二、因情生文的宗韶

宗韶（1844—1899），字了美，号石君，别号湫霞盦主、梦石道人，哲尔德氏，隶镶蓝旗满洲，由兵部笔帖式官兵部主事，工诗亦善填词，著有《草根吟》《四松堂诗略》《斜月杏花屋词稿》。"子美性恬静，不慕荣利，喜饮酒。幼侍宦于蜀，游历秦楚诸名胜，诗尚真挚。"②

---

① 见叶恭绰辑《全清词钞》卷二七，第 1370 页，中华书局，1982 年。
② 宜垕刊《日下联吟集》卷二，第 20 页，同治五年，借绿轩刻本

宗韶生于末世，一生不甚得意，以至于到了生活穷困的地步，宝廷有一首《子美移居巷东以诗见示，倒用其韵和之》，从中可见宗韶生存环境的困苦。诗下注云："子美与弟子右本同居，因贫，急择居不得，故暂分居。"①宝廷的另一首《子美迁员外郎贺之诗》云："忆昔岁甲子，我始举于乡。是冬君纳粟，发轫登宦场。年华速如水，倏忽廿八霜。相看共白首，君始为副郎。富贵难如此，观君已可伤。"②言宗韶长期困顿于官场下层，仕途坎坷，从中可知宗韶生活之境况。

杨振镐《四松堂诗略序》也对宗韶的境况和才华性格给予了描述："先生名宗韶，字子美，本取韶乐尽美之义，而适与杜合。集中诸作则兼擅众长，直入少陵之室。王元之旧有句云'子美集开诗世界'，以之移赠先生，足当之无愧。其生平性狷介，尚气节，落落寡合，有睥睨一世之慨。惟与日下诸名流结社，觞咏自得，游历所至，亦多歌啸寄慨。官兵部有年，郎署浮沉，不得一展抱负，益纵情于诗酒，卒归，赍志以殁，良可慨也。"③端方《四松堂诗略序》亦云："（宗韶）志气鲜洁，不徇人面目为喜戚。官中枢久，失意于贵人，不得升迁，卒侘傺贫困以殁。其诗幽忧，寄怀深远。"④从以上记述中可知宗韶仕途的不顺和生计的窘境。不过即使在穷困潦倒之际，他也仍以杜甫的忧国忧民之心为榜样，故取字曰"子美"。

宗韶与宝廷友情最为深厚，同样是一位具有浓厚的爱国之心的旗人，他一生忧国忧民，穷愁相伴，这种经历使得他的诗词能够面向社会现实，从而具有了丰富的感情和深厚的内容。他的诗歌与宝

---

① 宝廷：《偶斋诗草》内次集卷五，第262页，上海古籍出版社，2005年。
② 宝廷：《偶斋诗草》内次集卷七，第321页，上海古籍出版社，2005年。
③ 杨振镐：《四松堂诗略序》，宗韶著《四松堂诗略》，光绪三十年刻本。
④ 端方：《四松堂诗略序》，宗韶著《四松堂诗略》，光绪三十年刻本。

第十七章 探骊吟社中的八旗词人

廷唱和最多,揭露时弊、同情民众、关心国事的内容比比皆是。他的词则以诉说内心的苦楚为主,这种苦楚既来自对国家衰落局势的忧虑和报国无门的悲慨,也来自不满自身境遇的身世慨叹,这一切织成了他心中的愁网。在这种思想感情的基础上,发言为诗,落笔为词,无不与之有关。他的愁绪主要还是来自对国势的担忧,绝非是无所事事之闲愁。

宗韶的人生经历和性格气质在他的词中多有反映,皆是因情生文之作,词风与宝廷相近,不过更为婉曲凄冷。《苏幕遮·送燕》云:

> 晚风寒、凉雨暮。燕子呢喃,多少离愁诉。小院秋光谁是主?月落雕梁,此后添愁绪。　　问君行、何处去。好向天涯,寻著藏春处。归路迢迢须记取。芳草斜阳,莫把门庭误。①

词人选取深秋风寒雨凉的傍晚为背景写了这首词,词题名为"送燕",实则抒发感慨。在他听来呢喃的燕声不仅无欢快之意,反而愁情满怀。燕子南飞的目的是为寻求温暖之境,不愿在这凄冷的环境中受煎熬,这也正是词人的一种追求。但他仍旧希望燕子能够"归路迢迢须记取"、"莫把门庭误",在有机会时大展身手,词人将他的失望与期望心情同时表达了出来。

《疏影·红梅》以咏物的方式含蓄地诉说了内心世界的凄苦,极合意不浅露、语不穷尽的要求。词云:

---

① 宗韶以下二首词见杨锺羲辑选《白山词介》卷五,京都,宣统二年刻本。

> 春光泄漏。向小院静中，冷艳先透。碧玉阑干，池畔横斜，招得翠禽来宿。人人不仗胭脂色，霞脸是、酒醒时候。自别来、泪洒相思，化作万千红豆。　　东阁诗情正好，倚檐偶索笑，潇洒清昼。掩映斜阳，骚客登楼，玉笛愁听频奏。休将陌上行人误，比两岸桃花稍瘦。有拂面、料峭东风，莫换茜纱衫袖。

全词虚实相间，情景交融，既描画红梅，又以红梅自喻，自然而贴切。词人通过红梅"不仗胭脂色"的本色和"比两岸桃花稍瘦"的品格，喻说自己高洁的情操和抱负。然而正是清高耿介更容易受到无赖们的诋毁，"有指面、料峭东风，莫换茜纱衫袖"一句，透露了作者的不平心情而又无可奈何状态。

《南浦·春水，和张叔夏韵》一首空灵疏朗，缠绵凄恻，颇具南宋张炎词风。词云：

> 闲步向平堤，立东风、凭眺欣当春晓。隔岸数峰青，映澄江、镜里眉痕谁扫。赤栏桥畔，鸭儿试暖怜娇小。当日销魂离别地，旧径又生芳草。　　无情一片微波，把九十春光，轻轻放了。休问碧桃花，何时见、前度阮郎重到。空青浩渺，蔚蓝一色渔舟悄。白鹭飞来还自去，应讶采莲人少。①

张叔夏即张炎，以词著称，有《山中白云词》八卷。关于张炎的词风在前面已经提到。《四库全书总目》云："炎生于淳祐戊申，当宋邦沦覆，年已三十有三，犹及见临安全盛之日，故所作往往苍凉激楚，即景抒情，备写其身世盛衰之感，非徒以翦红刻翠为工。至其

---

① 见叶恭绰：《全清词钞》卷二五，第1279页，中华书局，1982年。

第十七章 探骊吟社中的八旗词人

研究声律,尤得神解,以之接武姜夔,居然后劲。宋元之间,亦可谓江东独秀矣"①宗韶与张炎同样生于末世,此词也具有"苍凉激楚,即景抒情"的风格。在这种情势下,步张炎《南浦·春水》的词风词意,也在情理之中。

宗韶与志润的关系也非常密切,也有联句的词作。《忆旧游·雨夜感怀联句》一首表达了"叹逝水年华,词人老大,赢得谁怜"的心境。词云:

听廉纤夜雨,剪烛西窗,闲话当年(志润)。曾历游云栈,更南船北马,到处流连(宗韶)。昔时几多清景,都付浣花笺(志润)。叹逝水年华,词人老大,赢得谁怜(宗韶)。漫漫几千里,笑故里归来,生计多艰(志润)。莫说从前事,一江风雨,九顶云烟(宗韶)。景况那堪,旧人去,冷林泉(志润)。纵再到凌云,空山怕听啼杜鹃(宗韶)。②

宗韶的《念奴娇·忆昔》,是在吟社中与宝廷的唱和之作,词意与宝廷相通,词风也一致。词云:

繁华过眼,恨等闲、抛却少年时候。拂面春风容易去,赢得泪盈衫袖。北马南船,萍踪浪迹,剩有腰围瘦。年来堪笑,九龄风度非旧。回忆落魄江湖,花晨月夕,曾醉红楼酒。拾翠寻芳饶兴致,看遍蓉城花柳。曾几何时,光阴如水,佳景全辜负。盛筵难再,只余闲坐搔首。③

---

① 永瑢等:《四库全书总目》卷一九九,第1822页,中华书局,1983年。
② 志润:《暗香疏影斋词钞》,光绪三十年,上海新昌书局刻本。
③ 宗韶词见自星刊《日下联吟集》卷四,第17页,借绿轩同治五年刻本。

这首"忆昔"是悲慨自家身世之作。宗韶以笔帖式入仕，困于郎署十余年，不仅久久不得升迁，而且难以参与朝政。这种际遇使得他在回首往事之时，不由得悲慨万端。"繁华过眼，恨等闲抛却，少年时候"，错过了报国的机会，如今只能"落魄江湖"、"闲坐搔首"了。由于他位卑言轻，不像宝廷曾经官至侍郎，可以参与言政，故此词只能是自叹身世。与宝廷的同题材"忆昔"相比，少了君国之忧，而多了心中的懊恼。

宗韶的小令之作，词风不同于长调，轻灵细腻，婉曲绵丽。《海棠春·新月》云：

> 斜阳乍下归鸦乱。正万里，雨收云散。远树挂银钩，枝梢时隐现。　嫦娥生就姿容艳。露半面，将人偷看。一道远山眉，曲曲才如线。

此外，他的小令《深院月·春日》云："花带雨，柳含烟，景物清新正可怜。女伴无端邀斗草，等闲输却买花钱。"这种类型的词还有《相见欢·春情》，词云："个人独倚栏杆，悄无言。向晚斜阳庭院，怯微寒。　眉峰蹙，愁千斛，最堪怜。又是东风无力，百花残。"这些词作所抒发的情感不仅情感相近，而且词风也非常一致，具有北宋婉丽风格。

总之，鉴于宗韶的身世经历，他在忧患家国的同时多了一份雄心难酬的悲慨，正是这种情态使得他的词沉厚而深刻，显示出了这位词人的词风特色。

第二节　重要成员戬毂、德准与宝昌

戬毂、德准与宝昌都是探骊吟社的重要成员，也都致力于诗词

第十七章　探骊吟社中的八旗词人

写作,并均有诗词集刊刻,他们的词作在总体风格上相近,不过由于各自经历的不同,也有各自的特点。

一、清正隽永的戬穀

戬穀,字穀臣,号宜之,一号闰生,宗室,郑恭亲王济哈纳曾孙,袭奉恩将军爵。"宜之不好饮,善雅谑。高谈雄辩,四座皆惊。同人聚饮,无宜之为之不欢。"①可知戬穀性格豁达,著有《希复性斋诗词》。

戬穀的小令清新隽永,别有情致。《减兰·美人影》是探骊吟社词人都填写过的词牌,是他们填词初期的作品,从中能够看出他们对婉约词风的追求。戬穀的这首词云:

> 栏杆斜倚,瘦影亭亭看更美。悄傍花阴,摇碎花枝月满身。　离魂倩女,脉脉含情娇不语。体态轻盈,欲唤卿卿也不应。②

此词描绘美人之影绰约动人,尤其是结句,将美人的内在美描摹殆尽。《鹊桥仙·七夕,用秦少游韵》一首虽然比不上秦观的同调词,却也能辞达意达。词云:

> 天孙东望,牵牛西顾,一水盈盈难度。风清月白夜凉时,且慢话、离情无数。　佳期才到,新愁易起,一霎又寻归路。年年此夕两相逢,肯羡尔、人间朝暮。

---

① 宜垕刊《日下联吟集》卷二,第32页,借绿轩同治五年刻本。
② 戬穀词见宜垕刊《日下联吟集》卷四,第10页,借绿轩同治五年刻本;杨锺羲辑《白山词介》卷五,宣统二年刻本。

在戢榖的小令中,《浪淘沙·秋感》婉约自然,不事雕琢,较有深意。词云:

> 江畔忽秋风,烟雾濛濛。白蘋吹老又丹枫。流水断霞衰草外,离恨千重。　极目夕阳中,数尽飞鸿。高楼独上思无穷。倚遍栏杆十二曲,惆怅谁同。

这首小令极合词题,全词以写秋景为主,句句含肃杀之气,然而却能够在这种肃杀气氛中,婉转地透露了"惆怅谁同"的愁情。

《醉公子·本意》一首刻画人物颇有神韵,语虽秀婉而骨气十足。词云:

> 薄暮归来也,醉煞犹骑马。年少自翩翩,斜欹白玉鞍。醉里饶丰致,压鬓名花媚。夕照映朱颜,风流欲画难。

这首词形象地刻画出了一位年少风流的八旗贵公子形象,颇具神韵。长调《西河·旅况》是戢榖的一首代表作。词云:

> 荒村路,平野黄尘时起。同行车马懒相催,缓停征辔。乱山衔月最堪愁,疏篁枯木相倚。　料此际,心如醉。远隔家山千里。身投孤店且迟留,短床难寐。坐挑冷焰更凄凉,离情滋味初试。　夜色静、残月西坠,上雕鞍、寒风偏吹。一带板桥行至,见霜痕、已有人过,尽是利名途,伤心事。

长调词有以景语起句及情语起句之别,这首词起句言景,不过"荒村路,平野黄尘时起"这种景语实在也是情语,词人悲凉与颓废之情尽在其中,起到了照管全章并引出下文的作用。此词词题为"旅况",故全词句句不离主题,将旅途的艰辛、身投孤店的凄凉和在旅途中产生的苦楚细细道来。结句"尽是利名途,伤心事",点明了内心凄凉苦楚的根本原因,可以说是如流泉归海,说得出,收得尽。

二、幽哀意深的德准

德准,字绳庵,别号惜阴居士,宗室,爱新觉罗氏,同光年间人,著有《蛰吟草》《探骊吟草》《柽楛山馆词钞》。

德准虽为宗室,却没有机会入仕,不能进入官场便难以实现报国之志,这种境况给他的词作带来一定影响,他的词充满了幽怨之情,寄托了他内心底里的凄愁。《留春令·本意》云:

> 几番风雨催春返。又早是、柳慵花懒。教人惆怅黯销魂,奈无计、呼春转。 绿暗红稀莺声软。东风里、花落千片。乱将榆荚赠东君,且买韶光暂缓。①

从字面上看,这是一首惜春词。春天即将过去,词人无计挽留,不禁黯然神伤,惆怅万端。不过词也讲究比兴寄托,在晚清之际由于政治局势的影响,这种风气更为浓郁。作为宗室成员,清朝的兴亡与他们有着更为密切的关系,这不仅关系到政治地位的变化,而且关系到他们家族的荣辱兴衰。因此他们对于局势的变化相当敏感,这首词即表现词人的这样一种心情。眼见春将逝去,词人焦虑万分,但却"奈无计、呼春转",他希望即便是"韶光暂缓"也是好的,然而"花落千片",春光注定要过去。整首词可以说暗喻了清

---

① 德准词见官厚刊《日下联吟集》卷四,第14页,借绿轩同治五年刻本。

朝的衰败已经不可逆转，同时表现了这位宗室旗人"无可奈何花落去"的惨淡心情。

德准的《撼庭秋·落叶》表露了与上一首词同样的情怀，两词背景虽然是一春一秋，但在抒发愁怨之情这一点上，却甚相一致。词云：

> 风吹残叶如蝶，又暮秋时节。翩翩飞坠，萧萧作响，惹人愁绝。　长林曲径，纷飞成阵，蚁难寻穴。喜疏窗、自此良宵，透露十分明月。

与前面两首词的表达方式不同，在《春风袅娜·怨情》这首长调中，与现实密切关联的忧哀之情更加直白明显。词云：

> 问情根谁种，情种谁传。初作俑，自何年。到如今、多少柔肠欲断。积痴成恨，因爱生怜。对月无言，看花含泪，一缕如丝终日牵。强欲抛开偏眷恋，暂时忘却又蝉联。　肠断江州司马，青衫泪湿，悲漂泊、感慨缠绵。伤零落，悔迟延。寻春去晚，辜负红颜。杨柳东风，桓温惆怅，桃花人面，崔护流连。难成人愿，叹愁多欢少，相思有地，离恨无天。

这首词词风哀婉沉郁，表达的内涵也相当丰富深厚，词人内心的忧郁已到了极致，故少比兴而多赋意。为了深刻准确地表达情怀，词中连用"江州司马"，"桓温惆怅"，"桃花人面"数典寄寓身世和遭遇的窘迫，以及青春逝去、壮志难酬的无奈与苦闷，加深了词的感情色彩和思想深度。

从写作手法看，这首词也自有特点。长调写作方法一般是起句言景，此词则起句即言情，"问情根谁种，情种谁传，初作俑，自何年"，明确了所咏之意，提纲挈领，虽然突兀，却能笼罩全词。"积痴成恨，因爱生怜"、"强欲抛开偏眷恋，暂时忘却又蝉联"等句，便是对起句之意的深入。过片以江州司马句承上接下，继续深入，结句"相思有地，离恨无天"，虽然不符合词应"迷离杳渺"的要求，但却起到了将情绪推向高潮的效果，也就做到了辞尽而意未尽。德准生活于晚清，虽身为宗室，但此时已经没落，不由得他不充满了凄怨之情。

三、温润清凄的宝昌

宝昌，字兴谷，号静轩，伊尔根觉罗氏，满洲人，旗籍不详，同治年间进士，官至侍郎。宝昌的词描写景色和抒写闲情的内容较多，然也不乏比兴寄托之意，词风温润清凄。《苏幕遮·无人院落》一首云：

> 淡烟霏，轻絮舞。满院春光，恁自无人主。数扇画屏依绮户，帘卷东风，燕子和谁住。　曲阑干，深院宇。寂寞楼台，翠袖知何处。草幂空庭苔夹路。鸟语黄昏，门掩梨花雨。[1]

词中"满院春光，底是无人主"、"鸟语黄昏，门掩梨花雨"，都是情景相融之句。整首词用辞温润，然却气氛惨淡，透露出了词人内心的悲凉。《留春令·木意》一首的格调也是如此。词云：

> 留春无计春将暮，看处处乱红辞树。含情低语祝殷勤，愿

---

[1] 宝昌词见官属刊《日下联吟集》卷四，第20页，借绿轩同治五年刻本。

阻住,春归路。　　纵是明年春如故,争能抵,者番愁绪。帘前双燕话呢喃,似劝东君休去。

写闲情的词很难有深厚的内容,但词人也可以创造出美好的艺术境界。以上两首词营造的情景令人赏心悦目,尤其是上一首的结句与下一首的结句,都极精炼生动,温润婉约,极得词家神髓。这两首词场景不大却情深意浓、玲珑剔透,使人从中领悟到了这些词作的艺术魅力。

《喜迁莺·春晴》一首表现的情绪比较复杂。词云:

雨微风细,喜晓卷画帘,春阴初霁。嫩柳舒青,夭桃争艳,掩映小楼华丽。梦懒愁深时节,鸟语花香天气。对此景,更那堪别有,伤春情思。　　修禊。相约去,湖上寻芳,处处青骢系。水漾轻波,山笼浅黛,绘出韶光明媚。斗草归来人远,阵阵香风心醉。烟郊外,恰清明过了,纸灰飞起。

这首词在描绘闲适情怀之中透露了一丝难解的愁情。词中"嫩柳舒青,夭桃争艳"、"鸟语花香天气"皆为美好景色,然结句却陡然一转,以"烟郊外、恰清明过了,纸灰飞起"结尾,营造出了淡淡的凄凉境界。不过从填词要求看,词作重在要有新意,长调叙事抒情难在全篇架构,第一要起得好,过处要清新,结句要似尽不尽,含蓄委婉。从这个方面看,宝昌的这首长调达到了这种要求。

第三节　探骊吟社中的其他八旗词人

果勒敏,字杏岑,号性臣,又号铁梅,满洲旗人,博尔济吉特

第十七章 探骊吟社中的八旗词人

氏，官散秩大臣，历官广州将军、杭州将军，著有《洗俗斋诗稿》。《白山词介》录词一首，《全清词钞》《清词综补》均未录其词。

果勒敏的词从内容到艺术上都很一般，其《苏幕遮·绿荫》云：

> 落花天，芳草地。绿树阴浓，满径铺苍翠。隔断斜阳凉似水。绝少红尘，只有清风至。　　小庭闲，深院闭。杨柳池塘，稳护鸳鸯睡。正好眠琴消午醉。倦眠迷离，误认凉云坠。①

这首词写闲情，虽然精致，但无奇丽之句，意境也不深厚，只有眼前之景，而无弦外之响，不过写得还算比较流畅。

桂霖，字香雨，满洲旗人，博尔济吉特氏，进士出身，曾官礼部主事，后官至贵西道。贵西道是正四品，可算是中层官吏了。桂霖的词写得不错，描景绘物能够创造出一种疏远清淡的意境。《苏幕遮·秋烟》云：

> 晚风前，秋雨里。杨柳迷离，暝色凄然至。林际微茫含雨气。墟落人家，暧暧凝寒翠。　　远浮天，近贴水。野岸孤村，澹着黄花地。敲碎苍溟开晚霁。放鹅归来，十亩凉云坠。②

晚风、秋雨、杨柳、孤村，词人采用了阴冷肃杀的色调来展现他的

---

① 果勒敏词见杨锺羲辑《白山词介》卷五，宣统二年刻本。
② 桂霖词见官廪刊《口下联吟集》卷四，借树轩同治五年刻本。

· 453 ·

心情。他试图"敲碎苍溟开晚霁",驱散阴霾,再现光明。然而"放鹅归来,十亩凉云坠",晚霁不但没有出现,十亩凉云早已在等待着他了。这首词也是借景抒情,词人的心绪就像那虚无缥缈而又无处不在的秋烟一样,充斥于胸间,阴冷浓厚,给他以沉重的压抑。

如果将这首词放在当时国家正处于急剧衰败的背景中去读的话,就会发现词人感到忧虑和压抑的真正原因了,所以这首词也还可以看作是一首有比兴寄托之意的作品,在笔法上也具备不即不离的特点。

启名,孙佳氏,字子义,满洲旗人,官刑部笔帖式,著有《写意集》。"子义性孤直,与时迕,工山水,苍老入古,诗多牢骚,精内典,于顿渐颇通其意。"①

启名的小令《望梅花·梅影》别有情致,在探骊吟社中有多位词人有咏梅影的词作,启名这首词的视角自是不同。词云:

> 窥见横斜交错,不觉春来冥漠。玉笛江城吹特急,一片香魂无着。林下月明时绰约,人在孤山篱落。②

启名的这首词也是咏梅之"影"的作品。不咏梅却只咏"影",增加了难度。词中并未见梅,"一片香魂无着",只闻其香,"林下月明时绰约",只见其影。"孤山离落",既是写人,也是写梅,人与梅已经合为一体,表明了词人所向往和追求的人性境界。这首《望梅花》仅有六句,最需要曲折含蓄,风神谐畅,尤其是结句要有悠

---

① 宜垕刊《日下联吟集》卷三,第4页,借绿轩同治五年刻本。
② 启名词见宜垕刊《日下联吟集》卷四,第22页,借绿轩同治五年刻本。

远不尽之意，启名的这首词做到了这一点。

此外，启名的另一首小令《点绛唇·衾》也具有同样的意境。词云："软叠吴绵，麝兰暗袭银灯后。腻纨红皱。隐约伊人瘦。

红浪轻翻，无限芳情逗。笼轻噢，梦酣时候。一点春寒透。"虽然这一首词不如前一首寓意深厚，但也能够以曲折细腻的笔法，透露出内心深处的世界。

延秀，字秋渔，号小昉，伊尔根觉罗氏，满洲旗人。"小昉人豪放，善饮，诗各体皆工。"①延秀的词作不多，不少是哀诉对个人处境与遭遇不满的内容，其中《浪淘沙·独坐》一首较有代表性。词云：

> 深巷寂无人，静掩衡门。塞鸿声里又黄昏。兀坐萧萧谁是伴，瘦菊盈盆。　　香烬鸭炉温，旧梦如云。敲帘落叶警诗魂。微雨小窗灯影下，一个闲人。②

这是一首抒怀的词，抒发的是自己难以忍受的孤独与悲苦。词人虽无仕途官场中的烦恼，但也无施展才能的机会，又无交游论辩的乐趣。深巷寂寞无人，门前静可罗雀，词人毫无目的生活和整日的清闲，成为他巨大的精神压力，自叹自怜也就成为了他唯一能够发泄心绪的方式，这首词显示的正是这样一种景情。从词的风格看，既不浑雄刚健，也不沉郁顿挫。是"一个闲人"的自言自语，低声倾诉。此词如蚕吐丝，缕缕不绝，与其地位处境极相合宜，俨然是一幅作者的自画像。延秀其他一些词作大多也都表露了这种心境，

---

① 宜垕辑刊《日下联吟集》卷三，第8页，借绿轩同治五年刻本。
② 见恪锺羲辑《白山词介》卷五，延秀，宣统二年刻本。

《江月晃重山·秋夜》云：

> 庭桂凉风乍起，井梧疏雨初收。一轮寒月上高楼。真清绝，夜静景偏幽。　　雁唳易回客梦，虫吟惯助人愁。倚栏无语望牵牛。罗衣薄，病起不胜秋。①

《留春令·本意》云：

> 晨钟一动春难住，低语祝、碧窗休曙。留春无计怎生留，空题遍，销魂句。　　几番风雨催春去，谁能阻，东皇归路。蜘蛛宛转网残红，也惜韶光将暮。

以上两首词，一首写秋，一首写春。秋本肃杀，可以借此诉说哀怨，而春则欣欣向荣，本应怡悦，但是这两首词却都愁苦无限。在秋景中词人"罗衣薄，病起不胜秋"。春景中的词人也是"蜘蛛宛转网残红，也惜韶光将暮"，心情同样悲哀。从词艺角度看，这两首词景情齐到，情浓意浓，同时放得开，也收得回，词风悠然婉约。

文海，字镜寰，号观泚，索佳氏。隶镶白旗满洲，秀才出身，隐居于北京城西，著有《镜寰诗草》。文海的词在内容上与延秀一致，在表现风格上却不尽相同。他的词带有一种玩世不恭的自嘲，率意为之，不加拘束，用另一种方式表现自己的愁苦。如《醉花阴》云：

---

① 见宜垕辑刊《日下联吟集》卷四，第23页，借绿轩同治五年刻本。

第十七章 探骊吟社中的八旗词人

> 有限年华须适意,莫问荣枯事。无事却衔杯,扫去闲愁,尽是欢欣地。　风月莺花饶逸志,况有西山翠。天下大英雄,不与灵均,破口论醒醉。①

从字面上来看,词中似乎在表明不关心时事的处世态度。然细细品味,却不尽如此。词人无事狂饮,为的是扫去闲愁,忘掉荣辱,使自己置身于世外。不过这并非是他的本意,"天下大英雄,不与灵均,破口论醒醉",不过是反其意用之而已。词人标举屈原而不言及其他,即是表明了与忠君爱国的屈原一样,具有悲叹天下皆醉我独醒之意。词中的醒醉之论点明了词人真正的思想。因此这首貌似嬉笑诙谐的词,并不是信手写来的率意之作,而是经过了细细的推敲,从中可以看到词人笔法的奇巧。

遐龄,字子久,号菊潭,一号菊坨,宗室,奉恩将军,著有《岭云斋小草》《叶声馆诗余》。"菊潭性豪放,嗜酒,喜画兰。醉后则为人写之,淋漓十余纸不倦也。为诗多真挚语"②,从中可见其品性。

遐龄的词以清疏见长,《烛影摇红·雪景》颇具词家正轨风范。词云:

> 一夜新寒,半窗雪影天光晓。开门如在画图中,万井炊烟少。玉树琼枝四照,俟青山白头已老。松欹钗堕,竹裂鞭垂,冻连池沼。　有客寻梅,据鞍驴背冲寒早。溪山风雪正迷漫,诗思桥头好。隔断红尘扰扰,冻云深,乾坤清妙。几时归去,相伴奚童,梅花压帽。③

---

① 文海词见杨锺羲辑《白山词介》卷五,宣统二年刻本。
② 宜垕刊《日下联吟集》卷三,第13页,借绿轩同治五年刻本。
③ 遐龄词见宜垕刊《日下联吟集》卷四,第28页,借绿轩同治五年刻本。

这首词描绘雪景，可谓语到情到。上阕皆是雪后景色，下阕写雪景怡人，"几时归去，相伴奚童，梅花尘帽"，可谓心情惬意。此词虽无深意，却也中规中矩。

王裕芬，字芷亭，号漱芳山人，一号呼奴山人，清宗室，爱新觉罗氏，出家易其姓名，为清虚观道士。"芷亭本贵胄，少习举子业，不得志。性嗜酒，喜游览，遂易羽士服。遍历诸名胜，结庐于顺义县之呼奴山，归京师，住持清虚观。论诗独爱放翁，近体酷肖之。为人亦疏宕不俗"[1]，著有《蕴翠轩诗词草》。

王裕芬虽然身为道士，却仍然是一位性情中人，这大约与他的宗室出身和在这种家庭中形成的文化修养有关。因此他的词看不出是一位出家人所为，仍然保持了文人心境。其词尊南宋一路，以哀婉寄托心绪，以下三首皆是如此。《秋波媚·秋水》云：

> 芦花两岸楚江秋，萧瑟最堪愁。绿杨渡口，白蘋波面，红蓼滩头。　　苍茫无际烟波远，缓棹路悠悠。山头落日，云边飞雁，天际归舟。[2]

《江月晃重山·秋夜》云：

> 风峭闲庭花落，雨余深巷更阑。绛河影转怯凭栏。衾枕畔，添得几分寒。　　风笛数声吹彻，霜钟几杵敲残。打窗时听叶声乾。挑灯坐，初觉夜漫漫。

---

[1] 宜垕刊《日下联吟集》卷三，第28页，借绿轩同治五年刻本。
[2] 王裕芬词见宜垕刊《日下联吟集》卷四，第29页，借绿轩同治五年刻本。

《凤凰台上忆吹·秋怨》云：

> 叶落梧桐，枝疏杨柳，旧时云散风流。正恹恹似病，无限闲愁。早是西风到也，多少事，兜上心头。南来雁，未能寄远，只助悲秋。　　悠悠。连天芳草，问马系垂杨，何处淹留。记灯前欢笑，枕上温柔。往事思量若梦，便逢人、欲说还羞。黄昏后，残妆慵卸，细数更筹。

王裕芬以宗室身份而出家为道士，在八旗中具有特殊性，从中可以想见清末旗人处境的窘迫和他们对社会局势的失望了。他与宝廷的关系最为密切，诗文酬唱也很多，是一位颇重情义的旗人。在宝廷极度困难之时，他曾多次用为人诵经的报酬接济宝廷，帮助宝廷渡过难关，实在是一位性情中人，卒后宝廷子寿富为其立传。

第四节　结　　语

探骊吟社中的词人与盛昱、继昌的大声铿锵不同，他们以诗慷慨言志，而词则婉转述情，主要走的是南宋姜夔一路。陈廷焯评价姜夔词风时云："南渡以后，国势日非，白石目击心伤，多于词中寄慨。不独《暗香》《疏影》二章发二帝之忧愤，伤在位之无人也。特感慨全在虚处，无迹可寻，人不自察耳。感慨时事，发为诗歌，便已力据上游。特不宜说破，只可用比兴体，即比兴中含蓄不露，斯为沉郁，斯为忠厚。"[①]姜夔的词风以清虚骚雅、沉郁蕴藉为特点，纵观探骊吟社的词人也是"多于词中寄慨"，于"比兴中含蓄

---

① 陈廷焯：《白雨斋词话》卷二，第28页，人民文学出版社，1983年。

不露"，词风与姜夔相近。不过，到了清末时期，探骊吟社的词风开始向沉郁激愤转变，苏、辛词风渐被重视。

此外，探骊吟社的形成也有着深刻的时局和社会原因，也与这个时期旗人思想和精神无所寄托密切相关。在清朝即将覆亡的前夜，八旗社会陷入了前所未有的迷茫和困境，旗人的内心充满了恐惧与无奈。出身八旗世家的文人阶层大多失去了原有的社会地位，人生前途一片渺茫。在这种背景下，情有所寄不能无所泄，共同的境遇与感触促使他们结社联吟，相互倾诉内心的焦虑与忧愁，这也是探骊吟社能够成为五十余人诗社的重要原因。从探骊吟社成员的词作来看，他们倾吐的情怀和词作风格相当接近，从中可以观察到此时八旗词坛的别一种表现。

第十八章　清末其他八旗词人

清末时期由于政局的衰落与社会的混乱，八旗词人的人生经历多不如愿，生存条件也逐渐落入下层，这种情况促使八旗词人多了沉郁悲慨之气，词风亦颇为接近。正是这种相同的遭遇和感触增强了八旗词人词风的趋同性，因此这个时期八旗词人群体的词风共性也就表现得更加明显。

第一节　他塔剌氏兄弟四词人

清末时期，八旗词坛仍然很活跃，其中他塔剌氏出现了四位兄弟词人，即志润、志锐、志钧、志觐，他们都有词作存世。他们出身八旗世家，其祖裕泰，曾任湖广总督、闽浙总督，谥庄毅。元配瓜尔佳氏，生子长启，长启生子志润、志燮、志觐；侧室游氏，生子长善、长敬、长叙，长敬生子志锐、志钧，长叙生女即瑾妃、珍妃。其中长善任广州将军、杭州将军，长叙任户部侍郎。而志润、志锐、志钧、志觐亦皆有功名，并以词名世。他们的经历和处境大致相同,在变法维新中属于革新派,都深怀忧国忧民的情思,以此受到了旧党的排挤。他们的词作在内容和词风方面有着共性,在八旗词坛上具有一定的代表性。

一、寄意深厚的志润

志润(?—1894),字雨苍,号伯时、白石,他塔剌氏,隶镶红旗满洲,官四川绥定府知府、嘉定知府,是探骊吟社的主要人物,著有《寄影轩始存稿》《暗香疏影斋词稿》。有词一百三十六首,集句词一首,与宝廷、宗韶联句五首。在他塔剌氏兄弟中,志润的词作最有深度,也最有成就。

(一)清丽婉转的闲情词

志润主要生活在清末时期,一生不尽如意,又处于国家危难之际,诗歌中多有反映国家之忧的作品,不过他早期的词作多半是抒写景物以及个人的闲愁和哀怨,是属于初学填词阶段的作品,随着年龄阅历的丰富和对词体的深入理解,其词方渐进入佳境。以下二首词是他早期的作品,词风清丽婉转,然意境不深。《减兰·美人影》云:

晓妆池畔,秋水澄澄明似练。俏影凌波,色比芙蓉艳若何。　一般绰约,只愁胜却侬颜色。调转轻船,不敢临流仔细看。[①]

《醉花阴·春阴》云:

薄雾浓云凝雨意,似把韶光闭。烟柳更迷离,空碧黏天,

---

① 志润词见《暗香疏影斋词稿》,上海新昌书局,光绪三十年刻本。

四野添愁思。　东栏胜有梨花媚,黯黯酣春睡。何处认斜阳,燕懒莺痴,闷煞销魂地。

志润还有一些同一类的风格词作,如《减字木兰花·豆花》也是笔调清丽,词云:"烟凝篱角,数点秋花袅娜。田舍幽芳,不与群英斗靓妆。　西风微雨,紫艳轻盈娇欲语。掩映柴门,静逗寒花一缕魂。"选取豆花吟咏,在诗词中还不多见。词人描写秋天田间篱角上默默开放的豆花,应刻说是有意选择的,他歌颂紫艳轻盈,"不与群英斗靓妆"的性格和精神实际也是他内心世界的写照,与他的经历处境也极相吻合。

这些词虽然没有深意,但能够看到志润初入词坛时婉约词风对他的影响。

(二)凄紧沉郁的感怀词

志润中年以后的词作,闲适词渐少,感怀词渐多,多与国势衰落相关。这些词或凄紧,或沉郁,均感慨遥深。在他的感怀词中,词风凄紧一类的词作有以下几首。《如梦令》云:

漠漠秋阴寒透,正是晚秋时候。无语忆家园,风影那堪非旧。非旧!非旧!孤负蓼花篱豆。

词人抒发了在深秋寒凉环境中所产生的思乡之苦,"家园"即国家也,"风影那堪非旧",言国势衰落矣。"孤负蓼花篱豆",言浅而意深也。他的心境常常处于这种凄凉之中,所以他以秋色为背景的词也就比较多,这些词情调极为沉重。《苏幕遮·秋阴》云:

黯秋心,含雨意。四野阴浓,写出凄凉致。山色深凝烟影翠。远树模糊,隔断相思地。　　晚风凉,轻雾渍。弄暝留寒,暮景添憔悴。料得今宵伤别思。月黑云沉,洒尽阑干泪。①

这首词犹如一幅图画,描绘出了秋风萧瑟、天高云低的夜雨景象。这种景象映衬出了词人凝重凄凉的心境,形象地再现了词人心情的沉重与凄凉。此词虽然写得比较婉曲,但结句"月黑云沉,洒尽阑干泪",还是表明了此词是有所寄托之作,而与内容空泛的写景词作有所不同。

《双双燕·秋燕》咏物寄慨,倾诉愁思,辞尽意不尽。词云:

秋声初动,见梁燕差池,恋人庭户。穿花掠水,烟景等闲虚度。帘外金风几缕,便引动、离愁无数。相将软语低飞,欲去怎生留住。　　凄楚,红襟翠羽。遇苦雨轻霜,有谁调护。吴山湘水,回首故乡何处。历遍山山树树,莫忘了、天涯归路。明年社日还巢,再把离愁细诉。②

志润的这首词多少有些模仿宋史达祖《双双燕·咏燕》的痕迹,史达祖之词辞藻华丽,亦有寓意,被王士禛所称许。志润的这首"秋燕"更是饱含了身世之慨,"回首故乡何处","再把离愁细诉",都是拟人化的描写。同时他自喻为"遇苦雨轻霜,有谁调护"的秋燕,寄托了浓郁的情怀。这种感触来自旗人亲身的经历,因此这首词也就具有了充实的内容和较高的格调。

---

① 志润词见宜厔刊《日下联吟集》卷四,第3页,借绿轩同治五年刻本。
② 见杨锺羲辑《白山词介》卷五,宣统二年刻本。

第十八章　清末其他八旗词人

志润沉郁风格的作品以《水调歌头·夜雨感怀》最有代表性。词云：

> 云影锁深夜，静听雨声敲。不知今夕何夕，惟觉恨难消。几阵随风弄响，又把年来心事，暗引上眉梢。不管梦难稳，竟夜任萧骚。　缘底事，摇窗竹，滴庭蕉。纵教作尽，情态入耳总无聊。莫话巴山夜雨，更惹无穷愁绪，长恨未能抛。独自倚孤枕，谁慰可怜宵。①

这首词的问题是"夜雨感怀"。"感怀"一类的词作最能表现作者的精神和心理，多半是在词人心有所感而又难以抑制时所作，是抒发胸怀的一种方式，故不必杳渺迷离，清末时期这一类词作的词风尤其如此。志润的这首《水调歌头·夜雨感怀》没有按照惯用的长调上阕以写景为主，下阕以抒情为主的方法填词，而是上下两阕都以抒情为主，由此可知词人凄惨的心境已经达到了难以控制的程度。词中"夜雨"的凄黯即是对环境的描写，也是词人对凄凉心境的刻画。全词紧紧围绕黯淡的夜雨环境，将难以排遣的愁绪婉转诉说。起句便入题，随之层层深入，"长恨未能抛"、"谁慰可怜宵"，更是将词人无尽的孤愤直接倾诉了出来。

词人还有一首《西河·旅况》，感怀之意也颇浓厚。词云：

> 丹青笔，难画征途滋味。天涯沦落少知音，寂寞车骑。西风黄叶冷游人，秋山看遍寒翠。　到此际，空垂泪，回首家园千里。崎岖云栈马行迟，下临无地。挂帆时欲趁长风，又愁

---

① 志润：《暗香疏影斋词稿》，光绪二十年，上海新昌书局刻本。

鱼腹滩水。　　夜色好、难遣愁思，听砧声、乡心敲碎。对烛那能成寐，五更鸡、又促行人，月下理征鞭，侵晨起。①

"夜色好难遣愁思"、"乡心敲碎"是这首词的中心思想。此词载于《日下联吟集》，他的词集《暗香疏影斋词稿》未录。

（三）悲愤沉雄的抒志词

志润亦不乏悲慨沉雄之作，这一类词作尤其表现在抒志词中，标志着词人无论是在对时局的思考上，还是在词艺的掌握上，都进入成熟的阶段，故而这类词作最能代表词人的创作水平和文学价值。

《满江红·老将》慷慨沉雄，是一首颇具雄霸之气的作品，特别能够显示八旗世家子弟的精神和气质。词云：

万里疆场，消不尽、一腔热血。记往日、干戈影里，雄风飘瞥。铁骑横摧强虏靖，宝刀威震妖氛灭。恨年来、神力半消磨，空凄切。　　怀往事，燕然碣。灰壮志，南山猎。剩悲歌慷慨，唾壶击缺。剑戟宵腾龙虎气，梦魂夜忆关山月。到如今、起舞听荒鸡，心犹烈。②

这首词慷慨任气如岳飞之《满江红》，亦颇具稼轩词风，是在当时外强入侵的背景下词人精神世界的真实写照。词中有"铁骑横摧强虏靖"的豪迈，也有"剩悲歌慷慨，唾壶击缺"的悲切，更有"消不尽、一腔热血"、"到如今、起舞听荒鸡，心犹烈"的壮烈，以及

---

① 见宜垕刊《日下联吟集》卷四，第4页，借绿轩同治五年刻本。
② 见宜垕刊《日下联吟集》卷四，第3页，借绿轩同治五年刻本。

"剑戟宵腾龙虎气"奔赴战场的雄心,一位慷慨报国的"老将"形象跃然纸上。不过在光绪三十年上海新昌书局《暗香疏影斋词稿》刊本中的《满江红·老将》,与《日下联吟集》中所载多有不同。《日下联吟集》中此词作于词人早期,《暗香疏影斋词稿》为词人晚期结集刊本。《暗香疏影斋词稿》中《满江红·老将》云:

> 万里穷边,溅不尽、一腔热血。犹记取、干戈影里,雄风飘瞥。叱咤曾摧强虏胆,声名远震妖氛灭。恨年来、壮志都消磨,空凄切。　　怀旧事,燕然碣。消岁月,南山猎。尽悲歌慷慨,唾壶击缺。剑戟宵腾龙虎气,梦魂夜度关山月。到晓时、起舞听荒鸡,雄心烈!①

词家讲究炼字炼句,故词之用字,务在精择。凡弱者、哑者、俗者皆不可用,且要声律和协而情意浓郁,显然这首词经过了斟酌修改,神情气度超越前词。如将"万里疆场,消不尽",改为"万里穷边,溅不尽","消"为平声字,"溅"为仄声字,气势更浓重,动态感更强,表达的情感也更有深度。而"穷边"比"疆场"范围更大,且一"穷"字寄托了无限哀情,加强了对危急局势的担忧之情,故而意境更深。此外将"到如今、起舞听荒鸡,心犹烈",改为"到晓时、起舞听荒鸡,雄心烈","晓时"的时空概念比"如今"更为具体急切,"雄心"之意也更神完气足,表现悲愤的情境心绪程度已自不同,从中亦可见词人填词过程中推敲的精细。

志润还有数首《满江红》,也多具有慷慨忠愤之气。《满江红·读史有感》云:

---

① 以下志润词见《暗香疏影斋词稿》,上海新昌书局,光绪三十年刻本。

> 一曲霖铃，唱不尽、沧桑凄切。最伤心、昆明池畔，汉家宫阙。玉树歌残空院宇，芙蓉开处饶风月。恨韶光、转瞬去匆匆，繁华歇。　　烽火起，难消灭。鼙鼓动，悲仓卒。叹延秋门外，宫车夜发。阁道烧余花木萎，楼台倾尽池塘竭。剩白头、宫女话开天，声呜咽。

这首词以庚子事变为背景，抒发了极为沉痛的心情。词中"烽火起，难消灭"言庚子事变起，"宫车夜发"言慈禧太后、光绪帝出宫事；"昆明池畔，汉家宫阙"，借颐和园的昆明池，喻时局之艰难；"玉树歌残空院宇"言局势已经衰败，并以"白头宫女话开天"之典喻局势难以挽回，句句皆是诉说当时的危难局势，词人萦绕于心的家国情怀豁然可见。

《满江红·易水怀古》借荆轲刺秦之壮举，表达了报国之心。词云：

> 易水波寒，酿多少、萧条风色。销不尽、英姿飒爽，壮怀凄恻。骏骨黄金招国士，乌头马角悲羁客。叹空余、一剑雪深仇，伤心极。　　将军首，徒然乞。督亢地，难重得。问白衣相送，几多离索。匕首未能销夙恨，烽烟转眴亡家国。更有谁、击筑发狂歌，空追忆。

词人在"烽烟转眴亡家国"之时，悲慨异常。词中连用"骏骨黄金"、"乌头马角"、"将军首"、"白衣相送"、"击筑狂歌"等典故，抒发了对朝廷不能任用贤才的不满和"一剑雪深仇"的抱负。

《满江红·步岳忠武王原韵》更是以岳飞《满江红》精忠报国为榜样的一首作品，继承了中国传统的爱国主义精神，唱出了一首慷慨淋漓的悲歌。词云：

> 半壁山河，伤心是、兵戈未歇。蒙尘恨、播迁沙漠，梦魂惨烈。塞雁难传胡地信，铜驼冷卧河阳月。叹中原、父老望旌旃，情凄切。　　青衣耻，何时雪。黄龙府，终难灭。看残山剩水，金瓯已缺。同志有谁供指臂，精忠独自欹心血。更何时、二帝驾銮舆，还金阙。

因为这首词是"步岳忠武王原韵"的作品，故词中"半壁山河"、"金瓯已缺"都是写实，与庚子事变的局势密切相关。词人面对衰落局面时"精忠独自欹心血"的悲愤尽显笔端。更为难得的是，面对外强，这首词显示了中华一体的观念。词中"叹中原、父老望旌旃，情凄切"，以及"青衣耻，何时雪。黄龙府，终难灭"句，都是词人大中国观的一种体现，具有全国一致抵抗外敌的涵义。

志润的《念奴娇·文信国祠》，展现了与上一首同样的爱国思想和情怀。此词以歌颂文天祥"正气千秋常不朽"的舍身报国精神，抒发了"忠愤填胸臆"的胸怀。词云：

> 古祠高树，是当年、埋忧遗迹。太息天心挥不转，空费移山心力。粤海潮回，崖山舟覆，无计扶君国。潮阳空守，有谁同奏奇绩。　　遥想绝粒江乡，归魂柴市，忠愤填胸臆。正气千秋常不朽，一点丹心凝碧。檐下松声，阶前草色，恍惚来灵魄。倾杯遥拜，永垂万世仪式。

此词作于国家局势危若累卵之际，词中突出地表现了以中原精忠报国英雄人物为榜样的思想，明确地表达了对文天祥"正气千秋"精神的敬仰，和"丹心凝碧"的报国志愿，并视之为应该坚守的"永垂万世仪式"。词意慷慨悲壮。这种思想和境界也超越了"旗民之别"的界限，深刻反映了旗人在危难现实面前的精神状态和词人沉重的忧国之心，是为晚清以来有识之士的共同心声。

此外，《贺新郎·读项羽本纪》借古咏今，同样与时局密切相关。词云：

> 冷眼观青史，古今来，英风壮气，一人而已！崛起江东成霸业，威震千军万骑。叱咤处、风云趋避。壁上诸侯空著目，让将军、独力摧坚垒。何必有，冠军使。　　入关莫漫夸高帝。也须念、英雄成败，莫非天意。大度空教留灞上，誓约鸿沟难恃。又争奈、乌骓不逝。一曲虞兮空泪落，望江东、父老徒为尔。书本纪，岂虚美。

楚汉相争，项羽败于垓下，然其雄霸之气震撼千古，司马迁《史记》未以成败论英雄，为之设《本纪》给予很高的评价。志润也认为项羽为图霸业，竭力奋战，一生慷慨磊落。虽然最后失败，但"也须念、英雄成败，莫非天意"，故可称为"古今来，英风壮气，一人而已"。在清末国势衰落的局势下，更需要有项羽这种"威震千军万骑"和"叱咤处、风云趋避"的人物，能够在危难之际挺身而出，扶大厦于将倾。词人这种借古喻今的感慨，充分表现了深切的忧国忧民心理，从而也令此词涵义更为丰富深厚。

从志润词作以岳飞、文天祥为榜样，坚持中国爱国主义传统的表现中，反映出了全民族团结抗战，再振国威的共同心理，具有很强的民族意义和社会现实意义。以上这一类词是在"时运交移，质文代变"的情况下产生的，与辛派词人的"抚时感世"之作一样，充满了爱国主义的凛然正气，故不可以是否严守词律和是否符合词法绳之。

总之，志润填词婉约与豪壮并存，笔随意走，词随境迁，皆成佳作。他的词愈到晚年愈沉雄慷慨，情感也愈浓烈，是一位在晚清词坛上卓有成就的八旗词人。

二、穷塞微吟的志锐

志锐（1852—1911），字伯愚，又字公颖，号廓轩、迂庵、穷塞主。他塔剌氏，隶正红旗满洲，志润之弟。光绪二年（1876）举人，光绪六年（1880）进士，官翰林院编修、礼部右侍郎。光绪二十一年（1895）五月，被派遣乌里雅苏台参赞大臣，宣统二年（1910）调任杭州将军；宣统二年（1911）又派往新疆任伊犁将军，加尚书衔，卒于辛亥，年六十岁，谥文贞。《清史稿·本传》云："志锐夙负奇气，守边庭逾十稔，自号为穷塞主。工诗词，熟察边情，懼祸至无日。其赴伊犁也，以手书遍告戚友，言以身许国，不作生入玉门想。其致命遂志，盖已定于拜疏出国门日云。"[1]有诗集《廓轩诗集》，词集《穷塞微吟词》一卷。

志锐属于维新派，力主革新和抗战。他于甲午战争之初，多次上书言事，筹画战守，弹劾军机大臣孙毓汶、北洋大臣李鸿章等误国。光绪二十一年（1895）五月，志锐被排挤出朝廷，赴乌里雅苏台任职，词人心情沉痛，行前于张家口堡西马氏园与友人辞别，赋诗云："客里重过马氏园，忽逢急雨势翻盆。闲花未放增惆怅，春信何时到玉门。""一时尊酒亦前因，同是天涯沦落人。莫话沧桑损欢乐，且随鱼鸟任天真。"从诗中可见他赴任前的抑郁心情。

其时赞成变法维新的词人多有词作感慨志锐被遣派边远之地，王鹏运、文廷式、盛昱等都有同调《八声甘州·送伯愚都护之任乌

---

[1] 赵尔巽等：《清史稿》卷四七〇，列传257，第12790页，中华书局，1998年

里雅苏台》的词作，前面已经列举了王鹏运、盛昱的同调词作。文廷式的《八声甘州·送伯愚都护之任乌里雅苏台》云："响惊飙，越甲动边声，烽火彻甘泉。有六韬奇策，七擒将略，欲画凌烟。一枕蓸腾短梦，梦醒却欣然。万里安西道，坐啸清边。　策马冻云阴里，谱胡笳一阕，凄断哀弦。看居庸关外，依旧草连天。便回首，淡烟乔木，问神州、今日是何年？还堪慰、男儿四十，不算华巅。"①文廷式字芸阁，号道希，光绪十六年（1890）进士，官至侍读学士，后以力主变法褫职，著有《云起轩词钞》一卷，词与"晚清四大家"齐名。此词意慷慨郁愤，表达了对志锐际遇的同情。从他们的这种关系中，亦可寻觅出他塔剌兄弟词人与晚清词坛名家的词学关系。

志锐赴乌里雅苏台途中写下了《竹枝词》百首。另自题《菩萨蛮》云：

> 穷年弄笔污衫袖。东涂西抹无成就。不作断肠声，怕人闻泪倾。　侵寻头欲白，沦落常为客。飞絮满边城，杨花应笑人。②

词中"不作断肠声，怕人闻泪倾"等句，感慨万端，凄怆沉痛。

志锐一生受到压抑，晚年悲愤的心情更为浓重，他自号"穷塞主"也是这一种感情的表达。范仲淹边塞词以苍凉悲壮、慷慨生哀而被后人称为绝唱，欧阳修称其《渔家傲》为"穷塞主词"。志锐长期被派驻塞外，以此为号，当亦是由悲慨中得来，以表示有与范

---

① 文廷式：《云起轩词钞》，光绪刻本。
② 志锐词见《穷塞微吟词》，及杨锺羲著《雪桥诗话》卷一二，第599页，北京古籍出版社，1989年；叶恭绰辑《全清词钞》卷二八，第1464页，中华书局，1982年。

第十八章　清末其他八旗词人

仲淹进亦忧退亦忧的相同情怀。

光绪二十一年（1895）志锐到了乌里雅苏台后，在除夕时写下了《探春慢·乙未除夕题陈古樵画同听秋声图》，借题发挥，抒发郁积之气。词云：

> 衰草寒烟，岁月暮矣，王孙几时归得。孤宦巡边，余醒倦酒，滋味对人难说。记六街灯火，叹咫尺、天门遥隔。旧游一往情深，都付戍楼吹角。　华发星星渐短，只恁怕春来，偏春如约。砂碛云黄，江淮草绿，心逐南飞孤鹤。回首秋声馆，浑不解、翠涧红落。甚日联床，岁晚梅花同嚼。

他在乌里雅苏台写下的词都具有这种情调，充满了悲愁哀怨，流露出种种的不得意。正是由于他深怀身世之慨和家国之忧，其词所抒发的内心情感也就异常沉痛而真挚。其《探春慢》云：

> 四面寒山，孤城一角，烟外穹庐三五。雨必兼风，霜前见雪，节序恼人如许。沦落天涯久，又谁见、牴羊能乳。故乡一片归心，相对药炉同苦。　堪笑征衣暗裂，只赢得、羁縻塞外骄虏。紫雁秋空，黄云目断，莫问中原鼙鼓。虽有清宵月，浑不管、淹留羁旅。伴我微吟，乍见柳绵飞舞。

另一首《贺新郎·中秋》云：

> 漂泊人依旧。最伤心今日中秋，夜窗如昼。四面寒山头尽白，独坐无花无酒。只赢得、征衫尘垢。万里江南春草梦，料醒来、一样看星斗。今夕景，共孤负。　琼楼玉宇寒如旧。

> 叹浮云、变幻无心，亦成苍狗。多少中年哀乐事，丝竹无缘消受。但寄意、庭前衰柳。莫赋衣裳云想句，知沉香、亭召何时有。人与月，影同瘦。

这两首词都抒发了内心深处难以排解的郁愤。前一首"莫问中原鼙鼓"和后一首"知沉香亭召何时有"，都寄托了早日回到朝廷、建言抗战之意，然却毫无希望，因此词风沉郁悲慨。

以上词作描绘塞外，景色扩大，词境浑厚，词意深邃，表现了词人关注国事而不得的凄凉郁闷心情，这一类词不愧具有"穷塞主"的风格。

《柳梢青·乌城上元灯社》一首作于乌里雅苏台，描绘了上元灯社的情况。描绘乌里雅苏台的词作在清代清词坛上甚为少见，故值得一读。词云：

> 水戏鱼龙，锦江灯火，璀粲云霞。月色依然，风情非旧，人又天涯。　　回头廿八年华。酒醒后，寒烟暮笳。九陌金莲，千门箫鼓，春在谁家？

作者以乌里雅苏台正月十五元宵灯会为背景，写下了自己中进士后二十八年以来的感慨。他面对热闹非凡的灯会，想到了自己不得志的境遇，黯然神伤，欢乐的景象与凄凉的心情形成了鲜明的对比。"寒烟暮笳"、"春在谁家"二句，似淡淡带过，实为非常沉痛之语，弦外之音，令人回味。

三、志觐与志钧

（一）清雅秀润的志觐

志觐，字季卿，号秋宸，隶镶红旗满洲，他塔剌氏，志润弟，官至浙江湖州府知府,也是探骊吟社的成员,著有《自怡悦斋诗草》,其词已经难以寻觅。

志觐的思想与志润、志锐大致相仿,亦能填词,词风婉约清丽,写闲情的内容较多。如《白山词介》中录《喜迁莺》云:

> 轻雾散,晓天空,池皱绿溶溶。昼长闲立曲阑东。帘卷落花风。　情思睡,心如醉。楼外山如眉翠。海棠经雨湿香红。春在嫩晴中。①

此词《日下联吟集》卷四录为《喜迁莺·春晴》,词句不同之处甚多。词云:

> 天艳冶,日曈昽,花弄影朦胧。昼长闲立曲阑东。帘卷夕阳红。　情思睡,心如醉。楼外山如眉翠。海棠经雨柳摇风。春在画图中。②

《白山词介》刻于宣统二年(1910),《日下联吟集》刻于同治五年(1866),两词相比,用辞用意变化较多,显然是前一首意境较后一首意境更深更美;如"春在嫩晴中"就要比"春在画图中"更具美感,同时也更鲜活灵动。

《喜迁莺》有小令和长调两体,此为小令。这是一首赏春词,词人通过白描的手法将春天早晨的特有景色生动形象地描绘了出来。在短短四十七个字中,描写了薄雾、晴空、绿水、落花、微

---

① 志觐词见杨锺羲辑《白山词介》卷五,宣统二年刻本。
② 宜垕刊《日下联吟集》卷四,第26页,借绿轩同治五年刻本。

风、远山等自然之景,以及画面中的人物和人物"心如醉"感受,并以特写镜头描写了在雨中娇嫩的海棠和在风中摇曳的细柳,动中有静而又静中有动,加强了词的意境,可谓格韵高绝之笔。全词清丽秀润,自然贴切,淡淡写来,不假雕琢,然思绪之浓郁,情感之细腻,溢于言表。

（二）平稳赡丽的志钧

志钧,字仲鲁,号陶安,他塔剌氏,隶镶红旗满洲,志润弟。光绪九年（1883）进士,散馆后改庶吉士,授翰林院编修,官至正黄旗满洲副都统,词集未见。

志钧的词虽不能称雄于词坛,却也佳思屡构,平稳赡丽。《一枝春》云:

> 玉树亭亭,趁东皇、第一暗香吹透。花期乍数,酝酿好春如酒。梨云净对,试分校、燕环肥瘦。爱迎入、满院韶光,不绾锦屏鸳钮。　　临风素妆依旧,岂湘兰采罢,簪来红袖。冰姿雪貌,恍认蕊官仙耦。瑶台梦醒,算赢得、胆瓶消受。怜昨夜、见妒封姨,问君惜否?①

这是一首咏玉兰的词,词前小序云:"庭前玉兰一株,花颇繁盛。道希以词来索,惜前夕风雨摇落殆尽,以词答之。""道希"是主张变法维新的词坛名家文廷式。文廷式还有一首《绿意·联句,寄仲鲁志钧,即咏其事》,以此可知志钧与文廷式交往密切。此词极赞玉兰的种种美妙,反复缠绵,"怜昨夜、见妒封姨,问君惜否"句,不仅词中有我,而且将"索词者"纳入词中,情与辞可谓双妙,此

---

① 志钧词见叶恭绰辑《全清词钞》卷二八,第1477页,中华书局,1982年。

词亦是向友人展示胸怀也。

在清末之际,他塔剌氏兄弟由于与瑾妃、珍妃的关系,在朝廷上的处境具有一定的特殊性。不过他们赞成变法维新,与慈禧太后政见不同,这使得他们常常处于受排挤的境况之中。在这种背景之下,他塔剌氏兄弟精神上受到压抑,忠心报国的抱负无法实现,悲愤之情一发于词。故他们的词作深怀身世之慨和家国之忧,虽然也有婉约清疏的词作,但词风却以沉郁慷慨为主调,与这个时期的八旗词风甚相合拍。

第二节 续廉与端方

一、辞澹情真的续廉

续廉,字子隅,又字耻庵,号晓泉、羞园,内务府正白旗满洲佐领人,热河都统麒庆子。光绪十九年(1893)举人,官内务府员外郎,著有《羞园诗草》附词,收词二十八首。《白山词介》未录其词,叶恭绰《全清词钞》录词一首,继昌《左庵词话》录词六首,其中四首不在《羞园诗草》内,可见续廉的词作散佚较多。续廉科举之途很是坎坷,"十入秋闱,始获一捷。又两丧爱姒,故词多哀怨之音。"[1]十次应乡试,方得中举,郁闷心情可想而知。续廉词以"羞园"名集,应该是这种心境的表现。

(一)赋情缠绵之作

续廉词作承其家学,词风沉稳缠绵,吟咏之际以真情取胜,特别能够表现词人的书生风骨。李佳氏继昌与续廉交往甚笃,故对续廉的词作有比他人更为深刻的理解,其论续廉词云:"辉发那拉晓

---

[1] 继昌:《左庵词话》卷下,唐圭璋编《词话丛编》四,第3160页,中华书局,2005年。

泉续廉,腹笥博雅,诗词均有家数。"①震钧与续廉交往也非常密切,他在《天咫偶闻》中对续廉的诗词有所记载,并录词一首②。一般来说清代词人尤其是晚清词人填词,多从婉约入手,继而或疏放雅逸,或慷慨激切,或沉稳缠绵,渐入佳境,续廉也是如此。续廉的《唐多令·新蝉》婉约有余,赋情缠绵,写尽愁怀。词云:

> 向晚雨初晴,先秋露未凝。怎禁他、遗蜕娉婷。算尔登仙真羽化,深树里、咽悲声。　老我鬓星星,多愁不忍听。怅年年、入耳心惊。最是今年肠欲断,浑不似、去年情。③

继昌《怡水词》中有多首寄怀续廉的词作,续廉这首满怀愁绪的《唐多令·新蝉》得到了继昌的响应,并填写了《碧牡丹·书晓泉〈唐多令〉词后》宽慰续廉。继昌词云:"何事频摇首,声咽西风骤。亚字阑干,凭到词人吟瘦。一曲新声,谱出人知否,肯输秦七黄九。　情何有,消尽尊中酒。无端又添僝愁,散去朝云,恨比落花衰柳。手把鸾笺,本事诗应就,添香还待红袖。"④

续廉的咏物词肖物能工,《齐天乐·咏金钟儿》也具有婉约词风。词云:

> 销魂天寿山前路,断垣衰草零露。趌趌岩棱,啾啾月窟,那解兴亡今古。悲鸣自诩。有樵子寻踪,几回笼取。卖向街头,一时惊到小儿女。　凉蝉渐辞暗树。剩蛩寒蛄冷,相和

---

① ③　继昌:《左庵词话》卷下,唐圭璋编《词话丛编》四,第3149页,中华书局,2005年。
②　震钧:《天咫偶闻》卷八,第184页,北京古籍出版社,1982年。
④　继昌:《左庵诗余·怡水词》,光绪刻本。

尔汝。檐马敲风,车鸾语夜,等是一般凄楚。铜瓶好贮。正良夜无眠,恼人情绪。试问秋虫,为谁调律吕。①

金钟儿是一种鸣虫,"有樵子寻踪,几回笼取。卖向街头"是它的一种命运。对金钟儿的这种命运,词人寄予了深切的同情。这首词描摹刻画极为细腻,虽然没有明显的寄托,但"悲鸣自诩"却也透露出了词人的怜惜之意。

《绮罗香·咏法华禅院白桃花》一首极尽描摹之能事,特别描绘了桃花之"白",与桃花之"薄命"。词云:

> 笑靥凝酥,天姿斫玉,春色武陵初见。梅已埋香,梨蕊欲开还晚。喜重来、前度刘郎,惊不似、去年人面。懒梳妆,早卸铅华,夜深应共素娥伴。　　坡仙而今渐老,翻被朝云惹恨,不胜清怨。流水无情,断送飞琼何限。肯效他、薄命杨花,恐误了、乍来梁燕。漫消得、禅榻闲眠,鬓丝愁更短。②

词中"春色武陵"、"前度刘郎"、"去年人面"等句,都是暗示桃花特定用语。"凝酥"、"斫玉"、"梨蕊"都是衬托桃花之"白"。"流水无情"、"薄命杨花"则喻桃花之命薄,从中可见词人对桃花命运的同情之心,以此将"我"嵌入了其中。

以上词作都能够情景交融,物我相融,也都达到了不黏不脱的境界。

---

① 续廉:《羞园诗草》,富察恩丰辑、周斌等点校《八旗丛书》第781页,西南师范大学出版社,2012年。
② 继昌:《左庵词话》卷下,唐圭璋编《词话丛编》四,第3104页,中华书局,2005年。

（二）沉郁寄慨之作

续廉沉郁寄慨之作皆发自内心深处，首首情真意切，且都与时局相关，非仅仅是自哀自怨之声。《木兰花慢·七月二日同味莼、在廷泛舟庆丰闸》，继昌和震钧都记载了这首词。词云：

> 雨晴残暑退，携二客、泛扁舟。正荻冷蒲荒，水平风稳，容与中流。三忠至今在否，剩丛祠、烟柳夕阳秋。管甚英雄寂寞，且饶我辈遨游。　　休休，老已何求。桃叶渡、酒家楼。有红粉当窗，笙歌夹岸，谁解闲愁。归船暗催日落，指高城、星火似瓜州。可惜一川香水，年年白了人头。①

词中"正荻冷蒲荒"、"烟柳夕阳秋"与词人心境一样，都是悲凉景色。"三忠至今在否"、"管甚英雄寂寞"、"年年白了人头"，皆是悲苦之言。词中提到的三忠祠建于明代，在北京东便门外通惠河旁，祭祀武侯诸葛亮、武穆王岳飞、信国公文天祥，是仁人志士常常聚会之处。从"三忠至今在否"句可知，续廉此词意不在景色，而是借三忠祠表明向往的精忠精神，寄托了对国势衰落的忧虑和无力报国的苦恼。

续廉的这一类词作还有《金缕曲·冬日踏雪，同在廷、味莼酒楼小饮，用稼轩韵》一首，感慨之意颇浓，具有辛词风格。词云：

> 往事休重说。问何人、追踪靖节，希风诸葛。幸有青莲招市饮，踏破天街积雪。应笑我、早生华发。豪气元龙真老矣，料今宵、只可谈风月。听榨酒，助萧瑟。　　排檐滴雨声无别。恰开尊、剪灯夜语，几经离合。难得入关班定远，犹剩嵌

---

① 震钧：《天咫偶闻》卷八，第184页，北京古籍出版社，1982年。

奇傲骨。正帘外、六花都绝。扶醉归来眠不稳,怅杜陵、老被寒如铁。西风紧,纸窗裂。①

这首词明确标明了"用稼轩韵",并连用数典展示爱国之心。词人老矣,回首当年,踌躇满志,"追踪靖节,希风诸葛",也同样具有陶潜和诸葛亮的品性心志;而今"豪气元龙真老矣",是以三国豪放不羁的陈登自比。"难得入关班定远",已经没有了像班超那样平定西域的人物来抵御外强,也就只能"料今宵、只可谈风月"了,不由得悲慨之情油然而生。即便如此,词人仍然"怅杜陵、老被寒如铁",在困顿之时仍以杜甫为榜样,不忘报国之志。此词"用稼轩韵",意即与辛弃疾的心境意旨相通。辛弃疾的《贺新郎》二首都是为"心所同然者"所作。其中一首结句为"料当初、费尽人间铁,长夜笛,莫吹裂",表达了抗金的恢宏大志。续廉这首词也同样是为志同道合者所作,也有同样的寄托。

续廉的赠友词也表达了同样的感情,《金缕曲·答恩席臣》也是次韵辛弃疾《贺新郎》的词作,亦颇具辛词风格。词云:

妙法无容说。更何妨、扑穿墙壁,扫除藤葛。独往独来无罣碍,一任红炉点雪。笑种种、多情华发。误我半生成底事,问尚能、几见当头月。一再鼓,湘灵瑟。　　人生最苦伤离别。怎禁他、痴儿怨女,肯忘欢合。多少闲愁抛不却,惹得相思入骨。恩不甚、敢言轻绝。三十六州齐铸错,剩孤怀、未死坚如铁。风动屋,瓦吹裂。②

---

① 续廉:《羞园诗草》,富察恩丰辑、周斌等点校《八旗丛书》,第784页,西南师范大学出版社,2012年。
② 见叶恭绰:《全清词钞》卷二九,第1618页,中华书局,1908年。

这首词以内心深处的真情，倾诉了对恩席臣深厚的友谊。值得注意的是此词次韵辛弃疾的《贺新郎》，即与辛弃疾有相同的心怀。辛词以极其浓烈的情感表达了抗金的决心。辛弃疾《贺新郎》结句为"道男儿、到死心如铁，看试手，补天裂"，续廉此词的结句为"剩孤怀、未死坚如铁。风动屋，瓦吹裂"，无论是从情感还是句式上，都沿袭了辛词风格，表现了对辛弃疾词风及其辛弃疾抵御外辱精神的向往。

对于续廉的词作，继昌在《左庵词话》评价云："晓泉所作，能得词家三昧。"[1]他的咏物、赠友、抒情之作，均能出自肺腑，情真意切，具有相当的思想深度和艺术感染力。

二、清疏沉稳的端方

端方（1861—1911），字午桥，号陶斋，别号宝华庵，托忒克氏，隶正白旗满洲。光绪八年（1882）举人，历官陕西布政使、湖南巡抚、两江总督兼南洋通商大臣、北洋大臣兼直隶总督，川汉、粤汉铁路督办大臣，卒于辛亥革命，追赠太子太保，谥忠愍，《清史稿》有传。他的诗词多散佚，仅见有《宝华盦遗诗》。

端方是晚清的一位重要人物，在洋务运动中多有建树。他精于金石古器鉴赏，在文学方面则工诗词。虽然他留下的词作不多，但鉴于政坛和文坛上的影响，亦不便轻视。端方《多丽·为易实甫题兰兰柳柳便面》一词，清疏沉稳，颇见填词功力。易实甫名顺鼎，是晚清词坛上很有影响的词人。词云：

> 问几人，收拾南都歌舞。只断肠、斜阳烟柳，湘魂一碧终古。待唤起、玉阶苔印，对秋风、共诉凄楚。不须话到，兴亡

---

[1] 继昌：《左庵词话》卷下，唐圭璋编《词话丛编》四，第3165页，中华书局，2005年。

旧恨，零脂剩粉，销沉无数。都化作、绛云余烬，孔雀庵边土。　　浑无恙，曾携玉手，春痕重聚。试较量、玄玄素素。双蛾镜里眉妩。最无聊、横江木梳，留得催妆旧时句。楚畹香残，金城客老，簿书丛里春风度。更改柯易叶，那识归根处。输君团扇家家，江湖多少吟侣。①

此词名为"题兰兰柳柳便面"，是易实甫将明代名妓马湘兰画兰、柳如是画柳两便面合装成兰兰柳柳图。端方的这首题词的内涵相当丰富，词中"只断肠、斜阳烟柳，湘魂一碧终古"、"零脂剩粉，销沉无数"，不仅对前代名妓的香消玉殒表达了痛惜之情，而且借题引申，"对秋风、共诉凄楚。不须话到，兴亡旧恨"，一语双关，暗含了自己黯淡的心绪。"楚畹香残，金城客老"更是借《离骚》和《晋书·桓温传》有关兰柳之典，抒发了"更改柯易叶，那识归根处"的悲慨之情。这首词实际也是在对友人倾诉心志，词题与词意不黏不脱，不即不离，然情到神到，颇具姜夔沉郁悲慨、温婉凄怆之词风。

第三节　致泽、瑞璸及其他八旗词人

清末之际还出现了其他一些八旗词人，虽然词作不多，影响亦不大，但从他们的词中仍能感受到旗人的词风特点和情感所在，现略举如下。

致泽，字个臣，满洲旗人，任步军统领衙门笔帖式，生平不详。笔帖式是官场中七至九品的下层小吏，这一类八旗词人的词作

---

① 端方词见叶恭绰辑《全清词钞》卷二八，第1473页，中华书局，1982年。

大多伤感有余而雄浑不足,词风也多黯然澹远。其《浪淘沙》云:

> 云树黯闲闲,斜日衔山。半林黄叶打柴关。坐对炉烟清似水,得句重删。　雪意酿微寒,且煮龙团,心平常觉梦魂安。案有好书尊有酒,静趣倏然。①

词人似乎在抒发"静趣倏然"的心情,然而"云树黯闲闲,斜日衔山。半林黄叶打柴关",景物与情调黯淡,斜日、枯林、炉烟、清雪构成一幅凄清的画面,衬托出词人当时苍凉的心境,增强了意境的深度。

瑞瑸,字仲文,富察氏,满洲旗人,官福建布政使,著有《一镜堂诗余》。瑞瑸的词作同样具有晚清八旗词人沉郁凄冷的共性特征,这在《点绛唇·春宵》中表现得非常明显。词云:

> 沉醉初醒,宦情似水飞云软。柳枝花片,帘外春风卷。一树桃花,飘落闲庭院,无人管。沾泥贴藓,点点春愁糁。②

此词句句充满哀怨之音,"一树桃花,飘落闲庭院,无人管",一幅凄凉景色,其根本原因则是"宦情似水飞云软",以景寓情,不露痕迹,颇有比兴寄托之意。

文辂,字子乘,别号吏隐居士,隶正红旗满洲,进士出身,官工部郎中,诗人长秀之子,著有《述园遗稿》。

文辂的《茅山逢故人》一首,将与故人重逢之际的感慨娓娓道

---

① 致泽词见杨锺羲辑《白山词介》卷五,宣统二年刻本。
② 瑞瑸词见叶恭绰辑《全清词钞》卷二五,第1273页,中华书局,1982年。

来。词云：

> 岭外斜阳明树，十载萍踪相遇。往事如尘，年华如水，青山如故。　何期邂逅重逢，把袂且留小住。风雨佳辰，玉壶佳酿，锦囊佳句。①

此词虽然没有欢愉热烈的词句，但情意切切。词人与"十载萍踪相遇"的友人不期而遇，邂逅重逢，欣喜之情可想而知。于是"把袂且留小住。风雨佳辰，玉壶佳酿，锦囊佳句"，饮酒赋诗，倾诉心声，能够感觉到词人与故人是一种高雅的君子之交。因此这首词格调清高淡雅，充分表现了词人重友情的优良品质。

如格，字榘菴，纳兰氏，满洲旗人，官户部笔帖式，生平不详。如格生于晚清而又官职卑微，心系国家时局却不能参与朝政，只能沉沦于下层，不免抑郁满怀，《菩萨蛮》一首表现了这位八旗词人此时的心情。词云：

> 梧桐院落西风动，篝灯暗照纱窗冷。孤影抱愁眠，愁深谁解怜。　昔年嗔夜短，今夕嫌更缓。归雁一声声，凄凉人独听。②

这首小令充满了凄凉之音。整首词景也黯淡，情也黯淡，字字含情，句句悲怨，"孤影抱愁眠，愁深谁解怜"，可以说是词人心灵的真实写照。此时此境中更令他痛苦的是"归雁一声声，凄凉人独

---

① 文格词见杨锺羲辑《白山词介》卷五，宣统二年刻本。
② 如格词见杨锺羲辑《白山词介》卷五，宣统二年刻本。

听",内心深处的苦楚无从与人诉说。此词所表现的这种情境,也使这首词具有了哀感顽艳的词风。

音德讷,字诗圃,满洲旗人,官钦天监监正。他与如格生于同一时代,作为旗人也有着与如格相似的境遇和心路历程,因此音德讷的词作也同样具有悲慨的情调。《卜算子慢·落叶》云:

> 秋声淅沥,秋意寂寥,木叶满林黄落。四野纷飞,渐觉树头萧索。想芳春、绿意环村廓。转瞬际、飘零遍地,繁华景物非昨。　　瑟瑟西风作,似雨洒空阶,水流幽壑。天上人间,独羡御沟媒妁。一声声、弄响敲窗箔。见几片、丹枫乱舞,误翻阶红药。①

"木叶满林黄落",春去秋来,落叶纷飞,一片萧瑟景象。这种以景寓情的描写,将国家局势的颓败形象地描述了出来。而"繁华景物非昨"句,则明确指出庞大的清帝国已经开始崩塌。面对这种局势,这首词表现出了无可奈何的痛苦。不过在此词深处仍能够感觉到对以往盛世的留恋,和对挽回败势的渴望,由此而反映出了八旗词人普遍存在的苦闷情感。

锺祺,字寿蘅,号兰生,满洲旗人,伊尔根觉罗氏,官户部主事。锺祺生活在清末时期,也同样具有旗人在八旗制度解体过程中的痛苦与忧虑,这种人生境况使得他的词作具有了无法排遣的伤感情绪,从《卜算子慢·落叶》一首中可以感受到到词人的这种悲情。词云:

---

① 音德纳词见杨锺羲辑《白山词介》卷五,宣统二年刻本。

> 红摧影瘦，黄陨声干，老却故园芳树。太息飘零，欲觅绿阴何处。洒寒窗，一阵萧萧雨。正寂寞、伤秋惜别，飞来冷意如许。　　落魄浑无主。认夕照深山，断云官渡。瞥眼天涯，可奈岁华虚度。恨茫茫、对此伤迟暮。且试看、宫墙水畔，有断肠诗句。①

这首词婉曲达情，凄怆无限，与音德讷的《卜算子慢·落叶》表达的情感非常相近。起句即云"红摧影瘦，黄陨声干"，立刻进入了清凄的氛围；"断云官渡"借袁绍兵败官渡之典，喻战败事；"恨茫茫、对此伤迟暮"，则从《离骚》"恐美人之迟暮"句化出，而结句"宫墙水畔"之宫墙，乃指朝廷，"有断肠诗句"言报国无门，惆怅满怀。整首词悲切异常，从中能够感觉到词人处于一种痛苦而又无法摆脱的情绪之中。"可奈岁华虚度"，锺祺的伤感固然是出于自怜自惜，但在国势衰败之际，这位八旗官吏同其他旗人一样也充满了忧国之情。读过这首词，即可知何为寄托，何为意内言外了。

第四节　结　　语

晚清以来，八旗词人以宋词为圭臬者仍然为数不少，不过在这个阶段清词的时代背景已与宋词的背景并不完全相同，尤其面对帝国主义列强不断入侵、国家危难局势更为严峻的现实，词人的词学立场和词学观点发生了变化，词人不仅开始致力于解决内容与形式如何更好统一的问题，以增进词的内涵和艺术张力，而且出现了大量与国家和自身命运密切相关的词作，表达了他们对国家局势和自

---

① 锺祺词见杨锺羲辑《白山词介》卷五，宣统二年刻本。

身命运的关切与担忧。出于抒发这种感情的需要，苏、辛豪荡的词风更为词人所接受。这个时期虽然也提倡文质并重，但对于词作内涵的表达更为词人所重视，词人填词的主要目的也偏重于抒发对世事人生的感慨，而与宴嬉逸乐无关了。这种词学思潮的兴起，促使言近旨远、幽郁激愤之风渐盛。

进入清末的光宣时期，关乎时局的词作渐渐增多，很多文人在国家危难、民不聊生之际走上了以词抒发心志的道路，比兴寄托尤为这个时期的词人所注重，在表达方式、词体意境和艺术表现力方面均有所突破。这个时期的八旗词人也都能将目光聚焦于现实社会，忧国忧时、情有寄托成为了他们填词的重要原则。

对晚清以来词坛出现以上现象的原因，谢章铤分析得非常深刻："今日者，孤枕闻鸡，遥空唳鹤，兵气涨乎云霄，刀瘢留于草木，不得已而为词，其殆宜导扬盛烈，续铙歌鼓吹之音，抑将慨叹时艰，本小雅怨诽之义。人既有心，词乃不朽，此亦倚声家未辟之奇也。"①时局艰难，词人"孤枕闻鸡，遥空唳鹤"，"不得已而为词"，这类词"本小雅怨诽之义"，"亦倚声家未辟之奇"，慨叹时艰，导扬盛烈，即为"不朽"之作，是前代未有之新声，充分肯定了这一类词的时代价值。

在这种词风转变的过程中，八旗词人有着突出的表现。他们虽然同汉族词人生活在相同的现实环境中，但是作为八旗制度约束下的旗人来说，他们还有着不同于汉人社会的小环境，在感慨国势衰落中包涵着对八旗衰落的深痛感触，这种感触与忧国忧时的感情结合在一起，使八旗有了更深刻的切肤之痛。

---

① 谢章铤：《赌棋山庄词话》续编五，黄彭年词；唐圭璋编《词话丛编》四，第 3567 页，中华书局，2005 年。

八旗词人大多首尊宋词，同时涉猎诸派，能够于婉约中寓雄厚，于沉郁中隐慷慨，抒发了旗人所特有的种种感慨，实践了"比兴寄托"的词学观。这种倾向使晚清以来的八旗词人在内容和风格方面达到了以往从来没有过的相近性，这既是现实局势影响的结果，也是八旗所处境况和八旗意识影响的结果。这一时期出现的大量与时代密切相关的慨叹时艰作品，在八旗词坛上形成了具有鲜明时代特点的潮流。

第四编　清末民初的八旗词坛

光绪朝以来，国家局势更加危难。光绪二十年（1894）发生了中日甲午之战，次年（1895）签订了《马关条约》，康有为联合十八省举人"公车上书"。光绪二十二年（1896）中俄签订了《北京新约》，此后与日本、德国、美国、英国等国签订了一系列不平等条约，国家主权进一步丧失。光绪二十四年（1898），光绪帝下诏变法，不久变法失败，维新派受到压制。光绪二十六年（1900）庚子事变发生，清政府向帝国主义列强宣战，帝国主义侵略军攻入北京。国家局势的这种巨变，对文坛包括词坛都产生了重要影响。自光绪朝开始，文风大变，词坛的情况也是如此，并一直延续到民初。

帝制被废除之后，八旗制度解体，旗人失去了政治和经济的保障，社会地位一落千丈，旗人的境况更加艰难，甚至生存都成了问题。为了能够生存下去，隐姓更名者比比皆是。而排满思潮的兴起，更加重了旗人的危机感，清朝遗老尤其是八旗遗老，不免产生了浓厚的故国之思。八旗词人中的一部分人一直生活到了清末民初，他们都经历过了光宣时期激烈动荡的时局，而辛亥革命更使他们经历了国家政局和社会局势大变革的时代。时势的剧变对他们产生了前所未有的巨大冲击，他们与清末之前去世的词人更有着不同的经历和感情变化，这使得他们的词作也由此发生了不同于以往的转变。在无可奈何的苦闷之中，八旗词坛逐渐走上了渐变的道路，词调蕴藉的闲适词和闺情词明显减少，凄凉愤懑的忧时伤世、感慨自身境遇凄惨的词作大量涌现，真实地反映了当时八旗的社会状况和八旗词人的心理和情感，这种转变也成为八旗词坛发展到了末期的一种独特现象。

正是由于此时的八旗词作多与时局剧变和自身命运坎坷相关，词婉曲要渺的特点已经成为束缚词人抒发情感的羁绊，因此八旗词风婉曲清丽、慷慨疏放之作渐少，悲慨沉郁、凄紧苦楚之作渐多。其中最能反映这种变化趋势的八旗词人是汉军郑文焯，他前期的词作《瘦碧词》和《冷红词》雅淡疏宕，虽然也有托微言以喻其志之作，但更致力于词的艺术性。而后期的《比竹余音》《苕雅余音》则声泪俱下，长歌当哭，词风转而悲凉激愤，形成了一条明显的变化轨迹。这个时期其他的八旗词人如震钧、杨锺羲、李孺、奭良的情况大致也是如此，并因此成为清末民初八旗词坛的显著特点。

第十九章　倚声大家郑文焯

郑文焯是当时著名的诗人兼学者，工诗词，精音律，擅书画，长于金石古器鉴赏，尤以词名世，与著名词人王鹏运、朱祖谋、况周颐并称为"倚声大家"。徐珂《近词丛话》云："光宣间之倚声大家，则推临桂王鹏运、况周颐、归安朱祖谋、汉军郑文焯。"[①]陈锐《裒碧斋词话》云："王幼遐词，如黄河之水，泥沙俱下，以气胜者也。郑叔问词，剥肤存液，如经冬老树，时一着花，其人品亦与白石为近。朱古微词，墨守一家之言，华实并茂，词场之宿将也。文道义词，有稼轩、龙川之遗风，惟其敛才就范，故无流弊。"又云："近年词家推郑文焯氏，殚精覃思，每一调成，必三五易稿。其意境格趣，殆不仅冠绝本朝而已。"[②]冒广生《小三吾亭词话》亦给予了郑文焯高度评价。在清末民初八旗词人中，以汉军郑文焯最有成就。

---

① 徐珂：《近词丛话》，唐圭璋编《词话丛编》五，第4224页，中华书局，2005年。
② 陈锐：《裒碧斋词话》，唐圭璋编《词话丛编》五，第4198至4199页，中华书局，2005年。

第十九章　倚声大家郑文焯

第一节　经历与词坛影响

郑文焯（1856—1918），字俊芳，号小坡、叔问、瘦碧，晚号大鹤山人，别署冷红词客，隶正白旗汉军。咸丰六年（1856）生，民国七年（1918）卒。光绪元年（1875）举人，曾官内阁中书，著有《大鹤山房全书》。龙沐勋在《大鹤山人未刊词识》中云："叔问先生，以贵介公子，侨居吴下。专治倚声之业，为清季词学宗师。先后刻有《瘦碧词》二卷，《冷红词》四卷，《比竹余音》四卷，《樵风乐府》八卷，《苕雅余集》一卷，原稿归吴兴刘氏嘉业堂。经与刊本比勘，多所删落，其中不少佳词。当托好友多录一通，以备异时补刻焉。"[1]郑文焯晚年删定其词为《樵风乐府》九卷。此外有龙沐勋辑《大鹤山人未刊词》不分卷。

郑文焯出身显贵之家，虽然他的一生很不得志，但是他学问通达，人品清介，为世人所重。张尔田《大鹤山人逸事》云："文小坡为瑛兰坡中丞子。一门鼎盛，兄弟十八，裘马丽都。唯小坡被服儒雅，少登乙科，官内阁中书，不乐仕进。旅食江苏，为巡抚幕客四十余年。"[2]郑文焯在《与夏映盦书》二十四则之第十三书中，自述经历，颇为伤感。书云：

> 走少壮漂零南遁，以笔札自给，萧然三十余年。自信于公私取舍之间，未尝有斯须之苟。即从事节尚，迭更府主，亦绝无毫末半牍之请。坐是落寞，垂老无依。先公自关中罢抚，归

---

[1] 龙沐勋：《大鹤山人未刊词识》，《同声月刊》第一卷。
[2] 张尔田：《大鹤山人逸事》，《近代词人逸事》，唐圭璋编《词话丛编》五，第4367页，中华书局，2005年。

橐唯法书名画数箧，已复典质殆尽。故山荒落，无寸田尺宅以自存。离乱中更，无家归得。生平简澹，久孤于世，不欲危身以治生。所依恃者，惟良师益友，饮助以义，四海知旧，情逾骨肉。韩子所谓若肌肤性命之不可易者，此固由文章风义之感发，亦吾党后天之悲也。①

辛亥革命后郑文焯无以为生，以卖画行医勉强度日。由于他才名甚高，北京大学校长蔡元培聘他为金石科教授兼主任，郑文焯以清遗老自居，婉辞不就，不久去世，年六十三。

郑文焯填词从南宋姜夔入手，后学周邦彦，进求《花间》，从姜、周、《花间》入而又能脱胎换骨，自成一家。其自述云：

> 为词实自丙戌岁始，入手即爱白石骚雅，勤学十年，乃悟清真之高妙，进求《花间》，据宋刻制令曲，往往似张舍人，其哀艳不数小晏风流也。若夫学文英之秾，患在无气；学龙洲之放，又患在无笔，二者洵后学所厚诚，未可率拟也。②

> 自乙酉、丙戌之年，余举词社于吴，即专以连句和姜词为程课，继以宋六十一家，择其菁英，咸为嗣响。今同社诸子，零落殆尽，半匿秋词，但有余泣，此近十年所为伤心之极致，虽长歌不能造哀已。惜曩和姜全词，及鄙人补白石传，并未付锲，且遗一叶，医稿零叠，不省措久已。玉田崇四家词，黜柳

---

① 郑文焯：《与夏映盦书》，《大鹤山人词话附录》，唐圭璋编《词话丛编》五，第4345页，中华书局，2005年。
② 郑文焯：《郑大鹤先生论词手简》一，叶恭绰辑；唐圭璋编《词话丛编》五，第4331页，中华书局，2005年。

第十九章　倚声大家郑文焯

以进史，盖以梅溪声韵铿訇，幽约可讽，独于律未精细。屯田则宋专家，其高浑处不减清真，长调尤能以沉雄之魄，清劲之气，写奇丽之情，作挥绰之声，犹唐之诗家，有盛晚之别。今学者骤语以此境，诚未易谙其细趣，不若细绎白石歌曲，得其雅淡疏宕之致，一洗金钗钿合之尘，取其全词，日和一章，以验孤进。其它如《绝妙好词》，亦可选其雅句，日夕玩索，以草窗所录，皆南宋元初词人也。[1]

乙酉是光绪十一年（1885），丙戌是光绪十二年（1886），此时他身在江南，受当地词人之影响而热衷于填词。在他进入词坛之际，便从姜夔入手，"取其全词，日和一章"，并深研词之声律，渐渐进入臻化之境。

所刊词集被当时词坛诸多名家称许。易顺鼎《瘦碧词序》云："《瘦碧词》二卷，邮寄示余。其追挥两宋，精辨七始，抉微剔奥，梳节披奏。听于无声，眇忽成律。"[2]王树荣光绪刻本《重刊瘦碧词跋》云："北海郑叔问先生擅词学，耳其名久矣。因江君竹圃为介，得读大著。微特运笔选言，直造白石之室，即小序亦几与抗手。有清三百年来，推为词坛老斫轮手，非虚誉也。"[3]朱孝臧（祖谋）的《苕雅余集叙》云："其《苕雅》四卷，皆十余年匦稿。其义殆取之《小雅篇》中《苕之华》，闵时而作，有怨诽之音，又乱之以哀思也。"[4]此外，沈瑞琳的光绪二十二年（1896）藕国刻本《冷红词叙》[5]，

---

[1] 郑文焯：《郑大鹤先生论词手简》一，叶恭绰辑；唐圭璋编《词话丛编》五，第4329页，中华书局，2005年。
[2] 易顺鼎：《瘦碧词序》，郑文焯撰《瘦碧词》，光绪十四年刻本。
[3] 王树荣：《重刊瘦碧词跋》，郑文焯撰《瘦碧词》，光绪刻本。
[4] 朱孝臧：《苕雅余集叙》，郑文焯撰《苕雅余集》，民国吴兴朱氏无著盦刻本。
[5] 沈瑞琳：《冷红词叙》，郑文焯撰《冷红词》，光绪二十二年，藕国刻本。

王闿运的《比竹余音序》①，也都给予了郑文焯以很高的评价，这几位词人皆词坛一时名流，而赞许之言，众口一词，可知郑文焯非浪得虚名之辈可比。

郑文焯不仅在晚清词坛上颇享盛名，近代以来声名日隆，凡词选之属均极为重视郑词，选词数量亦皆位列前茅。叶恭绰辑《全清词钞》，选录词人词作超过二十首的很少，清初三大家的纳兰性德词仅录二十首，录朱彝尊词二十一首，陈维崧最多为三十五首，而郑文焯则为二十一首②，由此可见郑文焯在叶恭绰心中的位置。龙榆生辑选《近三百年名家词选》，选近三百年词人六十六家，词四百九十八首。其中录二十首以上者，仅五家，即陈维崧三十四首，朱孝臧三十三首，朱彝尊二十六首，纳兰性德二十五首，郑文焯二十一首。龙榆生为朱孝臧门人，故选朱孝臧词之数仅次于陈维崧。选十首以上者，不过十四家。而清初名家陈子龙、吴伟业、宋琬、宋徵舆、王士禛、顾贞观等等，均未达到十首，在这种情势下选郑文焯词二十一首，也能够看出龙榆生对郑文焯词的重视③。

诸词选之所以能够将郑文焯置于词史的重要位置，主要出于两方面原因，其一是郑文焯词在坚守词学传统的同时，能够发前人所未发之言，在清词杂乱纷纭之际，对种种缪端有所匡正；其二是郑文焯词精于声律音韵，意内言外，且能够真切地反映时代现实，这也正是郑文焯词的独特之处。

---

① 王闿运：《比竹余音序》，郑文焯撰《比竹余音》，光绪刻本。
② 据叶恭绰：《全清词钞》统计，中华书局，1982年。
③ 据龙榆生选辑《近三百年名家词选》统计，上海古籍出版社，1979年。

第十九章　倚声大家郑文焯

第二节　托微言以喻其志

郑文焯精通音韵，词律甚严，其词不仅精深华妙，而且幽邃绵密。词家对他的词集评价颇高，不仅赞其词在音韵声律方面超迈时人，在词的实践方面亦能够达到"姜夔升堂，清真入室"的境地。张祥龄评《瘦碧词序》时云："兼善则白石、片玉，偏美则竹屋、梅溪。若孔门而用词，则姜夔升堂，清真入室，君特、张炎，童冠之数，君与数子且高揖于尊俎之间矣。"[1]"姜夔升堂，清真入室"，"独取径白石，自成雅调"，可见郑文焯更重姜夔词，除了认为姜词严审音律之外，还因为其词能够"以忠爱怨悱，托微言以喻其志"。刘子雄《瘦碧词序》云："叔问独取径白石，自成雅调。若其寄兴江山，托情哀乐，固以生际承平，优游吟啸，非几微身世之感，蹈纤士之恒态也。"[2]指出其主要特点还是"托情哀乐"、"非几微身世之感"。他在《瘦碧词自叙》中亦将"忠爱怨悱，托微言以喻其志"作为填词之要义，其《叙》云：

> 词虽小道，盖原夫诗之比兴、变风之义、骚人之歌。今子托于南宋，其如自画何？曰：文小而声哀者易于感人，不足以鸣盛。其盛时作者，不过自道其男女哀乐之私。洎乎世变，乃有以忠爱怨悱，托微言以喻其志者。[3]

南宋词人在偏安环境中"独以歌曲声江湖"，郑文焯与之处于同样

---

[1] 张祥龄：《瘦碧词序》，郑文焯撰《瘦碧词》，光绪十四年刻本。
[2] 刘子雄：《瘦碧词序》，郑文焯著《瘦碧词》，光绪十四年刻本。
[3] 郑文焯：《瘦碧词自叙》，《瘦碧词》，光绪十四年刻本。

的时局之中，因此他才能够对南宋词有深刻的体会。正是出于这种认识，郑文焯既慕南宋词人之为人，又自认为境遇与之相类，故遵循了"托微言以喻其志"的写作原则。这种词风在《瘦碧词》《冷红词》中已有表现，在后期写作的《比竹余音》《苕雅余集》中表现得更为突出。这些词作看似婉曲缠绵，实则皆为托微言之作，绝不可仅仅视为男女哀乐之词。对于词的这种见识，正是郑文焯的过人之处。

托微言以喻其志，是郑文焯词的主要特点，这种风格的作品在他的《瘦碧词》《冷红词》中已有表现。

《瘦碧词》共二卷，收词六十七首，长调慢词占绝大多数，只有为数不多的小令。《瘦碧词》是郑文焯早期的精心之作，填词遵循的是深美宏约，尤重声律音韵之协。不过此集多为酬唱和步韵之作，感兴微言的特点比较隐晦，《侧犯·天平山题壁》略具有这种风格。词云：

> 乱峰倒立，踏空直与云呼吸。奇极。看列坐愁鬟，许平揖。尘飞不到处，人影和天碧。幽觅。正木落千岩，数声笛。
> 层巅石镜，空照苍黄壁。寻坏藓，旧诗痕，烟外翠如泣。满袖松风，画秋无迹。绿尽吴根，付谁收拾。①

此词悲哀凄凉，意内言外，寄慨深重，以淡语收浓词，辞尽而意不尽，具有冲淡雅正之风格，并兼声律和谐之美。《虞美人》一首也是如此。词云：

---

① 郑文焯：《瘦碧词》，光绪十四年刻本。

> 魂断空昼相思影，细语成凄哽。鹦哥犹唤旧坊名，几度寻春帘幕误人迎。　　年时系马门前柳，树更如腰瘦。月胧悬泪夜盈盈，长见小楼圆梦到天明。

《瘦碧词》中的这些词，虽然也是托微言以寄慨，但表现得比较含蓄委婉。

郑文焯托微言以喻其志的词作至《冷红词》方渐为明显。《冷红词》四卷，是光绪十五年（1889）至光绪二十二年（1896）的词作，共一百四十五首。这个时期光绪帝亲政，日本侵占朝鲜，甲午战争中日宣战，中国战败后签订了割地赔款的《马关条约》，此间康有为等提出"拒和、迁都、变法"三项主张。这种局势对词人创作产生了巨大的影响，因此与《瘦碧词》相比，《冷红词》虽然仍坚持感兴微言之旨，但多了《瘦碧词》中少见的"新亭之悲"，托微言以喻其志的意味更为浓重。《冷红词》中《玲珑四犯》云：

> 竹响露寒，花凝云澹，凄凉今夜如此。五湖人不见，故国空文绮。歌残月明满地，拍危阑、寸心千里。一点秋檠，两行新雁，知我倚楼意。　　参差玉生凉吹。想霓裳谱遍，天上清异。镜波宫殿影，桂老西风里。携槃夜出长门冷，渐销尽、铜仙铅泪。愁梦寄，花阴见、低鬟拜起。[1]

词前小序云："壬辰中秋玩月西园，中夕再起，引侍儿阿怜露坐池阑，歌白石道人玲珑双调曲，度铁洞箫，绕廊长吟，鸣鹤相应，夜色空寒，花叶照地，顾景凄独，依依殆不能去，遂仿姜词旧谱制

---

[1] 郑文焯：《冷红词》，光绪二十二年，鞠冈刻本。

此。明日示子苾，以为有新亭之悲也。"此词"仿姜词旧谱制"，亦是遵循姜夔制词之法规。此词虽然严守填词法规，但并不是闲适之作，而是将内心真情实感一发于词。"壬辰"为光绪十八年（1892），在此之前发生了中法战争、英军侵略西藏、沙俄侵略帕米尔地区等等重大事件，词人有感于此而制曲抒愤，是为抒发"新亭之悲"。此词格调清空而意旨深厚，是一首寄情遥深之作。

"新亭"之典出于东晋。东晋诸名士于江苏省江宁县新亭饮宴，感伤国土沦丧，叹息流泪，后世因以喻忧国忧时，这首词的含义正在于此。词人有感于时艰而制曲抒愤，是为表达"新亭之悲"。郑文焯在他的词作中曾多次用过"新亭"典故。如《瑞龙吟》中云："伤心见、新亭老旧。"《贺新郎·秋恨》中云："梦不到，青芜旧国，休洒西风新亭泪。"这些词的写作背景复杂而沉重，词人的激切情感以"以忠爱怨悱，托微言以喻其志"的方式表达，虽然不慷慨壮烈，然却深得辞婉而意浓之法。

《冷红词》中《瑞龙吟·春怨，用清真韵》，虽然没有直接选用新亭之悲的典故，不过词中有"夕阳故国，曲中人杳"、"依黯残雪心事，过江如梦，清歌催老"[1]句，仍是此意。陈廷焯曾言："感慨身世，激烈语偏说得温婉，境地最高"[2]，郑文焯的这一类词足可当得此言。

《冷红词》中《莺啼序·登北固楼感事，再和文英》，是词人的一首重要作品，词风沉郁，寄托遥深，也是以同样的笔法抒发了同样的情感。词云：

---

[1] 以下所选"冷红词"见郑文焯著《冷红词》，光绪二十二年，耦园刻本。
[2] 陈廷焯：《白雨斋词话》卷二，第36页，人民文学出版社，1982年。

第十九章　倚声大家郑文焯

　　西风又闻鹤唳，动秋声在水。海东日、照满津亭，浪花飞作云蕊。戍笳吟、楼船瞑合，荒谯夜火城乌坠。叹南游、孤旅沧波，久断归思。　　关塞音书，数驰急羽，感新愁帝子。笑仙术、空说乘槎，采芝人久未至。莽中原、貔貅万帐，问何日、龙旗东指。且衔杯、狂嗅茱萸，醉来何意。　　登临罢酒，北顾仓皇，念枕戈不寐。霜月悄、几回起舞，到此惊见，第一江山，费人清泪。神京杳杳，非烟非雾，鸡声残梦催哀角，搅回肠、一夜成憔悴。冥鸿自远，重携倦客扁舟，泛愁镜波天里。　　燐燐野烧，逼射甘泉，照万松失翠。暂小觅、林亭同憩，侧帽行吟，老柳祠荒，乱鸦飞起。金焦两点，檐牙浮碧，空梁归尽辽海燕，绕危阑、休向曛黄倚。伤心大树飘零，更恋遗弓，恨题满纸。

《莺啼序》是词牌中最长的曲调，四阕四仄韵，是最难铺排的词牌。此词题为"再和文英"，文英即南宋著名词人吴文英，著有《梦窗词集》。吴文英有多首《莺啼序》，其中《莺啼序·春晚感怀》一首沉厚幽郁，颇怀身世之感，历来为词家称道。陈廷焯对吴文英词的评价是："合观通篇，固多警策，即分摘数语，亦自入妙"，"孤怀耿耿，别缔古欢，超逸中见沉郁。"[1]吴文英词的结句"伤心千里江南，怨曲重招，断魂在否"，含《楚辞》招魂意，表现出了浓厚的忧患意识。郑文焯的这首"再和文英"，显然也是抒发了同样的情感。"搅回肠、一夜成憔悴"，"伤心大树飘零，更恋遗弓，恨题满纸"，既是感伤以往盛世的衰落，也是由"新亭之悲"引发出的激愤。

---

[1]　陈廷焯：《白雨斋词话》卷二，第35页，人民文学出版社，1902年。

另一首《莺啼序·秋感，和梦窗丰乐楼韵》与上一首的词意格调相近，"梦窗"即吴文英。词云："沧州半残画稿，认山河错绮。自槎客、艳说仙瀛，浪叠愁满空际。蜃嘘起、楼台幻境，金银夜气浑无霁。怪晨昏、蛮海惊鸾，跕影都坠。　　陈迹苍黄，对酒看剑，向青天漫倚。汉宫月、犹过边亭，堕榆飞尽寒翠。最销凝、昆池劫墨，石鳞泣、秋棱荒水。阅年涯、三浅蓬莱，此身何世。长安似弈，局外樵柯，睡境正深美。幽恨切，数声啼鸟，梦里谁见，覆雨翻云，楚天疑事。西山缥缈，香霏一片，玉龙哀变清商曲。漏沉沉、烛背帘垂地。抛残旧舞霓裳，独坐繁霜，泪花湿红蔘纬。　　宫槐翳日，苑柳扃烟，念凤楼久迟。但梦绕、瑶池仙步，鹤怨猿猜，望断层城，玉梯十二。骄云满眼，森森冠佩，江关投老词赋客，叹京尘、空染忧时袂。伤心孤燕巢林，乱叶迷归，夕阳故里。"同样以托微言以喻其志的方式，表达了"新亭之悲"和对家国局势的担忧。

第三节　幽郁痛彻之长歌当哭

郑文焯的《比竹余音》刊于《瘦碧词》《冷红词》之后。蔡嵩云评郑文焯词云："辛亥以后诸慢词，长歌当哭，不知是声是泪是血，殆所谓亡国之音哀以思欤？此则变徵之声，不可以家数论者。"[①]不过很多词人"长歌当哭"的词作并非始于辛亥以后，在辛亥以前的词坛上已经大量出现，只不过辛亥以后更为突出罢了，郑文焯的情况也是如此，从中可以看到他在这个时期的词风情况。

《比竹余音》是光绪二十三年（1897）至光绪二十七年（1901）

---

① 蔡嵩云：《柯亭词论》，唐圭璋编《词话丛编》五，第4914页，中华书局，2005年。

第十九章　倚声大家郑文焯

的作品，有词一百五十七首。这些词作虽然不是辛亥以后的作品，但这个时期变法失败，庚子事变发生，签订了《辛丑条约》，俄、日、美、英、法等帝国主义列强加紧了对中国的侵略，时局更加动荡，大清政权已经处于崩溃的边缘。郑文焯此时感兴微言之作逐渐减少，而悲怆凄愤之作增多，这种倾向在《比竹余音》中表现得非常明显，沉厚幽郁之"长歌当哭"成为《比竹余音》的主调。

郑文焯论词主张清空的同时，深怀感时忧世之慨。故读郑文焯词必须兼时势而言之，读其他晚清词人的词也应如此。陈廷焯云："《词选》云：碧山咏物诸篇，并有君国之忧。自是确论。读碧山词者，不得不兼时势言之，亦是定理。"[1]读郑文焯词，尤其是读那些沉厚幽郁之长歌当哭的词作，即当"兼时势言之"，只有如此方能探得郑文焯词的深刻之处。

《比竹余音》中的《贺新郎·秋恨》二首，即以锐利词锋刻画出了一位忧国忧时的人物形象。其一云：

> 日落羌笳咽，认一行、高鸿尽处，五云城阙。满眼惊尘还乡梦，重见昆池灰劫。更马上、琵琶催发。露冷横门移盘去，甚金仙、也怨关山别。寄愁与，汉家月。　　故人抗议多风烈。漫销魂、题诗陇树，谁旌奇节。易水空成填恨海，西北终忧天缺。但日尺、平烟区脱。不信天心终如醉，好江山、换了啼鹃血。长剑倚，向谁说！[2]

"满眼惊尘还乡梦，重见昆池灰劫"，言屡遭国难也；"寄愁与，汉

---

[1] 陈廷焯：《白雨斋词话》卷二，第40页，人民文学出版社，1982年。
[2] 郑文焯词见《比竹余音》，光绪二十八年刻本。

家月",言国将不国也;"故人抗议多风烈",言仁人志士建言抗战也;"好江山、换了啼鹃血。长剑倚,向谁说",言空怀报国之心也,同样显示了词人的"新亭之悲",这等词句是何等悲愤激烈。这一类词句在《瘦碧词》《冷红词》中则难得一见。《比竹余音》中的《西河·燕京怀古,用美成金陵怀古韵》,同样是长歌当哭之作,抒发的情感也是惨痛至极。词云:

> 题恨地,东华旧梦谁记?名台十丈冷黄金,暗尘四起。枉教入海费仙才,蓬莱书到空际。　碧天外,长剑倚,断丝白日难系。巢林燕子北来稀,月沉故垒。落红糁泪满宫沟,愁心西送流水。　酒酣击筑过旧市,望燕云、燕草千里。到此顿忘身世,问高阳故侣,青尊谁对?如听悲歌,秋风里。

此词是步韵周邦彦的《西河·金陵怀古》之作,周词起句为"佳丽地,南朝盛事谁记?"结句为"相对如说兴亡,斜阳里。"表现了强烈的家国情怀,郑文焯的这首词不仅句法韵律与周词一致,而且也表达了同样的情感。词人落笔即言"题恨地,东华旧梦记?"悲愤之情已难以遏制。"碧天外,长剑倚,断丝白日难系","落红糁泪满宫沟,愁心西送流水",惨痛至极,而结句"问高阳、故侣青尊谁对?如听悲歌秋风里",则是血泪合成之声,悲慨当下局势之危机惨淡,言短意长,愁情难禁。

《比竹余音》中的《谒金门》三首也悲慨沉痛至极,伤时念乱,关乎时局之意更浓,且文质并佳。词云:

> 行不得,飐地衰杨愁折。霜裂马声寒特特,雁飞关月黑。目断浮云西北,不忍思君颜色。昨日主人今日客,青山非故国。

第十九章　倚声大家郑文焯

留不得，肠断故宫秋色。瑶殿琼楼波影直，夕阳人独立。
见说长安如弈，不忍问君踪迹。水驿山邮都未识，梦回何处觅。
归不得，一夜林乌头白。落月关山何处笛。马嘶还向北。
鱼雁沉沉江国，不忍闻君消息。恨不奋飞生六翼，乱云愁似幂。

此词虽然没有序言说明填词之意，但咏八国联军侵占北京，慈禧太后与光绪帝出宫事仍非常清晰。"行不得"、"留不得"、"归不得"，如杜鹃泣血，极尽凄惨之情。国君出宫乃亡国之兆，故曰行不得。"肠断故宫秋色"，故曰留不得。国家满目疮痍，难以再振国威。"马嘶还向北"，"乱云愁似幂"，故又曰归不得。词虽婉转，然句句喻说惨痛的现实。三首词的结句"青山非故国"、"梦回何处觅"、"乱云愁似幂"，都是异常痛彻之语。

在《比竹余音》中，郑氏的这种感时伤世之作还有很多，《月下笛》一首即为有感于"戊戌六君子"遇害事而作，情感浓烈而沉痛异常，最能表现词人的政治立场与倾向。词云：

月满层城，秋声变了，乱山飞雨。哀鸿怨语。自书空、背人去。危阑不为伤高倚，但肠断、衰杨几缕。怪玉梯雾冷，瑶台霜悄，错认仙路。　　延伫。销魂处。早漏泄幽盟，隔帘鹦鹉。残花过影，镜中情事如许。西风一夜惊庭绿，问天上、人间见否？漏谯断，又梦闻、孤管暗向谁度？

这首《月下笛》没有副题，但有小序。序云："戊戌八月十三日宿王御史宅，夜雨，闻邻笛，感音而作，和石帚"。"石帚"即南宋姜夔。戊戌变法失败，八月十三日是"戊戌六君子"遇害之日，康广仁、谭嗣同、林旭、杨深秀、杨锐、刘光第六人蒙难，康有为、梁启超出走。此时郑文焯正应试赴京，住在好友王鹏运处，此词即是当夜有感而作。如果不知道此词的这种写作背景，及词人的写作动机和情绪，那么这首词很可能仅仅被理解为词人对自身悲凉心境的诉说。不过读过此词词序之后，即能理解词中丰富而深刻的内涵。

郑文焯与友人王鹏运、朱祖谋均有忧国之心。王、朱二人与康有为是至交，都力主变法维新，戊戌变法的失败无疑使他们悲愤之情油然而生，对此事件他们都有词作。郑文焯此词上阕"怪玉梯雾冷，瑶台霜悄，错认仙路"，写变法失败之由；下阕"早漏泄幽盟，隔帘鹦鹉"，指斥袁世凯背盟告密，致使变法失败。"残花过影"，"又梦闻孤管，暗向谁度"，暗喻了作者心绪的悲凄与沉痛。因此，无论是在情感表达方面，还是在词学艺术方面，此词都可以称为郑文焯的一首重要作品。此外，词人选择《月下笛》词牌也是经过考虑的，此调押仄声韵，声调低沉，宜抒发悲慨之情。词人也正是以月夜为背景，这与词人的心境极相吻合，更能够准确地表达词人内心的不平与悲慨。

郑文焯还有一些词作也都关乎时势，辞曲情深，且多比兴之意。《比竹余音》中《夜飞鹊·出南郭门望西山》云：

> 城南有情月，知我凄其，临别更送清辉。吟边白发已愁尽，京尘依旧缁衣。烟霄旷回眺，看仙山楼阁，海戍旌旗。长安梦短，过津亭、酒醒偏迟。　　身似十年江燕，帘幕易秋风，残社空归。休问乌衣故国，寻常陌巷，重到应迷。数峰缺处，倩苍云、补向天齐。但红桑成亩，青芜变海，弱水还西。

词中"休问乌衣故国，寻常巷陌，重到应迷"句，俨然慨叹自家身世之变迁，但"倩苍云、补向天齐"，却也是仍然表现了深重的忧国情思。

郑文焯还有一些词作也都密切关乎时势,辞曲而情深,且多比兴寄托之意。《比竹余音》中的《迷神引》则不仅悲慨身世,而且关乎时局,词云:

> 看月开帘惊飞雨,万叶战秋红苦。霜飙雁落,绕沧波路。一声声,催笳管,替人语。银烛金炉夜,梦何处。到此无聊地,旅魂阻。　眷想神京,缥缈非烟雾。对旧山河,新歌舞。好天良夕,怪轻换,年华柱。塞庭寒,江关暗,断钟鼓。寂寞衰灯侧,空泪注。迢迢云端隔,寄愁去。

词中"眷想神京,缥缈非烟雾。对旧山河,新歌舞"句,辞与意均痛苦难当。

此外,这类词风的作品,还有《御街行·红桥饮席,感少年事》《安公子》《夜半乐·秋尽夜闻雨有怀》《永遇乐》《摸鱼儿》《拜新月慢·秋夜闻笛和清真》《浪淘沙慢》《庆宫春》《玉楼春》等等,这些词寄托了浓重的感慨自身之不遇和忧国忧时之心,字字句句皆出于肺腑,词人的这一类词也因此具有了鲜明的时代烙印。

从以上词作中能够看出,《比竹余音》中的词风与《瘦碧词》和《冷红词》相比,已经发生了显著变化,"长歌当哭"的这类词作,成为这一时期词人抒发悲愤之情的主要方式。

《苔雅余集》是光绪二十八年(1902)至宣统三年(1911)作品,有词八十二首。此时清廷即将倾覆,词人也已渐老,身心俱已疲惫,遗老心态浓重。在对无法挽回的时局充满了失望之际,词人的心境逐渐消沉,其词风也随之有所变化。《苔雅余集》中虽然也有类似《比竹余音》中的词作,但总体来看,词风不似《比竹余音》激切跌宕，慷慨激烈之作渐少，凄怆沉郁之作渐多，然比兴寄托之意仍然浓重。如《永遇乐·春夜梦落梅，感忆因题》云：

> 江驿迢迢，片石枕上，春事如许。乱插晴霄，低横野水，凄断东风主。枝北枝南，眼看摇落，不为翠禽啼住。揽遗芳、璚瑰满抱，觉来顿成千古。　　虚堂酒醒，倾城消息，误尽故山风雨。玉砌雕栏，伤心还见，系马郊园树。人间空有，晓寒一曲，谁信隔纱烟语。恁凄凉、南楼夜笛，送春旧处。

值得注意的是，《苕雅余集》中有一首步韵岳飞《满江红》的词作，即《满江红·赋精忠柏，追和岳忠武韵，为秋心楼主》，这是郑文焯非常重要的一首词，从中仍可见词人难以泯灭的家国情怀。此词既然是步韵词，词风就应该与原作相近，慷慨壮烈，但是这首词却并非如此，而是以沉郁顿挫见长，情感表达在《苕雅余集》中最为浓烈。词云：

> 此树婆娑，一亭共、风波销歇。看历劫、霜根寸断，有心仍烈。湖上已无干净土，枝南长带荒寒月。仗诗人、移奠到栖霞，哀思切。　　三字狱，冤终雪。两字谥，名难灭。倩千年化石，补天南缺。朱鸟空啼山鬼泪，黄龙谁饮天骄血。恁伤心、一例故宫秋，瞻云阙。[①]

"此树婆娑，一亭共、风波销歇"，借咏"精忠柏"抒发了对岳飞忠武精神的崇敬之情。词中所用三字狱、痛饮黄龙府的典故，紧紧切

---

① 郑文焯：《苕雅余集》，民国吴兴朱氏无著盦刻本。

题，尤其是结句"恁伤心、一例故宫秋，瞻云阙"，从咏古中回到了现实，表明了词人之用意所在。此词虽不似岳飞《满江红》慷慨激切，但沉郁情浓，同样抒发了"精忠"精神，词风则是于沉郁中寓激切。词人的好友朱祖谋也有一首《满江红·题杭州岳精忠庙精忠柏，用岳忠武韵》，下阕云："奸桧铸，沉冤雪。幽兰瘗，仇雠灭。闻乔柯几见，金瓯圆缺。朱鸟定飘枋得泪，碧苔疑渍苌宏血。更空山，玉骨冷冬青，悲陵阙。"也唱出了同样的心声。

第四节 结 语

冒广生言："（郑文焯）所著《瘦碧》《冷红》诸词，规抚石帚，即制一题，下一字，亦不率意。本朝词家虽多，若能研究音律，深明管弦声数之异同，上以考古燕乐之谱者，凌次仲外，此为仅见。"①此外，易顺鼎和俞樾的《瘦碧词序》②，陈锐的《冷红词序》，沈瑞琳的《冷红词叙》③，都给予了相似的评价。可见《瘦碧》《冷红》二集极重音律四声。也正是这两部词集，使他在清末词坛上产生了广泛影响。《瘦碧词》《冷红词》二集刊刻较早，注重词艺，以南宋姜夔、吴文英的方式处世，填词追随其词风，《瘦碧词》《冷红词》的深美闳约，便是"深入白石之室"的结果。这两部词集尤其具有"清空"之旨，是晚清以来"清空"词派的代表作品。

光宣之际，八旗的困苦更加深重，词人哀痛之心亦更加浓烈，

---

① 冒广生：《小三吾亭词话》卷二，唐圭璋编《词话丛编》五，第4693页，中华书局，2005年。
② 易顺鼎和俞樾的《瘦碧词序》，见郑文焯《瘦碧词》，光绪十四年刻本。
③ 陈锐《冷红词序》，沈瑞琳《冷红词叙》，均见郑文焯撰《冷红词》，光绪二十二年刻本。

他的一生都是在国家衰落中度过的,加之清亡以后生存艰难,故感慨良多。这种情感在《比竹余音》和《苕雅余集》中表现得尤其明显。朱祖谋《苕雅余集叙》云:"夫士生晚近,负闳识绝学,久孤于世,无所放其意,则托诸微言,懼然事物之所感触,于是缱绻恻怛以喻其致,幽咽凄戾以形于声,横歌哭而变风谣,作者诚不自知其何心。"①言明了郑文焯词的特点及形成这种词风的内在原因。其词每每"幽咽凄戾以形于声,横歌哭而变风谣",词风沉厚幽郁,最具有鲜明的个性化和时代特征。

郑文焯前后词风的这种变化,有着深厚的时势与社会原因,也有由词人的旗人身份所引发的复杂情感和经历的原因。在清廷即将覆亡之时,作为旗人的郑文焯已经失望至极。"累世通显"的家世已经没落,在精神上承受了家国和八旗没落的双重压力。尤其是八旗制度的解体,使得进入社会不久的郑文焯开始了寄人篱下的幕客生活,并且一直无法改变。为了生存,他甚至略去了旗人的身份,自署"高密郑文焯叔问",不再以旗人自居。正是在这种背景下,词人对世事的感慨逐渐加深,在填词过程中虽然仍在坚守南宋词风,但在"长歌当哭"之时,也就不能不在清正婉曲中平添了沉厚幽郁之声,并形成了郑文焯词的主要格调。

正是这种具有强烈现实主义色彩的作品,及《瘦碧词》《冷红词》的清空雅正,《比竹余音》和《苕雅余集》的沉厚幽郁,奠定了郑文焯在清末词坛上的重要地位。

---

① 朱孝臧:《苕雅余集叙》,郑文焯撰《苕雅余集》,民国吴兴朱氏无著盦刻本。

第二十章　哀感深切的奭良与李孺

清末民初之际，国势更为衰落，排满思潮愈发强烈，使得旗人的处境更为严峻。八旗制度的解体，使得旗人完全失去了旗饷的生活保障，也失去了以往的社会地位。值此大变革时期，旗人已经看不到希望，悲哀与惶恐笼罩在旗人心头，为了生存，冠姓更名已经成为八旗旧家的常态。如八旗文坛名家震钧更名为唐晏，锺广更名为杨锺羲，宝巽更名为李孺。奭良虽然没有冠姓更名，但是为了谋求生存，将儿孙辈冠以"娄"姓，并为此作《氏娄说》[1]以记其不得已冠姓更名的原因，反映出了当时旗人在困顿处境中的心态。

八旗社会的这种状态在八旗词作中有深刻的表现，这些词作别有寄托，不论是闲吟赠友，还是抒怀咏古，大多蕴含了处于困境的苦楚，词风悲慨凄凉。这个时期的八旗词作大多以这种词风为主调，寄托了复杂难解的种种心绪，奭良与李孺的词作尤其如此。

---

[1] 奭良：《野棠轩全集》之一，《野棠轩文集》卷四，北平义愼高刊本，1030年。

第一节　悲慨哀怨的奭良

奭良（1851—1931），字召南，裕瑚鲁氏，隶镶黄旗满洲，历官东边道、河东道、荆宜施道、淮扬道。辛亥革命后聘入清史馆。奭良在八旗中有才子之称，善诗文，长于清史掌故，是著名词人承龄之孙，故于词有家传。著有《野棠轩全集》，包括文集、诗集、词集、史亭识小录、献酬集、游戏集，其中有《野棠轩词集》四卷。奭良尤以词著称，《野棠轩词集》录词一百十首，另存于《献酬集》词九首，《游戏集》词八首，合计一百二十七首。

一、激慨沉郁之声

奭良生于咸丰元年（1851），二十八岁入仕，辛亥革命时已六十一岁。他为官敢于抗争，诗文也有成就。奭良对自己的诗文颇为自负，他在结集《野棠轩文集》时曾问友人："吾文尤有不足者乎？"[1]是一位清末民初八旗文坛上有影响的人物。他的词多和韵酬唱以及题画寄慨之作，沉郁与清丽并存，其所作多能切意。

奭良的词作也与郑文焯一样，经历了一个前后期的变化过程。他填词之初，局势尚未如清末时期严峻，故其早期的词以真切自然、清疏委婉见长，与时人有所区别，从中可见此时八旗词人的另一种志趣。《南浦·春草》云：

> 春色漾平芜，绿芊芊、一晌暄风吹晓。遥望浅笼烟，盘鹰地、野火荒痕全扫。踏青人去，软泥刚印弓鞋小。雨后蓬生窗外满，却忆畹兰湘草。　　几时翠遍裙腰，想匆匆、寒食过

---

[1] 吴永：《野棠轩文集序》，奭良撰《野棠轩全集》之一，北平文模斋刊本，1929年。

了。含润土花香，铺茵嫩、低祝马蹄休到。嫣红尚渺，短桥流水游蜂悄。庭户无人门寂寂，新展绿阴多少。①

这首词似乎文采有余而意蕴不足，不过词贵含蓄，又贵迷离杳渺，故读词需要深究，词中"却忆畹兰湘草"还是透漏出了如屈原般的词心所向。

随着局势的逐渐衰落，奭良关心时事的作品开始增多，其中有咏岳飞和明朝抗清将领熊廷弼的词，并无民族隔阂，赞扬了他们精忠报国的品质和精神，词风激慨沉郁，与时代相适应。《满江红·奉题岳忠武王画像，用满江红原韵四首》，第二、三首云：

> 正气凌云，遥下拜、歌声未歇。想昔日、背嵬军盛，如火烈烈。一旅傥挥天外剑，九州共奉王正月。奈生来、偏值小朝廷，空翘切。　　许都郡，组练雪。洞庭寇，烟灰灭。正壮心未已，唾壶都缺。儒将自宜敦礼乐，纯臣岂敢私毛血。看画图、玉貌甚雍容，疑朝阙。

> 南渡昊存，只荡里、蒸尝勿歇。经历代、崇封峻祀，少酬英烈。一展丹青窥器宇，十分坦白光风月。拍哀弦、不忘旧山河，情萦切。　　墨经义，衣如雪。精忠字，痕不灭。但庞言丑正，金陀微缺。长脚人人瞋切齿，紫阳喋喋盲涂血。指阶前、铁铸数幺麽，文犹阙。

这二首词是步韵岳飞《满江红》的词作，前一首的词心是"正壮心

---

① 奭良词见《野棠轩全集》之三，《野棠轩词集》，北平文楷斋刊本，1929年。

未已,唾壶都缺",后一首的词心是"不忘旧山河,情綦切",在对岳飞精忠报国而被陷害痛愤的同时,高度赞扬了岳飞的爱国精神。从前面提到的一些同类词作中可以看出,八旗词人对中国历史上的爱国人物,如屈原、岳飞、文天祥、史可法等等,不仅都给予了非常高的评价,而且以这种爱国精神激励自己,从而显示了旗人对中华优秀传统文化和爱国主义精神的认同与继承。

此外,奭良还有一首《永遇乐·题熊襄愍狱中试卷》,熊廷弼是明朝抗清的著名人物,然奭良仍然能够摒弃满汉之争,对熊廷弼无私放言的精神甚为钦佩,有"公行矣。犹遗翠墨,曝光海宇"之句,反映出旗人对汉族人物精忠精神的态度,从而折射出清代满汉思想文化和民族关系的一个侧面。

在这个时期,奭良的词也不时流露出对时代更迭的哀痛,如《惜余春慢·赋慈仁寺松》云:

> 莲社台空,琳宫尘黯,犹说虬枝夭矫。浓阴匝地,黛色参天,多少俊流临眺。难得高贤结邻,心比双清,迹同三笑。想霜严雪洁,秦封不到,竦然云表。　　曾几日,灰劫相寻,化为龙去,尚有苍髯缭绕。交光易散,胜境重开,一抹影堂斜照。欲问因缘有无,输与枣花,游骢夹道。待青筠、直送涛声,无奈著书人老。

慈仁寺殿前有松两棵,相传是元时所植。上阕写松之繁荣茂盛,下阕写松之颓败衰枯,以松之荣枯比兴,写出了清朝的兴盛与衰败,以及自身曲折的经历。其中"灰劫相寻,化为龙去,尚有苍髯缭绕",结句"无奈著书人老",都明显地道出了这位遗老的痛苦与无奈心境。

以上词作虽然题材、内容不同，词风也不同，但细细品味，皆与哀叹局势之变迁和自悲身世经历有关，从这个角度来读这些词作，就会体会到奭良内心的感受。

二、凄苦诉悲之情

奭良非常注重词艺的把握，在他的词作中有不少是精心之作，与夏孙桐唱和的词作尤其如此。《野棠轩词集》开卷即是《露华·史馆榆叶梅，和闰庵，用碧山平韵》和《露华·和闰庵，用碧山仄韵》两首词，婉曲诉悲，词风均凄切抑郁。

闰庵即夏孙桐，晚号闰庵，光绪十八年（1892）进士，学问淹洽，文笔通达，尤擅诗词，词作有《悔龛词》二卷，是清末著名学问家和诗人，尤以词名世。清史馆开馆纂修《清史稿》，先后任协修、纂修、总纂，并主纂嘉、道、咸、同四朝臣工列传，另纂修循吏、艺术两部分，共计一百卷，为纂修《清史稿》出力最大。其时与奭良同在清史馆，从奭良的诗文来看，两人的唱和最多，与夏孙桐唱和的词共十二首，可见两人关系比其他人要密切深厚。

奭良的两首《露华》词都是咏清史馆庭前榆叶梅之作，虽然婉转，但也都是沉厚痛彻之作。《露华·史馆榆叶梅，和闰庵，用碧山平韵》云：

> 踏青人懒，恰峭风吹得，困损春魂。不分明处，犹余一缕芳痕。尽有浮花浪蕊，是几番、嫁杏拖裙。浑未觉、东皇有意，潜与移根。　　凄清低鬟敛靥，似新入平阳，退处长门。溶溶淡月，能消几度黄昏。坐对繁英薄媚，只莫忘、流水孤村。春去也、斜阳一抹断云。

夏孙桐的《露华·用碧山平韵》云："弄晴纤雪，认娟容怨靥，犹啼香魂。露梢竹外,年年添得春痕。为底旧妆憔悴,倚阶风,低亚仙裙。空叹息,芳华换了,未换孤根。　　依依夕阳明处,早蝶倦蜂稀,烟锁千门。余霞似锦,金觑更傍黄昏。几度笑春相对,怅浣沙、人老萝村。红万点,宫沟暗泻冷云。"奭良此调写于1923年,正值《清史稿》编纂期间,对人情之冷暖、编纂写作之辛苦都有深刻感受。从两人境遇情况看,夏孙桐身为史馆四总裁之一,学问高深,受人尊敬。奭良不过是协修,又恃才傲物,同僚中多有不能相容者。在这种背景下,两者相比,夏孙桐的词虽然也流露出难言之隐的苦楚,不过主要还是表现了一种身心疲惫之感,词之意境虽亦属幽远,然却缺少对情感更深层次的挖掘。相比之下,从词意角度看,奭良词似乎更为深厚痛彻。奭良的这首词借写榆叶梅而暗喻自己,"凄清低颦敛靥,似新入平阳,退处长门"句中,"平阳"、"长门"两典皆喻不得志,明显是在暗喻自身困顿的处境。而结句"春去也,斜阳一抹断云",则无限黯淡,以景寓情,可谓沉重悲戚之笔,说尽了志士末路的痛苦与无奈。不知奭良当时处境之难和内心之苦,便难以理解此词之深意。

奭良还有其他与夏孙桐唱和的词作,基本也是词笔委婉清凄而心境沉重,如《珍珠帘·丁卯上日,闰庵函讯,词以报之》《湘江静·戊辰七月,和闰庵记梦词》二首,均愁苦满怀。前一首"怎梦里蕾腾,却寻生计",后一首"蕾腾一晌","说与君,情最苦,似飘摇小园枯树","狂花易尽,空枝易坠,兰怎成赋",都可谓泣诉迭加,在愁情难禁之际,将无限苦楚对友人倾诉。从词艺角度看,词风宛切,词意真浓,恰合以词体抒写性情的要求。

奭良最为痛彻的词作是一首《六州歌头·南涧体》,奭良以词记述了最不堪回首的往事。此词自诉不平遭遇和悲苦心路最为悲切。全词情与辞相近相得,极为深刻地表达了这位八旗词人的困顿

第二十章　哀感深切的奭良与李孺

处境与难以承受的精神压力,在奭良所有词作中具有相当的代表性。词云:

> 沉思往昔,历历事堪惊。长卿病,嵇生性。忒宁馨,总无成。辜负青灯影。文字瘦,连番屏。叨一命,迁九鼎。选人行。作吏东京,荐祢随朝觐,乘鄣边亭。似浮萍蕉梦,醒一晌扬荆。阳六俄经,恨余生。　　在京南顷。系狗颈,蛾贼靖,左迁丞。拌断梗,甘画饼。又扬旌,惹台评。料彻红巾盛,从先事,不曾听。柴门迥,芸馆聘,然藜青。雅意书䉈,依样禮髡到,令人瞠。只庚郎霜鬓,柔翰尚多情。此意难平!

《六州歌头》由于变体较多,对声律音韵的要求也比较高,《白香词谱》便没有收录此调。这种词牌有多种体式,一般以贺铸的《六州歌头·少年侠气》为正体,此外尚有八种变体,均为双调,各体有一百三十三、一百四十一、一百四十三、一百四十四字之不同,平仄、叶韵也有差异。韩吉元的《六州歌头·桃花》即是这八种变体中的一体。

韩吉元,字无咎,号南涧,南宋时人,官至吏部尚书,力主抗金,与朱熹、辛弃疾、陆游友善,诗词文俱佳,文名甚高,《南涧诗余》存词八十首。奭良此词题为"南涧体",即是采用了韩吉元的《六州歌头·桃花》体。《六州歌头》原是鼓吹曲,句式短而语气急促,比较适合抒发慷慨激愤之情。韩吉元南涧体为双调,共一百四十三字,上阕七十一字,下阕七十二字。不过奭良的这首《六州歌头》只有一百四十二字,上阕七十一字,下阕也是七十一字,据其自刻本,似乎下阕"令人瞠"句前少了一字。

相体选调,贵得其宜,调和则词之声情和。此《六州歌头》平仄韵互押，五换仄韵，节奏急促，音调跌宕，适用于吟咏古今兴亡和感慨悲情。奭良选用此调，即是此意。此词是一首典型的"长歌当哭"作品，句句悲歌，字字血泪，无一轻快之语。词人回顾了自己坎坷的一生，几乎是每一句都是在诉说一段不堪回首的往事，词人的这种经历都是在"历历事堪惊"的状态下度过的。虽然词人有"长卿病，嵇生性"的人格品质追求，但是却"总无成"。不仅如此，而且还遭受种种耻辱，"在京南顷，系狗颈"，是何等的沉痛。这类词作如果没有亲身经历，内心不到悲苦至极，绝不可能发此绝望之声。奭良的这首词所表达的情境不仅是他个人的感受，而且也是在社会变革时期对旗人境遇与心路历程的揭示，在清末民初的旗人中具有相当的典型性。

此外，奭良有《沁园春》六首，词题为"剪发"、"不穿耳"、"金齿"、"袒胸"、"秃指"、"天足"，写出了辛亥时局变迁后的社会情态，尤能表现这个时期旗人复杂难言的心理。其中《沁园春·剪发》云：

> 发则何辜？忽而半髡，忽而尽倾。想盘龙挽结，频烦玉腕，堆雅梳掠，又费金茎。温镜如云，并刀似水，直裁青丝二尺赢。而今后，学男儿跪拜，不用廷争。　　从来短后纵横。便一握、相寻智者能。只飞蓬匪易，仅垂燕尾，步摇难插，乍寂鸾声。偶遇华妆，仍装义髻，真赝中参眼倍明。迁流贯，叹伊川野祭，尤是迁生。

此词描写了辛亥后去辫留发的情景。"而今后，学男儿跪拜，不用廷争"是说大清已亡，其中对"仍装义髻"的遗老形态给予了描写。结句"迁流贯，叹伊川野祭，尤是迁生"，采用了"伊川野祭"

第二十章　哀感深切的奭良与李孺

的典故，意味深长。辛亥之后对社会风气影响最大的就是"剪发"，对这种现象非旗人不能有此深刻感触，亦非旗人不能刻画得如此深切。

三、奭良的词学立场

奭良填词秉承家学，深悟填词之法，于词也有自己的观点和立场。他虽然没有论词的专著，却有一篇《与夏闰庵论词书》，从中可以了解他对于填词的认识。不过他与夏孙桐的词学观点多有不同。《与夏闰庵论词书》云：

> 宋人诗云：诗传画外意，贵有画中态。公词尽画中态矣。非弟哓哓作护法也。公不惮烦，手录俞词见示而盛誉之，则亦未敢仰同。词家者流，动言不说尽、不说出，以为超旨，按之柳、周、王、张诸家已不尽然。又为避浅显，则替代以申之；为叶四声，则扭捏以中之。其按切本题与否，所不计也；真气贯注，宛转关生，则不知也。俞词颇近此病。弟之学词也，谨守家学，未能深造，苟求文从字顺，切题而已，要不敢自欺。硁硁之见，宁为公之滞相，不欲为无边际之空相也。[①]

文中提到的"俞词"，应为同在史馆的俞阶青。俞阶青即俞陛云，俞樾之孙，也是一位有名的学者和诗词家，被聘为清史馆协修。奭良曾有《齐天乐·寿俞阶青探花》的词作，这说明他们并无个人恩怨，相互关系应该不错，说俞词"颇近此病"，不过是与之词学观点不同而已。这首词并没有收入《野棠轩词集》中，而是录于《献酬集》中，可见奭良并不看好俞词，并且在《野棠轩词集》中也没

---

① 奭良：《野棠轩全集》之一，《野棠轩文集》卷四，第9页，北平文楷斋刊本，1929年。

· 521 ·

有其他与俞阶青唱和的词作，倒是与著名词人夏孙桐唱和不断，从中也可以领会奭良填词旨趣之所在。

此《论词书》对"词家者流，动言不说尽、不说出，以为超旨"的现象不以为然，他认为这类词人，不过是在为填词而填词，在长歌当哭，以词抒发激愤之际，显然已经不合时宜。填词之要在于"真气贯注，宛转关情"，也就是以自然为宗，遵循词写真性情的法则，不可执意以声律害意，不可过度雕琢，不可一味追求曲隐之境。他坚持的是"文以字顺切题"为要，这种词学观点的形成与时代的变化极相适应。

奭良在清帝逊位和八旗制度解体之后，表现出了对八旗子弟前途极度担忧的心理，在《答夏闰庵书》中云："吾旗籍本以武功显，迨科目既兴，竟趋文学。然实鲜沉潜好学之士，并鲜沉潜好学之时，一由进取之宽，一由交游之隘。乾隆以后，更尚文藻，而自英协揆、桂文敏外，殊鲜表见。盛伯熙祭酒《八旗文经序》中反复言之，举以相示，相与叹息。咸同以来，则并文学之不知茅鸱伏猎，触目皆是，刺之无可刺也。"①对晚清以来旗人社会的这种境况，只有如奭良这样的旗人才会对此有所认识。故而他在进行文学写作的时候，种种外界现象一旦触及到了他内心的敏感神经，那种只有旗人才有的经历和感触，在他们的文学作品包括词作中，便会自觉不自觉地流露出来。

因此，只有深入了解了奭良的个人遭遇和家庭经历，以及在这种环境下的思想精神状态，才能对奭良以及清末民初其他八旗词人的作品，给予更深刻更准确的解读。

---

① 奭良：《野棠轩全集》之一，《野棠轩文集》卷四，第10页，北平文模斋刊本。

第二节　感慨深浓的李孺

李孺（1862—1931），原名宝巽，字子申、思徐，号约庵、龠闇，隶内务府正白旗满洲包衣佐领。光绪十一年（1885）举人，光绪十九年（1893）官贵州麻哈州知州，后任赴日本留学生监督，光绪三十二年（1906）任荆襄水师营统领署湖北提学使，宣统三年（1911）任宜昌川盐局督办。八月辛亥革命爆发，辗转至京津，1923年任镶蓝旗副都统、都统，然此时八旗已经解体，不过徒有虚职而已。晚年生活困顿艰难，以卖文鬻画为生，1931年卒。著有《龠闇词》，收词一百一十八首。

《龠闇词》前有王嵩儒所作《龠闇先生传略》，《传略》云："先生姓李，直隶遵化人，世隶内务府正白旗汉军。原名宝巽，字子申，后冠姓，更名孺，字思徐，晚号龠闇。祖荫庭按察讳魁联，咸丰中任宝庆府知府。"[①]其父恒琮历任双流县、成都县知县，擢知简州，不过其父在他八个月大时去世，从中可知李孺的大致经历。

李孺工诗文，善绘画，工书法，有多首题画词，如《浣溪沙·题画石赠程六石巢》《瑶花·画水仙为胡恺仲作》《霜花腴·画菊为恺仲作》《浣溪沙·为李浪公画梅》《八声甘州·为陈相尘画梅题词》《八声甘州·若海来词，索画长松赋此题之》等等，是一位多才多艺的八旗文人。

李孺与当时著名词人多有交往，他在当时词坛上亦非泛泛之辈。他有一首《太常引》，其中小序云："戊午之秋，朱彊村、王病山两太史，况蕙生舍人，集于陈若虹西湖好秋轩，仙蝶适来，因各

---

① 李孺：《龠闇词》，尢冰阁铅印本，1933年。

制词记事,涵索作图,并和原韵"。词云:"栖迟僧寺得身闲,随兴访湖山。回首望长安,忆香案、当年旧班。　悠悠岁月,蓬蓬身世,小集岂徒然。准拟酒如川。待重证、春明梦缘。"其中朱彊村即朱祖谋,况夔生即况周颐,他们是词坛上位列"晚清四家"的人物。王病山即王乃徵,字聘山,又字病山,四川人,光绪十六年(1890)进士,有诗名,善书画,也是当时著名的诗文家。李孺还常与其他一些词坛名流集饮唱和,如《霜花腴》小序云:"戊辰重九词社同人于李氏莹园为登高之会,凡二十人",能与这等人物以词唱和,当然也不是等闲之辈。

一、凄怆的忧时之情

李孺入仕时已是清末,不久辛亥革命爆发,对八旗包括李孺的冲击非常大,旗人处于极度的困苦与茫然之中,李孺也是如此,忧时之情不能不萦绕心头,这也成为了他吟咏的重要题材。其中《长亭怨慢·为李幼梅题越南贡使阮叔恂诗卷》借题发挥,抒发了浓重的忧患意识。词云:

> 有天外、飞来星使。小驻湘春,醉逢仙李。柳雪经年,海天万里片帆驶。阮郎归矣。惊满地烟尘起。回首卅年前,直看到、江山如此。　往事。忆名花乞取,一卷小诗频寄。爪痕尚在,更南雁、北来无字。叹故国、一例荆驼,莫重问、汉鸢周雉。算只有深情,深过桃花潭水。

这首词慨叹"惊满地烟尘起"的国家局势,"叹故国、一例荆驼莫重问,汉鸢周雉","荆驼"之典喻故都沦陷,语关国事。"算只有深情,深过桃花潭水",更是沉痛无比。其中动词"惊"、"叹"的运用,直将词人的凄怆之情深刻地表现出来。

第二十章 哀感深切的爽良与李孺

这种悲慨的情绪在《金缕曲·咏寒鸦》同样有所表现,其忧患意识与词风同上面列举的词作甚相仿佛。词云:

> 阵势盘空舞。向晚来、朔风吹急,黯云沙浦。空际翻飞千万点,接翅喧争暖树。更占取、鹤巢栖住。直向最高枝上,落纷纷、相对黄昏语。风雪地,夜啼苦。　　当年上苑千门曙。乱啼声、传宣漏点,凤城高处。一夕延秋飞啄屋,冷落鸳俦鹭侣。算惟有、垂杨终古。凄绝女墙残照里,寂无声、旧社咚咚鼓。朝日起,待腾骞。

"当年上苑千门曙",可知这首词以京都皇家宫苑为背景,借寒鸦"更占取、鹤巢栖住"喻外强的入京。"凄绝女墙残照里,寂无声、旧社咚咚鼓",则是庚子京城失守后的悲凉景象。"朝日起,待腾骞",词人仍渴望国势能够再度振兴。

此外,《鹧鸪天·春感》中有句云"云北望,日西迁",也抒发了同样的情感,词调同样凄怆悲凉。另一首《祝英台近·咏苔》中也抒发了类似的痛苦,词中云:"伤心别后春宫,青青一色,都付与、江郎词赋"。李孺的词人多是这种凄楚愁苦的情调。这些词情景交融,词中有我,比兴寄托之意甚浓,能够真实地表达出词人内心凄凉的情感。

李孺还有一些有感于庚子事变的词作,从中可见旗人对庚子事变深切而真实的感受,《金缕曲·庚子》一首尤能展示这种心理状态。词云:

> 万里匆匆去。最凄然、满襟血泪,满天愁雨。画轴朱轮金勒马,一霎凄凉行旅。几曾贯、长途辛苦。秋色萧条西风冷,并无边、衰草斜阳暮。云暮起,恨千缕。　　霸陵流水长安

· 525 ·

路。荡离魂、此乡虽乐，故乡何处。夜夜秦关旧时月，犹照汉家官树。怕更有、燕莺歌舞。马汗凝红鹃血碧，盼音书、远觅孤鸿羽。天北斗，几回顾。

"庚子"即公元1900年，时八国联军侵入北京。当时京城中民众包括八旗舍身抵抗，战死殉国者无数，《庚子京师褒恤录》等史料记录了当时的惨烈情况。李孺面对这种即将亡国的局势，抑制不住内心极度的悲愤，词中"万里匆匆去，最凄然、满襟血泪，满天愁雨"，以慈禧太后与光绪帝出宫为背景，"天北斗，几回顾"，充满了愤慨与悲痛。此词婉曲达情，然句句沉痛，寄托了对外敌入侵和国家衰落局势担忧的沉重心理，这种情感和风格的词作在清末八旗词坛上普遍存在。

二、悲凉的身世哀叹

李孺心存高远而经历坎坷，一生身世凄凉，从他冠姓更名、卖文鬻画的境遇中，即可知他精神压抑之大和生活之艰难，诉说内心的凄怆沉痛也就成为了他词作的主要内容。这些词充满了悲凉的身世之感。不过这些词不是以慷慨淋漓的方式来表现的，而是仍沿着南宋姜夔、张炎词风一路走来，词风更为凄冷悲凉，情感则沉痛异常。《祝英台近》一首云：

> 水纹生，山绿秀，窗外过新雨。独倚朱栏，别思向南浦。眼中何处天涯，斜阳影里，但一片，昏鸦争树。　几凝伫，最怜满地香尘，落红已无数。曲曲屏山，无计梗愁路。柳径春深，东风多事，又吹起、一天飞絮。①

---

① 李孺词见《龠闇词》，无冰阁铅印本，1933年。

开篇三句总括春景，新雨过后山青水秀，是一幅令人怡悦的景色，然辞锋一转，"眼中何处天涯"，抒发了对自己悲凉境遇的哀叹。词中斜阳、昏鸦、香尘、落红的描述，则将这种心情挖掘得更深更透，与开头清新明快的春光形成了鲜明的对比，词境渐转渐深。此词只写了"悲愁"二字，无一语议论，以选取特定景物将自己的心境自然贴切地融注进去的方法，层层剥露，层层深入。词人见落花也愁，见青山也愁，见柳荫也愁，见飞絮也愁，真可谓满眼是愁。结句"又吹起、一天飞絮"，以景结情，更是寄托了无限的悲情，深得填词之法。

《鹧鸪天·春感》一首抒发和寄托了同样悲苦的心境。词云：

> 最是多愁二月天，暂欢聊破酒肠悭。新槐近节将传火，弱柳笼寒未放绵。　　云北望，日西迁，伤春有恨已难笺。梦中况是身为客，闲里谁知味近禅。

题为"春感"是借景抒发感慨。初春的二月，本应是一片生机盎然的景色，但他却伤春有恨，悲愁无限，主要原因是"云北望，日西迁"，朝廷所在的京师已处于风雨飘摇之中，有如西下之落日，无复兴之希望。在这种背景之下，他也处于"梦中况是身为客"的惶惶之中，不由得发出自艾自怜的哀叹。

李孺的《丹凤引·寿杨了崖》借祝寿抒发心中之痛楚，词境黯淡，是一首最能表现旗人窘境与心理的词作。词云：

> 岁月匆匆催急，五十之年，忽焉来至。公为始满，仆已年华过四。尘飞海竭，梗飘萍泛，著处为家，思归无计。料得幽居闭户，甲子评忘，应问今朝何世。　　往事那堪记省，眼中

只见人老矣。壮志销磨甚,叹繁霜欺鬓,新肉生髀。滔滔天下,漫说昨非今是。极目长安,吟望久,只低头垂泪。者般风浪,眸子何日洗。

这首词是为"寿杨子匽"五十寿辰而作,杨子匽即杨锺羲。杨锺羲与李孺同为光绪十一年(1885)乡试举人。祝寿的词作本应该慷慨高歌、热烈欢愉,但这首词却情调低沉,悲慨凄凉,既是在同情杨锺羲的处境,也是在自怜自身的境遇,悲慨情绪极为浓重。词中"五十之年,忽焉来至。公为始满,仆已年华过四",出自魏晋孔融《论盛孝章书》中"五十之年,忽焉已至。公为始满,融又过二"句。"尘飞海竭,梗飘萍泛,著处为家,思归无里","极目长安吟望久,只低头垂泪"等句,都是写实。至于"者般风浪,眸子何日洗",更是悲痛异常,从中可见旗人当时真实的遭遇与处境,以及他们对人生前途毫无希望的悲哀心理。

《龠闉词》是李孺身后由其门人搜集残稿刊刻的,非为全璧。由于生于末世,李孺的词与很多忧国忧时的八旗词人一样,面对国家局势和八旗的没落,充满了对清朝走向衰亡的悲怆与无助之情,具有深刻的社会性以及词风的独特性。

第三节 结 语

入清以来,八旗文人赋诗填词的主流倾向是以真切自然为主,这大约是由八旗精神、性情所决定的。奭良秉承家学,亦有相近的词学主张,与他坚持八旗词风传统有一定关系。他认为词坛上纷杂的词学流派,不过是导致了词风的种种不同而已,以一家之论而定词人之高下,似乎勉强。填词不过"苟求文以字顺切题而已",奭良的这种主张说出了词以写真情为上的观点，从中可以看到旗人填词的立场与态度，故其词与当时词人多有不同。李孺虽为汉姓旗人，但隶八旗满洲，是八旗辽东旧人，旗人意识非常浓厚，且为举人出身，诗词书画皆为其所长，填词成为他抒发内心情感的一种重要方式。辛亥前后遭遇坎坷，疲于奔命，其词多悲凉之音，亦在情理之中。

从奭良和李孺的词作看，凄厉悲切仍然是他们词作的主要风格。他们词作的内容和词风，集中反映了这个时期八旗词坛的主要情势。

第二十一章　震钧、杨锺羲及其他八旗词人

震钧与杨锺羲是清末民初两位著名的八旗文人,他们不仅工诗词文赋,而且学问优长,各有多部重要的学术和文学著作,学术、文章皆彰显于世,是当时文坛上具有影响力的人物。他们出身旗人,故致力于八旗文学的搜集整理。震钧的《天咫偶闻》,杨锺羲的《雪桥诗话》《白山词介》《八旗文经》,都搜集整理了大量的八旗文学作品和八旗文学家的事迹,这些著作成为了今天研究八旗文学的重要资料。

第一节　八旗文坛双名士

一、沉郁顿挫的震钧

震钧(1857—1920),字在廷,又字元素,号涉江道人,隶镶红旗满洲,辛亥后更名唐晏。光绪八年(1882)举人。曾署甘泉县

第二十一章　震钧、杨锺羲及其他八旗词人

知县，清亡后居上海。《八旗画录》云其"工诗能画"[1]，著作颇多，著有《天咫偶闻》《两汉三国学案》《国朝书人辑略》《香奁集发微》《渤海国志》等，诗词集有《涉江诗稿》《涉江词》。

震钧《天咫偶闻》中自述家世云："我高祖以文学显。自厥后，我祖、我父科第勿绝，我伯祖恭慎公，实左右宣宗，以笃前人光，用垂休祜。爰暨我祖我父，分符守郡，厥绪勿坠。呜呼！吾宗之入本朝，盖二百八十年于兹矣。"[2]震钧家族是早在天命年间就已经入旗的旗人，入关后居京师已经十二世，他的旗人意识相当浓厚。在清末民初，震钧以通达典故、学问淹博而饮誉文坛，对八旗的历史文化以及现实状况颇多留意。他的《天咫偶闻》即以记述旗人社会和旗人事迹为主，如记旗人之社会习俗、文学书画、典故人物等等都非常详尽。尤其对庚子事变时京城旗人异常惨烈的遭遇，以及八旗将士的奋勇抵抗，给予了比较详细的记载，其中记其舅氏多宝之妻，乃宗室之女，"有古贞女之风"，"及庚子之乱日亟，夫人恒顾弟媳曰：'我已自为计，但颇为汝辈虑。城破日，娣与仆妇先投井。'夫人曰：'善。'遂引药饮。寡媳视其即绝，然后自饮，从容而卒。"[3]这种以身殉国的事件在八旗中绝非仅此一例，从中可知当时旗人的处境是何等的惨烈。只有了解了八旗的惨痛经历和痛苦心情，才能够对清末八旗的哀怨愤懑情绪有深刻的理解，也才能够对他们的词作有深刻的认识。

震钧的词作与时代背景有着直接的联系，因此悲慨凄怆情怀在他的词中表露得非常明显。其中《贺新凉·登扫叶楼》云：

---

[1] 李放：《八旗画录》后编卷中，第57页，民国刻本。
[2] 震钧：《天咫偶闻》卷一〇，第224页，北京古籍出版社，1982年。
[3] 震钧：《天咫偶闻》卷四，第100页，北京古籍出版社，1982年。

> 放眼空千古。且凭栏、临风小立，爽人眉宇。江水接天流不尽，水外青山无数。况沙鸟、风帆烟树。试问秋光应怎在，在莫愁、湖水盈盈处。葭菼外，数声橹。　　楼高只许闲云度。浑不管、吴宫花草，晋陵禾黍。多少雄图真落叶，扫去还生如许。君试讯、沙边鸥鹭。暮去朝来江水上，可曾知、几换江山主。看落日，下平楚。①

这首词悲慨沉厚，"放眼空千古"，"江水接天流不尽，水外青山无数"，慷慨之中不乏悲情；"可曾知、几换江山主"，则是异常沉痛之语。

《八声甘州》一首也是如此，表达了与上一首同样的情感，忧患国事的心情也非常浓重。词云：

> 满空园春水自茫茫，不是旧时烟霞。想当年盛事，朝飞暮卷，多少繁华。舞榭而今尽也，何处说窗纱。乔木幸无恙，残照栖鸦。　　惆怅荒芜至此，奈群儿不解，犹折残花。剩危楼未圮，阑楯也欹斜。不见楼中帝子，只离离、衰草遍天涯。浑可叹、一园新绿，偏在邻家。②

词前记云："履亲王邸山池，即因水为之。今楼榭不存，而水局如故，数株杨柳，低欲拂波。其北有俄罗斯馆，水所周也。闲尝小步其间，景物全非，烟水自妙，流连久之，遂制《八声甘州》。"履亲王即康熙帝之子允裪。这段文字记述了荒败后履亲王府的萧条景

---

① 叶恭绰：《全清词钞》卷三五，第1849页，中华书局，1982年。
② 震钧：《天咫偶闻》卷四，第78页，北京古籍出版社，1982年。

象，而"俄罗斯馆"的存在，暗示了辛丑条约签订后国势衰落的状况与缘由，故而这首词的内涵相当深厚。词中"想当年盛事，朝飞暮卷，多少繁华"，是言当时国力之强盛；"剩危楼未圮，阑楯也欹斜"，"衰草遍天涯"，至今国势已经衰落，国将不国。更有甚者，"浑可叹、一园新绿，偏在邻家"，邻家的"俄罗斯馆"却是一片生机盎然的景象。富贵如履亲王之家尚且避免不了衰败的命运，况其他人家乎？故这首词的涵义并非仅仅是叹息亲王府衰败那么简单，仍然是事关国事之作。除此之外，作为旗人的震钧，选择这种八旗王公衰败境况的题材入词，应该还有对八旗处境和命运的深切担忧。

《齐天乐》则是在上一首词的背景下，感慨自身惨淡的经历际遇，"叹三年奔走，消减潘鬓"，"中酒爱丝，那堪新瘦损"，凄切异常。词云：

> 流光瞥眼经重九，萧寥一天秋韵。林染霜痕，江涵雁影，都入词人粉本。游云太忍，剩一抹残阳，也忺遮尽。几缕垂杨，素飔吹去正凄紧。　尊前休问何世，叹三年奔走，消减潘鬓。绕遍东篱，黄花信渺，芳事仝无凭准。天高莫问，却尽著西风，乱翻鸦阵。中酒爱丝，那堪新瘦损。[①]

震钧还有一首《烛影摇红·示耻庵》，抒发了与上面词作是同样的情感。耻庵即续廉，那拉氏，热河都统麟庆之子，前面已经论述过他的词作。词云：

> 最怕伤心，那堪偏到伤心处。当年同队踏槐花，人逐槐花

---

① 叶恭绰：《全清词钞》卷三五，第1848页，中华书局，1982年。

舞。记否矮檐相聚，有多少翩翩玉树。几回谈笑，不觉流光，暗中飞度。　　瞥眼光阴，飘零半作风中絮。池塘春草梦难圆，挥手成千古。依旧南楼夜鼓，全不是，那回意绪。渭城一曲，只有何戡，尚堪重诉。①

词后记云："盖余家自乾隆以来，科第不绝。耻庵家亦然，故两家交谊亦数世之久。今虽尚有吾辈得承先绪，然家世盛衰之感，盖有同情矣。"续廉与震钧两家交谊有数世之久，两人皆出身世胄，回想"当年同队踏槐花，人逐槐花舞"，是何等的惬意，如今"飘零半作风中絮"、"全不是，那回意绪"，两家皆已衰落。两人也沦落下层，不由得"那堪偏到伤心处"。词人回首一望，繁华已尽，亲朋故友所剩无几，不由得感慨万端，悲从中来。从此词可知震钧内心苦楚之由来，亦可知当时旗人处境之艰难，以及他们的心理状态。这种情感的词使得震钧的词作具有了沉郁顿挫的风格。

二、哀婉凄清的杨锺羲

杨锺羲（1865—1939），原名锺广，字子勤、子廙、子晴、芷晴，号留垞、雪桥，又自署圣遗居士。光绪十五年（1889）二甲进士，初任编修，先后记名襄阳知府、江宁府知府等，未得实任。辛亥之后寄居上海，以著书立说为念，著作甚丰，有《圣遗诗集》《骈体文略》《留垞杂著》《雪桥诗话》《雪桥词》，选辑了《白山词介》，与盛昱同辑选了《八旗文经》，是一位专意于学问、博闻强识的著名学者。

关于杨锺羲的旗籍，他在《八旗文经述》中自署"正黄旗汉军头班管领杨锺羲"②。在八旗中，"管领"建制仅存于内务府，属于

---

① 震钧：《天咫偶闻》卷三，第49页，北京古籍出版社，1982年。
② 盛昱、杨锺羲：《八旗文经》卷六〇，述，第481页，辽沈书社，1988年。

八旗满洲范畴。在八旗汉军中，只有"佐领"建制而无"管领"建制。另一说是杨锺羲的先祖于天聪二年（1628）隶属满洲都统、内务府正黄旗满洲头班管领，五世祖虔礼宝官至兵部侍郎，乾隆年间因不能以满语应答，被改隶正黄旗汉军。不过杨锺羲应该属于内务府中的汉姓人。从他的族谱《尼堪杨氏家世纪略》就可以知道他出身"尼堪"，尼堪即八旗满洲中的汉姓人，并非是由内务府改隶了外八旗的汉军。他自称"正黄旗汉军头班管领"，不过是当时对内务府汉姓人的习惯称呼，并不是规范的称谓。出现这种现象的原因，大约是当时内务府汉姓人应试科举，与外八旗一体考试，且占用汉军名额，故有此俗称。

杨锺羲与宗室盛昱为表亲，他们都是晚清著名的文学家，杨锺羲的家世记载于《尼堪杨氏家世纪略》中。与震钧一样，他的旗人意识也非常浓厚，一直留心于八旗的历史文化，热衷于八旗典章制度、人物轶事以及八旗文学的搜集整理，辑录刊刻了多种旗人著作，对保存八旗文献做出了贡献。

杨锺羲面对时局大变革的现实，在八旗解体之后，更多了一种旗人的凄凉之感，这种情绪在他的《东风第一枝·和约庵韵》中表现得尤其明显。词云：

> 朝雨欺寒。夕阴吹暝，东风犹勒新暖。尽教闲篆香篝，阁住春衫针线。一年花事，拚迟放、几枝兰箭。初不道、社鼓枫林，容易日斜人散。　　愁似水、并刀难翦。酒如泻、提壶休劝。是谁断送年华，相与急催弦管。重衾醉拥，只惆怅、铜舆梦远。那堪向、易主楼台，又见定巢语燕。①

---

① 杨锺羲词见叶恭绰辑《全清词钞》卷二六，第1875页，中华书局，1982年。

约庵即前面提到的李孺。李孺的诗词作品散佚比较多,在他的《龠闇词》中,同韵的《东风第一枝》未见收录,大约也是抒发了同样的情感吧。词中"社鼓枫林,容易日斜人散","是谁断送年华"句,皆是对辛亥之后"易主楼台,又见定巢语燕"局势的哀叹,哀婉至极。

《浪淘沙慢·和身云》一首,也抒发了同样的思绪。词云:

> 为春瘦、琴丝倦理,脆管慵炙。镇日沉阴似墨,东风向晚更劣。正目断、青门芳草隔。惜春意、闲里虚掷。看秾李绯桃自开落,风情黯非昔。　凄寂。旧时燕子曾识。问画栋雕梁营巢处,此日谁主客。空衔尽香泥,痕扫无迹。帘钩絮彻,当亚阑、遍倚落花时节。　原自无心江头楫。轻抛却、海天霁月。能几日、棠梨飞作雪。但追恨、种柳陶桓,勤揽结,漫天成就春云热。

身云即樊增祥,光绪三年(1877)进士,工诗文,民国时期任参政院参政,亦兼清史馆事,同杨锺羲一样遗老情感浓重。杨锺羲《雪桥诗话》稿成,樊增祥为之出资刊刻,与杨锺羲相互引为知己。这首词是唱和樊增祥之作,也是一首哀叹清亡的词作,辞虽婉转,但寓意甚明。"问画栋雕梁营巢处,此日谁主客"一句,便点明了此意,从中可见八旗遗老悲哀无奈的心态。

杨锺羲还有一首《浪淘沙慢》,据他在《雪桥诗话》中所言,是有感于盛昱去世而"怅触前尘,怆怀近事"的词作。此词追诉了与盛昱的深厚友情和共同商议辑录八旗文献事,表现出了相当浓重的旗人意识。词云:

第二十一章　震钧、杨锺羲及其他八旗词人

> 记双影、松窗对语,审定吾炙。三百年来妙墨,中州并较宁劣。自抗手丰台生死隔。望奎壁天外腾掷。剩小集宝章光焰在,风流邈畴昔。　　愁寂。龙荒桑梓先识。念万劫苍茫长河泪,不为送行客。怕金水河头,春去无迹。巫阳唤彻,是孙刘、余责堂堂风节。　　零乱缣缃秦淮楫,惊重睹、苣堂旧月。待橙蜜、他时同煮雪。料天上、共此悲凉。肠百结、汉家火井何年热。①

词后自注云:"吾炙,谓同撰《文经》。'万劫苍茫',己亥乞外,伯希送行词中语。苣堂,意园怀苣堂也。"杨锺羲与盛昱均具有文才,他们的旗人意识也都极其浓厚,在共同编成《八旗文经》后盛昱去世,杨锺羲由此悲慨万端,以此词悼念。此前盛昱曾有《梦横塘·送子勤表弟乞外》②,词中"风雅乡邦,私自幸,有人能付"之句涵义深厚,"乡邦"实指八旗,"有人能付"是将整理八旗文献的希望寄托于杨锺羲,以保存八旗的文化遗产和精神。此后,杨锺羲辑刻了其高祖虔礼宝的《椿荫堂存稿》、蒙古博明的《西斋偶得》、汉军姚斌桐的《还初堂词钞》、宗室盛昱的《意园文略》《郁华阁遗集》等等遗著为《留垞丛刻》。此词中用了"汉家火井"的典故,还是透露了旗人意识中存在的正统观念,这种意识亦是当时旗人意识中的重要组成部分。在这种背景下,以上词作皆凄厉悲慨,唱出了在清廷灭亡趋势中旗人的哀痛与悲伤,成为清末民初词坛上的另一种别调。

---

① 杨锺羲:《雪桥诗话》卷一二,第597页,北京古籍出版社,1989年。
② 盛昱:《郁华阁遗集》诗余,光绪刻本。

第二节　清末民初其他的八旗词人

一、八旗满洲词人

阔普通武，字安甫，号青海，一号楂客，隶正白旗满洲。光绪十二年（1886）进士，官至兵部侍郎，光绪二十六年（1900）任西宁办事大臣，光绪二十九年（1903）休致。著有《湟中行纪》《万生园百咏》《南皮纪游草》，词集《华鬘室词》收词一百一十首。

阔普通武生活于清末民初，经历了动荡的时代变化，因此他的词反映清末民初社会现实的内容比较多，其中《消息·过翰林院故址》对翰林院的颓废抒发了沉痛的感慨。词云：

> 翰院清华，瀛洲胜地，御河临水。刘井泉澂。柯亭荫茂，左右相迎峙。秘阁深严，凤池富贵，犹记当年遗址。莽西风、荒凉一片，不见了官墙美。　劫历虫沙，官醒蚁梦，变作蜃楼洋市。学士闲厅，功臣旧馆，尽向城西徙。四面晒台，五更画角，密迩强邻高垒。长安地、竟成万国，车书同轨。①

全词句句沉痛，以往"秘阁深严，凤池富贵"，于今已经成为"当年遗址"，以至于到了"荒凉一片"的境地。尤其不能容忍的是，列强已经侵入国都，国已不国了，"长安地、竟成万国，车书同轨"句，意内言外，所含复杂的痛苦之情，真真是难以言说。词人对列强的入侵充满了愤慨，能如此直接发泄愤恨情怀的词，在清词中亦不多见。

---

① 阔普通武词见《华鬘室词》，无刊刻年代，辽宁省图书馆藏。

第二十一章　震钧、杨锺羲及其他八旗词人

《凤凰台上忆吹箫·过交民巷》也是词人同样情感的词作。词云：

> 蜃市成楼，乌衣列桁，一条古巷宽平。问谢王朱邸，台榭全倾。太息烟云缥缈，全不见、绣闼雕甍。通衢净、纤尘不起，大地澄清。　　东西。外洋宫室，鸟道蜂房，俯视沧瀛。更北来御水，南倚王城。旅馆全收形胜。任列使、自拥强兵。金风起、吹箛鼓琴，并作商声。

交民巷是京城中外国使馆所在地，自帝国主义列强以坚船利炮打开中国大门之后，以往京师繁华之地，如今已经是"问谢王朱邸，台榭全倾"，"外洋宫室，鸟道蜂房，俯视沧瀛"，出现了在中国国土上"任列使、自拥强兵"，令人难以承受的现状。面对主权丧失、外强作威作福的情况，词人心情万分沉重。将以上词作连缀而观，便能更清楚地看出阔普通武的忧国之心了。

词人的寄怀词颇多感慨深浓之作。如《摸鱼子·无题》上阕云："叹年来，桑田沧海，看花旧侣余几。玄都道观皆寻遍，笑我清狂如此。游倦矣，难禁向、风前痛洒相思泪。干戈乱世，问北里佳人，西楼名士，才貌更难比。"这种心情恐怕也只有清末老臣才会有的吧。他曾在青海为官，《贺新郎·寄怀》一首在寄怀中追怀了以往的壮志与失意，尤能表现这种感慨深浓的情绪。词云：

> 两鬓无霜雪。喜晚年、据鞍顾盼，一腔热血。青海当年屯兵处，握定子卿汉节。奈边将、不知关说。枉效班生投虎穴，李将军、未识封侯诀。思往事，空呜咽。　　灞陵夜猎无聊极。念平生、驱驰万里，功名计拙。除却红颜无知己，爱向玉

· 539 ·

> 奴饶舌。却无意、风尘物色。邂逅有情成眷属，算英雄、眼力难磨灭。蛾眉队，有豪杰。

在阔普通武的词作中，寄怀之作最有感情深度。这首词借用汉朝击伐匈奴之典，于慷慨中寓悲切，"据鞍顾盼，一腔热血"，倾诉了壮心满怀而无力救国的悲哀，可视为一位八旗满洲老吏在悲境中壮志难酬的哀叹。

此外，《望湘人·柴市谒文丞相祠》是词人的一首重要作品。他在国家危难之际，以追怀文天祥舍身殉国的精神，抒发了矢志报国的愿望。词云：

> 育贤坊里，过半亩学宫，祠堂瞻仰丞相。伟貌修髯，乌纱玉带，传出忠臣形状。留取丹心，汗青常照，遗诗谁唱。想当时，正气高歌，激起天风悲壮。　　神座依然南向。至今游柴市，难禁凄怆。有高谊门生，收拾衣冠埋葬。冰弦泪落，冬青树冷，空为赵家期望。可想象，义胆忠肝，箕尾长骑天上。

词人借文天祥的"正气高歌"，赞赏了其"留取丹心"、"义胆忠肝"，为国献身的精神，表达了他的崇敬之情和由衷的精神追求，唱出了时代的爱国强音。与前面所列举的八旗中有识者一样，在面对外强肆意侵略之时，以追怀中华民族爱国人物为念，同样体现了对中华民族爱国主义精神的认同。

阔普通武的抒情描景之作，亦能够于婉约中寄托抑郁之情，中调《唐多令·秋夜》《思佳客·即景》等，即是具有这种风格的作品。其中《唐多令·秋夜》云：

第二十一章　震钧、杨锺羲及其他八旗词人

> 子夜对孤檠，凄凉梦不成。坐深更、街鼓咚咚。旧恨新愁抛却了，听远处、捣衣声。　　触起故乡情，一钩残月明。怅檐前、铁马琤瑽。莫谓吟秋无伴侣，笼蟋蟀、枕边鸣。

阔普通武既唱出了清朝灭亡的挽歌，也倾诉了个人内心的悲哀，作为一位八旗满洲老吏，他具有这种心理应该说也是合乎情理的事情。不过历史毕竟要发展，并不以清朝遗老们的愿望所左右，因此在这种历史巨变的现实中，他们也只能发出此种哀叹了。阔普通武也有描述当时社会变革的词作，如《太常引·女学堂妆束》即描写了"女儿偏爱学男装，发辫等身长"的女学生装束，反映了清末教育改制的情况。

耆龄，字寿民，号瀞斋，隶正红旗满洲，清末民初人，生卒年不详，官至内阁学士、马兰峪总兵，著有《消闲词》。

耆龄与他同时代的八旗词人有着大致相同的人生经历，因此也有着同样的思想情感，这种情感在他的词作中屡有表现。《三姝媚·九月初三夜和阮南》和《桂枝香·答阮南》两首，最能反映词人对现实境况的深刻感触。其中《桂枝香·答阮南》一词云：

> 铜驼巷陌，又落日寒烟，黯然将夕。流水年华，往事可堪追忆。西风不暖笙歌梦，但萧寥、鬓丝催白。万重缄感，百端裁恨，几番沾臆。　　只此意、深藏自昔。奈换尽悲凉，影单形只。说也无聊，惟有对花怜惜。拗兰试濯香难灭，忍寒衣、等闲抛掷。幽怀谁见，一轮飞上，远天凝碧。[①]

[①] 耆龄词见《消闲词》及叶恭绰辑《全清词钞》卷三六，第1894页，中华书局，1982年。

这首词是对友人诉说内心的苦楚，故直诉真情，不加掩饰。"铜驼巷陌。又落日寒烟，黯然将夕"，是言时势已经变迁；"奈换尽悲凉，影单形只"，是言自己悲凉的处境。"说也无聊，惟有对花怜惜"，则是吐露内心之惨淡。这类词句将词人无限的悲哀渐次表露，如流泉归海，似尽而又不尽。

《减兰·题萱草》则更是一首自顾自怜的悲歌，反复缠绵，情意切切。词云：

> 篱根墙角，顾影应怜衫袖薄。浅碧轻黄，犹抱芳心试晚妆。　　此情共说，惟有明明天上月。我纵忘忧，露朵风枝可奈秋？

比兴是诗词重要的表现方法。这首词题为"萱草"。萱草又名忘忧草，可知词人是以萱草比兴，借此抒怀。对于比兴之法，沈祥龙的《论词随笔》云："或借景以引其情，兴也；或借物以寓其意，比也。"[①]此词即以咏萱草寓幽怨之情，倾诉自家心境。全词结构清晰，层层转折，愈转愈深，结句"我纵忘忧，露朵风枝可奈秋"，直将难以排遣的忧愁更为深刻地表达了出来，实在是神来之笔。

成昌，字子蕃，一字湟生，号南禅，萨克达氏，隶镶黄旗满洲，光绪十四年（1888）举人，清末民初人，生卒年不详，官四川夔州府知府。

成昌词学南宋，尤其推重姜夔、周密。他的词追求格律严谨，字句精美，偏重于形式的美感，《玉京秋·用草窗韵》即是步韵周密同调词而作。词云：

[①] 沈祥龙：《论词随笔》，唐圭璋编《词话丛编》五，第4048页，中华书局，2005年。

第二十一章 震钧、杨锺羲及其他八旗词人

> 罗带阔,年来更消瘦,惜春心切。乱红落尽,惊看新叶。门掩梨花几树,诉东风、休摧香雪。伤离别。绿窗鹦鹉,替人先说。　　袖薄余寒犹怯。烛高烧、银屏影缺。画角声声,吹残前梦,轻歌应歇。浅草迷天,叹客里、谁惜芳菲时节。蜀弦咽,鹃血空啼夜月。①

周密,号草窗,宋末元初人,著有《草窗词》,多有忧国忧时之心。其词的压卷之作是《玉京秋》和《一萼红·登蓬莱阁有感》,这两首词集中抒发了忧国忧时的悲慨心怀,词风委婉而词意凌厉,素为后人称道。谭献《复堂词话》评云:"周密《玉京秋》起句'烟水阔',层折断续,熔炼沥液。"②《一萼红·登蓬莱阁有感》有句云:"回首天涯归梦,几魂飞西浦,泪洒东州。故国山川,故园心眼,还似王粲登楼。"此处用王粲《登楼赋》之典,诉说对故国的愁思。胡云翼《宋词选》解读这首词时,认为是"主要抒发羁旅思乡之情"③,非为确论。

成昌选择周密的《玉京秋》步韵,已有深意,不仅以"清真"之法填词,而且词意亦与其相类。词人借惜春来抒发内心的忧国之思。上阕借景诉情,惨淡凄凉;下阕情中涵景,沉痛难当,可谓景语即是情语,情语亦含景语。至于"画角声声,吹残前梦"句,词意渐深,结句使事用典,"蜀弦咽,鹃血空啼夜月",点明了忧国忧时的主题,明确透露出了被久久压抑的悲情,也是一首"层折断续,熔炼沥液"之作。

成昌生活的时代,正是局势动乱、国家危难之际,他的词也是

---

① 成昌词见叶恭绰辑《全清词钞》卷三六,第1873页,中华书局,1982年。
② 谭献:《复堂词话》,唐圭璋编《词话丛编》四,第3991页,中华书局,2005年。
③ 胡云翼:《宋词选》,周密,第435页,中华书局,1962年。

对时代巨变的反映,并能够以强烈的旗人意识作为主导。他在抒发个人身世感慨之际,多以隐晦纡曲的笔法抒发了忧国忧时的哀痛愁怨之情。从成昌填词"用草窗韵"的情况,以及他词作的具体格调来看,他继承了南宋词风。

白廷夔,字栗斋,号逊园,京旗满洲人,清末民初人,生卒年不详,官直隶候补道。

晚清至民初虽然局势动荡,但词学发达,名家辈出,涌现出一批卓有成就的词人。他们除了重视比兴之法外,非常注意写作的艺术要求。虽然也出现了不少"长歌当哭"、雄沉凄厉词风的作品,但以婉约形式表达情感的风气仍然浓重,不过也都是将有无比兴寄托作为衡量词作水平的重要标准,因此以比兴寄托之法表达愁苦郁愤之情,仍然是这个时期词坛的重要特点,只不过比兴寄托的是现实中的事与物罢了。白廷夔的词作即能够在婉约中寄托郁愤之情,其中《绿意·绿阴》一首最能够表现出他词作的特点。词云:

> 漫空乱絮,恨芳菲畹晚,谁送春去。众绿才生,如水凉阴,便化碧烟无数。黄昏易觉纱窗暝,醉梦里、自寻归路。更那堪、远到天涯,是处也多风雨。　　可惜芳华早歇,蓟门剩落日,肠断烟树。柳尽空堂,槐老斜街,料得词人难住。残红送断凄迷影,只旧燕、伶俜相语。抱短琴、何地堪眠,终古此情谁诉。①

全词缠绵反复,一唱三叹。上阕"如水凉阴,便化碧烟无数"是景语,"更那堪、远到天涯,是处也多风雨"是情语;下阕"蓟门剩

---

① 白廷夔词见叶恭绰辑《全清词钞》卷三九,第1996页,中华书局,1982年。

落日,肠断烟树"是景语;"抱短琴、何地堪眠,终古此情谁诉"是情语,不过也应该认识到其间的景与情并非两不相干。而"柳尽空堂,槐老斜街,料得词人难住"等句,则是情由景生,景与情融。结句"终古此情谁诉",道出了清末民初旗人无法言表的悲怆之情。这种通过委婉凄凉词风表现情怀的词作,同样能够深刻反映这个时期八旗的困顿、无助和悲伤。

毓隆,字绍岑,宗室,光绪二十年(1894)进士,生卒年不详,由翰林院编修,官至典礼院学士,著有《缒秋盦词》。

毓隆出身于宗室,有比较高的社会地位,清朝的灭亡对他们这一类人的影响与冲击更严重,因此在他的词作中常常流露出痛苦之感,饱含了深重的悲哀情调。《醉花阴》云:

> 欲划春愁愁不断,夜漏催银箭。清泪背人弹。惜别伤春,袖染罗痕茜。　　雨风故意和春战,未识东皇面。破晓卷帘看。一夜相思,满地桃花片。①

这首词通篇言愁,尽管笔调委婉,但异常沉痛的心情仍然充溢全篇。此词上阕起句"欲划春愁愁不断"即入题,直诉内心伤感欲绝的情绪;下阕"雨风故意和春战",以至于"一夜相思,满地桃花片",情景相融,凄凉无限,有一语双关之妙。尽管这首词没有明确写家国之忧,但是寄托之意仍然比较明显。词中表达的感情和词人运用的笔法,也表明这是一首抒写悲情的词作。如果了解词人宗室出身的背景,将这首词放在清末民初的环境中考量,那么其中的词旨应该就比较明显了。

---

① 毓隆词见叶恭绰辑《全清词钞》卷三六,第1900页,中华书局,1982年。

汪笑侬（1858—1918），原名德克俊，字仰天，号孝农，正黄旗满洲人，光绪五年（1879）举人，后弃仕途而专攻京剧，不仅改良完善了京剧的表演艺术形式，而且创作京剧剧本二十多部，对京剧的发展做出了贡献，是清末民初相当著名的旗人京剧艺术家。

汪笑侬多才多艺，亦工诗词，他的诗词作品收在阿英所辑的《竹天农人诗辑》中，附录在《汪笑侬戏曲集》后，其中录词三首，虽然仅此三首，然非泛泛之作。汪笑侬是一位深怀忧国忧时之心的旗人，他的诗作或沉痛，或激愤。《再题桃花扇新戏》云："梅花岭底衣冠葬，遗恨将军不断头。太息孤臣报恩处，满天血雨下扬州。"咏史可法也。以满洲人身份而赞许抗清之史可法精忠报国精神，实属难能可贵。《舟中偶成》云："大醉骑龙夜入吴，长风送我入姑苏。涛声激动壮心起，灯影模糊老眼疏。尽有汉书下酒物，苦无人画斗诗图。从今一洗寒酸气，露湿青衫万颗珠。"诗作气概如此，而词作却以婉曲诉情之法表达了同样的心怀。《水龙吟》云：

> 楼高渺渺愁予，花深不碍春心眼。芳洲绿遍，平堤雨暗，游人未倦。舞柳颦烟，歌云弄晚，轻寒轻暖。怕红尘、化作香尘起，随风去，天涯远。　　愁里韶华偷换。误佳期、凤台人散。年来拼却，数花断湄，豪怀多懒。吩咐秋娘，琵琶弦底，分明恩怨。叹鳞鸿难托，凭将恨、诉与瑶钗燕。[1]

此词迷离缥缈，总不过是在诉说哀怨之情。其中"琵琶弦底，分明恩怨"，典出白居易《琵琶行》，自悲境遇也；"凤台人散"用萧史

---

[1] 中国戏剧出版社编辑部：《汪笑侬戏曲集》，阿英辑《竹天农人诗辑》，中国戏剧出版社1957年。

弄玉吹箫引凤典故。后二人乘着龙凤飞升而去，抒发的是忧国情怀，想汪笑侬应该亦有此意。此外《洞仙歌》一首云：

> 鹤衣料峭，惹红香盈袖。酒会花筹恨常有。叹珊瑚击碎，兰杜荒芜，多少事，付与锦屏红豆。　朱颜青镜改，几度销凝，花底秦筝小垂手。旧曾游冶地，如此溪山，今几许、换了啼莺垂柳。待记取、东风再来时，好意春华，不教辜负。

这首词虽然婉转绵丽，但词中"叹珊瑚击碎，兰杜荒芜"句，还是透露出了对世事不满的心情。沈祥龙云："词有托于闺情者，本诸古乐府，须实有寄托，言外自含高妙。"①此词亦当如是观。

二、八旗蒙古词人

在清代的近三百年中，八旗蒙古词人的数量非常少，并且没有出现重要的词人，清末八旗蒙古词人以寿英、三多的词作为佳。

寿英，杭阿檀氏，字金甫，号志斋，八旗蒙古人，秀才出身，"金甫善饮，诗才敏捷，尝作《秋兴》诗三十首，丙夜而就，诚倚马才也"②，著有《汉瓦砚斋诗钞》。其《鹊桥仙·七夕用秦少游韵》云：

> 星疏月淡，风轻露重，晌见银河已度。多情反羡世间人，却日日风情无数。　初秋佳夕，一年欢会，岂惮迢迢云路。更疑未过鹊桥时，应共盼斜阳早暮。③

秦观的《鹊桥仙·七夕》非常有名，寿英步韵秦观的这首《鹊桥仙·

---

① 沈祥龙：《论词随笔》，唐圭璋编《词话丛编》五，第4053页，中华书局，2005年。
② 宜垕刊《日下联吟集》卷二，第11页，借绿轩同治五年刻本。
③ 寿英词见宜垕刊《日下联吟集》卷四，第27页，借绿轩同治五年刻本。

七夕》，只能看作是习作，不仅无精妙之语句，而且意境平平。这首词为其早年所作，并无深意，不过从中可见八旗蒙古词人的情况。

三多（1871—1940），字六桥，汉姓张，杭州驻防旗人，隶正白旗蒙古，大约卒于1940年前后。"氏锺依，官绥远城副都统、库伦办事大臣。入民国，官山海关副都统、国务院铨叙局局长"①。著有《可园杂纂》《可园诗钞》《柳营谣》，其词集《粉云庵词》，现藏于中国国家图书馆。

谭献《复堂词话》云："六桥都尉，学于梦薇，倚声乃冰寒于水。"②冒广生的《小三吾亭词话》，评三多《暗香·苏堤试马图》一词云："不啻颊上添毫，栩栩活矣。"③这首《暗香·苏堤试马图》云：

> 一鞭得得，趁柳枝绀翠，桃花红白。笑拂五云，惊起浮沉两鸂鶒。怪底联翩凤子，紧随着、锦鞯金勒。似指引、有个当炉，还在画桥北。　闲立，看春色。把芳草缓寻，落英争惜。风流帽侧，湖上谁人不相识。驴背清凉居士，应少我、疏狂标格。行乐耳、须信道，百年驹隙。④

此词具备"词别是一家"的特点，虽然不是比兴寄托之作，但无腐儒气，新颖而不轻薄，辞丽而不浅尽，词风温丽婉逸，可称得上是一首词人之词。

三多有一首《迈坡塘·题稼轩词集》，上阕写辛弃疾"风流算

---

① 恩华：《八旗艺文编目》四，集类总集，第53页，民国刻本。
② 谭献：《复堂词话》，唐圭璋编《词话丛编》四，第4020页，中华书局，2005年。
③ 冒广生：《小三吾亭词话》卷四，唐圭璋编《词话丛编》五，第4730页，中华书局，2005年。
④ 三多词见《粉云庵词》，中国国家图书馆藏。

得真儒将"的风采和不得不"把红豆轻拈,碧阑低拍"的无奈,下阕抒发"同感一般身世"的心情,沉郁而伤感,感慨自身之境遇也。他的另一首《瑞鹤仙·读史有感》也有同样的情调。

此外,三多常以自己的家族与纳兰性德同为叶赫部而为荣,这种情感在《风流子·同社约用此调咏余所藏成容若双凤砚》中表现得非常明显,此又特能够显示旗人之心理意识也。词云:

> 涬妃驾彩翼,辞丹穴、又伴纳兰人余祖籍纳兰部落。把朱漆楼台,锦屏低护,碧璃雕匣,绮席横陈。镇相对、桐枝应善择,竹实偬饥吞。临罢蝶图,复摩鹣影,抚余禽帖,重画蛾痕。　　当年鸳鸯社,联珠缀玉,日日随身。争胜柔手捧,棉软肌亲黄莘田砚,夜令婢金樱抱之而睡,取其温润。况金凤制铭,翠岩并宝此砚本周青士物,其志曰:余向得翡翠岩砚,竹坨曾铭之,今复宠饬斯砚,真石交也,云云,红楼记梦,紫馆储珍。终使补天难用,文采长存。

三多虽然热衷于填词,友人对他的词作也多有褒奖,但其词委婉绵丽者少,沉厚激荡者少。与同时代的其他八旗词人相比,少慷慨激烈的忧国忧民之调,而多倾诉自身境遇之音,词亦真切不足而绮丽有余。

三、八旗汉军词人

崔永安,字磐石,隶正白旗汉军,生卒年不详,光绪六年(1880)进士,官至直隶布政使。作为旗人,他的词与其他旗人一样也具有伤时感世之情,这种情感在《满江红·吹台感事》中表露得最为集中。词云:

> 百感莽莽,又万里、劫灰吹聚。空剩得、满腔热血,头颅如许。负手尚吟梁苑月,伤心每忆蓬山雨。更那堪、徙倚信陵

祠,夷门树。　　功名事,成腐鼠。澄清志,徒画虎。叹危巢完卵,几人撑住。大局艰难堪痛哭,君王神武非虚语。愿二三、豪俊佐中兴,图伊吕。①

这首词可谓是直抒胸臆之作,无关乎景物,句句皆发自于情思,词风慷慨激切,颇近南宋辛弃疾和张孝祥词风。面对国势日衰的局势,词人起句即云:"百感茫茫,又万里、劫灰吹聚",抒发对"危巢完卵"局势的担忧和郁愤。"空剩得、满腔热血,头颅如许",空怀满腔热血,不由得悲慨万端。作为八旗旧臣,在"大局艰难堪痛哭"之时,"愿二三、豪俊佐中兴",希望出现能够力挽狂澜的能臣。词中用典使事,贴切自然,虽然连用"梁园"、"蓬山"、"信陵君"、"腐鼠"、"画虎"、"伊吕"等等典故,却无堆砌之病,并且更增加了情感表达的力度。

这首词所表现的难以遏制的心理情感,在清末民初八旗词人中具有代表性。崔永安这首词并不完全顾及词应婉约之规,将心中郁积之气一吐为快。词风沉雄悲壮,气势贯通,也是晚清八旗词坛主流词风的一种表现。

第三节　结　　语

清末时期,对国人包括旗人来说,受到最严重冲击的是甲午战争和庚子事变。庚子事变发生在京城,外强横行,烧杀抢掠无恶不作,江山社稷即将沦亡,这是国人最难接受的现实。当时的史料记载了大量"志士捐躯,贞妇殉节"的人物和家庭,其中不乏八旗家

---

① 崔永安词见叶恭绰辑《全清词钞》卷二八,第1466页,中华书局,1982年。

庭。这种极为惨烈的现实，对诗文家包括词人产生了直接的影响。而进入民国时期，混乱的局势仍然没有改变，这一时期的词风也有一些变化，正如蔡嵩云所言："殆所谓亡国之音哀以思欤。此则变徵之声。"[1]

从词艺角度看，清末民初词坛尤其是"倚声大家"王鹏运、朱祖谋、况周颐、郑文焯，以及文廷式的推陈出新，另开新调，将词坛引导到了新的境地，或慷慨沉郁，或约旨闳思，或微言婉寄，同时要求严于声律，词坛翕然从之，八旗词人亦是如此，却多了一种旗人情感。不过在清亡之前和辛亥之后，八旗词风也并不完全相同。清亡之前尚有婉曲之作，辛亥之后则多凄怆之音，以此也成为了这个时期八旗词风的显著特点。

此外，这个时期的八旗词坛还有不同于前代的特点。这些词人绝大多数都有科举出身的经历，如郑文焯、震钧、杨锺羲、李孺、耆龄等皆是科举出身，他们的学问与文学皆非常人可比，且精研词学，故于填词一途皆有佳作。在他们的词作中蕴含着这一时期旗人在困顿遭际中深刻而复杂的感受，以及他们还不曾泯灭的旗人心理。其中特别应该注意的是，在他们的词作中不仅都表达了浓重的家国情怀，而且在极端困苦的境况中，也并没有将旗人悲惨落魄的原因归结为民族矛盾，而是对外强的入侵报以了极大的愤慨，这一切对了解和认识那个时代旗人的社会生活和精神状态提供了帮助，这也正是八旗词坛的另一种价值所在。

正是这些八旗词人的坚持，他们在为八旗词坛做出最后总结的同时，也为独异的八旗词史画出了并无遗憾的终止符。

---

[1] 蔡嵩云：《柯亭词论》，唐圭璋编辑《词话丛编》五，第4011页，中华书局，2005年。

第五编　八旗词论与词选

自清初开始，出现了许多词谱、词韵、词话、词选一类书籍，如前面提到的康熙朝就修撰了多种词学典籍，对词坛的发展产生了很大的影响。清代中期也是如此，并特别重视音韵声律的整理规范。乾隆帝最重音韵之学，他本人即深谙音律。乾隆十五年（1750）敕令撰《钦定叶韵汇辑》五十八卷、《钦定同文韵统》六卷。三十八年（1773）敕令撰《钦定音韵述微》三十卷，辑宋司马光《切韵指掌图》二卷附《检例》一卷。这些典籍的出现，对清代文人以及八旗文人致力于填词，无疑起到了指导和规范作用。在此背景下，出现了大量词论著作，如毛奇龄的《西河词话》、彭孙遹的《金粟词话》、沈雄的《古今词话》、李调元的《雨村词话》、先著的《词洁辑评》、田同之的《西圃词说》等等。清代晚期词话之属更是层出不穷，如张惠言、周济、陈廷焯、邓廷桢、谭献、朱祖谋、况周颐、沈祥龙、徐珂等等词家均著有词话，清代词学由此走向繁荣。其间也出现了八旗词论，尤其以纳兰性德、郑文焯、继昌三人的词论最有代表性，各自阐述了不同于时论的词学观点与立场。此外，在八旗词坛上也出现了有影响的《词选》，以纳兰性德的《今词初集》、佟世南的《东白堂词选初集》、杨锺羲的《白山词介》最有词学价值。

第二十二章　八旗词论

八旗词论多散见于各种词集的序跋之中，词论之专著数量不多，以郑文焯、继昌为代表。至于纳兰性德，虽无词论之专著，然其论词之章颇多精妙语，能开词论之新境，故也有很高的词学价值。

第一节　纳兰性德词论

纳兰性德生活于清初，正值词坛崛起、文风大转折时期。这一阶段先后出现了钱谦益、黄宗羲、顾炎武、王夫之、吴乔、王士禛、叶燮等诗文大家，尽管他们的理论主张不尽相同，但在反对明人摹拟之风，主张抒发真性情，表现真我方面很接近，不过囿于门户之见，各执一说。纳兰性德立于各门派之外，并不斤斤株守于一派之说，其诗论在《原诗》中即主张"别裁伪体"、"转益多师"和"子之诗安在"[①]，立论与钱谦益主盟，吴乔、冯班等为主将的虞山

[①] 纳兰性德：《通志堂集》卷一四，第557页，上海古籍出版社，1979年。

派极为相近,从中可以看到虞山派对他的影响,而与清初王士禛的"神韵说"和宋诗派并没有多少关系。其词论在《填词》一诗中阐明了具有独立精神的见解,与同时的各种词派也并不相同,显示出了八旗词论的特点。

一、词源远过诗律近

清初存在以词为"诗之余"的观点,被视为"小技"。为了推尊词体,确立词体的文学地位,词坛上的各种流派都做出了努力。纳兰性德也不例外,他从文学的艺术特征出发,对诗体和词体的创作提出了各自相应的文学主张和观点,不过他的诗论与词论在核心内质上都强调要抒写真情和有所寄托。当然他也认为诗词的体裁有所区别,表现方法也各有特点,认为能否分辨词体与诗体的种种不同,关系到词体的独立性能否确立。因此,他特别强调了词体区别于其他文体特征的重要性,在词学理论和实践方面都作了努力。

他的词学观点与主张,集中表现在《填词》诗中。《填词》一诗,不仅阐明了诗词之间的关系,而且特别强调了词不同于诗的艺术特质。诗云:

> 诗亡词乃盛,比兴此焉托。往往欢娱工,不如忧患作。冬郎一生极憔悴,判与三闾共醒醉。美人香草可怜春,凤蜡红巾无限泪。芒鞋心事杜陵知,只今惟赏杜陵诗。古人且失风人旨,何怪俗眼轻填词。词源远过诗律近,拟古乐府特加润。不见句读参差三百篇,已自换头兼转韵。①

这首《填词》诗篇幅不长,包含的内容却相当丰富。其中涉及词由兴

---

① 纳兰性德:《通志堂集》卷三,七言古诗,第97页,上海古籍出版社,1979年。

起到发展的过程和原因，词体的创作法则和特点，以及词所应该具有的艺术特质和社会教化作用，可以说是一篇为词正名的宣言。

在这首诗中，他一是主张"词源远过诗律近，拟古乐府特加润"，认为词的出现源远流长，滥觞于乐府，并非为诗之余，与诗具有同等的地位；二是"往往欢娱工，不如忧患作"，词贵于言情，尤贵言忧患之情，非以宴嬉逸乐为主；三是"判与三闾共醒醉"、"芒鞋心事杜陵知"，主张词也应同《离骚》和杜诗一样志有所属，情有所感，要有家国情怀和风人之旨；四是"比兴此焉托"，提出了词贵有比兴寄托，比兴寄托是填词重要的创作原则；五是"美人香草可怜春，风蜡红巾无限泪"，强调了词体的艺术特质，以及微言大义的表现方法。以此，纳兰性德比较全面地阐述了对词体的认识，学习古人而又不囿于时人，这也是纳兰词能够独具面貌的原因所在。

在这首诗中，纳兰性德比较全面地阐述了对词体的认识，提出了词独立文体地位的合理性。"诗亡词乃盛"，非诗亡也，是其调亡也。他指出"词源远过诗律近，拟古乐府特加润。不见句读参差三百篇，已自换头兼转韵"，认为词是继承《诗经》和古乐府发展而来，创作原则就应该继承《诗经》和古乐府的现实主义精神，要具有鲜明的"风人之旨"。在写作方法上，也要继承《诗经》和古乐府比兴寄托的传统。在写作内容与风格上，则强调"往往欢娱工，不如忧患作"，词家尤其应该注重忧患意识，就是要具有韩偓和屈原那样的忧国忧时的情怀，和杜甫悲天悯人的怀抱。在注重艺术形式的同时，更要注重内在情感的真实表现，以此发扬屈原《离骚》、杜诗和韩偓《香奁集》的传统。这种填词准则，将继承现实主义传统作为了填词之根本，从而将词体提高到了与诗体同等的地位。

纳兰性德在强调词体的独立性时，指出词的衰微并不是词体本身的原因，"古人且失风人旨"，是由于词坛绮靡之风渐盛所致，将词作为了宴嬉逸乐的工具,并非是因为词体卑微。同时,词体的重要特征是以婉丽流畅、辞微而其旨远为当行本色,故应以"美人香草可怜春,凤蜡红巾无限泪"的方式通《离骚》变雅之意,只有如此才能使词再度振兴。这就具有了在坚持词体独有的艺术特征的同时,注重表达高尚情操方面的重要意义。

由宋至清,词学理论的重心在于对写作方法和艺术风格的探讨方面。多从韵律声调上去论证词的起源,重在从词风能否清空婉约角度评价词人词作,在一定程度上存在着重形式而轻内质的倾向。清初词选的选词标准,皆以婉丽雅正为宗,重在艺术形式的表现即是这种倾向的最好的证明。纳兰性德的词学观点,较之与他同时期的朱彝尊在艺术形式上崇尚南宋词的雅正之音,以及陈维崧从重文体方面抬高词的地位而推尊苏辛,显然都更为全面合理也更有深度,对提高词体的文学价值具有重要的作用。这种词学观点揭示了词体的本质,有力地提高了词体的地位和作用,其见识超过了当时盛行的种种词派主张。

纳兰性德之后一些诗词家也曾提出过相近的词学观点。如清代中期著名文学家乾隆二十八年(1763)进士李调元,在《雨村词话序》中就提出了词与《诗经》和汉乐府的密切关系,与纳兰性德所论非常相近。《雨村词话序》云:"词非诗之余,乃诗之源也。周之颂三十一篇,长短句居十八。汉郊祀歌十九篇,长短句居五。至短箫铙歌十八篇,篇皆长短句。"[1]可见纳兰性德的词学观点颇有先见之明。光绪年间人沈祥龙的《论词随笔》亦提出了"词导源于诗"、"词出于古乐府"、"离骚之旨即词旨"[2]的观点。这些词学观点可谓

---

[1] 李调元:《雨村词话序》,唐圭璋编《词话丛编》二,第1377页,中华书局,2005年。
[2] 沈祥龙:《论词随笔》,唐圭璋编《词话丛编》五,第4048页,中华书局,2005年。

与纳兰性德之论甚相一致，不过都已经晚了数十百年。另如晚清词家郑文焯、况周颐等也都非常重视这首《填词》诗，在他们的词话中都有所提及，可见影响之深远。

从以上情况可以看出，纳兰性德词论的形成，与他对种种社会现象和文学现象的认识有着极为密切的关系。作为旗人能如此准确地把握词体本质，并能在清初词派纷纭的情况下超脱俗见，自立一说，不能不令人称叹。他的词论能够在八旗文论乃至清代文论中占有一席之地，也就不足为奇了。

二、诗词原理相通

在分辨诗词区别的同时，纳兰性德也能从诗与词内在特质角度论述这两种文体的相通之处，认为诗词是最为接近的两种文体，尤其认为诗与词虽然艺术表现形式不同，但在创作理念上不可分割，其中尤以能否具有比兴寄托最为重要，这种观点在《填词》诗中也表现得非常清晰。

如果细细论之，可知纳兰性德提出词以婉丽流畅为美的同时，亦应淳厚和雅。在表现方法上，借美人以喻君，借香草以喻高洁情怀，达到旨远而讽微的艺术效果。《填词》一诗中提到的杜甫、韩偓均是诗人而非词人，屈原的《离骚》亦非词作，然纳兰性德将之拟之于词，是重在诗词之间密切的内在关系。"美人香草"笔法出自《离骚》，沈祥龙指出："屈、宋之作亦曰词，香草美人，惊采绝艳，后世倚声家所由祖也。"[①]"冬郎一生极憔悴，判与三闾共醒醉"，诗中的"三闾"即屈原，"冬郎"则是晚唐诗人韩偓。韩偓乳名冬郎，字致尧，著有《香奁集》，有"一代诗宗"之称。其《香奁集》多为艳体，然深涵忠厚之心，后世比之于屈原的《离骚》

---

① 沈祥龙：《论词随笔》，唐圭璋编《词话丛编》五，第4048页，中华书局，2005年。

《九歌》。世人论"韩致尧有唐之屈灵均也,《香奁集》有唐之《离骚》《九歌》也,自后人不善读而古人之命意晦。"①《香奁集》还被认为是《诗经》之遗,"《香奁集》命意去词近,去诗却远。然《三百篇》之西方美人,静女其姝,何一非比物此志也。诗有六义,后代赋多而比兴少,《香奁集》则纯乎比兴矣,所以最近《三百篇》。"②纳兰性德将《香奁集》《离骚》一体并论,并移之于他的词论之中,可知纳兰性德论填词之法时,不仅强调了《香奁集》《离骚》的比兴寄托,而且注重了微言大义,写作的出发点应该与诗歌相一致。

从以上情况可以看出,《填词》一诗对诗词原理相通给予了深刻的阐述,提出填词同样应该"比兴此焉托",具有忧患意识,并举屈原、杜甫、韩偓为例,阐明了诗词在情感寄托和讽喻方面的殊途同归。这种重比兴寄托的词学观点,不仅成为填词的根本之法,也是振兴词坛的根本之法。纳兰性德的这种词学观点应该说是开辟了"常州派"词论之先河。

"常州词派"乾嘉时期兴起,其开创者张惠言论词强调比兴,重视情感的表现。认为词"其缘情造端,兴于微言,以相感动。极命风谣里巷男女哀乐,以道贤人君子幽约怨悱、不能自言之情,低徊要眇,以喻其致。盖诗之比兴,变风之义,骚人之歌,则近之矣"③。张惠言提倡词应该继承国风、屈赋的比兴之论,与纳兰性德词论内核基本相同,本质上相隔不远。其他如周济云:"夫词非寄托不入,专寄托不出。"④陈廷焯云:"夫人心不能无所感,有感

---

① 雷瑨:《香奁集发微序》,震钧撰《香奁集发微》,民国三年,扫叶山房石印本。
② 震钧:《香奁集发微序》,震钧撰《香奁集发微》,民国三年,扫叶山房石印本。
③ 张惠言:《词选序》,《张惠言论词》附录,唐圭璋编《词话丛编》二,第1617页,中华书局,2005年。
④ 周济:《宋四家词选目录序论》,唐圭璋编《词话丛编》二,第1643页,中华书局,2005年。

不能无所寄，寄托不厚，感人不深；厚而不郁，感其所感，不能感其所不感。"①这些词学主张都没有超出纳兰性德词论的核心范畴。

在这种认识的基础上，纳兰性德主张填词在重比兴寄托的同时还要调动种种艺术手段，方能够使诗词更具有深邃的意境。尤其是抒写"性情"时，要抒发自己真实而切身的感受，情愈真愈妙，做到这一点也就达到了"真"的境界，这是诗词能否具有生命力的重要标准，反映出了他在文学创作方面所具有的深刻认识。

正是纳兰性德有这种认识和主张，因此在填词写作中就特别注意比兴寄托和真情实感的抒发。文坛也注意到了纳兰词饱含真情的特点，并受到了文坛的肯定。梁启超的《渌水亭杂识跋》，娱园刻本张预的《纳兰词序》，近人张任政的《纳兰性德年谱自序》，都对纳兰词以真情为特色给予了好评，认为清初词坛正少此一种笔墨，以至况周颐慨然而叹："自容若而后，数十年间，词格愈趋愈下。"②纳兰词的成就和影响由此可见。

三、词须贵重而适用

除了《填词》一诗之外，对于词的见解，纳兰性德还有多种论述，其中不乏对前代词人词风的评价，揭示出词所应达到的艺术境界，这与同时期阳羡派、浙西派词论各限于一路的主张有明显的不同。

他在《渌水亭杂识》中提出了一个重要的词学观点，虽仅寥寥数语，却具有相当重要的词学价值。这种观点在清代其他词论中均无集中表述，故亦很珍贵。纳兰性德云：

---

① 陈廷焯：《白雨斋词话自序》，陈廷焯著《白雨斋词话》，人民文学出版社，1983年。
② 况周颐，《蕙风词话》卷五，第121页，人民文学出版社，1982年。

> 《花间》之词如古玉器，贵重而不适用。宋词适用而少贵重。李后主兼有其美，更饶烟水迷离之致。①

花间派极强调词以写艳情为主，欢愉香软是其特点。《花间集》自出现以来便被视为填词圭臬，词坛大家宋之晏几道、秦观、周邦彦、李清照、史达祖、吴文英、姜夔等等，皆以婉丽典雅为宗。在这种情况下，从宏观角度综合评价前代词风之得失，诚非易事，不仅需要具有魄力，更需要对词体深刻的理解和认识，纳兰性德做到了这一点。在这段论述中提出了"贵重"、"适用"、"烟水迷离"三个重要词学概念，既是他在词学方面超乎常人的重要发明，也是他词学观点的重要组成部分。

这三个概念内涵都相当新奇而重要，"贵重"可理解为雅正华丽而少寄托，文胜于质；"适用"则是质胜于文，寄托感慨虽深，然少深婉迷离之特色。同时"贵重"主要指形式和气格，"适用"主要指内容和效果。"烟水迷离之致"则是指词应该具有的风格特色，即应该婉转清丽，曲尽人情，不溺于情欲，不荡而无法。因此，既贵重又适用，又要达到"烟水迷离之致"的程度，才是词人应该追求的艺术境界，这也是纳兰性德极力推尊李后主的"兼有其美，更饶烟水迷离之致"的根本原因。词人兼词论家况周颐非常认同纳兰性德的词学观点，认为纳兰词的确与李后主相合，贵重而适用。《蕙风词话》云："寒酸语不可作，即愁苦之音亦以华贵出之，《饮水》词人所以为重光后身也。"②贵重而适用，即是"愁苦之音亦以华贵出之"。

---

① 纳兰性德：《通志堂集》卷一八，《渌水亭杂识》四，第717页，上海古籍出版社，1979年。
② 况周颐：《蕙风词话》卷一，第8页，人民文学出版社，1982年。

第二十二章 八旗词论

此外，纳兰性德在《与梁药亭书》中对于《花间集》的"贵重"，提出了自己的看法：

> 仆少知操觚，即爱《花间》致语，以其言情入微，且音调铿锵，自然协律。①

从致语、言情、协律三个方面肯定了《花间集》的"贵重"，可以说这就是纳兰性德认识"贵重"的标准。虽然纳兰也说："仆少知操觚，即爱《花间集》致语"，但也只限于"言情入微"和"自然协律"而已，不过在其内质方面则认为《花间集》"贵重而不适用"。所谓"不适用"，主要还是指性情不真实深厚，徒吟赏风月而自娱，难以隐然感动人心，这就与纳兰性德对于词的认知不相一致。正是由于他同时又要求词在比兴寄托中抒写真性情，所以认为《花间集》存在明显不足，其长处仅仅在"言情入微，且音调铿锵，自然协律"而已。

宋词与《花间集》比较，不同之处在于婉约与豪放并存，多有长于寄托心志之作，因此比《花间集》"适用"，然少"贵重"格调，即"宋词"不如"花间"雅典精工，但要比"花间"真实。李后主词与之有区别，被评为"粗头乱服，不掩国色"，意必有寄托，情必出肺腑，又婉曲要眇、风神谐畅，"贵重"、"适用"、"迷离之致"三者兼而有之，故而李后主之词较《花间集》、宋词更具备词体的艺术特质。这种内容和形式并重的词学观点，在清初词人或重形式而轻内容，或重内容而轻形式的种种倾向中，更显示出了其出类拔萃的词学精神。这种重情感内容，同时追求词作艺术性的观

---

① 纳兰性德：《通志堂集》卷一三，书，第532页，上海古籍出版社，1979年。

点，比较精辟。

纳兰性德的这种词学理论，使他不欣赏雍容华贵而无现实内容的"痴肥"词体，而喜爱以写"多病与长愁"的"瘦狂"词体。他在一首《虞美人·为梁汾赋》中，批判了清初追求丽锦逸乐的词风倾向。词云：

> 凭君料理《花间》课，莫负当初我。眼看鸡犬上天梯，黄九自招秦七共犁泥。　　瘦狂那似痴肥好。判任痴肥笑。笑他多病与长贫，不及诸公衮衮向风尘。①

词中"黄九"即黄庭坚，词风绮艳，秦七即秦观，词风婉约，他们被当时词坛誉为一代词手，而今却被轻视。这首词题为"为梁汾赋"，梁汾即著名词人顾贞观之号，著有《弹指词》，在词坛上颇享盛誉。在同时代词人中，纳兰性德与顾贞观词学观点最为相洽，故同选《今词初集》。从词中看，他们对清初词坛轻视"秦七黄九"，追慕香浓艳丽的"痴肥"风气，以及无关风雅的庸俗之作，极为不满。纳兰性德认为在词坛上，俗人喜好的"痴肥"胜于"瘦狂"，以至"诸公衮衮向风尘"，追求绮靡和欢愉的形式内容，而舍弃"瘦狂"的忧患本色，无疑是降低词的艺术标准，是使词风流于末端的重要原因，这就充分表现了他的审美原则和填词情趣。

如果了解了朱彝尊的词论主张，就可以知道纳兰性德以上的词论观点是有针对性的。陈廷焯论朱彝尊时云："朱竹垞词，疏中有密，独出冠时，微少沉厚之意。其自题词集云：'不师秦七，不师黄九，倚新声，玉田差近。'夫秦七、黄九，岂可并称？师玉田不

---

① 纳兰性德：《通志堂集》卷八，书，第294页，上海古籍出版社，1979年。

师秦七，所以不能深厚。不知秦七，亦何能知玉田？彼所知者，玉田之表耳。师玉田而不师其沉郁，是买椟还珠也。"①因此，"眼看鸡犬上天梯，黄九自招秦七共犁泥"，显然是不同意朱彝尊"不师秦七，不师黄九"的词学立场。

此外，从《与梁药亭书》中也能看出他的这种词学立场，书中云：

> （词家选本）从未苦无善选，唯《花间》与《中兴绝妙词》，差能蕴藉。自《草堂》、《词统》诸选出，为世脍炙，便陈陈相因。不意铜仙金掌中，竟有生羹涂饭，而俗人动以当行本色诩之，能不齿冷战！②

上述看法也是有针对性的，其时邹祗谟、王士禛的《倚声初集》已经面世，可知纳兰性德认为这部词选亦非"善选"。

纳兰性德还对词坛其他违背艺术规律的现象进行了批评，对苏轼这样著名的文学家，也敢于提出批评。《渌水亭杂识》中云：

> 词虽苏、辛并称，而辛实胜苏。苏诗伤学，词伤才。③

然而他并非不主张诗词要有才学，但是诗词伤学伤才是创作之大忌，卖弄才学则会过犹不及。他曾说："须有才乃能挥拓，有学乃不虚薄杜撰，才学用之于诗者，如是而已。昌黎逞才，子瞻逞学，

---

① 陈廷焯：《白雨斋词话》卷三，第69页，人民文学出版社，1983年。
② 纳兰性德：《通志堂集》卷一三，书，第533页，上海古籍出版社，1979年。
③ 纳兰性德：《通志堂集》卷一八，《渌水亭杂识》四，第717页，上海古籍出版社，1979年。

便与性情隔绝。"①才学于诗词写作都不可缺少，辛弃疾即以才学为擅长，且多忧患之作。而对辛弃疾词善于用典的现象，纳兰性德不仅不言其逞才逞学，反而认为在苏轼之上，其原因是辛弃疾词情感更为真切，用典自然贴切，具文见意，是以其意在文中，而文不出意的高手，故谓"辛实胜苏"，这种见识并非没有道理，实在是独具慧眼之论。

从清代的词论中也能看到纳兰性德的先见之明。词坛上虽然苏、辛并称，但入清以来稼轩词的情深豪霸而又不失自然贴切的词风，更得好评。陈廷焯云："辛稼轩，词中之龙也，气魄极雄大，意境却极沉郁。"②"苏、辛千古并称，然东坡豪宕则有之，但多不合拍处。稼轩则于纵横驰骋中，而部武极其正严，尤出东坡之上。"③《四库全书总目提要》云："稼轩词慷慨纵横，有不可一世之概，于倚声家为变调，而异军特起，能于剪红刻翠之外，屹然别立一宗，迄今不废。"④以上之论皆与纳兰性德相合。

此外，清代不同词派的多种重要词选所录辛词数量皆在苏词之上，从中也能看到纳兰性德之论的公允。如浙西派朱彝尊、汪森编选的《词综》，录辛弃疾词三十五首，而录苏轼词仅十五首。常州派张惠言编选的《词选》，选词极为严苛，苏轼词仅选四首，位列北宋词人第二位；辛弃疾词则选六首，位列南宋词人第一位。常州派周济于道光十二年（1832）编成《宋四家词选》，同治十二年（1873）刊印，其中选辛弃疾词二十四首，比位列第一的周邦彦二十六首仅少二首，位列第二；而苏轼词仅选录三首，未进入前十位。陈

---

① 纳兰性德：《通志堂集》卷一八，《渌水亭杂识》四，第697页，上海古籍出版社，1979年。
② 陈廷焯：《白雨斋词话》卷一，第20页，人民文学出版社，1983年。
③ 陈廷焯：《云韶集》卷一四，同治十三年稿本。
④ 《四库全书总目》卷一九八，《稼轩词》，第1816页，中华书局，1983年。

廷焯于同治十三年（1874）编选刊刻词选《云韶集》，选辛弃疾词四十五首，位列第一，比位列第二的周密三十七首多出八首，而苏轼亦未能进入前十位。此外，陈廷焯在光绪十六年（1890）成书的《词则》中，更是选录辛弃疾词四十七首，仍位列第一；而选苏轼词仅二十五首，位列第十。词坛对苏、辛的这种认识，与纳兰性德对苏、辛的评价基本一致，可以看出纳兰性德之论的精当。

总之，纳兰性德词论强调了词在内容表现、艺术表现上的特质，以及其相互之间的关系。这就对如何运用词的艺术特质表现深厚的内容，从而将词体的美感特性发挥到极致，从理论到实践给予了清晰的阐述。

后世义坛注意到了纳兰性德词及词论的独特价值，在清代朱彝尊、陈维崧不仅被认为是开词派的领军人物，而且有着难以撼动的词史地位，但是与同时代的纳兰性德相比，却被认为"既非劲敌"，其原因是纳兰性德"独得意境之深"。所谓有意境，当然是指形式和内容的高度和谐。

四、辞为情用

纳兰性德虽然认为诗词体裁不同，但同时也认为在创作原则上诗词同质，那么以比兴寄托之法抒发心志，也就成为填词的必由之路。在这种认识的基础上，他在诗词创作过程中特别强调了辞为情用，他在《名家绝句钞序》中精炼地阐发了这种观点。《序》云：

> 言以足志，声律个以为桎。情见乎辞，字句非其所限。流泉呜咽，行止随时。天籁喑嘘，洪纤应节。[1]

---

[1] 纳兰性德：《名家绝句钞序》，《通志堂集》卷一八，第505页，上海古籍出版社，1979年。

此处虽然是谈诗歌的创作方法，但是他认为诗词同理，他的填词原则当然也是应该如此。"言以足志，声律不以为程"，是说声律要服从于情志表达的需要；"情见乎辞，字句非其所限"，则强调不能一味追求华丽之美，以辞害意。在表达真性情之际，要"流泉呜咽，行止随时。天籁喑噱，洪纤应节"，也就是要求在坚持真切自然的同时，讲求音韵声律自然协和，以产生更为完美的艺术效果。

纳兰性德作为八旗词人，毕竟不同于汉族文人，他"以自然之眼观物，以自然之舌言情"，用特有的思想感情和方法取舍汉族传统文化，这也正是囿于"词家正轨"的词人所不及之处。在他的论述中就有不少关于音律的新颖见解，或指出前人之误，或另立新说，不乏灼见，同时努力实践自己的词学主张，以抒发真性情为重，不以辞害意。正是他坚持辞为情用，故词作充溢真情，声情并茂，而又声律和谐，足以感动人心。他的自度曲《青衫湿遍》《蒹梧桐》，都是辞为情用的具体实践。虽然也有人认为他的长调多不协律，不过这也正是他不以辞害意、辞为情用的一种尝试。他的这种主张和实践，给清初词坛带来了新鲜的活力，并对清代词坛的发展繁荣产生了影响。

纳兰性德进入词坛之际，以明末遗老陈子龙为代表的云间派渐渐式微，吴伟业、王士禛、龚鼎孳、梁清标、宋徵舆、顾贞观等词坛名家活跃于词坛，随之阳羡派和浙西派词崛起。陈维崧是阳羡派的宗主，论词推崇苏轼、辛弃疾，以豪放为主调，竭力提高词体的地位。他认为词是一种独立的文体，同经、史、诗、赋一样，异曲同工，没有贵贱之分，批判了"词为小道"和"词为艳科"的观点，但是他没有特别重视词与其他文体的内在关系和相互影响。

以朱彝尊为领袖的浙西词派，词尊南宋，宗奉姜夔、张炎，认为姜夔词"句琢字练，归于醇雅"，立"清空"一派，在宋代词家中"最为杰出"。论词旨趣在于清空雅正,格律严谨,虽然也强调情感寄托的重要性,但更为偏重的是词体的艺术形式。

纳兰性德于此二人均为好友,虽交往密切,但填词却未循此二家之路,词论也不循此二家之说,而是另辟蹊径。他广泛涉猎,兼收并蓄,取五代直至南宋名家之长,形成了区别于陈、朱的独特词风。陈廷焯评其词为"纯任性灵"。江顺诒《词学集成》云:"本朝朱、厉,步武姜、张,各有真气,非明七子之貌袭。其能自树一帜者,其惟《饮水》一编乎?"①此处虽言朱彝尊、厉鹗"各有真气",但也认为《饮水词》能够独树一帜,其能够独树一帜的原因,正是出自于辞为情用,而非仅仅斤斤于墨守词规。

赵函在《纳兰词序》中也将纳兰词与陈、朱词做了比较,认为其词性情率真,天趣自然,与陈、朱词风并不相同。《序》云:

> 国朝诗人而擅倚声者,首推竹垞、迦陵,后此则樊榭而已。然读三家之词,终觉才情横溢,般演太多,与黄叔旸质实清空之论,往往不洽。盖其胸中积轴,未尽陶熔,借词发挥,唯恐不及其致,可以为词家大观,其实非词家正轨也。纳兰容若以承平贵胄,与国初诸老角逐词场。所传《通志堂集》二十卷,其板久毁,不可得见,而词则卓然冠乎诸公之上,非其学胜也,其天趣胜也。②

"般演太多"与"其天趣胜",其词的特点与差别正在于此。所谓"其天趣胜",就是不斤斤于辞句之华美,以辞害意,也正是纳兰性

---

① 江顺诒:《词学集成》卷一,唐圭璋编《词话丛编》四,第3227页,中华书局,2005年。
② 赵函:《纳兰词序》,纳兰性德著《饮水词集》,道光刻本。

德"辞为情用"的特点所在，故而能够"卓然冠乎诸公之上"。产生这种差别的原因，与他对填词的这种认识密切相关。

正因为纳兰性德有着以上独立的词学观点和填词实践，清代词坛给予了他高度的肯定。清初词坛有前七家、前十家之目，纳兰性德均在其中。前七家为：宋征舆、钱芳标、顾贞观、王士禛、沈丰垣、彭孙遹和纳兰性德。前十家则益之以李雯、沈谦、陈维崧，遂为十家①。纳兰性德以一年轻公子而跻身于词坛宿老之列，这种词坛地位和影响绝非是浪得虚名。

第二节　郑文焯词论

清人于词艺颇为讲究，自清初开始，词坛宿老张军树帜，各立门户，其后张惠言、周济另主新说，常州派崛起，成为词坛主流。时至晚清，词家林立，于词所见各有心得，词论之属不断出现，亦各有所阐发，所论词艺愈来愈细。郑文焯致力于词学数十年，用力最深，成为众词论家中之佼佼者。郑文焯能被誉为"倚声大家"，除了其词的艺术性高超之外，其词论也能够与时代相适应，且在推尊南宋姜夔、张炎之时强调比兴寄托、倚声填词，为时人所认同，这也是使他成为晚清重要词人的主要原因。不过他并非欲另立门派，而是为了完善词体，使之更为细密，更能够表现出作为独立文体的特征。他曾说："凡为文章，无论词赋诗文，不可立宗派，却不可偭体裁。"②因此，郑文焯虽然无意另开新派，但其所论颇为中

---

① 徐珂：《近词丛话》"词学名家之类聚"，唐圭璋编辑《词话丛编》五，第4222页，中华书局，2005年。
② 郑文焯：《郑大鹤先生论词手简》五，叶恭绰辑，唐圭璋编辑《词话丛编》五，第4332页，中华书局，2005年。

肯，在晚清词坛上自成一说。

一、清空与骨气

郑文焯论词首重"清空"。"清空与质实"之论，由来已久，自南宋张炎于《词源》中提出并形成系统之后，便为后世词坛所尊奉。张炎云："词要清空，不要质实。清空则古雅峭拔，质实则凝涩晦昧。"[1]此说自清代以来更受重视，江顺诒的《词学集成》、谢章铤的《赌棋山庄词话》、刘熙载的《词概》、沈祥龙的《论词随笔》等等，都对"清空"进行了阐说，不过所论多简约，对"质实"评说也并不详尽。

郑文焯论词亦重"清空"，且强调词要避免"质实"，并进一步阐发为"所贵清空者，曰骨气而已"。在对清空的含义和清空与质实的关系作了阐述的基础上，将"骨气"作为"清空"的主要内质和表现形式。《郑大鹤先生论词手简》云：

> 近卅年作者辈出，罔敢乖刺，自蹈下流。然求其迹造渊微，洞明音吕，以契夫意内言外之精义，殆十无二三焉。此词律之难工，但勿为转折怪异不祥之音，斯得之已。姑舍是，词之难工，以属事遣词，纯以清空出之；务为典博，则伤质实；多著才语，又近昌狂。至一切隐僻怪诞、禅缚穷苦、放浪通脱之言，皆不得著一字，类诗之有禁体。然屏除诸弊，又易失之空疏，动辄踬踣。或于声调未有吟安，则拚舍好句，或于语句自知落韵，则俯就庸音，此词之所为难工也。而律吕之几微出入，犹为别墨焉。所贵清空者，曰骨气而已。[2]

---

[1] 张炎：《词源》，（《词源注　乐府指迷》）第16页，人民文学出版社，1963年。
[2] 郑文焯：《郑大鹤先生论词手简》三，叶恭绰辑，唐圭璋编辑《词话丛编》五，第4330页，中华书局，2005年。

"所贵清空者，曰骨气而已"，这是郑文焯"清空"之论的核心观点。他认为"词要清空"并达到内含"骨气"的境界，是填词最重要的内在特征。所谓"骨气"即文人风骨也，这种风骨不仅是在词作中要体现出"骨气"，词人本身更应该具备风骨的品质。即不仅要立意高妙、词境杳渺，而且要风度雅正、音韵和谐，不以媚俗为念。郑文焯填词多遵循此法，故其词能够于清空之中显沉厚之境。同时，郑文焯还指出"清空"绝非仅仅是"意欲清，气欲空"，尤其要避免"质实"，如果"务为典博，则伤质实；多著才语，又近猖狂。至一切隐僻怪诞、禅缚穷苦、放浪通脱之言，皆不得著一字"，以上种种皆为"质实"之病，均有碍达到"清空"的境界。不过举典用事是填词常用之法，故自然贴切非常重要，尤其要注意"举典尤忌冷僻"，举典冷僻会产生"晦涩"的效果，历来被认为是填词之大害。郑文焯《梦窗词跋》云：

> 词意固宜清空，而举典尤忌冷僻。梦窗词高隽处，固足矫一时放浪通脱之弊，而晦涩终不免焉。至其隶事，虽亦渊雅可观，然锻炼之工，骤难索解，浅人或以意改窜，转不能通，此近世刻本伪变之甚于诸家，当时流传所为不广也。①

以上所论比较系统地讲述了"清空"的全部含义。他之所以有以上主张，与他生活的年代有关。在内忧外患极其严重、生存艰难之时，词人感慨身世、忧国哀时之心，常常以悲慨凄凉的长歌当哭来表现，故难把握"清空"的内质，也就难以达到"词欲清空"的要

---

① 郑文焯：《大鹤山人词集跋尾》梦窗词跋，唐圭璋编辑《词话丛编》五，第4335页，中华书局，2005年。

求。因此,他认为即便如此,亦不可违背填词之要旨,故而提出以上词论观点,意欲使填词归于正途。

此外,他还在韵律方面对词要"清空"也做了说明。他认为在词要"清空"的同时,"洞明音吕"非常重要。音律不工,则词亦难工,"或于声调未有吟安,则拚舍好句,或于语句自知落韵,则俯就庸音",同样无法达到"清空"的要求,这就将"清空"的涵义和应该注意的种种问题给予了进一步阐述,扩大了"清空"的词学内涵。

郑文焯在填词过程中,从这种词论观点出发进行创作,他的词都具有特有的个人思想和感情色彩,也使他的词于清空中饱含沉郁之气,此又与姜、张词风形式虽同而现实情境不同。从现实角度而言,郑文焯词所表现的"骨气"是晚清士大夫的骨气,具体到郑文焯则是八旗士人的骨气。易顺鼎云:"叔问家世兰锜,累叶通显。先德清芬,不异寒畯。门生故吏,托荫烜赫。或相招要,去之若浼。凭藉虽高,睇青云而不赴;乐贫不改,寂朱门而自贺。以贵公子孙羁滞吴下,姿格散朗,神思萧闲。虽陈蕃解榻,北海标门,怡然啸傲。玉晖霞举,尘缨俗组,染迹而化。经藉窾奥,目寓即解。文章恢丽,骎乎范沈。尝究音吕,颇喜为词。所得辄经奇,固多凄异之响。而夷犹淡远,清旷骚雅。怨而不怒,哀而不伤。故尝论其身世,微类玉田。其人与词,则雅近清真、白石。"[①]从中可见郑文焯学问之淹通、气格之清高,有此等品性方能有此等主张与词作。

以上"清空"之论是郑文焯论词的核心,也是他填词的基调,因此使他的词作具有了鲜明的时代色彩,并被词坛所认同。

---

① 易顺鼎:《瘦碧词序》,郑文焯著《瘦碧词》,光绪十四年刻本。

二、寄闲情于微瑕，托袭芳于骚佩

张祥龄在《瘦碧词序》中指出了郑文焯词的显著特色："君则组织酌雅，琢雕秉930。寄闲情于微瑕，托袭芳于骚佩。匪饰羽之画，亦后素绩之尔。"[1]其中所言"寄闲情于微瑕，托袭芳于骚佩"，实际就是托微言以寄慨，这是填词创作的一种基本要求。时至南宋，文人多有家国之忧，词坛更加重视这种填词范式，托微言以寄慨的词人逐渐增多。托微言以寄慨就是凡身世之感，君国之忧，隐然蕴于其内，贵得风人比兴之旨。晚清以来，国家局势与南宋相仿佛，故此时的词人亦采用了这种填词方式。不过如何恰当的实现托微言以寄慨，却也不是轻易能够实现的，词人即使努力去做，也有深浅高低之分，而郑文焯则是其中的佼佼者。

郑文焯认为南宋词的一大长处，就是能够托微言以寄慨，这正符合他当时的心境，因此他词尊南宋，尤尊姜夔，认为姜夔词最能做到托微言以寄慨。《瘦碧词自叙》阐述了南宋姜夔词托微言以寄慨词风对自己的影响，从中最能洞见词人的这种词学观。《瘦碧词自叙》云：

> 观于南渡君臣离合之感，多见于词。道穷而语益工，馨欬之应，亦知所微矣。白石一布衣，才不为时求，心不与物竞。独以歌曲声江湖，幸免于庆元伪学之党籍，可不谓之知几者乎？知几，故言能见道，吾是以有取焉。[2]

这段论述说明了郑文焯词尊南宋尤其推尊姜夔词风的主要原因，即

---

[1] 张祥龄：《瘦碧词序》，郑文焯著《瘦碧词》，光绪十四年刻本。
[2] 郑文焯：《瘦碧词自叙》，郑文焯著《瘦碧词》，光绪十四年刻本。

词人认识到词体与诗歌一样，具有"诗之比兴，变风之义，骚人之歌"的功能，词也应该实现比兴讽喻的功能。在这个方面，南宋词人能够"磬欬之应，亦知所微"，进一步发掘出了词体与诗歌不同的特质。同时认为姜夔以一介布衣"才不为时求，心不与物竞。独以歌曲声江湖，幸免于庆元伪学之党籍"，在南宋将亡、时势变革之际，仍怀有忠爱怨悱之心，"知几，故言能见道"，诚为可贵，故"吾是以有取焉"，充分认识到了姜夔词的深层意义和价值。

郑文焯之所以推尊南宋姜夔的另一种原因，是认为自己的处境与姜夔相仿，同样处于家国局势颓落之乱世，同样力求以微言寄慨的方式表露胸怀。故词人不仅慕姜夔之为人，而且学姜词托微言以寄慨的填词程式，并强调词之意旨还应"寄情遥远，所谓怨深文绮，得风人温厚之旨。"[①]这种具有"怨深文绮，得风人温厚之旨"的词作，在他的词集中比比皆是。

三、高健在骨，空灵在神

"高健在骨，空灵在神"，是郑文焯对词要"清空"认识的延伸，与前面提到的"所贵清空者，曰骨气而已"观点密切相关。在他词尊南宋的同时，也并不摒弃北宋，认为北宋词之精美是因为做到了"高健在骨，空灵在神"，"骨气"仍然是他论词的核心。他认为：

> 尝以北宋词之深美，其高健在骨，空灵在神，而意内言外，仍出以幽窈咏叹之情。故耆卿、美成，并以苍浑造端，莫究其托谕之旨。卒令人读之歌哭出地，如怨如慕，可兴可观。

---

① 郑文焯：《郑大鹤先生论词手简》三，叶恭绰辑，唐圭璋编辑《词话丛编补编》五，第4330页，中华书局，2005年。

有触之当前即是者，正以委曲形容所得感人深也。毛先舒云：不可以气取，不可以声求。洵先得我心矣。盖学之者写景易惊露，切情难深折。稍一纵，便放笔为直干，恐失词之本色尔。①

郑文焯认为北宋词的深美之处主要是具备了"高健在骨，空灵在神"的神韵，故宋词虽然咏叹的是当时情境，与今相隔已远，然仍能够使人产生"有触之当前即是者"的效果，即后人读之仍能唤醒自身的经历与体验，其原因是宋词能够"委曲形容，所得感人深也"，其中尤其能够"令人读之歌哭出地"，此正适合郑文焯的心境，故他的词"长歌当哭"者颇多。所以他认为宋词的"高健在骨，空灵在神"，是词家应该特别追求的境界。

基于这种认识，郑文焯在《东坡乐府》中特别对苏轼词的"骨重神寒"给予了评介，评苏轼《八声甘州·寄参寥子》即指出此词是"骨重神寒，不食人间烟火气者"。评云：

《八声甘州·寄参寥子》云："有情风、万里卷潮来，无情送潮归。问钱塘江上，西兴浦口，几度斜晖。不用思量今古，俯仰昔人非。谁似东坡老，白首忘机。　记取西湖西畔，正春山好处，空翠烟霏。算诗人相得，如我与君稀。约他年、东还海道，愿谢公、雅志莫相违。西州路、不应回首，为我沾衣。"突兀雪山，卷地而来，真似钱塘江上看潮时，添得此老胸中数万甲兵，是何气象雄且桀。妙在无一字豪宕，无一语险

---

① 郑文焯：《大鹤山人论词遗札》，《大鹤山人词话》，唐圭璋编辑《词话丛编》五，第4342页，中华书局，2005年。

怪，又出以闲逸感喟之情，所谓骨重神寒，不食人间烟火气者，词境至此观止矣。云锦成章，天衣无缝，是作从至情流出，不假熨贴之工。①

"骨重神寒，不食人间烟火气"，实际也就是"高健在骨，空灵在神"之意，是重在"骨气"的另一种表述。这种"骨气"不仅仅要表现在词作之中，而且也是词人所必须具备的修养和品性。从这种对苏词的具体分析中，能够更清楚地看到郑文焯特别注重风骨的词学立场和观点。

此外，郑文焯在《致彊村》书中云："近作拟专意学柳之疏宕，周之高健。虽神韵骨气不能遽得其妙处，尚不失白石之清空骚雅，取法固宜语上也。"②在《与夏映盦书》中亦云："昨载诵高制，并见和《闻雁》之作，骨气清雄，深入六一翁三昧，非寻常词客所证声闻果也。"③以上所言，都是将"骨气"作为了填词最为重要的核心，可见"骨气"二字在郑文焯词论中的地位是多么重要了。

四、述造渊微，洞明音吕

郑文焯还要求词作应该以"述造渊微"来表现，但"洞明音吕"同样非常重要，两者相辅相成，要达到"述造渊微"，必辅之以"洞明音吕"，方能够达到"意内言外"的境界。不过从词之特质来看，填词的首要条件是必解音善歌，这是词人必须具备的才能，以此方能追寻词体声律之本源，从而实现"述造渊微"的效

---

① 郑文焯：《东坡乐府》，《大鹤山人词话》，唐圭璋编辑《词话丛编》五，第4326页，中华书局，2005年。
② 戴正诚辑：《大鹤先生手札汇钞》，唐圭璋编辑《词话丛编》五，第4354页，中华书局，2005年。
③ 龙沐勋辑《大鹤山人论词遗札》，唐圭璋编辑《词话丛编》五，第4341页，中华书局，2005年。

果，不然难以称之为词，这也是他词论的重要组成部分。

在《郑大鹤先生论词手简》中，郑文焯对"述造渊微，洞明音吕"的重要性及晚清词坛之弊病作了比较详细的阐述：

> 近世词家，谨于上去，便自命甚高。入声字例，发自鄙人，征诸柳、周、吴、姜四家，冥若符合。乃知词学之微，等之诗亡，元曲盛行，弥以伧靡，失其旧体。国朝诸家，鲜所折衷。良以攻朴学者薄词为小道，治古文者又放为郑声。自宋迄今将千年，正声绝，古节陵，变风小雅之遗，骚人比兴之旨，无复起其衰而提倡之者，宜夫朱、厉雕琢为工，后进驰逐，几欲奴仆命骚矣。独皋文能张词之幽隐，所谓"不敢以诗赋之流，同类而风诵之"，其道日昌，其体日尊。近卅年作者辈出，罔敢乖刺，自蹈下流。然求其述造渊微，洞明音吕，以契夫意内言外之精义，殆十无二三焉。此词律之难工，但勿为"转折怪异不祥之音"，斯得之已。①

郑文焯从自家词学主张出发，指出了晚清词坛衰落的形势。认为步浙西派者"正声绝，古节陵，变风小雅之遗，骚人比兴之旨，无复起其衰而提倡之者"，词坛日渐衰微。而且能够做到"述造渊微，洞明音吕，以契夫意内言外之精义，殆十无二三焉"，精于词者更是日渐稀少，以致"近卅年作者辈出，罔敢乖刺，自蹈下流"。然对常州派张惠言"能张词之幽隐，所谓不敢以诗赋之流，同类而风诵之"，能够坚守词体之特质予以了赞赏。

---

① 郑文焯：《大鹤山人论词手简》三，叶恭绰辑《大鹤山人词话》，唐圭璋编《词话丛编》五，第4330页，中华书局，2005年。

第二十二章 八旗词论

郑文焯于清代词坛独赞常州派张惠言是有原因的，是认为张惠言词"能张词之幽隐"，"其述造渊微，洞明音吕，以契夫意内言外之精义"。张惠言（字皋文）著有《茗柯词》，并编选《词选》，在《词选序》中不仅极力推尊词体，强调填词必有所寄托，要有身世之慨、君国之忧，还提出词应"以道贤人君子幽约怨悱不能自言之情"[①]，这也成为了常州词派的核心观点。张惠言在《词选》中评碧山（王沂孙）词云："碧山咏物诸篇，皆有君国之忧。'渐新痕悬柳'咏新月一篇，喜君有恢复之志，而惜无贤臣也。'残雪庭除'《梅花》一篇，伤君臣宴安，不思国耻，天下将亡也。'玉局歌残'《榴花》一篇，言乱世尚有人才，惜世不用也。"[②]对这种认识江顺诒评为：此解亦古人所未有，而词家之少陵，亦倚声家所亟欲推尊矣。郑文焯后期的词作写于清朝即将覆亡之际，故多怀家国之忧的寄托之情。常州派的词学观点与郑文焯强调的"其述造渊微，洞明音吕"词学思想相一致，故非常认同张惠言之论。

在清末词坛上，郑文焯是被公认为最解音律的词人，他不仅对前代的词集、词论和音韵典籍进行过系统整理研究，精当地评论前代词作在音韵方面的优劣，而且在自己的词作中对按谱协律也有严格的要求，因此他的词作以精于音律著称。郑文焯在《瘦碧词自序》中特别强调了词必解音善歌的重要性。《序》云：

> 古人谓词以可歌者为工。近世善言词者，佥昧于律，知律者又不丽于词。而一二悬解之士，如方成培《词麈》、许穆堂《白

[①] 张惠言：《词选序》，《张惠言论词》，唐圭璋编《词话丛编》二，第1617页，中华书局，2005年。
[②] 江顺诒：《词学集成》卷六，唐圭璋编《词话丛编》四，第3282页，中华书局，2005年。

怡轩词谱》、谢默卿《碎金词谱》辈，于声歌递变之曲，漫无关究，徒沿明人沈伯英九宫十三调之陋说，率以俗工曲谱为之。《榖梁》所谓"听远音者，闻其疾不闻其舒"，甚可闵笑也。余幼嗜音，尝于琴中得管吕论律本之旨。比年雕琢小词，自喜清异。而若不能歌，乃大索陈编，按之乐色，穷神研核，始明夫管弦声数之异同，古今条理之纯驳，杂连笔之于书，曰《律吕古义》，曰《燕乐字谱考》附《管色应律图》，曰《五声二变说》，曰《白石歌曲补调》，曰《词源斠律》，曰《词韵订》，曰《曲名考原》。凡兹所得，虽孤学荒冗，未为佳证，庶病于今，弗畸于古焉。世有解音善歌如尧章者，齐以抗坠，取余词而声之，倘亦乐府之一绖哉！①

《瘦碧词》是词人的精心之作，这篇《自序》言词作"若不能歌，乃大索陈编，按之乐色，穷神研核"，填词需要反复按律修改。此外又言"近世善言词者，佥昧于律，知律者又不丽于词"，"世有解音善歌如尧章者，齐以抗坠，取余词而声之，倘亦乐府之一绖哉！"正是词人在"洞明音吕"方面颇为自信的表现。

郑文焯族兄郑文烺在《瘦碧词序》中，对郑文焯的"洞明音吕"也给予了肯定。《序》云：

> 夫词者，变风之微义、乐府之遗音也。《传》曰：意内而言外，谓之词。言生声，声生律，古人按律制谱，声来被辞，必以可歌者为工。近世所谓工者，雕缋符采，淫思闲声，如篷弄，如野呗。放者为之，或靡靡陵节，杂以昌狂俳优。苟谨于

---

① 郑文焯：《瘦碧词》自序，光绪十四年刻本。

四声，鲜不以姜张自况矣。而或妄议宫商，破析故律，亦何异咋音之振聋俗哉？予从弟小坡，少工侧艳之词，而不尽协律。南游十年，学琴于江夏李复翁，讨论古音，乃大悟四上竞气之指，于乐纪多所发明。故其为词，声出金石，极命风谣，感兴微言，深美宏约，如杨守斋所讥转折怪异，成不祥之音者，庶几免与？①

"洞明音吕"是填词最为重要的条件之一，声律音韵不协，何能称之为词？故郑文焌评论郑文焯词"大悟四上竞气之指"，亦属恰当。与郑文焯同为词坛"晚清四家"之一的朱祖谋，在《苕雅余集序》中更是明确地指出："海内称词家高流而精于音吕者，必首高密叔问先生。盖声文之感人深者，可以知其工矣。"②由此可知郑文焯不仅精于音律，而且在填词过程中进行了实践，其词达到了"声出金石，极命风谣，感兴微言，深美宏约"的境界。

五、批校序跋中的词学观点

郑文焯对前代词人词作进行过认真研究，批校了宋人《东坡乐府》《清真集》《白石道人歌曲》《梦窗甲乙丙丁稿》等词集，阐发了自家的词学观点。龙沐勋在《大鹤山人词话序》中提出郑文焯对宋人词集的批校"具有精意"。《序》云：

> 高密郑叔问先生，毕生专力于词，为近代一大家数。复精声律，善批评。凡前人词集，经先生批校者，散在海内藏家，不可指数。以予所见，有《东坡乐府》《清真集》《白石道人歌

---

① 郑文焌：《瘦碧词序》，郑文焯《瘦碧词》，光绪十四年刻本。
② 朱孝臧：《苕雅余集序》，郑文焯《苕雅余集》，吴兴朱氏无著盦民国刻本。

曲》《梦窗甲乙丙丁稿》《花间集》等，各家或一本，或屡经批校至三四本，莫不朱黄满纸，具有精意。①

如批校评介苏轼《江城子·陶渊明以正月五日游斜川，临流班坐，顾瞻南阜，爱曾城之独秀，乃作斜川诗，至今使人想见其处。元丰壬戌之春，余躬耕于东坡，筑雪堂居之，南挹四望亭之后丘，西控北山之微泉，慨然而叹，此亦斜川之游也。乃作长短句，以江城子歌之》云："读东坡先生词，于气韵格律，并有悟到空灵妙境，匪可以词家目之，亦不得不目为词家，世每谓其以诗入词，岂知言哉？董文敏论画曰：同能不如独诣。吾于坡仙词亦云。"评《定风波·三月七日沙湖道中遇雨，雨具先去，同行皆狼狈，余独不觉，已而遂晴，故作此》时云："此足征是翁坦荡之怀，任天而动，琢句亦瘦逸，能道眼前景，以曲笔直写胸臆，倚声能事尽之矣。"②此外，郑文焯还从版本、字句、音韵、词风等多种方面对苏轼词进行了批校评介，精微之处多发人所未发，亦是为词人填词树立了标杆。

同时，郑文焯也批校了《清真集》《白石道人歌曲》《梦窗甲乙丙丁稿》《花间集》，皆用力极深，亦颇多新见。郑文焯还对多种前代词集撰写考跋，从中也能够看到郑文焯的词学观点。他有《温飞卿词集考》《四印斋本花间集跋》《六一词跋》《东坡词跋》《小山词跋》《蛾术词选跋》《放翁词跋》《片玉词跋》③等等。《四印斋本花

---

① 龙沐勋：《大鹤山人词话序》，《大鹤山人词话》，唐圭璋编《词话丛编》五，第4319页，中华书局，2005年。
② 郑文焯：《大鹤山人词话》，唐圭璋编《词话丛编》五，第4323页，中华书局，2005年。
③ 郑文焯：《大鹤山人词话》，唐圭璋编《词话丛编》五，第4317—4339页，中华书局，2005年。

间集跋》中云：

> 词者意内而言外，理隐而文贵，其原出于变风小雅，而流滥于汉魏乐府歌谣，皋文所谓"不敢同诗赋而并诵之"者，亦以风雅之馨遗，文章之流别，其体微，其道尊也。词选以《花间》为最古且精。①

《放翁词跋》云：

> 放翁《题花间集》云："此皆唐末五代时人作。方斯时，天下岌岌，生民救死不暇，士大夫乃流宕如此，可叹也哉！或者出于无聊故耶？"又谓："唐自大中以后，诗衰而倚声作，使诸人以其所长，格力施于所短，则后世孰得而议？笔墨驰骋则一，能此不能彼，未易以理推也。"今读放翁诗集，既滋多口，议其浅薄，颇有复沓之讥。而词则能摆落故态，斐娓可观，其高淡处出入稼轩、于湖之间，将其所谓"诗格愈卑，而倚声者辄简古可爱"，请事斯语，还诸笠泽翁，当不以评泊矫枉，为亦督过也。②

这些考跋之文不仅对所论词人进行了考辨，而且均能够独抒己见。如《温飞卿词集考》结合常州派张惠言的词学观点进行评点，进而得出了词"其体微，其道尊"的结论。评陆游词云："词则能摆落故态，斐娓可观，其高淡处出入稼轩、于湖之间"，指出了陆游词

---

① 郑文焯：《大鹤山人词话》，唐圭璋编《词话丛编》五，第4334页，中华书局，2005年。
② 郑文焯：《大鹤山人词话》，唐圭璋编《词话丛编》五，第4338页，中华书局，2005年。

风的独特之处。另外,《片玉词跋》则对《清真词》《片玉词》的版本进行了前所未有的详尽考辨,指出了前人认识之错缪之处。从这些考跋之文中,能够看出郑文焯在词学领域中非同寻常的功力和不同于时人的词学观点。

第三节　继昌词论

继昌的《左庵词话》是清代旗人不多的几部词话之一,该词话涉及的内容非常广泛,凡填词法则、音韵声律、词体词艺、句法章法、词风流派,以及对具体词人的评述均有涉及,其中对清词和八旗词也有专论。

词论之属,自张炎《词源》出,不为其牢笼者几稀,江顺诒即云:"后之论词与作者,皆不能出《词源》所论之范围。"[①]有清一代,前有朱彝尊、纳兰性德,后有张惠言、周济,众多词人都受到过《词源》的影响,继昌论词大端也是如此。不过,继昌致力于词多年,对历代词人和词话研读甚广,于词颇有心得,作《左庵词话》予以阐扬,鉴赏评价,不乏灼见。

一、《左庵词话》与《词源》

继昌的一些词论观点有一些来源于前代词论家。继昌即言:"宋沈义父所著《乐府指迷》,元张炎所著《词源》,陆辅之所著《词旨》,法律讲明特备,不可不读。"[②]他的一些核心观点如"清空"之论就主要来源于张炎的《词源》。

"词要清空"的词学观点是张炎在《词源》中提出的,《词源》云:

---

① 江顺诒、宗山:《词学集成》卷六,唐圭璋编《词话丛编》四,第3280页,中华书局,2005年。
② 继昌:《左庵词话》卷上,唐圭璋编《词话丛编》四,第3104页,中华书局,2005年。

第二十二章 八旗词论

> 词要清空，不要质实。清空则古雅峭拔，质实则凝涩晦昧。姜白石词如野云孤飞，去留无迹。吴梦窗词如七宝楼台，眩人眼目，碎拆下来，不成片段。此清空质实之说。梦窗《声声慢》云："檀栾金碧，婀娜蓬莱，游云不蘸芳洲。"前八字恐亦太涩。如《唐多令》云："何处合成愁，离人心上秋。纵芭蕉、不雨也飕飕。都道晚凉天气好，有明月、怕登楼。　前事梦中休，花空烟水流。燕辞归、客尚淹留。垂柳不萦裙带住，谩长是、系行舟。"此词疏快，却不质实。①

《左庵词话》在论"清空"的同时，提到了"清真"的概念，不过他的论述也取之于张炎的论述。继昌云：

> 词要清真，不要质实。昔人谓吴梦窗词如七宝楼台，眩人眼目，碎拆下来，不成片段。如《声声慢》云："檀栾金碧，婀娜蓬莱，游云不蘸芳洲。"前八字不免板滞。若《唐多令》云："何处合成愁，离人心上秋。纵芭蕉、不雨也飕飕。都道晚凉天气好，有明月、怕登楼。　前事梦中休，花空烟水流。燕辞归、客尚淹留。垂柳不萦裙带住，谩长是、系行舟。"此却疏快，无质实之病。②

"昔人"即张炎也，这段论述与上面张炎的论述几乎完全相同，不过是将"清空"换成了"清真"而已。将上面两段引文相比，能够看出继昌的这段论述明显地采自《词源》，可知继昌此处的"清真"与张

---

① 张炎：《词源》卷下，唐圭璋编《词话丛编》一、第 259 页，中华书局，2005 年。
② 继昌：《左庵词话》卷上，唐圭璋编《词话丛编》四，第 3105 页，中华书局，2005 年。

炎的"清空"涵义基本相同。"清空"是讲气质风骨，古雅峭拔，"清真"则重在情感的真实。宋沈义父也提到过词要"清真"："凡作词，当以清真为主。盖清真最为知音，且无一点市井气。"①清真虽然与清空并不完全相同，但并无本质差别，"清真"的核心还是"清空"。

继昌论词以"清空"为主旨，特别强调词要"清空一气"，与张惠言相同，与郑文焯略异。《燕月词跋》云：

> 诗余虽小道，然非解音律，不能谐调，蒙于此事懵然。顾以长短句抑扬顿挫，用以写情，最为曲尽。爱漫然学之，匪特字句之间，疵病百出，且鄙意一以清空一气为主，绳诸词家，典丽奥涩，体尤未合，实不足以言词也。②

在论前人词时，他认为能够做到"清空一气"的词人有宋之王沂孙、清之张惠言。举王沂孙（碧山）词为例时云：

> 余谓词最宜清空，一气转折，方足陶冶性灵。碧山《花外集·摸鱼儿》云："洗芳林、夜来风雨，匆匆还送春去。方才送得春归去，却又送君南浦。君听取，怕此际，春归也过吴中路。君行到处。便快折河边，千条翠柳，为我系春住。　春还住，休索吟春伴侣。残花今已尘土。姑苏台下烟波远，西子近来何许。能唤不，又只恐、残春到了无凭据。烦君妙语。更为我将春，连花带柳，写入翠笺句。"不须雕琢，自佳。蒙每学词，必以此旨为式。③

---

① 沈义父：《乐府指迷》，唐圭璋编《词话丛编》一，第 277 页，中华书局，2005 年。
② 继昌：《燕月词跋》，《左庵诗余》，清光绪刻本。
③ 继昌：《左庵词话》卷上，唐圭璋编《词话丛编》四，第 3109 页，中华书局，2005 年。

第二十二章 八旗词论

论张皋文（张惠言）词时云：

> 武进张皋文《茗柯词》中，《水调歌头》一阕，清空宛委，最堪讽咏："长镵白木柄，劚破一庭寒。三枝两枝生绿，位置小窗前。要使花颜四面，和着草心千朵，向我十分妍。何必兰与菊，生意总欣然。　　晓来风，夜来雨，晚来烟。是他酿就春色，又断送流年。便欲诛茅江上，只怕空林衰草，憔悴不堪怜。歌罢且更酌，与子绕花间。"

清代词人亦多主"清空"，如前面提到的八旗词人郑文焯即主"清空"。然而"清空"不过是作词之法则，需要实现多方面的和谐完美才能达到理想的境界。张炎即提出"清空中具骚雅"，"清空中有意趣"，并举苏轼、王安石、姜夔词为例[1]。因此，清空的概念包含的内容非常丰富，对于这一点继昌也给予了充分的考虑，并有所扩展。如前面提到的"以清空一气为主，绳诸词家，典丽奥涩，体尤未合"之论，即对口言清空而实则典丽奥涩，提出了批评。并云："词以意趣为主，意趣不高不雅，虽字句工颖，无足尚也。意能迥不犹人最佳。东坡词最有新意，白石词最有雅意"[2]，即是对"清空"涵义的进一步拓展和解读。

《左庵词话》中的词论观点还有一部分也来之于《词源》，如论"用事"。张炎《词源》云：

> 词用事最难，要体认著题，融化不涩。如东坡《永遇乐》

---

[1] 张炎：《词源》卷下，唐圭璋编《词话丛编》一、第260页，中华书局，2005年。
[2] 继昌：《左庵词话》卷上，唐圭璋编《词话丛编》四，第3104页，中华书局，2005年。

云："燕子楼空，佳人何在，空锁楼中燕。"用张建封事。白石《疏影》云："犹记深宫旧事，那人正睡里，飞近蛾绿。"用寿阳事。又云："昭君不惯胡沙远，但暗忆、江南江北。想珮环月下归来，化作此花幽独。"用少陵诗。此皆用事不为事所使。①

继昌《左庵词话》中论"用事"云：

> 词中用事最难，要体认著题，融化不涩。如东坡《定风波》云："破帽多情却恋头。"用龙山落帽事。《永遇乐》云："燕子楼空，佳人何在，空锁楼中燕。"用张建封事。白石《疏影》云："犹记深宫旧事，那人正睡里，飞近蛾绿。"用寿阳事。又云："昭君不惯胡沙远，但暗忆、江南江北。想佩环月夜归来，化作此花幽独。"用少陵诗，皆用事不为事所使，自不落呆相。②

可见继昌此论也全从张炎《词源》中来，所论甚相一致。

张炎的《词源》附录了"杨守斋作词五要"，继昌《左庵词话》借此而阐发，直接采用了道光朝词论家戈载《词林正韵发凡》对"第四要"的论说③。其中云：

> 杨缵有作词五要，第四云：要随律押韵，如越调《水龙吟》、商调《二郎神》，皆合用平入声韵。古词俱押去声，所以

---

① 张炎：《词源》卷下，唐圭璋编《词话丛编》一，第 261 页，中华书局，2005 年。
② 继昌：《左庵词话》卷下，唐圭璋编《词话丛编》四，第 3177 页，中华书局，2005 年。
③ 戈载：《词林正韵》，第 67—71 页，上海古籍出版社，1981 年。

转折怪异，成不祥之音也。词之用韵，平仄两途，而有可以押平韵，又可以押仄韵者，正自不少。其所谓仄乃入声也。如越调又有《霜天晓角》《庆春宫》，商调又有《忆秦娥》。其余则双调之《庆佳节》，高平调之《江城子》，中吕宫之《柳梢青》，仙吕宫之《望梅花》《声声慢》，大石调之《看花回》、《两同心》，小石调之《南歌子》。用仄韵者，皆宜入声。《满江红》有入南吕宫，有入仙吕宫。入南吕宫者，即白石所改平韵之体，而要其本用入声，故可改也。

此外又有用仄韵而必须入声者，则如越调之《丹凤吟》《大酺》，越调犯正宫之《兰陵王》，商调之《凤凰阁》《三部乐》《霓裳中序第一》《应天长慢》《西湖月》《解连环》，黄钟宫之《侍香金童》《曲江秋》，黄钟商之《琵琶仙》，双调之《雨霖铃》，仙吕宫之《好事近》《蕙兰引》《六幺令》《暗香》《疏影》，仙吕犯商调之《凄凉犯》，正平调近之《淡黄柳》，无射宫之《惜红衣》，正宫中吕宫之《尾犯》，中宫商之《白苎》，夹钟羽之《玉京秋》，林钟商之《一寸金》，南宫商之《浪淘沙慢》，此皆宜用入声韵者，勿概之曰仄，而用上去也。

其用上去之调，自是通叶，而亦稍有差别。如黄钟商之《秋宵吟》，林钟商之《清商怨》，无射商之《鱼游春水》，宜单押上声。仙吕调之《玉楼春》，中吕调之《菊花新》，双调之《翠楼吟》，宜单押去声。复有一调中，必须押上，必须押去之处，有起韵结韵，宜皆押上，宜皆押去之处，不能一一胪列。

唐段安节《乐府杂录》，有五音二十八调之图，平声羽七调，上声角七调，去声宫七调，入声商七调，上平声调为徵声，以五音之徵，有其声无其调，故止二十八调也。所论皆填腔叶韵之法，更有商角同用，宫逐羽音之说，可与紫霞翁之言相发明。①

此处虽然借用了戈载之论，但根本上还是从《词源》附录的"杨守斋作词五要"引发而来。从以上情况可知，继昌论词确实受到了宋人词论的影响，其中《词源》对他的影响最大。

二、论词之声律音韵

同郑文焯一样，继昌也精于声律音韵，同样强调声律音韵对填词的重要性，并提出和谐的声律音韵是实现词之"清空"的重要条件，这种观点在很大程度上与郑文焯相近。他在声韵音律方面的论述颇为详尽，这也是继昌词论中最有特色的内容。继昌认为《词林正韵》能够影响一代，是划分了词韵与诗韵、曲韵的区别，故能够"近颇奉为正宗"，在他的词论中也能看到《词林正韵》对他的影响。

> 吴县戈载顺卿，辑《词林正韵》一书，列平上去为十四部，入声为五部，共十九部。大要有二，一曰律，一曰韵。律不协，则声音之道乖。韵不协，则宫商之理失。词韵与诗韵有别，与曲韵亦不同耳。是书之出，近颇奉为正宗。②

这段论述对于填词的声律音韵之用提出了具体要求，比如他认为词最忌落腔。所谓落腔，即用字虽合平仄的要求，但声韵不合便会诵之不畅。同时还提出了不同的词牌对声律音韵运用的要求不同，认

---

① 继昌：《左庵词话》卷上，唐圭璋编《词话丛编》四，第3126页，中华书局，2005年。
② 继昌：《左庵词话》卷上，唐圭璋编《词话丛编》四，第3123页，中华书局，2005年。

为不管选用何种词牌，全词都要前后声韵和谐，即"盖一调有一调之起，有一调之毕；某调当用何字起，何字毕，起是始韵，毕是末韵，有一定不易之则"，不然则为落腔。

> 词之为道，最忌落腔，落腔即所谓落韵也。姜白石云：十二宫住字不同，不容相犯。沈存中《补笔谈》，载燕乐二十八调煞声。张玉田《词源》，论结声正讹，不可转入别腔住字，煞声结声，名虽异而实不殊，全赖乎韵以归之，然此第言收音也。而用韵之吃紧处则在乎起调毕曲。盖一调有一调之起，有一调之毕，某调当用何字起，何字毕，起是始韵，毕是末韵，有一定不易之则。而住字煞声结声即由是以别焉。词之谐不谐，恃乎韵之合不合。韵各有其类，亦各有其音，用之不紊，始能融入本调，收入本音耳。
>
> 韵有四呼七音三十一等，呼分开合，音辨宫商，等叙清浊。而其要则有六条：一曰穿鼻，二曰展辅，三曰敛唇，四曰抵腭，五曰直喉，六曰开口。穿鼻之韵，东冬钟江阳唐庚耕清青蒸登三部是也。其字必从喉间反入，穿鼻而出作收韵，谓之穿鼻。展辅之韵，支脂之微齐灰佳皆咍二部是也。其字出口之后，必展两辅如笑状，作收韵，谓之展辅。敛唇之韵，鱼虞模萧宵爻豪尤侯幽三部是也。其字在口半启半闭，敛其唇以作收韵，谓之敛韵。抵腭之韵，真谆臻文欣魂痕元寒桓删山先仙二部是也。其字将终之际，以舌抵著上腭作收韵，谓之抵腭。直喉之韵，歌戈佳麻二部是也。其字直出本音，以作收韵，谓之直喉。闭口之韵，侵覃谈盐沾严咸衔凡二部是也。其字闭其口以作收韵，谓之闭口。凡平声十四部，已尽于此，上去即随之，惟入声有异耳。

> 入声之本体，后有论四声表在，亦可类推。至其叶三声者，则入某部，即从某音，总不外此六条也。明此六者，庶几韵不假借而起毕住字，无不合矣，又何虑其落韵乎。①

以上所论也与戈载的《词林正韵发凡》所言几乎完全相同②，从中可知《词林正韵发凡》对他的影响之深，亦可见他对声律音韵重视的程度。此外，他还对上去音异、入作三声、反切、借音等等声韵特点，以及在词中的运用规律进行了阐述，并举实例予以了说明。

在此基础上他进一步阐发声韵音律在词之写作中的重要性，他认为词讲究声韵音律，不是仅仅"只视其句之长短，字之多寡，如数填足"就可以了，还要达到"音律之叶"方可言词。

> 俗谓作词为填词，此语便谬。填之云者，只视其句之长短，字之多寡，如数填足耳，音律之叶，平上去之调，懵然不讲，安有好词？③

在这里他同样特别强调了填词时音韵声律的重要性，认为填词之时应该注重声韵的和谐、"音调铿锵"，将声律音韵融入到填词的整体之中，方能够回归词体之本源，体现出词之本色。

不过应该知道，继昌虽然借鉴了前人的词学理论，但并不能肤浅地认为是拾人余唾。从他填词的经历和论词的广度来看，应该是出于对词体深入认识的一种选择，并且这种认识也并非出于空谈，

---

① 继昌：《左庵词话》卷上，唐圭璋编《词话丛编》四，第3125页，中华书局，2005年。
② 戈载：《词林正韵》，第64—67页，上海古籍出版社，1981年。
③ 继昌：《左庵词话》卷下，唐圭璋编《词话丛编》四，第3165页，中华书局，2005年。

而是与晚清词坛的形势密切相关。

三、论词的写作

对于词之写作，继昌别有意会。他首先提出诗词体裁不同，各有特质，不明诗词之别即是"诗人之词，非词人之词"，即非词家之正轨。

> 诗词之界，迥乎不同。意有词所应有而不宜用之诗，字有词所应用而亦不可用之诗。渔洋山人诗用"雨丝风片"，为人所疵，即是此义。有能诗而不能词者，且有能词犹是诗人之词，非词人之词，其间固自有辨。①

以此他严别诗词之界限，认为诗词不容少紊：

> 人有欲为古今体诗以为名者，往往作七言律以为庶异于试帖。实则法律毫无领会，不值识者一哂。不解倚声者，强欲作词，亦不过乱拈诗文中字，填作长短句，辄自负为能词，而词家法律，亦毫无领会。然果属通品，能文章，自必能词赋，何致夏虫语冰之诮。文有体裁，诗词亦有体裁，不容少紊，而笔致固自不同。清奇浓淡，各视性情所近。为学诣所造，正不必强不同以为同，亦惟求其是而已。②

在严别诗词之界限的基础上，继昌提出了对词艺要求的种种方面，涉及内容非常广泛丰富。

---

① 继昌：《左庵词话》卷上，唐圭璋编《词话丛编》四，第3104页，中华书局，2005年。
② 继昌：《左庵词话》卷下，唐圭璋编《词话丛编》四，第3161页，中华书局，2005年。

在填词的总体方面，继昌认为填词首先要重视词之布置："制一词，须布置停匀，血脉贯穿。过片不可断意，如常山蛇，首尾相应为佳。"①随之提出词贵曲折："宋人词体尚涩，国朝守之，谓为浙派，多以典丽幽涩争胜。予不谓然。以为词贵曲而不直，而又不可失之晦，令人读之闷闷，不知其意何在。"②

他还认为词以自然为上，"词有发于天籁，自然佳妙，不假工力强为。如说部中载有《樵夫哭母词》云：'哭一声。叫一声。儿的声音娘惯听。如何娘不应？'所谓文章本天成，妙手偶得之。又谓信手拈来，都成妙谛。"③从而进一步提出词不宜雕刻："词意贵远，用字贵便，造语贵新，炼字贵响。古人诗有翻案法，词亦然。词不用雕刻，刻则伤气。务在自然。《词旨》之说如是，操觚染翰家，宜深味也。""词贵有意，首尾一线穿成，非枝枝节节为之。其间再参以虚实、反正、开合、抑扬，自成合作。"④此外，继昌还对词最忌板、词宜流畅、词贵首尾一线、词以白描为妙、词以入画为工等等方面，进行了比较详细的论述，可谓全面而系统，这就将填词中最为重要的要素进行了综合论述。以上所论均是继昌主张填词要符合词体之规律的经验之谈。

在词的具体写作方面，《左庵词话》中涉及的内容也很多，而且论述得非常详尽。在这个方面他提到了咏物词、和韵词、自度腔的作法，以及词中五七言、常用词、警句、词眼、属对等等运用中应该注意的问题，皆能阐明要旨。

---

① 继昌：《左庵词话》卷下，唐圭璋编《词话丛编》四，第3176页，中华书局，2005年。
② 继昌：《左庵词话》卷上，唐圭璋编《词话丛编》四，第3103页，中华书局，2005年。
③ 继昌：《左庵词话》卷上，唐圭璋编《词话丛编》四，第3105页，中华书局，2005年。
④ 继昌：《左庵词话》卷下，唐圭璋编《词话丛编》四，第3177页、第3165页，中华书局，2005年。

如论"咏物词"云:"咏物最争托意隶事处,以意贯串,浑化无痕。碧山集中,以此擅场。读之自见家国身世之感,每流露于言外。"①论"和韵词"云:"余向不喜作和韵诗词,盖以拘牵束缚,必不能畅所欲言。若押韵妥谐,别出机轴,十不得一。"②论"词眼"时云:"作词须用词眼,如潘元质之'燕娇莺姹',李易安之'绿肥红瘦'、'宠柳娇花',梦窗之'醉云醒月',碧山之'桃云研雪',梅溪之'柳昏花暝',竹屋之'玉娇香怨',西林之'柳腴花瘦',秋岑之'燕昏莺晓'、'渔烟鸥雨',可竹之'翠娇红妒'、'愁烟恨粉',楼君亮之'月约星期',玉田之'雨今云古',东泽之'恨烟愁雨',梅心之'燕窥莺认',皆是。"③论"自度腔"云:"古词人制腔造谱,各调多自由创,固非洞晓音律不能。今人倘自制一调,世罔不笑其妄者。虽解音理,亦不过依样画胡卢耳。故近日倚声一事,仅以陶瀹灵性,寄兴牢骚。风雅场中,尚遑云协于歌喉,播诸弦管,自度腔所由罕也。"④以上所论皆自有见地,成为他词学观点密不可分的组成部分。

四、论历代词人词作

继昌对历代词人词作进行过认真研究,对于不同词风词派的特点,了然在胸,故能够侃侃而谈。

(一)论唐宋词

继昌所论唐宋词人凡数十家,凡开词派者及词坛大家均有涉及,评论亦属精当。如唐之李白,南唐两宋之李煜、晏殊、范仲淹、柳永、秦观、黄庭坚、苏轼、李清照、贺铸、辛弃疾、张舜

---

① 继昌:《左庵词话》卷上,唐圭璋编《词话丛编》四,第3118页,中华书局,2005年。
② 继昌:《左庵词话》卷下,唐圭璋编《词话丛编》四,第3153页,中华书局,2005年。
③ 继昌:《左庵词话》卷下,唐圭璋编《词话丛编》四,第3176页,中华书局,2005年。
④ 继昌:《左庵词话》卷下,唐圭璋编《词话丛编》四,第3171页,中华书局,2005年。

民、吴文英、史达祖、刘克庄、周邦彦、姜夔、刘过、张炎等等,皆举其佳词佳句论之,从中可见继昌词学之观点与主张。如论苏轼词云:"东坡词如《水龙吟·咏杨花》《水调歌头·丙辰中秋作》,皆极清新。最爱其《念奴娇·赤壁怀古》云:'大江东去,浪淘尽、千古风流人物。故垒西边,人道是、三国孙吴赤壁。乱石崩云,惊涛掠岸,卷起千堆雪。江山如画,一时多少豪杰。　遥想公瑾当年,小乔初嫁了,雄姿英发。羽扇纶巾,谈笑间、樯橹灰飞烟灭。故国神游,多情应是,笑我生华发。人间如寄,一尊还酹江月。'淋漓悲壮,击碎唾壶,洵为千古绝唱。"[1]

论辛弃疾词云:"辛稼轩词,慷慨豪放,一时无两,为词家别调。集中多寓意作。六一上人《永遇乐·京口北固亭怀古》云:'千古江山,英雄无觅,孙仲谋处。舞榭歌台,风流总被,雨打风吹去。斜阳草树,寻常巷陌,人道寄奴曾住。想当年、金戈铁马,气吞万里如虎。　元嘉草草,封狼居胥,赢得仓皇北顾。四十三年,望中犹记,烽火扬州路。可堪回首,佛狸祠下,一片神鸦社鼓。凭谁问、廉颇老矣,尚能饭否。'此阕悲壮苍凉,极咏古能事。"[2]

论姜夔词云:"白石笔致骚雅,非他人所及,最多佳作。石湖咏梅二词,尤为空前绝后,独有千古。《暗香》云:'旧时月色,算几番照我,梅边吹笛。唤起玉人,不管清寒与攀摘。何逊而今渐老,都忘却、春风词笔。但怪得、竹外疏花,香冷入瑶席。　江国,正寂寂。叹寄与路遥,夜雪初积。翠尊易泣,红萼无言耿相忆。长记曾携手处,千树压、西湖寒碧。又片片吹尽也,几时见

---

[1] 继昌:《左庵词话》卷上,唐圭璋编《词话丛编》四,第3106页,中华书局,2005年。
[2] 继昌:《左庵词话》卷上,唐圭璋编《词话丛编》四,第3107页,中华书局,2005年。

得?'《疏影》云:'苔枝缀玉,有翠禽小小,枝上同宿。客里相逢,篱角黄昏,无言自倚修竹。昭君不惯胡沙远,但暗忆、江南江北。想佩环、月下归来,化作此花幽独。　　犹记深宫旧事,那人正睡里,飞近蛾绿。莫似春风,不管盈盈,早与安排金屋。还教一片随波去,又却怨、玉龙哀曲。等恁时、重觅幽香,已入小窗横幅。'清虚婉约,用典亦复不涉呆相。风雅如此老,倩小红低唱,吹箫和之,洵无愧色。"①

论王沂孙词云:"余谓词,最宜清空,一气转折,方足陶冶性灵。碧山花外集《摸鱼儿》云:'洗芳林、夜来风雨,匆匆还送春去。方才送得春归去,却又送君南浦。君听取,怕此际、春归也过吴中路。君行到处。便快折河边,千条翠柳,为我系春住。　　春还住,休索吟春伴侣。残花今已尘土。姑苏台下烟波远,西子近来何许。能唤不,又只恐、残春到了无凭据。烦君妙语,更为我将春,连花带柳,写入翠笺句。'不须雕琢自佳。蒙每学词,必以此旨为式。"②

论刘过词云:"刘过《唐多令·重过武昌》云:芦叶满汀洲,寒沙带浅流。二十年、重过南楼。柳下系船犹未稳,能几日、又中秋。黄鹤断矶头。故人曾到否?旧江山、都是新愁。欲买桂花同载酒,终不似、少年游。'轻圆柔脆,小令中工品。词以写情,须意致缠绵,方为合作。无清灵之笔,意致焉得缠绵?彼徒以典丽堆砌为工者,固自不解用笔。"③

以上评价皆能够提出每一位词人的不同特色,并能够从词体之特质和本源出发给予恰当的解说。不对前代词坛有深入的把握,难

---

① 继昌:《左庵词话》卷上,唐圭璋编《词话丛编》四,第3108页,中华书局,2005年。
②③ 继昌:《左庵词话》卷上,唐圭璋编《词话丛编》四,第3109页,中华书局,2005年。

以作出如此精细的评价。

（二）论清词

继昌一直生活到了清代末期，有条件回视清代词坛的情况，不过他没有论述清代词坛的发展过程，以及各种流派的消长，而主要是从微观角度对清代词坛的词人词作的艺术特点进行了评介，并未涉及这些词人的词风渊源。《左庵词话》中提到的清代词人有数十家之多，其中多数为名家，也有名不见经传者。论清代词人"词中的绝妙语"时云：

> 顾贞观词："古今来，一例断肠回首。"陈维崧词："肠断也，百花生日，只是无聊。"沈岸登词："打起沙头宿雁，分付与、一寸红笺。红笺迭，沉吟路遥，雁也难传。"许田词："漾花梢、一朵行云，化水痕难觅。"王策词："落尽樱桃，湿尽棠梨，天也没些分晓。听风听雨，忽听到、弄晴啼鸟。"黄宪清词："月自缠绵花自妒，人自无聊。醒着欲眠眠着醒，灯也心焦。"赵庆熺词："又落碧桃花，红了来时路。"汪焜词："记得盟时，笑指鬓边钗。记得鬓边钗上，双凤不分开。"赵我佩词："楼外垂杨楼上人，同是恹恹病。""记得去时言，约在梅开后。风信而今过海棠，到底归来否。"周星誉词："墙里梨花花上月，花底阑干，无赖是秋鸿。""但写人人，不写人何处。"承龄词："纵说道东风，年年依旧，老了杨枝。"潘飞声词："梦魂如水一痕消。不信人间，真有可怜宵。""只是红墙，遮不住箫声。"周星诒词："夕阳阑角红腻，芭蕉摇得秋碎。"严秋槎词："思量自入朱门，空房小胆，偏住在深深深院。呢喃燕子归来，匆匆又去。刚诉了、春愁一半。"钱瑗词："闲恨闲愁千万种，写来纸角都无缝。惯听鹊声檐外弄。灯花也把人儿哄。"

张道词："梦魂赚得无凭准。"蒋春霖词："一片春愁，渐吹渐起，恰似春云。"恰是词中绝妙语。①

此外，继昌还对清代词人朱彝尊、厉鹗、张惠言、周济、吴锡麟、谭献、黄景仁、易顺鼎、缪荃孙、左绍佐、夏孙桐等词人，专列条目分别给予了具体的评介，可见继昌对清代词坛的走向及词人的特点均进行过系统研究。

在词选方面，继昌对《词综》的评价却不高，认为："《词综》所选录国朝人诸词，大半研炼典丽。咏物作各求细切，极其刻画。然咏味之，究嫌无甚意致。"②继昌认为《词综》选词大半"研炼典丽"，"究嫌无甚意致"，也就是认为雕琢之气太重，而少寄托之意，风人之旨不显，继昌此论并非没有道理。

继昌所处的时代，处于国势衰落最为严重的时期，绮丽隽永、精细雕琢的词风已经难与时代合拍，这是继昌不满《词综》的主要原因，也是张惠言编辑《词选》，陈廷焯编辑《云韶集》《词则》，另编词选的原因，时不同境亦不同也。

（三）论八旗词

继昌对八旗词家整体评价不高，一是认为八旗词人数量少，二是认为八旗缺少名家。《左庵词话》中云：

> 金粟香来书，谓铁梅庵尚书曾辑八旗诗，成《熙朝雅颂集》。君曷不辑八旗词，以增盛事？蒙非不有此志，然国朝二百余年，八旗中词人，纳兰成德容若外，以词名者颇罕。③

---

① 继昌：《左庵词话》卷上，唐圭璋编《词话丛编》四，第3120页，中华书局，2005年。
② 继昌：《左庵词话》卷下，唐圭璋编《词话丛编》四，第3146页，中华书局，2005年。
③ 继昌：《左庵词话》卷下，唐圭璋编《词话丛编》四，第3167页，中华书局，2005年。

他认为八旗中除了纳兰性德之外,"以词名者颇罕",故《左庵词话》中提到的八旗词人也就为数寥寥,仅纳兰性德、承龄、那彦成、斌桐、盛昱、继廉、郑文焯七位词人而已。即使在词坛有一定影响的承龄、郑文焯,对他们的评价也仅一般。尤其是对晚清以来八旗词坛的形势没有清楚的认知,比如当时京师的"探骊吟社",以及斌良、陈良玉、宗山、志润、志锐等等也都致力于词,且都有词集存世,继昌生于晚清不可能不知道这些词人,然而却不被继昌重视,大约认为他们皆非是词人之词的缘故吧。

继昌评八旗词人时,集中评价了纳兰性德、承龄、斌桐、郑文焯四人,其中对八旗词坛名家承龄词多有微词。《左庵词话》云:

> 八旗词家,向推纳兰容若《饮水》《侧帽》二词,清微淡远。嗣嘉道间,子久方伯承龄著有《冰蚕词》,一时许为作家。然音调雅谐,犹嫌意少。咸同间有姚秋士比部斌桐,亦工填词,遗有《还初堂集》,清丽芊绵,似出子久方伯之右。近则郑叔问中翰文焯,刻有《瘦碧词》,才名著闻江南,此外罕闻有专集。①

在以上的评论中,对纳兰性德这样的大家仅有"清微淡远"四个字的评价;对名家承龄的评价是"音调雅谐,犹嫌意少",并认为斌桐词"清丽芊绵",在承龄之上;对郑文焯虽然认为"才名著闻江南",但"郑叔问孝廉,与予为中表谊。人极风雅,所著《瘦碧词》得词家正宗。然鄙见以清空曲折为主,意趣不甚合。"②在肯定其词

---

① 继昌:《左庵词话》卷上,光绪二十八年刻本。
② 继昌:《左庵词话》卷下,唐圭璋编《词话丛编》四,第3145页,中华书局,2005年。

"字句间极工整","得词家正宗"的同时,认为"意趣不甚合"。

在他认为八旗"此外罕闻有专集"的认识下,对八旗词坛影响一般的词人,也仅仅提到了那彦成、姚斌桐、盛昱、续廉。评那彦成云:"那文毅相国彦成,性风雅,喜临池,《兰亭序》、《多宝塔》曾各抚百本。有《瑶花词》,……洵所谓经济文章,足以彪炳一代。"①评盛昱词《减兰》云:"虽小令一曲,大雅不群之气,已自表表。"②评斌桐词云:"意多凄恻"。评续廉词云:"辉发那拉晓泉续廉,腹笥博雅,诗词均有家数。"③评论不过寥寥数语,如此而已。

总之,继昌于清末词坛自视甚高,其原因一是自认为已得"词要清空"之要领;二是认为自己已经能够做到"微言寄慨"、意内言外;三是自视精通音律,认为清代词人之作多有乖音律。他曾说:"词必通音律而后精,然宫商角徵羽,平上去入一字之判,微乎其微。能于音律之学确有所解者,百无二三,此境未易言也。"④"百无二三,此境未易言也",如果填词音律不合,终是未妥,可见他于填词一途颇为自负。

综上可见,继昌在对词之基本艺术特质,尤其在对音韵声律进行深入研究的基础上,对唐宋时期的重要词家和清代词家包括八旗词家进行了论析评价,从中可见继昌对词坛的认知情况。不过,《左庵词话》对历代词坛包括清代词坛的发展变化及原因,缺少宏观的审视,亦是一件憾事。

---

① 继昌:《左庵词话》卷上,唐圭璋编《词话丛编》四,第3115页,中华书局,2005年。
② 继昌:《左庵词话》卷下,唐圭璋编《词话丛编》四,第3164页,中华书局,2005年。
③ 继昌:《左庵词话》卷下,唐圭璋编《词话丛编》四,第3149页,中华书局,2005年。
④ 继昌:《左庵词话》卷上,唐圭璋编《词话丛编》四,第3103页,中华书局,2005年。

第四节 其他八旗词论

八旗词论还有一些散见于众多的序跋之中,现选数篇如下,以见旗人的词学立场与主张。其作者生平经历前面已作介绍者,此处不再赘述。

一、康熙帝词论

康熙帝于康熙四十六年(1707)七月十二日作《御定历代诗余序》。《序》云:

> 诗余之作,盖自昔乐府之遗音,而后人之审声选调所由以缘起也,而要皆昉于诗,则其本末源流之故,有可言者。古帝舜之命夔典乐,曰:诗言志,歌永言,声依永,律和声。可见唐虞时即有诗,而诗必谐于声,是近代倚声之词,其理固已寓焉。降而殷周,孔子删而为三百五篇,乐正而雅颂得所考。其时郊庙明堂,升歌宴飨,以及乡饮报赛,莫不有诗,以叶于笙箫琴瑟之间。自诗变为骚,骚衍为赋,虽旨兼出乎六义,而声弗拘于八音。至汉而郊祀、房中、铙歌、鼓吹、琴曲、杂诗,皆领于乐官,于是始有乐府名。迄于六代,操觚之家,按调属题,征辞赴节,日趋婉丽,以导宫商。唐兴,古诗而外,创为近体。而五七言绝句,或传于伶人,顾他诗不尽协于乐部。其间如李白之《清平调》《忆秦娥》《菩萨鬘》;刘禹锡之《浪淘沙》《竹枝词》,泊温庭筠、韦庄之徒,相继有作,而新声迭出,时皆被诸管弦,是诗之流而为词,已权舆于唐矣。宋初,其风渐广,至周邦彦领大晟乐府,比切声调,篇目颇繁;柳永复增置之,词遂有专家,一时绮制,可谓极盛。虽体殊乐府,

而句栉字比,廉肉节奏,不爽寸黍。其于古者,依永和声之道,洵有合也。然则词亦何可废欤?

朕万几清暇,博综典籍,于经史诸书,有关政教而裨益身心者,良已纂辑无遗,因浏览风雅,广识名物,欲极赋学之全,而有《赋汇》,欲萃诗学之富,而有《全唐诗》、刊本宋金元明四代《诗选》。更以词者继响夫诗者也,乃命词臣辑其风华典丽悉归于正者,为若干卷,而朕亲裁定焉。夫诗之扬厉功德,铺陈政事,固无论矣。至于《桑中》《蔓草》诸什,而孔子以一言蔽之,曰思无邪。盖蕙茝可以比贤者,嘤鸣可以喻友生,苟读其词而引伸之,触类之,范其轶志,砥厥贞心,则是编之含英咀华,戛金戛玉者,何在不可以"思无邪"之一言该之也?若夫一唱三叹,谱入丝竹,清浊高下,无相夺伦,殆宇宙之元音具是,推此而沿流讨源,由词以溯之诗,由诗以溯之乐,即《箫韶》九成,其亦不外于本人心以求自然之声也夫。①

康熙帝对于填词有自己的理解与主张,在这篇《序》中不仅阐述了对词之源起、流变、特点的看法,而且强调了词亦有与诗同样的教化作用。康熙帝认为"唐虞时即有诗,而诗必谐于声,是近代倚声之词",自唐以来,"新声迭出,时皆被诸管弦,是诗之流而为词",认为词源于诗。而诗兼乎六义,有极强的政教功用,词亦应该如此,即"思无邪",也应该发乎情,止乎礼义,好色而不淫,怨悱而不乱。只不过词与诗不同之处在于,词"一唱三叹,谱入丝竹,清浊高下,无相夺伦,殆宇宙之元音具是",词较之于诗,音律更

---

① 康熙帝:《御定历代诗余序》,《御定历代诗余》,杭州古籍书店影印版。

为华美而严整，雕章缛采，味腴骞方，是为词家本色。因此，他认为词虽"风华典丽"，然亦可"归于正"，与诗有同样的社会政教作用。而最重要的创作原则是"不外于本人心以求自然之声"。

康熙帝的这篇《御定历代诗余序》，从帝王兼文人的角度强调了词与诗的联系与区别，以及词应该具有的社会教化作用，同时对词以缠绵悱恻为特点的文学艺术特征也给予了重视，肯定了词体在文学中的地位。

二、张纯修词论

张纯修的这篇《饮水诗词集序》是专为纳兰性德诗词集所作。《序》云：

> 余既哀容若诗词付之梓人，刻既成，谨泚笔而为之序曰：嗟乎！谓造物者而有意于容若也，不应夺之如此其速；谓造物者而无意于容若也，不应畀之如此其厚，岂一人之身，故有可解不可解者耶？容若与余为异姓昆弟，其生平有死生之友，曰顾梁汾。梁汾尝言：人生百年，一弹指顷，富贵草头露耳，容若当思所以不朽，吾亦甚思所以不朽容若者。夫立德非旦暮间事，立功又未可预，必无已，试立言乎？而言之仅仅以诗词见者，非容若意也，并非梁汾意也。语云：非穷愁不能著书。古之人欲成一家之言，网罗编葺，动须岁月，今容若之才得于天者非不最优，而有章服以束其体，有职守以劳其生，复少假之年，俾得殚其力以从事于儒生之所为。噫嘻！岂真以畀之者夺之，而其所不可解者，即其所可解者耶？梁汾从京师南来，每与余酒阑灯灺，追数往事，辄相顾太息，或泣下不可止。忆容若素矜慎，不轻为文章，极留意经学，而所为经解诸序，从未出以相示。此卷得之梁汾手受，其诗之逸超，词之

隽婉，世共皆知，而其所以为诗词者依然。容若自言如鱼饮水，冷暖自知而已。区区痛惜之私，欲不言不忍，姑述其大略如是云。①

此《序》对纳兰性德性情人品进行了总体评价，言其"诗之逸超，词之隽婉"，皆发自真情，即"如鱼饮水，冷暖自知"，是深知纳兰性德之言也。

三、麟庆词论

麟庆（1791—1846），字伯余，号见亭，完颜氏，镶黄旗满洲人，嘉庆十四年（1809）进士，历官内阁中书、安徽徽州府知府、颍州府知府、河南按察使、贵州布政使、湖北巡抚、江南河道总督，著有《黄运河古今图说》《河工器具图说》《鸿雪因缘图记》《凝香室集》。《清梦轩诗余序》是麟庆为释了璞《清梦轩诗余》所作的序。《序》云：

> 内典中有偈颂，有梵唱。偈颂近诗，梵唱近词。溯自汤惠休、帛道猷而后释子之工诗者，代不乏人。而能倚声者，仲殊、惠洪外，不少概见，余尝疑焉。夫自有诗，长短句即寓乎其中。《周颂》三十一篇，及汉歌、短箫、铙歌之类，长短句居其大半。迄乎六代，江南采莲诸曲，与词愈近。诗与词，非有先后。或谓诗降为词，以词为诗之余，非通论也。况宋元诗人，无不兼工乐章，道学如朱晦翁、真希元，节烈如岳忠武、文信国，集中皆备斯体。而一入桑门，独兢兢然守绮语之戒，不尤固哉？京口象山韫庵素能诗文，兼工长短句。去年秋来清

---

① 张纯修：《饮水词序》，纳兰性德撰《饮水词》，道光刻本。

江浦，余出《放鼍》《仙蝶》诸图属题，诗文外复成《迈陂塘》一阕，尤为欣赏。因索观词稿，俱极醇雅。特弁数语，俾付剞劂氏。曩余因公至京口，信宿焦岩，舟至象山，而未一登，深以为憾。闻山后有卧看双峰阁，登览最胜。因撰槛帖寄悬阁中，以志向往。他日重经其间，携苏东坡"斜照江天"，辛稼轩"如此江山"诸作，临流歌之，俾韫庵按拍而和，会见月涌沧江、长风萧萧振林木矣。时维道光十九年己亥四月，长白见亭麟庆撰于凝香室。①

麟庆同样认为词是一种独立的文体，"夫自有诗，长短句即寓乎其中"，"以词为诗之余，非通论也"。词与诗同工而异曲，共源而分派，以此否定了词为诗之余说，肯定了词体的地位。对轻视词体的认识，他提出"道学如朱晦翁、真希元，节烈如岳忠武、文信国，集中皆备斯体"，均有沉雄慷慨的词作，并批判了填词"兢兢然守绮语之戒"的倾向。

四、斌良词论

斌良填词有自己的见解，在道光二十三年（1843）所作《小鸥波馆词钞序》中，集中表达了自家的词学观点。《小鸥波馆词钞》作者为潘曾莹，是斌良挚友，著有《小鸥波馆诗钞》十二卷，《词钞》一卷。斌良的这篇《小鸥波馆词钞序》被收入《八旗文经》中。《序》云：

> 词者，诗之余也。而其所以道性情，发天籁，温柔敦厚之旨则一焉。且词果何昉哉？《清平乐》词，肇自青莲；《瑞鹤

---

① 麟庆：《清梦轩诗余序》，释了璞撰《清梦轩诗余》，道光刻本。

仙》词,创于伯可,敲金戛玉,推姜史;红楼香径,属欧阳。唐宋来,以词名家,不可枚举。我朝人文蔚起,容若、竹垞,分镳南北,尺凫、樊榭,继起浙西。近时之工词者,有若汪剑潭,有若陶凫香,有若郭频伽,有若冯柳东、周稚圭数公,皆才蕴山海,声协宫商,春容和雅,一唱三叹之音,为当世所推诩。然皆或以深秀胜,或以豪迈胜,或以雕琢胜。独太史之词雅丽婉约,得秦、柳之神而小袭其貌;有姜、张之韵而不掠其光,于诸家之外,别具炉锤,自树一帜。所谓发乎情,情自适而不流;止乎词,词自达而不牵,是本天性而发天籁也。①

斌良虽然也说"词者,诗之余也",不过词之情文节奏,皆有余于诗,因此诗余之余是作"赢余"之余解,非诗之"剩余"之余解,故而诗词"其所以道性情,发天籁,温柔敦厚之旨则一焉",这就是他对于词的基本态度。更重要的是他主张填词之根本在于"所谓发乎情,情自适而不流;止乎词,词自达而不牵,是本天性而发天籁也。"可见他是主张情真意蕴、自然流畅的。同时他还以前人为例,提出词人要有不同于他人的个性,即"别具炉锤,自树一帜",他既重视词的艺术风格,又要求自有风格,故而他的词作以情真婉丽见长,这种词学观点对坚守词体之本质特征具有积极意义。

五、如山词论

《心盦词存序》是如山为何兆瀛所著《心盦词存》所作的序。何兆瀛,字通甫,号青耜,道光二十六年(1846)举人,曾官广东盐运使,工诗词,是晚清著名词人,如山与之论词是工词者之间的

---

① 斌良:《小鸥波馆词钞序》,《八旗文经》卷一九,序文类(壬),第170页,辽沈书社,1988年。

对话。《序》云：

> "明月几时有"，词而仙者也。"吹皱一池春水"，词而禅者也。仙不易学，而禅可学。学矣而非栖神幽邈，涵趣寥旷，通拈花之妙悟，穷非树之奇想，则动而为之澦㴭之音矣，其何以澄观一心而腾踔万象？是故词之为境也，空潭印月，上下一澈，屏智识也；清磬出尘，妙香远闻，参净因也；鸟鸣珠箔，群花自落，超圆觉也。心盦道兄，其四禅中人乎？纡金绾紫，视若无有。现宰官身而说法，澄辟支果而离垢。啸咏则茅压屋头，谈谐则花飞天口。其言情也，及情而不过乎情；其体物也，寓物而不滞于物。吾知其游心太空，而咒妙莲于飞钵矣。客曰："嘻嘻，是非绮语障乎？是非妄幻想乎？是无尘而局有尘，无想而为有想乎？"余曰："不，不也。佛而情忘，渡胡为乎慈航？佛而意灭，境胡为乎宝月？衣云鬘云，果非色身，胡为而珞珠缤纷也？花影幢影，果异人境，胡为而佛土严净也？然则皈法为法，离法亦为法，庸知色相之非即妙相，绮业之非即慧业乎？"心盦之词，殆有悟于斯矣。如《立春作》云"好春如海，随著江云，等闲渡了春魂。"《咏燕》云："曲曲雕梁泥落尽，红剩斜阳一线。"斯境也，飘然若春云之无痕，了然若明月之前身，其禅耶？非禅耶？吾乌测其所由然耶？心盦真深于禅者与？①

"'明月几时有'，词而仙者也；'吹皱一池春水'，词而禅者也。仙不易学，而禅可学"，以禅喻词是如山的一种发明。他认为词之境

---

① 如山：《心盦词存序》，何兆瀛撰《心盦词存》，同治十二年，武林刻本。

应该如禅界"空潭印月,上下一澈""清磬出尘,妙香远闻"一般,填词应自然真切,"其言情也,及情而不过乎情;其体物也,寓物而不滞于物"。词人只有达到了"纡金绾绶,视若无有"的境界,怀有禅心,方是词家应该遵循的正轨。如山为晚清词坛设立了一个更高的境界和标准。

如山还有《百纳琴言序》和《采香词序》,其中《采香词序》是为杜文澜《采香词》所作的序。杜文澜,字小舫,曾官江宁布政使、江苏按察使,工诗词,著有《曼陀罗华阁丛书》十六种一百四十八卷,词集《采香词》。《采香词序》在称赞杜文澜词作之佳的同时,也提出了词应达情的观点。

六、杨锺羲《还初堂词钞跋》

《还初堂词钞跋》是杨锺羲为斌良《还初堂词钞》所作的跋,写于光绪二十四年。《跋》云:

> 比年吾八旗之官京者,辟讲舍,召生徒,书问交驰,外台诸君子为之分清俸,集巨金,以为敬教劝学之资,以其奇赢,刊布往籍,意至美也。钜公不下问,群士不说学,所刻者傥非里儒冬学之书,率即羽流不经之作,使海内学者遂以为三百年来,吾八旗之以功业著闻者,多无取乎读书识字。其读书识字者,眼光所到,类仅尔尔,岂不谬哉?吾八旗通人撰述,其有关经史资考核者,指不胜偻。问翁帝胄,媚学序于尧峰;退庵耆年,吐言惊夫栎下。隙光亭之说经,容若愧其家督;博晰斋之博物,苏斋所为流连。他若礼堂学《诗》,简王注《易》,耐圃地志,睫巢通史,野园之笔,西清研斋之纪,东土纳兰中丞之文,竹井老人之诗,久驰声称,无烦觇缕。锺羲不自知其无似,妄欲搜讨文献,一雪斯言。博综先哲遗书,都为一集,俾

> 后生诵法,不以龠陋空疏,自诡闻道。藜藿不充,枣梨有待。行且远去京国,浮湛俗吏,未知何日得果斯愿。雪窗岑寂,读秋士先生诗余,念其牢落不偶,生无补于时,死无述于后。少年绮语,无当高怀;孤本留遗,将成星凤,为之重付手民,为他日丛刻之虑无焉。见者若以为吾八旗之读书识字者特工此等言,则亦未足与观其大也。①

斌良工词,然其词集"孤本留遗,将成星凤"。鉴于这种情况,杨锺羲"为之重付手民,为他日丛刻之虑无焉。见者若以为吾八旗之读书识字者特工此等言,则亦未足与观其大也",为之搜集整理,以待他日刊刻,以便流传于世。此《跋》虽非词之专论,然却是从八旗的立场出发,以保存和弘扬八旗文教为己任。"吾八旗通人撰述,其有关经史资考者,指不胜偻",列举了自清初以来八旗在经史、地志、文学方面的杰出人物,极鲜明地表述了对八旗文化的自信。也正是这种自信使得八旗在文化包括文学方面,取得了令人瞩目的成就。

八旗词话之专著虽不多见,然散见于序跋中的词论却为数不少,仅从以上数篇即可见八旗于词多有心得,且多有自家见解。八旗词人大多遵循词之言情,贵得其真的词学传统。虽然不同历史时期的背景环境不同,但八旗词坛的主流却一直主张以真情入词,"本天性而发天籁"。尤其是晚清以来,八旗词人于时局大变动时期,感慨良深,凡抒怀明志、忧时寄慨、哀士不遇等等,皆能赋情独真。词风则或沉郁浑厚,或苍凉凄楚,或磊落疏放,词意词风皆与旗人的立场心态密切相关,以此形成了八旗词坛独有的特色。

---

① 杨锺羲:《还初堂词钞跋》,斌桐撰《还初堂词钞》,光绪二十六年刻本。

第五节 八旗词论的词学价值

八旗词论自清初开始出现，至晚清绵延不绝，其发展轨迹亦有脉络可循，八旗词论除了强调词宜真切自然之外，亦主张比兴寄托、迷离杳渺，提倡要有深厚的内容和抒发真实的情感，与各个时期出现的词论流派有所区别，成为八旗词论的一个显著特点。纳兰性德的词学观点即与同时期的浙西派、阳羡派有所不同，郑文焯、继昌的词学观点也与常州派不尽相同。

清人论浙西派词云："浙派词，竹垞开其端，樊榭振其绪，频伽畅其风，皆奉石帚、玉田为圭臬，不肯进入北宋人一步，况唐人乎！"[1]石帚即姜夔，玉田即张炎。这是清代词论中的一种倾向。尤其是浙西派特别强调"字琢句练，归于醇雅"，将不少填词者推上了重形式而轻内容的道路，以至于其影响在晚清时期逐渐衰落。在这种形势之下，一些八旗词人提出了不同的词学观点，其填词实践也走出了不同于同时代词学流派的道路，故能够在清初词坛上自成一军。

乾嘉以来常州派兴起，《词学集成》记云："汪桩松云：茗柯《词选》，张皋文先生意在尊美成，而薄姜、张。至苏、辛仅为小家，朱、厉其次者。其词贵能有气，以气承接，通首如歌行然。又要有转无竭，全用缩笔包举时事，诚是难臻之诣。"[2]张惠言辑《词选》一书，阐"意内言外"之旨，周济提出"词非寄托不入，

---

[1] 蒋敦复：《芬陀利室词话》卷一，唐圭璋编《词话丛编》四，第3636页，中华书局，2005年。
[2] 江顺诒：《词学集成》卷五，唐圭璋编《词话丛编》四，第3273页，中华书局，2005年。

专寄托不出",其词学主张的影响一直延续到清末。不过,八旗词坛进入晚清以来主要还是推尊姜、张,同时亦以苏、辛为词坛大家,婉约与豪放并重,且并不舍弃清空,此与常州派有所不同。同时,即便是强调比兴寄托,也主要是以宋词为圭臬抒发旗人之性情,此又是八旗词坛特别之处。

当然,八旗词风也并非一成不变,清前期、中期、晚期的词风屡有变化,即在同一词人的词作中,也会出现婉约与豪放并存的情况。如清中期以前的八旗词人注重词体以婉约为宗的特性。晚清以来,在外敌入侵,国家时局危难的背景下,八旗词人在坚持意内言外的同时,姜、张的托微言寄慨和苏、辛的慷慨达情渐成主调。这类词作或沉郁悲愤,或慷慨激昂,以抒发难以遏制的忧国忧时心绪,志润、盛昱、英瑞、郑文焯、继昌等等一批八旗词人尤其如此。八旗词风的这种变化与他们不同时期的词论主张相一致,也就是说他们的词风与词论有着密切的联系,两者互为表里。

在坚持词体本质特性方面,纳兰性德、郑文焯、继昌毕生专力于词,为清代一大家数。尤其是纳兰性德主张自然天成,比兴寄托,开清初哀感顽艳之词风,影响极为深远。郑文焯则精声律,善批评,凡前人词集,经其批校散在海内藏家者,不可指数。他在词论家群起的情况下,著《大鹤山人词话》,提出了词固宜清空并有骨气的词学主张,从词体的专属特性出发,深研词律音韵之学,成为极力推进词体特性回归的重要人物。他的词作和词论在晚清词坛上产生了重要影响。李佳氏继昌的《左庵词话》,也系统地阐发了独具新见的词学主张,多有自己的词学体系和填词原则。

以上八旗词学理论与观念的形成,拓宽了清代词论的视角,也丰富了清代词论的内涵。

第六节 结　　语

应该说从清初开始，八旗词坛不仅形成了能够反映出旗人精神性格的词风，而且逐渐形成了自己的词学观点和理论。他们的词论提出了与当时词坛流派不尽相同的词学观点，在详论词体的艺术特质的同时，对提高词体在文学中的地位方面也做出了不可替代的努力和贡献。

八旗词学理论的形成，既有吸取前人填词经验的原因，也有来自填词过程中的真切心得。比如八旗词人在填词过程中多坚持雅正疏朗、沉郁敦厚的风格，以抒发内心的真实情感，而不仅仅以悦己悦人为填词宗旨。这既与他们对词体本质的认知有一定的关系，也与他们醇厚质朴的民族性格有一定的关系，这也正是八旗词论家能够形成自家词学理论的重要原因。

尽管八旗词论与清人词论在一定程度上有所区别，但是应该认识到八旗词坛是在清代词坛崛起繁荣的背景下形成发展的，并没有脱离清词发展的大背景和潮流。同时也应该看到，这种影响主要表现在八旗词坛追求词艺的完美方面，在词写性情和题材选择以及情感抒发方面，仍然颇多旗人特点，展现了八旗词坛的独特风貌。

从不同时期八旗词人的词论中，能够反映出不同历史阶段八旗词坛对词体认知的情况与深度，也能够反映出不同时期八旗词人的人文精神和文学精神，而这一切正是八旗词论存在的重要意义和价值。

第二十三章　八旗词选

八旗词选数量不多，产生影响的仅有三种，即纳兰性德的《今词初集》、佟世南的《东白堂词选初集》、杨锺羲的《白山词介》。广州驻防汉军旗人徐荣也有《词选》，不过仅选了宋代词人五家，且选词数量不多，多者二十余首，少者不足十首，似乎是为初学填词者选辑的一种指导本，故略之。

第一节　纳兰性德与《今词初集》

清初词坛的形势是"明崇祯之季，诗余盛行，人沿竟陵一派。入国朝，合肥龚鼎孳、真定梁清标，皆负盛名，而太仓吴伟业尤为之冠。其词学屯田、淮海，高者直逼东坡，王士禛以为明黄门陈子龙之劲敌。自余若钱塘吴农祥、嘉兴王翃、周筼，亦有名于时。"[①]可谓操觚家闻风竞起，选者作者妍媸杂陈，然而也正是这种局面造

---

① 徐珂：《近词丛话》，唐圭璋编《词话丛编》第五册，第4222页，中华书局，2005年。

成了门户之见，故而纳兰性德、顾贞观欲通过编选《今词初集》表明自家的词学立场，期望能够在词坛上产生影响，于是二人同选清初词人百八十四家，词六百余首，编为《今词初集》，刊行于康熙十六年（1677）。

词家辑录词选的重要目的，是宣示彰显自己的词学观点与立场，其中《花间集》《绝妙好词》等，都对词坛的发展趋势产生了深远的影响。在时代变化之际，纳兰性德于当时的词坛风气多有不满，产生了编选词选之念。康熙十五年（1676），顾贞观入京都，结识了纳兰性德。纳兰性德"情致与《弹指》最近，故两人遂成莫逆"[1]。由于性格和气度相合，论词主张相近，遂共同选辑清初词集，即《今词初集》。

《今词初集》的编选标准，与他们的词学主张有密切关系。纳兰性德与顾贞观认为诗与词同源而有别，词最为重要的特征是迷离要眇、言情入微而又声律谐婉。并且在尊词体的同时，力主词应"贵重而适用"，将词的功用与魅力放在重要地位，并以此为标准选辑了清初的词人和词作。

顾贞观、纳兰性德选辑《今词初集》，以清初三十年为时限，选辑符合他们标准的词作，为的是阐释自家词学立场。奇怪的是《今词初集》并未有他们二人所作的序跋，也无其他词坛开宗立派的大家如王士禛、陈维崧、朱彝尊等人的序跋，仅有鲁超的《今词初集题辞》和毛际可的《今词初集跋》两篇很短的序跋。鲁超的这篇序顾左右而言他，应酬的迹象明显。倒是毛际可的跋说出了这部词选的价值："今梁汾、容若两君权衡是选，主于铲削浮艳，抒写

---

[1] 谢章铤：《赌棋山庄词话》卷七，唐圭璋编《词话丛编》四，第3415页，中华书局，2005年。

性灵。采四方名作，积成卷轴，遂为本朝三十年填词之准的。"[1]对《今词初集》评价很高，指出了"主于铲削浮艳，抒写性灵"是这部词选的价值所在。

《今词初集》既然担负着"填词之准的"的任务，故仅选词人百八十四家。出于这种考虑，在选词方面也极为严格，即便是词坛名家，也并没有给予特别关照，如清初词坛有名于时的吴农祥、王翃、周筼等等都未能入选。

清初词坛有"前十家"之目，在《今词初集》中，录位列"前十家"的宋徵舆二十一首，钱芳标三首，王士禛十三首，李雯十八首，沈谦五首，沈丰垣八首，彭孙遹十首，陈维崧十一首，顾贞观二十四首，纳兰性德十七首。

此外，在《今词初集》中，除了选辑者纳兰性德和顾贞观之外，其他录词十七首以上者仅七人，即陈子龙二十九首，龚鼎孳二十七首，朱彝尊二十二首，宋徵舆二十一首，丁澎十九首，吴绮二十三首，严绳孙十七首。二十首以上仅陈子龙、龚鼎孳、朱彝尊、宋徵舆、吴绮五人。

在《今词初集》中，选词数量在五首以下甚至仅选一首者甚多，如贺裳三首，徐乾学一首，余怀四首，宋琬五首，万树一首，邹溶一首，毛先舒五首，吴兆骞二首，徐釚二首，姜宸英一首，金镇一首，曹贞吉一首，高士奇二首，陈维岳一首、陈玉璂一首等等，为之作序的鲁超也仅录二首，写跋的毛奇龄亦仅录词六首。以上这些词人都是当时词坛上的著名人物，非泛泛者可比，然亦如此，可见选词之严。

此外，在这部词选中，八旗词人除了纳兰性德之外，仅选录了

---

[1] 毛际可：《今词初集跋语》，顾贞观、成德选辑《今词初集》上海图书馆藏康熙刻本。

第二十三章　八旗词选

汉军吴兴祚的一首《踏纱美人·送顾梁汾之江右》，而这首词还应该与编选者顾贞观有关，清初八旗词人如佟世南、曹寅、吴兴祚等等，概未入选。

《今词初集》所收录的词家词作在以铲削浮艳，抒写性灵为标准的同时，对由明入清的词坛流派，以及阳羡、浙西词人，都给予了一定程度的观照。不过也许正是这种标准，阳羡派盟主陈维崧的词仅仅选录了十一首，而浙西派盟主朱彝尊的词则选录了二十二首，数量是其一倍。当然，清代词坛对朱彝尊的评价很高，不过对陈维崧的评价也不低，且多是朱、陈并提，以朱、陈为清词两大家，然以纳兰性德和顾贞观婉丽为宗的标准，陈维崧则不抵朱彝尊。

在《今词初集》编选之前，康熙十年（1671）陈维崧已经与人合编了《今词苑》。康熙十七年（1678），阳羡派刊刻了《荆溪词初集》，汇录阳羡词人八十家，是阳羡派的集成之作，在当时阳羡派词人已经具有了非同一般的影响。陈维崧《湖海楼全集》中有词作三十卷，无论在当时还是在身后，陈维崧在词坛上都有极高的地位，词坛对他的评价一直很高。如陈廷焯在《白雨斋词话》中认为其词"沈雄俊爽，论其气魄，古今无敌手。"[1]并举《贺新郎》评云："一味横霸，亦足雄跨一时"[2]。然《今词初集》所选陈维崧词，不仅数量不多，而且绝少有此种横霸风格的作品，多以景物词与闲情词入选，从中可见编选者的旨趣所在。

其实在阳羡词人中多有声名卓著者，如陈维岳、徐喈凤、董儒龙、徐瑶、万树、陈维岱、任绳隗、史惟圆、陈履端、曹亮武、蒋

---

[1] 陈廷焯：《白雨斋词话》卷三，第72页，人民文学出版社，1983年。
[2] 陈廷焯：《白雨斋词话》卷三，第78页，人民文学出版社，1983年。

景祁、史鉴宗、史可程、龚胜玉等等，不下三四十家，皆有词集。然《今词初集》仅选录了阳羡词人万树一首，史惟圆五首，徐喈凤一首，陈维岳一首。这种现象说明《今词初集》对阳羡派豪壮词风并不认同，其中也许还有并不看好阳羡派多抒发家国之忧的原因。

由于浙西派推尊姜、史，故朱彝尊较被重视，《今词初集》中选录朱彝尊词在二十首以上。不过清中晚期以来陈维崧被重新重视，陈廷焯云："国初诸家，断以迦陵为巨擘。后人每好扬朱而抑陈，以为竹垞独得南宋真脉。呜呼！彼岂真知有南宋哉！庸耳俗目，不值一笑也。"[1]虽然也认为朱词洒落有致，组织甚工，但同时认为其词"皆无甚大过人处"[2]，能够真色生香者，仅在其艳体词而已。从词坛不同时期对陈、朱两人不同的评价中可以看出各自的审美标准。

《今词初集》由于时代的关系，仅收录了清初的词人词作，未及前代。纳兰性德在选辑了《今词初集》之后，犹嫌不足，开始筹划选编两宋词选。顾贞观即深知纳兰性德意欲在词坛上有所建树，他在《答秋田求词序书》中概述清初词坛流变的同时，就提出了纳兰性德有"欲尽招海内词人，毕出其奇"[3]的抱负。

纳兰性德编辑两宋词选的标准和目的，在《与梁药亭书》中有明确的阐述。《书》云："（词选）从来苦无善选，惟《花间》与《中兴绝妙词》差能蕴藉。自《草堂》《词统》诸选出，为世脍炙，便陈陈相因，不意铜仙金掌中，竟有尘羹涂饭，而俗人动以当行本

---

[1] 陈廷焯：《白雨斋词话》卷三，第71页，人民文学出版社，1983年。
[2] 陈廷焯：《白雨斋词话》卷三，第69页，人民文学出版社，1983年。
[3] 顾贞观：《答秋田求词序书》，谢章铤撰《赌棋山庄词话》续编三，唐圭璋编《词话丛编》四，第3530页，中华书局，2005年。

色诩之,能不齿冷哉!"①以纳兰性德的标准,他列出的两宋词人名单,仅有"北宋之周清真、苏子瞻、晏叔原、张子野、柳耆卿、秦少游、贺方回;南宋之姜尧章、辛幼安、史邦卿、高宾王、程钜夫、陆务观、吴君持、王圣与、张叔夏"诸人可以入选。不过这一计划最终没有实现,其原因可能是由于梁佩兰于康熙二十年(1681)离京和纳兰性德的早逝而没有完成,但从他对宋代词人的选取上可以看出他的词学立场。邀请梁佩兰共襄此事,是因为梁佩兰诗词文俱佳,为"岭南三大家"之一。梁佩兰是顺治十四年(1657)举人,多次会试不第,也如顾贞观一样是纳兰性德府的座上宾,梁佩兰于康熙三十年(1691)中进士第时,纳兰性德已经去世数年。

清代词风多变,或纵横博大,或沉雄慷慨,或疏朗清丽,或风流闲雅,或芊绵温厚,不一而足。在清初词坛流派纷呈的背景下,《今词初集》独以"婉丽为宗"选词,以此作为"填词之准的"而未能广搜博采,故选词严而窄,所录词人和词作数量均不多,因此未能得到词坛的广泛认同,这也是《今词初集》流传不广的主要原因。

清代词选多以"婉约为宗"选词,然对"婉约"的理解却存在差异。纳兰词虽然也属于"婉约"一派,然提倡"贵重"、"适用"和"迷离之致",故能够独具面貌,非泛泛之"婉约"可以涵盖。

第二节 佟世南与《东白堂词选初集》

《东白堂词选初集》是以清初汉军词人佟世南为主,与陆进、

---

① 纳兰性德:《通志堂集》下,卷二,第592页,上海古籍出版社,1979年。

张星耀合编的一部词选,编成之后产生了一定影响,收录于《四库全书》中。

佟世南是清初为数不多注重词学词艺的八旗文人,他不仅致力于填词,而且对明末清初词坛的发展变化颇为留意,不仅掌握了明末清初词人大量的词作,而且以自己对词艺的认识与理解,从中选取明末清初词人词作,辑成《东白堂词选初集》,以此彰显他的见解与主张。《东白堂词选初集》选辑词人三百七十一家,加上编选者佟世南、陆进、张星耀三人,共三百七十四家,规模比《今词初集》宏大,从中可见佟世南对于清初词坛情况的熟悉和在词学方面的能力。

《东白堂词选初集》刊刻于康熙十七年(1678),编选刊刻的原因是书前小引中提到的"昭代虽有《倚声》《今词》二集,其时词未盛行,后来作者多未及见,犹有遗憾。"①《倚声初集》是由王士禛、邹祗谟共同选辑明末清初的词家词作,成书于顺治十七年(1660),收录词人四百七十五家,其中顺治朝词人三百二十五家。而顾贞观、纳兰性德的《今词初集》刊刻于康熙十六年(1677),收录清初词人一百八十四位,与《东白堂词选初集》刊刻时间相距仅为一年。几乎与《东白堂词选初集》编选的同时,朱彝尊编选了《词综》,于康熙十七年(1678)编成,共选辑由唐至元词家近六百位,在词坛上产生了影响,在选词方面自有标准和志趣,不过没有选辑明末清初的词人。《东白堂词选初集》的编选,应该是被词坛上的这种形势影响的结果。

在《今词初集》刊行之后,佟世南似乎对此书精而严的选词方式,以及仅收录了纳兰性德、吴兴祚两位八旗词人的情况并不满

---

① 佟世南辑:《东白堂词选初集》小引,康熙十七年刻本。

意,故而另辑选本以申明主张。《东白堂词选初集》既注重了对清初各种词派的选录,也收录了清初的八旗词人。此外,佟世南选辑《东白堂词选初集》的初衷,与纳兰性德一样也是有感于清初词坛的混乱,对词界出现的"非叫嚣怒骂,则淫秽俚俗,不知词之立体何如"情况甚为担忧,故欲以选辑词选的方式予以纠正,这种想法在《东白堂词选初集》的"小引"中作了陈述:

> 夫词昉于陈隋,广于二唐,盛于北宋,衰于南宋,金元无词矣。至故明,惟写情湘真二集,高朗秀艳,得两宋轨则。余如瞿、王、二杨诸子,惟以追逐字句,点染为工,求其风流蕴藉,句韵天然者,渺难觏见矣。下此非叫嚣怒骂,则淫秽俚俗,不知词之立体何如。忽一变至此,真词之厄也。此种一入初学之眼,遗害匪小,所宜痛绝之。我朝定鼎三十年来,词人蔚起,浓丽者,仿佛二唐;流畅者,居然北宋,第好尚不同,趋舍各异。尝欲订一选,以为词学正法。①

此篇"小引"虽非词学之专论,但也清楚地表现出佟世南对清初词坛风气的态度,以及他的词学观点与立场。他认为二唐词风以浓丽为主,北宋词风崇尚自然流畅,皆词家之正轨。为了规范清初词坛词人追逐字句、点染为工、不遵正轨的倾向,选明末清初以来能够与二唐两宋词风相符者为《东白堂词选初集》,以期扭转词坛的不良风气。从这篇"小引"中"以为词学正法"的语气看,佟世南对填词之法颇为自信。《东白堂词选初集》刊印以来,颇受世人重视,并被收入《四库全书》,这也可看作是对此书的一种肯定。

---

① 佟世南辑:《东白堂词选初集》小引,康熙十七年刻本。

《四库全书总目》对《东白堂词选初集》的评价是："采摭颇为繁富，而甄录未精，不免良楛杂陈之病。"①虽然有"甄录未精"的评价，但还是肯定了《东白堂词选初集》"采摭颇为繁富"的长处。不过此集选编的目的，既然是要弥补《倚声初集》和《今词初集》搜罗未富的不足，因此出现"不免良楛杂陈之病"，实在也是难以避免的事情。

《东白堂词选初集》不同于其他词选的特点，是以人存词，尽量多收录清初词人，并收录了六位八旗词人，这也是清初收录八旗词人最多的词选。其中八旗满洲收录了成德（纳兰性德）一人，八旗汉军收录了五人，这五位汉军词人都出自佟氏家族，即佟卜年、佟国甗、佟国峋、佟国器、佟世南，不过对当时比较有名的八旗词人如吴兴祚、曹寅、岳端等也如《今词初集》一样，皆未采录。

佟世南选录了自己的词作近五十首，合编者陆进、张星耀的词作大致也是此数，而对清初三大词家朱彝尊、陈维崧、纳兰性德的词作选录的都不多，其中所录纳兰性德的词不足十首，从中可见《东白堂词选初集》对《今词初集》无视旗人尤其是中下层八旗词人的不满。此外，也许是为了表现他搜集阅读词集的广泛，一些在词坛上影响不大的词人也被大量收录，从中也可以看出词选者对清初词坛的基本态度。

在《倚声初集》《今词初集》所收清初词人并不详尽的情况下，《东白堂词选初集》则"采摭颇为繁富"，使清初一些并不知名的词人包括八旗词人及其词作得以保存。正是由于广泛收录了由明入清的词人，不仅展示了清初词坛的基本面貌，而且对于清初词坛流派的状况和演变关系提供了线索，同时在纠正清初"以追逐字句，点

---

① 《四库全书总目》卷二〇〇，集部　词曲类存目，第1833页，中华书局，1965年。

染为工，求其风流蕴藉，句韵天然者，渺难觏见"的倾向方面，佟世南也做出了努力，在选词标准上力求纠正"叫嗓怒骂，淫秽俚俗"的俗劣风气，并以此树立"词学正法"。不管这种努力是否达到了选编者的目的，这种热衷于词学发展的精神也十分可贵。

第三节　杨锺羲与《白山词介》

八旗词人在清代词坛上产生了影响，由此被八旗文坛所重视，清末旗人杨锺羲，热衷于八旗词坛曾经的辉煌，致力于搜集八旗人词作，辑选为《白山词介》五卷，刊于宣统二年（1910）。该书收八旗词人五十五家，其中八旗满洲四十二家（包括内务府旗人），八旗汉军十一家，八旗蒙古二家。

《白山词介》的录词原则是仅录已经去世的词人，清末民初健在的八旗词人概不录入。因此当时在世的八旗词人郑文焯、震钧、志锐等等词家，均未收录进《白山词介》。不过也有已经去世的八旗词人不少也漏录，如施世纶、揆叙、高鹗、于宗瑛、斌良、法良、继昌等等。

此外，《白山词介》还未收录八旗闺阁词人，如其时已经去世并颇有诗名的高景芳、蔡琬、白保、顾太清等等，均未收录。这也许是因为编选时间紧迫，未见其词，或许是不录闺阁词人的缘故，究竟何因，不得而知。这就距八旗近二百位词人之数相差甚远，这也是此词集名为"词介"的原因。

《白山词介》分列五卷。第一卷录九人，主要是清初的八旗词人，即岳端、佟国鼐、佟国器、佟国玗、范承谟、吴兴祚、曹寅、佟世思、佟世南。其中岳端虽然是康熙中期人，但出身宗室，曾袭贝勒爵，故排在第一位。曹寅为内务府汉姓人，其余七人皆为汉军人，可以看出清初八旗词坛以八旗汉军为主。其中录五首以上者有佟国器五首、范承谟十首、吴兴祚七首、曹寅七首、佟世思十首、佟世南十三首，岳端和佟国鼐各一首。

卷二录纳兰性德词八十七首，纳兰性德为清代词坛大家，故单列一卷。

卷三录十六人，主要是乾嘉时期的八旗词人，即常安、阿克敦、福增格、恒仁、庆兰、全德、铁保、那彦成、德崇、奕绘、联璧、兴廉、明训、蕴璘、徐同甫、徐同善。其中宗室三人，满洲旗八人，汉军旗四人，蒙古旗一人。除了常安、那彦成、兴廉录词五首，奕绘录词十二首之外，其他十二家仅录词一首。此时满洲旗人已经占据了八旗词坛的主流，另外也出现了蒙古旗人，如明训即为正黄旗蒙古人。

卷四录六人，主要是道咸时期的八旗词人，有斌桐、承龄、陈良玉、麒庆、如山、继振。其中满洲四人，汉军二人，无蒙古词人。此卷虽然收录的八旗词人比较少，但都是当时八旗词坛上比较著名的词人，每人收录的词作也都比较多，如斌桐录二十首、承龄录三十首、陈良玉十一首、麒庆十五首、继振九首、如山三首。

卷五录二十三人，主要是同光时期词人。《白山词介》收录的这些词人多数成就不大，故一般仅录词三首以下，以录一首者为多，录五首以上者仅四人，即锡缜七首、志润五首、宗山十三首、盛昱十三首。此卷除了寿英为蒙古旗人，宗山为汉军旗人之外，其余二十一人均是满洲旗人，其中包括四名宗室词人，可见在这个时期的八旗词人中满洲词人数量仍然比较多。

在《白山词介》中录词最多的是纳兰性德八十七首，其次是承龄三十首。这与当时文坛对八旗词坛的评价基本一致。张之洞《书目问答》中即推介了此二人。自《书目问答》行世以来，论八旗词

第二十三章　八旗词选

者皆以此二人为八旗词坛之翘楚。至于斌桐录二十首，排在第三位，大约是出于杨锺羲对斌桐之人之词有所偏爱的缘故，他曾极力收寻斌桐词集，并重新刊刻。不过斌桐词与福增格、陈良玉、斌良、继振、志润、宗山等人的词大致相当，并未显示出特别的超拔之处。至于盛昱的词虽然仅录十三首，但却是他遗词的全部。

《白山词介》底本没有目录，亦无凡例、序跋，所收八旗词人亦不详尽，尚不足以系统概括清代八旗词坛的全貌。不过尽管如此，从梳理八旗词坛发展与成就角度看，《白山词介》对保存八旗词人词作，描述清代八旗词坛发展轨迹，还是有不可取代的开创之功。

由于《白山词介》没有凡例、序跋，选辑者的选词立场与观点无法清楚显示，不过从所选的词作风格看，杨锺羲仍然是以婉丽为宗的标准选词。所选之词基本上是文胜于质的作品，故而收录较多的是具有南宋姜、张词风的词作，虽然也收录了苏辛词风的作品，但入选的数量非常少。

如岳端词仅选录了一首《蝶恋花·画杏花》，这首词轻软绮丽，并不能代表岳端的主要词风。岳端的《凤凰台上忆吹箫·春雪》《忆秦娥·山居》《蝴蝶儿·秋夜》《临江仙·对雨》《唐多令·癸未首夏登通州放眼亭》都能写得神到情到，疏逸清雅，皆不低于这首《蝶恋花·画杏花》。也许是杨锺羲未来得及得见《玉池生稿》，而是从其他词选中录入了这首词。

曹寅应该算是清初比较有成就的诗人了，他与阳羡派陈维崧交好。阳羡派主苏、辛词风，曹寅词集中即有和陈维崧词六首，这类词《白山词介》也不甚介意。《白山词介》仅选录了他的七首词，其中除了《疏影·柳条边望月》一首稍见雄放之气外，其余皆是婉约有余之作。而曹寅的《兰陵王·九日诸君于登高索和》《贺新郎・与桐初夜话分韵》《古倾杯・钞书》《念奴娇・和吴秋屏咏秃笔》《唐多令・登边楼作》《满江红・乌拉江看雨》《西平乐・圈虎》等等，皆近阳羡派词风，颇具气势，却一首也未入选。

常安有词二百五十首，其词抒情写意，颇为真实。《白山词介》仅录五首，且均为小令，其颇具气势的长调一首未录。常安处于康乾之际，是此时八旗词坛过渡性的人物，他的中短调和长调词皆有佳作，其词也展现了这个时期八旗词风的状态，似应多选为佳。然而《词介》中选录的五首小令，均为闲适之作。常安的长调作品尤其是数首《满江红》，沉厚慷慨，寓意深厚，却一首也未录入，可见对常安词作的认识有些偏颇。

铁保的词以辞言情，在当时的词坛上可以列为另类之作。其词作主要作于遣戍吉林之时，纪实风格非常突出。由于处于被贬谪之时，故多郁愤之调，而《白山词介》仅录其一首并不能完全体现铁保词风的《沁园春・夜坐抒怀》。在铁保的所有词作中，这一首最为颓唐，选录此词，也许是因为此词符合"怨而不怒"的诗教吧。

至于其他入选者，如福增格、恩锡、宝昌、德准、延秀、文海、英瑞等二十九人，皆仅选录一首词；选录二至五首者有那彦成、兴廉、如山、恭钊、宝廷、志润等九人。其中福增格、志润、英瑞皆致力于词，且多有佳作，所录词作明显偏少。至于恒仁、庆兰本非词家，词作数量不多，偶尔填词而已，《白山词介》也予以收录，有以词存人之意。从选词标准来看，《白山词介》仍然是坚持了"以婉丽为宗"原则，故所选录的词多为婉约风格的作品。

不过从杨锺羲词作的实际情况看，他的词作大多具有沉郁慷慨的风格，而选词却重在婉约雅正，实在也是词选者的良苦用心。这种现象显示出了杨锺羲对八旗词坛的基本认识，以及他坚守"词别是一家"的词学观念。

第四节 八旗词选的词学价值

入清以来，词坛上出现了热衷于编辑"词选"的现象，词人以各自的标准编辑词选，其主要目的是以此宣示自己的词学主张与立场。不过编选《词选》并非易事，"词虽小技，匪惟作者之难，而选者尤不易也"①，多有"采选之难，自古为然"之叹，能够在杂乱纷呈的词家词作中选取其中的精华，不仅需要选者本身为善词者，而且需要具有超乎常人的心胸气魄和艺术眼光。清代云间派、浙西派、阳羡派，乃至常州派无不以选辑词选来宣示自家词派的词学主张。八旗词人在清初也加入这个队伍中来，他们选辑词选也出于同样的目的，亦以此展示自家的词学立场与观点。这种举动既表现了八旗词人对词之本体有深刻的理解，也反映出了他们参与推进清词发展的能力与决心。纳兰性德与顾贞观选辑的《今词初集》和佟世南选辑的《东白堂词选初集》，都是针对词坛"不知词之立体何如"②的情况，为纠正时弊而树立的"填词准的"，这两部词选也因此在清代词坛上产生了一定影响。

清初词选以邹祗谟、王士禛选编的《倚声初集》影响最大，不过《倚声初集》所收清代词人仅至顺治朝，纳兰性德的《今词初集》则收录了康熙中期的词人词作，选辑时限和原则与《倚声初集》并非一致。可见旗人虽然是初入词坛，但对清初词坛的情况已有了很深的见解，因此能够以"词选"的方式展示自家主张。佟世南的《东白堂词选初集》也是在同样的背景之下，以自家的标准进

---

① 严沆：《见山亭古今词选序》，陆次云辑《见山亭古今词选》卷一，康熙十四年见山亭刻本。
② 佟世南：《东白堂词选初集》小引，康熙十七年刻本。

行选词，收录清初的词家和词作数量更多，且注重了收录清初八旗词人。晚清之际出现的《白山词介》，是清代唯一专录八旗的词选。《白山词介》的出现，既是八旗词坛能够在清代词坛上独树一帜的证明，更是对八旗词坛发展脉络、成就、特点的集中展示，因此也就具有了重要的词史价值。这几部旗人词选的出现，在清代词坛上具有不可取代性，不仅对清代词坛的繁荣发展起到了作用，而且其具有旗人词学观念的特点也逐渐被清代词坛所重视，也因此成为了清代"词选"体系中的重要组成部分。

此外，有清一代随着八旗文坛影响力的扩展，清代词坛对八旗词坛的存在给予了特别的关注，一些有代表性的八旗词人每每被多种诗话、词话论及，并给予了充分肯定。在词选方面，《瑶华集》《清绮轩历朝词选》《昭代词选》《国朝词综》《词选》《古今词汇》《国朝词综补》《云韶集》《词则》等等重要的大型词选，都选录了八旗词人词作，这种现象也都反映了八旗词人在清代词坛上具有一定的地位，以及八旗词坛在清代文坛上的影响。

第五节　结　　语

从以上三种八旗词选的情况看，《今词初集》与《东白堂词选初集》出现在清初，着眼于清初词坛，都是各为伸张自家词学主张和观点而作。然《今词初选》选词力求精严，《东白堂词选初集》则选词繁富，各有所长。不过在八旗入关后仅三十多年而有此作为，实在也是难能可贵。《白山词介》虽然也有选词的标准，但更重要的是保存了一批八旗词人，大略勾勒出了八旗词坛之发展脉络及概况。

词体经历了唐五代、两宋、元、明、清之发展，形成了婉约、豪放两大词体风格，于其中有颇多的讲究，如讲气格，讲才华，讲性情、讲风骨、讲韵律，亦有雅正清空、情深意蕴、自然为宗、言近旨远、神余言外、比兴寄托、意境境界之论，故而选词并非易事。八旗词人的这三种词选，从选词的标准与原则来看，基本上都是以"婉约"为词家正轨，从"婉约为宗"的角度来选词，以绮而不靡、词调蕴藉为首选。不过不同时期的社会风气与文学风气不同，不同词选者的侧重和倾向性就会有所不同，不仅所选词人会不同，而且所选同一词人的词作也会不同。从以上三种词选所选词作的情况看，虽然都注重选取婉约词风的作品，但从具体情况看，《今词初集》所选之词注重自然为宗、雅正清空；《东白堂词选初集》注重情深意蕴、言近旨远；而《白山词介》则注重神余言外、比兴寄托，这种差异也反映出时代词风流变的特征，这也正是不同词选存在的价值所在。

此外，从以上词选所录八旗词人的情况看，《今词初集》中仅收录了二位八旗词人，《东白堂词选初集》收录八旗词人数量有所增多，达到了六位，至《白山词介》收录八旗词人则达到了五十五位，其中以八旗满洲词人数量为多，汉军词人数量次之，八旗蒙古人数最少。以上三种词选收录旗人情况的变化，既表明了八旗词坛在不断壮大，也说明了旗人对八旗词坛的发展愈来愈重视。而《白山词介》以专录八旗词人为宗旨，尤其反映了八旗文坛对于词这种文体的自信。八旗词坛的这种自信并非没有根据。自清初至清末，八旗中确实出现了如纳兰性德、顾太清、承龄、郑文焯这样在清代词坛上具有重要地位的词人，也出现了如曹寅、佟世思、佟世南、常安、高鹗、斌桐、锡缜、继昌、盛昱、志润、英瑞等等一批自具风格的词人。这些八旗词人的出现，不仅使八旗词坛更加丰富多彩，也促进了清词内涵和风格多样化局面的形成，从而为《白山词介》的成书创造了条件。

总结语

　　八旗制度是专为旗人而设的政治、军事、经济和社会管理制度。在八旗制度管理之下，旗人的家族和个人无不受到八旗制度的约束，这种世代相同的社会生活环境，以及他们不同于民人的社会角色，使他们产生了与民人并不完全一致的情感意识，简言之可称为八旗意识，并在此基础上形成了与民人有所区别的八旗文化。不过应该清楚，这种八旗意识和八旗文化，乃至于八旗文学，并非游离于国家、社会和文学的大情势之外，而是其中的组成部分。以这样的角度来看待和研究八旗词史，自然会得出符合史实的客观结论。

　　八旗的这种特殊性在八旗词坛的发展过程中有着充分的表现。八旗词坛自兴起之际，在尊崇词体的同时，就特别强调抒写真实性情，而这种真实性情，乃是旗人之性情。他们从旗人的社会生活与精神意识出发，以旗人的视角审视外界与内心，故其词无论是在词风方面，还是在词作内涵的表达方面，都具有了旗人的特征，并且这种特征从清初一直延续到清末民初，形成了八旗词坛的特色。

形成这种特色的主要原因，除了与八旗制度的影响和个人经历紧密相关之外，还与八旗词人对八旗命运的关切有着直接的联系。就旗人而言，八旗兴则旗人兴，八旗亡则旗人亡，这就使得八旗词人不可能脱离根深蒂固的八旗意识进行写作。从前面论述的八旗词坛情况中可以看出，他们的这种旗人意识在八旗词人的作品中都有着具体的表现，也都能在他们的词作中得到充分的印证。

　　知人论世是研究和欣赏文学作品的重要方法与途径，对八旗文学及其作品的解读也是如此。研究八旗词史即应该对八旗词人所处的时代背景、人生经历和社会交游有深入的了解，以此方能够从他们的作品中寻找出其写作的目的和思想情感，并能够从中对八旗制度、八旗文化、八旗意识，乃至于旗人的社会生活、情感追求、道德崇尚有更深刻的理解，以此寻觅出八旗词坛在不同时期的变化与特点，以及形成这种现象的演变过程与原因，从而在更深的层次上梳理出八旗词坛的特色、成就及其形成发展的轨迹。

　　从八旗词坛的总体情况看，八旗词坛的主流词风之特点非常明显。对于清词不同时期词风的流变，八旗词人也给予了关注，不过他们并没有被种种流派所牢笼，而是始终坚持以宋词为圭臬，同时深于比兴寄托和打写真性情，绝少香浓靡丽之作，更不是以"宴嬉逸乐"为填词宗旨，故而形成了雅正疏朗的主流词风。这也成为八旗词风从清初至清末始终贯穿的一条主线。即便是从清初至清末八旗词风随着时代变迁而有所变化，从真切自然、沉郁浑厚转而为凄婉蕴藉、悲慨激愤，但是坚持雅正疏朗、赋情独深，仍然是八旗词风的主脉，这与他们对词体"别是一家"文学观念的认识，以及他们的性格精神和社会角色有着直接的关系。

　　此外，从各个时期八旗词人的词作和词论中，也都能够反映出不同历史时期八旗词坛的流变与特点，同时也能够展示出各个阶段八旗词人的生活经历和精神状态,这一切也都是八旗词坛存在的价值。如果将他们的诗文与词综合审视,那么就会更清晰地了解八旗词坛的成就、特点与风格,以及他们在清代文坛上的地位和作用,从而能够进一步拓展清词研究的广度和深度。

以词之发展流变而论,八旗词坛并非脱离清代词坛而独立发展,而是与清代词坛的发展变化有着密切的联系。就成就和特色而言,清词是自宋代以来的又一个高峰,词人数量之多,超越前代自不待言,词作之高妙细密,亦另开词境。词之自宋以来形成了婉约、豪放词风,清人遵循之,然亦更重"清空"之论。清人谢章铤云:"北宋词人原只有艳冶、豪荡两派,自姜夔、张炎、周密、王沂孙方开清空一派,五百年来,以此为正宗。"[1]近人蒋兆兰云:"有清一代,词学屡变而益上。中叶以还,鸿生叠起,辟门户之正,示轨辙之程。逮乎晚清,词家极盛,大抵原本风雅,谨守止庵导源碧山,历稼轩、梦窗,以还清真之浑化之说为之。"[2]以上所论大抵不差。清词就流派而论,前有云间派、阳羡派、浙西派,后有常州派,然其间亦多有不入各门派者,如"晚清四家"以及旗人英瑞、继昌等等,不过也仍未脱离宋词倡导之范畴。在这种情势之下,八旗词人亦参与到了清词的发展变化中来。他们从社会现实和自身感触出发,对婉约、豪放、清空之内涵有所开拓,在流派纷呈之际一洗淫曼之陋,或以雅正为归,或以立意为本,或以寄慨遥深为法,或本意内言外之旨,严于审音持律,起衰振绝,由此为清词的宗风大畅做出了贡献。

清代文学无疑取得了巨大的成就,但也存在着不足,在诗文方

---

[1] 谢章铤:《赌棋山庄词话》续编四,唐圭璋编《词话丛编》四,第3549页,中华书局,2005年。
[2] 蒋兆兰:《词说》自序,唐圭璋编《词话丛编》五,第4625页,中华书局,2005年。

面没有重大的革新与创造。不过，在清代具体的历史环境和条件下，也应该看到文学家们还是为推进文学的繁荣发展做出了种种努力，取得了"集文学大成"的成就。自古以来，在中国文学的各种文体中，诗歌的地位最为重要，与词体也最为相近。以清代诗歌而论，先后出现了王士禛的神韵说、沈德潜格调说、翁方纲的肌理说、袁枚的性灵说，以及晚清的同光体、新派诗，乃至梁启超的"诗界革命"，这些诗派都为振兴诗坛作出了努力，也因此形成了求变求真的文学思潮，不仅使清诗呈现出了异彩纷呈的局面，还形成了与前代文学不同的独特面貌。清代诗学的振兴，对各种文体的求变发展都产生了影响，并因此推进了词、文、赋、小说、戏曲、子弟书方面的突破，从而使得清代文学具有了不可取代的文学成就与价值。在这个过程中，八旗文学家也并没有脱离这种环境，不过由于他们的社会角色和经历的特殊性，在与清代文坛的离合之势中保持了旗人的性格和文学特点。

鉴于以上情况，研究八旗词史即应该重视其诗词之间的联系。从诗词的相互关系来看，清诗的繁荣对词学之发展起到了重要的影响。清人自清初即提出了诗词一理的观点，纳兰性德即有此论，而后陈廷焯亦云"诗词同体而异用"，"诗有诗境，词有词境，诗词一理也"[1]，即虽然诗境与词境不同，但词同样可以平正典雅、纵横博大，亦同样可以将身世之感通于性情。沈祥龙亦言："词导源于诗"，"词者，诗之余。当发乎情，止乎礼义。国风好色而不淫，小雅怨悱而不乱，《离骚》之旨，即词旨也。"[2]故诗词在内质方面有相通之处。清代颇具影响的词人如龚鼎孳、吴伟业、王士禛、朱彝

---

[1] 陈廷焯：《白雨斋词话》卷八，第221页，人民文学出版社，1959年。
[2] 沈祥龙：《论词随笔》，唐圭璋编《词话丛编》五，第4047页，中华书局，2005年。

尊、宋琬、施润章等都是著名的诗人，八旗词人纳兰性德、岳端、曹寅、常安、高鹗、铁保、斌良等等也都是诗人，他们诗作的数量远超其词作数量。对于诗歌创作，他们同样也有着自家的原则与观点，其诗学理念一定会影响他们的填词实践，他们的诗与词在情感表达方面绝不会判若鸿沟，必然具有一定的相关性，故研究其词学亦应该注意与其诗学的关系，如此方能使研究更有深度。然本书为"词史"，不便在这方面深入论述。不过尽管如此，本书在解读八旗词坛情况之时，仍然注意到了他们诗与词之间情感表达的密切联系，以求对其词能够有更准确的解读。

从清代词坛包括八旗词坛发展的过程看，与时代密切相接，主张比兴寄托，抒写真情，逐渐成为词坛创作的主要趋势和潮流，家国情怀也成为他们主要抒发的情感，其中不乏鲜明的国家观念与爱国思想。正是在此基础上，强化了国家意识，增进了民族认同意识，同时也反映了现实中不断增进的民族关系。应当说这种倾向和潮流的形成，表现了清代词坛在国家局势和社会环境处于特殊情势下的文学精神和词史发展趋势，并因此形成了具有时代特点的文学风格和文学思潮。

在这种社会环境和文学思潮的影响下，八旗词人在对词体认识和填词实践方面，同样做出了与时代相适应的种种努力。他们在忧国忧时将自己融入"大中国"范畴的同时，创作出了大量聚焦于时代的现实主义作品。这些丰富多彩的文学作品，与其他同时代的文学家们一起铸就了清代文学的辉煌大厦，八旗词坛也因此成为了中国文学的重要组成部分和重要的文学遗产。从这个角度审视八旗词坛，或许更能够发现和领会八旗词坛存在的历史价值和文学价值。

后　记

余进入此研究领域已有年矣，对前人坚守"文章经国之大业"，繁荣中国文学和振兴中华民族精神做出的努力感慨良多，每每思想如何将这些宝贵的文学遗产进行总结归纳，寻觅出中国文学发展的特点与成就，以及涵于其中的优秀文学精神和民族精神。因此这本小书不仅对他们的文学作品给予了研究论述，同时也贯穿了这种并不容易实现的愿望。

八旗文学是一种客观存在，然而从中国文学研究的情况看，至今没有将八旗文学纳入中国文学的大体系中进行全面系统的审视与研究。旗人也是中华民族的成员，他们创作的文学当然也是中国文学不可或缺的组成部分，更何况八旗作家人数已经超过千人，并在诗词文赋各体文学方面都取得了出类拔萃的成就，对推进繁荣中国文学做出了不容忽视的贡献。从词史角度看，相关研究对八旗词史也多有缺略。出于这种考虑，余尽管才力不逮，亦不揣孤陋，以抛引玉之砖。

不过，此愿成书，颇费心力。晚清以来，随着对八旗词坛认识的加深，清人多有欲辑刊八旗词集者。旗人继昌在《左庵词话》中云："国朝二百余年，八旗中词人，纳兰成德容若外，以词名者颇罕，搜辑殊非易易，非区区力量所能及也。"[①]他认为八旗词人声名卓著者为数寥寥，词人词作资料极为分散，且时间跨度大，故而"搜辑殊非易易，非区区力量所能及也"，因此难以搜辑成书。晚清金武祥在为旗人承龄所作《冰蚕词》的叙中，也提出了编选八旗词集的意向，其中云："近郑叔问孝廉，以兰锜故家，笃嗜声律，所著《瘦碧词》，托体隽絜，可与《饮水》《冰蚕》先后继燧。夫词虽小道，而葩华萍布，代有传人，他日必有于《熙朝雅颂集》之外，别勒巨编者，当拭目俟之矣。"[②]其中提到的《饮水词》《冰蚕词》《瘦碧词》都是旗人的词集。《熙朝雅颂集》是一部卷帙浩繁的八旗诗歌总集，共一百三十四卷，录八旗诗人近六百家，由满洲铁保辑选而成，刊于嘉庆九年（1804）。金武祥之意是希望日后也有一部能够与之相埒的八旗词集问世，以此对八旗词坛进行彰显和总结。辑选一部《八旗词选》尚如此之难，可知撰写一部《八旗词史》更非易事。今日成此《八旗词史》，录八旗词人几逾百位，钩沉爬疏，殊为不易，勉为其难哉！

诚然如此，学术乃天下公器，是耶非耶，尚待评批。

张佳生
壬寅夏至后二日记于沈阳承风堂，时年七十有五

---

① 继昌：《左庵词话》卷下，光绪二十八年刻本。
② 金武祥：《冰蚕词叙》，粟香室丛书，光绪十六年刻本。